MIRA®

Der Preis dieses Bandes versteht sich einschließlich der gesetzlichen Mehrwertsteuer.

Umwelthinweis:
Dieses Buch wurde auf chlor- und säurefreiem Papier gedruckt.

Sawyer

Hard Luck, Alaska: Der Frauenmangel wird langsam zu einem echten Problem. Ohne Frauen keine Liebe, keine Babys, keine Zukunft! Deshalb denkt Christian O'Halloran sich etwas aus: Jede Frau, die hierher zieht, soll einen Job und ein Stück Land erhalten. Alle Männer sind von dem Plan begeistert – bis auf Sawyer, Christians Bruder. Aber als er die hübsche Abbey am Flughafen von Anchorage abholt, ist auch er plötzlich völlig überzeugt ...

Charles

Und wieder kommt eine Frau nach Hard Luck, Alaska! Die blonde Journalistin Lanni muss hier den Haushalt ihrer Großmutter Catherine auflösen. Von allen wird sie freundlich empfangen, sogar der Naturforscher Charles O'Halloran, eigentlich ein Einzelgänger, sucht immer wieder ihre Nähe. Doch dann erfährt er, dass Lanni die Enkelin der Frau ist, die seiner Mutter das Leben zur Hölle gemacht hat ...

Mitch

Die kleine Chrissie ist von ihrer neuen Lehrerin Bethany Ross begeistert. Warum kann ihr Vater sie nicht heiraten? Dann wären sie eine richtige Familie! Davon will der breitschultrige Mitch Harris, einziger Polizist in Hard Luck, jedoch nichts hören. Er will keine zweite Ehe – aber falls er es sich doch noch anders überlegen sollte, kommt für ihn wirklich nur die hübsche sympathische Bethany in Frage ...

MIRA® TASCHENBUCH
Band 25118
1. Auflage: Dezember 2004

MIRA® TASCHENBÜCHER
erscheinen in der Cora Verlag GmbH & Co. KG,
Axel-Springer-Platz 1, 20350 Hamburg
Deutsche Taschenbucherstausgabe

Titel der nordamerikanischen Originalausgaben:
Brides For Brothers/The Marriage Risk/Daddy's Little Helpers

erschienen bei: Harlequin Enterprises Ltd., Toronto
Published by arrangement with
Harlequin Enterprises II B.V., Amsterdam

Konzeption/Reihengestaltung: fredeboldpartner.network, Köln
Umschlaggestaltung: pecher und soiron, Köln
Titelabbildung: by Corbis, Düsseldorf
Autorenfoto: © by Harlequin Enterprise S.A., Schweiz
Satz: D.I.E. Grafikpartner, Köln
Druck und Bindearbeiten: Ebner & Spiegel, Ulm
Printed in Germany
ISBN 3-89941-154-4

www.mira-taschenbuch.de

Debbie Macomber

Heiße Nächte in Alaska

Roman

MIRA®

Debbie Macomber

Sawyer

Roman

Aus dem Amerikanischen von
Dorothea Ghasemi

MIRA®

PROLOG

„Was ihr wirklich braucht, sind *Frauen*.“

Sawyer O’Halloran tat so, als hätte er sich am Kaffee verschluckt. „Frauen! Wir haben schon genug Probleme.“

Ben Hamilton, der Inhaber des Hard Luck Cafés, der gleichzeitig auch Koch und Mädchen für alles war, stellte die Kaffeekanne auf den Tresen. „Hast du mir nicht gerade erzählt, dass Phil Duncan beschlossen hat, wieder nach Fairbanks zu ziehen?“

Phil war Sawyers bester Pilot und nicht der erste ihrer Mitarbeiter, der von Hard Luck in die Stadt ziehen würde. Immer, wenn ein Pilot kündigte, war es ein herber Rückschlag für den Flugdienst.

„Stimmt, aber Phil geht nicht wegen einer Frau weg“, sagte Sawyer leise.

„Natürlich tut er das“, meldete sich Duke Porter zu Wort. Den Becher in der Hand, rutschte er auf den Hocker neben Sawyer. „Jeder weiß doch, dass Phil geht, weil er seine Freundin nur so selten sehen konnte. Vielleicht hat er unter irgendeinem Vorwand gekündigt, aber du kennst den wahren Grund genauso gut wie ich.“

„Auch Joe und Harlan haben Hard Luck wegen Frauen verlassen, und zwar, weil sie hier keine kennen lernen konnten“, erklärte Ben. Offenbar hatte der ehemalige „Navy-Hobbykoch“, wie die Brüder O’Halloran ihn nannten, einiges zu diesem Thema zu sagen. Sawyer war diesmal anders als sonst nicht seiner Meinung. Am liebsten hätte er Ben klar gemacht, er sollte sich da raushalten, doch das wäre nicht fair gewesen.

Ein Problem, das das Leben in einer Kleinstadt mit sich bringt, ist, dass jeder über den anderen Bescheid weiß, dachte Sawyer.

Er hätte sein Büro ebenso gut vom Restaurant aus betreiben können, denn da seine Piloten immer bei Ben frühstückten, war dieser stets auf dem Laufenden, was die Firma betraf.

„Na gut, dann werde ich es eben sagen.“ Christian, der jüngste der drei Brüder, umfasste seinen Becher mit beiden Händen und warf Sawyer einen herausfordernden Blick zu. „Ben hat Recht. Wenn wir hier einige Frauen hätten, wären unsere Männer zufriedener."

„Wir bekommen bald eine neue Lehrerin", berichtete Sawyer. Als Vorsitzender der lokalen Schulbehörde hatte er Bethany Ross' Bewerbungsunterlagen gelesen. Obwohl er von ihren Qualifikationen beeindruckt gewesen war, bezweifelte er, dass sie für diesen Job geeignet war, denn sie war gebürtige Kalifornierin. Er konnte sich beim besten Willen nicht vorstellen, warum sie sich um eine Stelle in einem Ort beworben hatte, der nördlich des Polarkreises lag.

„Ich hoffe nur, dass sie anders ist als die letzte Lehrerin", meinte John Henderson. „Erinnert ihr euch noch an sie? Ich habe sie hergebracht und bin noch eine Runde geflogen, um ihr die Gegend von oben zu zeigen. Sie wollte danach nicht einmal aus dem Flugzeug steigen."

„Ich würde gern wissen, was du zu ihr gesagt hast", ließ Christian sich vernehmen.

„Ich habe nichts Besonderes gesagt. Außerdem kommt die neue Lehrerin erst im August, stimmt's?"

„Im August", wiederholte Ben. „*Eine* Frau. Ich kann es mir jetzt schon lebhaft vorstellen."

„Was?" hakte Sawyer nach, obwohl er sich hätte denken können, dass Ben nur so darauf brannte, es ihm zu erzählen.

„Eine Frau wird bloß noch mehr Probleme machen", verkündete Ben. „Denk einmal darüber nach, Sawyer."

Sawyer hatte keine Lust, das zu tun, weil ihm das ganze Thema ohnehin nicht behagte.

„Eins steht jedenfalls fest: Diesmal wird nicht John sie abholen", bemerkte Ralph spöttisch. „Ich übernehme das."

Sofort ertönte einhelliger Protest.

„Nun hört schon auf!" rief Sawyer.

Ben lachte, während er Ralph einen Teller mit Pfannkuchen über den Tresen hinschob. „Seht ihr, was ich meine? Ihr streitet euch jetzt schon um sie, obwohl sie erst in einigen Monaten kommt."

Ralph machte sich über die Pfannkuchen her, als hätte er seit einer Woche nichts mehr gegessen. Mit vollem Mund murmelte er etwas von einsamen Junggesellen.

„Ist ja gut", räumte Sawyer ein. „Vielleicht ist es ja keine schlechte Idee, ein paar Frauen nach Hard Luck zu holen. Aber wie sollen wir sie eurer Meinung nach herlocken?"

„Wir könnten eine Anzeige aufgeben", schlug Christian vor. Plötzlich hellte seine Miene sich auf. „Ja, natürlich! Ich verstehe nicht, warum wir nicht eher darauf gekommen sind."

„Eine Anzeige?" Sawyer funkelte seinen Bruder an. „Was soll das heißen?"

„Na ja, ich denke da an eine Kontaktanzeige in einem dieser Hochglanzmagazine. Ich habe gehört, dass einsame Männer in Alaska besonders begehrt sind."

„Ein Bekannter von mir hat sein Foto an eine dieser Zeitschriften geschickt", erzählte Ralph aufgeregt. „Er konnte sich vor Zuschriften gar nicht mehr retten."

„Ich werde jedenfalls nicht das Hemd ausziehen und für so ein verdammtes Foto posieren", verkündete Duke Porter.

„So leicht ist es auch nicht, sein Bild in eine dieser Zeitschriften zu bekommen", meinte Ralph, nachdem er einen großen Bissen heruntergeschluckt hatte. „Nicht, dass ich es versucht hätte."

„Diese Frauen suchen jedenfalls keinen Brieffreund", sagte John. „Sie wollen einen Mann, und sie gehören auch nicht zu denen, die die große Auswahl haben."

„Ach ja? Von euch ist auch niemand ein Adonis." Ben schob sich die Hemdsärmel hoch und stützte die Hände auf den Tresen.

„So wie ich es sehe, können wir Frauen nichts bieten", erwiderte Sawyer. „Jedenfalls kann ich mir nicht vorstellen, dass sie allein unseres Aussehens wegen hierher kommen, oder?"

John war sichtlich enttäuscht. „Wahrscheinlich hast du Recht."

„Und was könnte sonst funktionieren?" warf Christian ein.

„Wir dürfen nicht so pessimistisch sein, sonst bleiben wir bis an unser Lebensende allein."

„Ich bin mit meinem Leben zufrieden", konterte Sawyer, den es überraschte, dass sein Bruder sich so für diese Idee begeisterte. Sawyer hatte im Prinzip nichts dagegen, konnte sich jedoch nicht vorstellen, dass sie damit Erfolg hatten. Zum einen befürchtete er, dass durch die Anwesenheit dieser Frauen viele neue Probleme entstehen würden, zum anderen glaubte er, dass keine dieser Frauen es länger als ein paar Wochen in Hard Luck aushalten würde.

„Denk daran, dass Frauen nicht viel anders sind als Männer", meinte Christian und lachte, als die anderen ihn verblüfft ansahen. „Ihr seid doch auch hergekommen, obwohl ihr wusstet, dass Hard Luck fünfzig Meilen oberhalb des Polarkreises liegt."

„Stimmt", bestätigte Duke, „aber wir werden sehr gut bezahlt, und es lebt sich hier nicht schlecht."

Christian nahm einen Stift aus seiner Hemdtasche und machte sich eine Notiz auf seiner Papierserviette.

„Du spielst doch nicht etwa mit dem Gedanken, die Frauen dafür zu bezahlen, dass sie hierher kommen?" Sawyer wollte verdammt sein, wenn sein schwer verdientes Geld für so ein albernes Projekt zum Fenster hinausgeworfen wurde.

„Wir könnten ihnen Jobs anbieten, oder?" Christian blickte sich Beifall heischend in der Runde um.

„Wie bitte?"

„Na ja ..." Christian nagte an seinem Stift. „Du redest schon lange davon, dass in unserem Büro ein einziges Chaos herrscht. Was hältst du davon, eine Sekretärin einzustellen? Wir können uns nicht auch noch um den Papierkram kümmern."

Sawyer hätte ihm am liebsten vorgeschlagen, stattdessen ein Seminar über Zeitmanagement zu belegen. „Na gut", meinte er schließlich widerwillig.

Die anderen Piloten schauten von ihren Tellern auf.

„Was ist mit all den Büchern, die eure Mutter der Gemeinde geschenkt hat, nachdem sie Frank geheiratet hatte?" erkundigte sich Ben. „Es war doch davon die Rede, eine Bücherei zu eröffnen."

„Aber irgendjemand muss das Ganze organisieren", erklärte Christian. „Ich habe es ein paar Mal versucht und jedes Mal wieder aufgegeben. Es müssen an die tausend Bücher sein."

„Es war sehr großzügig von eurer Mutter, sie der Gemeinde zu schenken", meinte Ralph. „Und es ist eine Schande, dass wir nichts unternehmen."

Christian lächelte. „Wir könnten es uns durchaus leisten, jemand dafür zu bezahlen, eine Bücherei aufzubauen und sie erst einmal für etwa ein Jahr zu leiten. Was haltet ihr davon?"

Sawyer zuckte die Schultern. „Wenn Charles nichts dagegen hat." Doch er wusste genauso gut wie Christian, dass Charles von der Idee begeistert sein würde.

„Pearl hat mir erzählt, dass sie vorhabe, zu ihrer Tochter nach Nenana zu ziehen", berichtete Ben. „Wir bräuchten also eine Krankenschwester oder Ärztin für das Gesundheitszentrum."

Einige der Männer nickten, und Sawyer verzichtete darauf, sie daran zu erinnern, dass Pearl ständig davon sprach – besonders im Winter, wenn es nur für ein paar Stunden am Tag hell wurde und die lang andauernde Dunkelheit aufs Gemüt schlug.

„Ich weiß, was du denkst." Ben schaute ihn an. „Aber hast du dich auch schon mal gefragt, ob Pearl nicht tatsächlich gehen würde, wenn jemand ihren Job übernehmen würde?"

Das hatte Sawyer nicht getan. Die sechzigjährige Frau lebte schon sehr lange in Hard Luck. Als seine Mutter Ellen noch in dem Ort gewohnt hatte, war Pearl ihre Freundin gewesen, und sie hatte stets bei Streitigkeiten zwischen den Einwohnern vermittelt. Falls sie den Ort eines Tages verlassen sollte, würde er sie vermissen.

„Wir können sie fragen, ob sie sich wirklich zur Ruhe setzen will", sagte er. „Aber wir dürfen ihr nicht das Gefühl vermitteln, dass wir sie nicht mehr haben wollen."

„Ich werde mit ihr reden", versprach Christian.

„Ich könnte auch jemand gebrauchen", erklärte Ben. „Schließlich werde ich nicht jünger. Also setz zwei Teilzeitkräfte mit auf deine Liste – eine Köchin und eine Kellnerin."

Alle lächelten zustimmend. Sawyer wollte kein Spielverderber sein, doch irgendjemand musste den Männern die Augen öffnen. „Und wo sollen diese Frauen wohnen?" fragte er daher.

Daraufhin wurden alle ernst, was beinahe komisch wirkte. Sawyer musste sich jedoch eingestehen, dass ihm die Idee, Frauen nach Hard Luck zu holen, immer besser gefiel. Nicht, dass er darauf aus war, sein Junggesellendasein zu beenden. Er hatte sich geschworen, niemals zu heiraten, weil die Ehe seiner Eltern unglücklich gewesen war. Allerdings hatte Catherine Fletcher einen wesentlichen Teil dazu beigetragen.

Sawyer schüttelte den Kopf. Eine Heirat kam für ihn nicht in Frage, und seine Brüder hatten offenbar auch nicht vor, in den Hafen der Ehe zu steuern.

Er konzentrierte sich wieder auf das aktuelle Problem. Da niemand wusste, wo die Frauen untergebracht werden konnten, fühlte er sich verpflichtet, die Männer auf die anderen Nachteile ihres Plans hinzuweisen. Im Grunde war das Ganze eine Schnapsidee.

„Es hätte sowieso nicht funktioniert", sagte er.

„Warum nicht?" erkundigte sich Christian.

„Frauen sind nie zufrieden mit dem, was sie haben. Sobald sie hier sind, wollen sie versuchen, alles zu verändern." Immerhin hatte Sawyer es selbst miterlebt. „Ich möchte jedenfalls nicht, dass sich irgendetwas hier ändert. Wir haben es hier verdammt gut."

„Stimmt", bestätigte sein Bruder ausdruckslos.

„Die Ladies werden im Handumdrehen einen Ehering am Finger haben und uns an die Kette legen. Schlimmer noch, sie werden uns davon überzeugen, dass wir es uns schon immer so gewünscht haben."

„Mir wird das nicht passieren", schwor John. „Es sei denn ..."

Damit er nicht schwach wurde, fuhr Sawyer schnell fort: „Ehe man sich's versieht, schicken sie uns nach Fairbanks, weil die eine oder andere von ihnen plötzlich Appetit auf Diäteis hat." Er konnte es sich immer besser vorstellen. „Wir müssen auf unsere Ausdrucksweise achten, uns jeden Tag rasieren, beim Abendessen den Fernseher abschalten ... und ...“

„Du hast Recht“, bestätigte Duke. „Wahrscheinlich müsste ich mir sogar den Bart abnehmen.“

Die Männer verzogen das Gesicht, als würden sie bereits die Rasierklinge spüren.

Wenn Frauen herkommen, würden sie meine Männer innerhalb einer Woche um den Finger wickeln, dachte Sawyer. Dann kann ich sie genauso gut entlassen.

Christian rieb sich nachdenklich das Kinn. „Was ist mit den Blockhäusern?“

„Meinst du die alten Jagdhütten, die dein Vater am Ortsrand gebaut hat?“ erkundigte sich Ralph.

„Genau die. Dad hat sie in den fünfziger Jahren gebaut, bevor er das Hotel hatte. Er vermietete sie an Angler und Jäger, die das Wochenende oder ihren Urlaub hier verbrachten. Die Hütten sind ganz einfach und bestehen nur aus einem mittelgroßen Raum.“

„Es hat schon seit Jahren niemand mehr darin gewohnt“, erinnerte Sawyer ihn.

„Sie sind aber sehr solide und völlig in Ordnung – abgesehen von etwas Staub. Man könnte gut darin wohnen“, erklärte Christian mit wachsender Begeisterung. „Man muss sie bloß sauber machen und einige kleine Reparaturen ausführen.“

Sawyer glaubte seinen Ohren nicht zu trauen. Eine Frau aus der Stadt brauchte nur einen Blick in diese Blockhäuser zu werfen und würde Hard Luck mit dem nächsten Flugzeug verlassen. „Es gibt dort weder fließendes Wasser noch Strom.“

„Nein. Noch nicht.“

Jetzt war Sawyer klar, worauf sein Bruder hinauswollte. „Ich werde nicht einen Cent in diese heruntergekommenen Schuppen investieren.“

„Sie sind nicht viel wert, stimmt’s?“

„Nein“, erwiderte Sawyer misstrauisch. „Warum?“

„Dann wäre es also kein großer Verlust, wenn wir sie verschenken würden."

„Sie verschenken?" Sawyer war klar, dass niemand die Blockhäuser kaufen würde, doch er bezweifelte, dass irgendjemand sie geschenkt nehmen würde.

„Wir müssen den Frauen einen Anreiz bieten, nach Hard Luck zu ziehen, findest du nicht?" ließ Christian nicht locker. „Wir bieten ihnen schließlich keine Ehe."

„Du hast Recht. Genau das tun wir nicht", bestätigte John.

„Ich bin nur an weiblicher Gesellschaft interessiert, das ist alles", sagte ein anderer Pilot.

Nachdem alle bekräftigt hatten, dass sie derselben Meinung waren, blickte sich Sawyer in der Runde um. „Die meisten Frauen wollen aber heiraten."

„Es gibt genug Jobs unterhalb des achtundvierzigsten Breitengrads." Was Christian sagte, klang einleuchtend. Und genau damit hatte Sawyer seine Probleme, wenn es um seinen kleinen Bruder ging. Christian konnte die lächerlichste Idee so vorbringen, dass sie einem absolut vernünftig vorkam. „Stimmt's?"

„Stimmt", erwiderte Sawyer misstrauisch.

„Also, wie ich bereits sagte, müssen wir diesen Frauen einen Anreiz bieten."

„Du willst ihnen die Blockhäuser geben? Als *Anreiz*?"

„Klar. Und wenn sie fließendes Wasser und Strom haben wollen, müssen sie die Installation selbst bezahlen."

Sawyer sah sich wieder in der Runde um. Die anderen schienen nichts dagegen zu haben. Er hätte sich denken können, dass Christians Idee bei seinen enthaltsam lebenden Männern auf fruchtbaren Boden fallen würde.

„Zuerst werden wir die Häuser reinigen." Christian sagte es so, als wäre es das Mindeste, was sie tun konnten.

„In einer der Hütten haben wir letztes Jahr einen Bären gefunden", erinnerte Sawyer ihn.

„Der hat sich dort nur umgeschaut", meinte Ralph. „Außerdem

bezweifle ich, dass er wiederkommt, nachdem Mitch ihn in die Flucht geschlagen hat."

„Allerdings ist es wohl besser, wenn wir es den Frauen gegenüber nicht erwähnen", schlug Ben vor. „Sie sind meistens etwas ängstlich, wenn es um wilde Tiere geht."

„Ja", fügte John im Flüsterton hinzu. „Erzähl bloß nichts von den Tieren hier."

„Erzählen?" wiederholte Sawyer. Das hörte sich ja an, als wollten sie mit jeder Interessentin ein Bewerbungsgespräch führen.

„Den Frauen, wenn du mit ihnen redest", erwiderte Ralph übertrieben geduldig.

„Ich soll mit den Frauen sprechen?"

„Natürlich." Duke tat so, als wäre es von Anfang an klar gewesen. „Entweder du oder Christian. Ihr seid schließlich diejenigen, die ihnen die Unterkunft zur Verfügung stellen."

„Ihr solltet noch ein Stück Land dazugeben." Ben nahm die Kanne Kaffee, schenkte allen nach und stellte sie wieder auf die Warmhalteplatte. „Ihr O'Hallorans habt so viel Land, dass ihr gar nicht wisst, was ihr damit machen sollt. Bietet den Frauen ein Blockhaus und acht Hektar Land, wenn sie ein Jahr in Hard Luck wohnen und arbeiten."

Die Piloten stimmten begeistert zu.

Sawyer hob die Hand, um für Ruhe zu sorgen. „Die Blockhäuser stehen aber nicht auf dem Land, das wir ihnen versprechen. Wenn wir etwas anderes behaupten ..."

„Niemand hat gesagt, dass die Blockhäuser auf dem Grundstück stehen, oder?" mischte Duke sich ein. „Außerdem sollte man einem geschenkten Gaul nicht ins Maul schauen." Er lachte leise über seinen kläglichen Witz.

Christian beachtete ihn gar nicht. „Ein Jahr scheint mir fair. Wenn es nicht klappt, können sie gehen – ohne bitteren Nachgeschmack."

„Moment mal", schaltete sich Sawyer ein. War er etwa der einzige, der noch nicht seinen Verstand verloren hatte? Frustriert wegen Phils Kündigung, war er ins Restaurant gekommen, um eine Tasse Kaffee zu trinken. Nun sah alles noch schlimmer aus.

„Und wie sollen wir den Frauen unser Angebot unterbreiten?" fragte Ralph.

„Wir werden Anzeigen aufgeben, wie wir bereits gesagt haben", erklärte Christian. „Ich muss sowieso geschäftlich nach Seattle fliegen und kann dann gleich mit den Bewerberinnen sprechen."

„Nicht so voreilig." Sawyer runzelte die Stirn. „Wir können die Blockhäuser und das Land nicht einfach verschenken, ohne vorher mit Charles darüber gesprochen zu haben. Außerdem kann man eine Stelle nicht nur für Frauen ausschreiben, ohne rechtliche Probleme zu bekommen."

Christian grinste. „Es gibt Wege, das zu umgehen."

„Aber wir müssen erst mit Charles darüber reden." Ihr älterer Bruder war stiller Teilhaber an ihrer kleinen Charterfluggesellschaft. Da es um ihren Familienbesitz ging, hatte er auch ein Wörtchen mitzureden.

„So viel Zeit haben wir nicht", wandte Christian ein. „Du weißt genauso gut wie ich, dass Charles damit einverstanden sein wird. Seitdem er für Alaska Oil arbeitet, hat er sich kaum um die Firma gekümmert."

„Am besten lasst ihr von einem Anwalt einen Vertrag aufsetzen", schlug Ben vor.

„Gute Idee." Christian machte sich wieder Notizen. „Ich werde sofort alles in die Wege leiten. Die Anzeige in einer Zeitschrift zu veröffentlichen dauert zu lange. Ich setze heute Vormittag noch den Text auf und schicke sie an eine Zeitung in Seattle. Wir sollten auch noch in einer anderen Stadt inserieren. Ich könnte zum Beispiel nach Oregon fahren und Gespräche mit Frauen aus Portland führen. Zeit genug habe ich."

„Klingt nicht schlecht."

„Ich entwerfe das Bewerbungsformular", erbot sich Sawyer widerstrebend. Ihm ging alles viel zu schnell. „Wisst ihr, Jungs ..."

Er wollte wirklich kein Spielverderber sein, aber irgendjemand musste ja den Überblick behalten, und die anderen hatten offenbar ihn als Wortführer auserkoren. „Falls tatsächlich eine Frau so verrückt sein sollte, auf unser Angebot einzugehen, sollten wir schnellstens die Blockhäuser auf Vordermann bringen. Da kommt eine Menge Arbeit auf uns zu."

„Ich helfe euch dabei", sagte John begeistert.

„Ich auch."

„Das werden wir wohl alle." Nachdem Duke seinen Kaffee ausgetrunken hatte, blickte er Christian aus zusammengekniffenen Augen an. „Sieh du nur zu, dass du für mich eine Blondine an Land ziehst."

„Eine Blondine", wiederholte Christian.

Sawyer schloss die Augen und stöhnte. Er hatte ein äußerst ungutes Gefühl bei der ganzen Sache.

1. KAPITEL

Es war wieder einer jener Tage gewesen, an denen alles schief ging. Abbey Sutherland setzte sich mit einer Tasse Tee in den großen Polstersessel und legte die Beine auf den Hocker. Dann schloss sie die Augen, um die herrliche Ruhe zu genießen.

Der Tag hatte schon schlecht angefangen, weil Scott verschlafen hatte und er und Susan infolgedessen den Schulbus verpasst hatten. Abbey fuhr sie also mit dem Wagen zur Schule und fuhr auch bei Rot über die Ampeln. Unterwegs musste sie sich zudem noch das Gejammer ihrer siebenjährigen Tochter anhören, denn Susan hatte ihren Lieblingspullover anziehen wollen, der noch in der Wäsche war.

Mrs. Duffy warf ihr einen bitterbösen Blick zu, als Abbey schließlich zehn Minuten zu spät in der Bücherei eintraf.

Nach dem Mittagessen kam es noch schlimmer. Sie erfuhr, dass man den Etat für das nächste Jahr gekürzt hatte und zwei Stellen gestrichen werden sollten. Da sie zuletzt eingestellt worden war, würde sie also in knapp drei Monaten arbeitslos sein.

Als Abbey um sechs müde und niedergeschlagen nach Hause gekommen war, hatte sie außerdem einen Brief von ihrem Vermieter erhalten, in dem eine Mieterhöhung angekündigt wurde.

Die Kinder hatten den ganzen Abend verrückt gespielt, als hätte sich ihre schlechte Stimmung auf sie übertragen. Abbey war so erschöpft, dass sie nicht einmal Lust hatte, ihre Lieblingsserie anzuschauen.

Während sie Tee trank, überlegte sie, was sie tun konnte. Sie hatte etwas Geld auf dem Sparbuch, aber es würde nicht einmal für einen Monat reichen. Ihre Eltern wollte sie auf keinen Fall wieder um Geld bitten, obwohl die beiden ihr beim ersten Mal sofort Hilfe angeboten und ihr noch nie Vorhaltungen gemacht hatten. Allerdings hatten sie sie gewarnt, nachdem Abbey verkündet hatte, sie wollte Dick Sutherland heiraten – zu Recht, wie sich herausgestellt hatte. Nach fünf Jahren Ehe war Abbey mit ihren beiden Kindern nach Seattle zurückgekehrt – am Boden zerstört und ohne einen Cent in der Tasche.

Obwohl es ihren Eltern selbst finanziell nicht besonders gut ging, hatten sie ihr durch die schwere Zeit geholfen und ihr Geld geliehen, damit sie ihre Ausbildung beenden konnte. Abbey hatte fast drei Jahre gebraucht, um es ihnen zurückzuzahlen.

Ihr Blick fiel auf die Zeitung, die auf dem Hocker lag. Eigentlich konnte sie jetzt schon die Stellenanzeigen lesen. Sie glaubte jedoch nicht, dass sie einen neuen Job als Bibliotheksgehilfin finden würde. Da überall eingespart wurde, gab es so gut wie keine offenen Stellen mehr in diesem Bereich. Wenn sie aber bereit war umzuziehen ...

„Mom." Scott stand plötzlich neben ihr.

„Ja." Abbey zwang sich, ihren neunjährigen Sohn anzulächeln.

„Jasons Hund hat Junge bekommen."

Ihr war äußerst beklommen zumute. Scott redete seit Monaten davon, dass er einen Hund haben wollte. „Schatz, wir haben das schon so oft besprochen. In diesem Apartmentkomplex ist Tierhaltung nicht erlaubt."

„Ich weiß, dass ich hier keinen Hund haben darf", verteidigte er sich. „Ich dachte nur, wir könnten vielleicht umziehen, wenn wir mehr Miete zahlen müssen."

„Und wenn wir eine neue Wohnung suchen, dann so eine, in der wir einen Hund halten dürfen, ja?"

Scott strahlte übers ganze Gesicht. „Jasons Welpen sind so süß, Mom. Weißt du, was meine Lieblingsrasse ist?"

Natürlich wusste sie es, aber ihm zuliebe fragte sie: „Welche denn?"

„Huskies."

„Weil das Maskottchen der Universität von Washington ein Husky ist?"

„Auch, aber sie haben so kluge Augen, nicht? Und ich mag es, wie ihr Schwanz sich einrollt. Als Haustiere sind sie zu groß, aber trotzdem sind sie meine Lieblingshunde."

Abbey streckte ihm die Hand entgegen. Obwohl Scott normalerweise nicht mehr mit ihr schmuste, setzte er sich zu ihr in den Sessel, lehnte den Kopf an ihre Schulter und seufzte laut. „Tut mir Leid, dass ich heute morgen verschlafen habe", flüsterte er.

„Und mir tut es Leid, dass ich dich angeschrien habe."

„Ist schon gut. Ich versprech' dir, dass ich von jetzt an immer sofort aufstehe, wenn du rufst, okay?"

„Okay." Abbey schloss die Augen und atmete den Duft seines frisch gewaschenen Haars ein.

Eine Weile saßen sie schweigend so da.

„Du solltest jetzt lieber wieder ins Bett gehen", sagte Abbey schließlich.

Scott stand auf. „Ziehen wir jetzt um?" fragte er erwartungsvoll.

„Ich glaube schon", erwiderte sie lächelnd.

„Nacht, Mom." Er lächelte ebenfalls. Dann drehte er sich um und verließ das Wohnzimmer.

Ihr war etwas leichter ums Herz, als sie die Zeitung in die Hand nahm und die Seite mit den Stellenangeboten aufschlug. Dabei fiel ihr Blick sofort auf eine Anzeige mit dem Text: *„Einsame Männer in Hard Luck, Alaska, bieten Jobs, ein Zuhause und Land"*. Es folgte eine Aufstellung der ausgeschriebenen Positionen.

Abbey blieb fast das Herz stehen, als sie sah, dass auch eine Bibliothekarin gesucht wurde.

Hard Luck in Alaska. Ein Job. Ein Zuhause mit einem Stück Land, das acht Hektar groß war. Du liebe Güte, das war mehr, als ihr Großvater damals besessen hatte, als er in Puyallup Himbeeren gezüchtet hatte!

Schnell holte Abbey ihren Atlas und blätterte darin, bis sie Alaska gefunden hatte. In der Liste mit den Ortsnamen war Hard Luck mit einhundertfünfzig Einwohnern verzeichnet.

Das Leben in einer Kleinstadt bedeutete normalerweise, dass es ein Gemeinschaftsgefühl gab. Das reizte sie, denn früher hatte sie immer sehr gern die Sommerferien auf der Farm ihrer Großeltern verbracht. Sicher würden sie und ihre Kinder sich rasch in einer Kleinstadt in Alaska eingewöhnen.

Als sie den Ort schließlich auf der Karte gefunden hatte, legte sich ihre Aufregung sogleich wieder. Hard Luck lag oberhalb des Polarkreises. Vielleicht war es doch keine so gute Idee, dorthin zu ziehen.

Am nächsten Morgen ließ Abbey sich ihre Situation während des Frühstücks noch einmal durch den Kopf gehen.

„Kinder“, sagte sie nach einer Weile und atmete einmal tief durch. „Was würdet ihr davon halten, nach Alaska zu ziehen?“

Scott wurde sofort hellhörig. „Alaska? Da werden Huskies gezüchtet!“

„Ja, ich weiß.“

„Da ist es kalt, nicht?“ fragte Susan.

„Sehr kalt sogar.“

„Kälter als in Texas?“

„Viel kälter“, erklärte Scott wichtigtuerisch. „Es ist so kalt, dass man nicht mal Kühlschränke braucht. Stimmt’s, Mom?“

„Hm, ich glaube, man benutzt dort trotzdem Kühlschränke.“

„Aber wenn man keinen Strom hätte, bräuchte man keine, oder?“

„Stimmt.“

„Kann ich dort einen Hund haben?“

Abbey überlegte einen Moment. „Das weiß ich erst, wenn wir dort sind“, erwiderte sie schließlich.

„Können Grandma und Grandpa uns dort besuchen?“ erkundigte sich Susan.

„Bestimmt. Und wenn nicht, würden wir sie besuchen.“

Scott füllte sich Cornflakes in seine Schüssel, ohne darauf zu achten, dass diese schon voll war.

„Ich habe gestern eine Anzeige in der Zeitung gelesen“, erklärte

Abbey. „In Hard Luck in Alaska wird eine Bibliothekarin gesucht, und es sieht so aus, als müsste ich mich bald nach einem neuen Job umschauen."

Scott und Susan schwiegen.

„Bevor ich anrufe und um einen Termin für ein Gespräch bitte, wollte ich das Ganze erst mit euch besprechen."

„Ich finde, du solltest es tun", meinte Scott. Seine blauen Augen funkelten, und es war offensichtlich, dass er bereits Visionen von Huskies hatte.

„Es wird eine ziemliche Umstellung für uns alle sein."

„Liegt da die ganze Zeit Schnee?" wollte Susan wissen.

„Ich glaube nicht, aber ich kann mich ja erkundigen." Abbey überlegte, wie viel sie ihren Kindern sagen sollte. „In der Anzeige steht, dass man mit der Stelle ein Blockhaus und ein acht Hektar großes Grundstück bekommt."

Scott, der gerade den Löffel zum Mund führte, hielt mitten in der Bewegung inne. „Kann man das Blockhaus und das Grundstück behalten?"

Sie nickte. „Allerdings müsste man sich verpflichten, ein Jahr dort zu wohnen. Ich glaube zwar nicht, dass sich viele Frauen um die Stelle bewerben, aber wer weiß? Es gibt nicht besonders viele freie Jobs für Bibliothekarinnen."

„Ich könnte überall für ein Jahr leben. Tu es, Mom!"

„Und was sagst du dazu, Susan?" Abbey nahm an, dass Susan die Entscheidung schwerer fallen würde.

„Gibt es da auch Mädchen, mit denen ich spielen kann?"

„Vermutlich schon, aber ich kann es dir nicht garantieren. Die Stadt hat nur einhundertfünfzig Einwohner. Das Leben wird dort ganz anders sein als hier."

„Komm schon, Susan", drängte Scott. „Wir hätten ein eigenes Haus."

Susan seufzte und zuckte die Schultern. „Willst du denn umziehen, Mom?"

Abbey strich Susan das dichte braune Haar zurück. Vielleicht war sie materialistisch und völlig verrückt, aber das Blockhaus und das Grundstück gingen ihr nicht aus dem Kopf. Ein Grundstück, das nicht mit Hypotheken belastet war, Sicherheit und ein Job, der ihr Spaß machen würde – all das erwartete sie in Hard Luck, Alaska.

Abbey atmete wieder tief durch und nickte. „Dann sollten wir es wohl tun."

Scott stieß einen Freudenschrei aus und sprang von seinem Stuhl auf, um seine Mutter an die Hand zu nehmen und mit ihr durch den Raum zu tanzen.

„Noch habe ich den Job nicht!" rief sie außer Atem.

„Aber du bekommst ihn", meinte er im Brustton der Überzeugung.

Sie hoffte nur, dass ihr Sohn Recht hatte.

Abbey trat zur Hotelrezeption und nannte ihren Namen.

„Mr. O'Halloran führt die Vorstellungsgespräche im Snoqualamie-Raum im zweiten Stock", informierte der Empfangschef sie.

Sie umklammerte ihre Bewerbungsmappe fester, als sie auf den Fahrstuhl zuging. Ihr Herz klopfte schneller, und ihr war äußerst beklommen zumute.

Unwillkürlich dachte sie daran, wie zurückhaltend ihre Eltern reagiert hatten, als sie ihnen von ihrer Bewerbung erzählt hatte. Marie Murray würde ihre Enkel vermissen, die sie so gern verwöhnte, und Wayne, Abbeys Vater, war der Meinung, dass ihr nicht klar war, worauf sie sich einließ. Gleich nach ihrem ersten Telefonat mit Christian O'Halloran hatte Abbey sich einige Bücher über Alaska besorgt, sodass sie nun schon ziemlich viel über das Leben dort wusste.

Sie hatte beschlossen, die Stelle anzunehmen, falls man sie ihr anbieten würde. Egal, wie kalt die Winter in Hard Luck waren – es war besser, dort zu leben, als wieder Geld von ihren Eltern annehmen zu müssen.

Sobald sie den Raum gefunden hatte, steckte sie den Kopf zur

Tür hinein. Ein schlanker Mann, der etwa Anfang Dreißig war, saß an einem Tisch und las. Neben ihm standen ein Krug mit Wasser und mindestens zwanzig Gläser.

„Hallo“, begrüßte sie ihn mit einem erwartungsvollen Lächeln. „Ich bin Abbey Sutherland.“

„Abbey.“ Unvermittelt stand er auf, als hätte sie ihn überrascht. „Ich bin Christian O'Halloran. Wir haben miteinander telefoniert. Bitte setzen Sie sich.“

Abbey nahm auf dem Stuhl ihm gegenüber Platz und reichte ihm ihre Mappe.

Er warf nur einen flüchtigen Blick darauf und schob sie beiseite. „Danke. Ich werde sie mir später anschauen.“

Nervös faltete sie die Hände im Schoß und wartete.

„Sie bewerben sich um die Position der Bibliothekarin, stimmt's?“

„Ja. Ich bereite mich auf meinen Abschluss in Bibliothekswissenschaften vor.“

„Das heißt, Sie sind keine ausgebildete Bibliothekarin.“

„Stimmt. Im Staat Washington muss man dafür den Magister in Bibliothekswissenschaften haben. In den letzten zwei Jahren habe ich als Gehilfin in der King-County-Bibliothek gearbeitet. Dort habe ich bei der Literatursuche geholfen, Auskünfte erteilt und Informationen beschafft. Außerdem habe ich Computerkenntnisse.“ Sie zögerte und überlegte, ob sie weitersprechen sollte.

„Das klingt großartig. Momentan gibt es in Hard Luck keine richtige Bücherei. Allerdings haben wir die entsprechenden Räumlichkeiten ...“

„Und Bücher?“

„O ja, Hunderte. Jemand hat sie der Stadt geschenkt, und wir suchen jemand, der in der Lage ist, eine Leihbücherei aufzubauen.“

„Das wäre für mich kein Problem.“ Abbey nannte ihm die Aufgaben, die ihre Tätigkeit umfasst hatte. Allerdings wurde sie das Gefühl nicht los, dass Christian O'Halloran sich gar nicht so sehr für ihre beruflichen Qualifikationen interessierte.

Er nannte das Gehalt. Es war zwar niedriger als ihr jetziges, doch sie würde davon keine Miete bezahlen müssen. Dann wusste er offenbar nicht mehr, was er fragen sollte.

„Können Sie mir etwas über das Gebäude sagen?“ erkundigte sie sich daher.

„Ja, sicher. Es war früher einmal ein Wohnhaus – die Heimstätte meines Großvaters –, aber es wird Ihnen wohl keine Schwierigkeiten machen, es in eine Bücherei umzuwandeln, oder?“

„Ich glaube nicht.“

„Ihnen ist hoffentlich klar, dass das Leben in Hard Luck ganz anders sein wird als in Seattle“, bemerkte Christian.

Genau das hatte ihr Vater auch gesagt. „Ja, das ist mir klar. Könnten Sie mir etwas über das Haus und das Land erzählen, das Sie anbieten?“

„Gern.“

„Würden Sie mir bitte zuerst das Haus beschreiben?“

Christian zögerte, bevor er antwortete. „Es ist sehr klein und ziemlich ... rustikal.“ Er fuhr stockend fort: „Es hat einen ... ländlichen Touch. Verstehen Sie mich nicht falsch, es ist gemütlich, aber anders als das, was Sie gewohnt sind.“

„Das kann ich mir vorstellen. Erzählen Sie mir von Hard Luck.“

Nun entspannte er sich zusehends. „Es ist wohl der schönste Ort auf der Welt, aber Sie müssen sich selbst eine Meinung bilden. Im Sommer scheint die Sonne fast vierundzwanzig Stunden am Tag. Die Wildblumen blühen in allen erdenklichen Farben, und die Wälder und die Tundra leuchten orange, rot und golden.“

„Das hört sich vielversprechend an. Und wie ist es im Winter?“

„Oh ... ja, im Winter ist es auch schön, allerdings auf eine andere Art. Ich glaube, niemand hat wirklich gelebt, bevor er nicht unsere Lightshow gesehen hat.“

„Das Polarlicht.“

„Ich möchte Ihnen nichts vormachen“, fuhr Christian fort. „Im

Winter wird es verdammt kalt – oft sogar bis minus vierzig oder fünfzig Grad."

„Du meine Güte!" Abbey wusste das bereits, doch aus seinem Mund klang es noch dramatischer.

„An solchen Tagen kommt fast alles zum Erliegen. Normalerweise fliegen wir dann auch nicht."

Sie nickte. Er hatte ihr am Telefon bereits von Midnight Sons, der kleinen Charterfluggesellschaft der Brüder O'Halloran, erzählt.

„Was ist zum Beispiel mit der Schule?" erkundigte sie sich. Während ihres Telefonats hatte sie von ihm erfahren, dass es in Hard Luck eine Schule gab, die Kindergarten, Grund- und weiterführende Schule in einem war.

„Da man bei der Kälte nichts machen kann, rücken wir sozusagen zusammen. Der Unterricht fällt allerdings nur ganz selten aus." Er schwieg einen Moment. „In Hard Luck ist jeder auf den anderen angewiesen."

„Wie sieht es mit der Lebensmittelversorgung aus?"

„Alle Einwohner decken sich einmal im Jahr mit Vorräten ein. Aber falls man mal etwas braucht, gibt es immer noch den kleinen Lebensmittelladen von Pete Livengood, oder einer der Piloten kann Ihnen etwas aus Fairbanks mitbringen. Midnight Sons fliegt Fairbanks nämlich täglich an. Öl wird täglich geliefert."

„Kann man auch mit dem Wagen nach Fairbanks fahren? Es scheint keine Straße zu geben, die dorthin führt."

„Doch, es gibt eine unbefestigte Straße", erwiderte er stolz.

Abbey war erleichtert. Falls sie den Job bekam, musste sie ihre Möbel und persönlichen Gegenstände nach Hard Luck bringen lassen, und per Flugzeug wäre es sicher zu kostspielig gewesen.

„Haben Sie noch Fragen?" erkundigte sie sich.

„Nein." Christian warf einen Blick auf seine Armbanduhr. „Würden Sie bitte ein Bewerbungsformular ausfüllen? Ich werde wohl morgen noch Gespräche führen. Wenn es Ihnen recht ist, rufe ich Sie morgen Nachmittag an."

Sie stand auf. „Ja, gern."

Er reichte ihr das Formular, das sie rasch ausfüllte und ihm zurückgab.

Schließlich stand er auf und reichte ihr die Hand. „Es hat mich sehr gefreut, Sie kennen zu lernen."

„Ganz meinerseits." Abbey ging zur Tür und blieb dort noch einmal stehen. Sie brauchte den Job, um den Lebensunterhalt für sich und ihre Kinder finanzieren zu können. Doch mittlerweile war ihr klar geworden, dass sie ihn nicht nur brauchte, sondern auch *wollte*.

Sie freute sich darauf, ganz allein eine Bücherei aufzubauen, aber es war nicht bloß das. Als dieser Mann von Hard Luck gesprochen hatte, hatten seine Augen geleuchtet, und er hatte mit leidenschaftlichem Tonfall die Schönheit seiner Heimat beschrieben.

„Mr. O'Halloran?" sagte sie spontan.

Christian O'Halloran hatte sich bereits wieder gesetzt und blickte von seinen Papieren auf. „Ja?"

„Wenn Sie mir die Stelle geben, verspreche ich Ihnen, Sie und die Einwohner von Hard Luck nicht zu enttäuschen."

Er nickte. „Und ich verspreche Ihnen, Sie bald anzurufen."

„Und?" Scott schaute seine Mutter erwartungsvoll an, als sie nach Hause kam. „Wie war das Gespräch?"

Abbey streifte ihre Pumps ab. „Gut – hoffe ich jedenfalls."

„Kriegst du den Job?"

Sie wollte ihm keine falschen Hoffnungen machen. „Ich weiß nicht, Schatz. Wo ist Missy?" Seit sie den Teenager so gut fürs Babysitten bezahlte, erwartete sie auch, dass Missy ihre Kinder nicht aus den Augen ließ.

„Sie muss für ihre Mutter etwas in den Backofen tun und hat Susan mitgenommen. Sie sind bald wieder da."

Abbey ließ sich auf ihren Lieblingssessel sinken und legte die Füße auf den Hocker. „Hast du deine Hausaufgaben schon gemacht?"

„Ich hab' nichts auf. Es sind ja bald Ferien."

„Ich weiß."

Vor den Sommermonaten graute ihr bereits, denn die Freizeitaktivitäten für die Kinder und die Betreuung durch einen Babysitter wurden immer teurer. Und Scott war schon fast aus dem Alter heraus, wo er einen Aufpasser brauchte.

„Kann ich zu Jason rübergehen?" fragte Scott erwartungsvoll. „Ich bin auch zum Abendessen wieder zurück."

Abbey nickte. Ihr war durchaus klar, dass er sich weniger für Jason als für dessen Hunde interessierte.

2. KAPITEL

Sawyer betrat das lange Wohnmobil, das neben der unbefestigten Start- und Landebahn lag und als Büro von Midnight Sons diente. Seit sie das Unternehmen acht Jahre zuvor gegründet hatten, hatten sie vor, irgendwann ein richtiges Bürogebäude zu errichten. In dieser Zeit hatten Charles und Sawyer sich ein eigenes Haus gebaut. Sawyers lag gegenüber von Christians Haus, in dem früher die ganze Familie gewohnt hatte, während das von Charles in einer anderen Straße lag. Ihre Firma hielt sie allerdings so auf Trab, dass der Bau eines Büros nur eines von vielen Dingen war, zu denen sie nicht gekommen waren.

Sawyer ließ sich erschöpft auf den Drehstuhl hinter Christians Schreibtisch fallen. Es war harte Arbeit, die alten Blockhäuser sauber zu machen, und erstaunlicherweise halfen die Piloten eifrig mit. Da die Substanz in Ordnung war, hatten einige kleinere Reparaturen und der Einsatz von Putzmitteln und Wasser wahre Wunder gewirkt. Allerdings bezweifelte Sawyer, dass auch nur eine der Frauen sich von einem vierzig Jahre alten Blockhaus beeindruckt zeigen würde.

Als das Telefon klingelte, nahm er den Hörer ab. Dabei bemerkte er, dass die Anzeige auf dem Anrufbeantworter blinkte.

„Midnight Sons."

„Wo hast du den ganzen Tag gesteckt?" meinte Christian unwirsch. „Ich habe dreimal eine Nachricht hinterlassen, dass du mich zurückrufen sollst."

„Tut mir Leid." Sawyer hätte gern mit ihm getauscht. Während sein Bruder sich herumtrieb, um Ersatzteile zu kaufen, mit Reiseveranstaltern verhandelte und sich mit Frauen traf, hatte er, Sawyer, den Schrubber geschwungen. Jedenfalls hatte er in der letzten Woche so viele Spinnweben gesehen, dass es ihm bis an sein Lebensende reichte.

„Du kannst Duke ausrichten, dass ich eine Blondine für ihn gefunden habe", verkündete Christian triumphierend. „Ihr Name ist Allison Reynolds, und sie wird unsere neue Sekretärin – vielleicht."

Sawyer musste sich eine ärgerliche Bemerkung verkneifen. „Und welche Qualifikationen hat sie?"

„Abgesehen davon, dass sie blond ist?" Christian lachte leise. „So etwas habe ich noch nicht erlebt, Sawyer. Nachdem ich die Anzeige in die Zeitung gesetzt hatte, wurde der Auftragsdienst mit Anrufen überschwemmt. Es gibt anscheinend viele einsame Frauen."

„Weiß unsere neue Sekretärin, dass sie in einem Blockhaus leben und auf jeglichen Komfort verzichten muss?"

„Von dem Blockhaus habe ich ihr natürlich erzählt, aber ich bin nicht dazu gekommen, ihr die Einzelheiten zu schildern."

„Christian! Sie erwartet sicher moderne sanitäre Anlagen statt einer separaten Toilette draußen. Frauen mögen derartige Überraschungen nicht."

„Ich wollte sie nicht abschrecken", verteidigte sich Christian. „Ich habe ihr den Job angeboten, und sie wollte es sich noch einmal überlegen. Wenn sie zusagt, kann ich ihr ja die Einzelheiten schildern."

„Heißt das, aus der Masse der Bewerberinnen hast du ausgerechnet die Frau ausgesucht, die nicht sicher war, ob sie die Stelle wollte?" Sawyer musste wirklich an sich halten, um nicht den Hörer auf die Gabel zu knallen.

„Glaub mir, Allison will den Job. An ihrer Stelle würde ich es mir auch noch einmal durch den Kopf gehen lassen." Christian machte eine Pause, bevor er fortfuhr: „Die Anzeige war gut. Wir haben damit erreicht, was wir wollten."

Sawyer hatte den Text sorgfältig geprüft, aus Angst, eine Formulierung könnte unklar sein oder den Eindruck vermitteln, dass Männer sich nicht bewerben durften.

„Ich habe in den letzten Tagen wohl mit mindestens dreißig Frauen gesprochen", berichtete Christian begeistert. „Und viele haben sich telefonisch nach den Einzelheiten erkundigt."

„Hat sich auch eine Bibliothekarin gemeldet?“

„Ein paar, aber es waren wesentlich mehr Sekretärinnen dabei. Als ich Allison gesehen habe ...“

„Kann sie Schreibmaschine schreiben?“

„Ich nehme es an. Schließlich arbeitet sie in einem Büro.“

„Hast du sie probetippen lassen?“ erkundigte Sawyer sich empört.

„Verdammt, wozu? Wir brauchen doch keine Sekretärin, die dreihundert Anschläge pro Minute schafft. Außerdem bin ich in einem Hotel. Wo soll ich eine Schreibmaschine herzaubern?“

Sawyer fuhr sich über die Stirn. „Ich glaube das einfach nicht.“

„Warte, bis du sie siehst“, erklärte Christian begeistert. „Sie ist eine Wucht!“

„Na wunderbar!“ Sawyer konnte es sich bereits lebhaft vorstellen: Seine Crew würde im Büro herumhängen und diese Blondine anhimmeln, statt zu fliegen.

„Pass auf, dass du nicht ins Fettnäpfchen trittst“, riet Christian. „Ich habe viel erreicht. Du solltest dich freuen.“

„Den Eindruck habe ich aber nicht!“ tobte Sawyer.

„Ich habe mich noch nicht entschieden, welche Frau ich als Bibliothekarin einstellen soll. Es war eine Bewerberin dabei, die den Job offenbar unbedingt haben wollte. Ich frage mich bloß, warum. Schließlich haben wir nicht viel zu bieten.“

„Ein Haus und acht Hektar Land klingen aber vielversprechend“, meinte Sawyer wütend.

„Meinst du, ich sollte sie engagieren?“

„Wenn sie qualifiziert ist und den Job will, dann stell sie ein.“

„Gut. Ich rufe sie gleich an, um alles mit ihr zu besprechen.“

„Moment mal. Ist sie hübsch?“ Allmählich verlor Sawyer das Vertrauen in Christians Urteilsvermögen. Der Himmel mochte ihnen beistehen, wenn sein Bruder alle Bewerberinnen nach ihrem Aussehen einstellte.

Christian zögerte einen Moment, bevor er antwortete. „Ja, das ist sie. Allerdings haut sie einen nicht um wie Allison. Sie ist eher durchschnittlich hübsch – mittelgroß, braunes Haar, braune Augen, Stupsnase. Was Allison dagegen betrifft ... Warte nur, bis John sie von vorn sieht." Wieder lachte Christian.

„Stell sie ein", erwiderte Sawyer unwirsch.

„Allison? Ich habe dir doch gesagt, dass sie es sich noch einmal überlegen will."

„Ich meinte die Bibliothekarin."

„Oh, also gut, von mir aus."

Sawyer stützte die Ellbogen auf den Tisch und schüttelte den Kopf. „Gibt es sonst noch etwas, das du mir erzählen wolltest?"

„Nicht viel. Ich führe erst einmal keine Gespräche mehr. Allison, die Bibliothekarin und die neue Lehrerin – das reicht fürs Erste. Wir sollten abwarten, wie die Dinge sich entwickeln. Bis dahin behalte ich die Unterlagen der anderen Bewerberinnen."

„Ja, das reicht." Sawyer gab sich keine Mühe, seine schlechte Laune zu verbergen.

„Ach, was ich dir noch sagen wollte. Falls Allison den Job annimmt, kann sie erst in ein paar Wochen anfangen, weil sie eine Reise gebucht hat. Wir haben jetzt so lange gewartet, dass es darauf auch nicht mehr ankommt."

„Warum hast du ihr nicht erklärt, dass sie auch nächstes Jahr anfangen kann?"

„Sehr witzig", konterte Christian. „Was ist eigentlich los mit dir, Bruderherz? Bist du etwa neidisch auf mich? Na ja, ich kann es dir nicht verdenken. Mir hat es jedenfalls Spaß gemacht, all die Frauen kennen zu lernen. Bis später." Dann legte Christian auf.

Abbey war am Boden zerstört. Sie hatte den Job nicht bekommen, denn wenn Christian O'Halloran sie eingestellt hätte, hätte er sich längst bei ihr gemeldet.

Auch Scott und Susan stocherten lustlos in ihrem Essen herum. Keiner von ihnen schien großen Appetit zu haben.

„Es sieht nicht so aus, als würde ich den Job in Alaska bekommen", erklärte Abbey, um ihnen keine falschen Hoffnungen zu machen. „Mr. O'Halloran, mit dem ich das Gespräch geführt habe, hätte mich sonst längst angerufen."

Scott lächelte tapfer. „Du findest bestimmt etwas anderes, Mom."

„Ich wollte so gern nach Alaska ziehen." Susan war den Tränen nahe. „Ich hab' allen in meiner Klasse erzählt, dass wir weggehen."

„Das tun wir auch", versuchte Abbey, sie zu trösten. „Doch wir werden nicht nach Alaska ziehen."

„Können wir irgendwann mal hinfahren?" fragte Scott. „Ich hab' in den Büchern gelesen, die du mitgebracht hast. Es muss ganz toll dort sein."

„Irgendwann", versprach sie.

Als im nächsten Moment das Telefon klingelte, das an der Küchenwand hing, drehten die Kinder sich erwartungsvoll um.

„Der Anrufbeantworter ist eingeschaltet." Abbey duldete grundsätzlich nicht, dass sie beim Abendessen gestört wurden.

Als der Signalton nach der Ansage ertönte, lauschten alle drei angespannt.

„Hier ist Christian O'Halloran."

„Mom!" rief Scott aufgeregt.

Abbey sprang auf, lief zum Telefon und riss den Hörer von der Gabel. „Hallo, Mr. O'Halloran", meldete sie sich ganz außer Atem.

„Hallo", erwiderte Christian. „Gut, dass ich Sie erreiche."

„Das freut mich auch. Haben Sie sich entschieden?"

„Sie haben den Job, wenn Sie ihn immer noch wollen."

„O ja." Abbey gab ihren Kindern ein Zeichen, indem sie den Daumen hochstreckte.

„Wann können Sie anfangen?"

Abbey war sicher, dass sie kurzfristig kündigen konnte. „Wann es Ihnen passt."

„Wie wär's gleich nächste Woche?" schlug Christian vor. „Ich komme zwar erst später von meiner Geschäftsreise zurück, aber mein Bruder Sawyer kann Sie in Fairbanks abholen."

„Nächste Woche?"

„Benötigen Sie noch mehr Zeit?"

„Nein, nein", beeilte sie sich zu sagen, aus Angst, er könnte seine Meinung ändern. Sie konnte die Kinder etwas früher aus der Schule nehmen, und zum Packen würde sie auch nicht lange brauchen.

„Prima. Wir sehen uns dann in Hard Luck."

„Danke, Mr. O'Halloran. Ich kann Ihnen gar nicht sagen, wie ich mich freue. Ach, und noch etwas ..." Abbey wollte ihm nicht verschweigen, dass sie Scott und Susan mitbrachte, denn von Kindern hatte nichts in der Anzeige gestanden.

„Ich komme gleich, Allison", sagte Christian leise.

„Wie bitte?"

„Ich bin zum Essen verabredet", erklärte er. „Also, mein Bruder wird Sie in Fairbanks abholen. Ich setze mich mit dem Reisebüro in Verbindung, damit man Sie wegen des Flugtickets anruft."

„Bezahlen Sie das Ticket?"

„Natürlich. Und Sie brauchen keine Wintersachen mitzunehmen. Sie können hier alles kaufen."

„Aber ..."

„Ich wünschte, ich hätte mehr Zeit, Ihre Fragen zu beantworten", unterbrach er sie, „aber Sawyer wird Sie über die Einzelheiten informieren."

„Mr. O'Halloran ..."

„Viel Glück in Hard Luck, Abbey."

„Danke." Abbey gab es auf. Er würde von Scotts und Susans Existenz erfahren, wenn er zurückkehrte. Die Stadt würde jedenfalls eine sehr gute Bibliothekarin bekommen – und eine Zugabe!

„Soll ich heute Nachmittag wirklich nicht nach Fairbanks fliegen und die neue Bibliothekarin abholen?" John Henderson setzte sich rittlings auf den Stuhl Sawyer gegenüber. Johns Haar war ordentlich gekämmt, und es sah aus, als würde er ein neues Hemd tragen.

„Nur zu!" So wie die Leute in Hard Luck sich benahmen, hätte man meinen können, eine First Lady hätte ihren Besuch angekündigt. Duke war an diesem Morgen frisch rasiert und geschniegelt in Bens Restaurant aufgetaucht und hatte durchdringend nach Aftershave gerochen. Sawyer musste sich ein Grinsen verkneifen. Die nächste Frau würde in wenigen Tagen eintreffen, und er fragte sich, wann die Männer es leid sein würden, sich so herauszuputzen.

„Nur über meine Leiche!" rief Duke. „Wir wissen schließlich alle, was passiert ist, als John das letzte Mal eine Frau hierher geflogen hat."

„Das war nicht meine Schuld. Wie oft soll ich es euch noch sagen?"

„Schluss damit! Ich hole sie ab." Als Sawyer sich abwandte, fiel sein Blick auf die Tafel, auf die Ben gerade die Tageskarte schrieb.

„Beef Wellington?" erkundigte Sawyer sich verblüfft.

„Na und?" entgegnete Ben herausfordernd. „Ich will unserer neuen Bibliothekarin bloß zeigen, dass wir zivilisiert sind."

Für Sawyer lief das Projekt nicht besonders vielversprechend an. Er hätte seinen letzten Dollar darauf verwettet, dass keine der Frauen den Winter in Hard Luck überstehen würde. Mittlerweile betrachtete er das Ganze noch skeptischer als am Anfang.

„Hast du schon mit den Leuten von der Zeitung gesprochen?" Ben stellte einen Teller mit Rührei und Toast vor ihm auf den Tisch. „Nein." Sawyer runzelte die Stirn. Es war nicht weiter verwunderlich, dass die Journalisten auf ihre Aktion aufmerksam geworden waren und jetzt unbedingt eine Story wollten. Christian hatte ihnen seinen Namen gegeben, und sie hatten ihn die ganze Woche bedrängt. Am liebsten hätte Sawyer seinen kleinen Bruder erwürgt.

Da die erste Frau bald eintreffen würde, bedauerte er, dass er Charles nicht in ihren Plan hatte einweihen können. Da er als Geologe für Alaska Oil tätig war, war er oft wochenlang unterwegs – wie auch jetzt.

Sawyer war fest davon überzeugt, dass Charles sie alle für verrückt erklären würde, wenn er davon erfuhr.

„Das Blockhaus ist jedenfalls fertig", erklärte Duke zufrieden.

Nachdem sie die Wände und den Boden abgeschrubbt hatten,

hatten Sawyer und einige andere Männer die alten Möbel aus dem Lagerraum des Hotels geholt. Er hatte Bedenken gehabt, die alten Matratzen wieder in Gebrauch zu nehmen, aber Pearl und die anderen Frauen hatten sie ausgiebig gelüftet.

Als Sawyer auf dem Weg zu Bens Restaurant einen Blick in das Blockhaus geworfen hatte, hatte er sich eingestehen müssen, dass es fast einladend aussah. Der schwarze Ofen war auf Hochglanz poliert, und die Frauen hatten für das Fenster Gardinen mit einem Blumenmuster und für den Holztisch eine Decke aus demselben Stoff genäht. Außerdem hatte man die Regale mit Vorräten bestückt, und irgendjemand hatte sogar einen Kühlschrank gestiftet.

Das Bett mit der sonnengebleichten Bettwäsche und der dünnen Wolldecke erinnerte an eine Gefängnispritsche, doch das behielt Sawyer lieber für sich. Pearl und ihre Freundinnen hatten sich wirklich viel Mühe dabei gegeben, das Blockhaus wohnlich zu machen. Jemand hatte sogar eine Vase mit Blumen auf den Tisch gestellt – direkt neben die Petroleumlampe und den Dosenöffner.

„Woran willst du sie eigentlich erkennen, wenn sie aus dem Flugzeug steigt?“ erkundigte sich Ben, der direkt vor Sawyer stand und ihm beim Essen zusah.

„Ich werde die Jacke mit dem Firmenemblem tragen“, erwiderte Sawyer. „Sie muss also mich erkennen.“

„Wie heißt sie noch?“

„Abbey Sutherland.“

„Sicher ist sie hübsch.“

Seine Männer schauten verklärt aus dem Fenster. Er glaubte seinen Augen nicht zu trauen.

„Ich verschwinde lieber, bevor mir noch schlecht wird“, bemerkte er spöttisch.

„Soll ich dich wirklich nicht begleiten?“ fragte John.

„Nein, wirklich nicht.“ Auf dem Rückflug musste Sawyer die Post und eine große Lieferung Konserven für den Lebensmittelladen mitnehmen. Er hoffte inständig, dass Abbey Sutherland mit leichtem Gepäck reiste, denn in der „Baron" war nur Platz für zwei Koffer.

Nachdem er sich seine Jacke geschnappt hatte, die über der Stuhllehne hing, verließ er das Restaurant und ging über die Hauptstraße von Hard Luck zur Start- und Landebahn.

Sawyer war so oft nach Fairbanks geflogen, dass er die Strecke sogar mit verbundenen Augen hätte zurücklegen können. Sobald er nach der Landung die Post und die Lebensmittel eingeladen hatte, machte er sich mit einem äußerst unbehaglichen Gefühl auf den Weg zum Terminal. Dort warf er einen Blick auf den Monitor, um sich zu vergewissern, dass das Flugzeug pünktlich landete. Dann holte er sich einen Kaffee und ging zu dem entsprechenden Flugsteig.

Dass zu dieser Jahreszeit so viel Betrieb im Flughafen herrschte, wunderte ihn. Die meisten Leute waren vermutlich Touristen. Das Erste, was man bemerkte, wenn man die Ankunftshalle betrat, war ein riesiger Eisbär, der auf den Hinterbeinen stand. Obwohl Sawyer ihn schon unzählige Male gesehen hatte, war er von dem Anblick immer noch beeindruckt.

Das Flugzeug war pünktlich gelandet. Während er seinen Kaffee trank, beobachtete er die Passagiere, die hereinkamen, und fragte sich, woran er Abbey Sutherland erkennen sollte. Sein Bruder hatte gesagt, sie sei „durchschnittlich" hübsch.

Diese Beschreibung traf auf alle weiblichen Passagiere zu – mit einer Ausnahme.

Eine junge Frau in Begleitung von zwei Kindern trat in die Ankunftshalle und schaute sich erwartungsvoll um. Das Mädchen, das höchstens sechs oder sieben Jahre alt war, drückte einen Stoffbären an seine Brust. Der Junge war zwei oder drei Jahre älter und schien sein Temperament kaum zügeln zu können.

Die Frau war nicht nur hübsch, sondern schön, wie Sawyer entschied. Sie hatte kinnlanges dichtes braunes Haar und warm blickende braune Augen. Auch ihre ruhige Art gefiel ihm.

Als sie sich umsah, hielt sie ihre Kinder fest. Sie schien ebenfalls jemand in der Menge zu suchen.

Schließlich zwang er sich, den Blick von ihr abzuwenden, um Ausschau nach der Bibliothekarin zu halten.

Braunes Haar und eine Stupsnase ...

Wieder richtete er sein Augenmerk auf die Frau mit den beiden Kindern. Als ihre Blicke sich begegneten, lächelte die Frau. Es war kein schüchternes oder kokettes Lächeln, sondern offen und freundlich, als hätte sie ihn erkannt und als erwartete sie, auch erkannt zu werden.

Schließlich kam sie geradewegs auf ihn zu. „Hallo", grüßte sie.

„Hallo." Da Sawyer befürchtete, die Bibliothekarin zu verpassen, schaute er an ihr vorbei.

„Ich bin Abbey Sutherland."

Sofort sah er wieder sie, dann die beiden Kinder an.

„Das sind meine Kinder, Scott und Susan", erklärte sie. „Vielen Dank, dass Sie uns abholen."

3. KAPITEL

„Ihre Kinder?“ wiederholte Sawyer.

„Ja.“ Abbey fiel sofort auf, wie ähnlich sich Sawyer und Christian O'Halloran waren. Beide waren groß und schlank und hatten markante Züge. Wenn Sawyer hundert Jahre früher gelebt hätte, hätte er sicherlich auf einem Pferd gesessen und wäre durch die Berge geritten. Stattdessen flog er in seinem Flugzeug über die Wildnis, von einem Flecken der Zivilisation zum anderen.

Im Gegensatz zu Christian hatte Sawyer jedoch einen Bart. Sein Haar war dunkel und seine Augen graublau. Er trug ein rot kariertes Flanellhemd und darüber eine Jacke mit dem Logo von Midnight Sons. Abbey vermutete, dass er keine Ahnung hatte, wie attraktiv er war.

„Hallo“, sagte Scott eifrig und schaute zu Sawyer auf.

Als der Pilot Scotts Hand schüttelte, bemerkte sie, wie der Ausdruck in seinen Augen sanfter wurde. „Freut mich, dich kennen zu lernen, Scott.“

„Alaska ist bestimmt sehr groß.“

„Das ist es. Hallo, Susan.“ Nachdem Sawyer auch Susan die Hand geschüttelt hatte, lächelte diese ihre Mutter an. Offenbar war sie entzückt, dass ein Erwachsener ihr so viel Respekt entgegenbrachte.

„Können wir kurz unter vier Augen miteinander sprechen, Miss Sutherland?“ erkundigte Sawyer sich, ehe er voran zur Wartezone ging. Abbey folgte ihm, ohne ihre Kinder aus den Augen zu lassen.

„Christian hat mir nicht erzählt, dass Sie Kinder haben“, erklärte Sawyer ohne Umschweife.

„Er hat mich nicht danach gefragt. Außerdem war weder auf dem Bewerbungsformular noch in dem Vertrag die Rede davon. Ich fand es schon ein bisschen komisch, weil Sie ja die Unterkunft zur Verfügung stellen.“

„Sie hätten etwas sagen können." Vorwurfsvoll schaute er sie an.

„Das wollte ich ja, aber Ihr Bruder war so beschäftigt. Außerdem dachte ich, es sei nicht so wichtig." Allmählich ärgerte sie sich über Sawyers Verhalten.

„Im Vertrag steht nichts von Kindern."

„Das weiß ich", entgegnete sie so ruhig wie möglich. „Wie ich bereits sagte, habe ich alle Fragen im Bewerbungsformular beantwortet. Ich bin der Meinung, meine Kinder gehen nur mich etwas an. Ich wurde als Bibliothekarin eingestellt. Solange ich meine Arbeit erledige, spielt es doch keine Rolle, ob ich eine Familie habe oder nicht."

„Und was ist mit Ihrem Mann?"

„Ich bin geschieden. Würde es Ihnen etwas ausmachen, ein andermal darüber zu reden? Wir sind nämlich alle drei sehr müde, weil wir gestern Abend spät in Anchorage gelandet sind und heute früh aufstehen mussten, um den Flug nach Fairbanks zu bekommen."

Sawyer zögerte einen Moment. „Kein Problem", meinte er schließlich.

Da er äußerst angespannt wirkte, glaubte Abbey ihm das nicht ganz.

„Ich bin mit der Baron hier", erklärte er, während er mit ihnen zur Gepäckausgabe ging. „Ich hoffe nur, dass Sie mit leichtem Gepäck gereist sind."

Ihr war nicht klar, was er unter „leichtem" Gepäck verstand. Sie hatte alles eingepackt, was in die Koffer hineingepasst hatte. Der Rest würde per Schiff nachgeliefert werden und, so hoffte sie wenigstens, innerhalb der nächsten vier Wochen eintreffen.

„Sieh mal, Mom!" Scott zeigte zur Wand, an der verschiedene Trophäen hingen. Der Kopf eines Bären, der die Zähne bleckte, schien ihn besonders zu faszinieren.

„Dieser blöde Bär wollte wohl mit dem Kopf durch die Wand", scherzte Sawyer.

Scott lachte, aber Susan betrachtete das Tier, als wäre so etwas durchaus möglich.

Nachdem sie ihr Gepäck vom Band genommen hatten, trat Sawyer einen Schritt zurück. „Sie haben sechs Koffer dabei", stellte er missbilligend fest.

„Ich weiß", erwiderte Abbey ruhig. „Die brauchten wir auch."

„Dafür habe ich nicht genug Platz im Flugzeug. Ich weiß nicht, wie ich Sie, die Kinder, die Post, eine Lieferung Konserven und das Gepäck darin verstauen soll. Wenn Sie mir Bescheid gesagt hätten, hätte ich eine größere Maschine genommen."

Abbey verkniff sich eine scharfe Bemerkung. Sie hatte Christian von ihren Kindern erzählen wollen, aber er war viel zu sehr mit seinem Rendezvous beschäftigt gewesen. Weder ihm noch Sawyer hatte sie bewusst etwas verschwiegen. Und woher hätte sie wissen sollen, wie viel Gepäck in ein kleines Flugzeug passte?

„Schon gut", sagte Sawyer ungeduldig. „Ich kümmere mich später darum. Lassen Sie uns gehen."

Nachdem sie die Koffer auf einen Transporter geladen hatten, fuhren sie um den Flughafen herum zu einem Rollfeld, auf dem die kleinen Maschinen verschiedener Charterfluggesellschaften standen.

„Das ganze Zeug gehört Mom und Susan", flüsterte Scott, als Sawyer ihm aus dem Wagen half. „Sie wollten unbedingt alles mitnehmen."

„Typisch Frau", murmelte Sawyer, bevor er sie zum Flugzeug führte.

Als Abbey einen Blick in die kompakte zweimotorige Maschine warf, war ihr klar, dass er Recht hatte. Es war kaum genug Platz für sie, ganz zu schweigen von den Kindern und dem Gepäck.

„Es gibt nur zwei Sitze." Nervös schaute sie Sawyer an.

„Sie sitzen direkt neben mir, und die Kinder schnalle ich auf dem anderen Sitz an", wies er Abbey an, nachdem er eingestiegen war.

„Ist das erlaubt?"

„Unterhalb des achtundvierzigsten Breitengrads wahrscheinlich nicht, aber hier tun wir es einfach. Keine Angst, Ihnen wird nichts passieren." Er ging ins Cockpit, nahm einen schwarzen Ordner und einen Stapel Papiere vom Passagiersitz und stopfte alles zwischen die beiden Sitze.

„Setzen Sie sich darauf", sagte er. „Ich kümmere mich inzwischen um die Kinder."

Sobald Abbey in die Maschine geklettert und auf dem behelfsmäßigen Sitz neben seinem Platz genommen hatte, hob er die Kinder hinein und schnallte sie auf dem Sitz hinter ihr an. Scott und Susan wirkten nicht gerade begeistert, doch es ließ sich nicht ändern.

„Und was ist mit unserem Gepäck?" fragte Abbey, nachdem Sawyer sich neben sie niedergelassen hatte.

Er setzte den Kopfhörer auf, zog den Ordner hervor und machte darin Notizen.

„Das Gepäck", wiederholte sie.

„Die Koffer passen nicht mehr in die Maschine. Wir müssen sie hier lassen."

„Was?" rief sie entsetzt. „Das geht nicht!"

Ohne auf ihren Protest zu achten, machte er das Flugzeug startklar.

„Wie lange fliegen wir?" erkundigte sich Scott.

„Ungefähr eine Stunde."

„Kann ich auch mal steuern?"

„Diesmal nicht", erwiderte Sawyer geistesabwesend.

„Ein andermal dann?"

„Vielleicht."

„Mr. O'Halloran." Abbey seufzte entnervt. „Können wir bitte das Problem mit dem Gepäck besprechen?"

„Nein. Ich bin vertraglich verpflichtet, die Post zu befördern. Das ist sehr viel wichtiger. Ich habe nicht die Absicht, einen Teil meiner Fracht zurückzulassen, nur damit Sie irgendwelche unnützen Sachen mitschleppen können, die Sie sowieso nicht brauchen."

„Ich habe keine unnützen Sachen mitgeschleppt. Würden Sie jetzt bitte so freundlich sein ..."

Unvermittelt drehte er sich zu Scott um. „Magst du Hunde?"

Der Junge bekam sofort große Augen. „Darauf können Sie wetten."

Sawyer betätigte nun einige Schalter. „Wenn wir in Hard Luck sind, werde ich dich mit Eagle Catcher bekannt machen."

„Ist das ein Husky?"

„Ja."

„Wirklich?" Scott war so aufgeregt, dass er sich kaum noch auf dem Sitz halten konnte.

„Und was ist mit unserem Gepäck?" Abbey wollte Sawyer nicht auf die Nerven fallen, aber sie mochte es auch nicht, wenn man sie ignorierte. Diesem Buck-Rogers-Verschnitt war es vielleicht egal, doch sie wollte nicht nur mit den Sachen, die sie auf dem Leib trug, in Hard Luck eintreffen.

Statt zu antworten, ließ er jedoch die Motoren an und unterhielt sich über Mikrofon mit einem Mann im Tower. Wenige Minuten später rollten sie auf die Startbahn zu.

Als sie in der Luft waren, klopfte Abbey das Herz bis zum Hals. Sie war noch nie mit einer so kleinen Maschine geflogen und schloss unwillkürlich die Augen, als diese ruckelte und schaukelte.

„Wow!" rief Scott. „Das ist toll!"

Abbey war da ganz anderer Ansicht. Als das Flugzeug sich scharf zur Seite neigte, klammerte sie sich ängstlich an den Sitz.

Sawyer, der noch immer mit dem Tower in Funkkontakt stand, warf ihr einen Blick zu und lächelte spöttisch. „Entspannen Sie sich. Ich musste schon seit zwei oder drei Monaten keine Notlandung mehr machen."

„Damit wollen Sie mir wohl zu verstehen geben, dass ich mir keine Sorgen zu machen brauche." Sie musste schreien, um das Geräusch der Motoren zu übertönen. Dann schaute sie über die Schulter zu Scott und Susan, um sich zu vergewissern, dass sie keine Angst hatten. Doch die beiden schienen ganz begeistert zu sein und strahlten sie an.

Leider konnte Abbey nicht viel von der Landschaft unter ihr erkennen. Auch auf dem Flug von Anchorage nach Fairbanks war die Sicht schlecht gewesen, sodass man den Mount McKinley nicht hatte sehen können. Der Pilot hatte gesagt, dass der höchste Berg Amerikas nur selten zu erkennen wäre, und gescherzt, er würde womöglich gar nicht existieren.

Abbey wandte sich vom Fenster ab und musterte Sawyer unauffällig. Ihrer Ansicht nach hatte er bisher eine ziemlich laxe Einstellung an den Tag gelegt, was Sicherheitsvorkehrungen betraf. Zu allem Überfluss nahm er nun wieder den schwarzen Ordner in die Hand und begann, darin zu schreiben. Fassungslos beobachtete sie, dass er nicht einmal aufblickte.

Auf der Anzeigetafel blinkte ein Lämpchen. Obwohl sie sich mit Flugzeugen nicht auskannte, nahm sie an, dass es einen Grund haben musste. Vermutlich verlor die Maschine an Höhe, oder die Tanks waren leck ...

Als Abbey es nicht länger aushalten konnte, umfasste sie Sawyers Arm und zeigte auf das Lämpchen.

„Ja?“ Sawyer schaute sie ausdruckslos an.

Da sie nicht schreien wollte, um ihre Kinder nicht zu beunruhigen, beugte sie sich zu ihm hinüber und sagte leise: „Irgend etwas stimmt nicht. Da brennt eine Lampe.“

„Ja, das sehe ich.“ Er schrieb ungerührt weiter.

„Wollen Sie nichts unternehmen?“

„Gleich.“

„Mir wäre es lieber, wenn Sie es sofort tun würden.“

„Keine Panik, Mrs. Sutherland ... Abbey.“ Offenbar machte es ihm Spaß, sie auf die Folter zu spannen. „Die Lampe zeigt an, dass ich mit Autopilot fliege.“

Abbey kam sich plötzlich sehr albern vor. Sie verschränkte die Arme vor der Brust und blickte starr aus dem Fenster.

Sawyer tippte ihr auf die Schulter. „Um das Gepäck brauchen

Sie sich auch keine Sorgen zu machen. Ich habe mit einer anderen Charterfluggesellschaft vereinbart, dass es heute Nachmittag geliefert wird."

„Danke." Warum hatte er ihr das nicht eher gesagt?

„Was ist das?" rief Scott aufgeregt.

Als Abbey nach unten schaute, sah sie einen silbernen Streifen, der sich bis zum Horizont erstreckte.

„Das ist die Alaska-Pipeline", erklärte Sawyer.

Aus ihrer Lektüre wusste sie, dass diese Pipeline achthundert Meilen lang war und über Bergketten, durch Flüsse und unwegsames Gelände verlief. Sie verband die Prudhoe Bay mit Valdez, dem nördlichsten eisfreien Hafen Nordamerikas.

Bald darauf befanden sie sich im Landeanflug. Abbey versuchte, Hard Luck auszumachen, und entdeckte schließlich einige Häuser, die entlang einer unbefestigten Straße standen. In der Nähe davon befand sich ein großes Gebäude, und mehrere andere Häuser waren in der Gegend verstreut. Insgesamt zählte sie knapp zwanzig.

Auch die Landebahn war nicht befestigt, sondern bestand aus Schotter. Kurz bevor die Räder auf dem Boden aufsetzten, hielt Abbey den Atem an, doch zu ihrer Überraschung war die Landung sehr weich.

Sawyer drosselte die Geschwindigkeit und ließ die Maschine auf einen Wohnwagen zurollen, der sich am Ende der Landebahn befand. Als Abbey wieder aus dem Seitenfenster schaute und eine Telefonzelle entdeckte, lächelte sie. Es war ein beruhigendes Gefühl zu wissen, dass sie auch hier, mitten in Alaska, zu Hause anrufen konnte.

Ein kräftig gebauter Mann, der wie ein Holzfäller aussah, kam aus dem Wohnwagen. Einen Moment lang war er außer Sichtweite, dann hörte Abbey, wie die Luke geöffnet wurde.

„Tag", rief er und steckte den Kopf herein. „Willkommen in Hard Luck. Ich bin John Henderson."

„Hallo", erwiderte sie.

Plötzlich verschwand er, und ein anderer Mann erschien, der ebenfalls wie ein Naturbursche aussah. „Ich bin Ralph Ferris", verkündete er, und gleich darauf tauchten drei weitere Männer auf.

„Verdammt, Jungs, würdet ihr vielleicht erst mal die Passagiere aussteigen lassen?" schimpfte Sawyer. Er stand auf, um den Sicherheitsgurt von Scott und Susan zu lösen und ihnen aus der Maschine zu helfen.

Abbey verließ als Letzte das Flugzeug. Als sie die drei Stufen hinunterging, standen alle fünf Männer vor ihr stramm. Falls einer von ihnen überrascht war, die Kinder zu sehen, ließ er es sich zumindest nicht anmerken.

Sawyer murmelte einige unverständliche Worte vor sich hin und ging an ihr vorbei ins Büro. Dort knallte er die Tür hinter sich zu, als wäre er froh, sie alle los zu sein.

Abbey wurde wütend. Wie konnte er so unhöflich sein, sie einfach dort stehen zu lassen? Was hatte sie ihm eigentlich getan? Aber sie konnte auch unhöflich sein!

„Willkommen in Hard Luck." Abbeys Wut verrauchte, als eine große schlanke Frau mit kurzem grauen Haar auf sie zutrat, um sie zu begrüßen. „Ich bin Pearl Inman", stellte sie sich vor, während sie Abbey begeistert die Hand schüttelte. „Ich kann Ihnen gar nicht sagen, wie ich mich freue, eine Bibliothekarin in Hard Luck zu haben."

„Danke. Das sind meine Kinder, Scott und Susan. Wir freuen uns, hier zu sein." Abbey bemerkte, dass die Frau über den Anblick der Kinder ebenso wenig überrascht zu sein schien wie die Piloten.

„Sicher sind Sie sehr erschöpft."

„O nein, überhaupt nicht", erwiderte Abbey höflich. Tatsächlich fühlte sie sich schon wesentlich besser.

„Gibt es hier auch Kinder?" fragte Scott.

„Gibt es Mädchen, mit denen ich spielen kann?" fügte Susan hinzu.

„Ja, natürlich. Letztes Jahr hatten wir fünfundzwanzig Schüler.

Ich werde später einem der Jungen sagen, dass er sie euch vorstellt." Pearl wandte sich an Susan. „Wie alt bist du?"

„Sieben."

Pearls Lächeln vertiefte sich. „Ich glaube, Chrissie Harris ist auch sieben. Ihr Vater arbeitet für die Naturschutzbehörde und ist nebenbei unser Sicherheitsbeamter – sozusagen unser Polizist. Chrissie wird sich freuen, eine neue Freundin zu haben."

„Und ich?" fragte Scott. „Ich bin neun."

„Ronny Gold ist ungefähr in deinem Alter. Du wirst ihn später kennen lernen. Er hat ein Fahrrad und fährt damit immer durch den Ort. Du wirst ihn also nicht verpassen."

Scott wirkte sichtlich zufrieden. „Gibt es hier auch Indianer?" fragte er als Nächstes.

„Ja, es leben ein paar hier in der Gegend – Athapasken. Irgendwann wirst du sie auch kennen lernen", versicherte Pearl.

Abbey blickte sich um und stellte erstaunt fest, dass nirgends Schnee lag. Eine große Mücke setzte sich auf ihren Arm, die sie schnell verscheuchte. Susan war bereits gestochen worden.

„Wie ich sehe, haben Sie schon Bekanntschaft mit dem berühmtesten Insekt Alaskas gemacht", meinte Pearl und lachte. „Im Juni und Juli ist es die reinste Plage. Etwas Insektenspray wirkt wahre Wunder."

„Ich werde später welches kaufen." Abbey hatte nicht gewusst, dass es im Sommer Mückenplagen in Alaska gab.

„Lassen Sie uns ins Restaurant gehen. Dann kann ich Ihnen Ben und die anderen vorstellen." Pearl ging mit ihnen über die Straße zu einem Haus mit einer großen Veranda, über der ein riesiges Elchgeweih hing. „Das hier ist das Hard Luck Café. Ben Hamilton, der Besitzer, hat heute den ganzen Tag in der Küche gestanden. Hoffentlich haben Sie Hunger."

Abbey strahlte übers ganze Gesicht. „Ich könnte glatt einen Elch vertilgen."

„Prima", meinte Pearl. „Elch steht bestimmt auch auf der Speisekarte."

Kinder ...

Er, Sawyer, war selbst schuld, dass er nichts von der Existenz von Abbeys Anhang gewusst hatte. Schließlich hatte er das Bewerbungsformular selbst entworfen und dabei offenbar vergessen, eine entscheidende Frage zu stellen. Nicht auszudenken, wenn die anderen Frauen ebenfalls mit Kindern im Schlepptau auftauchten!

Sawyer schenkte sich Kaffee ein und trank einen kräftigen Schluck. Dass er sich dabei den Mund verbrannte, merkte er kaum. Er musste unbedingt klären, was sie mit Abbey Sutherland und ihren Kindern machen sollten.

Natürlich hatte er nichts gegen Scott und Susan. Abbey hatte Recht: Was ihre Arbeit betraf, spielte es überhaupt keine Rolle, dass sie Kinder hatte. Allerdings führte es zu unvorhergesehenen Komplikationen.

Zuerst einmal konnten sie nicht zu dritt in einem Blockhaus wohnen, denn der ganze Raum war nicht größer als ein durchschnittliches Schlafzimmer.

Die Häuser waren ursprünglich für Wochenendausflügler oder Feriengäste gebaut worden, aber keiner der Männer hatte seine Einwände beachtet. Schließlich war er, Sawyer, den Weg des geringsten Widerstands gegangen und hatte ihnen sogar beim Saubermachen geholfen!

Sawyer musste zugeben, dass er die Idee eigentlich gar nicht so schlecht gefunden hatte, weil es die einfachste Lösung für ihr Problem gewesen war.

Er mochte gar nicht daran denken, was Charles dazu sagen würde, wenn er davon erfuhr.

Sawyer fuhr sich über die Augen und seufzte. Er konnte sich nicht vorstellen, was eine Frau wie Abbey Sutherland nach Hard Luck gezogen hatte. Als er sie zum ersten Mal gesehen hatte, war ihm gleich klar gewesen, dass sie es dort nicht lange aushalten würde.

Vielleicht lief sie vor jemandem davon – womöglich vor ihrem

Exmann. Unwillkürlich ballte Sawyer die Hände zu Fäusten, als er sich ausmalte, dass jemand sie misshandelt haben könnte.

Sawyer hatte sehr wohl den traurigen Ausdruck in ihren Augen gesehen, als sie gesagt hatte, sie sei geschieden. Allerdings konnte er es sich nicht erklären, aber er hatte Frauen noch nie verstanden. Andererseits glaubte er von sich, eine gute Menschenkenntnis zu haben.

Oder war es doch nicht der Fall? Er hatte erst eine ernsthafte Beziehung gehabt, und auch die war nicht von Dauer gewesen. Gerade als er mit den Dingen zufrieden gewesen war, hatte Loreen angefangen, von Heirat zu sprechen. Bald hatte sie ihm ein Ultimatum nach dem anderen gestellt, und obwohl er sie gemocht hatte, war eine Ehe für ihn nicht in Frage gekommen. Kaum hatte er Loreen das klar gemacht, hatte sie ihn verlassen.

Sawyer vermutete, dass es vielen Frauen so ging. Sie wollten unbedingt einen Ehering, um ihre Beziehung offiziell zu besiegeln. Er hatte jedenfalls bei seinen Eltern miterlebt, was passierte, wenn die Liebe eines Tages erkaltete. Sogar nachdem Loreen ihn verlassen hatte, hatte er seine Entscheidung nicht bereut.

Sawyer hatte keine Ahnung, was er nun in Bezug auf Abbey und ihre Kinder unternehmen sollte. Das Beste war wohl, sie sofort wieder nach Fairbanks zu bringen. Er wusste jedoch genau, dass er es nicht tun würde, denn seine Männer hätten ihn sofort gelyncht.

Nachdem er seinen Kaffee ausgetrunken hatte, ging er ins Restaurant, wo sich offenbar die Hälfte der Einwohner versammelt hatte, um Abbey kennen zu lernen. Da es keinen freien Stuhl mehr gab, lehnte er sich betont lässig an die Wand und verschränkte die Arme vor der Brust.

Der dicke Ben war ganz in seinem Element, denn er schlängelte sich, so gut es ging, zwischen den bunt zusammengewürfelten Tischen hindurch, um seinen Gästen Kaffee nachzuschenken und sich angeregt mit ihnen zu unterhalten.

Als er die Kanne hochhob und Sawyer einen fragenden Blick

zuwarf, schüttelte dieser den Kopf. Wenn er Probleme hatte, durfte er nicht zu viel Kaffee trinken.

Sawyer stellte fest, dass Abbey von vier seiner Piloten umringt war. Wie Raubvögel, die sich jeden Moment auf ihre Beute stürzen würden, standen sie um den Tisch herum, an dem Abbey mit ihren Kindern und Pearl saß. Man hätte denken können, sie hätten noch nie eine Frau gesehen.

Ein räudiger Haufen, meine Crew, dachte Sawyer sarkastisch. Eines musste Sawyer seinen Leuten allerdings lassen: Sie waren verdammt gute Piloten. Wenn sie aber nicht in der Stimmung waren, ließen sie sich die haarsträubendsten Ausreden einfallen, um sich vor ihren Pflichten zu drücken.

Alle überhäuften Abbey mit Fragen, und er stellte erstaunt fest, wie gelassen sie die Situation meisterte und wie schnell sie sich die Namen ihrer Gesprächspartner merken konnte.

Ben gesellte sich zu ihm und folgte seinem Blick. „Verdammt hübsch, nicht? Bei der könnte sogar ich noch schwach werden und heiraten."

„Du machst wohl Witze." Sawyer betrachtete seinen alten Freund aus zusammengekniffenen Augen.

Ben schien sich köstlich zu amüsieren. „So ist das also."

„Was?"

„Sie hat dich schon an der Angel. Ehe du dich's versiehst, wirst du genau wie die anderen um ihre Gunst buhlen."

Sawyer stieß einen verächtlichen Laut aus. „Mach dich doch nicht lächerlich! Ich hoffe nur, dass nicht noch mehr Frauen mit ihrer Familie im Schlepptau hier aufkreuzen."

„Du wusstest also gar nichts von den Kindern?"

„Nein, und Christian offenbar auch nicht. Angeblich hat er ihr keine Gelegenheit gegeben, es ihm zu sagen."

„Na ja, niemand wird etwas dagegen haben, wenn zwei Kinder mehr in Hard Luck wohnen", bemerkte Ben.

„Darum geht es nicht."

Ben runzelte die Stirn. „Sondern?"

„Um die Blockhäuser. Abbey kann nicht mit ihren Kindern in einem dieser Blockhäuser wohnen."

Ben lehnte sich auch an die Wand. „Du hast Recht. Was willst du jetzt machen?"

„Wenn ich das wüsste. Es gibt kein Haus, das wir mieten könnten."

„Das von Catherine Fletcher steht leer."

Sawyer schüttelte den Kopf. Ihm wäre es nicht einmal im Traum eingefallen, sich mit Catherines Familie in Verbindung zu setzen, und er war sicher, dass seine Brüder genauso wenig dazu bereit waren.

Die Kluft zwischen den O'Hallorans und den Fletchers war so tief, dass es eines schwerwiegenderen Grundes bedurfte, um vierzig Jahre Feindschaft ungeschehen zu machen.

Da es Catherine Harmon Fletcher gesundheitlich nicht gut ging, war sie in ein Pflegeheim in Anchorage gekommen, wo sie in der Nähe ihrer Tochter war.

Sawyers Mutter Ellen hatte wegen Catherine viel durchmachen müssen. Auch sie lebte mittlerweile nicht mehr in Hard Luck. Sie hatte wieder geheiratet und wohnte nun in Kanada. In ihrer zweiten Ehe war sie so glücklich wie nie zuvor, und Sawyer gönnte es ihr, denn seiner Meinung nach hatte sie es verdient.

„Was ist mit Pearls Haus? Sie will doch zu ihrer Tochter ziehen", erinnerte ihn Ben.

Sawyer behagte die Vorstellung überhaupt nicht, doch Pearl hatte ihm versichert, es sei an der Zeit für sie, Hard Luck zu verlassen, zumal all ihre Freunde bereits weggegangen seien.

„Pearl verlässt uns erst, wenn wir eine Nachfolgerin für sie gefunden haben und sie sie eingearbeitet hat", sagte er.

Ben dachte einen Moment nach. „Was ist mit dem Hotel?" fragte er nach einer Weile. „Ich weiß, dass schon seit Jahren niemand mehr darin gewohnt hat, aber ..."

„Das Hotel?" wiederholte Sawyer. „Das ist nicht dein Ernst!"

„Na ja, man müsste ein bisschen Arbeit hineinstecken."

„Ein bisschen Arbeit!“ Sawyer war klar, dass er wie ein Papagei alles wiederholte, doch das Ganze war einfach lächerlich. Das Hotel war in einem erbärmlichen Zustand, und es würde Monate harter Arbeit und Tausende von Dollar kosten, um es wieder bewohnbar zu machen. Sonst hätten sie es gleich anstelle der Blockhäuser renoviert.

Im selben Jahr, als ihr Vater gestorben war, war das Hotel ausgebrannt, und keiner von ihnen hatte es seitdem übers Herz gebracht, es wieder aufbauen zu lassen.

Ihre Mutter hatte es immer gehasst, weil es sie an ihre unglückliche Ehe erinnert hatte. Daher hatte sie den Brand als willkommenen Vorwand genommen, um es für immer zu schließen. Wenn er darüber hätte entscheiden können, hätte Sawyer es bereits vor Jahren abreißen lassen. Es war das größte Gebäude in der Stadt und erinnerte ihn ständig an seinen Vater, den er geliebt und viel zu früh verloren hatte.

Ben fuhr sich über die Stirn. „Du hast Recht. Das Hotel kommt nicht in Frage. Eigentlich schade.“

Sawyer war nicht sicher, ob Ben damit das Hotel oder Abbeys Situation meinte. „Ich weiß wirklich nicht, was wir tun sollen.“

Ben schwieg eine Weile, was untypisch für ihn war. Nachdem er Abbey und ihre Sprösslinge ausgiebig betrachtet hatte, wandte er sich wieder an Sawyer. „Du kannst sie immer noch zurückschicken.“

„Ich weiß.“

„Willst du es tun?“

Sawyer verspürte so etwas wie Bedauern. „Wir haben wohl keine Wahl, oder?“

„Es ist bloß ein Missverständnis“, erklärte Ben. „Niemand kann etwas dafür. Sie hätte Christian von den Kindern erzählen sollen.“

Sawyer war noch elender zumute. „Vielleicht hätte Christian sie fragen sollen.“ Doch es spielte jetzt keine Rolle mehr. Abbey war hier und hatte keine Bleibe, und er musste sich darum kümmern.

Am besten kehrt sie sofort zurück, dachte er, sonst fallen mir noch alle möglichen Ausreden ein, warum sie hier bleiben sollte.

4. KAPITEL

Sawyer war klar, dass man ihn nicht gerade zum beliebtesten Einwohner Hard Lucks ernennen würde, wenn er verkündete, dass Abbey Sutherland und ihre Kinder den Ort wieder verlassen mussten. Nachdem er noch einmal über alles nachgedacht hatte, kam er zu dem Ergebnis, dass es das Beste war, wenn Abbey aus dem Vertrag ausstieg. Natürlich würde er dabei ein bisschen nachhelfen.

Er wartete, bis alle vier mit dem Essen fertig waren. Dann ging er an ihren Tisch und wandte sich an Abbey. „Ich bringe Sie jetzt zu Ihrem Haus."

Abbey schaute ihn etwas verunsichert an. „Ja, gern."

„Sawyer." Pearl legte ihm eine Hand auf den Arm.

Sawyer wusste bereits, was sie ihm sagen wollte. Offenbar war ihr auch klar geworden, dass man Abbey und ihre Kinder nicht in einem heruntergekommenen alten Blockhaus abseits des Ortes unterbringen konnte.

„Wann kann ich den Hund sehen?" fragte Scott aufgeregt.

„Bald." Da Eagle Catcher Fremden gegenüber misstrauisch war, würde er dem Jungen erst bei der zweiten oder dritten Begegnung erlauben, in seine Nähe zu kommen. Sawyer hatte vor, Scott am Abend mit zu sich nach Hause zu nehmen und ihm Eagle Catchers Zwinger zu zeigen. Unwillkürlich dachte er daran, dass der Junge längst fort sein würde, bevor der Husky ihn als seinen Freund akzeptierte.

„Wenn es Ihnen keine Umstände macht, würde ich auch gern einen Blick auf das Büchereigebäude werfen", sagte Abbey.

„Natürlich." Sofort wurde Sawyer von heftigen Gewissensbissen geplagt. Als er das letzte Mal mit seiner Mutter telefoniert hatte, hatte er ihr erzählt, dass sie eine Bibliothekarin eingestellt hätten. Ellen hatte sich sehr darüber gefreut, dass ihr Geschenk an die Stadt nun doch noch Verwendung fand.

Nachdem sie alle auf der Bank seines Transporters Platz genommen hatten, fuhr er mit ihnen die Hauptstraße entlang. Es gab zwar mehrere Nebenstraßen, die aber alle keinen Namen hatten.

„Was ist das?“ Susan zeigte auf eine kleine Holzkonstruktion, die sich vor dem Lebensmittelladen befand, und kicherte. „Es sieht aus wie ein Haus auf Stelzen.“

„Das ist ein Speicher. Wir lagern darin Lebensmittel, die so vor Bären und anderen Tieren geschützt sind.“

„In Alaska gibt es eine Menge Bären“, bemerkte Scott. „Das hab’ ich in den Büchern gelesen, die Mom aus der Bibliothek mitgebracht hat.“

„Und warum sind die Beine silbern?“ fragte Susan.

„Das ist Blech“, erklärte Sawyer. „Es ist glatt, damit man nicht daran hochklettern kann.“

„Das würde ich gar nicht erst versuchen“, sagte Scott.

„Ich glaube, Mr. O’Halloran meinte damit keine kleinen Jungen, sondern Tiere“, klärte Abbey ihn auf. „Wird der Speicher noch benutzt?“ fügte sie an Sawyer gewandt hinzu.

„Ich glaube schon. Ich weiß zwar nicht, was Pete in den Sommermonaten darin lagert, aber im Winter dient der Speicher als eine Art Kühlhaus.“

„Ach so.“

„Dies ist übrigens die Hauptstraße“, informierte Sawyer sie.

„Ich dachte, hier würde noch Schnee liegen.“

„Der Schnee ist erst vor kurzem weggetaut.“ Dies war eine günstige Gelegenheit, sie darüber aufzuklären, wie streng die Winter in Hard Luck waren und wie sehr das Wetter im Dezember, Januar und Februar aufs Gemüt schlug. Er befürchtete allerdings, dass Abbey ihn sofort durchschauen würde. Daher zog er es vor, sie auf etwas subtilere Weise dazu zu bewegen, nach Seattle zurückzukehren.

„Ist das die Schule?“ Scott zeigte auf ein Gebäude zu ihrer Linken.

„Ja.“

„Die ist bestimmt klein.“

„Stimmt. Es gibt zwei Lehrerinnen. Eine unterrichtet die Schüler von der ersten bis zur achten Klasse, die andere die im High School-Alter. Letztes Jahr hatten wir über zwanzig Schüler."

„Ben hat mir erzählt, dass Sie demnächst eine neue Lehrerin bekommen", meinte Abbey.

„Stimmt." Der Staat stellte den Lehrern Unterkünfte zur Verfügung, und die Häuser gehörten zu den komfortabelsten des Ortes. Verglichen mit der Hütte, die Abbey erhalten sollte, waren es die reinsten Paläste.

Nun fuhren sie an dem ausgebrannten Hotel vorbei. Susan drückte ihre Nase an der Scheibe platt, doch zu Sawyers Erstaunen stellte sie keine Fragen mehr.

„Ist das Haus hier in der Nähe?" erkundigte sich Abbey, denn sie hatten Hard Luck mittlerweile hinter sich gelassen.

„Es ist nicht mehr weit."

Abbey schaute über die Schulter zurück, als wollte sie die Entfernung schätzen.

Schließlich stoppte Sawyer den Wagen vor den Blockhäusern und zeigte auf das, was man für sie hergerichtet hatte. Beim Anblick der alten Balken verspürte er heftige Schuldgefühle.

„Sind das die Blockhäuser, von denen Ihr Bruder gesprochen hat?" Sie sprach leise, aber sie war offensichtlich schockiert.

„Ja." Der Moment, vor dem Sawyer sich so gefürchtet hatte, war gekommen.

„Hier sollen wir wohnen?" meinte Scott ungläubig.

„Ja."

Susan öffnete die Tür und kletterte aus dem Wagen. Dann stemmte sie die Hände in die Hüften. „Das ist ja eine Bruchbude."

Sawyer erwiderte nichts, weil er im Grunde derselben Meinung war.

„Es sieht genauso aus wie das Ding, in dem man im Winter Fleisch aufbewahrt. Es steht nur nicht auf Stelzen", murmelte Scott.

Nachdem sie alle ausgestiegen waren, ging Abbey zum Blockhaus. Sawyer blieb neben dem Wagen stehen, da er wusste, was sie nun sehen würde: ein schmales Bett, einen roh gezimmerten Tisch mit einem Stuhl, einen Ofen und ein paar Regale, in denen Vorräte standen.

„Mom", jammerte Scott. „Hier können wir nicht wohnen!"

„Es ist ein bisschen kleiner, als wir erwartet hatten", erklärte Abbey bedrückt.

Susan, die immer noch die Hände in die Hüften gestemmt hatte, schüttelte den Kopf. „Das ist eine Bruchbude", wiederholte sie.

„Wo ist das Bad?" erkundigte sich Scott, nachdem er einen Blick in den Raum geworfen hatte.

„Es gibt eine separate Toilette auf der Rückseite des Hauses", informierte ihn Sawyer. „Folg einfach dem Weg."

„Die Toilette ist draußen?" Susan schaute ihre Mutter entgeistert an.

Sekundenlang schloss Abbey die Augen. „Geh mit Scott, dann wirst du es sehen."

Sobald die Kinder verschwunden waren, wandte sie sich an Sawyer. Er rechnete damit, dass sie ihn anschreien und ihn und seinen Bruder beschimpfen würde. Stattdessen fragte sie: „Und was ist mit dem Grundstück?"

„Es liegt ... einige Meilen östlich von hier", erwiderte er zögernd. „Ich habe die Karte, auf der die einzelnen Parzellen verzeichnet sind, im Büro und kann es Ihnen später zeigen."

„Soll das heißen, dass das Haus nicht auf dem Grundstück steht?"

„Genau." Als sie die Einzelheiten besprochen hatten, war ihnen dieses Arrangement nur recht und billig erschienen. Schließlich kam die Firma für das Flugticket und die Spesen der Frauen auf. Beim Anblick des resignierten Ausdrucks in Abbeys Augen fühlte Sawyer sich jedoch wie ein Schurke. Wenn sie ihn bloß angeschrien hätte!

„Verstehe", sagte Abbey nach einer Weile – so leise, dass er es kaum hören konnte.

Er ballte die Hände zu Fäusten, um dem Drang zu widerstehen, sie bei den Schultern zu packen und zu schütteln. Dachte sie etwa daran, trotz allem zu bleiben? Christian und die anderen sehnten sich so sehr nach weiblicher Gesellschaft, dass sie den Frauen das Blaue vom Himmel versprochen hätten, um sie nach Hard Luck zu locken. Sawyer war klar, dass auch er nicht unschuldig an der ganzen Sache war.

„Ich hab' die Toilette gesehen", verkündete Susan, die in diesem Moment mit Scott zurückkam und sich die Nase zuhielt. „Sie stinkt."

„Was sollen wir bloß machen?" fragte Scott verzweifelt.

„Na ja", meinte Abbey nachdenklich. „Wir müssen zwei Feldbetten und ein paar Stühle reinstellen."

„Mom ..."

Sawyer warf einen Blick in das Haus und schauderte.

„Wir betrachten es als ein Spiel", fuhr sie mit aufgesetzter Begeisterung fort. „Wir tun so, als wären wir Pioniere."

„Ich will aber nicht spielen", protestierte Susan.

„Vielleicht können wir irgendwo eine Wohnung mieten." Scott warf Sawyer einen hoffnungsvollen Blick zu.

„Nein, leider nicht." Sawyer wandte sich an Abbey, die immer noch reglos dastand. Offenbar versuchte sie verzweifelt, nicht die Fassung zu verlieren.

„Können Sie mir jetzt die Bibliothek zeigen?" erkundigte sie sich schließlich.

Anscheinend wollte sie sich ein umfassendes Bild machen, bevor sie eine Entscheidung fällte. Das war nur fair. Sawyer hoffte, dass sie zu einem vernünftigen Entschluss kommen würde, wenn sie sich alles hatte durch den Kopf gehen lassen – den einzig vernünftigen Entschluss.

Sie setzten sich wieder in den Transporter und fuhren zurück. Auf der Hinfahrt waren alle drei Sutherlands voller Vorfreude gewesen, doch nun schwiegen sie bedrückt.

Das Holzhaus, in dem die Bibliothek eingerichtet werden sollte, hatte früher Sawyers Großvater Adam O'Halloran gehört, der sich Anfang der dreißiger Jahre in der Gegend niedergelassen hatte. Er war nach Alaska gekommen, um Gold zu suchen, hatte aber keinen nennenswerten Fund gemacht und stattdessen eine Siedlung gegründet.

Gleich nachdem sie erfahren hatten, dass Christian eine Bibliothekarin eingestellt hatte, hatten Sawyer und einige andere Männer ungefähr hundert Kartons mit Büchern aus Ellens Haus, das jetzt Christian gehörte, dorthin gebracht.

Das ehemalige Zuhause der O'Hallorans bestand aus drei großen Räumen. Als Abbey es sich ansah, war sie wieder enttäuscht. „Ich werde Regale brauchen", erklärte sie. „Man kann Bücher nicht in Kartons lagern."

„Es gibt einige im Haus meiner Mutter. Ich werde dafür sorgen, dass sie gleich morgen früh hierher geliefert werden."

Abbey schaute ihm in die Augen. „Steht das Haus Ihrer Mutter leer?"

Sawyer wusste, was sie dachte. „Ja und nein. Meine Mutter hat wieder geheiratet und lebt jetzt in Kanada, aber Christian wohnt in ihrem Haus. Wie Sie ja wissen, ist er momentan verreist."

„Verstehe."

Ein Junge, der sich als Ronny Gold vorstellte, lehnte sein Fahrrad ans Haus und steckte den Kopf zur Tür herein. Scott musterte ihn neugierig.

„Willst du mit mir spielen?" fragte Ronny.

„Mom, kann ich rausgehen?"

Abbey nickte. „Aber bleib nicht so lange weg." Sie warf einen Blick auf ihre Armbanduhr. „Sagen wir, eine halbe Stunde."

„Okay." Sowohl Scott als auch Susan gingen mit Ronny fort.

Die Hände in den Hosentaschen, beobachtete Sawyer, wie Abbey vorsichtig ein Buch in die Hand nahm, das Cover betrachtete, es zurücklegte und dann nach einem anderen griff.

Irgendwann hielt er es nicht mehr aus.

„Es geht nicht, Abbey", sagte er leise. „Es war eine verrückte

Idee, Frauen nach Hard Luck zu holen. Ich hätte mich nie darauf einlassen dürfen."

„Sie wollen, dass ich wieder gehe, stimmt's?" entgegnete sie ruhig.

Sawyer antwortete zunächst nicht, weil er sie nicht anlügen mochte. Was ihn am meisten verblüffte, war die Erkenntnis, dass er Abbey gern näher kennen gelernt hätte. Stattdessen war er gezwungen, sie und ihre Kinder zurückzuschicken, wohin sie gehörten.

Dann rief er sich ins Gedächtnis, dass die Schuld nicht nur bei ihm lag.

„Sie haben Christian getäuscht", erklärte er schließlich schroff.

„Ich soll Ihren Bruder getäuscht haben?" rief Abbey schrill. „Wollen Sie mich beleidigen?"

Nun wurde Sawyer wütend. „Sie haben nicht mit einer Silbe erwähnt, dass Sie Kinder haben. Auf dem Bewerbungsformular wurde zwar nicht nach einer Familie gefragt, aber Sie hätten etwas ehrlicher sein können, zumal wir die Unterkunft stellen."

„Ich hätte ehrlicher sein sollen? Das ist ja wohl die Höhe! Leider haben Sie versäumt zu erwähnen, dass diese Unterkunft nicht größer als eine Hundehütte ist." Sie atmete einmal tief durch. „Wie können Sie es wagen anzudeuten, dass ich mich nicht an unsere Vereinbarung gehalten habe? Ich bin doch gekommen, oder? Und die Sache mit dem Grundstück ist der größte Witz. Es ist so weit ab vom Schuss, dass ich einen Hundeschlitten brauche, um dorthin zu gelangen. Wissen Sie eigentlich, was Sie und Ihr Bruder uns angetan haben?"

Der gequälte Ausdruck in ihren Augen hätte Sawyer beinahe den Rest gegeben. Ihm war klar, dass er keine Argumente zu seiner Verteidigung vorbringen konnte. „Also gut, wir haben einen Fehler gemacht. Aber ich bin bereit, für Ihren Rückflug aufzukommen. Es ist das Mindeste, was wir für Sie tun können."

„Ich bleibe hier", erwiderte sie ausdruckslos. „Ich habe einen

Vertrag unterschrieben und werde ihn erfüllen, trotz ... trotz allem."

Er glaubte, sich verhört zu haben. „Das ist unmöglich."

Wütend funkelte sie ihn an. „Warum?"

„Sie haben das Blockhaus selbst gesehen. Sie können nicht zu dritt darin wohnen, schon gar nicht im Winter."

„Wir bleiben hier." Abbey schien so entschlossen, dass er vorerst aufgab.

„Also gut", meinte er schroff. „Wie Sie wollen." Er gab ihr höchstens vierundzwanzig Stunden. Am nächsten Morgen würde sie mit gepackten Koffern am Flugplatz sitzen.

Eine Stunde später saß Abbey auf dem Bett in ihrem Blockhaus und versuchte, einen klaren Gedanken zu fassen. Seit sie die Scheidung eingereicht hatte, war ihr nicht mehr so elend zumute gewesen. Genau wie damals musste sie sich eingestehen, dass sie einen Fehler gemacht hatte – einen von vielen.

Als sie sich entschlossen hatte, den Job anzunehmen, hatte sie jedoch das Gefühl gehabt, genau das Richtige zu tun.

Das Problem war, dass sie Hard Luck auf keinen Fall verlassen wollte. Sie hatte zu hohe Erwartungen gehabt und war daher von der Realität umso mehr enttäuscht gewesen. Allerdings war sie schon oft enttäuscht worden und hatte daraus gelernt. Genauso würde es diesmal sein.

Sie würde bleiben, egal, wie erpicht Sawyer O'Halloran darauf war, sie wieder loszuwerden.

Im Grunde war sie selbst schuld. Ihr Vater hatte sie davor gewarnt, dass an dem scheinbar großzügigen Angebot etwas faul sein musste. Aber es war nicht nur das gewesen, was sie nach Alaska gezogen hatte.

Sie wollte ihr Leben verändern und hatte gehofft, in einer echten Gemeinschaft zu leben, in der man seine Nachbarn kannte und sich auf sie verlassen konnte. Und die Gelegenheit, eine Bücherei allein aufzubauen und zu leiten, war die Erfüllung eines Traumes.

Sie, Abbey, war nach Hard Luck gekommen, weil sie geglaubt hatte, etwas verändern und ihren Kindern ein besseres Leben bieten zu können.

Obwohl sie genauso entsetzt über den Anblick des Blockhauses gewesen waren, hatten sie sich schnell wieder von dem Schock erholt.

„So schlecht ist es hier gar nicht“, hatte Scott erklärt, nachdem er mit Ronny Gold von seinem Streifzug zurückgekehrt war. Susan hatte in der Zwischenzeit Chrissie Harris kennen gelernt und sich sofort mit ihr angefreundet.

Als Abbey das Geräusch eines sich nähernden Transporters hörte, sprang sie erschrocken auf. Sie war noch nicht bereit für eine weitere Runde mit Sawyer O'Halloran!

Sawyer sprang aus dem Wagen, als wollte er so schnell wie möglich wieder weg. „Ihr Gepäck ist da.“ Bevor sie ihm helfen konnte, hatte er bereits alle Koffer abgeladen.

Abbey mochte ihn trotz allem. Als er ihr das Blockhaus gezeigt hatte, hatte sie den bedauernden Ausdruck in seinen Augen bemerkt. Vielleicht war es bloß Wunschdenken, aber er schien zu wollen, dass sie in Hard Luck blieb.

Obwohl er sie ständig kränkte und auf die Palme brachte, musste sie sich eingestehen, dass sie ihn gern besser kennen lernen wollte. Doch Sawyer O'Halloran hatte keinen Hehl daraus gemacht, dass er sich wünschte, sie würde wieder abreisen.

Nachdem er eine Weile dagestanden hatte, wollte er wieder fahren. Dann drehte er sich noch einmal um.

„Ich hätte diese Dinge vorhin nicht sagen sollen ... Ich meine, dass Sie Christian getäuscht haben. Ich wusste, dass es nicht stimmt.“

„Soll das eine Entschuldigung sein?“

„Ja“, erwiderte Sawyer ohne Umschweife.

„Dann nehme ich sie an.“ Sie streckte ihm die Hand entgegen.

„Sie müssen nicht in Hard Luck bleiben“, sagte er, während er ihr die Hand drückte. „Niemand würde es Ihnen übel nehmen, wenn Sie abreisen würden."

Abbey hielt so lange den Atem an, bis ihre Lunge schmerzte. „Ich kann jetzt nicht mehr zurück."

Sawyer ließ ihre Hand wieder los und fuhr sich über die Stirn. „Warum nicht?"

„Ich habe mein Auto verkauft, um das Flugticket für die Kinder bezahlen zu können."

„Ich habe Ihnen doch gesagt, dass ich für den Rückflug aufkommen würde."

„Darum geht es nicht."

Er schwang sich auf die Ladeklappe, und sie setzte sich zu ihm. „Ich möchte Ihnen helfen", erklärte er.

Sie überlegte einen Moment, ob sie ihm erzählen sollte, wie viele Hoffnungen sie in ihren Neuanfang gesetzt hatte. Da er es früher oder später sowieso erfahren würde, konnte sie es ihm genauso gut jetzt sagen.

„Alles, was ich nicht mitnehmen konnte, habe ich per Schiff nachschicken lassen. Es wird also innerhalb der nächsten vier Wochen mit einem Transporter hierher gebracht."

Sawyer schüttelte den Kopf. „Bestimmt nicht."

„Aber das hat man mir gesagt!"

„Man wird alles nach Fairbanks liefern. Es gibt nämlich keine Straße nach Hard Luck."

Für wie dumm hielt er sie eigentlich? „Christian hat mir gesagt, es gäbe eine unbefestigte Straße."

„Die ist nur im Winter passierbar. Sogar der Dalton Highway, der sechsundzwanzig Meilen von hier entfernt ist, ist nur eine Art Schotterpiste. Die andere Straße ist noch schlimmer. Sie führt über zwei Flüsse, die man erst überqueren kann, wenn sie zugefroren sind."

„Oh."

„Es tut mir Leid, Abbey, aber Ihre Möbel können nicht weiter als bis Fairbanks transportiert werden."

Abbey schnitt ein Gesicht. „Dann warte ich eben bis zum Winter. Ich habe ja sowieso nicht genug Platz für ein Sofa, stimmt's?"

„Nein, wohl kaum." Er sprang wieder von der Ladeklappe und half Abbey herunter. „Ich muss jetzt zurück zum Flugplatz."

„Vielen Dank, dass Sie uns das Gepäck gebracht haben."

„Keine Ursache."

„Mom. Mom." Scott kam auf sie zugerannt, und neben ihm lief ein großer Husky. „Ich habe einen Hund gefunden!" Scott kniete sich hin und umarmte den Hund begeistert. „Wem er wohl gehört?"

„Das ist Eagle Catcher!" rief Sawyer verblüfft. „Es ist mein Hund. Was macht er hier? Er sollte eigentlich in seinem Zwinger sein."

Stunden später saß Sawyer vor seinem Kamin, in dem ein Feuer brannte, während Eagle Catcher zu seinen Füßen auf dem Flickenteppich lag. Sawyer hatte ein Buch in der Hand, konnte sich jedoch nicht auf seine Lektüre konzentrieren, da seine Gedanken immer wieder zu Abbey und ihren Kindern abschweiften.

In all den Jahren, die er nun schon in Hard Luck lebte, hatte er erst einmal richtige Angst gehabt, und zwar an dem Tag, an dem sein Vater gestorben war.

An diesem Abend im Juni hatte er zum zweiten Mal Angst. Er befürchtete, dass Susan oder Scott auf dem Weg zur Toilette einem Bären begegnen oder sich in eine andere gefährliche Situation begeben könnten.

Emily O'Halloran, eine Tante von ihm, die er nie kennen gelernt hatte, war im Alter von fünf Jahren in der Tundra verschwunden. Sie hatte vor dem Blockhaus seiner Großeltern gespielt und war spurlos verschwunden, als diese sie nur einen Moment aus den Augen gelassen hatten.

Jahrelang war seine Großmutter über den Verlust ihres jüngsten Kindes und ihrer einzigen Tochter untröstlich gewesen. Anna O'Halloran hatte der Stadt auch den Namen gegeben. Sie hatte sie

Hard Luck – Pech – genannt, weil ihr Mann nie die Goldader fand, nach der er gesucht hatte. Mit Emilys mysteriösem Verschwinden hatte dieser Name eine neue Bedeutung bekommen.

Der Abend war Sawyer jedenfalls gründlich verdorben. Hoffentlich würde Abbey zur Vernunft kommen und am nächsten Morgen zurück nach Seattle fliegen.

Eagle Catcher stand auf und legte den Kopf auf das Knie seines Herrchens.

„Du hast mich heute überrascht, mein Junge." Sawyer kraulte den Husky hinter den Ohren. Wenn er es nicht mit eigenen Augen gesehen hätte, hätte er es nicht für möglich gehalten. Eagle Catcher und Scott hatten sofort Freundschaft miteinander geschlossen. Der Hund war sogar aus seinem Zwinger entwischt und ihm, Sawyer, zum Blockhaus gefolgt.

„Du magst Scott, stimmt's?"

Eagle Catcher jaulte, als hätte er seine Frage verstanden.

„Mir brauchst du nichts zu erklären, mein Junge. Mir geht es nämlich ähnlich." Sawyer mochte Abbey und die Kinder.

Er verspannte sich unwillkürlich. Abbey musste Hard Luck verlassen – warum, darüber mochte er gar nicht nachdenken.

5. KAPITEL

Nachdem sie zwei Tage darin verbracht hatte, kam Abbey zu der Überzeugung, dass das Blockhaus gar nicht so schlecht war. Allerdings sehnte sie sich nach einer Dusche und einer richtigen Mahlzeit, die nicht nur aus Sandwichs bestand.

Die Kinder jammerten zwar, weil die Toilette draußen war, doch sonst hatten sie sich gut eingelebt.

In den Sommermonaten würden sie es also gut in ihrem neuen Domizil aushalten können, aber Abbey musste ständig daran denken, was Sawyer über den Winter gesagt hatte.

Ihre Arbeit in der Bücherei gefiel ihr sehr gut. Wie versprochen, hatte er dafür gesorgt, dass die Regale gleich am nächsten Tag geliefert wurden. Außerdem hatte er ihr einen Holzschreibtisch und einen Stuhl zur Verfügung gestellt.

Am selben Tag hatte sie angefangen, die Bücher nach Sachgebieten zu ordnen und ein Katalogsystem zu erstellen. Sie hoffte, irgendwann alles per Computer abwickeln zu können, doch das war vorerst nicht so wichtig.

„Na, wie läuft's?" erkundigte sich Pearl Inman, die gerade die Bibliothek betrat.

„Bestens, danke."

„Ich habe Ihnen Kaffee mitgebracht, weil ich dachte, ich könnte Sie zu einer Pause überreden."

Abbey stand auf und streckte sich. „Ich könnte jetzt gut einen Kaffee gebrauchen." Dann ging sie zur Tür und warf einen Blick nach draußen, um Ausschau nach Scott und Susan zu halten. Das Leben hier war für sie ganz anders als in Seattle, wo sie in einem Hochhaus gewohnt hatten. Scott und Ronny verbrachten viel Zeit auf dem Flugplatz bei Sawyer. Und wenn Scott nicht mit Ronny zusammen war, spielte er mit Sawyers Hund. Abbey hatte ihn noch nie so glücklich gesehen.

Susan und Chrissie Harris verbrachten ebenfalls fast jede freie

Minute zusammen. Innerhalb von nur zwei Tagen waren sie unzertrennlich geworden. Mitch Harris, Chrissies Vater, hatte bereits bei Abbey vorbeigeschaut, um sich vorzustellen. Er schien sich zu freuen, dass seine Tochter eine neue Freundin gefunden hatte.

„Kaum zu glauben, was Sie innerhalb dieser kurzen Zeit geschafft haben", erklärte Pearl, während sie sich in dem Raum umsah. „Das ist wirklich toll! Ellen wird begeistert sein."

Abbey wusste mittlerweile, dass Ellen Sawyers Mutter war und die Bücher gespendet hatte.

„Sie haben Sawyer in letzter Zeit wohl nicht gesehen, oder?" Pearl hatte eine Thermoskanne und zwei Becher mitgebracht und schenkte ihnen Kaffee ein.

„Nein, ich habe seit fast zwei Tagen nichts mehr von ihm gehört." Abbey hoffte, dass Pearl ihr nicht anmerkte, wie enttäuscht sie war.

„Seit Ihrer Ankunft hat er schlechte Laune. Ich weiß wirklich nicht, was mit dem Knaben los ist. Seit sein Vater gestorben ist, hat er sich nicht mehr so aufgeführt. Er hat sich die Schuld an seinem Tod gegeben, wissen Sie."

Abbey setzte sich auf eine Ecke des Schreibtischs und überließ ihrer Besucherin den Stuhl.

„Was ist denn mit seinem Vater passiert?"

Pearl trank einen Schluck Kaffee. „David kam vor ein paar Jahren bei einem Umfall ums Leben. Sawyer und er waren zu einem der Seen geflogen, um zu angeln. Auf dem Rückflug hatte das Flugzeug einen Motorschaden, und sie mussten notlanden. Dabei wurde David schwer verletzt. Sie beide waren ganz allein mitten in der Wildnis." Pearl machte eine Pause, um noch einen Schluck zu trinken.

„Sie können sich sicher vorstellen, wie Sawyer zumute gewesen war. Er musste sich um seinen Vater kümmern, bis Hilfe kam. Als man sie zwei Stunden später fand, war David seinen schweren Verletzungen erlegen."

Abbey schloss die Augen, als sie daran dachte, was Sawyer in diesen Stunden durchgemacht haben musste. Es musste furchtbar für ihn gewesen sein.

„Ich werde nie den Anblick vergessen, als Sawyer seinen Vater vom Flugplatz getragen hat. Sawyer war blutverschmiert und hat sich geweigert, ihn loszulassen. Natürlich war es zu spät. Wir mussten ihm David fast mit Gewalt abnehmen."

„Es war nicht seine Schuld", flüsterte Abbey. „Es war ein Unfall. Er hätte nichts tun können."

„Genau das haben wir ihm immer wieder gesagt", erzählte Pearl. „Aber dieser Unfall hat alles verändert – nicht nur Sawyer, sondern uns alle. Ellen ist bald daraufhin weggezogen und hat wieder geheiratet. Catherine Fletcher hat sehr um ihn getrauert. Von da an ging es mit ihrer Gesundheit bergab."

„Catherine Fletcher? Kenne ich sie?" Abbey wunderte sich darüber, dass Pearl eine andere Frau erwähnt hatte.

„Nein. Sie lebt jetzt in einem Pflegeheim in Anchorage, in der Nähe ihrer Tochter."

Offenbar hatte Pearl den fragenden Ausdruck in Abbeys Augen bemerkt, denn sie fuhr fort: „Catherine und David waren vor dem Zweiten Weltkrieg verlobt. Catherine hat nie aufgehört, ihn zu lieben, selbst nachdem sie einen anderen geheiratet hatte. Es hat ihr das Herz gebrochen, als David mit einer englischen Braut von der Front zurückkehrte."

„Du meine Güte!"

„Ellen hat eigentlich nie hierher gepasst, denn sie war sehr distanziert. Ich glaube, es war gar nicht ihre Absicht, und ihr war vermutlich gar nicht klar, wie die anderen sie sahen. Ich habe Jahre gebraucht, um zu erkennen, dass es einfach ihre Art war. In Wirklichkeit war sie ziemlich schüchtern und fühlte sich hier fehl am Platz. Dass sie zuerst keine Kinder bekam, machte alles nur noch schlimmer für sie. Sie sehnte sich so sehr nach einer richtigen Familie. David und sie waren schon fast fünfzehn Jahre verheiratet, als Charles geboren wurde."

„Sie sagten, Catherine hätte geheiratet?" Abbey verspürte tiefes Mitgefühl für die Frau.

„O ja, fast sofort nachdem David zurückgekehrt war. Sie hat es nur getan, um sich darüber hinwegzutrösten. Neun Monate später wurde Kate geboren, und nach zwei Jahren hat Catherine sich von Willie Fletcher scheiden lassen."

„Hat sie danach nie wieder geheiratet?"

„Nein, nie wieder. Eine Zeit lang dachte ich, David und sie würden wieder zusammenkommen, aber es sollte nicht sein. Ellen hat ihn verlassen und ist nach England zurückgekehrt. Damals war Christian etwa zehn. Sie war über ein Jahr fort." Pearl schüttelte den Kopf und seufzte. „Sicher verstehen Sie, dass Davids Tod ein schwerer Schock für uns alle war – besonders für Sawyer."

„Natürlich."

„Ich verstehe bloß nicht, warum er jetzt so schlecht gelaunt ist."

Abbey blickte sie entsetzt an. „Meinen Sie, es hat etwas mit mir zu tun?"

„Ich glaube schon. Aber woher soll ich das wissen? Ich bin nur eine alte Frau." Nachdem Pearl ihren Kaffee ausgetrunken hatte, stand sie auf. „Ich gehe besser zurück, bevor mich noch jemand vermisst." Die Klinik befand sich im Gemeindezentrum in der Nähe der Schule und der Kirche.

Pearl klemmte sich ihre Thermoskanne unter den Arm. „Bleiben Sie nun in Hard Luck oder nicht?"

„Ich würde gern hier bleiben", erwiderte Abbey wahrheitsgemäß.

„Damit haben Sie meine Frage nicht beantwortet."

Abbey strahlte. „Ich bleibe."

Nun lächelte Pearl ebenfalls. „Das freut mich zu hören. Wir brauchen Sie nämlich, und ich habe den Eindruck, dass es Sawyer genauso geht."

Abbey lachte ungläubig. „Das bezweifle ich."

„O nein", konterte Pearl, während sie zur Tür ging. „Leider hat der Knabe genauso wenig Grips wie eine Bisamratte, wenn er einer attraktiven Frau gegenübersteht. Geben Sie ihm etwas Zeit, dann wird er seine Meinung schon ändern." Pearl winkte ihr fröhlich zu und verließ das Haus.

Abbey machte sich wieder an die Arbeit und packte einen weiteren Karton aus. Jetzt, da sie mehr über Ellen erfahren hatte, bekamen die Bücher eine ganz neue Bedeutung für sie.

Viele stammten aus den frühen fünfziger Jahren, als Ellen sich sehnlich ein Baby gewünscht hatte. Wahrscheinlich hatte sie in diesen Büchern Trost gefunden, weil sie sich in Hard Luck so einsam gefühlt hatte.

Gerade als Abbey einen Stapel Bücher auf den Schreibtisch legte, hörte sie, wie draußen jemand vorfuhr.

Ihr Herz klopfte plötzlich schneller, aber sie arbeitete weiter.

Sekunden später stürmte Sawyer herein und blieb auf der Türschwelle stehen. „Und? Haben Sie sich entschieden zu bleiben?" fragte er.

„Ja", erwiderte sie ruhig. „Ich bleibe."

„Sind Sie sicher?"

„Allerdings." Und das entsprach der Wahrheit. Während ihrer Unterhaltung mit Pearl hatte sie sich endgültig dazu entschlossen.

„Gut. Sie werden umziehen."

„Umziehen? Wohin?" Inzwischen hatte sie von mehreren Leuten erfahren, dass es im Ort kein leer stehendes Haus gab.

„Sie können in Christians Haus wohnen. Er hat heute Nachmittag angerufen und gesagt, dass er erst später zurückkommt, weil er noch Urlaub machen will. Wenn er wieder da ist, kann er entscheiden, was er mit Ihnen macht."

Abbey funkelte Sawyer wütend an. „Ich werde nicht in das Haus Ihres Bruders ziehen."

Mit einem Streit hatte Sawyer wirklich nicht gerechnet. Na gut, er war nicht besonders liebenswürdig zu ihr gewesen, aber dafür gab es eine Erklärung.

Diese Frau trieb ihn noch in den Wahnsinn.

Er hatte zwei Nächte fast überhaupt nicht geschlafen, weil er sich Sorgen um sie und ihre Kinder gemacht hatte. Wenn die anderen Blockhäuser nicht leer gestanden hätten, hätte ihm das Ganze nicht so zu schaffen gemacht.

„Sie werden dort nicht lange bleiben", meinte er. Und er hatte gedacht, er würde ihr einen Gefallen tun!

Abbey nahm ein weiteres Buch in die Hand, um Autor und Titel in eine Liste einzutragen. „Wir kommen in unserem neuen Domizil sehr gut klar."

„Es gibt dort Gefahren, von denen Sie nichts wissen."

„Es ist alles bestens."

Sawyer atmete einmal tief durch. „Warum wollen Sie nicht umziehen?"

Sie seufzte ungeduldig. „Es ist nicht nur die Schuld Ihres Bruders, dass er nichts von Scott und Susan gewusst hat."

„Stimmt, aber auch nicht allein Ihre."

„Ihr Angebot ist wirklich sehr nett, aber trotzdem vielen Dank."

Als sie zu ihm aufsah und lächelte, hätte er schwören können, dass sein Herz plötzlich schneller klopfte.

„Na gut", meinte er schließlich. „Sie können in mein Haus ziehen, und ich werde so lange bei Christian wohnen."

„Sawyer, ich möchte niemanden aus seinem Haus vertreiben."

„Christian ist doch gar nicht da."

„Ja, aber wenn er zurückkommt, muss ich mit den Kindern wieder zurück ins Blockhaus. Ich glaube nicht, dass solch eine Übergangslösung gut für uns wäre."

„Sind Sie eigentlich immer so stur?"

Abbey schaute ihn überrascht an. „Bin ich das denn? Ich sehe nur keinen Sinn darin, auszuziehen, wenn wir ein schönes ... wenn wir ein Zuhause haben."

„Die Blockhäuser sind zum Wohnen eigentlich nicht geeignet." Ihm war klar, dass er das nicht hätte zugeben dürfen, zumal sein Bruder wieder Bewerbungsgespräche führte. Nun war Christian erst richtig auf den Geschmack gekommen. Nicht einmal die Tatsache, dass die Presse auf ihre Aktion aufmerksam geworden war, konnte ihn davon abschrecken. Zum Glück riefen die Journalisten wenigstens nicht mehr in Hard Luck an.

Wenn noch mehr Frauen eintrafen, sollte Christian ihnen ihr neues Zuhause zeigen. Sawyer wollte verdammt sein, wenn er es noch einmal tat.

„Bitte denken Sie jetzt nicht, ich wäre undankbar“, sagte Abbey.

„Sie sind undankbar“, widersprach er leise. „In Christians Haus hätten Sie alles, was Sie brauchen. Sicher würden die Kinder gern fernsehen.“

„Bestimmt nicht.“ Sie zögerte und biss sich auf die Lippe. „Allerdings muss ich zugeben, dass ich mich nach einer heißen Dusche sehne.“

„Ich habe ein ungutes Gefühl, wenn Sie so weit ab vom Schuss sind“, gestand er. „Wenn den Kindern etwas passieren würde ... Pearl will unbedingt, dass ich eine andere Unterkunft für Sie finde.“ Abbey sollte ja nicht denken, dass er ein persönliches Interesse daran hatte. „Jedenfalls ist Christian mindestens einen Monat weg.“

„Einen Monat“, wiederholte sie nachdenklich.

„Vielleicht könnten wir einen Kompromiss schließen.“ Sawyer kam auf sie zu und stützte die Hände auf den Schreibtisch. „Sie ziehen in Christians oder mein Haus, bis die nächste Frau in Hard Luck eintrifft. Dann könnten Sie dort zusammen wohnen, bis wir eine Lösung finden.“ Abbeys Haar duftete nach Wiesenblumen, und es fiel ihm zunehmend schwerer, sich auf das Gespräch zu konzentrieren.

„Und wann kommt die nächste Frau?“

„Ich weiß es nicht. Bald.“

Nachdem Abbey einen Moment nachgedacht hatte, streckte sie ihm die Hand entgegen. „Ich nehme Ihr Angebot an.“

Er schüttelte ihre Hand und ließ sie so schnell wie möglich wieder los. Ihr Duft, ihre weiche Haut, ihre Verwundbarkeit einerseits und ihre Entschlossenheit andererseits – all das war so attraktiv. Sein Leben schien seit ihrer Ankunft völlig aus den Fugen geraten zu sein, und das gefiel Sawyer überhaupt nicht.

„Ich komme später vorbei und hole Ihr Gepäck ab", bot er ihr an.

Als Abbey ihm wieder in die Augen schaute und ihn anlächelte, verspürte er den unwiderstehlichen Drang, sie zu küssen. Doch er riss sich zusammen. Auf keinen Fall durfte er sich mit Abbey Sutherland einlassen.

„Mom." Scott platzte in den Raum. „Kann ich bei Ronny Mittag essen? Seine Mom hat nichts dagegen."

Sawyer wich so schnell zurück, dass er fast über Eagle Catcher gestolpert wäre, der Scott begleitete.

„Hallo, Mr. O'Halloran." Scott wurde vor Verlegenheit rot.

Sawyer blickte von seinem Hund zu ihm. „Wie ist Eagle Catcher aus seinem Zwinger gekommen?"

Scott senkte den Kopf.

„Scott, hast du ihn rausgelassen?" fragte Abbey.

Er nickte kaum merklich. „Ich war bei ihm, und er hat so gejault. Ich wollte ihn wieder zurückbringen, wirklich."

Sawyer ging in die Knie. „Ich weiß, dass ihr beide euch angefreundet habt, und finde es ganz toll."

„Wirklich?" Der Junge blickte ihn überrascht an.

„Aber du musst mich das nächste Mal um Erlaubnis fragen, bevor du ihn herauslässt. Sonst komme ich nach Hause und weiß nicht, wo er ist."

„Er wollte nicht, dass ich weggehe", erklärte Scott. „Immer wenn ich mich umgedreht hab', hat er angefangen zu jaulen. Ich hab' das Tor aufgemacht, um ihn zu streicheln. Bestimmt hab' ich es nicht richtig wieder zugemacht, weil er mir nachgelaufen ist."

„Das nächste Mal passt du besser auf", mahnte Abbey.

Er mied Sawyers Blick. „Vielleicht hab' ich es absichtlich nicht ganz zugemacht."

Sawyer musste sich ein Lächeln verkneifen. „Ich weiß es zu schätzen, dass du ehrlich bist. Wenn du wieder mit meinem Hund spielen willst, fragst du mich vorher. Das ist doch kein Problem, oder?"

„Nein, Sir."

„Gut."

„Eagle Catcher mag nur mich", verkündete Scott stolz. „Bei Susan oder Ronny kommt er nicht raus." Er verstummte, als ihm klar wurde, was er gerade zugegeben hatte. „Kann ich bei Ronny essen?" fügte er schnell hinzu, um das Thema zu wechseln.

„Na gut, aber erst bringst du Eagle Catcher in seinen Zwinger zurück", erklärte Abbey. „Später werden wir beide uns mal ausführlich über Mr. O'Hallorans Hund unterhalten. Verstanden?"

„Okay", erwiderte Scott verlegen. Im nächsten Moment lief er zur Tür hinaus, gefolgt von dem Husky.

Sawyer lachte. „Es ist kaum zu fassen. Eagle Catcher hatte noch nie so viel Zutrauen zu einem anderen Menschen."

„Ich verstehe es auch nicht", gestand Abbey. „Allerdings muss Scott einsehen, dass es Ihr Hund ist. Er war schon immer ein Hundenarr, aber wir durften in unserer Wohnung keine Tiere halten. Vom ersten Moment an war er ganz verrückt nach Eagle Catcher."

„Das beruht offenbar auf Gegenseitigkeit. Die beiden scheinen füreinander bestimmt zu sein, nicht?"

Sie wandte sich unvermittelt ab.

Sawyer fragte sich, ob er etwas Falsches gesagt hatte. Glaubte sie etwa, dass er von ihr und sich sprach? Wenn ja, dann würde sie ihr blaues Wunder erleben!

Er war jedenfalls nicht an einer Heirat interessiert – nicht einmal mit der schönen Abbey Sutherland.

6. KAPITEL

Selten hatte Abbey eine Dusche so genossen. Sie stand unter dem warmen Wasserstrahl und genoss jeden Tropfen.

Scott und Susan waren so müde gewesen, dass sie sofort eingeschlafen waren, nachdem sie sich in Christian O'Hallorans Gästezimmer ins Bett gelegt hatten.

Abbey schlief in dem Doppelbett im anderen Gästezimmer. Obwohl Sawyer ihr mehrfach versichert hatte, sie sei in dem Haus seines Bruders willkommen, hatte sie das Gefühl, Christians Privatsphäre zu verletzen. Außerdem fragte sie sich, ob Christian überhaupt etwas davon wusste, dass sie bei ihm wohnte.

Nachdem sie sich abgetrocknet hatte, zog sie Jeans und einen dünnen Pullover an und ging barfuß in die Küche, um sich Tee aufzubrühen.

Die Küche war groß und behaglich und erinnerte wie die übrigen Räume daran, dass Ellen O'Halloran einmal in diesem Haus gelebt hatte.

Abbey ging mit ihrer Tasse auf die Veranda auf der Vorderseite des Hauses, wo sie sich auf die altmodische Hollywoodschaukel setzte. Dann zündete sie eine Duftkerze an, um die Mücken zu vertreiben. Der Abend war wunderschön, denn die Luft war lau, und überall zwitscherten Vögel.

Es war zwar fast zehn, aber immer noch genauso hell wie am Tag. Während sie ihren Tee trank, schaute Abbey hinüber zu Sawyers Haus, das auf der anderen Seite der Straße lag.

In seinem Haus fehlte ganz offensichtlich eine Frau. Auf den Fenstersimsen standen keine Blumenkästen, und auch im Garten blühte nichts. Die Veranda war wesentlich kleiner, als hätte man sie erst nachträglich angebaut.

Abbey zog die Beine an und schaute in die Ferne, während sie sich ihre momentane Situation durch den Kopf gehen ließ. Sie war das größte Risiko ihres Lebens eingegangen, indem sie nach Hard

Luck gezogen war. Doch sie konnte und wollte jetzt nicht mehr zurück. Irgendwie würde sie es schaffen, hier ein neues Leben mit den Kindern anzufangen.

Nun wurde gegenüber die Haustür geöffnet, und Sawyer betrat die Veranda. Einen Becher in der Hand, lehnte er sich an einen Pfeiler, und eine Weile sahen Abbey und er sich einfach nur an.

Schließlich überquerte er die Straße und kam zu ihr herüber. „Haben Sie etwas dagegen, wenn ich mich zu Ihnen setze?"

„Überhaupt nicht." Abbey hoffte, dass er ihr nicht anmerkte, wie verlegen sie war. Sie rutschte zur Seite, um ihm Platz zu machen.

„Meine Mutter hat hier im Sommer immer gesessen", erzählte er. „Wenn ich ins Bett gegangen bin, habe ich oft aus dem Fenster geschaut und sie hier sitzen sehen – als wäre sie achtzehn und würde auf einen Liebhaber warten."

Sein Tonfall war traurig, und obwohl Abbey nicht viel über die Ehe seiner Eltern wusste, vermutete sie, dass Sawyer wohl Recht hatte. Vielleicht hatte seine Mutter auf den Mann gewartet, den sie einmal geliebt hatte und zu dem Zeitpunkt womöglich immer noch liebte.

Sawyer schien Abbeys Gedanken zu erraten. „Meine Eltern haben keine gute Ehe geführt. Nicht, dass sie sich gestritten hätten. Man hatte vielmehr den Eindruck, sie wären einander völlig gleichgültig." Er zögerte und schüttelte den Kopf. „Ich weiß gar nicht, warum ich Ihnen das erzähle. Was ist mit Ihren Eltern?"

„Natürlich haben sie ab und zu Meinungsverschiedenheiten, aber ich weiß, dass sie sehr aneinander hängen. Sie haben mich immer unterstützt, und dafür bin ich ihnen sehr dankbar. Als meine Ehe in die Brüche gegangen ist, wusste ich das besonders zu schätzen. Obwohl sie Dick nie gemocht haben, haben sie mir hinterher keine Vorwürfe gemacht." Sie verstummte verlegen. Eigentlich hatte sie gar nicht über ihre Ehe sprechen wollen, zumal sie Sawyer kaum kannte.

„Haben Scott und Susan Kontakt zu ihrem Vater?"

„Nein. Und seit er die Army verlassen hat, hat er nicht einen Cent Unterhalt für sie gezahlt. Wir haben ihn schon seit Jahren nicht mehr gesehen. Zuerst war ich furchtbar wütend auf ihn – nicht wegen des Geldes. Aber dann ist mir klar geworden, dass Dick im Grunde der Verlierer ist, weil er nichts von seinen Kindern hat. Mittlerweile tut er mir nur noch Leid."

Sawyer nahm ihre Hand in seine, und Abbey wandte sich ab, damit er nicht sah, dass ihr die Tränen kamen.

„Tut mir Leid, Abbey. Ich wollte Sie nicht aushorchen."

„Das haben Sie auch nicht getan. Ich weiß nicht, was mit mir los ist. Normalerweise breche ich nicht so leicht in Tränen aus."

„Vielleicht ist es deswegen, weil Sie so weit von zu Hause fort sind."

„Wollen Sie mir damit sagen, dass ich wieder nach Seattle zurückgehen soll?"

Sawyer schwieg einen Moment. „Nein", erwiderte er schließlich und strich ihr mit der anderen Hand über die Wange. Als sie sich in die Augen sahen, wusste Abbey, dass er sie gleich küssen würde.

Sie war schon lange nicht mehr geküsst worden, und es war noch länger her, dass sie sich so danach gesehnt hatte, von einem Mann in die Arme genommen zu werden.

Sobald Sawyer seine Lippen auf ihre presste, erwachten ganz neue Empfindungen in ihr. In den letzten Jahren hatte sie nur an ihre Kinder gedacht und sich alles andere als begehrenswert gefühlt. Bei Sawyer fühlte sie sich begehrenswert.

Als sie die Lippen öffnete und er ein erotisches Spiel mit der Zunge begann, wurde sie von einem heftigen Verlangen erfasst. Er löste sich kurz von ihr, um sie gleich darauf erneut zu küssen. Der Kuss war so sanft und gleichzeitig so erregend, dass sie einen süßen Schmerz verspürte.

Irgendwann löste Sawyer sich von ihr. Als Abbey hochschaute, stellte sie fest, dass er sie betrachtete.

Sie lächelte, und das schien ihn vollends um den Verstand zu bringen, denn er stöhnte auf und küsste sie so leidenschaftlich, dass ihr der Atem stockte.

Abbey war klar, dass sie diesen wunderbaren Moment nie vergessen würde, was immer ihr in Hard Luck widerfahren und von nun an zwischen Sawyer und ihr sein mochte.

Nachdem er sich sanft von ihr gelöst hatte, barg sie den Kopf an seiner Schulter und atmete ein paarmal tief durch.

Keiner von ihnen sagte ein Wort, um den Zauber des Augenblicks nicht zu zerstören. Sawyer strich ihr zärtlich über den Rücken.

„Ich gehe jetzt lieber zurück", flüsterte er nach einer Weile. Daraufhin ließ er sie los und stand auf. Er wandte sich jedoch nicht gleich ab, sondern schob die Hände in die Hosentaschen und zögerte. Offenbar wollte er etwas sagen, aber schließlich wünschte er ihr eine gute Nacht und kehrte in sein Haus zurück.

Abbey hatte das Gefühl, dass sie bei ihrer nächsten Begegnung kein Wort über diesen Abend verlieren würden. Sie würden beide so tun, als wäre nichts passiert.

Aber es war etwas zwischen ihnen passiert.

Nachdem Sawyer eine Stunde nervös auf und ab gegangen war, setzte er sich an seinen Schreibtisch und blätterte in seinem Adressbuch. Er musste mit Christian sprechen – je eher, desto besser.

Dann überflog Sawyer die Namen der Hotels in Seattle. Da er Christians Reiseroute nicht kannte, wusste er nicht, in welchem Hotel Christian wohnte und ob er überhaupt noch in Seattle war. Aber er musste ihn finden, und wenn er die ganze Nacht dafür brauchte.

Gleich beim ersten Hotel, dem Emerald City Empress, hatte Sawyer Glück. Er wurde sofort zu Christians Zimmer durchgestellt.

Erst nach dem vierten Klingeln nahm sein Bruder ab. Er klang ziemlich erledigt.

„Ich bin's, Sawyer."

„Verdammt, wie spät ist es?“

„Elf.“

„Ist es nicht.“ Sawyer konnte sich lebhaft vorstellen, wie Christian zu seinem Reisewecker griff und einen Blick darauf warf. „In Hard Luck vielleicht, aber hier ist es Mitternacht. Was ist denn so wichtig, dass es nicht bis morgen Zeit hat?“

„Du hast dich schon seit Tagen nicht mehr gemeldet.“

„Meine Nachricht hast du doch bekommen, oder?“

Sawyer runzelte die Stirn. Genau das hatte ihn veranlasst, Abbey in Christians Haus einzuquartieren. „Ja, habe ich. Du willst also einen Urlaub dranhängen.“

„Stimmt. Ich dachte, es wäre eine gute Idee, das Angenehme mit dem Nützlichen zu verbinden.“

„Du hättest mich öfter anrufen können.“

Christian stöhnte entnervt. „Hast du mich etwa deswegen aus dem Schlaf geklingelt? Du hörst dich an wie eine Frau, die ihrem Mann hinterher schnüffelt.“

„Wir haben Probleme“, erklärte Sawyer.

„Was für Probleme.“

„Abbey Sutherland ist hier.“

„Magst du sie etwa nicht?“

Sawyer wünschte fast, es wäre so. Doch er mochte sie so sehr, dass er keine Nacht mehr richtig schlafen konnte. Als sie noch im Blockhaus gewohnt hatte, war er krank vor Sorge um sie und die Kinder gewesen, und nun musste er sich beherrschen, um nicht einfach zu ihr zu gehen und mit ihr zu schlafen. Er war kurz davor, den Verstand zu verlieren.

„Doch, ich mag sie. Darum geht es nicht.“

„Worum dann?“

„Abbey ist nicht allein hier. Sie hat ihre beiden Kinder mitgebracht.“

„Moment mal.“ Jetzt schien Christian hellwach zu sein. „Von Kindern hat sie kein Wort gesagt.“

„Hast du sie danach gefragt?“

„Das nicht, aber sie hätte es ja von sich aus erzählen können, findest du nicht?"

„Ich finde, du solltest das Bewerbungsformular ändern, und zwar schnell."

„Ich kümmere mich gleich morgen früh darum." Christian atmete tief durch. „Du hast sie doch nicht etwa im Blockhaus untergebracht, oder? Darin ist kaum genug Platz für eine Person."

„Sie wollte unbedingt darin wohnen bleiben, bis ich sie dazu überredet habe, in dein Haus zu ziehen."

„In mein Haus? Oh, vielen Dank."

„Hast du eine Idee, wo sie sonst wohnen könnte?"

Christian schwieg einen Moment. „Nein", sagte er schließlich.

„Ich habe versucht, sie dazu zu bewegen, nach Seattle zurückzukehren. Allerdings ist sie sehr stur." Und sie war nicht nur das. Sie war schön ... und nett ... und vieles mehr.

„Was sollen wir machen, wenn ich wiederkomme?" fragte Christian.

„Keine Ahnung."

„Du hast mir gesagt, dass ich sie einstellen soll."

„Ach ja?"

„Natürlich. Erinnerst du dich nicht mehr daran? Ich habe dir von Allison Reynolds erzählt und nebenbei erwähnt, dass ich zwei Frauen für die Stelle in der Bibliothek in die engere Wahl gezogen habe. Du hast gesagt, ich soll die nehmen, die den Job will."

Er war also selbst schuld an seiner Misere, wie Sawyer in diesem Moment klar wurde.

„Vielleicht verliebt sie sich in John oder Ralph", meinte Christian, als wäre das Problem damit gelöst. „Wenn sie heiratet, geht es uns nichts mehr an. Derjenige, der so dumm ist, sie *und* die Kinder zu nehmen, ist für sie verantwortlich."

Jetzt wurde Sawyer wütend. Nur mit Mühe konnte er sich eine Bemerkung verkneifen, die er später bedauert hätte.

„Der Mann, der Abbey Sutherland heiratet, kann sich verdammt glücklich schätzen", entgegnete er schroff.

Christian lachte triumphierend. „So läuft der Hase also."

Sawyer ignorierte seinen Kommentar, zumal dieser ihn unangenehm an das erinnerte, was Ben am Tag von Abbeys Ankunft zu ihm gesagt hatte. „Wie lange willst du wegbleiben?"

„Keine Ahnung", erwiderte Christian. „Ich würde gern noch ein paar mehr Frauen einstellen und bin noch nicht mal dazu gekommen, die Vorräte und Ersatzteile zu besorgen. Vielleicht mache ich auch noch einen Abstecher, um Mom zu besuchen."

„Gut, mach das."

„Übrigens hat Allison Reynolds sich entschieden, die Stelle anzunehmen. Hör auf meinen Rat, und verguck dich nicht in die Bibliothekarin, bevor du unsere neue Sekretärin kennen gelernt hast. Sie wird dich umhauen."

„Und was ist mit der neuen Krankenschwester?"

„Ich habe schon mit einigen Frauen gesprochen, aber nichts erreicht. Ich brauche mehr Zeit."

„Zeit!" wiederholte Sawyer scharf. „Halt dich nicht zu lange damit auf."

Christian lachte wieder. „Wozu die Eile? Je länger ich weg bin, desto länger wird Abbey Sutherland in deiner Nähe sein. Nicht zu fassen! Du warst von Anfang an dagegen, und jetzt sieh dich nur an!"

„Ich bin immer noch dagegen."

„Aber lange nicht mehr so wie vor deiner Begegnung mit Abbey Sutherland. Stimmt's, Bruderherz?"

Abbey betrat das einzige Geschäft in Hard Luck, über dessen Tür wie auch beim Hard Luck Café ein Elchgeweih hing. Allmählich gelangte sie zu der Einsicht, dass diese Art von Dekoration typisch für Alaska war. Abbey hatte eine Liste dabei, denn die Vorräte, die sie bei ihrer Ankunft im Blockhaus vorgefunden hatte, waren mittlerweile aufgebraucht. Außerdem wollte sie einige frische Sachen kaufen, falls es so etwas in Hard Luck überhaupt gab.

Der Laden war ziemlich klein und bestand aus drei Gängen, einigen hohen Kühlschränken, an deren Türen Preislisten hingen, und einem Glastresen, auf dem eine altmodische Registrierkasse stand und Süßigkeiten sowie Kunsthandwerk der einheimischen Indianer auslagen.

Als die Türglocke klingelte, kam ein Mann mittleren Alters hinter dem Vorhang hervor. Er hatte einen Bart und längeres graues Haar, das er im Nacken zu einem Pferdeschwanz zusammengefasst hatte. „Abbey Sutherland, stimmt's?" Er strahlte übers ganze Gesicht.

„Stimmt. Sind wir uns schon begegnet?"

„Nur flüchtig." Er schüttelte ihr die Hand. „Ich bin Pete Livengood. Der Laden gehört mir. Nebenbei organisiere ich auch Ausflüge für Touristen."

„Freut mich." Abbey lächelte ebenfalls, während sie sich fragte, ob überhaupt je Touristen nach Hard Luck kamen. „Ich würde gern einige Lebensmittel für heute Abend einkaufen."

„Lassen Sie mich einen Blick auf Ihre Liste werfen."

Sie beobachtete, wie er die Liste überflog. „Frisches Gemüse verkaufe ich nicht, weil die meisten Leute ihren eigenen Garten haben. Manchmal bringt Sawyer etwas aus Fairbanks mit."

„Ach so." Abbey hatte eigentlich Tacos mit Salat zum Abendessen machen wollen. Sicher würden die Kinder enttäuscht sein.

„Louise Gold hat jede Menge Salat im Garten. Bestimmt wäre sie froh, wenn Sie ihr etwas davon abnehmen würden."

„Ich kann sie unmöglich fragen." Abbey hatte bisher erst einmal kurz mit Ronnys Mutter gesprochen. Die Golds waren sehr nett gewesen, und sie wollte ihre Großzügigkeit nicht noch mehr ausnutzen.

„Hier ist alles anders", erklärte Pete. „Die Leute helfen einander, und Louise wäre sogar beleidigt, wenn Sie sie nicht fragen würden. Die meisten bestellen ihre Lebensmittelvorräte einmal im Jahr. Ich gebe Ihnen ein Bestellformular mit. Louise kann Ihnen dabei wahrscheinlich besser behilflich sein als ich, weil Sie für drei Personen einkaufen müssen."

„Einmal pro Jahr?“ wiederholte Abbey ungläubig.

„Ja, das ist viel praktischer. Und keine Sorge wegen der Liste. Sie haben mit der Bücherei genug Arbeit. Ich werde die Sachen für Sie zusammenstellen und auch mit Louise sprechen.“

„Aber ... das kann ich nicht von Ihnen verlangen.“

„Natürlich können Sie das. Und wissen Sie was? Ich bringe Ihnen die Sachen später vorbei.“

„Das ist sehr nett von Ihnen. Vielen Dank.“

„Es ist mir ein Vergnügen.“ Pete strahlte wieder übers ganze Gesicht, als hätte sie ihm einen Gefallen getan.

Abbey war enttäuscht, dass sie Sawyer an diesem Tag gar nicht sah. Sie ertappte sich dabei, dass sie auf ihn wartete und hoffte, er würde vorbeikommen.

Die Kinder spielten draußen und schauten ständig in der Bücherei bei ihr herein. Für Abbey war es eine ganz neue Erfahrung, sie während der Sommermonate immer in der Nähe zu haben, und die beiden wirkten so glücklich wie noch nie.

„Hallo, Mom.“ Scott kam in Begleitung von Eagle Catcher herein.

„Wenn die Bücherei eröffnet ist, darf der Hund hier nicht mehr herein“, erklärte Abbey.

„Warum nicht?“ erwiderte Scott schmollend. „Er ist doch sonst auch überall, wo ich bin.“

„Hat Sawyer dir erlaubt, ihn aus dem Zwinger zu lassen?“

„Ja. Ich war vorhin am Flugplatz. Er hatte viel zu tun, und ich dachte, er würde mich anschreien, aber das hat er nicht. Dann hat er mich gelobt, weil ich so lange gewartet habe.“ Scott strahlte übers ganze Gesicht. „Er ist im Stress, weil sein Bruder nicht da ist und er heute einen Flug für ihn übernehmen musste.“

„Oh“, meinte sie enttäuscht. „Hat er gesagt, wann er zurückkommt?“

„Nein, aber ich hab' ihn zum Abendessen eingeladen. War das okay?“

„Hm ...“

„Du hast doch gesagt, dass es Tacos mit Salat gibt, oder?"

„Ja. Was hat Sawyer dazu gesagt?"

„Dass er gern kommt und ob du von der Einladung weißt. Ich hab' ihm erzählt, dass wir oft Gäste haben."

Abbey nickte. „Na gut."

„Ich seh' mal nach, ob Sawyer schon wieder zurück ist. Dann sag' ich ihm, dass er zum Essen kommen kann." Als Scott zur Tür hinausstürmte, dicht gefolgt von Eagle Catcher, musste sie lächeln. Man brauchte schon das Temperament eines Schlittenhundes, um mit ihrem Sohn Schritt halten zu können.

Sie merkte gar nicht, wie die Zeit verging. Am späten Nachmittag brachte Pete Livengood die Lebensmittel vorbei und überraschte sie mit einem kleinen Strauß Wiesenblumen, was sie richtig rührte.

Abbey war gerade dabei aufzuräumen, als Sawyer hereinkam. Er wirkte müde und verstimmt.

„Solltest du nicht langsam mit der Arbeit aufhören?" fragte er.

„Ich wollte gerade nach Hause gehen."

„Scott hat mich zum Essen eingeladen."

„Ich weiß." Als sie sich dabei ertappte, wie sie Sawyer unverwandt musterte, wandte sie verlegen den Blick ab. Sie überlegte krampfhaft, was sie sagen sollte, um die Spannung zwischen ihnen zu lösen.

„Pete Livengood hat mir Blumen gebracht", platzte sie schließlich heraus.

„Pete war hier?"

„Ja, er hat mir ein paar Lebensmittel geliefert. Er ist sehr nett." Da Sawyer schwieg, fuhr sie fort: „Wir haben uns ein bisschen unterhalten. Er hat ein interessantes Leben geführt, nicht?"

„Ich glaube schon. Hast du eigentlich eine Ahnung, wie alt er ist?" fügte Sawyer unvermittelt hinzu.

„Nein." Im Grunde war es ihr auch egal. Pete war ein raubeiniger Typ, der seit fast zwanzig Jahren in Alaska lebte. Er hatte interessante Anekdoten aus seinem Leben erzählt, und sie hatte ihm viele Fragen gestellt. Vielleicht passte es Sawyer nicht, dass sie ihre Arbeit unterbrochen hatte.

„Er ist alt genug, um dein Vater zu sein“, erklärte Sawyer.

„Spielt das eine Rolle?“

Er schwieg einen Moment. „Ich habe den Leuten gesagt, dass sie dich nicht stören sollen.“

„Pete hat mich auch nicht gestört.“

„Mich stört er aber.“

„Und warum?“

Sawyer atmete tief durch und verdrehte die Augen. „Weil ich ein verdammter Idiot bin.“

7. KAPITEL

Als Sawyer das Hard Luck Café betrat, war die Atmosphäre ziemlich gespannt.

„Morgen", begrüßte er Ben und nahm am Tresen Platz, wo bereits drei seiner Piloten saßen. Sie ignorierten ihn einfach.

Ben schenkte ihm Kaffee ein.

„Ich nehme Eier und Pfannkuchen", erklärte Sawyer.

John Henderson murmelte etwas Unverständliches, dann legte er Geld auf den Tresen und ging hinaus. Ralph und Duke folgten ihm auf dem Fuße.

Sawyer blickte überrascht auf. „Was ist los? Habe ich etwa Mundgeruch?"

Ben lachte leise, während er sich auf den Tresen stützte. „Vielleicht, aber das ist nicht der Grund. Ich glaube, es geht um Abbey Sutherland."

Sawyer verspannte sich unwillkürlich. „Was ist mit ihr?"

„Soweit ich weiß, hattest du eine kleine Auseinandersetzung mit Pete, weil er Abbey Lebensmittel in die Bücherei geliefert hatte."

„Na und?" Pete hatte ihr den Strauß bestimmt nicht gebracht, weil er ein Buch ausleihen wollte. Er war hinter Abbey her. Immer wenn Sawyer daran dachte, wurde er wieder wütend.

„Vergiss nicht, dass ich nur ein unparteiischer Zuschauer bin", bemerkte Ben. „Aber schließlich bin ich weder blind noch taub."

„Also was ist das Problem?"

Nachdem Ben ihm das Essen serviert hatte, schenkte er ihm Kaffee nach. „Deine Männer haben etwas dagegen, dass du Abbey mit Beschlag belegst."

„Wie kommen sie darauf, dass ich es tue?"

„Immerhin hast du allen eingeschärft, sie sollten der Bücherei fernbleiben."

„Aber nicht, weil ich Abbey für mich haben will“, wandte Sawyer ein. „Ich möchte nur nicht, dass sie ständig von der Arbeit abgehalten wird. Du weißt genauso gut wie ich, dass John und die anderen sich nicht für die Bücher interessieren.“

„Schon möglich. Du hast dich allerdings vorher auch nicht für die Sammlung deiner Mutter interessiert.“

Sawyer hatte keine Lust, weiter darüber zu debattieren. „Die Bücherei wird bald eröffnet, und dann können die Männer dorthin gehen, wann immer sie wollen.“

„Ach, und noch etwas“, fuhr Ben fort. „Die Jungs denken, dass du sie absichtlich auf Trab hältst, damit du Abbey in Ruhe den Hof machen kannst.“

„Ich mache ihr nicht den Hof“, entgegnete Sawyer wütend.

„Du warst angeblich bei ihr zum Essen eingeladen.“

„Stimmt, aber Scott hat mich eingeladen.“ Für Sawyer war es das beste Dinner seit langem gewesen, nicht nur, was das Essen betraf.

„Willst du etwa wirklich behaupten, du interessierst dich nicht für sie?“

„Genau.“ Zum Glück wusste niemand, dass er Abbey geküsst hatte.

Ben kniff die Augen zusammen. „Ach ja? Hast du Pete deswegen so zusammengestaucht?“

Sawyer seufzte entnervt. Mittlerweile hatte er keinen Appetit mehr. „Wer hat dir das erzählt? Es ist stark übertrieben.“

„Aber du hast ihm zu verstehen gegeben, dass er sich von Abbey fern halten soll.“

„Ja, bis die Bücherei eröffnet wird“, beharrte Sawyer. „Verstehst du jetzt, warum ich von Anfang an dagegen war, Frauen nach Hard Luck zu holen? Vor einigen Wochen waren wir noch alle Freunde, und nun gehen wir uns an die Gurgel.“

„Eins haben wir jedenfalls klargestellt: Du hast mit ihr nichts im Sinn.“

„Natürlich nicht.“

„Dann wirst du wohl nichts dagegen haben, wenn die Jungs plötzlich ein gewisses intellektuelles Interesse entwickeln, das umfangreiche Recherchen in der Bücherei erfordert?“

Sawyer zuckte die Schultern. „Warum sollte ich?“

„Gut“, meinte Ben, und Sawyer hatte den Eindruck, dass er ihn durchschaute.

„Ich verlange bloß, dass die Jungs warten, bis die Bücherei eröffnet wird.“

„Und wann wird das sein?“

„Soweit ich weiß, in wenigen Tagen.“

„Ich werde es den Männern sagen“, meinte Ben, bevor er wieder in die Küche ging.

Sawyer widmete sich daraufhin seinem Frühstück, und obwohl es ausgezeichnet schmeckte, lag es ihm schwer im Magen. Er musste sich eingestehen, dass Ben Recht hatte. Er, Sawyer, hatte mit allen Mitteln versucht, die anderen Männer von Abbey fern zu halten. Zuerst hatte er es nicht bewusst getan, doch mittlerweile war genau das Gegenteil der Fall.

Am nächsten Abend räumte Abbey nach dem Essen gerade das Geschirr ab, als sie hörte, wie Scott und Susan sich auf der Veranda mit jemandem unterhielten. Da es sehr warm war, hatte sie nach der Arbeit Shorts angezogen. Sie hätte es nie für möglich gehalten, dass es in Alaska an die dreißig Grad heiß werden könnte.

Als sie nach draußen ging, sah sie die Kinder mit Sawyer sprechen. Eagle Catcher war bei ihm.

„Hallo“, grüßte Sawyer.

„Hallo.“ Die ganze Zeit hatte sie sich danach gesehnt, ihn wiederzusehen, und der Ausdruck in seinen Augen zeigte ihr, dass es Sawyer genauso ging.

Es gefiel ihr, wie locker er mit ihren Kindern plauderte und wie einfühlsam er war – besonders Susan gegenüber, die ihn anhimmelte, seit er ihr am Flughafen die Hand gegeben hatte.

„Wann kann man das Polarlicht sehen?“ fragte Scott. „Ich versuch' jeden Abend, lange wach zu bleiben, aber es wird einfach nicht dunkel."

„Wir haben erst Anfang Juni", erklärte Sawyer. „Du musst noch bis Ende August warten."

„Wird es in Alaska überhaupt mal dunkel?" erkundigte sich Susan.

„Im Sommer nur ganz kurz. Im Winter dagegen ..."

„Ronny hat mir erzählt, dass es dann den ganzen Tag dunkel ist", warf Scott ein. „Aber das wusste ich schon aus Moms Büchern."

„Erzähl mir, wie das Polarlicht ausschaut", bat Susan. Sawyer hatte Scott und sie aufgefordert, ihn zu duzen.

Er setzte sich mit Susan auf die Hollywoodschaukel, während Scott sich neben Eagle Catcher auf den Boden hockte. „Manchmal überstrahlt das Licht den ganzen Himmel. Normalerweise ist es milchig-grün und flackert. Einige Leute behaupten sogar, sie würden es hören."

„Kannst du es auch hören?"

Sawyer nickte.

„Wie hört es sich an?"

Er blickte zu Abbey. „Wie Glocken. Bestimmt werdet ihr es auch hören."

„Ist das Licht immer grün?"

„Nein, manchmal auch rot. Das ist am schönsten."

„Wow, das sieht bestimmt toll aus!"

„Die Eskimos glauben, dass es brennende Fackeln sind, die die Seelen in das Leben nach dem Tod geleiten."

Nun setzte sich auch Abbey auf die Schaukel. Susan rutschte auf ihren Schoß, sodass Abbey neben Sawyer saß. Er zwinkerte ihr zu.

Die Kinder stellten ihm viele Fragen, und er erzählte ihnen, warum sein Großvater nach Alaska gekommen war.

„Hat er Gold gefunden?" fragte Scott.

„Ja, aber er ist nie auf eine Goldader gestoßen, wie er es sich erträumt hatte. Er ist in dem Glauben gestorben, seine Familie im Stich gelassen zu haben, doch das war nicht der Fall."

„Warum ist er in Alaska geblieben?" meinte Abbey.

„Wegen meiner Großmutter. Die beiden hatten eine Tochter, Emily, die eines Tages verschwunden ist. Daher wollte meine Großmutter Hard Luck nicht mehr verlassen."

„Dachte sie, Emily würde eines Tages zurückkommen?"

„Ja. Sie hat immer nach ihr Ausschau gehalten."

„Was glaubst du, was ihr passiert ist?" wollte Scott wissen.

„Auf jeden Fall nichts Angenehmes. Deshalb dürft ihr auch auf keinen Fall allein in der Wildnis herumstreunern, klar?"

Beide Kinder nickten ernst.

Abbey, die einen Blick auf ihre Armbanduhr warf, stellte erstaunt fest, wie spät es bereits war. Es war abends so hell, dass sie alle einen anderen Rhythmus bekommen hatten. Sie gingen viel später ins Bett und schliefen dafür morgens länger.

„Ihr müsst jetzt ins Bett", erklärte sie.

Wie immer protestierten Scott und Susan lautstark.

„Komm, Susan, ich trage dich huckepack." Sawyer stand auf und nahm Susan huckepack, die ihm kichernd die Arme um den Hals legte. „Gleich bist du dran", fügte er an Scott gewandt hinzu.

„Dafür bin ich doch schon zu alt", meinte Scott, obwohl er es offensichtlich nicht erwarten konnte.

„Du machst wohl Witze. Dafür ist man nie zu alt." Ehe Scott sich's versah, hatte Sawyer ihn mit einem Arm hochgehoben.

Abbey hielt ihm die Tür auf, damit er die Kinder ins Haus bringen konnte, und folgte ihm.

„Wie wär's mit einer Tasse Kaffee?" fragte sie, während Sawyer und sie in der Küche standen und die Kinder sich zum Schlafengehen fertig machten.

Sawyer schien sich über ihr Angebot zu freuen, doch dann schüttelte er den Kopf. „Nein, danke. Ich bin nur vorbeigekommen, um dir zu sagen, dass ich mit Christian gesprochen habe."

Im nächsten Moment kam Susan aus dem Zimmer und lief in die Küche, dicht gefolgt von Scott. Wenn die beiden so aufgekratzt waren, dauerte es immer lange, bis sie endlich einschliefen.

„Kannst du mich zudecken?“ Susan sah zu Sawyer auf.

„Wenn deine Mutter nichts dagegen hat“, erwiderte er und schaute dabei Abbey an.

Das hatte sie nicht, und so ließ er sich von Susan ins Zimmer führen, während Abbey mit Scott folgte. Sawyer brachte beide Kinder ins Bett, doch es war offensichtlich, dass sie noch nicht schlafen wollten.

„Erzähl uns eine Geschichte“, bat Susan. Ihre Lieblingspuppe im Arm, setzte sie sich wieder im Bett auf.

Scott schien das ebenfalls für eine tolle Idee zu halten. „O ja“, meinte er, „aber es muss ein Hund drin vorkommen.“ Zweifellos hätte er Eagle Catcher gern zu sich ins Zimmer geholt, wenn Abbey und Sawyer es erlaubt hätten.

„Na gut“, willigte Sawyer ein. „Allerdings müsst ihr mir versprechen, dass ihr danach auch die Augen zumacht und schlaft.“

Die nächsten fünfzehn Minuten verbrachte er damit, ihnen eine Geschichte zu erzählen, die er offenbar aus dem Stegreif erfand. Abbey war fasziniert von seiner Spontaneität, und gleichzeitig rührte es sie, dass er sich so liebevoll um ihre Kinder kümmerte. Als sie von der Tür aus beobachtete, wie er anschließend mit Scott und Susan betete, schluckte sie gerührt.

Kurz darauf kam er aus dem Zimmer der beiden. Abbey wartete in der Küche auf ihn, wo sie gerade Wasser in der Mikrowelle erhitzte, um sich Tee zu machen.

„Danke“, sagte sie leise, ohne ihn anzusehen.

Es entstand eine spannungsgeladene Stille, bis Sawyer sich räusperte. „Also, ich habe mit Christian gesprochen. Wir waren uns einig, dass du und die Kinder nicht ins Blockhaus zurückkehren könnt.“

„Ich habe doch keine Wahl, oder?“

„Es gibt ein Haus in Hard Luck, das leer steht." Plötzlich wurde sein Gesichtsausdruck hart. „Es hat einmal Catherine Fletcher gehört."

Abbey versuchte, sich daran zu erinnern, wo sie diesen Namen schon einmal gehört hatte. Dann fiel ihr ein, was Pearl ihr erzählt hatte.

„Christian hat vorgeschlagen, dass wir uns mit Catherines Familie in Verbindung setzen", fuhr Sawyer fort. „Da sie jetzt in einem Pflegeheim ist, wird sie wohl kaum hierher zurückkehren. Für die Miete wird unsere Firma aufkommen."

„Meinst du, dass sie mir das Haus überlässt?"

Er runzelte die Stirn. „Sie ist eine mürrische alte Frau, und ich traue ihr zu, dass sie aus reiner Gehässigkeit Nein sagt. Ich hoffe nur, dass ich nicht mit ihr reden muss. Ihre Tochter ist wesentlich vernünftiger."

„Du magst Catherine nicht, stimmt's?"

„Nein", erwiderte er ausdruckslos. „Sie hat alles darangesetzt, um meiner Mutter wehzutun, und das kann ich ihr nicht verzeihen. Es ist eine lange Geschichte, die ich dir lieber nicht erzählen möchte."

Trotz seines Grolls gegen die alte Frau war er ihr zuliebe und der Kinder wegen bereit, sich mit Catherine Fletcher in Verbindung zu setzen. Abbey mochte ihn von Tag zu Tag lieber.

„Das ist sehr nett von dir", sagte sie leise. „Hast du wirklich keine Zeit, einen Kaffee mit mir zu trinken?"

Als Sawyer ihr in die Augen sah, erschauerte sie. „Ich muss jetzt los." Dann schaute er an ihr vorbei zum Flur. „Du hattest Recht, dein Exmann kann einem Leid tun. Du hast tolle Kinder, auf die jeder Mann stolz wäre."

Bevor er ging, küsste er sie flüchtig auf den Mund, als würden sie sich jeden Tag so küssen. Erst nachdem er das Haus verlassen hatte, fiel Abbey auf, wie ungewöhnlich es war. Durch die Fliegentür beobachtete sie, wie er die Treppe hinunterging.

Erst als er die Straße schon fast überquert hatte, schien ihm bewusst zu werden, was er getan hatte, denn er blieb unvermittelt stehen und drehte sich um.

„Gute Nacht, Sawyer“, rief sie.

Sawyer winkte ihr zu, dann ging er weiter.

„Midnight Sons“, meldete sich Sawyer am Telefon, während er zu seinem Notizblock griff.

„Ich bin’s, Christian. Hör mal, Allison Reynolds ist unterwegs.“

Sawyer blinzelte verwirrt. „Wer?“

„Unsere neue Sekretärin. Sie ist aus dem Urlaub zurück und kann gleich Montag bei uns anfangen.“

„Na toll. Das ist doch die Frau, die nicht Maschineschreiben kann, oder?“

„Das braucht sie auch nicht. Und was sie auf einem Gebiet nicht kann, wird sie auf einem anderen wieder wettmachen.“

„Hast du ihr einen Flug gebucht.“

„Ja. Sie kommt Freitagmorgen zur gleichen Zeit wie Abbey Sutherland.“

Sawyer machte sich eine Notiz. „Ich werde Duke nach Fairbanks schicken.“ So würde er von vornherein verhindern, dass seine Männer sich wieder stritten.

„Nicht ihn“, protestierte Christian. „Schick Ralph hin.“

„Und warum nicht Duke?“

„Er redet wie ein Wasserfall, und außerdem ist er manchmal ein ganz schöner Chauvi. Ich möchte nicht, dass ihr erster Eindruck von Hard Luck negativ ist.“

„Na gut, ich schicke Ralph hin.“

„Vielleicht wäre John besser geeignet“, überlegte Christian laut.

John hatte doch die größte Klappe von allen! „Und warum passt dir Ralph nicht mehr?“

„Er neigt dazu, ins Fettnäpfchen zu treten.“

„Warum bewegst du nicht deinen Hintern hierher und holst sie selbst ab?“ entgegnete Sawyer gereizt.

„Wenn ich es schaffen würde, gern. Ich sollte zwar erst mal keine Frau mehr einstellen, aber ich habe die perfekte Krankenschwester gefunden."

„Dann stell sie ein."

„Sie ist ungefähr im selben Alter wie Pete."

„Na und?" Das konnte ihm, Sawyer, nur recht sein. Vielleicht würde Pete sich dann ihr zuwenden und das Interesse an Abbey verlieren.

„Ich hatte gehofft, eine jüngere Frau zu finden. Es melden sich zwar viele Interessentinnen, aber sobald ich ihnen sage, wo genau Hard Luck liegt, stellen sie eine Menge Fragen." Christian schwieg einen Moment, bevor er fortfuhr: „Allison musste ich ganz schön bequatschen."

„Wir können schließlich nicht jede Stelle mit einem Vamp besetzen", meinte Sawyer unwirsch.

„Ich weiß. Ich rufe dich bald wieder an, um zu hören, wie Allison sich eingelebt hat."

„Okay."

„Hast du was von Charles gehört?"

„Nein, aber er müsste eigentlich jeden Tag hier aufkreuzen." Ihr älterer Bruder war oft wochenlang weg und tauchte dann plötzlich mit seiner gesamten Ausrüstung auf, um ein, zwei Monate in Hard Luck zu bleiben. Sawyer konnte seine Rastlosigkeit nicht verstehen, akzeptierte sie jedoch.

Als er einige Minuten später auflegte, bemerkte er, dass John Henderson vor seinem Schreibtisch stand.

„Hast du einen Moment Zeit?" erkundigte sich der Pilot nervös.

Sawyer nickte. „Sicher. Was ist los?"

„Ich habe ein ... Anliegen."

„Setz dich." Sawyer zeigte auf den Stuhl vor seinem Schreibtisch.

„Wenn es dir nichts ausmacht, würde ich lieber stehen bleiben", erwiderte John gestelzt.

Sawyer zog die Augenbrauen hoch und lehnte sich zurück. „Wie du willst."

John faltete die Hände. Offenbar brauchte er eine Weile, um sich zu sammeln. „Wir, das heißt, ich und einige der Jungs, sind über das, was hier vorgeht, nicht besonders glücklich", platzte er schließlich heraus.

„Wovon redest du?"

Wieder schien John Probleme zu haben, seine Gedanken zu ordnen. „Du bist im Vorteil, und deswegen gibt es böses Blut."

Jetzt war Sawyer alles klar. John war gekommen, um mit ihm über Abbey zu reden.

„Ihr seid also sauer auf mich, weil ich euch gebeten habe, Abbey Sutherland nicht bei der Arbeit zu stören."

„Ja", bestätigte John wütend. „Wir dürfen die Bücherei nicht betreten, solange sie noch nicht eröffnet ist, aber für dich gelten anscheinend andere Regeln."

„Ich bin ja auch Abbeys Kontaktperson", erklärte Sawyer ruhig. „Sie braucht jemand, der ihr hilft, Fragen beantwortet und so weiter."

„Die Aufgabe kann ich ja übernehmen", meinte John. „Oder Duke. Wir würden ihr schon nicht auf die Nerven gehen, sondern nur mal vorbeischauen, um ihr das Gefühl zu vermitteln, dass sie hier willkommen ist. Alle wissen doch, wie du mit Pete umgesprungen bist, nachdem er sie besucht hatte. Er hat schließlich nur seinen Job gemacht."

„Dass Pete jetzt Lebensmittel liefert, ist mir neu."

„Komm schon, Sawyer. Hättest du dich an seiner Stelle nicht genauso verhalten?" Bevor Sawyer antworten konnte, fuhr John fort: „Natürlich hättest du es getan, denn sie ist hübsch und nett. Als wir die Idee hatten, Frauen nach Hard Luck zu holen, habe ich gedacht, wir könnten wenigstens ab und zu mit ihnen reden."

Sawyer seufzte. „Also gut, vielleicht habe ich etwas übertrieben."

„Die Männer behaupten, du willst sie für dich haben."

Sawyer wollte das abstreiten, doch dann wurde ihm klar, dass genügend Beweise gegen ihn sprachen. „Schon möglich."

„Wir verlangen nur von dir, sie ab und zu mal besuchen zu dürfen", sagte John. „Du hast mein Ehrenwort, dass ich sie in Ruhe lasse. Und das werden die anderen bestimmt auch tun."

Sawyer wusste, dass er keine Wahl hatte. „Also gut", willigte er widerstrebend ein.

John entspannte sich sichtlich. „Kein böses Blut mehr?"

„Nein", versicherte Sawyer, bevor er den Zettel von seinem Notizblock riss, auf dem er Allison Reynolds' Ankunftszeit notiert hatte. „Übrigens kommt Freitag die nächste Frau. Hättest du Lust, sie abzuholen?"

„Ob ich Lust habe?" John strahlte übers ganze Gesicht, riss sich aber gleich darauf zusammen. „Ich muss einen Blick in meinen Flugplan werfen."

„Gut. Sag mir rechtzeitig Bescheid."

Abbey wusste gar nicht, wie ihr geschah. In der letzten Stunde waren vier Männer bei ihr in der Bibliothek gewesen. Da das Interesse offenbar so groß war, beschloss sie, die Bibliothek am nächsten Tag zu eröffnen. Beim Aufräumen dachte sie daran, dass gerade die Person, nach der sie sich gesehnt hatte, nicht bei ihr gewesen war, nämlich Sawyer.

Als Abbey nach Hause ging und das vertraute Motorengeräusch seines Transporters hinter sich hörte, drehte sie sich um und winkte.

Sawyer drosselte das Tempo. „Gehst du nach Hause?"

„Ja."

„Soll ich dich mitnehmen?"

Abbey lachte. „Es ist doch nicht weit."

Er beugte sich herüber, um die Beifahrertür zu öffnen. „Ich dachte, ich nehme die Panoramastrecke. Wo sind Scott und Susan?"

„Im Garten. Sie wollten sich unter dem Rasensprenger abkühlen.“ Auch an diesem Tag waren es fast dreißig Grad, und die Kinder genossen das sommerliche Wetter.

„Holt eure Badesachen, dann bringe ich euch zu meinem Lieblingssee“, schlug Sawyer vor.

Abbey strahlte. „Abgemacht.“

Als er vor dem Haus hielt, liefen Scott und Susan auf den Wagen zu.

„Habt ihr Lust, schwimmen zu gehen, Kinder?“

„Darf Eagle Catcher auch mit?“

„Klar“, meinte Sawyer. „Steigt ein.“

Abbey lief ins Haus, um ihren Badeanzug, Shorts und ein T-Shirt anzuziehen. Dann packte sie die Badesachen der Kinder und Handtücher ein.

Sawyer fuhr mit ihnen zum Flugplatz. Dort bestiegen sie eine kleine Maschine, mit der er, wie er erklärte, auch auf dem Wasser landen konnte. Es war ziemlich eng, aber den Kindern machte es Spaß.

„Wie weit ist dein Lieblingssee entfernt?“ fragte Abbey, sobald sie in der Luft waren.

„Ziemlich weit.“

Aus der Luft sah sie, dass es um Hard Luck herum sehr viele Seen gab. Sawyer erzählte ihnen, dass sein Lieblingssee sich nicht nur hervorragend zum Schwimmen, sondern auch zum Angeln eignete.

Der Flug dauerte etwa eine Stunde. Bei der Landung warf Abbey Sawyer einen ängstlichen Blick zu, bevor die Maschine auf dem Wasser aufsetzte. Schließlich lenkte er sie zum Ufer.

„Weiß irgendjemand, dass wir hier sind?“ erkundigte sich Abbey.

„Ich habe Duke eine Nachricht hinterlassen.“

„Aber ...“

„Vertrau mir“, meinte Sawyer, während er ihr die Hand tätschelte. „Ich würde euch nirgendwo hinbringen, wo ihr nicht in Sicherheit seid.“

„Die Kinder hatten erst ein paar Stunden Schwimmunterricht, aber sie haben keine Angst vor Wasser.“ Das Wasser war so klar, dass man bis zum Grund sehen konnte. In Ufernähe war es nur etwa einen Meter tief.

Das Ufer war dicht bewachsen, und Abbey entdeckte wilde Rosenbüsche. In etwa einem Monat würden sie blühen, sodass es an diesem ohnehin herrlichen Ort noch schöner sein würde.

Sobald Sawyer sie aus dem Flugzeug gehoben hatte, begannen Scott und Susan zu plantschen. „Huh, ist das kalt, Mom!“ rief Scott mit klappernden Zähnen. „Aber toll!“

„Ja, es ist herrlich“, bestätigte Abbey, nachdem sie einen Fuß ins Wasser getaucht hatte. „Wie heißt der See, Sawyer?“

Er zuckte die Schultern. „Es gibt drei Millionen Seen in Alaska, die nicht alle einen Namen haben. Nennen wir ihn doch ... Abbey Lake.“

„Abbey Lake!“ wiederholte Susan lachend.

„Klingt gut“, sagte Abbey.

„Können wir jetzt weiter reingehen?“ fragte Scott. „Ich möchte schwimmen.“

„Nicht so eilig, mein Junge.“ Im Handumdrehen hatte Sawyer sich ausgezogen und sich zu den Kindern ins Wasser gesellt, die abwechselnd kurze Strecken schwammen.

Abbey brauchte etwas länger, um Shorts und T-Shirt auszuziehen. Sie setzte sich auf eine der Kufen und ließ die Beine ins Wasser baumeln.

„Komm schon, Mom!“ rief Scott. „Es ist toll, wenn du dich an die Kälte gewöhnt hast.“

„Vielleicht sollten wir ihr dabei helfen“, neckte Sawyer.

„Nein, bitte nicht!“ Ehe sie sich's versah, war sie von oben bis unten nass gespritzt. „Na gut, wenn ihr es so haben wollt! Die Männer gegen die Frauen.“

Nachdem sie sich schreiend und lachend gegenseitig nass gespritzt hatten, watete Abbey ans Ufer und setzte sich dort in den warmen Sand.

Sawyer folgte ihr wenige Minuten später, ohne jedoch die Kinder aus den Augen zu lassen.

„Das war eine fantastische Idee", meinte sie. „Danke, dass du an uns gedacht hast."

„Das habe ich in letzter Zeit öfter getan", erwiderte er leise. „An dich zu denken, meine ich. Christian und ich haben dir nicht die ganze Wahrheit über Hard Luck gesagt."

„Ich habe schließlich die Entscheidung getroffen, hierher zu kommen. Ich wusste genau, worauf ich mich einlasse. Die Sache mit der Unterkunft ist schon ein Problem, aber ihr wusstet ja nichts von den Kindern."

„Zuerst wollte ich, dass du wieder abreist."

„Ich weiß", bestätigte sie mit bebender Stimme, da es ihr immer noch zu schaffen machte.

Sawyer schaute sie forschend an. „Jetzt will ich es nicht mehr."

„Das freut mich", flüsterte sie und seufzte leise, als sie daran dachte, wie Sawyer ihr Leben bereichert hatte. Er war wunderbar zu den Kindern – und zu ihr.

Plötzlich wandte er sich ab, als hätte er das Gefühl, die Unterhaltung wäre zu persönlich geworden. „Wann willst du die Bücherei eröffnen?"

„Komisch, dass du das auch fragst. Heute Nachmittag haben sich nämlich mehrere Leute danach erkundigt. Morgen ist es so weit."

„Toll", erklärte er wenig begeistert.

Da Scott jetzt ebenfalls aus dem Wasser kam, war Abbey froh, ihre Aufmerksamkeit ihm widmen zu können.

„Ich hab' dich beobachtet", sagte er zu Sawyer. „Es sah so aus, als würdest du meine Mom gleich küssen." Er grinste, während er sich das Wasser aus den Augen wischte. „Ich hab' nichts dagegen." Dann lief er wieder zurück in den See.

8. KAPITEL

Am nächsten Morgen um neun stellte Abbey ein großes Schild mit der Aufschrift „Geöffnet“ vor der Bücherei auf. Fünf Minuten später schlenderte John Henderson herein, die Hände in den Hosentaschen. Er war groß und stämmig und hatte dichtes goldblondes Haar.

„Guten Morgen“, begrüßte sie ihn freundlich.

„Morgen“, erwiderte er beinahe schüchtern. „Schöner Tag heute, nicht?“

„Stimmt“, bestätigte sie. Man hatte ihr bereits mehrfach gesagt, dass es in diesem Jahr ungewöhnlich warm war.

John ging zwischen den Regalen hin und her und ließ den Blick über die Bücher schweifen.

„Kann ich Ihnen irgendwie behilflich sein?“ erkundigte sie sich.

„Ja.“

„Was lesen Sie gern?“

„Liebesromane“, erklärte er.

Abbey ließ sich nicht anmerken, wie überrascht sie war, denn normalerweise wurden Liebesromane von Frauen gelesen.

„Ich brauche ein Buch, aus dem ich lernen kann, wie man Frauen Komplimente macht“, fügte er hinzu. „Zum Beispiel, wie ich es ihr am besten sage, wenn ich finde, dass sie besser aussieht als eine neue Cessna.“

„Ach so.“ Abbey vermutete, dass ein Liebesroman ihm dabei auch nicht helfen würde.

„Ich möchte ihr sagen können, wie hübsch ich sie finde, ohne sie zu verärgern. Anscheinend bringt es die Frauen immer auf die Palme, wenn ich mit ihnen rede.“

Abbey ging zu einem Regal und tat so, als würde sie die Titel überfliegen, während sie sich das Ganze durch den Kopf gehen ließ.

„Ich muss lernen, mich einer bestimmten Frau gegenüber richtig zu verhalten", fuhr John fort. „Ein anderer Mann ist uns nämlich ein paar Schritte voraus. Aber das spielt jetzt keine Rolle mehr, wissen Sie."

Abbey hatte keine Ahnung, wovon John redete. „Werfen Sie einmal einen Blick auf diese Bücher", empfahl sie ihm schließlich und zeigte auf eine Reihe mit Literatur über Benimmregeln.

„Danke", sagte er und grinste.

Kaum hatte Abbey sich wieder an ihren Schreibtisch gesetzt, kam Ralph Ferris herein. Als er John bemerkte, stutzte er, und beide Männer funkelten sich an.

„Was machst du denn hier?" fragte Ralph.

„Na, was wohl?"

„Ich habe dich noch nie lesen sehen."

„Dafür ist es nie zu spät." John warf Abbey einen nervösen Blick zu.

„Kann ich Ihnen helfen?" wandte sie sich an Ralph.

„Du hast dich ja rasiert", sagte der leise zu John. „Dein Aftershave stinkt wie die Pest."

„Ich hab' deins benutzt", murmelte John.

Abbey beobachtete amüsiert, wie die beiden anfingen, miteinander zu rangeln. „Falls Sie sich prügeln wollen, wäre ich Ihnen sehr dankbar, wenn Sie es nicht hier täten", ermahnte sie die beiden betont streng.

Die beiden warfen sich einen letzten bösen Blick zu und stürmten dann zu ihr. John ergriff als Erster das Wort. „Abbey, kann ich heute Abend bei Ihnen vorbeikommen?"

„Hätten Sie Lust, heute Abend im Hard Luck Café mit mir zu essen?" fragte Ralph, bevor sie antworten konnte.

Abbey wusste nicht, was sie sagen sollte.

Im nächsten Moment kam Pete Livengood herein, eine herzförmige Schachtel in der Hand. Sein Haar war feucht, als hätte er gerade geduscht.

„Pralinen", sagten die Piloten wie aus einem Mund. Es klang wütend und frustriert zugleich.

„Frauen mögen so etwas", flüsterte John.

„Verdammt, wo sollen wir Pralinen herkriegen?"

„Ich habe noch Insektenspray. Meinst du, sie würde sich darüber freuen?"

So einen Tag hatte Sawyer schon lange nicht mehr erlebt. Seine Männer hatten sich eine Entschuldigung nach der anderen ausgedacht, um ihre Routineflüge zu verschieben. Ihm war natürlich klar, dass sie in die Bücherei gegangen waren, und das bestimmt nicht, um sich ein Buch auszuleihen.

Seine Laune wurde immer schlechter, und er konnte sich mittlerweile nicht mehr auf seine Arbeit konzentrieren, weil er sich ständig fragte, was dort vorgehen mochte. Die Vorstellung, dass ein anderer Mann bei Abbey war, machte ihn ganz verrückt.

Nervös stand er auf, um sich in dem kleinen Spiegel zu betrachten, der im Büro hing. Bisher hatte er Abbey nicht gefragt, was sie von seinem Bart hielt. Obwohl er schon seit über zehn Jahren einen Bart trug, würde er ihn ihr zuliebe abnehmen.

Schließlich setzte er sich wieder an seinen Schreibtisch.

John kehrte als Erster aus der Bücherei zurück, unter dem Arm einen Stapel Liebesromane und ein Buch mit Benimmregeln. Sawyer beobachtete, wie John in der Frühstückspause in einem der Bücher las. Nachdem er ein paar Seiten überflogen hatte, legte er das Buch weg und blickte gedankenverloren aus dem Fenster. Irgendetwas schien ihn zu beschäftigen.

Auch Ralph war offenbar in der Bibliothek gewesen, denn er kam mit einem Buch über Flugzeuge zurück, das er Sawyer stolz zeigte.

„Ich habe gehört, dass diese Woche noch eine Frau kommt", bemerkte Ralph mit einem vorwurfsvollen Blick in Johns Richtung.

„Stimmt", erwiderte Sawyer geistesabwesend, während er Ralph den Flugplan reichte.

„Ich würde sie gern abholen."

„Du hast am Freitag schon einen Flug."

Ralph zuckte die Schultern. „Duke kann für mich einspringen. Er schuldet mir noch was."

Sawyer zögerte nicht lange. Wenn John und Ralph miteinander um Allison Reynolds' Gunst buhlten, würden sie Abbey vielleicht in Ruhe lassen. Er stimmte also zu, unter der Bedingung, dass Duke damit einverstanden war, Ralph zu vertreten. Anschließend machte Sawyer seinem Piloten klar, dass er sich in die Angelegenheit nicht einmischen und kein Wort mehr darüber hören wollte. Ralph machte ein langes Gesicht, als er schließlich das Büro verließ und auf den Flugplatz ging.

Der Tag schien sich endlos dahinzuziehen, und sobald Sawyer Zeit hatte, ging er ebenfalls zur Bücherei. Als er die Tür öffnete und Abbey sah, merkte er sofort, dass etwas nicht stimmte. Sie saß am Schreibtisch, schaute ihn aus zusammengekniffenen Augen an und knallte das Buch zu, das gerade vor ihr lag. Angesichts der Sorgfalt, mit der sie die Bücher bislang behandelt hatte, war das untypisch für sie.

„Hallo", grüßte er freundlich.

Abbey schwieg beharrlich. Sie lächelte nicht einmal, wie sie es sonst immer tat, wenn er ihr begegnete.

Daher versuchte er es noch einmal. „Wie läuft's denn so?" Da sie wieder nicht antwortete, fuhr er fort: „Stimmt etwas nicht?"

„Ich möchte von dir wissen, warum ihr mich eingestellt habt", erklärte sie kalt.

Sawyer konnte sich keinen Reim darauf machen, warum sie so wütend war. Außerdem verstand er ihre Frage nicht. „Weil wir jemand brauchten, der die Bibliothek aufbaut und leitet."

„War das der einzige Grund?"

„Ja."

„Ach wirklich?"

„Was ist los, Abbey?"

Sie sprang auf, verschränkte die Arme vor der Brust und blitzte ihn zornig an. „Wie konnte ich nur darauf hereinfallen! Du hast mir weisgemacht, du wärst verärgert, weil ich dir nicht von Scott und Susan erzählt hatte. Jetzt ist mir alles klar."

„Das ist doch längst erledigt. Niemand macht dir deswegen einen Vorwurf."

Abbey schüttelte den Kopf, und er hatte den Eindruck, als wäre sie den Tränen nahe. Erschrocken trat er einen Schritt auf sie zu.

„Komm mir nicht zu nahe", warnte sie ihn.

„Abbey, bitte ..."

„Ihr wolltet gar keine Bibliothekarin", erklärte sie erstaunlich ruhig. „Du und deine Männer wart auf der Suche nach ...", sie verstummte, als würde sie nach den richtigen Worten suchen, „... nach Unterhaltung."

„Nach Unterhaltung?"

„Wie konnte ich bloß so dumm sein! Der Anzeigentext war ziemlich eindeutig. Einsame Männer! Ihr wart gar nicht an meinen beruflichen Qualifikationen interessiert, stimmt's? Kein Wunder, dass alle so überrascht waren, als ich mit meinen Kindern gekommen bin."

„Das ist nicht wahr!" brauste er auf. Natürlich schätzte er ihre beruflichen Qualifikationen, und er wollte nicht, dass sie die anderen Männer „unterhielt". An diesem Tag, wo jeder Junggeselle in der Bücherei gewesen war, war Sawyer das klar geworden.

„Wenn die Männer in Hard Luck so einsam sind, warum gebt ihr dann nicht einfach Heiratsannoncen auf?" fuhr Abbey fort. „Das tun andere Leute doch auch."

„Heiratsannoncen? Wir waren auf der Suche nach Frauen, aber wir wollen sie nicht heiraten."

Sie schaute ihn verblüfft an. „Das rechtfertigt natürlich alles."

„Wir haben dir ein Haus und ein Grundstück angeboten, falls du das vergessen haben solltest."

„Und was erwartet ihr dafür als Gegenleistung?"

Sawyer wurde immer wütender. „Nicht das, was du denkst. Wir haben den Frauen schließlich Jobs angeboten."

„Du meinst, ihr habt euch die passenden Jobs dafür ausgedacht."

„Na gut, wir hätten die Bibliothek auch mit ehrenamtlichen Helfern aufbauen können. Trotzdem bestand auch Bedarf, diese Stellen zu schaffen."

„Na prima."

„Jedenfalls wollte niemand dafür verantwortlich sein, einen Haufen Frauen finanziell zu unterstützen."

„Versteht ihr das unter einer Ehe?" rief sie empört.

„Allerdings."

Abbey schluckte mühsam. „Mehr brauche ich nicht zu wissen." Dass ihr die Stimme versagte, ging ihm sehr nahe.

Er verspannte sich, weil er wusste, dass er dieses Gespräch vermasselt hatte. Wie sollte er es ihr bloß erklären, ohne alles nur noch schlimmer zu machen?

„Wir sind verdammt einsam hier oben, Abbey. Wenn du uns das zum Vorwurf machen willst, nur zu. Meine Piloten haben es hier nie lange ausgehalten. Christian und ich mussten etwas unternehmen, um sie bei Laune zu halten, und das Einzige, was uns eingefallen ist, war ... ein paar Frauen hierher zu holen." Obwohl das nicht besonders geschickt ausgedrückt war, fuhr Sawyer hastig fort: „Wir wollten weibliche Gesellschaft ohne die Probleme, die eine Ehe mit sich bringt. Wir ..."

„Mit anderen Worten, ihr habt euch gelangweilt und wolltet dadurch Abhilfe schaffen." Sie schloss sekundenlang die Augen, als hätten seine Worte ihre schlimmsten Befürchtungen bestätigt.

Sawyer ballte die Hände zu Fäusten. „Was ist eigentlich los? Falls dich einer der Männer beleidigt hat, werde ich dafür sorgen, dass er sich bei dir entschuldigt."

„*Du* hast mich beleidigt!" entgegnete sie wütend.

„Warum? Weil ich dir keinen Heiratsantrag gemacht habe? Es hat schon einmal eine Frau versucht, mich zu ködern."

„Zu ködern?"

„Ich werde dich nicht heiraten, Abbey, damit dir das ein für alle

Mal klar ist. Ich habe dich hierher geholt, damit du dich mit einigen meiner Männern anfreundest." Zu spät bemerkte er, wie das klingen musste. „Du weißt schon, was ich meine."

„Allerdings."

Ihm war klar, dass er vorerst nicht vernünftig mit ihr reden konnte. „Wir werden später noch einmal darüber sprechen", erklärte er daher schroff.

Abbey schwieg.

Sawyer musste sich regelrecht zwingen, die Bücherei zu verlassen. Auf dem Weg zur Straße blieb er mehrmals stehen und zögerte, denn er hasste es wegzugehen, ohne die Dinge geklärt zu haben.

Scott kam auf Ronny Golds Fahrrad angeradelt und hielt neben ihm. „Hallo, Sawyer!" meinte er fröhlich.

„Hallo, Scott." Sawyer hielt den Blick auf die Haustür gerichtet.

„Wie geht's?"

„Prima", schwindelte Sawyer.

„Ronny hat mir sein Fahrrad geliehen", berichtete Scott. „Hoffentlich ist meins bald da. Was meinst du, wie lange es dauert, bis unsere Sachen in Hard Luck sind?"

Sawyer wandte sich ihm langsam zu. Er brachte es nicht übers Herz, ihm zu sagen, dass die Sachen erst in einigen Monaten gebracht werden konnten.

„Dein Fahrrad fehlt dir, stimmt's?"

„Na ja, wenn ich es hab', können Ronny und ich zusammen losfahren."

„Ich habe noch mein altes Fahrrad von früher. Es müsste eigentlich in meinem Schuppen stehen. Soll ich mal nachsehen?"

Scotts Augen leuchteten. „Mann, das wär' super!"

„Ich schaue gleich mal nach." Sawyer konnte es kaum erwarten, das Bild zu revidieren, das Abbey sich von ihm gemacht hatte. Er verstand beim besten Willen nicht, warum sie sich so aufregte. Was hatte sie sich denn gedacht, als sie auf die Anzeige geantwortet hatte?

Sawyer brauchte eine Weile, um das Fahrrad ausfindig zu machen. Es stand ganz hinten im Schuppen und war trotz seines Alters noch in einem guten Zustand. Er brachte es nach vorn, um es mit dem Gartenschlauch abzuspritzen. Nachdem er damit fertig war und zufällig aufblickte, sah er Abbey nach Hause kommen.

Den Schlauch in der Hand, richtete er sich auf und musterte sie. Er hätte gern gewusst, was er falsch gemacht hatte, und sehnte sich danach, es wieder gutzumachen.

Ohne ihn eines Blickes zu würdigen, ging sie ins Haus. Kurz darauf kam Scott zu ihm in den Garten.

„Sieht nicht besonders doll aus, die alte Kiste, nicht?“ Sawyer wischte mit einem alten T-Shirt über den Sattel und die Schutzbleche. „Aber wenn ich sie richtig sauber gemacht und die Kette geölt habe, ist sie wieder fahrtüchtig.“

„Nein, das Rad sieht toll aus“, entgegnete Scott strahlend. Doch als er einen Blick über die Schulter warf, schien seine Begeisterung zu schwinden. „Ich muss jetzt nach Hause.“

„Wenn du noch ein paar Minuten wartest, kannst du das Rad gleich mitnehmen.“

„Ich geh' lieber sofort rüber.“

Sawyer blickte zu Christians Haus. „Deine Mutter hat sich offenbar über irgendetwas geärgert.“

„Das kann man wohl sagen“, meinte der Junge. „Sie ist ganz schön in Fahrt.“

Als Sawyer die Haustür betrachtete, fühlte er sich noch elender. Er musste unbedingt wieder mit Abbey ins Reine kommen. „Vielleicht sollte ich mal mit ihr reden.“

„Im Moment ist es wohl nicht so günstig.“

Sawyer dachte verlegen daran, wie ungeschickt er im Umgang mit Frauen war – so ungeschickt, dass er sich Ratschläge von einem Neunjährigen geben lassen musste. Doch er würde warten, wenn Scott es für das Beste hielt.

„Komisch, dass sie sich nicht freut“, meinte Scott und seufzte. „Grandma und Grandpa sagen ihr immer, dass sie mal mit einem

Mann ausgehen soll, aber Mom hatte eigentlich nie große Lust dazu. Und jetzt ist sie wütend, weil irgend so ein Typ sie zum Essen eingeladen hat."

„Wer?" fragte Sawyer und fügte dann schnell hinzu: „Schon gut, Scott, es geht mich nichts an."

„Na ja, Grandma möchte, dass Mom wieder heiratet. Ich hab' mal gehört, wie die beiden darüber gesprochen haben. Grandma meinte, es gibt viele gute Männer, und auch Mom wird eines Tages einen finden. Glaubst du auch, dass Mom wieder heiraten sollte?"

Das Thema Ehe verursachte Sawyer wie immer Unbehagen. „Keine Ahnung", erwiderte er ausweichend.

„Ich glaub', Mom ist manchmal ganz schön einsam, obwohl sie nie darüber spricht. Wusstest du, dass Mr. Livengood ihr heute einen Heiratsantrag gemacht hat?"

„Pete? Verdammt noch mal!" Sawyer war so wütend, dass er den Schlauch fallen ließ und aus dem Garten stürmen wollte. Dann wurde ihm jedoch klar, dass er Pete schlecht den Hals umdrehen konnte. Wenn Pete Abbey einen Heiratsantrag machen wollte, war das sein gutes Recht. Ihn, Sawyer, ging es überhaupt nichts an.

„Scott!" Abbey war auf die Veranda getreten, um ihren Sohn zu rufen. Noch immer ignorierte sie Sawyer geflissentlich. „Essen."

„Ich komm' gleich, Mom."

„Sofort."

„Geh lieber", riet Sawyer ihm. „Ich bringe dir das Fahrrad, wenn ihr mit dem Essen fertig seid."

„Okay." Scott lief über die Straße und drehte sich dann noch einmal um. „Keine Angst, Sawyer", rief er. „Ich glaub', Mom mag dich immer noch am liebsten."

Leider war das kein großer Trost für Sawyer.

Beim Abendessen waren Scott und Susan so aufgekratzt wie schon lange nicht mehr, während Abbey kaum einen Bissen hinunterbrachte und sehr einsilbig auf ihre Fragen antwortete.

„Sawyer hat gesagt, ich kann sein Fahrrad benutzen, bis meins kommt", erklärte Scott und schaute sie erwartungsvoll an.

Abbey fragte sich, wie sie bloß so naiv hatte sein können. Sie hatte den ganzen Tag gebraucht, um zu merken, was in Hard Luck vor sich ging. Fast keiner der Junggesellen aus dem Ort hatte es versäumt, in die Bibliothek zu kommen – nicht, um Bücher auszuleihen, sondern um einen Blick auf sie zu werfen.

In der Anzeige war zwar von einsamen Männern die Rede gewesen, aber das war nicht der Grund, warum sie sich beworben hatte. Wenn sie daran dachte, was Sawyer gesagt hatte, konnte sie darüber nur froh sein.

„Findest du nicht, dass das sehr nett von ihm ist?" erkundigte sich Scott.

„Ja, sehr nett", erwiderte sie geistesabwesend.

„Hat Mr. Livengood dich wirklich gefragt, ob du ihn heiraten willst?" Susan schaute sie aus ihren dunklen Augen neugierig an.

„Möchtet ihr noch Reis?" fragte Abbey, um das Thema zu wechseln. Sie hatte wirklich keine Lust, über das zu sprechen, was sie an diesem Tag erlebt hatte.

„Er hat es ernst gemeint", erzählte Scott. „Ich hab' gehört, wie er zu Mrs. Inman gesagt hat, dass er den anderen zuvorkommen wollte."

Verzweifelt dachte Abbey daran, wie viele Anträge sie noch über sich ergehen lassen musste. Sawyer war anscheinend der einzige Junggeselle in Hard Luck, der *nicht* die Absicht hatte zu heiraten. Seine lächerliche Anspielung, dass sie versucht hatte, ihn zu ködern, wurmte sie noch immer.

„Willst du ihn heiraten?" drängte Susan.

„Natürlich nicht. Ich kenne Mr. Livengood kaum."

„Ich finde, du solltest Sawyer heiraten", meinte Susan versonnen. „Können Scott und ich einen neuen Mann für dich aussuchen? Scott will bestimmt auch, dass du Sawyer heiratest."

„Ich werde Sawyer O'Halloran nicht heiraten", erklärte Abbey schärfer als beabsichtigt, woraufhin beide sie verwirrt ansahen.

„Warum nicht?“ meinte Scott. „Er ist doch nett.“

„Er hat uns eine Gutenachtgeschichte erzählt und uns mit zum Schwimmen genommen“, bekräftigte Susan.

Abbey ließ die Schultern hängen. „Lasst uns jetzt bitte nicht über Sawyer sprechen, ja?“

Dankbar registrierte sie, dass Scott und Susan nicht protestierten, sondern weiter berichteten, was sie an diesem Tag erlebt hatten.

Abbey war erstaunt, wie schnell ihre Kinder sich in dem kleinen Ort eingelebt hatten, denn sie hatte damit gerechnet, dass sie ihre gewohnte Umgebung und die Annehmlichkeiten der Großstadt vermissen würden. Doch das war nicht der Fall, obwohl sie alles hinter sich gelassen hatten.

Und ihr, Abbey, ging es ganz genauso.

Nach dem Essen saß sie allein am Küchentisch und ließ gerade bei einer Tasse Kaffee im Geiste die Ereignisse des Tages Revue passieren, als es an der Tür klingelte. Nachdem sie geöffnet hatte und Sawyer vor sich stehen sah, klopfte ihr Herz plötzlich schneller.

Er schaute ihr in die Augen, doch dann bemerkte sie, dass er das Fahrrad bei sich hatte, von dem Scott ihr erzählt hatte.

„Warte hier. Ich hole Scott“, erklärte sie ausdruckslos.

An Sawyers Wange zuckte ein Muskel. „Ich wollte ihm zwar das Fahrrad bringen, aber ich möchte auch mit dir reden.“

Obwohl Sawyer sich nichts anmerken ließ, spürte sie, wie aufgewühlt er innerlich war.

„Abbey, bitte sag mir endlich, was heute passiert ist.“

„Du meinst, abgesehen davon, dass zwei Männer mich zum Essen eingeladen haben und einer mir einen Heiratsantrag gemacht hat? Ach, das hätte ich beinahe vergessen: Einer deiner Piloten hat mich eingeladen, mir seine Angelsammlung anzusehen.“

Sawyer schloss einen Moment die Augen. „John, vermutlich.“

„Richtig. Geschenke habe ich auch bekommen.“

Wieder zuckte der Muskel an seiner Wange. „Geschenke?“

„Als kleiner Anreiz, schätze ich."

„Ich schäme mich für das Verhalten meiner Männer", erwiderte Sawyer zerknirscht. „Ich werde jeden einzeln hierher schleppen, damit er sich bei dir entschuldigt."

„Das erwarte ich überhaupt nicht", entgegnete sie kalt.

Plötzlich klingelte das Telefon, und Abbey ging sichtlich erleichtert hin, um den Hörer abzunehmen.

Am nächsten Tag übernahm Sawyer den Transport der Post nach und von Fairbanks selbst, denn beim Fliegen konnte er am besten nachdenken. Das Geräusch der Motoren war so laut, dass er sich auf nichts anderes als auf seine Gedanken konzentrieren konnte.

Angeblich gab es nur zwei Gesetze, die für einen Piloten von Bedeutung waren: das Gesetz der Schwerkraft und das Gesetz der Serie. Wer immer das behauptet hatte, hatte offenbar nicht das Gesetz der Natur in Betracht gezogen, das der körperlichen Anziehungskraft zwischen Mann und Frau.

Abbey brachte ihn völlig durcheinander. Noch nie hatte er sich so sehr zu einer Frau hingezogen gefühlt. Obwohl sie sich erst ein paarmal geküsst hatten, hatten diese Küsse ihn umgehauen. Er konnte sich also lebhaft vorstellen, wie es wäre, wenn sie miteinander schlafen würden.

Er begehrte Abbey und sehnte sich nach ihr, aber trotzdem verhielt er sich ihr gegenüber wie ein Mönch.

Sawyer war so frustriert, dass sein Selbstvertrauen ernsthaft erschüttert wurde. Natürlich war er nicht begeistert von Christians Plan gewesen, doch er hatte ihn auch nicht für unfair oder unmoralisch gehalten. Sawyer wollte niemand dazu zwingen, eine feste Beziehung einzugehen, denn schließlich musste jeder diese Entscheidung selbst treffen. Aber wie sollte er Abbey klar machen, dass die Frauen von ihrem Plan genauso profitierten wie die Männer?

Als Sawyer daran dachte, was sie ihm vorgeworfen hatte, wurde er wieder wütend. Sie war erstaunlich schnell auf das Thema Heirat zu sprechen gekommen.

Wollte er sie heiraten? Liebte er sie?

Für ihn war es leichter, sich in viertausend Metern Höhe mit seinen Gefühlen auseinander zu setzen. Was wusste er überhaupt von der Liebe? Verdammt wenig, wie er sich bewusst machte. Seine Eltern hatten sich nicht verstanden, solange er sich entsinnen konnte. Obwohl sie einander nicht gleichgültig gewesen waren, hatten sie nicht zusammengepasst. Als Sawyer dreizehn gewesen war, war seine Mutter mit Christian nach England zurückgekehrt. Er würde niemals vergessen, wie verzweifelt sein Vater gewirkt hatte, als das Flugzeug mit Ellen und Christian an Bord gestartet war.

Es war das erste und letzte Mal gewesen, dass sein Vater sich betrunken hatte. Erst jetzt war Sawyer klar, dass der Ausdruck in den Augen seines Vaters damals Bedauern verraten hatte.

Sawyer wusste ebenso wie Charles, wann ihr Vater angefangen hatte, sich mit Catherine Fletcher zu treffen. Er fragte sich oft, ob David wohl die Scheidung eingereicht hätte, wenn Ellen nicht zurückgekommen wäre.

Nach Ellens Rückkehr hatten seine Eltern beschlossen, noch einmal von vorn anzufangen, und eine Zeit lang war die Familie so glücklich gewesen wie noch nie. Erst im Nachhinein war Sawyer bewusst geworden, wie sehr er seine Mutter und seinen jüngeren Bruder vermisst hatte. Mit vierzehn hatte er nicht verstanden, was für eine Beziehung seine Eltern zueinander hatten. Für ihn hatte lediglich gezählt, dass sie wieder eine Familie waren.

Doch schon bald darauf war seine Mutter aus dem gemeinsamen Schlafzimmer ausgezogen, und soweit Sawyer wusste, hatten sie und sein Vater von da an nie wieder in einem Raum geschlafen. Nachdem das Hotel gebaut worden war, hatten sie nicht einmal mehr unter einem Dach gewohnt.

Sawyer kannte den Grund dafür. Seine Mutter hatte von Davids Affäre mit Catherine erfahren, und zwar von Catherine selbst, die ihre wahre Freude daran gehabt hatte, das Glück seiner Eltern zu zerstören.

Er hatte nie verstanden, warum seine Eltern sich nicht hatten scheiden lassen. Von ihnen hatte er jedenfalls nicht erfahren, was Liebe bedeutete.

Seit Abbey jedoch in sein Leben getreten war ...

Unwillkürlich dachte er an sie und die Kinder. Wenn sie so verzweifelt über ihre Situation war, würde er sie gehen lassen und sie selbst nach Fairbanks fliegen, um sie dort in die nächste Maschine zu setzen.

Bei dem Gedanken, dass er Abbey womöglich verlieren würde, wurde ihm ganz elend zumute.

Wenn er sich jedoch eingestand, dass er sie liebte, musste er eine Entscheidung treffen, und dazu war er nicht bereit. Verdammt, sie kannten sich noch nicht einmal zwei Wochen. Eins stand allerdings fest: Er konnte sich Hard Luck ohne sie nicht mehr vorstellen.

Als Sawyer am Nachmittag zurückkehrte, radelte Scott auf dem alten Fahrrad am Rande des Flugplatzes. Sawyer entdeckte Eagle Catcher zuerst und lächelte vor sich hin, während er die Cessna zum Hangar rollen ließ.

„Du fliegst wirklich gut“, erklärte Scott, nachdem Sawyer aus der Maschine geklettert war.

„Danke, Scott.“

„Lässt du mich irgendwann auch mal mitfliegen?“

„Ja, irgendwann.“

Der Junge machte ein langes Gesicht. „Das hast du letztes Mal schon gesagt.“

Sawyer erinnerte sich daran, wie traurig er als Kind gewesen war, wenn man ihn so vertröstet hatte. „Du hast Recht, ich habe es dir versprochen. Lass uns mal einen Blick auf den Flugplan werfen.“

„Wirklich?“

„Ja, aber wir müssen erst deine Mutter um Erlaubnis fragen.“

Scott bohrte seinen Fuß in die Erde. „Ich glaub’, das ist keine so gute Idee.“

„Sie ist immer noch wütend auf mich, stimmt’s?“

„Ja. Sie hat zu Mr. Livengood gesagt, dass sie ihn nicht heiraten will. Er sah ziemlich enttäuscht aus, aber wenn sie ja gesagt hätte, wär' er wohl ziemlich überrascht gewesen."

„Vielleicht sollte ich mal mit ihr reden", schlug Sawyer vor, obwohl er das bereits oft genug versucht hatte.

„Das würde ich an deiner Stelle nicht tun", riet Scott.

„Hast du eine bessere Idee?" Sawyer hatte sich bereits damit abgefunden, dass er den Jungen um Rat fragen musste.

„Die anderen Männer haben ihr so blöde Geschenke gebracht. Über Insektenspray freut Mom sich jedenfalls nicht. Wir schaffen es auch so, uns die Mücken vom Leib zu halten."

„Okay, ich werde ihr kein Insektenspray schenken. Hast du einen Vorschlag, was ihr gefallen würde?"

„Klar", erwiderte Scott strahlend. „Sie badet gern lange mit diesen komischen Dingern, die sich auflösen."

„Komische Dinger, die sich auflösen?"

„Badeperlen", klärte Scott ihn auf. „Wenn du ihr die schenkst, hört sie dir bestimmt zu."

Es war einen Versuch wert. Sawyer nahm sich vor, in eine Drogerie zu gehen, wenn er das nächste Mal nach Fairbanks kam. Er ging ins Büro und hielt Scott die Tür auf. Dort war niemand mehr, was ihm nur recht war.

Sawyer setzte sich an seinen Schreibtisch, während Scott auf dem Stuhl davor Platz nahm. Als Sawyer sich zurücklehnte, die Füße auf eine Ecke des Schreibtischs legte und die Arme im Nacken verschränkte, machte Scott es ihm nach.

Kurz darauf klopfte es, und Susan steckte den Kopf zur Tür hinein. Als sie Scott und Sawyer sah, lächelte sie. „Ich hab' dein Fahrrad draußen gesehen", sagte sie zu ihrem Bruder. „Du sollst zu Mom in die Bücherei kommen."

„Warum?" fragte er.

„Du sollst ihr dabei helfen, Sachen nach Hause zu bringen."

„Okay." Scott seufzte tief.

„Ich könnte mitkommen", bot Sawyer an. Abbey würde darüber zwar kaum begeistert sein, doch er hatte sie den ganzen Tag nicht gesehen. Vielleicht hatte sie ihn genauso vermisst wie er sie, und sie konnten endlich reinen Tisch machen.

„Schon gut“, meinte Scott. „Ich schaff’ das allein.“ Dann stand er auf und ging zur Tür.

„Vielen Dank für deinen Tipp, Scott. Wenn ich das nächste Mal nach Fairbanks fliege, kaufe ich dort Badeperlen für deine Mom.“

„Ach, Sawyer.“ Scott grinste übers ganze Gesicht. „Da ist noch etwas, was du tun könntest.“

„Und was?“

Scott und Susan tauschten einen vielsagenden Blick.

„Du könntest unsere Mom heiraten“, meinte der Junge. „Von allen Typen, die ihr einen Heiratsantrag gemacht haben, mögen wir dich am liebsten.“

9. KAPITEL

Pete Livengood war also nicht der Einzige, der Abbey einen Heiratsantrag gemacht hatte. Scott und Susan mussten es schließlich wissen. Dass die Männer in Hard Luck sich so zum Narren machten, brachte Sawyer auf die Palme. Genau diese Männer hatten nämlich behauptet, sie würden sich lediglich nach weiblicher Gesellschaft sehnen. Doch kaum hatte Abbey den Fuß in die Stadt gesetzt, überschlugen sie sich förmlich, weil jeder der Erste sein wollte.

Was Sawyer noch mehr zu schaffen machte, waren seine Gefühle für Abbey. Er wollte nicht, dass die anderen sie belästigten, indem sie ihr Geschenke machten, sie zum Essen einluden oder um ihre Hand anhielten. Falls jemand das Recht dazu hatte, dann er. Was das Heiraten betraf, war er sich allerdings nicht so sicher. Er wollte Abbey sehen, und zwar allein.

Die Blicke, die sie ihm in letzter Zeit zugeworfen hatte, legten jedoch die Vermutung nahe, dass sie lieber mit einer Klapperschlange ausgehen würde als mit ihm.

Nachdem Sawyer eine Weile vor sich hin geschmollt hatte, verließ er das Büro. Er fragte sich, ob Mitch Harris auch ein Auge auf Abbey geworfen hatte. Mitch war verwitwet und ein anständiger Kerl, und Sawyer wusste, dass seine Tochter Chrissie und Susan sich angefreundet hatten. Er hoffte nur, dass Mitch dadurch ihm gegenüber nicht im Vorteil war.

Es gab viele Junggesellen in Hard Luck, zum Beispiel Ben Hamilton. Der Besitzer des Hard Luck Cafés war ungefähr in Pete Livengoods Alter und ein guter Freund von Sawyer. Doch das bedeutete nicht, dass Ben keine Augen im Kopf hatte. Abbey war eine schöne Frau, und deshalb war es kein Wunder, dass die Männer sich zu ihr hingezogen fühlten.

Sawyer wusste nicht, wer Abbey einen Heiratsantrag gemacht hatte, und es stand ihm auch nicht zu, sich zu beklagen. Immerhin hatten diese Männer mehr getan, als er je zu tun bereit war.

Die Ehe war eine Verpflichtung fürs ganze Leben – sozusagen lebenslänglich. Bei seinen Eltern hatte es das Ende ihrer Liebe bedeutet, und er würde nicht zulassen, dass ihm dasselbe passierte. Es schockierte und frustrierte ihn, dass die Männer in Hard Luck so leichtfertig mit ihrer Freiheit umgingen.

Während er darüber nachgrübelte, betrat er das Restaurant. Es war leer, denn alle hatten bereits gefrühstückt, und zum Mittagessen war es noch zu früh.

Er setzte sich an die Bar und drehte einen Becher um.

Wie aufs Stichwort kam Ben aus der Küche und griff zur Kaffeekanne. „Was hast du denn?"

Sawyer lächelte vor sich hin. Es beeindruckte ihn, dass Ben ihn so leicht durchschaute. „Wie kommst du darauf, dass ich etwas habe?"

„Du bist also gekommen, um Kaffee zu trinken, stimmt's?"

„Stimmt."

„In deinem Büro hast du auch eine Kaffeemaschine. Ich weiß, dass ich ein gut aussehender alter Knabe bin, aber ich glaube nicht, dass du einen Dollar fünfzig für eine Tasse Kaffee zahlen würdest, wenn du nicht etwas auf dem Herzen hättest. Also, was ist los?"

„Ist es so offensichtlich?"

„Ja." Ben nahm den leeren Zuckerstreuer, um ihn wieder aufzufüllen.

Sawyer wusste nicht, wo er anfangen sollte. Er wollte nicht sagen, dass er eigentlich gekommen war, um zu erfahren, ob Ben auch um Abbeys Hand angehalten hatte.

„Komm, ich helfe dir auf die Sprünge", meinte Ben, nachdem er den Zuckerstreuer wieder auf den Tresen gestellt hatte. „Es geht um eine Frau. Ist es Abbey?"

„Ja." Sawyer sah keinen Grund, es zu leugnen. „Pete Livengood hat ihr einen Heiratsantrag gemacht." Sawyer hob den Becher an die Lippen, ohne Ben aus den Augen zu lassen, doch der ließ sich nichts anmerken.

„Davon habe ich gehört."

„Anscheinend hatten noch ein paar andere Männer dieselbe Idee."

Ben lachte leise. „Es stört dich also, dass andere sich für Abbey interessieren?"

Das war noch milde ausgedrückt. „Sagen wir, es macht mir Sorgen", räumte Sawyer widerwillig ein.

Ben lehnte sich an den Tresen und sah ihn erwartungsvoll an.

„Ich weiß, was du sagen willst", beeilte Sawyer sich, fortzufahren. „Du willst wissen, was mich davon abhält, ihr einen Heiratsantrag zu machen. Also, es gibt ziemlich viele gute Gründe", fügte er lauter hinzu. „Zuerst einmal lasse ich mich zu nichts zwingen. Ein Mann macht einer Frau keinen Heiratsantrag, ohne es sich vorher gründlich zu überlegen – zumindest sollte er es nicht." Dabei dachte Sawyer an Pete und die anderen. „Außerdem lasse ich mir von einer Frau nicht vorschreiben, wie ich mein Leben gestalten soll."

Ben schaute ihn selbstgefällig an. „Warum schreist du eigentlich so?"

Sawyer schloss einen Moment die Augen und schüttelte resigniert den Kopf. „Verdammt, wenn ich das wüsste!" Wieder einmal musste er an seine Eltern denken. Abbey hatte bereits eine gescheiterte Ehe hinter sich und war auch ein gebranntes Kind, soweit er wusste.

Nun wurde Ben wieder ernst. „Vielleicht solltest du einmal darüber nachdenken, ob du sie liebst."

Darüber hatte Sawyer sich bereits den ganzen Vormittag den Kopf zerbrochen. „Ich weiß nicht, was ich für sie empfinde", brachte er hervor.

„Und was ist mit den Kindern?"

Allmählich entspannte Sawyer sich ein wenig. „Ich bin ganz verrückt nach den beiden. Sie sind großartig."

Ben betrachtete ihn, als würde er ihn auf einmal mit anderen Augen sehen. „Du wärst nie auf die Idee gekommen, dass du dich einmal richtig verlieben könntest, stimmt's? Du dachtest, du wärst glücklich – bis Abbey und ihre Kinder nach Hard Luck gekommen sind."

„Ich bin glücklich."

„Sicher bist du das." Ben lachte, als er in die Küche zurückging.

„Ich bin verdammt glücklich!" rief Sawyer ihm hinterher.

„Ist ja gut." Ben schien sich köstlich zu amüsieren. „Du bist so glücklich, dass du in deinen Kaffee weinst, aus Angst, Abbey Sutherland könnte einen anderen heiraten. Pass bloß auf, Sawyer. Was willst du tun, wenn sie es tatsächlich macht?"

Sawyer warf ein paar Münzen auf den Tresen und verließ das Restaurant.

Abbey steckte eine Karte in den Katalog und nahm die nächste in die Hand. Dieses Leihsystem war ziemlich primitiv im Vergleich zu der Arbeit am Computer, die sie gewohnt war, doch vorerst würde es gehen. Sie blickte auf, als die Tür geöffnet wurde und Pearl Inman den Kopf hereinsteckte.

„Kommst du mit zum Flugplatz?" fragte Pearl, die sich mittlerweile mit Abbey duzte. „John Henderson müsste jeden Moment mit Allison Reynolds hier eintreffen."

„Sekunde."

„Ich weiß nicht, wie es dir geht, aber ich kann es kaum erwarten, sie kennen zu lernen", meinte Pearl, während sie eintrat. „Ben hat eine Torte für sie gemacht. Ich hoffe nur, die Männer machen sich nicht so zum Narren wie bei deiner Ankunft."

Nachdem Abbey ihren Pullover übergezogen hatte und Pearl nach draußen folgte, klopfte ihr Herz vor freudiger Erwartung und vor Angst. Sie freute sich darauf, Allison kennen zu lernen und Gesellschaft in Hard Luck zu haben. Wenn sie sich recht erinnerte, hatte Christian am Telefon von ihr gesprochen. Er war mit ihr zum Essen verabredet gewesen.

Natürlich würde sie, Abbey, auf dem Flugplatz auch Sawyer begegnen, denn in einer Kleinstadt wie Hard Luck lief man sich zwangsläufig irgendwann über den Weg. Als sie ihn das letzte Mal gesehen hatte, war sie vor Wut außer sich gewesen. Da sie es nicht gewohnt war, so viel Aufmerksamkeit von Männern zu bekommen, war sie ohnehin völlig durcheinander gewesen. Dann war Sawyer gekommen und hatte alles nur noch schlimmer gemacht. Am meisten hatte sie jedoch seine Andeutung geärgert, sie wollte ihn ködern und heiraten.

Sie hatte keinesfalls vor, wieder zu heiraten, und sie war nicht nach Alaska gekommen, um „nett“ zu einem Haufen liebeshungriger Junggesellen zu sein.

Leider ließen ihre Kinder ihr keine Ruhe mehr, seit sie von Petes Heiratsantrag erfahren hatten. Scott und Susan wollten natürlich nicht, dass sie Pete heiratete. Ihr Favorit war Sawyer, und die beiden ließen keine Gelegenheit aus, seinen Namen zu erwähnen. Abbey konnte ihn nicht mehr hören, aber sie brachte es auch nicht übers Herz, ihren Kindern zu sagen, dass Sawyer der letzte war, den sie heiraten würde – selbst wenn er ihr einen Antrag machte.

Da es an diesem Tag zum ersten Mal seit einer Woche wieder kühl und bewölkt war, fröstelte sie ein bisschen, als sie mit Pearl zum Flugplatz ging.

Die Hälfte der Einwohner hatte sich dort versammelt, um die Ankunft des Flugzeugs zu erwarten. Scott hielt neben Abbey auf Sawyers altem Fahrrad und schaute nach oben.

„Was ist los?“ meinte er.

„Sawyers neue Sekretärin kommt gleich.“

„Hat sie Kinder, die so alt sind wie wir?“

Abbey lächelte unwillkürlich. Sie fragte sich, wie Sawyer wohl reagieren würde, wenn noch eine Frau mit Kindern in Hard Luck auftauchte.

„Ich glaube nicht“, erwiderte Abbey.

„Wollen die Männer sie auch heiraten?“

„Vielleicht.“

„Und Sawyer?“

„Keine Ahnung“, erklärte sie nachdrücklich.

„*Du* musst Sawyer heiraten“, beharrte Scott. „Susan und ich mögen ihn sehr gern, und er mag uns auch.“

„Scott, bitte!“

„Aber wenn er diese neue Lady heiraten will, musst du unbedingt was dagegen tun, ja?“

„Nein.“ Abbey hoffte nur, dass niemand ihre Unterhaltung mitbekam.

„Ich höre das Flugzeug!“ rief Pearl plötzlich.

Abbey schaute zum Himmel, konnte jedoch nichts sehen, obwohl sie das Brummen eines sich nähernden Flugzeugs hörte. Sie dachte daran, wie aufgeregt sie vor der Landung in Hard Luck gewesen war.

Nun tauchte das Flugzeug am Horizont auf und setzte kurz darauf zur Landung an. Sobald es ausgerollt war, lief Duke Porter hin und zog die Treppe herunter.

Kurz darauf erschien eine Frau in der Luke. Sie trug einen pinkfarbenen Overall. Wie eine Königin, ging es Abbey durch den Kopf.

Mit einem Anflug von Eifersucht musste sie sich eingestehen, dass die Frau einfach umwerfend aussah. Sie hatte eine Traumfigur – lange Beine und einen üppigen Busen – und lächelte huldvoll, als sie langsam die Stufen herunterschritt.

Abbey war überzeugt, dass allen anwesenden Männern bereits das Wasser im Mund zusammenlief. Bisher hatte sie nicht nach Sawyer Ausschau gehalten, doch als sie ihn jetzt in der Menge ausmachte, stellte sie fest, dass er Allison genauso interessiert wie alle anderen musterte.

Als Abbey klar wurde, dass er genauso war wie die anderen Männer, krampfte sich ihr Herz schmerzhaft zusammen. Bemüht, ihre Enttäuschung zu unterdrücken, wandte sie sich ab.

Einsame Männer! Mit Allison Reynolds hatten sie endlich bekommen, was sie wollten – zum Glück.

Genau wie bei Abbeys Ankunft versammelten sich anschließend alle im Hard Luck Café, um den Neuankömmling kennen zu lernen. Allison Reynolds wurde auf einen Platz dirigiert, während alle nach Kräften versuchten, sie zu beeindrucken.

Abbey hielt sich im Hintergrund und wartete auf einen geeigneten Moment, um Allison zu begrüßen. Sie hoffte, sich mit ihr anzufreunden, denn sie konnte eine Freundin gebrauchen.

„Ich möchte mit dir reden."

Als Abbey sich umdrehte, sah sie, dass Sawyer neben ihr stand. „Schleichst du dich immer so an?" flüsterte sie aufgebracht.

„Nur, wenn ich verzweifelt bin." Er lehnte sich mit einer Schulter an die Wand und verschränkte die Arme vor der Brust. „Es ist Mitch Harris, nicht?"

„Wer?"

„Der andere Mann, der dir einen Heiratsantrag gemacht hat."

„Das geht dich nichts an."

„Jetzt schon. War er es?" Bevor sie etwas erwidern konnte, fuhr er fort: „Und was ist mit Ben Hamilton? Ich würde es dem alten Lüstling durchaus zutrauen. Wahrscheinlich hat er es nur getan, um mich zu ärgern. Es hat jedenfalls funktioniert."

„Wie ich bereits sagte, geht es dich nichts an." Am liebsten hätte Abbey ihn einfach stehen gelassen, aber das Restaurant war so voll, dass sie nicht herausgekommen wäre. Warum hatte Sawyer ausgerechnet diesen Moment gewählt, um mit ihr zu sprechen?

„Du wirst keinen von ihnen heiraten."

„Wie bitte?"

„Es ist mein Ernst, Abbey. Nenn mich einen Chauvi oder was auch immer, aber wenn du so scharf darauf bist, einen Mann zu finden, dann werde ich dich eben heiraten", erklärte er schroff.

„Du willst mich heiraten?" wiederholte sie ungläubig. „Oh, wie überaus großzügig von dir!"

„Ich meine es ernst."

„Sag mal, warum greifst du zu einer so ... drastischen Maßnahme, Sawyer?" Sie war nicht nur wütend, sondern auch zutiefst verletzt, obwohl sie nichts anderes von ihm erwartet hatte.

Offenbar hatte sie mit ihrer Frage direkt ins Schwarze getroffen, denn er wirkte überaus angespannt. Da sie es nicht länger ertragen konnte, drängte sie sich an den Umstehenden vorbei und verließ das Restaurant. Sie würde Allison später begrüßen.

Kaum war Abbey auf der Straße, hörte sie, wie die Tür hinter ihr zuknallte. Schnell ging Abbey weiter.

„Abbey, warte doch."

Es war Sawyer. Innerhalb von Sekunden hatte er sie eingeholt. „Verdammt, würdest du bitte stehen bleiben und mir zuhören?"

Ihre Kehle war wie zugeschnürt, und Abbey war den Tränen nahe. Er zog sie mit sich zum Flugplatz in einen Hangar. Dort legte er ihr einen Arm um die Schultern und drehte sie zu sich herum.

„Warum ich dich heiraten will?" wiederholte er ihre Frage, und es klang, als wäre er genauso durcheinander wie sie.

„Du willst mich doch gar nicht", warf sie ihm vor. „Dein lächerlicher männlicher Stolz lässt es nur nicht zu, dass ich den Heiratsantrag eines anderen annehme. Also falls du geglaubt hast, mich damit zu beschwichtigen, hast du dich getäuscht. Es war kein Antrag, sondern eine Beleidigung."

„Natürlich will ich dich", widersprach Sawyer und nahm sie in die Arme.

Ihr Herz setzte einen Schlag lang aus und klopfte dann umso schneller, als er seine Lippen auf ihre presste, um sie zu küssen. Nach einer Weile löste er sich kurz von ihr und küsste sie gleich darauf noch verlangender. Abbey legte ihm die Arme um die Taille und öffnete bereitwillig die Lippen.

Während Sawyer das erotische Spiel mit der Zunge fortsetzte, zog er sie so fest an sich, dass sie seinen muskulösen Körper überall spürte.

Unvermittelt löste er sich von ihr, ließ die Hände sinken und trat einen Schritt zurück. Er wirkte ziemlich verwirrt.

Abbey betrachtete ihn einen Moment. „Mach nicht so ein Gesicht, Sawyer", erklärte sie schließlich verletzt. „Ich werde deinen Antrag nicht annehmen." Daraufhin drehte sie sich um und ging fort. Zum Glück folgte er ihr nicht.

Noch am selben Nachmittag hatte Abbey Gelegenheit, mit Allison Reynolds zu sprechen, denn sie begegnete ihr auf der Straße vor der Bücherei. Bereits nach wenigen Minuten war ihr klar, dass Allison nicht die Absicht hatte, in Hard Luck zu bleiben, und es offenbar auch nie vorgehabt hatte.

„Christian hat mir erzählt, dass er Sie eingestellt hat", erzählte Allison lächelnd. Sie verschränkte die Arme und verscheuchte eine aufdringliche Mücke. „Können wir uns mal miteinander unterhalten? Sie müssen mir unbedingt berichten, was Sie seit Ihrer Ankunft hier erlebt haben." Nachdem sie sich umgeschaut hatte, fügte sie im Flüsterton hinzu: „Wollen Sie hier bleiben?"

„Ich habe es vor. Bisher hat es mir hier sehr gut gefallen."

„Aber jetzt ist Sommer", erwiderte Allison belehrend, als hätte Abbey es noch nicht bemerkt. „Wahrscheinlich hat niemand allen Ernstes von uns erwartet, dass wir den ganzen Winter hier verbringen, oder? Schließlich sind wir hier in der Arktis. Im Winter gehe ich nirgends hin, wo ich kein heißes Bad nehmen kann."

„Ich habe noch keinen Winter in der Arktis erlebt", meinte Abbey. „Aber ich will es auf einen Versuch ankommen lassen."

„Tatsächlich?" entgegnete Allison verständnislos. „Na ja, ich habe jetzt sowieso nicht viel Zeit, weil ich mit Ralph und Pearl verabredet bin. Sie wollen mich zum Blockhaus bringen. Ich hatte noch nie ein eigenes Haus. Christian sagte, es sei sehr malerisch, und ich kann es kaum erwarten, es zu sehen. Ich hoffe nur, dass mein restliches Gepäck bald nachkommt. Schließlich konnte ich nicht alles, was ich besitze, in drei Koffer zwängen."

Bevor Abbey von ihren Erfahrungen berichten konnte, war Allison schon weitergegangen. Abbey war froh, dass sie nicht dabei war, wenn Allison ihr „malerisches" neues Zuhause sah.

Der restliche Nachmittag verlief sehr ruhig, denn die Attraktion von Hard Luck war nun nicht mehr die neu eröffnete Leihbücherei, sondern die temperamentvolle, schöne Allison Reynolds.

Auf dem Weg nach Hause kam Abbey an Pearls Haus vorbei. Pearl war gerade dabei, ihren Gemüsegarten zu bewässern.

„Diese Allison Reynolds ist ein richtiger Reinfall“, sagte sie leise. „Was hat Christian sich bloß dabei gedacht, sie einzustellen?“

Abbey musste lächeln. „Wahrscheinlich hat er an sich gedacht.“

„Alles, worauf sie aus war, war eine Gratisreise nach Alaska“, meinte Pearl verstimmt. „Wenn ich daran denke, wie sich alle darauf gefreut haben, sie kennen zu lernen, werde ich richtig wütend.“

„Vielleicht ändert sie ja ihre Meinung und bleibt.“

„Das wäre ein Fehler, denn Allison Reynolds gehört zu den Frauen, die eher Probleme machen, als sie zu lösen. Ich schätze, sie hält es hier nicht einmal eine Woche aus.“

Insgeheim musste Abbey Pearl Recht geben.

„Ich habe gesehen, wie du mit Sawyer gesprochen hast“, fuhr sie fort. „Schön, dass du beschlossen hast, den Jungen aus seiner Misere zu erlösen.“

Dass offenbar alle von ihren Schwierigkeiten mit Sawyer wussten, war Abbey neu. „Wenn es Sawyer O'Halloran schlecht geht, dann ist das einzig und allein seine Schuld.“

Pearl seufzte. „Ich muss zugeben, dass er auch an dem schuld ist, was dir in den letzten Tagen passiert ist – mit den Männern und so ...“

„Ich bin ganz deiner Meinung“, bekräftigte Abbey. Und falls er glaubte, alles wieder gutmachen zu können, indem er sie bat, ihn zu heiraten, hatte er sich getäuscht.

„Die Männer hätten dich wie eine Büffelherde überrannt, wenn Sawyer nicht versucht hätte, dich für sich zu behalten. Soweit ich weiß, waren sie ziemlich wütend, weil er ihnen einige Einschränkungen auferlegt hatte.“

„Einschränkungen?“

„Er wollte nicht, dass man dich belästigt. Für ihn schien das nicht gegolten zu haben. Allerdings ist es das erste Mal, dass ich miterlebt habe, dass er eine Situation ausgenutzt hat. Weißt du“, fügte Pearl nachdenklich hinzu, „ihm war das offenbar gar nicht klar. Er wollte dir und den Kindern dabei helfen, sich hier einzuleben. Ich weiß genau, dass er nie die Absicht hatte, sich in dich zu verlieben."

Abbey wandte sich ab, weil ihr die Tränen in die Augen traten. Sawyer liebte sie nicht, das hatte er ihr mit seinem Heiratsantrag bewiesen. Er hatte lediglich Angst, dass sie einem anderen das Jawort geben könnte. Erst am Vortag hatte er behauptet, niemals heiraten zu wollen.

„Bis später, Pearl", brachte sie schließlich hervor.

Ihre Freundin warf ihr einen besorgten Blick zu. „Ist alles in Ordnung, Liebes?"

Abbey nickte, obwohl es nicht stimmte. Sie hatte sich in Sawyer verliebt, und das machte ihr Angst. Immerhin hatte sie bereits einmal die bittere Erfahrung gemacht, dass sie eine schlechte Menschenkenntnis hatte, was Männer betraf. Sie verspürte plötzlich eine seltsame innere Leere und versuchte, die Tränen wegzublinzeln.

Abbey war schon fast zu Hause, als ein Transporter auf sie zukam und schließlich stoppte. Obwohl sie den Mann, der hinter dem Steuer saß, noch nie gesehen hatte, kam er ihr irgendwie bekannt vor.

„Hallo", grüßte er.

„Hallo", erwiderte sie und schniefte ein wenig.

„Ich bin Charles O'Halloran."

„Abbey Sutherland."

Charles runzelte die Stirn. „Können Sie mir vielleicht sagen, was hier vor sich geht?"

Sawyer saß in seinem Büro und spielte mit einem Stift. Jedes Mal, wenn er mit Abbey gesprochen hatte, hatte er alles nur noch schlimmer gemacht. Als er sie auf dem Flugplatz gesehen hatte, war ihm klar geworden, wie sehr er sich nach ihr sehnte. Er wusste immer noch nicht, warum sie sich ihm gegenüber so verhielt, und sie wollte es ihm anscheinend auch nicht sagen.

Er hatte seinen Stolz, aber er hatte ihn geschluckt und war ihr ins Restaurant gefolgt. Dort hatte er sich wie ein Verrückter aufgeführt. Er war noch nie in seinem Leben eifersüchtig gewesen, und er wusste nicht, wie er mit diesen Gefühlen umgehen sollte. John, Pete, Duke, Ralph, Mitch und die anderen waren schließlich seine Freunde – oder sie waren es bisher zumindest gewesen.

Plötzlich wurde die Tür geöffnet, und sein älterer Bruder betrat das Büro. „Charles!“ rief Sawyer und sprang auf. „Schön, dich zu sehen. Seit wann bist du wieder im Lande?“

„Seit ungefähr einer Stunde.“ Charles setzte den Rucksack ab, den er trug, und stellte ihn in die Ecke. Dann ging er zur Kaffeemaschine, um sich Kaffee einzuschenken.

Er sah gut aus – sonnengebräunt und vital. Die Leute sagten oft, er wäre eine größere, schlankere Ausgabe von Sawyer.

Sawyer kannte seinen Bruder gut genug, um zu merken, dass ihn irgendetwas beschäftigte. „Hast du ein Problem?“

Charles seufzte, bevor er einen Schluck trank. „Kannst du mir vielleicht sagen, wie es möglich ist, dass dein Gehirn innerhalb weniger Wochen aufweichen konnte?“

Sawyer lachte. „Du hast also von den Frauen gehört?“

„Genau das meine ich.“

„Wir haben sie hergeholt. Und es kommen noch mehr.“

„Wir?“

„Christian und ich. Midnight Sons.“

„Sollen sie hier wohnen?“

Sawyer nickte und wurde wieder ernst. Er hatte damit gerechnet, dass Charles nicht viel von ihrem Plan halten würde. „Wir hatten die Idee, ihnen die alten Blockhäuser anzubieten, die Dad damals gebaut hat, und zusätzlich acht Hektar Land. Als Gegenleistung müssen sie sich bereit erklären, ein Jahr in Hard Luck zu leben und zu arbeiten.“ Noch während er sprach, wurde Sawyer klar, wie lächerlich das in Charles’ Ohren klingen musste. Ihm war es schließlich genauso ergangen, wenngleich er seine Meinung nach Abbeys Ankunft revidiert hatte.

„Heißt das, die Frauen sollen in diesen alten Blockhäusern *wohnen*?" erkundigte Charles sich ungläubig.

„Wir haben sie auf Vordermann gebracht, Charlie. Sie sind ziemlich ... sauber."

Charles knallte seinen Becher auf den Tisch. „Seid ihr beide völlig verrückt geworden?"

„Nein. Wir haben getan, was wir für richtig hielten. Wir wollten dabei helfen, mehr Einwohner nach Hard Luck zu holen." Sawyer war sich durchaus bewusst, wie gestelzt und schwülstig das klang.

„An Hard Luck habt ihr bestimmt nicht gedacht, als ihr die Anzeige aufgegeben habt", konterte Charles, „sondern an euch."

„Wir haben einen Piloten nach dem anderen verloren", brauste Sawyer auf. „Phil hat gekündigt, und es sah so aus, als würden wir Ralph und John auch bald verlieren. Sie waren bereit zu bleiben, wenn wir ein paar Frauen hierher holen würden."

„Wie viele kommen?"

„Keine Ahnung." Sawyer versuchte, seinen Ärger herunterzuschlucken. „Christian hat sich darum gekümmert."

„War Christian auch derjenige, der diese Schönheitskönigin hierher geschickt hat, oder bist du dafür verantwortlich?"

„Schönheitskönigin? Ach, du meinst Allison. Nein, das war Christians Idee. Okay, es war vermutlich ein Fehlgriff. Wir werden einige Misserfolge haben, aber das ist das Gesetz der Serie. Einige Frauen werden sich hier einleben, andere nicht."

„Allison will aus dem Vertrag aussteigen. Sie behauptet, dass man sie hereingelegt hat. Ich habe sie im Restaurant getroffen und selbst mit ihr gesprochen."

„Gut. Ich werde für sie einen Flug nach Seattle buchen. Ich muss nur Christian Bescheid sagen, dann besorgt er uns eine neue Sekretärin. Soweit ich weiß, gibt es viele Bewerberinnen."

„Und was ist mit den Medien? Keiner von euch beiden scheint sich darum zu kümmern."

Es hatte verschiedene Anfragen gegeben, doch Sawyer hatte

sich geweigert, Interviews zu geben. In der Wildnis fühlte er sich vor der Presse sicher.

„Du bist hoffentlich nicht so naiv zu glauben, die Presse wäre nicht darüber informiert, oder?“ fragte Charles.

„Natürlich wissen die Pressefritzen Bescheid, aber von mir haben sie es nicht erfahren. Es wird nicht mehr lange dauern, bis es niemand mehr interessiert und sie uns in Ruhe lassen.“

„Nur zu deiner Information“, entgegnete Charles gereizt. „Ich habe in der Zeitung davon gelesen, als ich in Valdez war.“

„Okay, jetzt wissen es also alle“, meinte Sawyer gleichgültig. Er hatte wirklich wichtigere Dinge im Kopf.

„Was glaubst du, wird passieren, wenn sie von dem Fiasko mit Allison Reynolds erfahren? Diese Frauen wissen doch gar nichts über Alaska. Sie lassen alles hinter sich und kommen mit völlig falschen Erwartungen hierher.“

„Okay, Allison war ein Reinfall, und das haben wir Christian zu verdanken. Dafür ist Abbey Sutherland ein echter Glücksfall für Hard Luck. Sie hat bereits die Bücherei aufgebaut und eröffnet.“

„Abbey Sutherland ist die, die in Christians Haus wohnt, stimmt's?“

„Ja.“ Sawyer hielt es für das Beste, Charles vorerst nicht zu sagen, dass ihnen beim Bewerbungsformular ein Fehler unterlaufen war. Auch dass er sich mit Catherine Fletchers Tochter in Verbindung gesetzt hatte, verschwieg er ihm wohlweislich.

„Anscheinend hast du die Lage falsch eingeschätzt, was sie betrifft.“

„Verdammt, was willst du damit andeuten?“

„Sie bleibt nicht hier.“

Sawyer kniff die Augen zusammen. „Wer hat dir das erzählt?“

„Sie selbst.“

Sawyer war wie vor den Kopf gestoßen und brauchte eine ganze Weile, bevor er wieder einen klaren Gedanken fassen konnte. „Du bist Abbey begegnet?“

Charles nickte.

„Sie bleibt hier“, beharrte Sawyer.

„Verdammt, hörst du endlich mal zu?“ rief Charles.

„Was Allison Reynolds tut, ist mir völlig egal, aber Abbey und ihre Kinder bleiben hier.“

Charles stöhnte entnervt. „Sie hat Kinder?“

Sawyer stürmte zur Tür.

„Wohin gehst du?“ fragte Charles.

„Zu Abbey.“

Sawyer legte die Strecke zu Christians Haus in Rekordzeit zurück. Als er dort ankam, war er völlig außer Atem vor Anstrengung und vor Wut. Statt zu klingeln, hämmerte er mit den Fäusten gegen die Haustür.

Kurz darauf öffnete Abbey und blickte ihn starr an.

„Du wirst nicht aus Hard Luck weggehen“, verkündete er schroff.

„Sawyer“, ertönte im nächsten Moment Charles' Stimme hinter ihm. „Was tust du da eigentlich?“ Charles kam auf die Veranda und fügte leise an Abbey gewandt hinzu: „Wir haben doch bereits besprochen, dass Sie nach Seattle zurückkehren.“

Abbey stand schweigend da.

„Abbey, hör mir zu“, versuchte Sawyer es noch einmal. „Ich ...“

„Sawyer, lass die arme Frau in Ruhe“, fiel sein Bruder ihm ins Wort.

Aufgebracht drehte Sawyer sich zu ihm um. „Halt du dich da raus, Charles. Das hier geht nur mich etwas an.“ Beide Männer funkelten sich wütend an.

„Abbey“, sagte Charles und blickte an Sawyer vorbei. „Wie ich schon sagte, brauchen Sie nicht in Hard Luck zu bleiben, wenn Sie nicht wollen. Ich werde Ihre Flugtickets aus eigener Tasche bezahlen.“

„Und ich habe gesagt, dass ich dich heiraten werde“, erinnerte Sawyer sie. „Das wolltest du doch, oder?“

„Nein, das will ich nicht.“ Abbey machte Anstalten, die Tür zu schließen.

„Abbey!" rief er in der Hoffnung, sie endlich zur Vernunft zu bringen.

Nachdem sie die Tür geschlossen hatte, musste er sich regelrecht dazu zwingen, nicht ins Haus zu stürmen.

Nun war ihm klar, dass er sie verlieren würde und nichts dagegen tun konnte. Das letzte Mal, als er so verzweifelt gewesen war, war an jenem letzten Nachmittag gewesen, den er mit seinem Vater verbracht hatte.

10. KAPITEL

„Was gibt's zum Abendessen?" fragte Scott, als er in die Küche kam. Bevor seine Mutter antworten konnte, fuhr er fort: „Kannst du Makkaroni mit Käse machen? Nicht dieses Fertiggericht, sondern im Ofen überbacken."

„Klar." Abbey wandte ihm den Rücken zu, damit er nicht merkte, wie mitgenommen sie war. Bereits zum zweiten Mal an diesem Tag standen ihr die Tränen in den Augen.

Die widerstreitenden Gefühle, die sie schon seit Tagen quälten, hatten sie zu einem hilflosen Häufchen Elend gemacht. Zum ersten Mal seit ihrer Scheidung hatte sie sich verliebt – in einen Mann, der gar nicht lieben konnte und es auch nicht wollte.

Allison Reynolds würde bald wieder abreisen. Sie ist die Klügere von uns beiden, dachte Abbey bitter. Auch sie hätte sich rechtzeitig eingestehen sollen, dass sie einen Fehler gemacht hatte, und daraus die Konsequenzen ziehen müssen.

Sie hatte einen verhängnisvollen Fehler begangen, indem sie damals Dick geheiratet hatte. Obwohl es ihr umgehend klar geworden war, hatte sie es nicht zugegeben, sondern versucht, das Beste aus ihrer Situation zu machen. Nach der Scheidung hatte sie Jahre gebraucht, um ihr Leben wieder in den Griff zu bekommen.

Vor einigen Wochen hatte sie angefangen, wieder zu träumen und zu hoffen, dass sie mit einem Mann glücklich werden konnte. Ihre Illusionen waren jedoch nach und nach zerstört worden.

Sawyer wollte nicht, dass sie Hard Luck verließ, das hatte er ihr deutlich zu verstehen gegeben. Allerdings konnte sie sich nicht vorstellen, warum, und er wusste es vermutlich genauso wenig. Was immer er für sie empfand, wollte er nicht wahrhaben. Er hatte ihr zwar einen Heiratsantrag gemacht, aber wie er es getan hatte, ließ darauf schließen, dass er eine Ehe mit ihr als Strafe betrachtete.

„Kann Eagle Catcher so lange reinkommen?" fragte Scott und riss sie damit aus ihren Gedanken.

Abbey lächelte unwillkürlich. „Du kennst die Antwort, Scott."

„Ja, aber ich dachte, du würdest deine Meinung ändern."

Er hatte offenbar vor, sich länger in der Küche aufzuhalten, denn er ging zum Kühlschrank und nahm einen Krug mit Saft heraus, um sich ein Glas einzuschenken. „Vorhin hab' ich gesehen, wie du mit einem Mann gesprochen hast." Da sie nicht antwortete, fügte Scott hinzu: „Zuerst dachte ich, es wär' Sawyer, aber er hatte keinen Bart."

„Das war Charles O'Halloran, sein Bruder."

„Oh." Scott setzte sich an den Tisch und schwieg eine Weile. Schließlich meinte er: „Ist alles okay mit dir, Mom?"

„Ja, natürlich", versicherte sie gezwungen fröhlich. „Wo ist Susan eigentlich?"

„Sie spielt mit Chrissie Harris, wie immer. Soll ich sie holen?"

„Nachher."

Nachdem er seinen Saft ausgetrunken hatte, lief er zur Hintertür.

„Komm nicht zu spät zum Essen", rief Abbey.

„Wenn es Makkaroni mit Käse gibt, bestimmt nicht."

Da sie so mit ihren Problemen beschäftigt war, wunderte es Abbey, dass sie das Essen nicht anbrennen ließ. Obwohl sie eigentlich hatte bleiben wollen und ihr letztes Geld in den Umzug investiert hatte, fasste sie einen Entschluss. Als die Kinder eine Stunde später zurückkamen, hatte sie den Tisch gedeckt und sich innerlich dagegen gewappnet, ihnen zu sagen, dass sie aus Hard Luck weggehen würden. Sie wusste, dass Scott und Susan traurig darüber sein würden.

Abbey wartete etwa zehn Minuten, bevor sie das Thema ansprach. „Allison Reynolds hat übrigens beschlossen, nicht hier zu bleiben", meinte Abbey beiläufig. „Sie fliegt gleich morgen früh zurück."

„Ich finde sie ziemlich hohl", erklärte Scott zwischen zwei Löffeln Makkaroni.

„Sie ist sehr hübsch", sagte Susan.

„Sie ist blöd."

„Scott!" ermahnte Abbey ihren Sohn.

„Jeder, der Hard Luck nicht mag, obwohl wir eine Willkommensparty für ihn gefeiert haben, ist sogar mehr als blöd. Sie ist unhöflich."

„Trotzdem ist sie hübsch." Susan hörte auf zu essen, um ihre Mutter zu betrachten.

Scott dagegen konnte gar nicht genug Makkaroni in sich hineinstopfen, und zwar innerhalb kürzester Zeit. Abbey ging jede Wette ein, dass Eagle Catcher draußen auf ihn wartete.

„Wisst ihr", begann sie vorsichtig, „ich bin auch nicht sicher, ob es für uns der richtige Platz ist."

„Du machst wohl Witze!" protestierte Scott. „Mir gefällt es hier. Alle wollen meine Freunde sein. Und jetzt, wo Sawyer mir sein altes Fahrrad gegeben hat, ist es wie zu Hause."

„Es gibt keinen Eismann." Susan gestikulierte mit der Gabel, während sie weiterhin ihre Mutter anschaute.

„Und wir haben keine Wohnung. Als Mr. O'Halloran mir die Stelle angeboten hat, habe ich ihm nicht gesagt, dass ich Kinder habe."

„Warum können wir nicht hier bleiben?" fragte Susan. „Das Haus ist doch schön."

„Weil es Sawyers Bruder Christian gehört", erklärte Scott. „Sawyer hat mir erzählt, dass er eine alte Dame anrufen will, die hier früher mal gelebt hat. Er wollte sie fragen, ob wir ihr Haus mieten können. Es gibt also keine Probleme, Mom. Sawyer kümmert sich um alles."

„Es geht nicht nur um die Unterkunft", fuhr Abbey fort. „Die Spedition liefert unsere Möbel nur bis Fairbanks. Man kann sie erst im Winter nach Hard Luck bringen."

„Ich kann warten", verkündete Scott.

„Ich auch", stimmte Susan zu.

„Und was ist mit den Vorräten für den Winter? Unsere gehen langsam zu Ende."

Beide schauten sie verblüfft an. „Wie machen es denn die anderen?“ meinte Scott schließlich.

„Sie kaufen ihre Vorräte einmal im Jahr. Für uns wären das an die fünftausend Dollar. Das kann ich mir nicht leisten.“

„Kannst du dir das Geld nicht leihen?“ schlug Susan vor.

„Nein. Seht ihr, ich hatte von alldem keine Ahnung, und es wäre sicher das Klügste, wenn wir aus Hard Luck weggehen würden.“

„Aber Sawyer ...“

„Scott, bitte.“ Abbey seufzte tief. Von Sawyer wollte sie in diesem Moment nichts hören. Sie hatte mittlerweile gemerkt, dass sie ihre Kinder nicht so ohne weiteres davon überzeugen konnte, Hard Luck zu verlassen.

„Allmählich glaube ich, dass es ein Fehler war, aus Seattle wegzugehen.“ Es fiel ihr schwer, ihren Kindern in die Augen zu sehen.

„Ein Fehler? Überhaupt nicht!“

„Uns gefällt es hier“, rief Susan.

„Es war eine tolle Erfahrung“, lenkte Abbey ein, „aber nun ist es an der Zeit, Abstand zu nehmen und unsere Situation einzuschätzen. Wir müssen einige wichtige Entscheidungen treffen.“

„Die Entscheidung hast du schon lange getroffen“, beharrte Scott. „Weißt du nicht mehr, was du zu uns gesagt hast? Du wolltest auf jeden Fall ein Jahr hier bleiben und dann überlegen, was wir machen. Jetzt sind wir noch nicht einmal einen Monat hier, und du willst schon aufgeben.“

„Es gibt eben Dinge, die du nicht verstehst.“ Wenn sie geahnt hätte, dass sie sich in Alaska verlieben würde, wäre sie das Risiko niemals eingegangen.

In den letzten Wochen hatte sie die Erfahrung gemacht, dass sie auch ohne jeglichen Komfort leben konnte. Genauso gut konnte sie auf den Luxus eines Einkaufszentrums in der Nähe verzichten. Doch sie konnte nicht zulassen, dass ihr wieder ein Mann das Herz brach.

Und genau das würde Sawyer tun.

Die unglückliche Ehe seiner Eltern hatte ihn misstrauisch gemacht, und ihr, Abbey, war es ähnlich ergangen.

Ihr Exmann hatte ihr fast mehr Schmerz zugefügt, als sie hatte ertragen können. Sie würde nicht zulassen, dass Sawyer da weitermachte, wo Dick aufgehört hatte. So feige es war, sie war entschlossen, Hard Luck zu verlassen.

Sie erwartete auch nicht, dass Scott und Susan Verständnis für ihre Entscheidung aufbrachten, und das machte alles nur noch schwieriger.

„Das ist nicht dein Ernst, oder, Mom?"

Abbey nickte. Ihre Kehle war wie zugeschnürt.

„Ich dachte, es gefällt dir hier", sagte Susan.

Jetzt hörte auch Scott auf zu essen, und beide schauten Abbey verzweifelt an.

„Es läuft einfach nicht so, wie ich erwartet hatte", erklärte sie mit bebender Stimme.

„Ist es wegen Sawyer?" erkundigte sich Scott.

Da sie nicht lügen wollte, überging sie seine Frage einfach. „Da es euch in Alaska so gut gefällt, dachte ich, wir könnten vielleicht in Fairbanks ein Haus finden. Dort haben wir dann auch unsere Möbel und können uns einrichten, bevor die Schule wieder anfängt."

„Ich will nicht in Fairbanks wohnen", verkündete Susan. „Ich will hier bleiben."

„Ich trenne mich nicht von Eagle Catcher", sagte Scott seltsam ruhig. Aus Erfahrung wusste Abbey, dass es nicht leicht sein würde, ihn umzustimmen.

„In Fairbanks gibt es viele Hunde."

„Warum müssen wir hier weg?" jammerte Susan.

„Weil ... weil es nicht anders geht. Hard Luck ist eine schöne Stadt, und die Einwohner sind sehr nett, aber ... es hat einfach nicht geklappt."

„Warum nicht?" drängte Scott. „Ich dachte, es gefällt dir hier. Sawyer hat sogar einen See nach dir benannt. Hast du das vergessen?"

Natürlich hatte sie nichts von dem vergessen, was sie mit Sawyer erlebt hatte. Nun konnte Abbey sich nicht länger beherrschen, und die Tränen traten ihr in die Augen.

„Es tut mir so Leid ..." Sie atmete ein paarmal tief durch, um sich zu beruhigen.

„Warum weinst du?" wollte Susan wissen.

Abbey tätschelte ihr den Rücken und stand auf, um ein Taschentuch zu holen.

„Ist es wegen Sawyer?" fragte Scott zum zweiten Mal.

„Nein."

„Du warst doch die ganze Zeit wütend auf ihn."

Man musste sie nicht daran erinnern, welche Rolle Sawyer in diesem Drama spielte. Trotzdem gab sie nicht ihm, sondern sich die Schuld, weil sie so unvorsichtig gewesen war, sich in ihn zu verlieben.

„Alle sagen, dass du Sawyer heiraten sollst", erzählte Susan. „Müssen wir Hard Luck auch verlassen, wenn du ihn heiratest?"

„Und wenn du ihn nicht heiraten willst, wie wär's dann mit Pete?" schlug Scott vor. „Er sieht zwar nicht so gut aus wie Sawyer und ist schon ziemlich alt, aber sehr nett. Außerdem hat er genügend Vorräte für uns alle."

Jetzt musste Abbey lachen. „Ich werde niemand heiraten."

„Aber wenn du jemand heiraten würdest, dann Sawyer, nicht?" Scott schaute sie ernst an. „Du magst ihn, das weiß ich. Wir haben beide gesehen, wie ihr euch geküsst habt."

„Wir sind Freunde", erwiderte Abbey. „Sawyer liebt mich nicht und ... Ja, ich weiß, dass ihr enttäuscht seid. Ich bin es auch, aber wir müssen hier weg."

Keiner der beiden sagte etwas.

Nachdem Abbey sich die Nase geputzt hatte, legte sie die Hände auf die Stuhllehne. Je eher sie Hard Luck verlassen würden, desto einfacher würde es sein. „Bitte packt heute Abend eure Sachen. Wir fliegen morgen früh mit Allison Reynolds."

Sawyer saß allein am Esstisch. Er hatte keinen Bissen heruntergebracht. Normalerweise saß er bis tief in die Nacht mit Charles zusammen und redete, wenn dieser von einem seiner Trips zurückgekommen war. An diesem Abend war das jedoch nicht der Fall.

Wenn Charles ihm in diesem Moment über den Weg gelaufen wäre, hätte Sawyer sich vergessen.

Sein eigener Bruder hatte ihn verraten, indem er Abbey angeboten hatte, sie nach Fairbanks zu fliegen. Sawyer hatte gehofft, sie würde endlich zur Vernunft kommen und einsehen, dass sie hierher zu ihm gehörte – offenbar vergeblich.

Nachdem Charles sie ermuntert hatte, aus Hard Luck wegzugehen, hatten er und Sawyer sich im Streit voneinander getrennt.

Selbst jetzt konnte Sawyer nicht verstehen, wie sein Bruder, dem er bedingungslos vertraut hatte, ihm so etwas hatte antun können. Es war offensichtlich, dass Charles keinen blassen Schimmer hatte, wie es war, wenn man sich verliebte. Von Frauen wusste er noch weniger.

Sawyer hoffte nur, dass Charles bald selbst erleben würde, wie frustrierend es war, eine Frau zu lieben und ständig von ihr zurückgewiesen zu werden. Und er, Sawyer, liebte Abbey tatsächlich.

Nicht zum ersten Mal, seit er Abbey begegnet war, konnte Sawyer verstehen, in welchem Dilemma sein Vater sich befunden hatte, als Ellen mit Christian nach England zurückgekehrt war.

Sawyer war damals zwar noch ein Teenager gewesen, doch er erinnerte sich genau an den Tag, als seine Mutter abgeflogen war. Sein Vater hatte sie zum Flugplatz gebracht, ohne ein Wort zu sagen, und anschließend beobachtet, wie das Flugzeug in den Wolken verschwand.

Auch im Nachhinein konnte Sawyer die Beziehung seiner Eltern nicht richtig verstehen. Jahrelang war ihm klar gewesen, dass seine Mutter zutiefst unglücklich war. Sie war anders als die übrigen Frauen in Hard Luck gewesen, denn sie hatte einen Akzent gehabt und war eine Einzelgängerin gewesen. Soweit Sawyer wusste, war Pearl Inman ihre einzige Freundin gewesen.

In gewisser Weise hatte er sich seiner Mutter geschämt, denn er hatte sich gewünscht, sie wäre so wie die Mütter seiner Freunde. Das Einzige, was ihr je wichtig gewesen zu sein schien, waren ihre Bücher. Und ironischerweise waren es genau diese Bücher gewesen, derentwegen Abbey nach Hard Luck gekommen war.

Wie damals sein Vater würde er, Sawyer, also am nächsten Morgen zum Flugplatz gehen und beobachten, wie die Frau, die er liebte, Hard Luck verließ. Danach würde er sich genau wie sein Vater damals vollaufen lassen.

Sawyer schob seinen Teller weg und stand auf. Dann ging er ins Wohnzimmer und schaute sehnsüchtig aus dem Fenster. Obwohl Abbey nur wenige Meter von ihm entfernt war, hätte sie ebenso gut am anderen Ende der Welt sein können.

Er verspürte den unwiderstehlichen Drang, zu ihr hinüberzugehen und ihr zu sagen, was ihm auf dem Herzen lag. Falls es auch nur die geringste Chance gegeben hätte, dass sie ihm zuhörte, hätte er es getan.

Aus den Augenwinkeln beobachtete er, wie Scott sein altes Fahrrad in seinen Garten brachte. Dort warf der Junge es hin und versetzte ihm einen Tritt.

Erst die Mutter und jetzt auch das Kind ... Nachdem Sawyer einmal tief durchgeatmet hatte, ging er zur Haustür und trat auf die Veranda. „Stimmt etwas nicht, mein Junge?“

„Ich bin nicht dein Junge!“ rief Scott trotzig.

„Was ist los?“

Wieder versetzte Scott dem Fahrrad einen Tritt. „Du kannst dein blödes altes Fahrrad wiederhaben. Ich will es nicht.“

„Danke fürs Zurückbringen“, erwiderte Sawyer ausdruckslos. Scotts Verhalten war völlig untypisch für ihn. Während Sawyer die Treppe hinunterging, überlegte er, was er sagen sollte. „Hast du Lust, es mit mir in den Schuppen zu bringen?“

„Nein.“

Sawyer bückte sich, um das Rad aufzuheben. Im selben Moment begann Scott, auf ihn einzuschlagen und ihn zu treten. Es tat zwar nicht weh, aber Sawyer war völlig verblüfft.

„Du hast meine Mutter zum Weinen gebracht!“ schrie Scott. „Jetzt müssen wir aus Hard Luck weg.“

Da der Junge sich überhaupt nicht mehr beruhigte, ließ Sawyer das Fahrrad los, kniete sich ins Gras und nahm ihn in die Arme. Jetzt weinte Scott bitterlich.

Während Sawyer ihn festhielt, war ihm, als würde es ihm das Herz brechen. Es war schlimm genug, Abbey zu verlieren, und es war nicht fair, dass sie ihm auch noch die Kinder wegnahm.

Obwohl sie erst seit wenigen Wochen in Hard Luck lebten, hatten sie sein Herz im Sturm erobert. Er hatte sich daran gewöhnt, dass Scott jeden Tag bei ihm vorbeikam und ihn fragte, ob er Eagle Catcher hinauslassen dürfe. Und Susan mit ihrem strahlenden Lächeln und ihrer temperamentvollen Art konnte ihn jederzeit um den Finger wickeln.

„Es tut mir Leid, dass ich deine Mutter zum Weinen gebracht habe“, flüsterte Sawyer immer wieder, obwohl er bezweifelte, dass seine Worte zu Scott durchdrangen.

Scott schluchzte und barg das Gesicht an seiner Schulter. Irgendwann legte er ihm die Arme um den Nacken, als wollte er ihn nie mehr loslassen. „Dein Fahrrad ist gar nicht so blöd“, brachte er hervor.

„Ich weiß.“

„Wir müssen heute unsere Sachen packen. Mom hat uns beim Abendessen gesagt, dass wir morgen früh abreisen. Wir fliegen zurück nach Seattle.“

„Ich weiß.“ Sawyer machte keinen Hehl daraus, wie sehr er es bedauerte.

Nun schaute der Junge zu ihm auf und musterte ihn aus verweinten Augen. „Du weißt es?“

Sawyer nickte.

„Und du wolltest uns einfach so gehen lassen und dich nicht einmal von uns verabschieden?“

„Ich hatte vor, mich morgen am Flugplatz von euch zu verabschieden“, erklärte Sawyer. Was hätte er sonst auch tun sollen?

„Susan und ich wollen aber nicht weg.“

Sofort wurde Sawyer leichter ums Herz. Vielleicht konnten die Kinder Abbey ja zur Vernunft bringen. „Habt ihr es eurer Mutter gesagt?“

„Ja, aber da hat sie noch mehr geweint. Ich dachte, du magst Mom und Susan und mich.“

„Das tue ich auch Scott – mehr, als du dir vorstellen kannst.“

Scott befreite sich aus seiner Umarmung. „Und warum will Mom dann unbedingt weg? Warum tust du nichts dagegen?“

„Weil ...“ Sawyer suchte nach den richtigen Worten. „Manchmal ist es eben nicht einfach zu erklären. Du bist erst neun und ...“

„Du meinst, ich versteh’ es erst, wenn ich vierzig bin.“

Sawyer lächelte unwillkürlich. „Ich wünschte, ich würde es selbst verstehen, damit ich es dir erklären kann.“ Er strich dem Jungen übers Haar. „Willst du noch darüber reden?“

„Nein.“ Nachdem Scott sich mit dem Handrücken die Augen gerieben hatte, drehte er sich um und rannte zum Haus zurück.

Sawyer wurde es schwer ums Herz. Am liebsten wäre er Scott gefolgt und hätte ihm versichert, dass er alles tun würde, um Abbey zum Bleiben zu bewegen. Stattdessen blieb er auf dem Rasen stehen und blickte ihm hinterher. Dass Mitch Harris auf ihn zukam, bemerkte er nur nebenbei.

Als Mitch ihn begrüßte, hob Sawyer die Hand und lächelte flüchtig. Vielleicht war der Sicherheitsbeamte nicht dienstlich gekommen. Mit seiner ruhigen Art war Mitch der tüchtigste Polizist, den sie je gehabt hatten, doch in diesem Moment brauchte Sawyer seine Dienste nicht.

„Du siehst ganz schön niedergeschlagen aus“, stellte Mitch fest.

Sawyer hielt den Blick auf das Haus gegenüber gerichtet. „Abbey reist morgen ab“, erwiderte er ausdruckslos.

„Ich hoffe, du machst Witze. Ihre Tochter und meine Chrissie sind unzertrennlich.“

„Ich weiß."

„Für Chrissie ist es toll, eine gleichaltrige Freundin zu haben." Mitch kniff besorgt die Augen zusammen. „Was ist denn passiert?"

„Wenn ich das wüsste." Sawyer rieb sich die Stirn.

„Ich dachte, oder besser gesagt, ich habe gehört, dass Abbey und du euch ... angefreundet habt."

„Ich dachte auch, dass wir Freunde wären. Anscheinend habe ich mich geirrt. Sie will Hard Luck verlassen."

„Willst du sie gehen lassen?"

Sawyer zuckte die Schultern, als wäre es ihm gleichgültig. „Offenbar war die Idee, Frauen hierher zu holen, ein Irrtum, der uns teuer zu stehen gekommen ist."

„Mir tut es jedenfalls Leid, dass Abbey und die Kinder abreisen", erklärte Mitch. „Chrissie wird Susan vermissen, und auch Abbey wird ein Verlust für die Stadt sein. Sie hätte ihre Arbeit sicher gut gemacht. Es ist wirklich schade."

Sawyer war ganz seiner Meinung. „Das ist nicht unser Problem", sagte er jedoch. Dann ging er ins Haus und kehrte kurz darauf mit einem Brief von Margaret Simpson zurück, der Lehrerin für die High School-Stufe, der an die lokale Schulbehörde adressiert war. „Das war heute in der Post." Er reichte ihn Mitch.

Mitch überflog den Brief. „Margaret hat sich also doch dazu entschieden, nächstes Jahr nicht zu unterrichten."

„Stimmt." Da Sawyer der Vorsitzende der Schulbehörde war, war der Brief an ihn adressiert. „Scheint so, als würden wir bis zum Herbst noch eine neue Lehrerin brauchen. Ich werde Ende der Woche eine Sitzung einberufen."

„Ja, gut. Ziemlich viele schlechte Nachrichten auf einmal, nicht?"

„Das kann man wohl sagen", erwiderte Sawyer leise.

Nachdem sie einander die Hand gegeben hatten, ging Mitch über die Straße auf Christians Haus zu. Sawyer war zwar noch nie besonders neugierig gewesen, aber jetzt brannte er darauf zu erfahren, was Mitch bei Abbey wollte.

Abbey kam zur Tür, und obwohl Sawyer von der Unterhaltung nichts verstehen konnte, vermutete er, dass Mitch sich von ihr verabschiedete. Sobald er wieder die Treppe herunterkam, warf Sawyer einen verstohlenen Blick in Abbeys Richtung. Sie hatte die Tür jedoch schon wieder geschlossen.

An diesem Abend war es besonders schwer gewesen, die Kinder ins Bett zu bekommen. Da um zehn immer noch die Sonne schien, konnten sie nicht sofort einschlafen. Wie immer hatte Abbey eine Pappe vors Fenster gestellt, um den Raum zusätzlich zu verdunkeln.

Abbey war froh, als die Geräusche aus dem Kinderzimmer endlich verstummten. Sie saß am Küchentisch, die Füße auf dem Stuhl gegenüber, und trank ein Glas Eistee, während sie sich ihre Lage durch den Kopf gehen ließ.

Alle Koffer waren gepackt. Die Kinder hatten keinen Hehl aus ihrer Enttäuschung gemacht, als sie schweigend ihre Sachen zusammengesucht hatten. Abbey dachte daran, wie aufgekratzt Scott und Susan gewesen waren, bevor sie Seattle verlassen hatten.

Ehe er ins Bett gegangen war, hatte Scott ihr erzählt, dass er Sawyer das Fahrrad zurückgebracht hatte. Abbey hatte ihren Sohn umarmt und ihm einen Kuss auf die Stirn gegeben.

Sie hatte versucht, sich und die Kinder davon zu überzeugen, dass es in Fairbanks gar nicht so schlecht sein würde, doch die beiden hatten überhaupt keine Reaktion gezeigt.

Sie hatte ihnen erklärt, dass sie sich dort eingelebt haben würden, lange bevor die Schule wieder anfing. Nicht einmal der Hinweis, dass Fairbanks die Stadt der Hundeschlittenrennen war, hatte Scott aufgemuntert. Er würde Sawyers Husky vermissen.

„Sehe ich Eagle Catcher irgendwann wieder?“ hatte er gefragt.

„Das weiß ich nicht“, hatte Abbey traurig geantwortet.

Obwohl ihr klar war, dass sie kein Auge zutun würde, stand sie auf und ging zu ihrem Schlafzimmer. Wie immer blieb sie vor der

Tür des anderen Zimmers stehen, um nach den Kindern zu sehen. Sie öffnete sie einen Spaltbreit und warf einen Blick hinein.

Beide hatten sich die Decke bis über die Schultern gezogen. Leise schloss Abbey die Tür wieder.

Als sie ihr Zimmer betreten wollte, stutzte sie plötzlich. Irgendetwas stimmte nicht. Sie ging zurück und öffnete wieder die Tür, diesmal etwas weiter. Da sie nichts entdecken konnte, schlich sie sich hinein und setzte sich auf die Kante von Scotts Bett.

Erst jetzt stellte sie fest, dass es nicht Scott war, der im Bett lag, sondern eine zusammengerollte Decke und sein Footballhelm.

Abbey sprang auf und riss die Decke zurück.

Scott war weg.

Als sie die Decke in Susans Bett wegriss, entdeckte sie, dass Susan ebenfalls verschwunden war.

Nachdem Abbey das Licht angeknipst hatte, sah sie einen Umschlag, der an der Nachttischlampe lehnte. Ihre Finger zitterten so sehr, dass sie ihn nur mit Mühe öffnen und den Briefbogen herausnehmen konnte. Darauf stand:

Liebe Mom,
Susan und ich wollen nicht aus Hard Luck weg. Du kannst ohne uns gehen. Mach dir um uns keine Sorgen.
Viele Grüße von Scott und Susan.

Sie musste den Text mehrmals lesen, bevor ihr klar wurde, dass ihre Kinder weggelaufen waren.

Ohne zu überlegen, lief sie zum Telefon und wählte Sawyers Nummer. Sie war so schwach, dass sie zweimal auf die Tasten drücken musste.

„Hallo“, meldete sich Sawyer.

Zum Glück war er noch wach. „Ich bin’s, Abbey. Ist Eagle Catcher da?“

„Möchtest du mit ihm reden?“

„Mach dich nicht lächerlich. Ich möchte, dass du zu seinem

Zwinger gehst und nachschaust, ob er da ist. Bitte, Sawyer, es ist sehr wichtig für mich."

„Ich kann dir auch so sagen, dass er da ist", meinte Sawyer unwirsch. „Ich habe ihn vor einer Stunde hineingebracht."

„Bitte sieh trotzdem nach."

„Also gut."

Sobald er den Hörer abgelegt hatte, schloss Abbey die Augen und begann, im Geiste von hundert an rückwärts zu zählen. Als sie bei dreiundsechzig war, meldete Sawyer sich wieder.

„Er ist weg", sagte er atemlos. „Ist alles in Ordnung, Abbey? Was ist los?"

„Nein, nichts ist in Ordnung." Ihr war, als würde es ihr das Herz zusammenschnüren. „Scott und Susan sind verschwunden."

„Ich bin gleich bei dir", versicherte Sawyer, ohne zu zögern.

„Bitte beeil dich", flüsterte sie, aber er hatte schon aufgelegt.

11. KAPITEL

„Wohin könnten sie bloß gegangen sein?" fragte Abbey, noch bevor Sawyer das Haus betreten hatte. Dann gab sie ihm Scotts Brief, den er schnell las.

„Ich habe keine Ahnung."

Sie ging ins Wohnzimmer, wo sie sich aufs Sofa fallen ließ, da ihre Beine ihr nicht mehr gehorchten. „Es ist alles meine Schuld."

„Es hilft nichts, wenn du dir jetzt Vorwürfe machst. Denk nach, Abbey. Du kennst Scott und Susan. Wo würden sie sich am ehesten verstecken?"

Abbey barg das Gesicht in den Händen, um sich zu konzentrieren, doch sie konnte keinen klaren Gedanken fassen. Immer wenn sie die Augen schloss, sah sie ihre Kinder vor sich, die allein in der Wildnis waren. Sawyer hatte die beiden oft genug vor den Gefahren gewarnt, die in der Tundra lauerten, und er hatte ihnen von seiner Tante erzählt, die im Alter von fünf Jahren spurlos verschwunden war ...

Obwohl bisher niemand ausgesprochen hatte, wie gefährlich Braunbären waren, war die Gefahr sehr real. Am Tag nach ihrer Ankunft hatte man Abbey gezeigt, wie man die Dosen mit dem Pfefferspray handhaben musste, um die Bären zu verjagen. Und nun waren ihre Kinder, ihr Ein und Alles, allein und hilflos da draußen und irrten vermutlich umher. Auch Eagle Catcher würde sie nicht richtig beschützen können.

„Ich werde sie finden, Abbey", versprach Sawyer. Dann kniete er sich vor sie und nahm ihre Hände in seine. „Ich schwöre dir, dass ich so lange nach ihnen suchen werde, bis ich sie wohlbehalten wieder nach Hause bringen kann."

Abbey beugte sich zu ihm vor. Trotz ihrer Meinungsverschiedenheiten und trotz der Tatsache, dass sie in wenigen Stunden aus seinem Leben verschwinden würde, vertraute sie ihm wie keinem anderen. Ihr war klar, dass er sogar sein Leben riskieren würde, um ihre Kinder zu finden.

Sawyer nahm sie in die Arme und hielt sie fest.

„Vergiss nicht, dass sie den Hund mitgenommen haben. Du bleibst hier", wies Sawyer sie schließlich an. „Ich werde Mitch benachrichtigen, und wir werden einen Suchtrupp aufstellen."

Sie nickte, da ihr bewusst war, dass sie ihnen nicht helfen konnte. Andererseits hatte sie Angst davor, jetzt allein zu sein. Sawyer schien es zu merken.

„Ich werde Pearl bitten, hierher zu kommen und dir Gesellschaft zu leisten."

Abbey brachte ihn zur Tür. Nachdem er ihr noch einmal zärtlich über die Wange gestrichen hatte, machte er sich auf den Weg.

Wie gelähmt vor Angst, ging sie auf die Veranda und setzte sich in die Hollywoodschaukel, ohne die Mückenschwärme zu beachten, die sie umschwirrten. Immer wieder ließ sie sich das Gespräch durch den Kopf gehen, das sie beim Essen mit den Kindern geführt hatte.

Scott und Susan liebten Hard Luck – genau wie sie Eagle Catcher und Sawyer liebten. Sie hatten sich ganz schnell an ihr neues Leben in Alaska gewöhnt. Abbey hatte geglaubt, dass es unmöglich war, innerhalb so kurzer Zeit echte Zuneigung zu den Einwohnern zu entwickeln, doch sie hatte sich geirrt.

Scott und Eagle Catcher waren unzertrennlich, und außerdem hatte Scott sich mit Ronny Gold angefreundet. Susan hatte in Chrissie Harris eine Spielkameradin gefunden, und sie, Abbey, hatte sich in Sawyer O'Halloran verliebt.

Auf einmal sah Abbey alles viel klarer. Als sie erkannt hatte, dass sie Sawyer liebte, war sie so in Panik geraten, dass sie beschlossen hatte, vor ihm wegzulaufen. Sie hatte Angst davor gehabt, wieder einen Fehler zu machen.

Sie war so in Gedanken versunken, dass sie zuerst gar nicht merkte, wie Pearl die Verandastufen hochkam.

„Abbey?"

„O Pearl!“ flüsterte Abbey verzweifelt. „Ich habe solche Angst!“

Pearl setzte sich neben sie und legte ihr einen Arm um die Schultern. „Keine Sorge, Sawyer wird deine Kinder schon finden.“

„Aber sie können wer weiß wo sein.“

„Ich bin sicher, dass man sie bald finden wird. Wenigstens waren sie so schlau, Eagle Catcher mitzunehmen. Er ist ein guter Hund und wird auf sie aufpassen.“

Vergeblich versuchte Abbey, sich zu entspannen. Sie würde erst wieder Ruhe haben, wenn ihre Kinder wohlbehalten zu Hause eintrafen.

„Komm“, meinte Pearl. „Lass uns eine Kanne Kaffee und Sandwichs für die Männer machen. Wenn sie zurückkommen, haben sie sicher Hunger und Durst.“

Obwohl ihr klar war, dass Pearl sie nur ablenken wollte, ging Abbey mit ihr in die Küche, wo sie mechanisch Kaffee in den Filter zu füllen begann.

„Ist das nicht ein bisschen viel?“ Pearl, die sich um die Sandwichs kümmerte, blickte von ihrer Arbeit auf.

Erst jetzt merkte Abbey, dass sie den Filter bis zum Rand gefüllt hatte. „Stimmt.“ Sie lachte nervös. „Vielleicht solltest du es lieber machen.“

„Klar. Ich bin gleich fertig.“

Wenige Minuten später setzten sie sich an den Küchentisch, während das Wasser durch den Filter lief. Das Geräusch der Kaffeemaschine wirkte unnatürlich laut, weil es sonst mucksmäuschenstill im Haus war.

Eine Stunde verstrich, doch Abbey kam es wie eine Ewigkeit vor. Mitch kam vorbei, um ihr einige Fragen über die Kinder zu stellen.

Nachdem er wieder gegangen war, schenkte Pearl ihr eine Tasse Kaffee ein.

„Die Kinder waren ganz durcheinander, weil ich abreisen will“, gestand Abbey.

„Du willst abreisen?" wiederholte Pearl schockiert. „Warum?"

„Weil ... Ach, ich weiß nicht. Ich habe das Gefühl, dass alles schief gelaufen ist. Ich habe Angst, Pearl. Ich wollte mich nicht verlieben. Und Sawyer ... Ich hätte nie gedacht, dass ein Heiratsantrag wie eine Beleidigung sein könnte, aber er hat es geschafft. Anscheinend glaubt er, jede Frau will ihn ködern."

Pearl tätschelte ihr die Hand. „Du musst ihm sehr viel bedeuten, sonst hätte er dir nie einen Heiratsantrag gemacht."

Abbey lächelte unwillkürlich. „Wahrscheinlich ist er genauso durcheinander wie ich."

Als im nächsten Moment das Telefon klingelte, erschrak sie so, dass sie zuerst gar nicht wusste, was sie tun sollte. Sie saß wie gelähmt da.

Pearl ging schließlich ran. „Ja, ja ..." sagte sie und nickte dabei. Dann hielt sie die Sprechmuschel zu und wandte sich an Abbey. „Es ist Sawyer. Er lässt dir ausrichten, dass sie die Gegend mit zwei Vier-Mann-Teams absuchen. Das erste ist gerade zurückgekommen. Sie haben keine Spur von den Kindern gefunden. Er möchte mit dir reden."

Abbey sprang auf und riss ihr den Hörer aus der Hand. „Was gibt's Neues, Sawyer?"

„Bis jetzt nichts", erwiderte er ruhig. „Keine Sorge, wir werden sie finden. Geht es dir gut?"

„Nein!" rief sie. „Ich will meine Kinder wiederhaben!"

„Wir werden sie finden, Abbey", wiederholte er. „Mach dir keine Sorgen."

Sie atmete einmal tief durch, um sich zu beruhigen. „Gibt es eine Spur von Eagle Catcher?" fragte sie, denn wo der Hund war, konnten auch ihre Kinder nicht weit sein.

„Noch nicht."

„Bitte ruf mich bald wieder an. Ich möchte auf dem Laufenden bleiben."

„Das werde ich", versprach Sawyer, bevor er auflegte.

Nachdem Abbey ebenfalls eingehängt hatte, schenkte Pearl ihr eine zweite Tasse Kaffee ein.

Eine weitere Stunde verstrich. Da Abbey immer nervöser wurde, ging sie in der Küche hin und her. Als diesmal das Telefon klingelte, lief sie sofort hin.

„Hast du sie gefunden?“ rief sie.

„Mom?“

„Bist du es, Scott?“ Nun fiel die Spannung von ihr ab, und Abbey ließ ihren Tränen freien Lauf.

„Wein nicht, Mom. Uns geht es gut. Ich glaub’, wir bekommen Probleme ... Hier, rede lieber mit Sawyer.“

Sekunden später kam Sawyer an den Apparat. „Ich bin’s, Abbey.“

„Wo habt ihr sie gefunden?“

„Im ausgebrannten Hotel. Sie hatten sich im Obergeschoss versteckt. Als ich sie entdeckt habe, saßen sie zusammengekuschelt da. Sie hatten Eagle Catcher in die Mitte genommen.“

„Heißt das, sie waren die ganze Zeit hier in der Nähe?“

Sawyer lachte leise. „Genau. Eagle Catcher hat anscheinend gehört, dass ich nach ihm gerufen habe, aber er wollte die Kinder nicht allein lassen.“

Nun musste Abbey auch lachen. „Erinner’ mich daran, dass ich dem Hund einen Kuss gebe.“

„Mir wäre es lieber, wenn du sein Herrchen küssen würdest.“

Sofort wurde sie wieder ernst.

„Schon gut“, fuhr er resigniert fort, „es war ja nur ein Vorschlag. Das Wichtigste ist, dass es den Kindern gut geht. Ich bringe sie gleich nach Hause.“

„Danke, Sawyer.“ Nachdem sie aufgelegt hatte, wandte sie sich an Pearl. „Es geht ihnen gut“, berichtete Abbey, während sie sich die Tränen von den Wangen wischte. „Sie hatten sich in dem alten Hotel versteckt.“

„Gott sei Dank!“ flüsterte Pearl.

„Das kann man wohl sagen“, bestätigte Abbey.

„Jetzt brauchst du mich wohl nicht mehr." Pearl ging zur Tür, wo sie noch einmal stehen blieb und sich umdrehte. „Es geht mich zwar nichts an, aber ich hatte gehofft, du würdest in Hard Luck bleiben. Ich weiß selbst, wie stur die Männer sein können, besonders Sawyer. Doch er hat das Herz auf dem rechten Fleck."

Abbey senkte unbehaglich den Blick.

„Wir werden dich und die Kinder vermissen", fügte Pearl traurig hinzu.

Abbey brachte sie zur Tür und wartete auf der Veranda auf Sawyer und die Kinder. Kurz darauf fuhr er in Begleitung von Charles mit dem Transporter vor. Scott und Susan sprangen sofort aus dem Wagen und liefen ihr in die Arme.

Beide Kinder redeten gleichzeitig und erzählten ihr aufgeregt, was passiert war. Als Abbey schließlich aufblickte, sah sie, dass Sawyer neben dem Wagen stand und sie beobachtete. Charles war nicht ausgestiegen.

„Ihr habt ganz schön für Aufregung gesorgt", sagte sie streng. „Ich erwarte von euch, dass ihr euch hinsetzt und euch schriftlich bei jedem entschuldigt, der bei der Suche nach euch geholfen hat."

Beide senkten verlegen den Blick und nickten.

„Tut mir Leid, Mom", meinte Scott, „aber wir wollten nicht nach Fairbanks gehen. Uns gefällt es hier."

„Darüber werden wir morgen sprechen. Morgen werde ich euch auch sagen, wie ich euch bestrafe. Verstanden?"

Wieder nickten beide.

„Und jetzt geht ihr in die Badewanne. Ihr seid völlig verdreckt. Danach marsch zurück ins Bett. Wir haben einen anstrengenden Tag vor uns."

„Aber Mom ..."

„Gute Nacht, ihr beiden", unterbrach sie Scott nachdrücklich.

Mit hängenden Köpfen trotteten die beiden ins Haus.

Nachdem Abbey einmal tief durchgeatmet hatte, ging sie auf Sawyer zu. „Ich weiß gar nicht, wie ich dir danken soll." Sie verschränkte die Arme vor der Brust und lächelte ihn zaghaft an. Sogar in diesem Moment sehnte sie sich danach, von ihm in die Arme genommen zu werden. Dass sie sich instinktiv an ihn gewandt hatte, nachdem sie entdeckt hatte, dass die Kinder weggelaufen waren, war ziemlich aufschlussreich.

„Ich bin froh, dass ihnen nichts passiert ist", erklärte er.

Eine Weile schauten sie sich schweigend an.

Irgendwann steckte Charles den Kopf zum Fenster hinaus und räusperte sich vernehmlich. „Wir sehen Sie dann morgen früh, ja?"

Abbey blickte von Sawyer zu ihm. „Ja, morgen früh." Dann drehte sie sich um und kehrte ins Haus zurück.

„Du schaust aus, als könntest du einen Drink gebrauchen", stellte Charles fest, als Sawyer wieder in den Transporter stieg.

Sawyer hielt den Blick auf die geschlossene Haustür gerichtet. Was ihn quälte, würde auch ein Glas Whisky nicht kurieren.

„Ich bringe dich nach Hause", erwiderte er und umklammerte das Lenkrad so fest, dass seine Fingerknöchel weiß hervortraten.

„Du bist in sie verliebt", bemerkte Charles.

„Ist das so schwer zu glauben?"

„Du kennst die Frau doch kaum!"

Jetzt wurde Sawyer wütend. „Ich weiß aber, was ich fühle. Wenn Abbey und die Kinder morgen mit dir ins Flugzeug steigen, wird ein Teil von mir mit ihnen gehen."

„Ist das dein Ernst?"

„Allerdings!"

Charles schwieg, bis Sawyer vor seinem Haus hielt, das auf der anderen Seite der Stadt in der Nähe des alten Hotels lag. „Es war nicht richtig, dass ich mich in deine Angelegenheiten eingemischt habe."

Sein Eingeständnis war kein großer Trost für Sawyer.

„Dieser Plan war nicht gerade eine eurer besten Ideen, aber es ist offensichtlich, dass Abbey und die Kinder dir etwas bedeuten."

Wahrscheinlich würde Charles es erst richtig verstehen, wenn er sich selbst verliebte. „Das ist stark untertrieben", meinte Sawyer.

„Willst du sie gehen lassen?"

„Habe ich denn eine Wahl?" entgegnete Sawyer resigniert. „Ich kann sie schließlich nicht festbinden. Ich habe oft genug versucht, mit ihr zu reden, aber es hat nichts gebracht. Immer wenn ich den Mund aufmache, um ihr zu sagen, was ich für sie empfinde, beleidige ich sie bloß. Ich komme wir vor wie der letzte Idiot."

Charles schien das ganz amüsant zu finden, denn er lächelte.

„Für mich ist das etwas ganz Neues", verteidigte sich Sawyer. „Und mach nicht so ein selbstgefälliges Gesicht, denn dich wird es früher oder später auch erwischen."

„Bestimmt nicht", widersprach Charles. „Es reicht mir, wenn ich sehe, wie es dir geht."

„Glaubst du etwa, ich hätte es gewollt? Abbey ist nach Hard Luck gekommen, und zack, war's passiert!"

Jetzt lachte Charles. „Du bist dreiunddreißig und ich fünfunddreißig. Wie ist es möglich, dass wir so alt werden konnten, ohne uns je zu verlieben?"

„Und wir waren sogar stolz darauf, stimmt's, großer Bruder?" Sawyer musste auch lachen. „Was meinst du, was ich zuerst alles getan habe, um Abbey wieder loszuwerden?"

„Warum will sie Hard Luck verlassen?"

„Du meinst, abgesehen von meinem Heiratsantrag?"

„Du hast ihr also Angst gemacht."

„Verdammt, es war mein voller Ernst! Na gut, ich habe mich vielleicht nicht besonders geschickt angestellt, aber ich habe es wirklich ernst gemeint." Im Nachhinein tat Sawyer sein Verhalten natürlich Leid. „Ich hätte wohl etwas Romantischer sein können."

„Was hast du zu ihr gesagt?" fragte Charles.

Sawyer überlegte einen Moment, bevor er antwortete. „Ich weiß es nicht mehr genau. Wir waren im Restaurant, und es war ziemlich voll. Ich bin zu ihr gegangen und habe gesagt, dass ich es nicht gut finde, wenn sie Pete heiratet oder einen der anderen Männer, die um ihre Hand angehalten haben."

„Heißt das, sie hatte mehrere Angebote?"

„Stimmt." Noch immer umklammerte Sawyer das Lenkrad. „Ich glaube, Ralph hat sie auch gefragt."

„Du hast also neben ihr gestanden ..."

„Ja. Sinngemäß habe ich ihr gesagt, dass ich mich bereit erklären würde, wenn sie so scharf darauf ist, zu heiraten."

Charles war seltsam still. „Das war alles?" erkundigte er sich schließlich.

Sawyer nickte.

„Wenn ich du wäre, würde ich sie noch einmal fragen und es diesmal wirklich etwas Romantischer formulieren."

„Ich weiß nicht, ob ich es kann", erwiderte Sawyer traurig.

„Könntest du denn ohne sie leben?"

„Ich weiß es nicht."

Nachdem er Charles abgesetzt hatte, fuhr Sawyer nach Hause. Dort sah er noch einmal nach Eagle Catcher, der inzwischen wieder in seinem Zwinger war, bevor er hineinging. Im Haus war es unnatürlich still. Sawyer machte sich einen Drink und ging damit in sein Schlafzimmer. Auf der Kommode stand ein gerahmtes Foto seiner Eltern, das er eine ganze Weile betrachtete.

Dann zog er sich aus und legte sich ins Bett. Ihm war klar, dass er in dieser Nacht kein Auge zutun würde. Die Arme hinter dem Kopf verschränkt, lag er da und blickte starr zur Decke.

Er musste Abbey irgendwie zeigen, wie viel sie ihm bedeutete, doch er wusste nicht, wie.

Dass er nicht besonders redegewandt war, hatte er mehrfach bewiesen. Trotzdem musste es einen Weg geben, wie er Abbey zu verstehen geben konnte, dass er sie liebte.

Um sechs stand Sawyer auf und zog sich an. Dann setzte er sich an den Küchentisch und dachte sich bei einer Tasse Kaffee einen Plan aus.

Nachdem er bis acht gewartet hatte, suchte er die Sachen zusammen, die er brauchte, und ging über die Straße zu Christians Haus.

Kaum war er auf der Veranda, öffnete Abbey auch schon die

Tür. Sie trug einen pinkfarbenen Pullover und Jeans und sah schöner aus als je zuvor.

„Guten Morgen“, sagte sie, und Sawyer fiel sofort auf, wie blass sie war. Offenbar war ihr genauso elend zumute wie ihm.

„Morgen“, erwiderte er. „Ich weiß, dass du sehr beschäftigt bist. Deshalb will ich deine Zeit auch nicht mehr in Anspruch nehmen als nötig. Ich wollte Scott und Susan etwas schenken. Dir auch.“

„Die Kinder schlafen noch.“

„Das macht nichts. Ich überlasse es dir, und du kannst es ihnen später geben.“

„Sawyer, ich habe lange nachgedacht. Es ist wirklich nicht nötig, dass ...“

„Können wir uns nicht setzen?“ Er zeigte auf die Hollywoodschaukel.

Abbey seufzte und setzte sich in die äußerste Ecke. Sawyer hatte den Eindruck, als wäre sie ihm lieber aus dem Weg gegangen. Er konnte es ihr nicht verdenken.

Nachdem er auf der anderen Seite Platz genommen hatte, reichte er ihr einen Umschlag. „Dies sind Eagle Catchers Papiere. Ich schenke ihn Scott, damit ihm der Abschied nicht so schwer fällt. Sag mir Bescheid, wenn du eine Bleibe gefunden hast, dann schicke ich ihn euch.“

„Aber es ist *dein* Hund.“

Sawyer lächelte traurig. Sie konnte ja nicht ahnen, wie schwer es ihm wirklich fiel, seinen Hund wegzugeben. „Die beiden gehören zusammen.“

„Aber ...“

„Bitte, Abbey, lass es mich tun.“

Sie sah aus, als wollte sie etwas sagen, doch dann biss sie sich auf die Lippe und nickte.

„Susan ist ein wundervolles kleines Mädchen“, fuhr er fort. „Ich habe lange überlegt, was ich ihr schenken könnte.“ Er nahm eine Kette mit einem herzförmigen goldenen Medaillon aus seiner

Hemdtasche. „Das hier hat meiner Großmutter gehört." Es dauerte einen Moment, bis er es geschafft hatte, das Medaillon zu öffnen. „Das Foto ist von Emily, ihrer Tochter, die spurlos verschwunden ist. Grandma hat es mir kurz vor ihrem Tod gegeben. Bitte bewahr es auf, bis Susan alt genug ist, um es zu tragen."

Abbey traten die Tränen in die Augen, als sie die Kette mit dem Medaillon entgegennahm. „Sawyer, ich ... ich weiß nicht, was ich sagen soll."

Sawyer wurde das Herz schwer. „Ich habe keine Ahnung, wie ich dir sonst zeigen soll, wie sehr ich euch drei liebe." Er stand auf und nahm einen Umschlag aus der Hosentasche, in dem zwei Murmeln, eine Haarnadel und mehrere gefaltete Bögen Papier waren. Anschließend setzte er sich wieder und förderte einen weiteren Umschlag aus seiner Hemdtasche zutage.

„Das hier ist für dich." Zuerst gab er ihr die Haarnadel. „Die Haarnadel hat mir das Leben gerettet, als ich sechzehn war. Es ist eine lange Geschichte, die ich dir jetzt nicht erzählen will. Nur soviel dazu: Ich war mitten im Winter allein mit dem Flugzeug unterwegs und musste notlanden, weil der Motor streikte. Diese Haarnadel fand ich zufällig auf dem Boden, und ich konnte den Schaden damit beheben und wieder starten. Ich habe sie aufgehoben, weil ich ohne sie mit Sicherheit erfroren wäre." Er legte sie neben sich auf die Schaukel.

Abbey lächelte.

„Diese Murmeln waren mein Lieblingsspielzeug, als ich klein war. Mom hatte sie extra für mich bei einem Versandhaus bestellt."

Nachdem Sawyer Abbey die Murmeln in die Hand gedrückt hatte, reichte er ihr die Bögen. „Die hier sind zwar schon ein bisschen vergilbt, aber man müsste es eigentlich noch lesen können. Das erste ist ein Aufsatz, den ich in der Mittelstufe geschrieben habe. Ich habe damit einen Aufsatzwettbewerb gewonnen und eine Belobigung vom Gouverneur bekommen. Der Brief ist auch dabei."

Verstohlen wischte sie sich mit dem Handrücken die Tränen von den Wangen.

Aus dem zweiten Umschlag nahm er einen schlichten goldenen Ring. „Das hier ist der Ehering meines Vaters." Als Sawyer ihn hochhielt, krampfte sich sein Herz vor Stolz und Schmerz zusammen. „Charles und Christian meinten, ich sollte ihn haben, weil ich bei Dad war, als er gestorben ist. Er ist bestimmt nicht viel wert, aber mir bedeutet er eine Menge." Sawyer beugte sich vor, um ihr den Ring in die Hand zu legen. Aus Angst, er könnte bereits zu viel preisgegeben haben, stand er auf und steckte verlegen die Hände in die Hosentaschen. „Leb wohl, Abbey."

Als er sich abwandte, rief sie seinen Namen.

Sawyer drehte sich sofort um.

„Warum hast du mir die Sachen gegeben?"

„Weil sie ein Teil von mir sind. Ich kann nicht mit dir kommen, und ich kann dich hier nicht halten. Deshalb sollst du sie mitnehmen."

Er war schon fast die Treppe heruntergegangen, als Abbey leise fragte: „Warum hast du mir nicht früher gesagt, dass du mich liebst?"

Ohne sich umzudrehen, erwiderte er: „Ich möchte dich heiraten. Ein Mann macht einer Frau keinen Heiratsantrag, wenn er sie nicht liebt."

„Vielleicht doch – aus Angst, ein anderer könnte ihm zuvorkommen, oder weil er nicht weiß, was er will."

„Ich weiß, was ich will." Nun drehte Sawyer sich um und schaute ihr in die Augen.

„Wirklich?"

„Ich möchte den Rest meines Lebens mit dir verbringen – hier in Hard Luck. Ich möchte Scott und Susan wie meine eigenen Kinder aufziehen, und wenn du willst, möchte ich noch mehr Kinder haben. Ich liebe dich und kann mir ein Leben ohne dich nicht mehr vorstellen."

Eine Weile sahen sie sich nur an. Abbey traten wieder die Tränen in die Augen, und Sawyer musste sich beherrschen, um sie nicht in die Arme zu nehmen und verlangend zu küssen.

„Aber da ich das nicht haben kann“, fuhr er fort, „schenke ich dir die Dinge, die mir am meisten bedeuten. Du kannst damit machen, was du willst.“ Dann stieg er die restlichen Stufen hinunter.

„Wenn du jetzt weggehst, Sawyer O'Halloran, werde ich es dir nie verzeihen.“

Als er sich umdrehte, stand sie mit ausgebreiteten Armen oben an der Treppe und lächelte ihn an.

Sein Herz setzte einen Schlag lang aus. Ohne zu überlegen, stürmte er die Stufen hoch, um Abbey an sich zu ziehen. Sie fühlte sich so gut an. Zuerst küsste er sie ganz zärtlich, um sie nicht zu erschrecken.

Abbey legte ihm die Arme um den Nacken und seufzte leise. Sawyer konnte ihr nicht länger widerstehen, zumal er eben noch geglaubt hatte, sie nie wieder in den Armen halten und küssen zu können.

Als sie sich wieder küssten, ließen sie ihrer Leidenschaft freien Lauf. Jetzt schien es keine Schranken mehr zwischen ihnen zu geben.

Irgendwann löste Sawyer sich von Abbey, atmete einmal tief durch und barg das Gesicht an ihrem Hals. Wenn er jetzt nicht die Kraft hatte aufzuhören, würde er hier auf der Veranda mit ihr schlafen. Abbey hob jedoch seinen Kopf, um ihn erneut zu küssen.

„Ich finde, du solltest mich heiraten“, brachte er etwas später hervor.

„Eine Frau möchte gefragt werden, Sawyer O'Halloran.“

„Bitte, Abbey, wenn du nur etwas für mich empfindest, befreie mich von meinen Qualen und heirate mich.“

„Soll das eine Frage sein?“

„Ich flehe dich an.“

Sie lachte, bevor sie wieder ihre Lippen auf seine presste und ihm bewies, wie leidenschaftlich ihre Gefühle für ihn waren.

„Ist das deine Antwort?" flüsterte er, als sie aufhörte.

„Ja. Aber eins musst du wissen: Ich bin keine gute Ehefrau. Ich habe schon eine gescheiterte Ehe hinter mir, und ich habe Angst, Sawyer."

„Wovor? Dass du wieder einen Fehler machst?"

„Nein, nicht davor. Nicht mit dir. Ich ... Es sind so viele Dinge. Dick hat mich oft betrogen, und als wir uns getrennt haben, hat er gesagt, ich könnte nie einen Mann glücklich machen."

„Du machst mich glücklich. Habe ich dir schon gesagt, wie ich dein Lächeln liebe?"

Abbey errötete. „Das meine ich nicht. Ich meine, ob ich dir ... Erfüllung verschaffen kann."

Sawyer lachte. „O Abbey, schon wenn ich dich in den Armen halte, ist das so wundervoll für mich, dass ich mir gar nicht vorstellen kann, wie es erst im Bett sein wird."

Da sie offenbar protestieren wollte, brachte er sie zum Schweigen, indem er erneut seine Lippen auf ihre presste. Während er sie küsste, spürte er, wie sie ihren Widerstand allmählich aufgab und sie sich immer mehr gehen ließ.

Zum ersten Mal konnte er verstehen, wovor sie Angst hatte. „Und ob du mir Erfüllung verschaffst", flüsterte er. „Du bist so verführerisch."

„Mom."

Als er an Abbey vorbeischaute, stellte er fest, dass Scott und Susan auf der Türschwelle standen. Sie waren beide noch im Schlafanzug, wirkten jedoch hellwach.

„Guten Morgen", grüßte Sawyer fröhlich. „Ich habe tolle Neuigkeiten für euch."

„Was denn?" fragte Susan.

„Eure Mom will mich heiraten."

Scott schien etwas verwirrt. „Jetzt schon? Mom, du hast doch gesagt, dass es noch eine Weile dauert, bis ihr eure Probleme gelöst habt."

„Unsere Probleme?" wiederholte Sawyer verblüfft.

„Die Kinder und ich haben uns heute Nacht noch unterhalten, nachdem du sie nach Hause gebracht hattest“, erklärte Abbey und gab ihm einen Kuss auf die Nasenspitze. „Wir sind zu dem Ergebnis gekommen, dass es ein Fehler wäre, Hard Luck zu verlassen. Außerdem waren wir uns einig, dass wir dich lieben.“

„Heißt das, ihr wolltet gar nicht abreisen?“

Sie umarmte ihn fester. „Das klingt ja richtig enttäuscht.“

„Ich bin nicht enttäuscht. Es ist nur ...“ Er verspannte sich unwillkürlich. „Du hättest es mir eher sagen können.“

„Ich habe es ja versucht, aber du hast mir keine Gelegenheit dazu gegeben. Tut es dir jetzt Leid?“

„Nein“, erwiderte er nachdrücklich. „Überhaupt nicht.“

„Willst du Mom wirklich heiraten?“ fragte Susan.

„Ja.“

„Wann?“ meinte Scott, der noch immer verunsichert wirkte.

Sawyer und Abbey tauschten einen Blick. „In zwei Wochen“, entschied Sawyer dann.

„In zwei Wochen!“ rief sie glücklich.

„Ich habe dreiunddreißig Jahre auf dich gewartet, Abbey Sutherland, und ich will keine Minute länger warten. Wir werden groß oder im kleinen Rahmen feiern – ganz wie du willst. Ben kann für das Essen sorgen, und wir werden in der Schulaula einen Empfang geben.“

Im nächsten Moment fuhr ein Transporter vor, und Charles kurbelte die Scheibe herunter. „Scheint so, als hättet ihr alles geklärt“, meinte er.

„Stimmt.“

„Dann braucht ihr mich also nicht mehr.“

„Sawyer will Mom und uns heiraten“, informierte ihn Susan, die übers ganze Gesicht strahlte.

„In zwei Wochen“, fügte Scott hinzu.

„Du hast also keine Zeit verschwendet“, sagte Charles trocken zu seinem Bruder.

„Stimmt.“

„Wollt ihr es geheim halten, oder kann ich es den anderen erzählen?“ erkundigte sich Charles.

Abbey und Sawyer wechselten wieder einen Blick und lächelten sich an. „Tu dir keinen Zwang an“, ermunterte Sawyer ihn.

Laut hupend fuhr Charles davon.

„Jetzt kannst du nicht mehr zurück, Sawyer O’Halloran“, flüsterte Abbey.

„Keine Angst, mein Schatz, das will ich auch nicht.“

– ENDE –

Debbie Macomber

Charles

Roman

Aus dem Amerikanischen von
Dorothea Ghasemi

MIRA®

1. KAPITEL

Das war also Hard Luck.

Lanni Caldwell schwang sich ihren Rucksack über die Schulter, hob ihren Koffer hoch und ging über die unbefestigte Straße auf den Wohnwagen zu, in dem sich das Büro von Midnight Sons befand. Während der letzten Woche war mehrmals in den Medien über die kleine Charterfluggesellschaft berichtet worden, die Flüge ins Landesinnere von Alaska anbot, und Lanni hatte die Berichte und Reportagen mit wachsender Neugier verfolgt. Das Ganze war wirklich sehr interessant. Offenbar hatten die Inhaber von Midnight Sons eine Aktion ins Leben gerufen, um Frauen nach Hard Luck zu locken, indem sie ihnen einen Job und eine Unterkunft anboten.

Solch einen verrückten Plan konnte sich nur ein Haufen einsamer Buschpiloten ausgedacht haben! Ein paar allein stehende Frauen waren bereits nach Hard Luck gekommen, und schon bald würden noch mehr eintreffen. Die Fernsehreporter in den anderen Staaten bezeichneten sie als „Versandhausbräute" – was sie natürlich nicht waren – und sprachen von Hard Luck als dem „eisigen Norden". Auch das traf nicht zu – zumindest nicht im Juni.

Der Himmel war strahlend blau, und es war angenehm warm. In der Tundra blühten die Blumen in allen erdenklichen Farben.

Lanni, die in Anchorage aufgewachsen war, war bereits als Kind einmal in Hard Luck gewesen. Dies war auch das einzige Mal gewesen, dass sie über den Polarkreis hinausgekommen war. Trotzdem erschien ihr die Umgebung vertraut, denn ihre Großmutter Catherine Fletcher hatte ihr oft von dem Ort und dem Leben dort erzählt. Lanni erinnerte sich noch genau daran, wie sie auf ihrem Schoß gesessen und ihren abenteuerlichen Schilderungen gelauscht hatte. Doch im Lauf der Jahre hatte sie ihre Großmutter immer seltener gesehen.

Da Catherines Gesundheitszustand sich zunehmend verschlechterte, war es vielleicht die letzte Gelegenheit für Lanni, etwas über das Leben ihrer Großmutter hier zu erfahren. Deshalb hatte sie sich wohl auch dazu bereit erklärt, den Sommer in Hard Luck zu verbringen. Ab September sollte sie als Redaktionsassistentin bei der Tageszeitung von Anchorage arbeiten. Nach vier Jahren College würde ihr Traum, als Journalistin zu arbeiten, endlich wahr werden, und Lanni war klar, wie viel Glück sie gehabt hatte, als sie die Stelle bekommen hatte.

Am Anfang des Monats hatte Sawyer O'Halloran ihre Mutter Kate angerufen. Kate war überrascht und auch ein wenig verärgert gewesen, von den O'Hallorans zu hören, was Lanni nicht genau verstand. Sie hatte nie die Gründe für die Fehde zwischen ihrer Großmutter und den O'Hallorans erfahren, weil man in ihrer Familie nie darüber gesprochen hatte.

Sawyer O'Halloran hatte ihrer Mutter erklärt, dass man in Hard Luck dringend Unterkünfte brauche, da so viele Frauen in die Stadt kommen würden. Dann hatte er sie gebeten, Catherine zu fragen, ob diese ihr Haus vermieten würde, das seit einiger Zeit leer stand.

Lanni wusste nicht, ob ihre Mutter mit ihrer Großmutter darüber gesprochen hatte. Doch seit Catherine Fletcher in das Pflegeheim in Anchorage gekommen war, hatte ihr Zustand sich noch mehr verschlechtert. Daher wäre es wohl das Beste gewesen, sie überhaupt nicht zu fragen.

„Hallo." Ein sommersprossiger Junge hielt mit seinem Fahrrad neben Lanni und lächelte sie an. Der große Husky, der ihn begleitete, nahm Platz und schaute sie freundlich an.

„Kommen Sie zur Hochzeit?" fragte der Junge.

„Zur Hochzeit?" wiederholte Lanni.

„Ja, meine Mom heiratet Sawyer O'Halloran, und eine Menge Leute kommen zu der Hochzeit nach Hard Luck. Ben macht dafür seine berühmten Hackbällchen, und er hat Susan und mir erlaubt, ihm dabei zu helfen."

„Ben?"

„Ihm gehört das Hard Luck Café. Sie sind keine Reporterin, oder?"

„Nein."

„Da haben Sie Glück. Sawyer hat nämlich gesagt, dass er den Reportern am liebsten in den Hintern treten würde."

Lanni musste lachen. Dies war offenbar nicht der geeignete Moment, um dem Kleinen zu erzählen, dass sie bald ihr Publizistikstudium abschließen würde. „Ich bin Lanni Caldwell", sagte sie daher.

„Scott Sutherland." Der Junge grinste. „Sie sind bestimmt die Frau, auf die Sawyer die ganze Zeit gewartet hat. In letzter Zeit war er ziemlich kaputt."

Obwohl niemand ihr gesagt hatte, dass sie sich bei den O'Hallorans anmelden sollte, konnte es nicht schaden, sich vorzustellen. Schließlich hatte sie es ihnen zu verdanken, dass sie nach Hard Luck gekommen war. Dies war ihre einzige Chance, mehr über die Vergangenheit ihrer Familie zu erfahren, denn Lanni wusste sehr wenig über ihre Großmutter und fühlte sich daher in gewisser Weise um ihr familiäres Erbe betrogen.

„Wollen Sie mitkommen, damit ich Sie Sawyer vorstellen kann?" erkundigte sich Scott.

„Gern." Sie folgte ihm zum Wohnwagen, auf dem in großen roten Lettern das Logo von Midnight Sons prangte.

„Sawyer." Dicht gefolgt von dem Husky, betrat der Junge das Büro. „Lanni Caldwell ist hier."

Der Mann, der hinter dem Schreibtisch saß, blickte auf und seufzte erleichtert. „Gott sei Dank! Christian dachte, Sie würden erst nach der Hochzeit hier eintreffen. Sie hätten sich keinen besseren Zeitpunkt aussuchen können."

Lanni war klar, dass Sawyer sie mit jemandem verwechselte. Vielleicht hatte er ihren Nachnamen nicht verstanden.

„Ich muss zu einer Sitzung der Schulbehörde", fuhr er fort. „Ich möchte Sie nicht überrumpeln, indem ich gleich an Sie übergebe, aber ich muss dringend weg."

Lanni wusste nicht, was sie darauf erwidern sollte. Anscheinend hielt Sawyer sie für seine neue Sekretärin.

„Falls Sie Fragen haben, schreiben Sie sie einfach auf", meinte er. „Ich bin in ungefähr einer Stunde wieder zurück. Dann erkläre ich Ihnen alles."

Sie wollte ihn über das Missverständnis aufklären, doch er war schon aufgesprungen und eilte zur Tür. „Vielen Dank", rief er ihr noch über die Schultern zu.

„Sehen Sie jetzt, was ich meine?" bemerkte Scott, während er sich auf den Schreibtischstuhl fallen ließ. „Er benimmt sich so, als ob er Vater werden würde. Mom sagt, dass sie so etwas noch nie erlebt habe."

Lanni nahm den Rucksack ab und stellte ihn neben den Koffer auf die Erde. „Er hat mir gar nicht die Gelegenheit gegeben, ihm zu erklären, dass ich nicht die neue Sekretärin bin."

„Das sind Sie gar nicht?"

Sie schüttelte den Kopf.

„Und Sie sind wirklich keine von diesen Reporterinnen, die ihn die ganze Zeit genervt haben?"

„Nein, wirklich nicht."

Der Junge entspannte sich merklich. „Warum sind Sie dann hier? Hat Christian Sie hergeschickt?"

„Nein. Ich bin hier, um das Haus meiner Großmutter auf Vordermann zu bringen, damit eine oder zwei Frauen darin wohnen können."

„Christian hat Sie nicht eingestellt?" Sichtlich überrascht, setzte Scott sich aufrecht hin. „Charles bestimmt auch nicht. Er findet Sawyers und Christians Idee nämlich ziemlich blöd. Uns hat er sogar angeboten, den Rückflug nach Seattle zu bezahlen. Wir wären beinah abgereist, aber Susan und ich wollten hier nicht weg." Nun strahlte er übers ganze Gesicht. „Und jetzt wollen Mom und Sawyer heiraten."

„Darüber freust du dich wohl?"

„Darauf können Sie wetten. Sawyer ist wirklich Klasse. Er

will Susan und mich adoptieren, und dann sind wir eine richtige Familie."

„Das ist schön."

Im nächsten Moment begann das Telefon zu klingeln, und Lanni betrachtete es unsicher.

„Melden Sie sich einfach mit ‚Midnight Sons'", wies Scott sie an, „und machen Sie sich Notizen."

Lanni befolgte seinen Rat.

„Sawyer kommt bald wieder", erklärte er, sobald sie die Nachricht aufgeschrieben hatte, und verschränkte die Arme hinter dem Kopf. „Er ist so nervös wegen der Hochzeit, dass er bestimmt in Ohnmacht fällt, bevor er ‚Ja, ich will' sagen kann." Die Vorstellung schien ihn zu amüsieren.

Lanni nahm auf dem Stuhl ihm gegenüber Platz. „Wie viele Frauen sind bisher nach Hard Luck gekommen?"

„Weiß nicht genau. Ein paar, glaub' ich. Meine Mom war die Erste. Dann kam eine Frau, die sehr hübsch war, aber die hat es hier nicht lange ausgehalten. Christian war darüber ganz schön enttäuscht. Er hat sich dann noch mal die Bewerbungen angesehen und eine andere Sekretärin eingestellt. Wir dachten, dass Sie es seien."

„Kein Wunder."

„Letzte Woche ist Dotty gekommen. Sie wohnt erst mal bei Mrs. Inman, um von ihr zu lernen, wie das Gesundheitszentrum geleitet wird. Sie ist nicht so jung und hübsch wie meine Mom und Sie, aber alle sind froh, dass sie hier ist. Mrs. Inman will nämlich zu ihrer Tochter ziehen. Vorher ging das nicht, weil sie die Klinik geleitet hat."

„Freut mich, dass es jetzt klappt", meinte sie.

„Wenn Sie Lust haben, kann ich Ihnen nachher den Ort zeigen."

„Ja, gern." Lanni freute sich über Scotts Angebot, denn sie konnte sich nicht mehr daran erinnern, wie es in Hard Luck aussah. Ihre Großmutter war immer nach Anchorage geflogen, da es viel zu umständlich gewesen wäre, wenn die Familie die lange Reise nach Hard Luck auf sich genommen hätte. Außerdem hatte Kate Caldwell ihrer Mutter nie sehr nahe gestanden.

„Das ist übrigens Eagle Catcher." Scott kraulte dem Husky den Nacken. „Er hat Sawyer gehört, aber Sawyer hat ihn mir geschenkt."

„Er ist ein sehr schöner Hund."

„Sie mag er. Er mag nämlich längst nicht jeden."

„Ich fühle mich geschmeichelt." Lanni kraulte Eagle Catcher ebenfalls. Dann klingelte wieder das Telefon, und es folgte noch eine Anzahl weiterer Anrufe.

Nach einer Stunde kam Sawyer zurück. „Tut mir Leid, dass ich Sie vorhin allein lassen musste", erklärte er, während er ihre Notizen überflog.

„Oh, ich bin gut zurechtgekommen", erwiderte sie forsch.

„Lanni ist gar nicht die neue Sekretärin", verkündete Scott und stand auf.

Sawyer blickte sie verblüfft an. „Sie sind es nicht? Wer sind Sie dann?"

Lanni streckte ihm lächelnd die Hand entgegen. „Ich bin Lanni Caldwell. Catherine Fletcher ist meine Großmutter." Hatte sie es sich bloß eingebildet, oder hatten seine Augen sekundenlang einen harten Ausdruck angenommen?

„Ach so."

„Ich bin hier, um das Haus auf Vordermann zu bringen."

„Soll das heißen, dass Catherine tatsächlich bereit ist, es uns zu vermieten?"

„Ich glaube, meine Mutter hat gar nicht mit ihr darüber gesprochen. Meiner Großmutter geht es gesundheitlich sehr schlecht."

„Das ... tut mir Leid."

Unwillkürlich fragte sie sich, ob das stimmte. „Ich kann gern einspringen, bis Ihre neue Sekretärin hier eintrifft", bot sie spontan an, was sie selbst überraschte. Andererseits konnte es nicht schaden, den Grundstein für eine Freundschaft zu legen.

„Das würden Sie wirklich tun?“ Sawyer betrachtete sie misstrauisch.

„Ja, ich würde gern aushelfen“, erklärte sie bestimmt. Wenn sie für die Brüder O'Halloran arbeitete, würde sie sicher mehr über ihre Großmutter erfahren, als wenn sie sich nur in deren Haus beschäftigte.

„Es wäre nur vorübergehend, bis unsere neue Sekretärin ankommt“, sagte er zögernd.

„Mom und Sawyer heiraten in zehn Tagen“, ließ Scott sich vernehmen.

„Abgemacht.“ Man sagte Lanni nach, dass sie mit ihrem Lächeln alles erreichen könne. Sie selbst fand, dass ihr Mund das Schönste an ihr war, denn ihre Lippen waren voll und sanft geschwungen.

„Macht es Ihnen wirklich nichts aus?“ Sawyer fuhr sich durchs Haar. „Solange Christian weg ist, bin ich hoffnungslos überfordert. Dann steht meine Hochzeit bevor, und zu allem Überfluss müssen wir auch noch eine neue Lehrerin einstellen.“

„Ich helfe Ihnen gern“, versicherte sie.

„Christian kommt bald zurück. Noch ist er in Seattle, aber er fliegt bald nach Kanada weiter, um dort unsere Mutter zu besuchen.“

„Sawyer hat gesagt, dass er ihm den Hals umdreht, wenn er nicht bald zurückkommt“, erzählte Scott.

Wieder musste Lanni lachen.

„Soll ich Ihren Koffer tragen?“ fragte er.

„Der ist ziemlich schwer“, warnte sie ihn.

„Ich bin ganz schön stark.“

„Würde es Ihnen etwas ausmachen, morgen zu kommen?“ erkundigte sich Sawyer.

„Wann soll ich hier sein?“ fragte sie, während sie ihren Rucksack hochhob und ihn aufsetzte.

„Ist acht Uhr zu früh?“

„Nein. Bis dann.“

„Danke.“ Noch immer schien er es kaum zu glauben, dass sie ihm ihre Hilfe angeboten hatte.

Als Charles O’Halloran das Büro von Midnight Sons betrat, funkelte er seinen Bruder wütend an. Doch das nützte auch nichts. Seit Abbey Sutherland seinen Heiratsantrag angenommen hatte, lebte Sawyer in seiner eigenen Welt.

Sawyer würde heiraten. Noch immer fiel es Charles schwer zu akzeptieren, dass sein ansonsten vernünftiger Bruder den Sprung in den Abgrund wagte.

Charles hatte sich längst damit abgefunden, dass Christian vermutlich eines Tages heiraten würde, doch bei Sawyer hatte er nicht damit gerechnet. Sie beide hatten mit angesehen, was mit Menschen passierte, wenn ihre Ehe zerbrach. Charles wollte so etwas auf keinen Fall selbst erleben, und er hatte angenommen, dass es Sawyer genauso gehe.

Sobald er alt genug gewesen war, von zu Hause auszuziehen, war Charles eigene Wege gegangen. Nach dem High School-Abschluss war er zur Marine gegangen und hatte anschließend das College besucht, wo er Geologie studiert hatte. Nun arbeitete er für Alaska Oil. Es war der ideale Job für ihn, denn Charles war oft wochenlang im Landesinneren unterwegs, wo er nach Erdgasvorkommen suchte.

„Ich habe heute Nachmittag mit zwei Reportern gesprochen“, erklärte er ärgerlich, ohne zu erwarten, dass Sawyer ihm überhaupt Beachtung schenkte. Sein Bruder schwebte im siebten Himmel und litt vermutlich schon an Sauerstoffmangel, was sein Denkvermögen nachhaltig beeinträchtigte.

Sawyer blickte ihn verblüfft an.

„Sie wollten Informationen über die Frauen.“

„Es sind nur ein paar Frauen hier“, erwiderte Sawyer ausdruckslos. „Eine von ihnen ist über fünfzig.“

„Und die, die als Erste gekommen ist, ist im Begriff zu heiraten, obwohl sie bisher kaum genug Zeit hatte, ihre Koffer auszupacken." Natürlich gönnte Charles ihm sein Glück, aber er hatte nun einmal etwas gegen die Ehe. Außerdem passte es ihm nicht, dass die Einwohner von Hard Luck sich in den Medien zum allgemeinen Gespött machten.

„Und? Hast du ihnen gesagt, dass sie sich zum Teufel scheren sollen?"

„Nein, ich habe ihnen die Telefonnummer von Christians Hotel gegeben."

Sawyer nickte beifällig.

„Versteh mich bitte nicht falsch." Charles setzte sich auf einen Stuhl. „Aber ehrlich gesagt, halte ich es für keine besonders gute Idee, Frauen nach Hard Luck zu holen. Für die Regenbogenpresse ist es ein gefundenes Fressen. Heute Morgen habe ich eine Schlagzeile gelesen, die eine richtige Beleidigung war."

„Das ist mir egal. Mir tut das Ganze nicht im Mindesten Leid."

Eine andere Antwort hatte Charles gar nicht erwartet.

„Irgendwann wirst du dich auch verlieben", meinte Sawyer, „und dann wirst du mich besser verstehen."

„Bewahre." Er, Charles, hatte es bis zu seinem fünfunddreißigsten Lebensjahr geschafft, solo zu bleiben, und daran sollte sich auch nichts ändern.

„Eines Tages wirst du eine Frau kennen lernen, in die du dich Hals über Kopf verliebst", fuhr Sawyer nachdenklich fort.

Charles lachte auf. „Ganz bestimmt nicht."

„Du willst wohl das Schicksal herausfordern?"

„Hör mal, Sawyer. Ich freue mich mit dir, denn du liebst Abbey und die Kinder."

„Aber?"

„Aber ich bin nach wie vor der Meinung, dass es ein Fehler war, Frauen nach Hard Luck zu holen."

„Wirklich?"

„Allerdings. Denk doch nur daran, was für eine Aufregung die, die hier sind, schon verursacht haben. Wenn du heiratest, werden garantiert sechs oder sieben Reporter hier herumlaufen."

„Sollen sie doch", entgegnete Sawyer gleichgültig.

„Du machst wohl Witze."

„Ich habe wichtigere Dinge im Kopf." Sawyer blätterte in den Papieren auf seinem Schreibtisch und zog zwei Flugtickets hervor. „Zwei Wochen auf Hawaii – mit meiner Frau." Er schloss verklärt die Augen. „Ich kann mir nichts Schöneres vorstellen."

„Und was ist mit den Kindern?"

„Abbeys Eltern fahren mit ihnen nach Disneyland. Abbey und ich treffen uns später dort mit ihnen, und dann fliegen wir vier zusammen zurück."

Charles konnte die Begeisterung seines Bruders nicht ganz nachvollziehen. Er hatte genug von der Welt gesehen, und kein Land faszinierte ihn so sehr wie Alaska.

Das Reisen überließ er lieber den anderen. Ihr Vater und ihr Großvater waren genauso gewesen. David O'Halloran war nicht einmal bereit gewesen, Hard Luck zu verlassen, als er damit seine Ehe hätte retten können. Charles war der Ansicht, dass sein Vater die einzig richtige Entscheidung getroffen hatte.

Es war nicht so, dass Charles seine Mutter nicht liebte. Sie bedeutete ihm genauso viel, wie sein Vater ihm damals bedeutet hatte. Über Davids Tod war er nie hinweggekommen, und er hatte ihn immer besser verstanden als seine Mutter, die gebürtige Engländerin war.

„Du machst so einen nachdenklichen Eindruck", meinte Sawyer.

„Eigentlich nicht." Charles stand abrupt auf. „Ich bin nur vorbeigekommen, um dir zu sagen, dass ich den Tag damit verbracht habe, die Pressefritzen abzuwimmeln."

„Das weiß ich zu schätzen."

„Du solltest dir darüber im Klaren sein, dass sie auch auf deiner Hochzeit herumlungern werden."

Sawyer zuckte die Schultern. „Von mir aus sollen sie kommen."

Charles würde nie verstehen, dass sein Bruder sich innerhalb weniger Wochen so verändert hatte. Er verließ das Büro und ging über die Straße zum Hard Luck Café, wo Ben Hamilton, ein Vietnamveteran, den besten Kaffee der Stadt servierte.

Charles setzte sich auf einen Barhocker am Tresen und drehte einen Becher um.

Ben, der ein alter Freund von ihm war, griff sofort zur Kaffeekanne. „Scheint so, als könntest du einen Schluck gebrauchen."

„Stimmt. Sag mal, sind eigentlich alle hier verrückt geworden oder nur ich?"

„Wovon redest du überhaupt?"

„Von den Frauen natürlich. Ich war gerade in Valdez, und es ging mir gut. Eines Morgens habe ich die Zeitung aufgeschlagen, und was habe ich gesehen? Ein Foto von Sawyer und eins von Christian. Dann war da dieser Artikel über ihre Schnapsidee, Frauen nach Hard Luck zu holen."

„Soweit ich weiß, gibt es in Anchorage ein paar Frauen, die wütend waren, weil Christian dort keine Bewerbungsgespräche geführt hat."

„Das ist nicht dein Ernst!"

„So habe ich es jedenfalls gehört." Ben lehnte sich an den Tresen. „Möchtest du etwas essen?"

Charles schüttelte den Kopf. Es verwirrte ihn, dass der einzige Mensch, von dem er eine ehrliche Antwort erwartet hatte, offenbar genauso verrückt war wie alle anderen auch.

„Mach doch nicht so ein Gesicht", sagte Ben. „So schlimm ist es nun auch wieder nicht." Dann ging er in die Küche.

„Übrigens, hast du sie schon gesehen?" rief er nach einer Weile.

„Wen?"

„Die Frau, die gerade nach Hard Luck gekommen ist. Hübsches Ding. Sie hat langes blondes Haar und eine süße Nase. Aber sie ist jung – höchstens dreiundzwanzig. Duke hat sie vorhin hergeflogen, und Scott hat sie mit ins Büro genommen. Wahrscheinlich ist sie die neue Sekretärin, die Christian eingestellt hat. Wenn ich von ihrer Ankunft gewusst hätte, hätte ich einen Kuchen gebacken. In letzter Zeit haben alle nur noch Sawyers und Abbeys

Hochzeit im Kopf." Ben machte eine Pause und fuhr sich übers Kinn. „Ich kann mich gar nicht erinnern, wann wir hier das letzte Mal eine Hochzeit hatten. Du?"

„Nein", entgegnete Charles unwirsch und stand auf. Sogar Ben hatte jeden Bezug zur Realität verloren. Anscheinend hatten alle Männer im Umkreis von zweihundert Meilen nur noch die Liebe im Kopf. Merkten sie denn gar nicht, wie lächerlich sie sich machten?

„Du hast sie also noch nicht kennen gelernt", stellte Ben fest.

„Nein."

„Weißt du dann, wo sie wohnt?"

„Keine Ahnung."

Ben runzelte die Stirn. „Hoffentlich hat jemand daran gedacht, sie herumzuführen. Schließlich soll sie uns nicht für ungastlich halten."

In dem Fall legte Charles umso mehr Wert darauf, sich von dieser Frau fern zu halten.

Leise vor sich hin schimpfend, verließ er das Café, um nach Hause zu gehen. Plötzlich hörte er, wie jemand nach ihm rief.

„Charles, sieh mal!"

Als er sich umdrehte, sah er den neunjährigen Scott Sutherland auf einem alten Fahrrad, das einmal Sawyer gehört hatte. Hinter ihm stand eine blonde Frau, neben sich einen Koffer. Zweifellos war es die, von der Ben gesprochen hatte.

Der Wind wehte ihr das Haar ins Gesicht. Sie trug ein ärmelloses blassblaues Sommerkleid und einen Strohhut. Es gab nicht viele Frauen, die Hüte trugen, aber er stand ihr sehr gut.

Eagle Catcher lief bellend neben Scott her.

Charles winkte dem Jungen zu, wobei er sich ein Lächeln verkneifen musste, und wandte sich dann ab.

„Warte doch!" rief Scott. „Du musst Lanni kennen lernen."

Da Charles nicht die geringste Lust dazu hatte, steckte er die Hände in die Hosentaschen und ging weiter.

„Onkel Charles!"

In diesem Moment wurde ihm zum ersten Mal klar, dass er bald Onkel sein würde. Der Gedanke gefiel ihm, denn Charles mochte den Jungen. Daher drehte er sich wieder um.

„Hallo", grüßte Lanni, während sie auf ihn zukam.

„Hallo." Ben hatte Recht gehabt. Sie war wirklich hübsch. Sie strahlte übers ganze Gesicht, und das Blau ihrer Augen wirkte durch die Farbe des Kleides noch intensiver. Ihr Mund war sehr ausdrucksvoll.

„Charles O'Halloran." Charles nahm die Hände aus den Taschen und streckte ihr die Hand entgegen. Auf keinen Fall wollte er dabei ertappt werden, wie er die Frau anstarrte.

Die Frau blinzelte einmal, bevor sie ihm die Hand gab. „Lanni Caldwell." Offenbar wartete sie darauf, dass er etwas sagte. Als er es nicht tat, schien sie jedoch erleichtert.

„Freut mich, Sie kennen zu lernen, Charles", fügte sie schließlich hinzu.

„Ganz meinerseits." Ihr Lächeln verfehlte seine Wirkung nicht. Charles runzelte unwillkürlich die Stirn. Die Gefühle, die er verspürte, gefielen ihm ganz und gar nicht. Außerdem hatte er keine Lust, Smalltalk mit einer wildfremden Frau zu machen.

„Mom hat Lanni heute Abend zum Essen eingeladen", erklärte Scott. „Willst du auch kommen?"

Charles konnte nicht fassen, dass er allen Ernstes erwog, die Einladung anzunehmen. „Tut mir Leid, ich habe schon etwas vor", sagte er schnell, bevor er es sich anders überlegte.

„Mrs. Inman und Dotty kommen auch."

„Tut mir Leid, es geht wirklich nicht." Charles versuchte, enttäuscht zu wirken, doch dann bemerkte er den Schalk in Lannis Augen. Sie hatte ihn durchschaut.

„Wenn du nicht kommst, lädt Mom bestimmt Duke ein", sagte Scott. „Sie hat auf deinen Anrufbeantworter gesprochen, und du solltest zurückrufen. Wo warst du denn heute Nachmittag?"

„Ich hatte viel zu tun." Dass er den ganzen Tag damit beschäftigt gewesen war, die Reporter abzuwimmeln, verschwieg Charles lieber. Abgesehen davon, dass er sich von Lanni Caldwell fern halten wollte, hatte er auch keine Lust auf ein geselliges Beisammensein. „Ein andermal", meinte er. „Bis bald, Lanni."

„Bis bald, Charles."

Später bereute Charles, dass er die verlockendste Einladung, die er seit Wochen bekommen hatte, abgelehnt hatte. Irgendwas stimmte nicht mit ihm, aber er hatte keine Ahnung, was es war.

Wütend über sich selbst, entschied er schließlich, im Café zu Abend zu essen. Als er das Haus verließ, sah er, wie Duke auf Christians Haus zuschlenderte, in dem Abbey und die Kinder vorübergehend untergebracht waren. Der Pilot hatte sich gekämmt und trug ein sauberes Hemd, und selbst aus der Entfernung konnte Charles den Duft seines Aftershaves wahrnehmen. Anscheinend hatte Duke in dem Zeug gebadet.

Charles ertappte sich dabei, wie er Duke, der auf der anderen Straßenseite ging, anstarrte. Aus irgendeinem unerfindlichen Grund war er wütend auf ihn.

Obwohl Ben ein guter Koch war, hatte Charles den Eindruck, dass die Spaghetti wie Sägespäne schmeckten.

„Möchtest du noch mehr Knoblauchbrot?" erkundigte sich Ben.

„Nein, danke."

„Du hast wohl keinen großen Appetit."

„Ich habe ziemlich viel zum Mittag gegessen", schwindelte Charles.

„Hast du Lust, Cribbage zu spielen?"

Charles nickte. Die Zeit mit seinem alten Freund totzuschlagen, war wesentlich besser, als den restlichen Abend allein zu verbringen und darüber nachzudenken, was in dem Haus seines Bruders vor sich ging.

Kurz darauf saßen Ben und er gegenüber an einem der kleinen Tische und spielten Karten. Wie immer, wenn sie das taten, redeten sie nicht viel.

„Habt ihr schon mal daran gedacht, das Hotel wieder zu eröffnen?“ fragte Ben plötzlich.

„Das Hotel? Wie kommst du denn darauf?“ Das Hotel war einmal das größte Gebäude in Hard Luck gewesen, und es waren viele Touristen dort abgestiegen, die das Landesinnere von Alaska erkunden wollten. Es hatte seinem Vater gehört, der es auch geleitet hatte. Doch nach seinem Tod war es geschlossen worden.

Da es später ausgebrannt und zu einem großen Teil beschädigt worden war, wäre eine Renovierung sehr zeit- und kostenintensiv gewesen. Charles hatte keine Lust dazu, und Sawyer und Christian ging es offenbar genauso, denn keiner von ihnen hatte davon gesprochen, es wieder zu eröffnen.

„Es wäre doch keine schlechte Idee, oder?“ Ben steckte einen Stift ins Brett, nachdem er seine Karten gezählt hatte. „All die Frauen, die hierher kommen, brauchen schließlich eine ordentliche Unterkunft. Im Sommer reichen die alten Blockhäuser vielleicht, aber du kannst kaum erwarten, dass die Frauen im Winter darin wohnen.“

Charles wollte keinen Gedanken daran verschwenden. Wo die Frauen wohnen sollten, war nicht sein Problem. „Warum fragst du nicht einfach Sawyer und Christian, was sie zu tun gedenken?“

Ben schaute ihn ungewohnt ernst an. „Ich habe aber dich gefragt.“

„Dann bist du an der falschen Adresse. Ich bin nicht derjenige gewesen, der die Frauen hierher gelockt hat. Christian hat die Frauen darüber aufgeklärt, was sie hier erwartet. Ich halte mich aus den Angelegenheiten meiner Brüder raus.“

„Wenn du meinst.“

Charles verlor schließlich das Spiel durch einen dummen Fehler, was überhaupt nicht seine Art war. Kurz darauf verließ er das Hard Luck Café.

Auf dem Nachhauseweg sah er Lanni Caldwell. Er konnte sich von ihrem Anblick nicht losreißen, und als sie ihn bemerkte, begegnete sie seinem Blick. Einen Moment lang war er wie gebannt.

Dann lächelte sie ihn an, und ohne nachzudenken, erwiderte er ihr Lächeln.

Es war kein Flirt. Lanni kokettierte nicht mit ihm, und Charles machte keinen Hehl aus seinem Interesse – genauso wenig wie sie.

„Hallo, Charles."

Erst als er Duke Porters Stimme hörte, merkte er, dass Lanni nicht allein war.

„Hallo", erwiderte er schroff und ging weiter. Nachdem er ein paar Schritte gemacht hatte, drehte er sich noch einmal um.

Im selben Augenblick drehte sie sich ebenfalls um, und wieder begegneten sich ihre Blicke.

Als wollte sie vor ihm fliehen, wandte Lanni sich plötzlich ab und ging weiter, um mit Duke Schritt zu halten.

Mit klopfendem Herzen eilte Charles an seinem Haus vorbei zu Christians Haus. Sawyer stand auf der Veranda und grinste anzüglich.

„Also gut", meinte Charles ungnädig, „erzähl mir von ihr."

2. KAPITEL

„Von wem soll ich dir erzählen?“ fragte Sawyer. Charles ärgerte sich über den selbstgefälligen Gesichtsausdruck seines Bruders. Anscheinend wollte Sawyer ihn zappeln lassen.

„Du weißt ganz genau, wen ich meine“, entgegnete Charles schroff.

„Du sprichst nicht zufällig von Lanni Caldwell, oder?“

„Doch.“

Betont lässig lehnte sich Sawyer gegen das Geländer der Veranda und verschränkte die Arme vor der Brust. Offenbar kostete er die Situation genüsslich aus. „Was möchtest du denn wissen?“

„Zum Beispiel, was sie in Hard Luck macht.“

Sawyer dachte lange nach, bevor er schließlich antwortete. „Zurzeit arbeitet sie als Sekretärin für mich.“

Dass es nur vorübergehend war, bezweifelte Charles nicht. „Sie wohnt doch nicht in einem dieser heruntergekommenen Blockhäuser, oder?“

„Nein. Catherine Fletcher hat sich nämlich damit einverstanden erklärt, uns ihr Haus zu vermieten. Darin wohnt Lanni.“

Charles war erleichtert. Die armseligen Blockhäuser waren seit Jahren nicht mehr benutzt worden. Er wusste zwar, dass Sawyer zusammen mit seiner Crew und einigen anderen Einwohnern Hard Lucks viel Arbeit investiert hatte, um sie auf Vordermann zu bringen. Dennoch gefiel ihm die Vorstellung nicht, dass Lanni – oder jemand anders – darin leben sollte. Außerdem wollte er nicht, dass sie gleich am ersten Abend so weit von der Stadt entfernt war. Die Leute schienen zu vergessen, dass in der Tundra viele Gefahren lauerten, besonders für Menschen, die mit dem Leben oberhalb des Polarkreises nicht vertraut waren.

„Soll das heißen, dass du an Lanni interessiert bist?“ erkundigte sich Sawyer in dem sanften Tonfall, den er immer anschlug, wenn er die Oberhand hatte. „Dir ist wohl nicht klar ...“

„Was?“

„Schon gut.“ Mit seinem selbstgefälligen Gesichtsausdruck wollte Sawyer ihm zu verstehen geben, dass er mehr wusste als er, doch Charles ging nicht darauf ein.

„Du fühlst dich zu Lanni hingezogen“, fuhr Sawyer fort. „Erinnerst du dich daran, dass ich dir gesagt habe, du würdest das Schicksal herausfordern? Es ist wirklich köstlich.“

Charles lachte abfällig. „Warum sollte ich mich zu der Frau hingezogen fühlen? Ich kenne sie doch gar nicht. Ich möchte nur nicht, dass ihr etwas zustößt. Noch mehr schlechte Presse können wir wirklich nicht gebrauchen.“

„Als du Abbey kennen gelernt hast, warst du um sie nicht so besorgt.“

„Natürlich war ich das“, verteidigte sich Charles. „Ich habe ihr sogar angeboten, ihr den Rückflug zu bezahlen, oder nicht? Ich habe mir um sie und die Kinder Sorgen gemacht – genauso wie ich mir um diese Lanni Sorgen mache.“

Sawyer versuchte, sein wissendes Lächeln zu verbergen, indem er den Kopf neigte. Charles war es äußerst unangenehm, dass sein Bruder ihn so leicht durchschaute.

„Lanni ist ein nettes Kind“, fügte Charles erklärend hinzu, fürchtete jedoch, dass er damit alles nur noch schlimmer machte.

„Sie ist kein Kind, sondern eine Frau, Charles.“

Das war Charles durchaus klar, denn er erinnerte sich genau daran, wie ihm wenige Minuten zuvor zumute gewesen war.

„Hältst du es für eine gute Idee, wenn Duke sie nach Hause bringt?“ erkundigte er sich besorgt.

Sawyer lachte lauthals. „Keine Angst, ihr wird schon nichts passieren.“

Charles schaute zu der Stelle, wo er Lanni das letzte Mal gesehen hatte. Nicht, dass er befürchtete, Duke Porter könnte sich danebenbenehmen. Vielmehr gefiel ihm der Gedanke nicht, dass Lanni mit einem anderen Mann zusammen war.

Irgendetwas stimmte nicht mit ihm. Obwohl er, Charles, Lanni kaum kannte, war er außer sich vor Eifersucht, weil ein anderer Mann sie nach Hause brachte. Am besten suchte er das Weite, bevor er sich vollends zum Narren machte – wegen einer wildfremden Frau, die obendrein viel zu jung für ihn war.

„Wir reden morgen weiter", erklärte er unvermittelt und verließ die Veranda.

Als er die Pforte erreichte, rief Sawyer ihm nach: „Lanni Caldwell ist wesentlich interessanter, als man auf den ersten Blick meint."

Charles zog es vor, darauf nichts zu erwidern, zumal er derselben Meinung war.

„Sie ist intelligent und witzig und hat ein gutes Herz."

„Ein gutes Herz" – mit diesem Ausdruck hatte ihre Großmutter die Mitmenschen bezeichnet, die ein warmherziges und großmütiges Naturell hatten. Charles hatte es beinah vergessen. Anna O'Halloran hatte eine Begabung dafür gehabt, in ihren Mitmenschen das Gute zu sehen. Vielleicht hatte er, als er Lanni zum ersten Mal begegnet war, instinktiv gespürt, dass sie „ein gutes Herz" hatte.

„Schade, dass du nicht mit uns zu Abend gegessen hast", fügte Sawyer hinzu.

Er war nicht der Einzige, der das bedauerte. Charles nickte kurz, bevor er weiterging.

„Charles?"

Seufzend drehte Charles sich noch einmal um.

Sawyer grinste vielsagend. „Willst du Lanni auch anbieten, ihr den Rückflug zu bezahlen?"

Abbey Sutherland gesellte sich zu ihrem zukünftigen Ehemann auf die Veranda. Er legte ihr den Arm um die Taille und neigte den Kopf, um sie zu küssen. Noch immer konnte sie kaum glauben, dass Sawyer und sie zusammen waren, denn sie hätten sich beinah verloren.

„War das Charles, mit dem du gerade geredet hast?" fragte sie.

Sawyer runzelte die Stirn und nickte geistesabwesend. „Er hat Lanni kennen gelernt. Er weiß nicht, dass sie mit Catherine verwandt ist. Vielleicht hätte ich es ihm sagen sollen, aber ich möchte, dass er sich unabhängig davon ein Urteil über sie bildet und sie nicht als Mitglied der Familie betrachtet, die unserer so viel Leid zugefügt hat."

Abbey barg die Wange an seiner Brust. „Aber das ist nicht der einzige Grund, oder?"

Er strich ihr über den Arm. „Ich mag Lanni."

„Überrascht dich das?"

„In gewisser Weise schon", gestand er.

„Sie ist schließlich kein Ungeheuer."

„Ich weiß. Es fällt mir nur schwer zu glauben, dass ein so netter Mensch wie Lanni Caldwell mit Catherine Fletcher verwandt ist." Dann fügte er hinzu: „Mein Bruder, der eingefleischte Junggeselle, fühlt sich zu ihr hingezogen. Es bereitet ihm schon genug Probleme, es zuzugeben. Wenn er von Lannis verwandtschaftlicher Beziehung zu Catherine erfahren würde, würde sein Interesse sofort nachlassen, und das will ich nicht. Ich habe das Gefühl, dass Lanni genau die Richtige ist, die meinem arroganten Bruder eine Lektion erteilen kann."

Abbey lächelte und schaute ihm in die blaugrauen Augen. „Kaum zu glauben, dass Charles sich zu einer Frau hingezogen fühlt", meinte sie neckend.

„Meiner Meinung nach würde es ihm gut tun, sich zu verlieben. Ich wünschte nur ..."

„Du wünschtest, diese Frau wäre nicht mit Catherine Fletcher verwandt."

„Genau", sagte Sawyer leise.

Obwohl es bereits nach Mitternacht war, konnte Lanni nicht einschlafen. Daran, dass die Sonne noch schien, konnte es jedenfalls nicht liegen, denn das war nichts Neues für sie.

Da Lanni richtig aufgekratzt war, machte sie sich eine Kanne

Tee, nachdem sie geduscht und ihren Lieblingspyjama angezogen hatte. Dann ging sie in das Wohnzimmer ihrer Großmutter, wo sie sich mit gekreuzten Beinen aufs Sofa setzte und einen Schluck Tee trank. Auf dem alten Fernseher ihr gegenüber standen zwei gerahmte Fotos, die bei der Abschlussfeier auf der High School gemacht worden waren. Das eine zeigte ihren Bruder Matt, das andere sie selbst.

Der Anblick der Fotos tröstete Lanni, denn er nahm ihr das Gefühl, die Privatsphäre ihrer Großmutter zu verletzen. Catherine hatte einige Monate zuvor einen leichten Schlaganfall erlitten. Sie hatte nicht in das Pflegeheim in Anchorage ziehen wollen und vorgehabt, wieder nach Hard Luck zurückzukehren. Sogar jetzt glaubte sie, ihr Aufenthalt in dem Heim wäre nur vorübergehend, denn ihr schien nicht klar zu sein, dass ihr Gesundheitszustand sich zunehmend verschlechterte. Vielleicht war das auch gut so.

Wieder betrachtete Lanni die Fotos. Ihre Großmutter hatte Matt und sie offenbar so geliebt, dass sie die Fotos ihrer Enkel all ihren Gästen gezeigt hatte. Doch diese Tatsache warf viele andere Fragen auf. Warum hatte ihre Großmutter sich nie für sie interessiert oder ihnen zu verstehen gegeben, dass sie stolz auf sie war? Warum hatte sie ihre Gefühle nie gezeigt? Lanni fand es sehr traurig, dass es Catherine so schwer gefallen war, ihrer Zuneigung Ausdruck zu verleihen. Sie wusste, dass Catherines Verhalten ihre Mutter oft verletzt hatte. Trotzdem hatte Kate Caldwell ihre Mutter nach dem Schlaganfall liebevoll umsorgt.

Da sie nicht daran denken wollte, mit welchen Problemen ihre Mutter und ihre Großmutter in Anchorage konfrontiert waren, konzentrierte Lanni sich auf das Foto ihres Bruders. Besonders seit seiner Scheidung von Karen machte sie sich Sorgen um ihn.

Am liebsten hätte sie die beiden zur Vernunft gebracht. Sie wollte einfach nicht wahrhaben, dass zwei Menschen, die sich so liebten, nicht versuchten, ihre Ehe zu retten.

Falls überhaupt jemand Schuld daran hatte, dann war es Matt. Er war dreißig und fünf Jahre älter als Lanni, aber so unreif wie ein

Zwanzigjähriger. Er konnte sich einfach nicht entscheiden, wie er sein Leben führen sollte. Während seiner Ehe hatte er ständig den Beruf gewechselt und damit Karen gezwungen, sich jedes Mal auf ein neues Leben einzustellen. Unter anderem hatte er es mit Buchhaltung und Fischerei probiert und sogar eine Haushaltsschule besucht.

Nach einem halben Jahr, immer wenn Karen sich an das neue Leben gewöhnt hatte, war Matt zu dem Ergebnis gekommen, dass dies doch nicht das Richtige für ihn war.

Lanni glaubte nicht, dass ihr Bruder kein Verantwortungsgefühl besaß oder rücksichtslos war, aber sein starkes Bedürfnis nach Abwechslung und seine allgemeine Unzufriedenheit hatten schließlich dazu geführt, dass seine Ehe gescheitert war.

Lanni zwang sich, an etwas anderes zu denken. Es war bereits nach Mitternacht, und sie hatte einen langen, anstrengenden Tag hinter sich.

Plötzlich sah sie Charles O'Hallorans Gesicht vor sich. Ihre Begegnung auf der Straße am Abend war wirklich seltsam gewesen. Es hatte förmlich zwischen ihnen geknistert, und Lanni hatte sich noch nie so zu jemandem hingezogen gefühlt.

Wie durch einen Zauber hatte Lanni gewusst, was in Charles vorging, denn sie hatte dieselben verwirrenden Gefühle verspürt. Wenn Duke nicht bei ihr gewesen wäre, wäre sie vermutlich auf Charles zugegangen und hätte sich ihm in die Arme geworfen. Und sie war sicher, dass er sie nicht zurückgewiesen hätte.

Vielleicht war es der Reiz des Verbotenen, der Wunsch, etwas zu besitzen, das man nicht haben konnte. Hätte sie im Psychologieseminar nur besser aufgepasst! Charles war ein O'Halloran, ein Feind ihrer Familie. Allerdings kannte sie die Gründe für diese Feindschaft nicht. Vielleicht hatte sie Verrat an ihrer Familie begangen, indem sie mit den O'Hallorans zu Abend gegessen hatte.

Charles war allerdings nicht dabei gewesen.

Und nicht Sawyer hatte sie eingeladen, sondern Abbey. Während des Essens und der anschließenden Unterhaltung hatte niemand von den Spannungen zwischen den O'Hallorans und den Fletchers gesprochen.

Lanni beschloss, so bald wie möglich ihre Mutter anzurufen, um endlich Antworten auf ihre Fragen zu bekommen. Sie hatte ein Recht darauf, es zu erfahren und selbst Entscheidungen zu treffen.

Dass sie sich so stark zu Charles O'Halloran hingezogen fühlte, machte es ihr auch nicht leichter. Sie wusste nicht, warum, aber sie fühlte sich diesem Mann seelenverwandt, und es erschien ihr beinah schicksalhaft, wenn sie in seiner Nähe war. Glaubte sie überhaupt an so etwas wie Schicksal?

Als sie irgendwann todmüde war, legte Lanni sich ins Bett. Im Geiste ging sie noch einmal durch alle Räume des Hauses. Sie würde nur ein paar Wochen brauchen, um alles einzupacken und den Transport nach Anchorage zu veranlassen. Mit Catherines Schlafzimmer wollte sie anfangen. Vielleicht würde sie dort etwas finden, das Aufschluss darüber gab, warum die O'Hallorans und die Fletchers verfeindet waren.

Charles verbrachte den nächsten Morgen am Telefon, um sich irgendwie abzulenken und nicht an die neue Sekretärin seines Bruders denken zu müssen. Dennoch ertappte er sich immer wieder dabei, wie er überlegte, was in dem Wohnwagen vor sich gehen mochte. Unwillkürlich presste er die Lippen zusammen, als er sich vorstellte, wie John, Ralph, Duke und die anderen sich förmlich überschlugen, sie zu umwerben.

Wahrscheinlich hatten sie sich um ihren Schreibtisch versammelt und störten sie bei der Arbeit. Sie würden ihr Anekdoten erzählen und sie zum Lachen bringen und sich dabei zum Narren machen.

Er, Charles, würde sich jedenfalls nicht zu ihnen gesellen und sich wegen einer Frau zum Gespött der Leute machen. Zumindest nahm er es sich vor.

Um zehn änderte er seine Meinung, schnappte sich einen dünnen Pullover und verließ das Haus.

„Guten Morgen", begrüßte ihn Pete Livengood, der Besitzer des Lebensmittelladens, als Charles an ihm vorbeiging.

„Guten Morgen." Charles fragte sich, ob Pete von Lannis Ankunft wusste. Von Sawyer wusste er, dass Pete sofort ein Auge auf Abbey geworfen und ihr einen Heiratsantrag gemacht hatte, kaum dass er sie kennen gelernt hatte. Charles musste lächeln, als er daran dachte, wie wütend sein Bruder darüber gewesen war.

Ob der alte Pete auch um Lannis Hand angehalten hatte? Charles ballte die Hände zu Fäusten. Er war tatsächlich eifersüchtig!

Sobald er die Stufen zum Wohnwagen hinaufging, begann sein Herz schneller zu schlagen. Er hatte eigentlich keinen triftigen Grund, im Büro vorbeizuschauen, da er nur stiller Teilhaber an der Charterfluggesellschaft war. Sawyer und Christian zogen ihn selten zu Rate, wenn es um geschäftliche Entscheidungen ging, und auch von ihrer neuesten Schnapsidee hatten sie ihm nichts erzählt.

Als Charles das Büro betrat, saß Lanni an der Schreibmaschine. Das lange Haar hatte sie im Nacken zu einem Pferdeschwanz zusammengefasst. Sobald sie ihn bemerkte, hielt sie mitten in der Bewegung inne und sah ihn aus großen Augen an.

„Hallo." Er versuchte, den Eindruck zu vermitteln, als hätte er ein wichtiges Anliegen. „Ist Sawyer in der Nähe?"

„Er hat heute Morgen einen Flug übernommen, weil einer der Piloten – John, glaube ich – Grippe hat. Sawyer meinte, er würde gegen eins zurück sein."

Charles fragte sich unwillkürlich, ob die Grippe bloß ein Vorwand gewesen war, um Sawyer aus dem Büro zu locken. John Henderson hatte ihm nämlich unmissverständlich zu verstehen gegeben, wie er zu der Sache stand. Wenn keine Frauen nach Hard Luck kamen, wollte er sich einen neuen Job suchen.

Dass die Piloten sich vor allem in der dunklen Jahreszeit über mangelnde weibliche Gesellschaft beklagten, war Charles nicht neu. Er konnte zwar nicht nachvollziehen, warum Sawyer und

Christian sich buchstäblich hatten erpressen lassen, aber ihn ging das Ganze ohnehin nichts an.

„Soll ich Sawyer etwas ausrichten?" Lanni griff zu Stift und Notizblock, doch ihm fiel beim besten Willen nichts ein.

„Ich rede später mit ihm", erklärte er entschieden. „Trotzdem vielen Dank."

„Ich hinterlasse ihm eine Nachricht, dass Sie hier gewesen sind."

Charles steckte die Hände in die Hosentaschen. „Prima."

Er zögerte, denn das Herz klopfte ihm bis zum Hals. „Sie haben bestimmt noch nie Gold gewaschen, oder?"

Interessiert schaute sie ihn an. „Nein, noch nie."

„Das Claim meines Großvaters ist noch nicht stillgelegt, und ich werde heute Nachmittag wohl hinfliegen. Vielleicht haben Sie Lust, mitzukommen und es sich einmal anzusehen ... Das heißt, wenn ..."

Noch bevor er den Satz beendet hatte, nickte Lanni. „Sehr gern. Wann wollen Sie aufbrechen?"

Seine Gedanken überschlugen sich beinah. „Mir passt es jederzeit. Sagen Sie mir einfach Bescheid, wenn Sie hier fertig sind."

„Ich bin sicher, dass Sawyer bald zurückkommt."

„Gut." Charles versuchte, sich nicht anmerken zu lassen, wie sehr er sich freute. „Rufen Sie mich an."

Ihr Lächeln hätte die Polkappen zum Schmelzen bringen können. „Danke, dass Sie mich gefragt haben, Charles."

Er konnte kaum fassen, dass sie seine Einladung tatsächlich angenommen hatte. Fast hätte er salutiert, bevor er das Büro verließ.

Was immer es war, es hatte ihn schlimm erwischt – sehr schlimm sogar.

Charles eilte zurück in sein Haus, wo er die Dinge, die er brauchte, zusammensuchte und anschließend auf seinen Kleintransporter lud. Jetzt musste er nur noch auf Lannis Anruf warten.

„Wohin fährst du?" fragte Scott, der gerade vorbeiradelte.

„Zum Claim meines Großvaters", erklärte Charles, während er

eine zweite Schaufel im Wagen verstaute sowie einige andere Dinge, die nichts mit Goldsuchen zu tun hatten: eine Flasche Wein, Brot und Käse.

„Kann ich mitkommen?"

„Ein andermal, Scott", meinte Charles, der gerade überprüfte, ob er nichts vergessen hatte.

„Versprochen?"

„Versprochen. Dann nehmen wir deine Schwester Susan auch mit."

„Bloß nicht!" protestierte Scott. „Frauen verderben immer alles."

Noch vor kurzem hätte Charles ihm zugestimmt, doch jetzt konnte er es kaum erwarten, mit Lanni aufzubrechen.

„Susan will mit meinem Fahrrad fahren", beklagte sich der Junge. „Ich will das nicht, denn wenn sie erst fahren kann, gibt sie es mir überhaupt nicht mehr." Er blickte über die Schulter und stöhnte. „Da kommt sie."

Seine kleine Schwester lief auf ihn zu. „Du hast mir versprochen, dass du mir dein Fahrrad gibst", sagte sie vorwurfsvoll und stützte die Hände in die Hüften.

„Du kannst doch gar nicht fahren."

„Irgendwann muss ich es ja mal lernen. Mom hat gesagt, du musst mich fahren lassen."

„Ist ja gut." Betont widerwillig stieg er vom Rad und warf Charles einen verzweifelten Blick zu, als er es ihr überließ.

„Außerdem kann ich fahren", verkündete Susan. „Ein bisschen jedenfalls."

„Du kommst doch gar nicht an die Pedale. Der Sitz ist viel zu hoch."

„Natürlich komm' ich an die Pedale."

Lächelnd verfolgte Charles die Auseinandersetzung zwischen den Geschwistern. Es schien ihm gar nicht so lange her zu sein, dass Sawyer und er sich darüber gestritten hatten, wer auf seinem Rad fahren durfte. Ihre Eltern hatten das Problem gelöst, indem sie

Sawyer zu Weihnachten ein eigenes Fahrrad geschenkt hatten, nämlich das, das jetzt Scott gehörte.

Scott kletterte auf den Wagen und setzte sich auf die Ladeklappe. „Ich kann gar nicht hinsehen", meinte er. „Bestimmt ruiniert sie das beste Fahrrad, das ich je hatte – nur weil sie ein Mädchen ist."

„Hab Geduld", riet Charles ihm leise. „Je mehr du protestierst, desto attraktiver wird das Rad für sie. Frauen wollen immer das haben, was sie nicht haben können."

„Und was ist mit den Männern?"

„Wir sind genauso ... Na ja, nicht ganz so schlimm. Aber erzähl nicht deiner Mutter, was ich dir gesagt habe", fügte Charles hinzu. „Vielleicht versteht sie es falsch. Okay?" Schließlich wollte er keinen Streit mit seiner zukünftigen Schwägerin.

„Okay", flüsterte Scott.

Charles half Susan dabei, aufs Rad zu steigen. Selbst nachdem er den Sitz verstellt hatte, berührte sie die Pedale nur mit den Zehenspitzen. Sie schenkte ihm ein triumphierendes Lächeln.

„Danke, Onkel Charles."

Er musste sich erst daran gewöhnen, Onkel genannt zu werden, aber es gefiel ihm.

„Ich gehe neben dir, bis du allein fahren kannst", versprach er.

Scott stand auf. „Pass bloß auf, dass sie nirgends gegenfährt!"

Als Susan zu treten begann, schwankte das Fahrrad bedenklich hin und her. Charles ging neben ihr, bis sie das Gleichgewicht gefunden hatte und allein weiterfahren konnte.

„Für ein Mädchen fährt sie nicht schlecht", murmelte Scott.

„Sie fährt ganz toll." Charles war richtig stolz, als wäre Susans Erfolg sein Verdienst. Er beobachtete, wie die Siebenjährige umkehrte und zurückkam.

„Sie soll lieber nicht so dicht am Straßenrand fahren", meinte Scott. „Da liegen so viele Steine."

Charles wollte sie gerade warnen, als Susan von der Fahrbahn abkam und in einem Busch landete. Kurz darauf war ihr Geschrei zu hören.

Scott sprang vom Wagen und rannte die Straße entlang zu seiner Schwester, gefolgt von Charles. Zuerst hob Charles das Fahrrad auf und reichte es Scott, der es erst einmal untersuchte.

„Ist alles in Ordnung?" erkundigte sich Charles, als er Susan aufhalf. Die Tränen liefen ihr über die Wangen, und sie zitterte, weil sie versuchte, das Schluchzen zu unterdrücken.

Dann setzte sie sich auf die Erde, um ihren Ellbogen zu inspizieren. „Hier." Sie zeigte ihm die aufgeschürfte Stelle. „Hier auch." Dann schob sie das Hosenbein hoch, um ihr Knie zu untersuchen.

„Am besten mache ich es sauber und desinfiziere es."

„Nicht mit dem Zeug, das so brennt, oder?" erkundigte sich Scott besorgt, während er sich über Charles beugte und die Verletzungen seiner Schwester betrachtete.

„Nein", erwiderte Charles.

Nachdem er Susan zurückgetragen und auf die Ladeklappe gesetzt hatte, eilte er ins Haus, um Jod und Pflaster zu holen.

Sie verzog das Gesicht, als er die Wunden reinigte und desinfizierte. Schließlich lächelte sie schwach. „Es hat gar nicht wehgetan."

„Habe ich es nicht gesagt?" Er lächelte ebenfalls, als er ihr die Pflaster aufklebte. Dann half er ihr herunter.

Bevor er sie absetzte, umarmte sie ihn. „Danke, Onkel Charles." Ehe er sich's versah, rannte sie schon davon in Richtung Bibliothek. Scott schwang sich auf sein Rad und fuhr hinterher, nachdem er Charles zugewinkt hatte.

Als dieser ihnen nachblickte, krampfte sich sein Herz zusammen. Sawyer konnte sich wirklich glücklich schätzen, denn er bekam gleich zwei Kinder, wenn er Abbey heiratete.

Sobald Charles wieder im Haus war, klingelte das Telefon. Es war Lanni, die ihm mitteilte, dass Sawyer zurück sei und sie jetzt das Büro verlassen könne. Charles holte sie kurz darauf von Catherine Fletchers Haus ab. Als er mit ihr die Straße entlangfuhr, die von Hard Luck Richtung Norden führte, fühlte er sich so unbeschwert wie schon lange nicht mehr.

„Sie sagten, dass Ihr Großvater in dem Claim nach Gold gesucht habe“, meinte Lanni im Plauderton.

Charles stellte zufrieden fest, dass sie sich umgezogen hatte und dem Anlass entsprechend Jeans, eine langärmelige Bluse und Boots trug. Er hatte zwar Insektenspray wegen der Mücken mitgenommen, aber damit konnte man die aufdringlichen Biester nur auf Distanz halten.

„Mein Großvater Adam und seine Frau Anna haben sich Anfang der dreißiger Jahre in Hard Luck niedergelassen. Wie Tausende von Männern und Frauen vor ihnen kamen sie auf der Suche nach Gold.“ Es sollte nicht poetisch klingen, doch er hatte die Geschichte so oft gehört, dass er sie nun genauso erzählte wie damals seine Großmutter. „In den Minen bei Fairbanks hat man mit Baggern große Mengen Gold gefördert. Ich erinnere mich nicht mehr an die genaue Summe, aber innerhalb von vier oder fünf Jahren hat man mit einem Bagger Gold im Wert von mehr als zehn Millionen Dollar gefördert. Und zu der Zeit betrug der Preis für eine Unze fünfunddreißig Dollar.“

„Man sollte annehmen, dass das reicht.“

„Mein Großvater wurde vom Goldrausch gepackt, als er auf einem dieser Bagger arbeitete. Aber er war davon überzeugt, dass die Hauptader weiter nördlich lag. Er hoffte, eines Tages das große Geld zu machen.“

„Und hat er es geschafft?“

Charles seufzte. „Er hat etwas Gold gefunden, aber nie die große Ader, von der er geträumt hatte. Allerdings hat er etwas anderes gefunden, das viel mehr wert war. Er hat eine Stadt gegründet und eine Gemeinde geschaffen, die stetig gewachsen ist. Ohne es zu wollen, hat mein Großvater das Leben von Generationen nachhaltig beeinflusst.“ Er machte eine Pause und fragte sich, ob er noch mehr erzählen sollte. „Ich glaube, dass die Goldader, von der er geträumt hat, existiert. Doch jetzt wird einer seiner Nachkommen sie finden.“

Als die Straße endete und sie durch die Tundra fuhren, verlangsamte Charles das Tempo. Es handelte sich um eine unbefestigte Piste, die selbst er kaum erkannte. Schließlich fuhr er nur zwei- oder dreimal im Jahr zu dem Claim.

Bald war das Geräusch von fließendem Wasser zu hören. Lanni blickte ihn fragend an.

„Das ist der Koyukuk", erklärte er.

„Koyukuk", wiederholte sie. „Das klingt, als würde man sich räuspern."

Charles lachte. „Ich glaube, es ist ein Wort aus der Sprache der Athapasken. Sie haben wahrscheinlich noch nie davon gehört, aber es ist der drittlängste Fluss in Alaska. Er ist über fünfhundertfünfzig Meilen lang."

„Der längste ist wohl der Yukon."

„Stimmt. Er ist dreimal so lang."

„Ganz schön beeindruckend."

Charles warf ihr einen Seitenblick zu. Er hatte das Gefühl, als wüsste sie das alles bereits. „Ein indianischer Freund von mir lebt hier in der Nähe. Ich hoffe, Sie haben nichts dagegen, wenn wir mal bei ihm vorbeischauen. Fred ist Trapper, und ich habe ihn schon lange nicht mehr gesehen."

„Von mir aus gern", erwiderte sie.

Er lächelte ihr zu. Für ihn war es etwas ganz Natürliches, mit Lanni zusammen zu sein. Als er am Morgen mit ihr gesprochen hatte, war er furchtbar nervös gewesen. Das war mittlerweile nicht mehr der Fall.

Bald darauf erreichten sie Fred Susitnas Blockhaus, ein verwittertes Gebäude, das im Gebüsch versteckt lag. Über die halbe Vorderseite erstreckte sich eine Veranda mit einem Blechdach, und an der Dachkante hingen an Haken mehrere Laternen.

Kaum hatte Charles den Motor abgestellt, tauchte Fred schon auf. Er hatte ein wettergegerbtes Gesicht und lächelte strahlend. Charles kam bereits seit Jahren gelegentlich unangemeldet bei ihm vorbei, und sein Freund schien überhaupt nicht zu altern. Er konnte fünfzig oder auch sechzig sein.

„Willkommen, mein Freund." Fred umarmte Charles, als wären seit seinem letzten Besuch nicht zehn Monate, sondern zehn Jahre vergangen. Nachdem er ihm den Rücken getätschelt hatte, wandte er sich an Lanni.

„Fred Susitna, das ist Lanni Caldwell."

Nachdem Fred zur Begrüßung auch Lanni umarmt hatte, führte er sie in sein Blockhaus, wo er Öl in einer Pfanne erhitzte, um Brot zu rösten. Im Landesinneren von Alaska war es Sitte, damit seine Gäste zu bewirten.

Wenige Minuten später servierte er ihnen heißen Kaffee und Brot, das mit Zucker überzogen war. Charles beobachtete, wie Lanni sich den Zucker von den Fingern leckte, nachdem sie den letzten Bissen gegessen hatte.

Sein Freund murmelte etwas in seiner Stammessprache. Obwohl Charles die Worte nicht verstand, wusste er, was Fred sagte.

Er spürte, wie ihm heiß wurde.

Schnell machte er etwas Smalltalk, indem er Fred über das Fallenstellen befragte. Als Fred die Felle hervorholte, um sie ihnen zu zeigen, stellte Lanni ihm viele Fragen.

Charles merkte ziemlich schnell, dass es ein Fehler gewesen war, Lanni zu Fred mitzunehmen, denn sein Freund durchschaute ihn sofort. Sobald es die Höflichkeit zuließ, verabschiedete Charles sich unter einem Vorwand von ihm.

„Es war schön, dich wiederzusehen", sagte er auf dem Weg zur Tür.

„Ganz meinerseits." Fred brachte sie zum Wagen. „Komm bald wieder, und bring deine Freundin mit."

Charles wartete darauf, dass Lanni erklärte, weder seine Freundin noch die eines anderen zu sein. Frauen schienen heutzutage einen richtigen Fimmel zu haben, was das betraf.

„Lanni ist nicht meine Freundin", stellte er schließlich richtig, da sie nichts sagte.

„Nein?" Freds dunkle Augen funkelten. „Sonst bist du doch auch immer bei der Wahrheit geblieben, mein Freund."

Falls Lanni seine Worte gehört hatte, so verkniff sie sich eine Bemerkung. Charles war ihr dafür dankbar.

Das alte Claim befand sich fünf Meilen weiter flussabwärts. Nachdem er ihr aus dem Wagen geholfen hatte, schaute sie sich um und ging ans Flussufer. Die Strömung war so stark, dass das Geräusch des fließenden Wassers alles übertönte.

Als Charles neben Lanni stehen blieb, drehte sie sich zu ihm um und lächelte ihn an. Er hätte schwören können, dass er sie nicht küssen wollte. Es passierte einfach. Im einen Moment dachte er daran, wie schön sie aussah und wie verführerisch ihr Mund war, im nächsten lag sie in seinen Armen.

Was ganz spontan begonnen hatte, wurde bald mehr. Sie küssten sich immer wieder – zuerst zärtlich, dann immer leidenschaftlicher, sodass Charles schließlich außer Atem und ziemlich verwirrt war.

Er wollte wissen, woran Lanni gerade dachte, hatte jedoch Angst, sie zu fragen. Nachdem er sich von ihr gelöst hatte, versuchte er, den Ausdruck in ihren wunderschönen blauen Augen zu deuten. Was er dort sah, ließ ihn stutzen.

„Lanni“, flüsterte er, schockiert über die Zärtlichkeit und die Hingabe darin.

„Sind wir beide verrückt geworden?“ fragte sie leise.

„Ich glaube schon.“

Dann küssten sie sich wieder, langsam und sinnlich, und als sie sich diesmal voneinander lösten, zitterte Charles. Er, Charles O’Halloran, der immer so ruhig und nüchtern, so vernünftig und vorsichtig war. Er, der bisher einen klaren Standpunkt vertreten hatte, was die Liebe betraf.

Noch am Vortag hatte sein Bruder behauptet, er würde das Schicksal herausfordern. Und nun hatte das Schicksal ihm, Charles, Lanni geschickt, um ihm eine Lektion zu erteilen.

„Ich muss mich erst mal setzen“, sagte Lanni.

Charles konnte sie kaum verstehen, weil das Wasser so rauschte. Da seine Knie auch ziemlich weich waren, legte er ihr den Arm um die Taille und lehnte sich mit ihr an einen Felsen. Er atmete tief durch, denn sein Herz klopfte zum Zerspringen.

Einen Moment erwog er, sich bei ihr zu entschuldigen. Allerdings tat es ihm überhaupt nicht Leid. Deshalb umarmte er sie noch fester, und sie schmiegte sich an ihn. Als er ihr wieder in die Augen sah, las er darin ein Versprechen.

„Charles, es gibt etwas ..."

Da er nicht länger widerstehen konnte, neigte er den Kopf, um sie erneut zu küssen.

Lanni seufzte erregt auf. „Ich muss dir etwas sagen ..."

„Was immer es ist, es ist nicht wichtig. Nur das hier ist wichtig." Wieder küsste er sie. Falls er wirklich verrückt war, dann war es das tollste Gefühl, das er je verspürt hatte.

„Wir sind hergekommen, um nach Gold zu suchen", erinnerte sie ihn, sobald er sich von ihr gelöst hatte.

„Ich habe es schon gefunden", erklärte Charles, bevor er von neuem seine Lippen auf ihre presste.

3. KAPITEL

Als Lanni die Nummer ihrer Eltern wählte, zitterte ihre Hand. Nach dem zweiten Klingeln nahm ihr Vater ab.

„Hallo, Dad“, sagte sie fröhlich.

„Lanni, schön, dass du dich meldest. Wie läuft es in Hard Luck?“

„Prima.“

„Deine Mutter hätte dich am liebsten begleitet. Aber das haben wir ja bereits besprochen. Sie wird hier gebraucht, und es ist das Beste, wenn du das Haus deiner Großmutter ausräumst.“

„Da wir gerade von Mom sprechen – ist sie in der Nähe? Ich muss mit ihr reden.“

„Tut mir Leid, Schatz, sie ist im Pflegeheim bei deiner Großmutter.“

„Oh.“ Lanni fiel es schwer, ihre Enttäuschung zu verbergen.

„Kann ich dir vielleicht helfen?“

Sie biss sich auf die Lippe. „Es geht um die O'Hallorans ...“ Bevor sie weitersprechen konnte, unterbrach ihr Vater sie.

„Machen sie dir Ärger? Dann erinnere sie daran, dass *wir* diejenigen sind, die *ihnen* einen Gefallen tun. Sie könnten dir wenigstens ein bisschen helfen.“

„Das tun sie doch, Daddy. Sie sind sehr nett zu mir gewesen. Gestern Abend war ich bei Sawyer und seiner Verlobten zum Essen eingeladen, und Charles – das ist der Älteste der drei – hat mich heute Nachmittag zum Claim seines Großvaters mitgenommen.“ Dass sie gar nicht zum Goldwaschen gekommen waren, verschwieg Lanni. Charles und sie hatten den Nachmittag damit verbracht, das Lager anzusehen und sich bei einem Glas Wein stundenlang zu unterhalten. Sie hatte ihm von ihrem Studium an der University of Washington erzählt und von ihrem Traum, Journalistin zu werden. Ihre Großmutter hatte sie nicht erwähnt, obwohl ihr klar gewesen war, dass es nicht ganz ehrlich war. Doch sie hatte von ihrem Bruder gesprochen und Charles gestanden, dass sie sich große Sorgen um Matt machte.

Ihr Vater zögerte einen Moment. „Es freut mich zu hören, dass sie dich so herzlich aufgenommen haben", meinte er dann.

„Dad, ich muss wissen, warum unsere Familien verfeindet sind. Das Einzige, woran ich mich erinnern kann, ist das bisschen, das Mom mir erzählt hat."

„Es ist jetzt nicht mehr wichtig, Schatz", behauptete er. „Das alles ist schon so lange her, und man sollte die Vergangenheit ruhen lassen."

„Aber ich habe jetzt Kontakt zu den O'Hallorans. Ich muss wissen, was damals passiert ist."

Er schwieg einen Moment. Schließlich erwiderte er: „Am besten sprichst du mit deiner Mutter darüber. Wenn du möchtest, kann sie dich später zurückrufen."

„Ja, bitte sag es ihr."

Nachdem sie noch eine Weile miteinander geplaudert hatten, verabschiedeten sie sich voneinander. Enttäuscht, dass sie noch nichts erfahren hatte, machte Lanni sich anschließend ein Sandwich und ging in das Schlafzimmer ihrer Großmutter.

Das wuchtige Bett und die dazu passende Frisierkommode stammten aus den vierziger Jahren. Alles war sehr ordentlich, gab jedoch wenig Aufschluss über Catherines Leben.

Lanni fing mit dem Kleiderschrank an und leerte den Inhalt aufs Bett. Im oberen Fach standen zahlreiche Schuhkartons. Als sie sie herunternahm, stellte sie fest, dass nicht alle davon Schuhe enthielten. In einem befanden sich mehrere Stapel Schwarzweißfotos.

Sie ging mit dem Karton in die Küche und setzte sich dort an den Tisch. Der erste Stapel bestand aus Kinderfotos von ihrer Mutter. Lächelnd betrachtete sie eine Aufnahme, die ihre Mutter auf einer Schneewehe vor dem Haus zeigte. Ihre Großmutter und ihr Großvater, der vor Lannis Geburt gestorben war, schauten ihr zu.

Soweit Lanni wusste, hatten ihre Großeltern sich scheiden lassen, kurz nachdem dieses Foto entstanden war. Kate, ihre Mutter, hatte ein viel engeres Verhältnis zu ihrem Vater Willie gehabt. William war dann mit Kate nach Anchorage gezogen und hatte ihre Mutter ab und zu für ein paar Wochen besucht. Catherine Fletcher hatte sich beharrlich geweigert, Hard Luck zu verlassen, selbst als es bedeutet hatte, dass sie sich von ihrem einzigen Kind trennen musste.

Die meisten Aufnahmen zeigten Leute, die Lanni nicht erkannte, doch es waren auch einige Hochzeitsfotos ihrer Großeltern dabei. Catherine trug darauf ein schickes pastellfarbenes Kostüm und hatte einen Brautstrauß aus weißen Rosen in der Hand.

Lanni breitete die Fotos auf dem Tisch aus und betrachtete sie eingehend, in der Hoffnung, durch sie eine Antwort auf ihre Fragen zu finden – vergeblich. Schließlich tat sie sie wieder in den Karton und ging damit ins Schlafzimmer zurück.

Als sie die Schubladen leerte, fand Lanni einen vergilbten braunen Umschlag. Sie setzte sich aufs Bett, um ihn zu öffnen, und förderte ein großformatiges Foto zutage, das ihre Großmutter zeigte und offenbar von einem Fotografen aufgenommen worden war. Zum Zeitpunkt der Aufnahme konnte Catherine nicht viel älter als zwanzig gewesen sein. Ihre Augen strahlten vor Glück, und ihr Lächeln ließ ihre Züge viel weicher erscheinen. In der oberen Ecke standen die Worte: „Für meinen Schatz David", in der unteren Ecke stand: „Vergiss mich nicht. Für immer dein, Catherine".

David ...

Lanni konnte sich nicht entsinnen, dass der Name David je in ihrer Familie erwähnt worden war. In dem Umschlag steckte noch ein Foto, das ihre Großmutter in einem weißen Hochzeitskleid mit einer Satinschleppe zeigte. Als sie es umdrehte, entdeckte sie den Stempel eines Fotografen in Fairbanks.

Hatte ihre Großmutter etwa zweimal geheiratet? Auf den anderen Hochzeitsfotos hatte sie lediglich das Kostüm getragen und nicht in Weiß geheiratet.

Da in diesem Moment das Telefon klingelte, sprang Lanni vom Bett auf, um den Hörer abzunehmen. „Hallo?"

„Schatz, dein Vater hat gesagt, du hättest angerufen. Ist alles in Ordnung?“

„Ja, bestens.“ Doch das stimmte nicht ganz. Ihr Herz klopfte, als hätte Lanni etwas entdeckt, das sie niemals hätte herausfinden sollen. „Ich habe angerufen, weil ich alles über die Fehde zwischen unserer Familie und den O'Hallorans erfahren wollte.“

„Ja, dein Vater hat es mir erzählt, und ich glaube, ich kann es dir sagen.“ Ihre Mutter zögerte, vermutlich weil sie nicht wusste, wo sie anfangen sollte. „Vor mehr als fünfzig Jahren war deine Großmutter mit David O'Halloran verlobt“, berichtete sie schließlich.

„Sie waren verlobt“, flüsterte Lanni, während sie das Foto betrachtete, das sie noch immer in der Hand hielt.

„Die beiden wollten heiraten, doch dann brach der Zweite Weltkrieg aus. Als David eingezogen wurde, überredete er meine Mutter zu warten, weil seine Zukunft ungewiss war. Mom hat David jeden Tag geschrieben und auf seine Antwort gewartet. Sie müssen damals sehr verliebt gewesen sein. Mom hat sogar ihr Hochzeitskleid anfertigen und ein Foto machen lassen, das sie ihm geschickt hat.“

Das erklärte also das Foto.

„Dann ist Charles, Davids älterer Bruder, in Frankreich gefallen. Die beiden hatten sich sehr nahe gestanden, und drei Monate lang ließ David überhaupt nichts von sich hören. Sie war außer sich, bis sie schließlich die Nachricht erhielt, dass er nach Hause kommen würde. Allerdings kam er nicht allein. Er brachte eine englische Braut mit – Ellen.“

„O nein!“ Lanni schloss gequält die Augen. Sie konnte gut nachvollziehen, wie ihrer Großmutter damals zumute gewesen sein musste.

„Offenbar war David untröstlich, nachdem er vom Tod seines Bruders erfahren hatte. Er hat versucht, Catherine seine Gefühle zu erklären, aber sie wollte ihm nicht zuhören. Sie wollte nicht hören, dass diese junge, schöne Engländerin ihm über seinen Kummer hinweggeholfen hatte. Ellens Familie war anscheinend im Krieg ums Leben gekommen, und David und sie waren beide sehr einsam. Ich kann verstehen, dass sie sich ineinander verliebt haben."

„Arme Grammy!" flüsterte Lanni.

„Weißt du, Lanni, deine Großmutter hat immer nur David geliebt", fuhr ihre Mutter fort. „Ich weiß nicht, warum sie meinen Vater geheiratet hat. Sie hat ihn nie gewollt. Ihr ganzes Leben lang hat sie sich nach David O'Halloran gesehnt. Als er starb, schien es so, als wollte sie auch nicht mehr weiterleben."

„Was für eine traurige Geschichte!" Was ihre Mutter ihr erzählt hatte, erklärte so vieles. Kein Wunder, dass sie und ihre Großmutter sich nie besonders nahe gestanden hatten. Kate hatte gewusst, dass ihre Mutter ihren Vater nie geliebt hatte.

„Es wäre besser gewesen, wenn David im Krieg gefallen wäre und nicht Charles", bemerkte Kate schroff.

Lannis Herz krampfte sich zusammen. Wenn David gefallen wäre, würde es seine Söhne nicht geben, weder Sawyer noch Christian, noch Charles.

„Natürlich weiß ich nicht, was alles passiert ist, nachdem David mit Ellen zurückgekehrt war", fuhr Kate in normalem Tonfall fort. „So wie ich meine Mutter kenne, hat sie sich Ellen gegenüber sehr abweisend verhalten. Vermutlich hatten alle Mitgefühl für sie, aber das hat sie sicher ausgenutzt und Ellen das Leben zur Hölle gemacht."

„Warum wollte sie unbedingt in Hard Luck bleiben?" fragte Lanni. Es musste doch furchtbar für Catherine gewesen sein, den Mann, den sie liebte, mit einer anderen Frau zusammen zu sehen.

„Das weiß ich nicht. Ich glaube, Mutter hat darauf gehofft, dass David und Ellen sich eines Tages scheiden lassen würden. Ihre Ehe war von Anfang an nicht glücklich. Allerdings hat David Ellen niemals verlassen."

„Sie hat nicht aufgehört, ihn zu lieben", sagte Lanni leise.

„Oder ihn zu hassen", fügte Kate hinzu. „Was meine Mutter und David O'Halloran betraf, lagen Liebe und Hass dicht beieinander."

„Ich habe zwei seiner Söhne kennen gelernt", berichtete Lanni. „Charles, den ältesten, und Sawyer, den zweitältesten. Er wird Ende nächster Woche heiraten, und zwar eine der Frauen, die sich auf die Anzeige hin beworben haben. Die beiden scheinen sehr ineinander verliebt zu sein."

„Das ging ja schnell."

„Ich hätte nie gedacht, dass zwei Menschen sich so schnell ineinander verlieben können. Es scheint, als hätten sie vom ersten Moment an gewusst, dass sie zusammengehören."

„So etwas passiert manchmal."

„Abbey hat zwei Kinder aus erster Ehe. Wenn man die vier zusammen sieht, würde man nie auf die Idee kommen, dass Sawyer nicht ihr Vater ist."

„Ich gönne ihm sein Glück", erwiderte ihre Mutter ein wenig geistesabwesend. „Du bleibst doch nicht länger als nötig dort, oder?"

„Nein." Offenbar fürchtete ihre Mutter, auch sie könnte sich Hals über Kopf verlieben. Lanni wollte sie beruhigen, überlegte es sich jedoch anders.

Sie war nicht sicher, ob es nicht schon geschehen war.

Am späten Nachmittag legte Charles die Füße auf Sawyers Schreibtisch und öffnete eine Flasche kaltes Bier. Sawyer, der ihm gegenüber saß, beugte sich vor und stützte die Ellbogen auf die Knie.

„In ein paar Tagen bin ich ein verheirateter Mann", erklärte er bedeutungsvoll.

„Hast du etwa Bedenken?" Charles beobachtete seinen Bruder aufmerksam. Wenn Sawyer seine Meinung geändert hatte, war es zu spät. Doch Charles hoffte, dass es nicht der Fall war.

„Bedenken? Bist du verrückt geworden? Nie habe ich mir etwas sehnlicher gewünscht, als Abbey zu heiraten. Mir ist nur plötzlich klar geworden, was für eine Verantwortung man als Ehemann und Vater hat."

Charles prostete ihm schweigend zu. „Zum Glück bin ich nicht derjenige, der heiratet."

„Ich hätte nie gedacht, dass es möglich ist, jemanden so zu lieben", sagte Sawyer mehr zu sich selbst. „Es macht mir fast Angst."

Charles erwiderte nichts darauf. Da er selbst nie verliebt gewesen war, konnte er Sawyers Gefühle nicht ganz nachvollziehen. Oder doch? Unwillkürlich dachte er an Lanni. Er hatte es genossen, mit ihr zusammen zu sein und sie in den Armen zu halten. Bisher hatte er sich immer als Einzelgänger betrachtet, aber nun, da er Lanni kennen gelernt hatte, fühlte er sich richtig einsam. Er fragte sich, ob Sawyer genauso empfunden hatte, als er Abbey begegnet war.

Charles wollte ihn nicht danach fragen, zumal er ihm vorgeworfen hatte, er würde überstürzt heiraten.

Im nächsten Moment wurde die Tür aufgerissen, und John Henderson kam ins Büro. „Ralph muss mit dir reden", sagte er zu Sawyer, nachdem er Charles höflich zugenickt hatte.

„Gibt es Probleme?"

„Keine, die du nicht beheben kannst", versicherte John.

„Geh nur", sagte Charles. „Ich trinke mein Bier und verschwinde dann auch."

Sawyer verließ das Büro, und auch John wandte sich zum Gehen.

„John", sagte Charles, „ich habe eine Frage an dich."

„Schieß los." John schaute ihn erwartungsvoll an.

„Hast du Lanni Caldwell schon kennen gelernt?"

„Klar. Duke auch. Er hat sie hergebracht."

Charles fuhr sich übers Kinn. „Gibt es einen Grund, dass du und die anderen Piloten ... Lanni noch nicht den Hof gemacht habt?"

„Hat ja doch keinen Sinn", erwiderte John. „Sie hat schon ein Auge auf dich geworfen." Dann verließ er das Büro.

An einer Wand im Wohnzimmer stapelten sich voll gepackte Kartons. Lanni legte sich seufzend die Hände ins Kreuz. Sie hatte den ganzen Vormittag gearbeitet, ohne eine Pause zu machen.

Im nächsten Moment war ein zaghaftes Klopfen an der Haustür zu hören. Dankbar über die Ablenkung, ging Lanni hin, um zu öffnen. Auf der Veranda standen Scott und Susan, die beide ziemlich bedrückt wirkten.

„Hallo, Kinder", begrüßte Lanni sie lächelnd.

„Hallo", erwiderte Scott.

„Hast du Lust, mit uns Blumen zu pflücken?" fragte Susan mit großen Augen. Lanni hatte ihnen während des gemeinsamen Abendessens angeboten, sie zu duzen. „Wir wollten Mom und Sawyer zur Hochzeit Blumen schenken, aber ..."

„Aber Mom hat gesagt", fuhr Scott fort, „dass wir nicht allein in die Tundra gehen dürfen, und wir finden keinen ..."

„Wir finden keinen Erwachsenen, der mit uns kommt", beendete Susan den Satz.

„Also, kommst du mit?" Beide blickten sie erwartungsvoll an.

„Die Blumen sind wirklich schön", bekräftigte Susan.

„Wir haben sogar ein Buch", ergänzte Scott. Er nahm den Rucksack ab, den er trug, und kniete sich hin, um ein kleines Buch herauszunehmen. „Das hat Mom uns gegeben. Es ist aus der Bücherei. Hier." Er reichte ihr das Buch, das viele Fotos und Zeichnungen enthielt.

„Kommst du mit?" fragte Susan leise.

Lanni konnte den beiden nicht widerstehen. „Ich habe noch nichts gegessen, aber ich kann mir ja ein Sandwich machen und es mitnehmen."

Beide strahlten übers ganze Gesicht.

„Aber ich muss um fünf wieder hier sein." Sie warf einen Blick auf ihre Armbanduhr. Charles hatte sie angerufen und sie zum Abendessen eingeladen. Da sie um sechs da sein sollte, würde sie noch genug Zeit haben, um sich umzuziehen.

„Das ist okay. Wir müssen nämlich noch früher zu Hause sein."

Die Kinder folgten ihr in die Küche, wo sie für die beiden und sich Sandwiches zubereitete. Schließlich entschied sie, ein Picknick zu machen, und packte noch Kekse und eine Thermoskanne mit Saft ein. Zu guter Letzt verstaute sie eine Dose Pfefferspray in ihrer Tasche, für den Fall, dass ein Bär auftauchen sollte.

„Ich ziehe mir noch andere Schuhe an, dann bin ich fertig", erklärte sie.

„Ich lauf' schnell rüber und sag' Mom, dass du mit uns kommst", meinte Scott.

Lanni hatte gerade ihre Boots zugeschnürt, als Scott zurückkam. „Ich soll dir von Mom sagen, dass sie sich freut, weil du mit uns gehst."

„Es wird sicher viel Spaß machen. Wir bestimmen gemeinsam die Blumen und pflücken einen schönen Hochzeitsstrauß." Wenn man die Blumen kühl lagert, halten sie bis zur Hochzeit, dachte sie.

Sie gingen die Hauptstraße entlang, bis der Ort außer Sichtweite war. Im Norden waren die schneebedeckten Gipfel der Brookskette zu sehen. In der Tundra grünte und blühte es, und die Blumen bewegten sich leicht in der kühlen Brise.

Auf dem Weg entdeckten sie mehrere Stellen, wo Bergarnika wuchs. Lanni mochte diese gelbe Blume mit den spitzen Blättern besonders gern.

„Wir können nicht immer dieselbe Sorte pflücken", beharrte Scott.

„Was ist das für eine Blume?" Sie blätterte in dem Buch, in dem die Blumen nach Farben geordnet waren, und kniete sich neben die Pflanze. Dann zeigte sie auf eine Illustration. „Es könnte diese hier sein."

Susan las den Namen vor.

„Es gehört zur Familie der Kreuzblütler und ist eine Art Senfkraut."

„Ich glaub' nicht, dass Mom und Sawyer Senfkraut zur Hochzeit wollen", spottete Scott.

„Aber es ist hübsch", protestierte Susan. „Wir müssen ihnen doch nicht sagen, dass es Senfkraut ist."

„Na gut, dann nehmen wir auch davon was", meinte er wenig begeistert.

Sie gingen noch ein Stück weiter und pflückten Gänseblümchen, Calla und Schlüsselblumen.

„Wir dürfen nicht in die Nähe der Beerenbüsche gehen", erklärte Scott, und es war offensichtlich, dass er es für eine alberne Warnung hielt. „Jedenfalls hab' ich Mom gesagt, dass wir ihr sowieso keine Beeren zur Hochzeit pflücken wollen."

„Das hat sie damit nicht gemeint", stellte Lanni richtig. „Die Beeren sind nämlich ein bevorzugter Leckerbissen der Braunbären."

„Bären?" Susan blickte erschrocken auf und schaute sich um.

„Was ist das?" Scott kniete sich hin und zeigte auf einen tiefen Abdruck, der in dem weichen Gras zu sehen war.

Lanni hockte sich hin, um den Abdruck zu untersuchen. „Ich glaube, hier ist vor kurzem ein Bär entlanggegangen", sagte sie schließlich betont ruhig. „Vermutlich sind hier überall welche, weil die Beeren bald reif sind."

„Ein Bär war hier?" erkundigte sich Susan.

„Ja, Schatz, aber hab keine Angst. Er ist nicht mehr da."

„Bist du sicher?"

„Nein, aber ich kann keinen Bären sehen. Du etwa?"

Beide Kinder schauten sich um.

„Habt keine Angst", versicherte Lanni. „Braunbären ernähren sich zu achtzig Prozent von Pflanzen."

„Das heißt, ein Bär könnte uns töten, aber er würde uns nicht fressen", erklärte Scott.

„Ich glaub', wir haben jetzt genug Blumen gepflückt", meinte Susan.

„Find' ich auch."

„Wenn ihr wollt, können wir umkehren." Mittlerweile tat es Lanni Leid, von den Fressgewohnheiten der Bären gesprochen zu haben. „Wir können das Picknick bei mir auf der Veranda machen."

Die Kinder nickten eifrig und wichen ihr auf dem Rückweg nicht von der Seite.

„Was ist das?" fragte Scott plötzlich in Panik und zeigte in die Ferne.

Lanni musste die Augen zusammenkneifen, um die winzige braune Gestalt erkennen zu können. Ihr Herz begann schneller zu klopfen. „Es ... es sieht wie ein Bär aus", flüsterte sie.

Charles konnte kaum glauben, dass er Lanni tatsächlich zum Abendessen zu sich eingeladen hatte. Verdammt, was glaubte er eigentlich, wer er war – ein Gourmetkoch? Seine Kochkünste beschränkten sich auf ein paar Gerichte, die man alle in der Mikrowelle zubereiten konnte. Er konnte zwar ganz gut mit einem Campingkocher umgehen, aber er würde Lanni sicher nicht beeindrucken, wenn er das Abendessen aus einem Proviantbeutel holte.

Also hatte er nur die Wahl gehabt, entweder selbst zu kochen oder sie zum Essen ins Hard Luck Café einzuladen, wobei er die erste Möglichkeit vorgezogen hatte. Wenn er mit Lanni ins Café ging, würden am nächsten Morgen alle Einwohner von Hard Luck davon erfahren und Mutmaßungen über ihre Beziehung zueinander anstellen.

Charles konnte es sich bereits jetzt lebhaft vorstellen. Er würde keine ruhige Minute haben. Zuerst würde Ben an ihren Tisch kommen, um ihre Gläser nachzufüllen. Dann würde er ihnen den neuesten Klatsch erzählen, wie er es immer tat. Sobald Ben wegging, würde einer der anderen Gäste sich zu ihnen gesellen, und im Handumdrehen würde man ihnen viele Fragen stellen. Das Ganze war nicht auszudenken!

Entschlossen, das Essen selbst zuzubereiten, warf Charles einen Blick in seine Küchenschränke, und entschied sich für ein Fertiggericht – Makkaroni mit Käse –, das er mit Räucherlachs aufpeppen wollte. Als Nachtisch konnte er Pfirsiche aus der Dose oder Trockenfrüchte servieren. In der Tiefkühltruhe hatte er zwar noch einige Elchsteaks vom vergangenen Winter, aber er war nicht sicher, ob Lanni Wild mochte.

Kurz darauf ließ er sich entnervt auf einen Küchenstuhl sinken. Kein Wunder, dass ich noch Junggeselle bin, dachte er. Makkaroni mit Käse machten einfach nichts her, wenn man einen Gast erwartete.

Er brauchte Hilfe. Daher gab er sich einen Ruck und machte sich auf zum Hard Luck Café, wo Ben gerade die Tageskarte auf eine Tafel schrieb.

„Findest du nicht, dass es noch ein bisschen früh zum Abendessen ist?“ erkundigte sich Ben, als Charles die Namen der Gerichte studierte.

„Stimmt“, bestätigte dieser. „Wie ist der norwegische Schmorbraten?“

„Verdammt gut, wenn ich das so sagen darf. Ich lasse ihn mit Knoblauch und Speck in einer Auflaufform garen. Dann füge ich ein paar Lorbeerblätter und Ingwer hinzu und mache die Soße mit Sour Cream.“ Ben fuhr sich mit den Fingern an die Lippen und schnalzte mit der Zunge. „Ich wette, du hast nördlich von Fairbanks noch nichts Besseres gegessen.“

Charles grinste. „Und was servierst du dazu?“

„Kartoffelpüree, grüne Bohnen und Salat.“ Ben betrachtete ihn forschend. „Warum fragst du?“

„Na ja“, meinte Charles unbehaglich. „Du würdest mir wohl nicht zwei Portionen zum Mitnehmen verkaufen, oder?“

„Zum Mitnehmen? Was ist los? Habe ich etwa Mundgeruch?“

Charles schüttelte den Kopf. „Ich habe heute Abend ... einen Gast.“

„Wen?“

„Das geht dich nichts an.“

„Ich könnte ja mal raten. Anscheinend ist es jemand, den du nicht mit hierher nehmen willst. Dafür muss es einen Grund geben.“

„Gibst du mir nun zwei Portionen mit oder nicht?“ erkundigte sich Charles gereizt. Ben konnte genauso taktlos sein wie Sawyer.

„Es ist nicht Lanni Caldwell, oder?"

„Und wenn?"

„Dann bekommst du zwei der besten Portionen norwegischen Schmorbraten, die du je gegessen hast, und das obendrein zu einem Sonderpreis."

Charles zog sein Portemonnaie aus der Hosentasche, nahm das Geld heraus und legte es auf den Tresen. „Und du hast ein Geschäft gemacht. Ich komme in einer Stunde wieder und hole das Essen ab."

„Möchtest du dazu ein bisschen Kerzenschein und Romantik?" rief Ben ihm hinterher, als er hinausging.

Charles ignorierte seine Frage geflissentlich. Auf dem Rückweg traf er Sawyer.

„Hast du Scott und Susan gesehen?" erkundigte sich sein Bruder aufgeregt.

„Nein."

„Und Lanni?"

„Nein, seit gestern nicht mehr. Warum?"

Sawyer runzelte die Stirn und fuhr sich übers Kinn. „Abbey hat mir gerade erzählt, dass die drei zu einem Spaziergang in die Tundra aufgebrochen sind. Sie wollten Blumen für unsere Hochzeit pflücken."

„Wie lange sind sie schon weg?"

„Drei Stunden. Sie hätten seit einer Stunde zurück sein sollen. Ich spüre, dass da irgend etwas nicht stimmt."

Charles verspannte sich unwillkürlich. Plötzlich überkam ihn Angst. „Weißt du, in welche Richtung sie gegangen sind?" fragte er, während er auf seinen Transporter zuging.

„Abbey meinte, Richtung Süden."

Wenige Minuten später hatten sie Hard Luck hinter sich gelassen und fuhren in Charles' Transporter durch die Tundra. Sawyer hatte ein Fernglas dabei, mit dem er die Gegend absuchte, doch es war nichts zu sehen.

Die Tundra hatte bereits einen seiner Verwandten das Leben

gekostet. Eine Tante von ihm war im Alter von fünf Jahren beim Spielen spurlos verschwunden. Keiner von ihnen sagte ein Wort, aber Charles wusste, was in seinem Bruder vorging, denn er dachte dasselbe.

Lanni mit Scott und Susan allein in der Tundra – sie war den Kindern auch keine große Hilfe!

Obwohl Charles selten betete, tat er es jetzt.

„Da hinten!“ rief Sawyer plötzlich und zeigte in südwestliche Richtung. „Es sieht aus, als würde Lanni Susan huckepack tragen.“

Charles konnte zwar noch nichts erkennen, lenkte den Wagen jedoch in die entsprechende Richtung. Als er die drei entdeckte, schickte er ein Stoßgebet zum Himmel.

Sobald Lanni und die Kinder den Transporter sahen, blieben sie stehen, und Lanni ließ Susan herunter. Kaum hatte Charles angehalten, sprang Sawyer aus dem Wagen, und die Kinder liefen auf ihn zu.

Charles beobachtete, wie Sawyer in die Hocke ging und Scott und Susan in den Arm nahm.

„Ein Bär ist hinter uns hergelaufen!“ rief Scott mit bebender Stimme. „Er wollte uns zum Abendbrot fressen!“

„Lanni hat uns gerettet“, schluchzte Susan, während sie sich an Sawyer klammerte.

Charles betrachtete Lanni, die nicht einmal einen Meter von ihm entfernt stand, wie gebannt. Obwohl ihr Haar zerzaust, ihr Gesicht gerötet und schmutzig war, war er sicher, dass er noch nie einen schöneren Anblick gesehen hatte.

„Ist alles in Ordnung?“ erkundigte er sich angespannt, als er die Sprache wiedergefunden hatte.

Sie nickte langsam. „Ein Bär ist uns über den Weg gelaufen.“

„Bist du verletzt?“

Lanni hob die Hand an den Mund. Sie zitterte. „Ich hatte solche Angst!“

Ohne darauf zu achten, dass Sawyer sie beobachtete, nahm Charles sie in die Arme und presste sie an sich, als wollte er sie nie wieder loslassen. Sie barg das Gesicht an seiner Brust und ließ ihren Tränen freien Lauf.

„Ist ja gut." Sanft strich er ihr übers Haar. „Ihr seid jetzt in Sicherheit."

„Zuerst war der Bär ganz weit weg", erzählte Scott. „Er war nur ein kleiner brauner Punkt."

„Wir konnten ihn kaum erkennen", fügte Susan hinzu.

„Dann kam er direkt auf uns zugelaufen."

„Wir sind auch gelaufen", sagte Susan, „so schnell wir konnten."

„Mann, ist so ein Bär schnell!" bemerkte Scott.

„Dann bin ich hingefallen." Susan klammerte sich noch fester an Sawyer.

„Ich dachte, er würde sie fressen, aber Lanni ist stehen geblieben und hat ihr hochgeholfen. Danach hat sie sich auf einen Felsen gestellt, mit den Armen gewunken und uns gesagt, wir sollen uns verstecken. Sie hat geschrien wie verrückt, und als der Bär auf sie zukam, hat sie ihn mit Pfefferspray besprüht. Zuerst dachten wir, es würde nicht funktionieren. Wir hatten Angst, der Bär würde Lanni fressen, aber dann ist er weggelaufen, und Lanni hat angefangen zu zittern."

„Es hat funktioniert", ergänzte Susan. „Sonst hätte er erst Lanni getötet und dann uns."

„O Lanni!" sagte Charles. Sie hätte sich geopfert, um die Kinder zu retten.

„Der Bär hat sich aufgerichtet. Er war größer als ein Haus", sagte Scott.

„Ja, er war riesig", warf Susan ein.

Sawyer verfrachtete die Kinder auf die Ladefläche und setzte sich zu ihnen, während Charles Lanni vorn in den Wagen half und schließlich auch einstieg.

Sie lehnte den Kopf an seine Schulter, als könnte sie sich nicht mehr aufrecht halten. „Danke, dass du gekommen bist", flüsterte sie.

Ihm war die Kehle wie zugeschnürt, und er musste sich zusammenreißen, um Lanni nicht zu küssen. Er war so froh, dass ihr nichts passiert war. Als er ihr sanft das Haar aus dem Gesicht strich, legte sie die Hand auf seine. Diese zärtliche Geste ließ ihn erschauern.

„Lanni."

Sie hob wieder den Kopf. Charles wusste nicht, was er sagen sollte. Daher führte er ihre Hand an die Lippen, um kleine, zärtliche Küsse darauf zu hauchen.

„Meine Güte, Lanni, der Bär hätte dich töten können!"

„Ich weiß."

Schließlich zog er sie an sich, um sie zu küssen und ihr damit zu zeigen, was er fühlte. Lanni erwiderte den Kuss mit derselben Dringlichkeit, denn auch ihr schien klar zu sein, dass sie sich beinah verloren hätten. Und irgendwann wich ihre Furcht einem heftigen Verlangen.

„Ich weiß nicht, warum wir nicht losfahren", sagte Sawyer zu den Kindern. Noch immer warteten sie darauf, dass Charles den Motor startete.

Scott stand auf und ging über die Ladefläche, um durch die kleine Scheibe einen Blick ins Führerhaus zu werfen.

„Aber ich weiß es", sagte er. „Onkel Charles und Lanni küssen sich gerade."

4. KAPITEL

„Sind hier eigentlich alle verrückt geworden?“ fragte Charles, als er am übernächsten Morgen das Hard Luck Café betrat.

„Ich nehme an, du sprichst von der Hochzeit.“ Ben griff zur Kaffeekanne, um Charles und sich einen Becher Kaffee einzuschenken.

„Wovon sonst?“ murmelte Charles, während er sich an den Tresen setzte. So etwas hatte er noch nie erlebt. Die ganze Stadt wurde für das Ereignis herausgeputzt. Die Leute mähten Rasen und jäteten Unkraut. Man hätte glauben können, der Präsident würde Hard Luck einen Besuch abstatten. Die Turnhalle der Schule, in der auch Sitzungen und Weihnachtsfeiern abgehalten wurden, war noch nie so kunstvoll dekoriert worden. Sogar der Basketballkorb war mit Seidenblumen geschmückt.

Da Charles als Trauzeuge seines Bruders fungierte, musste er einen Smoking tragen. Smokings waren nicht das einzige Hochzeitszubehör, das in Hard Luck nicht zu bekommen war. Sawyer hatte seine Piloten zwei Tage lang auf Trab gehalten und sie nach Fairbanks und noch weiter geschickt, damit sie alles von den Servietten bis zu den Smokings besorgten. Duke Porter hatte sogar nach einer silbernen Bowleschüssel suchen müssen – natürlich vergeblich. Es war kaum zu glauben!

„Machst du den Hochzeitskuchen?“ fragte Charles.

„Bewahre.“ Ben hob abwehrend die Hände. „Ich habe schon genug damit zu tun, das Abendessen für die Generalprobe und die Horsd’oeuvres für den Empfang vorzubereiten.“

Charles schüttelte den Kopf. „Wo will mein Bruder die ganzen Leute eigentlich unterbringen? Morgen kommen Abbeys Eltern. Das ist kein Problem, denn sie wohnen so lange in seinem Haus und er bei mir. Aber dann sind da noch die anderen Verwandten von Abbey und ihre beste Freundin mit Mann.“

Er hatte keine große Lust, mit Sawyer zusammenzuwohnen,

denn sein Bruder war ein nervliches Wrack. Je näher die Hochzeit rückte, desto schlimmer wurde es mit ihm. Charles befürchtete, dass Sawyer bald vollends den Verstand verlor.

„Es kommt noch dicker." Ben lächelte ironisch. „Abbey hat alle Frauen in der Stadt dazu angehalten, kleine Papierrollen anzufertigen, die mit Satinbändern zusammengebunden sind. Mich würde mal interessieren, was sie damit vorhat. Zum Glück bist du so vernünftig, nicht zu heiraten", fügte er hinzu.

Charles mied seinen Blick. Er räusperte sich und sah kurz über die Schulter, um sich zu vergewissern, dass sie allein waren. „Genau darüber wollte ich mit dir reden."

„Erzähl mir nicht, dass du der Nächste bist. Du hast dich in Lanni verliebt, stimmt's?"

„Nein!" entgegnete Charles unwirsch, „natürlich nicht." Doch was wusste er schon von der Liebe? Wenn das, was mit Sawyer geschah, ein Indiz war, dann war die Liebe wie eine starke Grippe.

„Für meinen Geschmack protestierst du ein bisschen zu heftig", meinte Ben. Er kam um den Tresen herum und nahm auf dem Barhocker neben Charles Platz.

Charles wünschte, Ben erklären zu können, was zwischen Lanni und ihm geschah. „Ist es dir schon mal passiert, dass du einer Frau begegnet bist und vom ersten Moment an gewusst hast, dass ... Verdammt, ich weiß nicht, wie ich es beschreiben soll!"

„Ist es so, als hätte dir jemand einen Schlag in die Magengrube versetzt?"

„Ja." Bens Beschreibung traf am ehesten, wie es ihm, Charles, an dem Abend ergangen war, als er Lanni und Duke begegnet war. Es hatte keine Rolle gespielt, dass ein anderer Mann bei ihr gewesen war. Genauso wenig hatte es eine Rolle gespielt, dass Lanni und er kaum ein Wort miteinander gesprochen hatten. Es hatte ihn wie ein Blitz getroffen.

„Mir ist es einmal passiert." Ben umklammerte seinen Becher mit beiden Händen und blickte ins Leere.

„Dann weißt du also, was ich meine."

„Ich glaube schon, aber es ist verdammt lange her." Nun schaute Ben angelegentlich in seinen Kaffee, als würde es ihm dabei helfen, die Vergangenheit zu verstehen. „Ich war noch ein richtiges Kind und habe eine Weile am College rumgehangen. Dann bin ich zum Militär gegangen, und nachdem ich die Grundausbildung beendet hatte, habe ich in San Francisco darauf gewartet, nach Vietnam eingezogen zu werden. Ich bin Marilyn im Golden Gate Park begegnet. Sie hatte langes blondes Haar und war so hübsch, dass ich den Blick nicht von ihr wenden konnte. Damals war sie im zweiten Studienjahr. Wir hatten sechs Wochen zusammen."

„Du meinst, bevor du dann eingezogen wurdest?" fragte Charles.

„Ja. Sie wollte nicht, dass ich gehe, als hätte ich die Wahl gehabt. Marilyn war Pazifistin. Aber welcher Student war das zu der Zeit nicht? Anscheinend glaubte sie, dass ich einen Weg finden würde, bei ihr zu bleiben, wenn ich sie wirklich liebte. Wir haben uns gestritten, und ich habe Dinge gesagt, die ich später bereut habe. Ich hoffe, ihr ist es genauso gegangen, aber das werde ich natürlich nie erfahren."

„Und was ist passiert, nachdem du eingezogen wurdest?"

„Gar nichts. Ich war der Meinung, dass sie im Unrecht war, und habe mich über ihre Engstirnigkeit geärgert. Schließlich war ich ein eingefleischter Patriot. Ihr haben diese Werte nichts bedeutet. Ich war der Ansicht, dass wir keine Gemeinsamkeiten hatten."

„Dann hast du es also beendet."

„Ja." Ben schien darüber alles andere als glücklich zu sein. „Sie hat mir ein paar Mal geschrieben, aber ich habe die Briefe zurückgeschickt, ohne sie zu öffnen."

„Und hast du sie nach dem Krieg wiedergesehen?" Wenn Ben nach all den Jahren noch immer etwas für sie empfand, hatte er doch sicher versucht, sich mit ihr zu versöhnen.

„Ein Jahr danach habe ich mir einen Ruck gegeben und sie angerufen, sobald ich wieder in den Staaten war. Von ihrer Mutter habe ich erfahren, dass sie geheiratet hatte, und zwar Hals über

Kopf. Vier Monate nachdem ich abgereist war, hatte sie sich verlobt. Für mich war das natürlich ein schwerer Schock. Wir hatten zwar nur sechs Wochen zusammen, aber es war die glücklichste Zeit meines Lebens. Ich habe sie damals geliebt, und sogar jetzt hat sie noch einen Platz in meinem Herzen."

Charles wusste nicht, was er sagen sollte. Er hatte den Eindruck, dass Marilyn Bens Gefühle nicht im gleichen Maße erwidert hatte, sonst hätte sie nie einen anderen Mann geheiratet.

„Ich habe sie über alles geliebt. Der Gedanke an sie hat mir dabei geholfen, die Hölle in Vietnam zu überstehen. Ich habe im Leben vieles getan, was ich bedaure, aber das war mein größter Fehler. Ich war ein Narr."

Charles konnte das gut verstehen, denn auch er hatte Dinge getan, die er im Nachhinein bedauerte.

„Wir waren beide zu jung und zu idealistisch", fuhr Ben fort. „Dafür habe ich einen hohen Preis bezahlt."

Bens Geschichte überraschte Charles und machte ihn gleichzeitig traurig. Obwohl Ben ein guter Freund von ihm war, sprach er nur selten über sein früheres Leben.

„Kannst du mir vielleicht einen Rat geben?" erkundigte sich Charles.

Ben dachte einen Augenblick nach. „Du musst auf deine Gefühle vertrauen", sagte er schließlich.

„Auf meine Gefühle?" Charles wusste kaum, was er fühlte.

„Ja. Du magst Lanni, und sie mag dich. Das ist großartig. Es bedeutet nicht, dass du von der nächsten Brücke springen oder Hals über Kopf heiraten musst."

Als Charles an seinen Bruder dachte, wurde ihm ganz anders. Knapp einen Monat nachdem er Abbey kennen gelernt hatte, bekam Sawyer eine Familie. Wenn das kein Einschnitt in sein Leben war ...

„Ehrlich gesagt, überraschst du mich", erklärte Ben.

„Warum? Weil ich mich so über Sawyers und Christians Schnapsidee aufgeregt habe?"

„Nein“, erwiderte Ben nachdenklich. „Bist jetzt dachte ich immer, wir beide wären aus demselben Holz geschnitzt.“

„Inwiefern?“

„Du bist ein sturer Esel.“

„Stimmt.“

„Und ein Einzelgänger.“

Charles nickte.

„Also, was ich sagen will ... Ich hätte nie gedacht, dass eine Frau eine solche Wirkung auf dich ausüben könnte.“

„Ich weiß nicht, was du meinst“, behauptete Charles.

Ben trank seinen Kaffee aus und stand auf. „Du hast mich um Rat gefragt, also gebe ich dir einen. Hör auf, deine Gefühle zu analysieren, sondern vertrau auf sie. Warte einfach ab. Du musst jetzt noch keine Entscheidungen treffen. Genieß es einfach, mit ihr zusammen zu sein.“

„Das tue ich ja“, sagte Charles leise. Viel zu sehr sogar, das war ja das Problem. Bald würde er wieder unterwegs sein und seiner Arbeit nachgehen. Bisher hatte er immer angenommen, dass er das Alleinsein brauchte, um mit sich selbst ins Reine zu kommen. Doch nun freute er sich zum ersten Mal nicht darauf, sondern sehnte sich nach Lannis Gesellschaft.

Das Schlimmste war, dass Lanni mit einem Haufen liebeshungriger Piloten zusammen sein würde, die um ihre Aufmerksamkeit buhlten und es kaum abwarten konnten, dass er das Feld räumte. Und schon bald würden Bill Landgrin und seine Leute auf dem Bohrfeld unter irgendeinem Vorwand nach Hard Luck fahren.

Charles wollte nicht, dass Lanni mit einem anderen Mann zusammen war. Sie sollte bei *ihm* sein.

„Abbey!“ rief Sawyer, als er in die Bibliothek stürmte. „Ich habe die Minze vergessen.“ Es klang, als würde die Welt untergehen.

Abbey, die gerade dabei war, einen Stapel Bücher in die Regale einzusortieren, blickte auf und blinzelte. „Die Minze?“

„Du hast mich gebeten, sie heute Nachmittag von John abholen zu lassen, aber ich habe es vergessen."

„Mach dir darüber keine Sorgen. Du hast schließlich genug um die Ohren. Vergiss nur nicht, morgen meine Eltern in Fairbanks abholen zu lassen."

„Morgen", wiederholte er, als würde er sich im Geiste eine Notiz machen. „Ich habe die Uhrzeit auf dem Flugplan notiert, stimmt's?"

„Stimmt. Und was ist mit deiner Mutter und Frank?" Frank war Sawyers Stiefvater.

„Sie kommt mit Christian am Tag der Hochzeit. Ach, ich habe vergessen dir zu sagen, dass Frank nicht mitkommt. Mit seinem Gipsbein ist ihm die Reise zu beschwerlich. Er hat angerufen und sich entschuldigt."

„Ich werde ihn dann später kennen lernen", meinte sie.

Sawyer ließ sich auf einen Stuhl sinken. Offenbar war er damit überfordert, nicht den Überblick zu verlieren, wer zur Hochzeit kam und wer nicht. „Hoffentlich haben wir das alles bald hinter uns."

Abbey zuckte die Schultern. „Du warst doch derjenige, der die Hochzeit innerhalb von zwei Wochen organisieren wollte."

„Erinnere mich bloß nicht daran."

Sie wollte gerade ein Buch ins Regal stellen, als er den Arm ausstreckte und ihre Taille umfasste. Als er sie zu sich auf den Schoß zog, schrie sie überrascht auf.

„Warum bist du nicht auf die Idee gekommen, einfach durchzubrennen und in aller Stille zu heiraten?" fragte er. „Naiv, wie ich war, dachte ich, es wäre eine Kleinigkeit, eine Hochzeit zu organisieren. Ich bin ein Wrack, falls du es noch nicht bemerkt haben solltest."

„Doch, das habe ich", erwiderte sie ernst und legte ihm die Hände auf die Schultern. „Aber ich war auch der Meinung, wir sollten mit allem Drum und Dran heiraten. Für meine Kinder und mich und für meine Eltern ist die Hochzeit ein Symbol unserer

Liebe, und sie kennzeichnet den Anfang unseres neuen Lebens. Ich halte solche Zeremonien für wichtig." Sie gab ihm einen Kuss auf die Stirn. „Und ich bin dir dankbar dafür, dass du darauf bestanden hast."

„Ich werde noch verrückt."

„In zwei Tagen ist alles vorbei", erinnerte sie ihn.

„Ich wünschte, das wäre es jetzt schon."

„Hab Geduld, Schatz."

Sawyer strich ihr zärtlich über die Wange. „Ich hatte keine Ahnung, dass es mir so schwer fallen würde, auf unsere erste Liebesnacht zu warten", erklärte er rau.

Die sanfte Berührung und sein gequälter Tonfall gingen Abbey zu Herzen. Sie schloss die Augen und barg das Gesicht an Sawyers Schulter. Es war ihr Wunsch gewesen, damit bis zur Hochzeitsnacht zu warten. Und dass Sawyer sich damit einverstanden erklärt hatte, hatte sie tief berührt. Noch nie hatte ein Mann sie so geliebt.

„Ich liebe dich, Sawyer O'Halloran."

„Das will ich dir auch geraten haben, denn ich möchte nicht für nichts und wieder nichts einen Frack tragen."

Abbey lachte. Dann küsste sie ihn so leidenschaftlich, dass ihm schwindelig wurde.

Nachdem sie sich voneinander gelöst hatten, räusperte Sawyer sich. „Ich glaube, du bist das Warten wert."

Als Abbeys Eltern am frühen Freitagnachmittag in Hard Luck eintrafen, erklärte Lanni sich bereit, für Sawyer die Anrufe entgegenzunehmen. Sawyer stellte ihr Wayne und Marie Murray vor, die sie auf Anhieb sympathisch fand.

„Kümmere du dich um deine Gäste", ermunterte sie Sawyer, mit dem sie sich seit dem Abendessen ebenfalls duzte. „Ich werde hier die Stellung halten."

„Macht es dir wirklich nichts aus?" Er hatte offenbar Angst davor, ihre Hilfsbereitschaft auszunutzen. „Du hast schon fast die ganze Woche hier ausgeholfen."

„Nein, wirklich nicht. Es ist sogar eine Abwechslung für mich. Ich habe nämlich den ganzen Vormittag damit verbracht, das Haus meiner Großmutter sauber zu machen, und das war ziemlich anstrengend."

Sawyer zögerte. Er warf einen Blick über die Schulter, um sich zu vergewissern, dass er seine zukünftigen Schwiegereltern nicht warten ließ. Scott und Susan stellten sie gerade einigen anderen Leuten vor.

„Da wir gerade von deiner Großmutter sprechen", begann Sawyer. „Du hast Charles vermutlich nicht von ihr erzählt, oder?"

„Nein", erwiderte Lanni kurz angebunden, wobei sie seinen Blick mied.

„Ich habe mich bloß gefragt ..."

„Ich dachte, du hättest es ihm vielleicht erzählt."

„Nein, ich dachte, du wolltest es ihm selbst sagen."

Das hatte sie nicht vorgehabt, denn sie hatte sich vor seiner Reaktion gefürchtet. Je länger sie es Charles verschwieg, desto schwieriger würde es nachher sein, es ihm zu sagen. Fast wünschte sie, Sawyer hätte es ihr abgenommen.

„Wirst du es ihm sagen?" erkundigte sich Sawyer.

Lanni nickte.

„Wann?"

„Bald", versprach sie. Sie wollte es nach der Hochzeit tun, wenn in Hard Luck alles wieder beim Alten war. Sie hatte Charles nicht absichtlich hintergangen – nicht mehr als Sawyer oder alle anderen, die wussten, warum sie nach Hard Luck gekommen war.

„Gut", meinte Sawyer entschieden, bevor er das Büro verließ.

Auf seinem Schreibtisch herrschte wie immer ein einziges Chaos. Lanni war gerade dabei, die Papiere zu ordnen, als die Tür geöffnet wurde und Charles hereinkam. Sobald er Lanni bemerkte, blieb er stehen.

Als er ihr in die Augen sah, begann ihr Herz, schneller zu klopfen.

„Hallo." Sie spürte instinktiv, dass die starke Anziehungskraft zwischen ihnen Charles nervös machte und er gegen seine Gefühle ankämpfte. Schließlich ging es ihr genauso.

„Hallo", erwiderte er ein wenig verlegen. „Wo ist Sawyer?"

„Er ist für eine Weile weggegangen, weil Abbeys Eltern gerade angekommen sind."

„Stimmt, das hatte ich ganz vergessen." Er machte keine Anstalten zu gehen. „Ich wollte ihn wegen der Generalprobe heute Abend etwas fragen."

Lanni blätterte in Sawyers Terminkalender, bis sie die richtige Seite gefunden hatte. „Hier steht, dass sie um sieben anfängt."

„Das weiß ich. Ich wollte nur fragen, was ich anziehen soll."

„Nichts Schickes. Du kannst so kommen, wie du jetzt bist."

„Gut." Charles kam ein paar Schritte näher. „Kommst du morgen auch zu der Hochzeit?"

„Ja. Ich freue mich schon darauf." Sie hatte zwar keine Karte bekommen, aber Abbey und Sawyer hatten sie mündlich eingeladen. „Heute Abend werde ich auch da sein und Klavier spielen."

„Tatsächlich?"

„Ja, der Mann, der für die Musik engagiert wurde, reist aus Fairbanks an und kann erst morgen kommen."

„Ach so. Da wir gerade von der Hochzeit reden ..." Er zögerte einen Moment, als würde es ihm schwer fallen, die Worte auszusprechen. „Hast du vielleicht Lust, mit mir zusammen hinzugehen?"

Lanni lächelte sanft. Fast hätte man denken können, er würde sich vor ihrer Antwort fürchten. „Und ob."

„Prima." Nun strahlte er übers ganze Gesicht. „Wollen wir uns vor der Kirche treffen? Ich würde dich gern abholen, aber ich muss mich vorher um Sawyer kümmern."

„Er hat mir erzählt, dass du sein Trauzeuge bist."

„Ich hoffe nur, dass er die Trauzeremonie übersteht. Ich habe noch nie einen so nervösen Bräutigam gesehen."

„Er wird es schon schaffen."

„Das glaube ich auch."

Nervös spielte sie mit einem Blatt Papier auf dem Schreibtisch.

„Kommst du heute Abend nach der Generalprobe auch zum Essen in Bens Café?" fragte Charles.

Lanni nickte. Soweit sie wusste, würde die halbe Stadt dort versammelt sein.

„Ich werde nach dir Ausschau halten", meinte er.

„Ich komme allerdings etwas später." Jetzt tat es ihr Leid, dass sie sich bereit erklärt hatte, zusammen mit einigen anderen Frauen die Kirche zu schmücken. „Ich habe versprochen, den Altarraum zu dekorieren."

„Ich halte dir einen Platz frei", versprach er. „Also dann, bis heute Abend um sieben."

Lanni winkte ihm zu, als er den Wohnwagen verließ. „Bis heute Abend."

Da sie ganz weiche Knie bekommen hatte, musste sie sich auf einen Stuhl setzen. Es war nicht das erste Mal, dass die Begegnung mit Charles sie so aus der Fassung gebracht hatte.

Charles fiel es äußerst schwer, sich auf die Generalprobe zu konzentrieren. Sie fand vor der eigentlichen Hochzeit statt, damit jeder wusste, wo er am nächsten Tag sitzen oder stehen sollte. Charles erfuhr auf diese Weise, wann er seinen liebeskranken Bruder zum Altar führen und wann er ihn anstupsen musste, damit dieser das Ehegelübde sprach.

Stattdessen jedoch schaute Charles immer wieder zu Lanni, die an dem alten Klavier saß. Sein Blick wurde wie magisch von ihren Lippen angezogen, und er hatte keine Ahnung, warum er ausgerechnet in dieser Situation ständig daran denken musste, wie süß ihr Mund war.

Zum Glück wusste niemand, was in ihm vorging, sonst hätte man ihn vermutlich festgenommen, weil er in einem Gotteshaus derart sündhafte Gedanken hegte. Wenn der Abend so anfing, konnte es später ja heiter werden!

„Charles." Reverend Wilsons Stimme riss ihn aus seinen Gedanken. „Hast du überhaupt zugehört?"

„Entschuldigung", murmelte Charles und wandte seine Aufmerksamkeit ihm zu.

„Pass gut auf", meinte Sawyer. „Ich brauche dich morgen."

Das war Charles durchaus klar. Ihm war allerdings schleierhaft, woher all die Leute kamen und, was noch wichtiger war, wo sie alle übernachten sollten. Zum Glück kamen seine Mutter und Christian erst am nächsten Morgen, denn Sawyer hatte Abbeys Brautjungfer und deren Ehemann in Christians Schlafzimmer einquartiert.

„Am besten gehen wir das Ganze noch einmal durch", schlug Reverend Wilson vor, der vorn stand. „Ich habe das Gefühl, dass hier ein leichtes Durcheinander herrscht, und es soll morgen keine Pannen geben."

Charles stöhnte leise auf.

„Also gut, fangen wir von vorn an."

Es dauerte fast eine Stunde, die Zeremonie ein letztes Mal zu proben. Charles bemühte sich nach Kräften, sich darauf zu konzentrieren, obwohl es ihm nach wie vor schwer fiel. Lanni sah in dem weißen Baumwollkleid so schön aus, dass er glaubte, jeder müsste sie anstarren.

Nachdem Reverend Wilson sie schließlich entlassen hatte, schlenderte Charles zum Klavier. Die anderen hatten die Kirche fast alle fluchtartig verlassen, als hätten sie befürchtet, der Pfarrer könnte es sich anders überlegen.

Als Charles sich zu Lanni gesellte, ordnete sie gerade ihre Notenblätter.

„Das hast du toll gemacht", sagte er, obwohl er kein einziges der Stücke, die sie gespielt hatte, erkannt hatte.

„Danke."

„Wenn du willst, warte ich auf dich. Dann können wir zusammen zum Café gehen."

Sie warf Pearl Inman einen Blick zu, die hinten in der Kirche stand und einen Beutel mit breiten weißen Bändern in der Hand hielt. „Geh lieber schon vor. Es dauert bestimmt eine Viertelstunde, die Bänder anzubringen, und wenn du nicht gleich dort erscheinst, wundern sich alle, wo du bleibst."

„Also gut", meinte er, obwohl er lieber bei ihr geblieben wäre. Leider musste er seine Pflichten als Trauzeuge wahrnehmen.

Als Charles das Hard Luck Café betrat, hatten sich bereits fast alle dort versammelt. Er erkannte es kaum wieder, denn Ben hatte lange Tische aufgestellt und weiße Tischdecken darauf gelegt. Jeder Tisch war mit Konfetti und einer weißen Hochzeitsglocke aus Papier dekoriert.

Charles ging zu dem Tisch am Kopfende, um Abbey, Sawyer und die anderen zu begrüßen. „Wir brauchen noch einen Stuhl", stellte er fest und ging zum Nachbartisch, wo er einen Stuhl ergatterte, bevor jemand anders ihn ihm wegschnappen konnte.

„Noch einen Stuhl? Wofür?" erkundigte sich Sawyer.

„Für Lanni." Charles warf seinem Bruder einen warnenden Blick zu, während er den Stuhl neben seinen schob.

„Natürlich, Lanni." Sawyer beugte sich zu Abbey und flüsterte ihr etwas ins Ohr, woraufhin diese Charles ansah und lächelte.

Charles musste sich beherrschen, um die beiden nicht daran zu erinnern, dass es unhöflich war zu flüstern. Dann setzte er sich hin.

Aus der Küche drangen die verlockendsten Düfte. Schließlich kam Ben herein, der eine frische weiße Schürze und eine Kochmütze trug.

„Das Essen wird serviert", verkündete er ungewohnt förmlich, bevor er seine Gäste anwies, mit den Tellern zum Buffet zu gehen.

Charles beschloss, auf Lanni zu warten, und tatsächlich betrat sie bald darauf das Café. Da es im Raum ziemlich laut war, hob er zum Zeichen die Hand, statt nach ihr zu rufen.

Leider kam ihm Ted Richards zuvor, einer von Sawyers neuen Piloten, der sie offensichtlich fragte, ob sie sich zu ihm an den Tisch setzen wollte.

Charles hielt unwillkürlich den Atem an und überlegte, wie sie reagieren würde. Selbst aus einiger Entfernung konnte er sehen, wie Ted sich ins Zeug legte. Mit einer dramatischen Geste rückte er ihr einen Stuhl zurecht, als wäre es für ihn die größte Ehre, neben ihr zu sitzen.

Charles ballte unwillkürlich die Hände zu Fäusten.

„Scheint so, als würde Ted dir dein Mädchen ausspannen", flüsterte jemand hinter ihm, doch Charles war so mit Lanni und Ted beschäftigt, dass er gar nicht registrierte, wer es war.

„Entschuldigt mich." Er sprang auf und ging auf den Tisch zu.

„Lanni, ich habe da vorn einen Platz reserviert", fiel er Ted ins Wort.

„Ich habe sie gebeten, sich zu mir zu setzen", erklärte Ted.

„Und ich habe sie zuerst gefragt."

„Charles hat mich heute Nachmittag schon gefragt", stellte Lanni klar. Für Charles' Geschmack war ihr Tonfall viel zu bedauernd.

„Was ist eigentlich mit den O'Hallorans los?" wandte Ted sich an einen Piloten, der an seinem Tisch saß. „Sie wollten uns bei Laune halten, indem sie Frauen nach Hard Luck holen, und es war der Hauptgrund, warum ich den Job angenommen habe. Aber wir haben überhaupt keine Chance, stimmt's? Sobald eine Frau hier eintrifft, beansprucht einer der O'Hallorans sie für sich."

Charles wollte ihn schon auffordern, sich zu entschuldigen, als Lanni schnell einwarf: „Ich sterbe vor Hunger."

„Ben hat sich selbst übertroffen", sagte er, als er mit ihr zum Buffet ging. „Er hat den Schinken aus Anchorage einfliegen lassen und serviert ihn mit überbackenen Kartoffeln. Außerdem hat er Salat gemacht, und zum Nachtisch soll es Blaubeersoufflé geben."

„Das klingt fantastisch. Ich bin so hungrig, dass ich einen ganzen Elch verspeisen könnte."

„Der steht erst nächste Woche wieder auf der Speisekarte", neckte er sie.

Nach dem Essen, das wirklich köstlich war, wurden einige kurze, witzige Reden gehalten, unter anderem auch eine von Charles.

Darin betonte er, dass sein Bruder ein Mann sei, der wisse, was er wolle und wie er es bekomme.

Abbey und Sawyer standen Hand in Hand vor ihrem Tisch und bedankten sich bei ihren Gästen und Helfern. Scott und Susan saßen neben ihren Großeltern und strahlten übers ganze Gesicht.

Aus einem Impuls heraus umfasste Charles unter dem Tisch Lannis Hand und drückte sie. „Ich bringe dich nach Hause", flüsterte er ihr ins Ohr.

„Und was ist mit Sawyers Junggesellenparty?" fragte Lanni. „Fängt die nicht jetzt an?"

„Dann komme ich eben ein paar Minuten zu spät. Das macht nichts."

„Wirklich nicht?"

Charles schüttelte den Kopf. Er hoffte, dass Lanni sich genauso danach sehnte, mit ihm allein zu sein. Dass die Leute unweigerlich tratschen würden, wenn Lanni und er gemeinsam das Café verließen, war ihm egal. Also verabschiedete er sich und versprach, bald wieder zurückzukommen.

Hand in Hand gingen sie zu Catherine Fletchers Haus. Obwohl ihm der Gedanke nicht gefiel, dass Lanni darin wohnte, war Charles froh darüber, dass sie nicht in einem der alten Blockhäuser untergebracht war.

„Du hättest lieber im Café bleiben sollen", neckte sie ihn. „Du kannst dir doch denken, was die anderen nachher sagen werden, oder?"

„Nein." Natürlich wusste er es, aber es war ihm egal.

Lanni drehte sich um und ging rückwärts vor ihm her, wobei sie ihn herausfordernd anlächelte. „Ich habe gehört, wie Pearl Inman gesagt hat, dass es bald noch eine Hochzeit in Hard Luck gebe", sagte sie leise. „An deiner Stelle würde ich mich in Acht nehmen."

Charles schluckte nervös. Noch eine Hochzeit ... Lanni und er? Unwillkürlich verspannte er sich, aber dann erinnerte er sich an

Bens Rat, einfach abzuwarten. „Lass die Leute doch reden, wenn es ihnen Spaß macht."

„Keine Angst, ich glaube nicht, dass Pearl uns gemeint hat."

Er runzelte die Stirn. „Wen dann?"

„Weißt du es wirklich nicht?"

„Nein."

„Dotty Harlow und Pete Livengood."

„Dotty? Du meinst die Krankenschwester, die die Leitung des Gesundheitszentrums übernehmen wird?" Er beobachtete, wie die leichte Brise mit Lannis langem Haar spielte. Dann ließ er den Blick zu ihrem verführerischen Mund schweifen.

„Dotty und Pete waren in letzter Zeit ständig zusammen", informierte Lanni ihn.

„Du bist so schön." Die Worte waren ihm einfach so herausgerutscht.

Sie senkte den Blick und errötete.

Verlegen öffnete Charles die Pforte und begleitete Lanni zur Veranda. Da alle Männer in der Stadt zu Sawyers Junggesellenparty gehen würden, brauchte er sich keine Sorgen zu machen, dass einer von ihnen ihr nachstellte.

„Danke, dass du mich nach Hause gebracht hast", sagte sie, sobald sie den Fuß auf die erste Stufe gesetzt hatte.

„Danke, dass du es mir erlaubt hast." Er kam sich zwar ein bisschen altmodisch vor – seine Mutter hätte ein solches Verhalten als „gentlemanlike" bezeichnet –, aber es schien ihm angebracht.

Eine Weile sagte keiner von ihnen ein Wort, bis sie sich schließlich in die Arme fielen.

Lanni legte ihm die Arme um den Nacken, während Charles ihre Taille umfasste. Zuerst war ihr Kuss sanft, dann wurde er immer leidenschaftlicher. Es war viel besser, als Charles es in Erinnerung hatte.

Er sehnte sich danach, ihre Brüste zu berühren, und sie seufzte auf, als hätte sie seine Gedanken gelesen. Sanft umfasste er eine ihrer Brüste und ließ den Daumen über die feste Spitze gleiten. Lanni fuhr ihm durchs Haar, während sie sich immer verlangender küssten.

Doch ganz plötzlich lösten sie sich voneinander, als hätten sie Angst davor, zu weit zu gehen.

Ihre Hand zitterte, als Lanni sich eine Strähne aus dem Gesicht strich. „Du solltest jetzt lieber zu deinen Freunden zurückkehren", sagte sie schließlich.

Charles wollte nicht gehen, nicht in diesem Moment. Aber er wusste, dass er keine Wahl hatte. Trotzdem war die Versuchung, bei Lanni zu bleiben, fast übermächtig.

„Nach dem Empfang findet ein Tanz statt", sagte er.

„Ja, ich weiß."

Er schaute ihr tief in die Augen. „Ich bin kein besonders guter Tänzer."

Lanni schwieg.

„Reservier den ersten Tanz für mich, ja?"

Sie lächelte ihn an und nickte.

Charles wandte sich ab und eilte zum Café zurück. Als ihm bewusst wurde, was er gerade gesagt hatte, zuckte er zusammen. Doch schließlich machte ein Mann sich nicht zum Narren, wenn er keinen guten Grund dazu hatte. Natürlich wollte er nicht, dass Lanni mit einem anderen tanzte, doch das war nicht alles. Er suchte nach einem Vorwand, sie in den Armen zu halten.

Was immer er für Lanni empfand, er wollte es gar nicht so genau wissen.

5. KAPITEL

Charles blickte zum strahlend blauen Himmel, wo die zweimotorige Baron, auf der das Logo von Midnight Sons stand, gerade zur Landung ansetzte. Vor sechs Monaten hatte er seine Mutter das letzte Mal gesehen. Er hielt sich für nicht besonders fürsorglich, denn seit dem Tod ihres Vaters hatten Sawyer und Christian sich mehr als er bemüht, den Kontakt zu ihr aufrechtzuerhalten.

Charles freute sich darüber, dass sie so zufrieden war, denn bisher war ihr Leben nicht besonders gut verlaufen. Zuerst war ihre Familie im Zweiten Weltkrieg ums Leben gekommen, und ihre Ehe mit David war alles andere als glücklich gewesen. Sie hatte es verdient, dass es ihr endlich gut ging.

Nachdem das Flugzeug gelandet und zum Stehen gekommen war, öffnete Charles die Tür. Christian stieg als Erster aus, bevor er sich umwandte und seiner Mutter hinaushalf. Schließlich erschien Duke Porter, der Pilot, und verschwand, nachdem er ihnen noch einmal zugewunken hatte.

Während Ellen dastand und den Blick über den Flugplatz und die dahinter liegenden Häuser schweifen ließ, hielt sie mit einer Hand ihren kleinen Hut fest. Erst nach einer Weile merkte sie, dass Charles auf sie wartete. Ein Lächeln umspielte ihre Lippen, als sie auf ihn zukam.

In ihrem blassblauen Kostüm sah sie sehr zerbrechlich aus. Sie war eine Schönheit, anmutig und zierlich, und wirkte in der rauen Umgebung richtig fehl am Platz. Charles hatte nie begriffen, was in seinen Vater gefahren war, als dieser sie geheiratet hatte. Schließlich hatte David gewusst, wo er mit ihr leben würde.

„Charles!“ rief Ellen und umarmte ihren Sohn. „Siehst du aber gut aus!“

Charles fuhr sich unter den Kragen seines gestärkten weißen Hemds. Er konnte von Glück reden, wenn das verdammte Ding ihn nicht erwürgte!

„Du im Smoking!“ ließ Christian sich vernehmen. „Kaum zu fassen!“

Charles grinste frech. „Sawyer hat für dich auch einen ausgeliehen. Er liegt im Haus für dich bereit.“

Sofort verschwand das amüsierte Funkeln aus Christians Augen. „Du machst wohl Witze?“

„Sehe ich so aus? Beeil dich lieber. Sawyer sitzt nämlich wie auf Kohlen. Du musst dich um ihn kümmern, während ich Mutter mit Abbey bekannt mache.“

Christian murmelte etwas, das Charles nicht verstehen konnte. „Schön, dich zu sehen, großer Bruder“, fügte er dann noch grimmig hinzu.

Charles lachte leise und bot Ellen den Arm an. „Du wirst Abbey mögen“, erklärte er.

„Ich mag sie schon jetzt.“ Sie hakte sich bei ihm unter. „Sie hat etwas zustande gebracht, das ich für unmöglich gehalten hätte.“

„Und das wäre?“

Ellen schaute ihn verblüfft an. „Sie hat einen meiner Söhne dazu gebracht, zu heiraten. Du glaubst gar nicht, wie lange ich schon darauf warte, dass einer von euch endlich zur Vernunft kommt. Und nicht nur das, sie hat mich gleich zur Großmutter gemacht. Ich bin ihr so dankbar!“

Das wunderte ihn. „Du möchtest gern Enkelkinder haben?“

„Welche Frau in meinem Alter wünscht sich das nicht? Ich habe so lange darauf gewartet, Kinder zu bekommen, aber was meine zukünftigen Enkelkinder betrifft, so bin ich noch viel ungeduldiger. Zum Glück hat Franks Tochter jung geheiratet.“

„Scott und Susan werden dich lieben.“

„Das sollten sie auch“, erwiderte sie lachend. „Ich werde sie nämlich nach Strich und Faden verwöhnen.“

Charles konnte noch immer nicht fassen, was seine Mutter ihm gerade gestanden hatte.

„Jetzt lass dich ansehen“, fuhr sie fort und trat einen Schritt zurück, um ihn ausgiebig zu betrachten. „Du siehst einfach umwerfend aus.“ Mit ihrer behandschuhten Hand strich sie ihm über die Schulter. „Ich bin stolz auf dich, mein Sohn.“

Er war an derartige Komplimente gar nicht gewöhnt, besonders nicht aus dem Mund seiner Mutter. „Danke“, erwiderte er verlegen.

„Und nun bring mich zu meiner zukünftigen Schwiegertochter, bevor ich mich zum Narren mache und in Tränen ausbreche.“ Ellen öffnete ihre Handtasche und nahm ein spitzenbesetztes Taschentuch heraus, mit dem sie sich die Augen abtupfte.

„Erzähl mir nicht, dass du auf Sawyers Hochzeit in Tränen ausbrechen wirst“, sagte Charles, während er sie zu seinem Transporter führte.

„Natürlich werde ich das“, widersprach sie. „Es ist doch mein gutes Recht.“

Die kleine Gemeindekirche war fast bis auf den letzten Platz besetzt, als Lanni sich hinsetzte, und die Atmosphäre war sehr feierlich.

Das allgemeine Gemurmel verstummte, sobald Charles und Sawyer erschienen und nebeneinander zum Altar gingen. Dort drehten sie sich um und warteten auf Abbey und ihre Begleiter.

Da es in der Kirche keine Orgel gab, hatten Sawyer und Abbey sich für Musik vom Band entschieden. Als die ersten Takte des Hochzeitsmarsches erklangen und Abbey mit ihrem Vater in den Gang trat, erhoben sich alle Gäste und wandten sich ihnen zu.

Sie trug ein apricotfarbenes, bodenlanges Kleid, und ihr Haar war zu einem Kranz geflochten, in dem Apfelblüten steckten. Ihr Brautstrauß bestand aus weißen Rosen und wilden Blumen, die gelb und lila waren.

Die gelben und lila Blumen waren so ähnlich wie die, die Lanni an jenem schicksalhaften Tag mit den Kindern gepflückt hatte, bevor sie dem Bären begegnet waren. Als sie in Panik weggelaufen waren, hatten sie die Blumen natürlich verloren, doch anscheinend hatte Abbey dafür gesorgt, dass ihr Brautstrauß einige Blüten aus der Tundra enthielt.

Lanni hatte in ihrem Leben schon sehr viele Hochzeiten besucht. Jede Braut war schön und jede Hochzeit etwas Besonderes, aber als Lanni Abbeys glücklichen Gesichtsausdruck sah, während diese Sawyer anschaute, traten ihr die Tränen in die Augen. Es war unverkennbar, dass die beiden sich über alles liebten.

Lanni war nicht die Einzige, die gerührt war. Auf der anderen Seite des Ganges stand Ben Hamilton, den sie ohne seine obligatorische Schürze beinah nicht erkannt hätte. Er griff in seine Hosentasche, nahm ein zerknülltes Taschentuch heraus und putzte sich die Nase. Nachdem er sich einmal verlegen umgeblickt hatte, fuhr er sich hastig damit über die Augen.

Dass Ben weinte, wunderte Lanni, doch sie konnte es ihm nicht verdenken.

Im nächsten Moment nahmen Abbey und Sawyer einander bei der Hand und traten vor Reverend Wilson. Susan und Scott standen neben ihnen. Susans Kleid war aus demselben Stoff wie Abbeys, und im Haar trug die Kleine einen Kranz, während Scott wie Sawyer einen Smoking trug.

Sobald Lanni wieder etwas erkennen konnte, richtete sie ihre Aufmerksamkeit auf Charles, dessen Anblick sie mit Stolz erfüllte und sie gleichzeitig daran erinnerte, dass ihr nicht mehr viel Zeit blieb.

Schon bald würde sie keinen triftigen Grund mehr haben, noch länger in Hard Luck zu bleiben. Ihre Eltern stellten ihr bereits jetzt viele unangenehme Fragen, aber sie konnte schließlich schlecht zugeben, dass sie wohl dabei war, sich in Charles zu verlieben.

Nachdem Abbey den Brautstrauß ihrer Trauzeugin übergeben hatte, reichte sie Sawyer auch die andere Hand. Als Reverend Wilson sie bat, das Ehegelübde zu sprechen, wiederholte sie die Worte mit fester Stimme. Sie schien damit ausdrücken zu wollen, dass sie sich noch nie einer Sache so sicher gewesen war.

„Ich gelobe, ihn zu lieben ..."

Lieben. Abbeys Worte prägten sich Charles unauslöschlich ein.

Bisher hatte er nicht verstanden, warum Sawyer Hals über Kopf hatte heiraten wollen. Nachdem er so lange mit dem Heiraten gewartet hatte, kam es doch auf ein paar Monate auch nicht mehr an.

Charles war der Ansicht, dass Sawyer Abbey wenigstens Zeit hätte lassen sollen, sich in Hard Luck einzuleben, denn der Umzug von Seattle hierher war für sie und die Kinder ein großer Einschnitt gewesen. Eine Ehe bedeutete eine zusätzliche Umstellung.

Doch in diesem Moment erkannte Charles, wie tief die Gefühle waren, die Abbey und Sawyer miteinander verbanden. Die beiden liebten sich so sehr, dass es keine Rolle gespielt hätte, wenn sie mit der Hochzeit noch länger gewartet hätten. Vermutlich würden sie in zwanzig Jahren noch genauso füreinander empfinden.

Ein Blick auf die beiden genügte, um Charles davon zu überzeugen. Komisch, dass er es nicht eher erkannt hatte. Was für alle anderen offensichtlich gewesen war, hatte er nicht gesehen.

Lieben. Er riskierte einen Blick in Lannis Richtung. Als ihre Blicke sich begegneten, stockte ihm der Atem. Lanni lächelte ihn an, und in ihren Augen standen Tränen.

„... zu ehren“, fuhr Abbey fort.

Ehren. Lanni wandte den Blick von Charles ab. Ihr Herz klopfte so schnell, dass ihr schwindelig wurde. Doch dann konzentrierte sie ihre Aufmerksamkeit wieder auf ihn, sodass Abbey, Sawyer, die Kinder und Reverend Wilson aus ihrem Blickfeld verschwanden. Obwohl sie erst wenige Stunden zuvor zusammen gewesen waren, konnte Lanni den Blick nicht von Charles wenden.

Sie liebte diesen Mann. Als sie zu dieser Erkenntnis kam, schloss sie für einen Moment die Augen. Sie war nicht dabei, sich in Charles zu verlieben, sondern sie liebte ihn bereits.

Das ist unmöglich, sagte ihr ihr gesunder Menschenverstand. Sie kannte Charles doch kaum. Außerdem war er viel älter als sie, ein Einzelgänger und ein O'Halloran. Sie durfte ihn nicht lieben, denn das würde nur Probleme mit sich bringen.

Schließlich öffnete Lanni die Augen wieder und begegnete erneut seinem Blick. Was sie in seinen Augen las, bewies ihr, dass es für sie nichts Wichtigeres mehr gab, als ihr Leben mit ihm zu teilen. Sie würde nie wieder einem Mann begegnen, den sie so liebte wie ihn.

Wären sie nicht in der Kirche gewesen, inmitten einer Trauzeremonie, hätte Lanni sich an den anderen Gästen vorbeigedrängt und wäre nach vorn zu Charles gelaufen.

Nachdem Abbey das Ehegelübde gesprochen hatte, fing Sawyer an: „Ich schwöre vor Gott, sie zu lieben und zu ehren ..."

Ehren. Charles beschloss, mit Lanni zu reden, damit sie sich über ihre Gefühle klar werden und Zukunftspläne schmieden konnte. Er wollte sie zu nichts drängen. Immerhin hatte er fünfunddreißig Jahre alt werden müssen, um eine Frau wie Lanni zu finden. Und nun, da er sie gefunden hatte, wollte er alles dafür tun, um mit ihr zusammenbleiben zu können.

„Ja, ich will", verkündete Abbey laut und deutlich.

„Ich auch", fügte Scott hinzu.

„Ich auch", schaltete Susan sich ein, um nicht übergangen zu werden.

Alle Gäste lachten, und Lanni bemerkte, dass vielen von ihnen vor Rührung die Tränen gekommen waren. Nachdem Reverend Wilson zum Abschluss einige Worte gesprochen hatte, küsste Sawyer seine frisch gebackene Ehefrau.

Anschließend klatschten die Gäste spontan Beifall, und Ben nahm zum zweiten Mal sein Taschentuch aus der Hosentasche, um sich lautstark die Nase zu putzen.

Sobald alle die Kirche verlassen hatten, gesellte sich Charles zu Lanni, nahm ihre Hand und zog sie zur Seite. Sie wusste, dass man sie beide beim Empfang brauchte. Abbey hatte sie, Lanni, gebeten, die Hochzeitstorte anzuschneiden.

Schweigend sahen sie sich an.

Lanni fragte sich, ob der Moment der Trauzeremonie für

Charles ebenso magisch gewesen war wie für sie. Durfte sie hoffen, dass Charles sie liebte? Ihr Herz schien einen Schlag auszusetzen, und ihr stockte der Atem.

Die Leute, die um sie herum standen, unterhielten sich miteinander, lachten und scherzten.

Da Lanni nicht länger dem Drang widerstehen konnte, Charles zu berühren, legte sie ihm die Hand an die Wange. Er fühlte sich wunderbar an.

Ohne etwas zu sagen, zog er sie an sich.

„Lanni ..."

„Ich weiß, Charles."

„Hast du es auch gespürt?"

Lanni nickte.

Er suchte nach den richtigen Worten und zuckte schließlich hilflos die Schultern. „Ich kann jetzt nicht reden."

Wieder nickte sie.

„Später, ja?" Er ließ sie los und wandte sich ab. Dann, als könnte er es nicht ertragen, sie zu verlassen, drehte er sich noch einmal zu ihr um, um sie zu küssen und zum Ausdruck zu bringen, was er für sie empfand. Nachdem er sich von ihr gelöst hatte, atmete er einmal tief durch und eilte zur Turnhalle, wo der Empfang stattfinden sollte.

Lanni brauchte eine Weile, um die Fassung wiederzugewinnen. Ihr war, als müsste sie gleichzeitig lachen und weinen. Sie hatte keine Ahnung, wie sie das alles ihrer Familie erklären sollte. Bestimmt waren ihre Angehörigen der Meinung, sie hätte den Verstand verloren. Sie würden ihr sagen, es wäre ganz normal, bei einer Trauung ein derartiges Hochgefühl zu verspüren.

Ganz bestimmt wünschten sich ihre Angehörigen nicht, dass sie sich in Charles O'Halloran verliebte.

Lanni beschloss, es ihnen so schnell wie möglich zu sagen. Zum ersten Mal in ihrem Leben war sie richtig verliebt. Zumindest Matt, ihr Bruder, und Karen, ihre ehemalige Schwägerin, würden sie verstehen. Vielleicht auch ihre Eltern. Doch bevor sie ihre Familie darüber informierte, wollte Lanni Charles sagen, dass Catherine Fletcher ihre Großmutter war.

Charles war der Meinung, dass Sawyer sich kaum einen schlechteren Trauzeugen hätte aussuchen können als ihn. Während er die Gäste begrüßte, schweiften seine Gedanken immer wieder ab. Vermutlich hatte er nicht ein vernünftiges Wort herausgebracht, seit er neben seiner Mutter stand.

„Charles", flüsterte Ellen, sobald der Ansturm nachließ. „Was ist los mit dir?"

„Was soll mit mir los sein?"

„Nach wem hältst du so verzweifelt Ausschau?"

Charles war nicht sicher, ob er seine Mutter nicht überrumpelte. „Ich habe eine Frau kennen gelernt, Mutter. Sie ist etwas ganz Besonderes. Sobald wir hier fertig sind, möchte ich sie dir gern vorstellen."

Ellen legte ihm eine Hand auf den Arm. „Charles, heißt das, du hast dich verliebt?"

Diesmal zögerte er nicht mit der Antwort. „Ja."

„Du meine Güte!" Sie legte sich die andere Hand aufs Herz. „Wann? Wo ist sie? Warum hast du mir das nicht eher erzählt?"

Charles lächelte jungenhaft. „Lanni und ich kennen uns noch nicht so lange."

„Das war für Sawyer kein Hinderungsgrund."

Nun musste er lachen. „Das ist mir nicht entgangen."

„Mir ist es egal, was die anderen sagen. Als ich Abbey zum ersten Mal gesehen habe, wusste ich gleich, dass sie die Richtige für ihn ist."

Er betrachtete seine Mutter skeptisch. „Das hättest du auch gesagt, wenn Sawyer verkündet hätte, er würde ein Gorillaweibchen heiraten. Dass Abbey dir sogar Enkelkinder beschert, muss sie in deinen Augen wie eine Heilige erscheinen lassen."

„Nicht so herablassend, junger Mann." Ellen gab ihm einen spielerischen Klaps. „Natürlich freue ich mich sehr, dass wenigstens einer meiner Söhne heiratet. Trotzdem könnte ich über seine Wahl gar nicht glücklicher sein."

„Ja, Mutter."

„Und nun erzähl mir von deiner jungen Frau."

„Sie ist nicht meine Frau – noch nicht", fügte er hinzu. „Lanni ist auch eine der Frauen, die Christian eingestellt hat. Sie arbeitet als Sekretärin für Midnight Sons und kommt, glaube ich, aus Seattle. Jedenfalls hat sie die letzten vier Jahre dort gelebt. Vor kurzem hat sie an der University of Washington Examen gemacht."

„Zeig sie mir", drängte Ellen.

Charles zeigte zum Tisch auf der anderen Seite des Raumes, wo Lanni damit beschäftigt war, den Hochzeitskuchen anzuschneiden und jedem Gast ein Stück davon auf den Teller zu tun. Stolz beobachtete er, wie nett und offen sie mit den Leuten umging und mit jedem ein paar Worte wechselte. Es fiel ihm schwer, den Blick von ihr loszureißen und sich schließlich wieder seiner Mutter zuzuwenden.

„Ist es die Blondine da drüben?"

„Ja."

„Oh, Charles, sie ist reizend!"

„Sie ist die schönste Frau, der ich je begegnet bin."

Ellen tätschelte ihm den Arm. „Das hättest du nicht schöner sagen können."

Wieder ließ er den Blick zu Lanni schweifen. „Sie ist zu jung für mich."

„Unsinn. Wie viele Jahre bist du älter als sie? Sechs? Sieben?"

„Zehn."

„Stört der Altersunterschied sie?"

Charles dachte einen Moment nach. „Das hat sie nie gesagt", meinte er schließlich.

„Dann ist es ihr wohl egal."

„Ich bin oft wochenlang weg", beharrte er. „Es ist mein Job."

„Hat sie etwas dagegen?"

„Ich weiß es nicht. Wir haben nie darüber geredet."

„Frag sie einfach", riet Ellen ihm.

Er wunderte sich darüber, wie schnell seine Mutter Lanni akzeptiert hatte – und seine Gefühle für sie, denn immerhin kannte er sie kaum. „Ich möchte, dass du sie kennen lernst, Mutter."

„Ja, gern."

Abbey und Sawyer hatten mittlerweile alle Gäste begrüßt. Der Discjockey, den sie engagiert hatten, hatte seine Anlage aufgebaut, und nun erfüllte eine schwermütige Melodie die Turnhalle.

Sawyer zog seine Braut auf die Tanzfläche, um den Tanz zu eröffnen. Erstaunt stellte Charles fest, wie entspannt sein Bruder wirkte.

Als Ellen sich an ihn wandte, drehte er sich zu ihr um. „Ich wünsche mir, dass du mit dieser Frau glücklich wirst", sagte sie. „Das meine ich ernst, Charles. Ich freue mich darauf, irgendwann einmal das ganze Haus voller Enkelkinder zu haben."

Am liebsten hätte er gleich damit begonnen, dafür zu sorgen, dass ihr Wunsch in Erfüllung ging.

Er half seiner Mutter auf einen bequemen Stuhl, und sofort gesellte Pearl Inman sich zu ihr. Beide Frauen umarmten sich herzlich.

„Bitte entschuldigt mich", sagte Charles, der es kaum abwarten konnte, zu Lanni zu gehen.

„Natürlich. Geh nur", erwiderte Ellen.

Als er den Raum fast durchquert hatte, wandte er sich noch einmal um und stellte fest, dass Ellen und Pearl die Köpfe zusammensteckten und sich angeregt unterhielten. Die Krankenschwester war die einzige Freundin seiner Mutter in Hard Luck gewesen.

Seine Mutter hatte sich nie an das Leben in Alaska gewöhnen können. Selbst wenn es vielleicht unfair war, war Charles davon überzeugt, dass sie es auch nie richtig versucht hatte. Natürlich hatte es eine kurze Zeit gegeben, in der sie hätte glücklich werden können, aber Catherine Fletcher hatte in ihrer Verbitterung alles kaputt gemacht.

Obwohl er Catherine Fletcher nichts Schlechtes wünschte, war er froh darüber, dass sie nicht mehr in Hard Luck lebte. Er traute ihr nämlich durchaus zu, dass sie sonst versucht hätte, seiner Mutter diesen Tag zu verderben.

Lanni lächelte, als er auf sie zukam. „Hast du Lust auf ein Stück Kuchen?"

„Ja, aber wie wäre es zuerst mit einem Tanz?"

Sie warf Louise Gold einen Blick zu, die ebenfalls in Hard Luck lebte und sich mit Abbey angefreundet hatte. „Geh nur", ermunterte diese sie. „Es haben schon fast alle ein Stück Kuchen bekommen."

Charles bedankte sich bei ihr und beobachtete, wie ihr neunjähriger Sohn Ronny ihr versuchte zu helfen – wenn man es überhaupt so nennen konnte. Immer wenn etwas von dem Zuckerguss abbröckelte, steckte er es sich in die Hosentasche. In der Nähe stand Mitch Harris mit seiner Tochter Chrissie. Beide beobachteten ihn amüsiert, während sie ihren Kuchen aßen.

„Ich habe mich darauf gefreut, mit dir zu tanzen", erklärte Lanni und reichte Charles die Hand.

„Denk daran, dass ich kein guter Tänzer bin", erinnerte er sie, bevor sie die behelfsmäßige Tanzfläche betraten. Charles war bereit, fast alles zu tun, nur um Lanni in den Armen halten zu können – selbst wenn er sich dabei vor der ganzen Stadt zum Narren machte.

Zum Glück hatte der Discjockey gerade einen langsamen Song aufgelegt. Charles zog Lanni an sich und hätte beinah aufgeseufzt, als sie ihm die Arme um den Nacken legte. Im Grunde tat er nicht mehr, als sich vor- und zurückzubewegen, aber zumindest trat er ihr nicht auf die Füße.

Als sie den Kopf an seiner Schulter barg, schloss Charles die Augen, überwältigt von seinen Gefühlen. Am liebsten hätte er sie gefragt, was während der Trauzeremonie zwischen ihnen geschehen war, doch da er sie jetzt nicht loslassen wollte, verschob er es auf einen späteren Zeitpunkt.

Als der Song zu Ende war, tat Charles so, als wollte er sich von Lanni lösen. Doch schon bevor der nächste begann, zog er sie wieder an sich.

Leider hatte der Discjockey sich diesmal für einen Hit aus den siebziger Jahren entschieden, „Staying alive“ von den Bee Gees. Da alle anderen sich ausgelassen zu den schnellen Rhythmen bewegten, wurde es ziemlich ungemütlich auf der Tanzfläche.

Nachdem Charles sich umgeblickt hatte, nahm er Lanni bei der Hand und zog sie mit sich. Da es jedoch in der ganzen Halle keinen stillen Winkel gab, in dem sie sich in Ruhe hätten unterhalten können, ging er mit ihr nach draußen.

„Wollen wir hier tanzen?“ neckte sie ihn.

„Nein.“ Ohne darüber nachzudenken, was er tat, zog er sie wieder an sich, um seine Lippen auf ihre zu pressen. Er begehrte sie und wollte ihr zeigen, was er für sie empfand. Und als er spürte, wie zart und weich ihre Haut war, und sah, wie ihr seidiges Haar in der Sonne glänzte, wollte er sie nie wieder loslassen.

„Ich konnte keine Sekunde länger warten“, sagte er rau.

„Ich auch nicht.“

Charles blickte sich kurz um, bevor er Lanni mit sich auf den Spielplatz zog.

„Wohin gehen wir?“ fragte sie.

„Zu den Schaukeln.“

Sie barg den Kopf an seiner Schulter. „Schaukeln mochte ich schon immer gern. Als ich klein war, wollte ich immer höher schaukeln, bis in den Himmel.“

Nachdem er ihr auf die Schaukel geholfen hatte, stellte er sich vor sie, um ihr Schwung zu geben. „Ich glaube, die Schicksalsgöttinnen haben Sinn für Humor.“

„Wie kommst du darauf?“

Sobald sie sanft hin und her zu schaukeln begann, trat er ein paar Schritte zurück. „Ich habe Sawyer die Hölle heiß gemacht, weil er sich in Abbey verliebt hat. Ich war ganz sicher, dass mir so etwas nie passieren würde – schon gar nicht über Nacht.“

Einen Moment lang schwieg Lanni. „Und nun hast du deine Meinung geändert?“ erkundigte sie sich dann.

„Allerdings. Sawyer hätte Abbey meinetwegen beinah verloren.“

Überrascht schaute sie ihn an.

„Ich habe mir Sorgen gemacht, weil Sawyer sonst immer so vernünftig war. Da ich seine Gefühle nicht nachvollziehen konnte, habe ich versucht, alles zu regeln, indem ich Abbey angeboten habe, die Rückflugtickets für sie und die Kinder zu bezahlen, nach dem Motto: ‚Aus den Augen, aus dem Sinn‘.“

„Aber Abbey ist nicht zurückgeflogen.“

„Nein, zum Glück nicht. Sie ist hier geblieben. Und jetzt bist du hier, und wenn jemand versuchen würde, dich zum Gehen zu überreden, würde ich den Kerl erschießen.“

Lanni wandte den Blick ab. „Charles, ich muss dir ...“

„Nein“, unterbrach er sie. „Lass mich erst zu Ende erzählen. Ich muss es dir einfach sagen. Vom ersten Moment an, als wir uns kennen gelernt haben, fühlte ich mich dir verbunden. Später, als Duke Porter dich nach Hause gebracht hat ... Siehst du, nicht einmal jetzt kann ich mit Worten ausdrücken, was passiert ist.“

„Du meinst, heute Nachmittag in der Kirche.“

„Ja, auch da. Dort war es noch viel stärker.“

„Ich fühle es auch“, erklärte sie schwach.

„Ich habe keine Ahnung von der Liebe, Lanni, aber ich weiß, was ich für dich fühle, und ich bin nicht sicher, wie ich mich verhalten soll.“

„Versuchst du gerade, mir zu sagen, dass du mich liebst?“ fragte sie.

„Ja.“

„O Charles!“

Charles wusste nicht, was er erwartet hatte, aber ganz sicher nicht den gequälten Ausdruck, den ihr Gesicht jetzt annahm.

„Mir ist klar, dass ich dich völlig überrumpelt habe“, beeilte er sich fortzufahren. „Aber ich musste es dir einfach sagen, sonst hätte es mich kaputtgemacht.“

„Ich ... liebe dich auch."

Sofort entspannte er sich ein wenig. Zumindest befand er sich nicht allein in dieser Misere. „Und was sollen wir jetzt tun?"

„Müssen wir denn irgend etwas tun?" konterte Lanni.

„Ich glaube nicht." Sein erleichterter Tonfall beschämte ihn fast. Doch die Vorstellung, den Schritt zu machen, den Sawyer gemacht hatte, versetzte Charles in Panik. Er war noch nicht bereit für die Ehe. Seine Gefühle waren etwas ganz Neues für ihn, und er brauchte ein bisschen Zeit, um sich an sie zu gewöhnen, bevor er sich das Leben unnötig schwer machte. Denn falls er je heiraten sollte, so würde es eine lebenslange Bindung sein.

Er zog die Schaukel zu sich und gab Lanni einen liebevollen Kuss. „Wir sollten lieber zurückgehen."

„Ich weiß." Das klang nicht gerade begeistert.

„Meine Mutter brennt darauf, dich kennen zu lernen."

„Ich möchte sie auch gern kennen lernen."

Hand in Hand betraten sie wieder die Turnhalle, wo einige Paare sich auf der Tanzfläche bewegten. Da es jedoch zu wenig Frauen gab, drehten Ben Hamilton und John Henderson sich allein im Takt der Musik. Duke Porter betrachtete Lanni – und Charles –, als wollte er einschätzen, ob sie mit ihm tanzen würde, wenn er sie aufforderte. Die anderen Männer, die solo waren, schienen sie genauso begehrlich zu mustern.

Dass er sie dann ausgerechnet seinem jüngeren Bruder überlassen musste, hätte Charles nicht erwartet.

„Hallo, Schöne." Christian pflanzte sich genau vor Lanni auf.

„Hallo", erwiderte Charles.

„Mit dir habe ich nicht geredet."

„Hallo", grüßte Lanni.

„Darf ich um den nächsten Tanz bitten und den übernächsten und den danach?" fragte Christian.

Unsicher blickte sie zu Charles. „Vielleicht später", meinte sie freundlich. „Charles wollte mich gerade mit seiner Mutter bekannt machen."

„Prima", sagte Christian. „Ich komme mit. Vielleicht schafft mein großer Bruder es ja, uns beide auch miteinander bekannt zu machen."

Charles hatte keine Ahnung, worauf Christian hinauswollte. Sein Bruder wusste genau, wer Lanni war. Er hatte sie schließlich eingestellt!

Also beschloss Charles, ihn einfach zu ignorieren. Allerdings hatte er die Rechnung ohne seinen kleinen Bruder gemacht, der ihnen folgte, als sie zu Ellen gingen.

„Mutter", begann Charles, während er Lanni den Arm um die Schultern legte, „das ist Lanni Caldwell. Lanni, meine Mutter, Ellen Greenleaf."

„Hallo, Lanni."

„Hallo." Die beiden Frauen schüttelten sich die Hand.

„Bitte setzen Sie sich." Ellen zeigte auf den leeren Stuhl neben ihrem. „Charles hat mir bisher noch nicht viel von Ihnen erzählt."

Christian räusperte sich vernehmlich. „Ich bin zwar kein ernst zu nehmender Konkurrent, aber ich möchte ihr auch vorgestellt werden."

Charles runzelte die Stirn. „Erzähl mir nicht, dass du Lanni nicht wiedererkannt hast."

„Nein, habe ich nicht."

„Sie ist Sawyers Sekretärin. Du hast sie selbst eingestellt, hast du das vergessen?"

Christian schaute ihn verwirrt an. „Ich habe diese Frau noch nie in meinem Leben gesehen."

„Ich glaube, ich kann das erklären", mischte Lanni sich mit bebender Stimme ein.

„Die Frau, die ich als Sekretärin eingestellt habe, heißt Mariah Douglas", fuhr Christian fort. „Sie kommt nächste Woche. Erst vor ein paar Tagen habe ich alles in die Wege geleitet."

Verwirrt wandte Charles sich an Lanni.

„Er hat Recht", bestätigte sie, und er merkte, wie sie sich verspannte. „Ich bin nach Hard Luck gekommen, um das Haus meiner Großmutter leer zu räumen. Sawyer hatte meine Mutter angerufen und gefragt, ob er es mieten könne."

„Das Haus deiner Großmutter", wiederholte Charles ausdruckslos.

„Catherine Fletcher ist meine Großmutter."

6. KAPITEL

„Charles?“ Ellen wandte sich an ihren Sohn, als würde sie nach einer Erklärung suchen. „Sicher handelt es sich um ein Missverständnis.“

Ohne auf seine Mutter zu achten, sah Charles Lanni in die Augen, die seinen Blick standhaft erwiderte.

„Es handelt sich um kein Missverständnis, Mutter“, sagte er eisig. „Anscheinend hat man mich zum Narren gehalten.“ Dann drehte er sich um und ging weg.

Lanni widerstand dem Drang, ihm zu folgen. „Es tut mir Leid, wenn ich Ihnen Unannehmlichkeiten bereitet habe, Mrs. Greenleaf“, erklärte sie, so ruhig sie konnte.

Ellen schaute Charles nach. „Es tut mir Leid, Lanni.“ Als sie sich Lanni zuwandte, lag ein trauriger Ausdruck in ihren Augen. „Wissen Sie, unsere Familien haben einander so viel Leid zugefügt, dass man nicht so leicht darüber hinwegsehen kann. Ich wünsche Ihrer Großmutter nichts Schlechtes, aber ich möchte auch nichts mit ihr zu tun haben.“

„Verstehe.“ Ellen bat sie also indirekt zu gehen. „Es ... freut mich, Sie kennen gelernt zu haben.“

Statt etwas zu erwidern, nickte Ellen nur.

Das Herz klopfte ihr bis zum Hals, als Ellen sie und Christian allein ließ. Sie musste unbedingt mit Charles reden, denn er war wütend und verletzt – und das mit Recht.

Doch es war nicht ihre Absicht gewesen, ihn zu hintergehen. Zweimal hatte sie versucht, es ihm zu erzählen, aber er hatte sie nicht zu Wort kommen lassen. Da sie bereits befürchtet hatte, dass er so reagieren würde, war sie beinah froh darüber gewesen, dass er sie nicht hatte ausreden lassen.

Lanni ging auf die andere Seite der Turnhalle, wo sie sich auf einen Stuhl sinken ließ. Sie hatte das Gefühl, dass ihre Beine ihr nicht länger gehorchten.

„Stimmt etwas nicht, Lanni?“

Als sie aufschaute, stellte sie fest, dass Abbey vor ihr stand. „Charles hat die Feier fluchtartig verlassen“, fuhr sie fort.

„Es ist nichts“, schwindelte Lanni, denn sie wollte Abbey den Tag nicht verderben.

Abbey setzte sich auf den freien Stuhl neben ihr. „Das glaube ich nicht. Erzähl mir, was passiert ist.“

Lanni atmete einmal tief durch, bevor sie antwortete. „Charles hat erfahren, dass Catherine Fletcher meine Großmutter ist. Ich hätte es ihm gleich sagen sollen, aber ich dachte, es würde keine Rolle spielen. Ich hatte gehofft, ihm würde irgendwann klar werden, dass keiner von uns etwas mit der Fehde zwischen unseren Familien zu tun hat.“

Abbey drückte ihr die Hand. „Gib ihm etwas Zeit.“

Zu dem Entschluss war Lanni schon gekommen, obwohl sie bezweifelte, dass sie je den schockierten und wütenden Ausdruck in seinen Augen vergessen würde. Charles hatte gar nicht schnell genug von ihr fortkommen können.

„Mach dir keine Sorgen um Charles und mich.“ Sie lächelte gezwungen. „Ich möchte dir nicht den Tag verderben.“

„Nichts könnte mir diesen Tag verderben“, versicherte Abbey. Nachdem sie sich noch einen Moment leise mit Lanni unterhalten hatte, kehrte sie wieder zu Sawyer zurück.

Da ihr Mund wie ausgetrocknet war, ging Lanni zum Buffet, um sich etwas Bowle zu nehmen. Sie hatte gerade einen Schluck getrunken, als Sawyer sich zu ihr gesellte.

„Abbey hat mir erzählt, was passiert ist“, sagte er grimmig.

„Charles braucht einfach Zeit, um sich damit abzufinden, das ist alles“, erwiderte sie betont unbefangen.

Sawyer wirkte ziemlich zerknirscht. „Ich hätte es ihm sagen sollen.“

„Es war nicht deine Aufgabe.“

„Ich habe ihn bewusst in dem Glauben gelassen, dass du die Sekretärin bist, die Christian eingestellt hat.“ Er runzelte die Stirn. „Charles war so verdammt selbstgerecht, als er von Christians und meinem Plan erfahren hat. Als ich gemerkt habe, was er für dich empfindet, dachte ich, es wäre ausgleichende Gerechtigkeit."

„Ich bin an allem schuld", wandte sie ein, „nicht du."

„Wenn du willst, rede ich mit ihm."

So verlockend das Angebot auch war, wollte Lanni niemanden in die Sache mit hineinziehen. „Nein, vielen Dank. Entweder lösen Charles und ich das Problem allein oder gar nicht. Es ist unsere Angelegenheit."

Dass Charles so heftig reagiert hatte, tat ihr weh. Wie Ellen festgestellt hatte, hatten beide Familien einander viel Leid zugefügt. Lanni war bereit zu verzeihen, was die O'Hallorans ihrer Familie angetan hatten, doch bei Charles war es umgekehrt anscheinend nicht der Fall.

„Er ist ein sturer Esel", bemerkte Sawyer. „Du musst Geduld mit ihm haben."

Lanni antwortete nicht. In Anchorage warteten anderweitige Verpflichtungen auf sie, denn in wenigen Wochen sollte sie bei der Zeitung anfangen. Sie war jedenfalls nicht gewillt, ihre Abreise zu verschieben, und hoffte, dass Charles wie durch ein Wunder zur Vernunft kommen würde. Wenn es darauf ankam, konnte sie genauso stur sein wie er.

Nachdem Sawyer gegangen war, trank sie ihr Glas leer. Das kühle Getränk war sehr wohltuend, weil ihre Kehle wie ausgetrocknet war. Gerade als Lanni das leere Glas abstellen wollte, bemerkte sie Charles.

Er war zurückgekommen und stand auf der anderen Seite der Halle, so weit wie möglich von ihr entfernt, wie es schien. Als er sie ansah, versuchte sie zu lächeln, um ihm zu zeigen, wie Leid es ihr tat.

Sobald ihre Blicke sich begegneten, wandte Charles sich jedoch ab und ging zu seiner Mutter. Damit bewies er Lanni deutlich, dass er seiner Familie gegenüber loyal war und nichts mehr mit ihr zu tun haben wollte.

„Hallo, Lanni."

Als sie sich umdrehte, stand Duke Porter vor ihr. „Hallo, Duke", begrüßte sie ihn.

„Muss ich um meinen Kopf fürchten, wenn ich dich um den nächsten Tanz bitte?"

„Natürlich nicht."

„Ich meinte nicht dich." Er warf einen Blick in Charles' Richtung. „Ihr beide scheint unzertrennlich zu sein. Ich möchte keine Probleme machen, aber Charles sitzt da drüben, und du bist hier ganz allein. Außerdem wirkst du etwas niedergeschlagen."

Stolz hob Lanni den Kopf. Sie hatte nicht gewusst, dass alle ihr ansahen, wie elend ihr zumute war. „Niemand wird etwas dagegen haben, wenn wir tanzen", sagte sie. „Und Charles O'Halloran schon gar nicht."

Charles war außer sich vor Wut. Lanni war nicht die Einzige, die ihn getäuscht hatte, denn auch Abbey und Sawyer hatten mitgemacht und sich offenbar köstlich über ihn amüsiert. Trotzdem nahm er es seinem Bruder nicht übel. Sawyer war so verliebt, dass man ihn gar nicht mehr mit normalen Maßstäben messen konnte. Und was Abbey betraf, so wusste Charles nicht einmal, wie viel sie über seine Familiengeschichte wusste.

Daher blieb nur noch Lanni übrig.

Er hätte beinah angenommen, dass auch sie nicht über alles informiert war, wäre da nicht eine Kleinigkeit gewesen: Lanni hatte ihn bewusst in dem Glauben gelassen, sie wäre Sawyers Sekretärin. Kein Wunder, dass sie kaum etwas von sich erzählt hatte. Sicher wusste sie Bescheid. Er musste wirklich an sich halten, um seinem Zorn nicht freien Lauf zu lassen.

Lanni Caldwells wegen hatte er sich zum Narren gemacht. Sie war die Enkelin der Frau, die er abgrundtief hasste. Er mochte gar nicht daran denken, dass er ihr erst kurz zuvor sein Herz zu Füßen gelegt hatte. Bestimmt hatte sie sich insgeheim vor Lachen ausgeschüttet!

Charles steigerte sich bewusst in seine Wut hinein, um nicht schwach zu werden, als Lanni ihn ansah.

Im Gegensatz zu ihr war er alt genug, um sich an einige Dinge zu erinnern, die damals passiert waren. Er hatte selbst miterlebt, was Catherine Fletcher seiner Familie angetan hatte. Sie hatte die Ehe seiner Eltern und das Leben seines Vaters zerstört. Das würde er niemals vergessen und ihr niemals verzeihen.

Da er Lanni keine Genugtuung verschaffen wollte, indem er sie ansah, wandte er sich ab. Doch bereits nach zwei Minuten hielt er es nicht mehr aus und drehte sich wieder um. Dabei stellte er fest, dass sie nicht mehr am Buffet stand, sondern mit Duke tanzte.

Charles konnte sich kaum noch beherrschen, als er beobachtete, wie Duke ihr eine Hand an die Hüfte legte. Er musste all seine Willenskraft aufbieten, um sich nicht an den anderen Gästen vorbeizudrängen und Duke Porter k.o. zu schlagen.

Selbst jetzt begehrte er Lanni immer noch. Er hatte sich noch nie für schwach gehalten, allerdings bisher auch nicht gewusst, dass er so ein Idiot war.

„Ist alles in Ordnung?“ erkundigte sich Christian.

„Bestens“, erwiderte er schroff, ohne den Blick von Lanni und Duke zu wenden. Sie hatte wirklich keine Zeit verschwendet!

„Was läuft zwischen Lanni und dir?“ hakte Christian nach.

„Nichts.“ Am liebsten hätte Charles ihm für seine unverschämte Frage den Kopf abgerissen.

„Ist ja gut.“ Christian hob beschwichtigend die Hände. „Ich habe nur eine Frage gestellt.“

„Und du hast eine Antwort bekommen.“

Christian folgte seinem Blick. „Sie ist wirklich ein hübsches Ding“, sagte er leise. „Ein Jammer, dass sie mit Catherine verwandt ist.“ Dann ging er weg, und Charles war froh, ihn endlich los zu sein.

Er war nicht in der Stimmung für Gesellschaft, vor allem wenn sein jüngster Bruder ihn daran erinnerte, wie hübsch Lanni war.

Lanni hatte Duke die Arme um die Schultern gelegt, der wiederum die Hände von ihren Hüften zur Taille und wieder zurück gleiten ließ. Das reichte! Charles ging auf die Tanzfläche zu.

Sawyer stellte sich ihm in den Weg. „Hast du ein Problem?"

Charles funkelte ihn an. „Ich nicht, aber Duke. In wenigen Minuten wird er eine Zahnprothese brauchen."

„Du solltest lieber nach draußen gehen und dich etwas abkühlen", mischte Christian sich ein, der sich zu ihnen gesellt hatte. Sawyer und er hakten Charles unter und brachten ihn nach draußen.

„Du bist nicht wütend auf Duke, sondern auf mich", erklärte Sawyer dort. „Allerdings bin ich dein Bruder, und heute ist mein Hochzeitstag."

Da er ihm Recht geben musste, biss Charles die Zähne zusammen. Am wütendsten war er auf Lanni, was jedoch nicht bedeutete, dass Sawyer nicht auch seine Finger im Spiel gehabt hatte.

„Ich hätte es dir sagen sollen."

Charles versteifte sich unwillkürlich. „Da hast du verdammt Recht."

„Ich gebe ja zu, dass ich mich nicht richtig verhalten habe. Aber spielt es denn tatsächlich eine Rolle, mit wem Lanni verwandt ist? Schließlich hat sie mit der Vergangenheit ihrer Familie nichts zu tun. Es ist nicht fair, sie aufgrund der Dinge, die Catherine getan hat, zu beurteilen – genauso wenig, wie es fair wäre, wenn sie dich für das, was Dad getan hat, verantwortlich machen würde."

„Es gibt Dinge, von denen du überhaupt keine Ahnung hast!" entgegnete Charles scharf, während er sich über die Stirn fuhr. Er wusste viel besser als Sawyer oder Christian, was Catherine Fletcher den O'Hallorans angetan hatte. Jedes Mal, wenn er Lanni ansah, würde er daran erinnert werden, dass sie eine Blutsverwandte von Catherine war.

„Wenn er so denkt", sagte Christian zu Sawyer, „können wir auch nichts machen."

Sawyer runzelte die Stirn. „Ich frage mich aber, ob er mit den Konsequenzen leben könnte."

Charles warf seinen Brüdern einen Blick zu, mit dem er ihnen zu verstehen gab, dass sie sich zur Hölle scheren sollten.

„Ich verschwinde von hier", verkündete er.

Sawyer und Christian wechselten einen Blick.

„Und ich möchte allein sein, verstanden?" Charles hatte sich noch nie in seinem Leben sinnlos betrunken. Doch irgendwann war es immer das erste Mal.

Lanni beobachtete, wie Charles mit seinen beiden Brüdern die Turnhalle verließ. Kurz darauf kehrten Sawyer und Christian ohne ihn zurück. Sie versuchte, sich einzureden, dass es ihr nichts ausmache, aber das tat es doch.

Daher beschloss sie, die Feier ebenfalls zu verlassen, und ging zu Abbey und Sawyer, um sich von ihnen zu verabschieden. „Ich wünsche euch, dass ihr miteinander glücklich werdet", flüsterte sie, da sie befürchtete, ihr würde die Stimme versagen.

„Es wird alles wieder gut", flüsterte Abbey ihr ins Ohr, als Lanni sie umarmte.

Lanni lächelte gezwungen und nickte. „Ich versuche, daran zu denken."

Sawyer blickte sie ernst an. „Es tut mir Leid, Lanni."

„Was?" erwiderte sie aufgesetzt fröhlich. „Du hast doch nichts falsch gemacht." Sie war froh, dass er nicht versuchte, sie mit irgendwelchen Floskeln zu trösten.

Bevor Lanni die Turnhalle verließ, war der Empfang zu Ende. Abbey und Sawyer sollten noch am selben Abend nach Fairbanks fliegen und am nächsten Tag von dort in ihre Flitterwochen auf Hawaii aufbrechen. Abbey hatte Lanni vorher erzählt, dass Scott und Susan mit ihren Großeltern verreisen würden und Charles sich während ihrer Abwesenheit um Eagle Catcher, Scotts Husky, kümmern wollte. Während alle sich voneinander verabschiedeten, stahl Lanni sich davon.

Ihr war, als würden sie alle Freunde, die sie in der Stadt hatte, verlassen.

Als sie das Haus ihrer Großmutter betrat, kam es ihr wie ein Gefängnis vor. An einer Wand im Wohnzimmer stapelten sich die Kartons, die sie nach Anchorage schicken wollte. Kurz nach ihrer Ankunft in Hard Luck hatte sie erfahren, dass man hier alles per Post verschickte – sogar Lebensmittel –, denn alle anderen Transportmöglichkeiten wären viel zu teuer gewesen.

Plötzlich klingelte das Telefon. Lanni zuckte zusammen und blickte es starr an, bis es wieder klingelte. Als sie abnahm, klopfte ihr das Herz bis zum Hals.

„Hallo“, meldete sie sich.

„Hallo, Schwesterherz.“

„Matt.“ Allein seine Stimme zu hören, tröstete sie schon ein wenig. „Schön, dass du dich meldest.“

„Du vermisst mich, stimmt's?“

Und wie sie ihn vermisste! Sie hatte ihren großen Bruder immer angebetet, schon als Kind. Erst als seine Ehe gescheitert war, hatte Lanni ihn etwas kritischer betrachtet.

„Du hockst jetzt also mit den O'Hallorans zusammen“, riss Matt sie aus ihren Gedanken.

„So würde ich es nicht unbedingt nennen“, schwindelte sie.

„Mir ist da aber etwas anderes zu Ohren gekommen. Mom hat mir erzählt, dass du bei Sawyer als Sekretärin eingesprungen bist und Charles kennen gelernt hast.“

„Stimmt, wir haben uns kennen gelernt.“ Sie schluckte mühsam.

„Mom meinte, ihr beide würdet euch gut verstehen.“

Lanni hielt den Hörer krampfhaft umklammert. Am liebsten hätte sie ihrem großen Bruder ihr Herz ausgeschüttet und ihn um Rat gefragt, doch sie widerstand der Versuchung hartnäckig.

„Nun klär mich schon auf, Schwesterherz.“

Sie befeuchtete sich die Lippen mit der Zunge. „Charles ist ... sehr nett.“

„Mom sagte, du wärst ganz begeistert von ihm.“

„Wie geht es Karen?“ versuchte sie das Thema zu wechseln.

Dann seufzte sie leise. Die Trennung von Karen hatte Matt schwer zu schaffen gemacht, und Lanni machte sich noch Sorgen um ihn. „Tut mir leid, Matt. Ich vergesse immer, dass ihr nicht mehr zusammen seid."

„Karen ist weggezogen."

„Weggezogen? Was soll das heißen?"

„Sie hat ihre Sachen gepackt und ist nach Kalifornien gegangen."

Ihre Hoffnung, dass Matt und Karen sich versöhnen würden, wurde mit einem Schlag zunichte gemacht. Wenn Karen Tausende von Meilen von Anchorage entfernt lebte, waren die Chancen, dass die beiden sich wieder zusammenrauften, gleich null.

„Wann war das?" Lanni, die immer engen Kontakt zu ihrer Schwägerin gehabt hatte, hatte nicht gewusst, dass diese aus Alaska fortgezogen war.

„Letzte Woche. Sie wurde befördert, und damit war ein Umzug nach Kalifornien verbunden. Soweit ich weiß, hat sie die Gelegenheit genutzt. Natürlich hat sie mich nicht angerufen, um es mit mir zu besprechen. Ich habe von Freunden gehört, dass sie innerhalb von zwei Tagen ihre Sachen gepackt hatte und weggegangen ist."

Lanni machte die Augen zu. Kein Wunder, dass ihr Bruder nicht merkte, wie schlecht es ihr ging. Er hatte selbst genug Probleme.

„Das tut mir Leid."

„Mom sagte, Karen habe versucht, sich mit dir in Verbindung zu setzen, bevor sie weggegangen sei. Ich möchte nur das Beste für sie." Das klang, als hätte er es auswendig gelernt. Ihr war klar, dass er nicht zugeben konnte, wie sehr er seine Exfrau liebte und vermisste. Es hätte ihn zu verletzlich gemacht.

„Das weiß ich, Matt."

„Hör mal", fuhr er etwas fröhlicher fort. „Ich habe nicht angerufen, um mit dir Trübsal zu blasen."

„Gut." Lanni konnte eine kleine Aufmunterung gebrauchen.

„Mir ist ein Gerücht zu Ohren gekommen, und ich möchte, dass du es für mich auf seinen Wahrheitsgehalt überprüfst. Würdest du das für mich tun?“

„Sicher.“

„Stimmt es, dass es so eine Art Hotel in Hard Luck gibt?“

„Ja. Aber es ist vor einigen Jahren ausgebrannt, und man hat es danach nicht renoviert.“

„Das ist großartig!“

„Großartig? Ehrlich gesagt, frage ich mich, warum die O'Hallorans es nicht längst haben abreißen lassen. Alle Türen und Fenster sind mit Brettern vernagelt. Entweder sollte man es wieder aufbauen oder abreißen lassen.“

„Meinst du, sie wären bereit, es zu verkaufen?“

„Das Hotel?“

„Natürlich das Hotel.“

„Warum?“ Ihrer Meinung nach ergab das Ganze keinen Sinn.

„Warum?“ wiederholte ihr Bruder. „Weil ich damit etwas vorhabe. Der Eingang zum Nationalpark ist ganz in der Nähe, stimmt's? Es wäre die ideale Unterkunft für Touristen.“

Jetzt hatte ihr Bruder anscheinend völlig den Verstand verloren. „Und was ist im Winter, Matt? Welcher halbwegs normale Mensch würde im Dezember oder Januar in die Arktis kommen? Du würdest sofort Pleite machen.“

„Hunde, Lanni. Es gibt Hunderte von Abenteuerlustigen, die auf der Suche nach einem neuen Kick sind. Ich werde Schlittenhundrennen veranstalten.“

„Aber dann musst du erst die Hunde züchten.“ Dieses Projekt würde Matts finanzielle Mittel bei weitem übersteigen.

„Nicht unbedingt. Ich werde sie und alles andere, was ich brauche, von Profis mieten. Dies ist die Chance meines Lebens, und ich werde sie ergreifen, Lanni.“

Einen Moment lang fragte sich Lanni, ob Matt tatsächlich übergeschnappt war. Er hatte ständig verrückte Ideen, doch dies war bislang die verrückteste. Immer wenn er seine Pläne in die

Tat umgesetzt hatte, war ihm nach spätestens sechs Monaten die Puste ausgegangen. Dieses Muster hatte sich unzählige Male wiederholt.

„Würdest du Charles für mich fragen, Lanni?"

Sie presste sich die Hand auf die Stirn. „Nein ..." Bis jetzt hatte sie ihm noch nie eine Bitte abgeschlagen.

„Nein?"

„Wenn du ernsthaft an diesem ausgebrannten Hotel interessiert bist, dann frag die O'Hallorans doch selbst."

Es entstand eine lange Pause. „Ist alles in Ordnung mit dir?" erkundigte Matt sich schließlich.

„Alles ist bestens", schwindelte sie. „Mit Grammys Haus bin ich fast fertig. Vielleicht komme ich schon in ein paar Tagen wieder zurück."

„Du hörst dich aber nicht so an", erklärte er sanft. „Willst du mir nicht sagen, was passiert ist?"

„Nichts ist passiert."

„Bist du sicher?"

„Ja. Beantworte mir nur eine Frage."

„Was du willst."

Lanni atmete einmal tief durch. „Sind alle Männer von Natur aus Mistkerle, oder müssen sie sich erst Mühe geben, so zu werden?"

Matt lachte leise. „Du hast dich mit den O'Hallorans angelegt, oder?"

„So in etwa."

„Na ja, ich kenne die Brüder O'Halloran nicht, aber die Antwort hängt wohl davon ab, wen du fragst. Karen ist sicher der Meinung, dass ich ein Mistkerl bin und keine Mühe gescheut habe, so zu werden. Ich schätze allerdings, dass es mir in die Wiege gelegt wurde."

Sein Plan, Frauen nach Hard Luck zu locken, erwies sich als nicht ganz so erfolgreich, wie Christian erwartet hatte. Einer seiner Brüder war inzwischen verheiratet, und der andere redete nicht mehr mit ihm.

Da er lange nicht mehr im Büro gewesen war, beschloss Christian, zum Flugplatz zu gehen und einmal nach dem Rechten zu sehen.

Das Wetter war herrlich an diesem Morgen. Abbey und Sawyer waren am Vorabend abgereist, und die Kinder waren gerade mit ihren Großeltern abgeflogen. Christian warf einen Blick auf seine Armbanduhr. Abbey und Sawyer mussten sich jetzt im Flugzeug nach Hawaii befinden.

Christian wollte gerade die Stufen des Wohnwagens betreten, als er das Motorengeräusch eines Flugzeugs hörte. Da sich keine der Maschinen von Midnight Sons in der Luft befand, musste es sich um die einer anderen Charterfluggesellschaft handeln. Er blieb vor dem Wohnwagen stehen und beobachtete, wie die Cessna zur Landung ansetzte.

Frontier war eine bekannte Charterfluggesellschaft, die von Fairbanks aus operierte. Die Piloten machten regelmäßig Zwischenstopps in Hard Luck, doch dies war ein außerplanmäßiger Flug.

Nachdem die Maschine gelandet und ausgerollt war, wurde die Tür geöffnet, und eine junge rothaarige Frau kam vorsichtig die Gangway herunter. Als sie unten war, blieb sie stehen und blickte sich um.

Christian kannte sie, konnte sie jedoch nicht einordnen, da er in den letzten fünf Wochen so viele Bewerbungsgespräche geführt hatte.

Ohne den Motor abzuschalten, reichte der Pilot der Frau einen Koffer, der ziemlich teuer aussah. Prompt ließ sie ihn fallen, sodass er aufsprang und ein halbes Dutzend Spitzenslips herausfielen.

Da der sich drehende Propeller der Maschine einen starken Luftzug verursachte, wurden die Slips in der Luft herumgewirbelt. Die Frau schrie frustriert auf und versuchte, ihre Unterwäsche wieder einzusammeln. Unterdessen wurden durch den Luftzug noch mehr Dessous aus dem Koffer gewirbelt.

Der Pilot reichte einen zweiten Koffer durch die Tür, während die Frau ihrer Unterwäsche nachjagte. Christian hätte ihr gern geholfen, doch er hatte das Gefühl, dass sie keinen großen Wert darauf gelegt hätte.

Schließlich hob sie einen schwarzen Spitzen-BH und ein paar andere knappe Dessous auf, stopfte sie hastig in den Koffer und machte ihn zu.

Christian musste an sich halten, um nicht loszulachen.

Nun hob die Rothaarige den Koffer hoch und wandte sich an den Piloten. Nachdem er kurz mit ihr gesprochen hatte, schüttelten sie sich zum Abschied die Hand. Als das Flugzeug wenige Minuten später startete, winkte die Frau enthusiastisch.

„Hallo“, begrüßte sie Christian lächelnd, als sie ihn bemerkte.

„Hallo.“ Er ging auf sie zu. „Soll ich Ihnen beim Tragen helfen?“

„Nein, danke, ich schaffe das schon.“ Sie hängte sich ihre Handtasche über die Schulter, bevor sie den anderen Koffer hochhob.

„Willkommen in Hard Luck.“ Noch immer wusste er nicht, wer diese Frau war.

„Ich bin so froh, dass ich endlich hier bin“, sagte sie seufzend. „Ich hatte ja keine Ahnung, dass der Ort so weit von der Zivilisation entfernt ist.“

Da sie offenbar Probleme hatte, ihr Gepäck allein zu tragen, nahm Christian ihr die Koffer schließlich doch ab.

„Hoffentlich ist es nicht so schlimm, dass ich einen Tag zu früh gekommen bin“, erklärte sie.

„Einen Tag zu früh?“

„Ja. Ich bin Mariah Douglas, die Sekretärin, die Sie eingestellt haben. Erinnern Sie sich nicht mehr an mich?“

Noch nie im Leben hatte Lanni sich so elend gefühlt. Sie verbrachte den ganzen Tag damit, die persönlichen Dinge ihrer Großmutter durchzusehen. Als sie hinten im Bücherschrank einen dicken braunen Umschlag fand, vermutete sie, dass dieser etwas mit David O'Halloran zu tun hatte. Wie sich herausstellte, war es auch so.

Der Umschlag enthielt die Briefe, die David ihrer Großmutter von der Front geschickt hatte, doch Lanni brachte es nicht übers Herz, sie zu lesen. Mehr als fünfzig Jahre hatte ihre Großmutter Liebesbriefe von einem Mann aufgehoben, der sie hatte sitzen lassen.

Da Lanni den ganzen Tag nichts gegessen hatte, beschloss sie, zum Hard Luck Café zu gehen. Als sie in die Hauptstraße einbog, kam Charles auf sie zu. Ihr erster Impuls war, so zu tun, als hätte sie ihn nicht gesehen.

Offenbar hatte Charles sie im selben Moment bemerkt, denn er verlangsamte sofort den Schritt, als würde allein ihr Anblick ihn aus der Fassung bringen.

Langsam gingen sie aufeinander zu und blieben schließlich dicht voreinander stehen. Lanni ergriff zuerst das Wort. „Charles, bitte ..."

„Was?" entgegnete er schroff.

„Falls ich dich getäuscht haben sollte, tut es mir Leid."

„*Falls*?"

Es entstand eine spannungsgeladene Stille.

„Du erwartest bestimmt, dass ich mich bei dir entschuldige", versuchte Lanni es ein letztes Mal. „Ich sehe ein, dass mein Verhalten nicht richtig war. Ich hätte es dir gleich bei unserer ersten Begegnung erzählen sollen. Doch ich dachte, du würdest die Vergangenheit vergessen, wenn wir uns erst einmal besser kennen."

Charles lächelte bitter.

Nun wurde sie wütend. „Irgendetwas stimmt hier nicht. *Dein* Vater hat *meine* Großmutter vor fünfzig Jahren sitzen lassen, und *ich* entschuldige mich bei *dir*."

Seine Augen funkelten, doch er sagte nichts.

„Weißt du, was ich heute Morgen gefunden habe? Briefe. Meine

Großmutter hat die Briefe aufbewahrt, die dein Vater ihr von der Front geschickt hat. All die Jahre hat sie sie in Ehren gehalten. Sie waren mit Bändern verschnürt und lagen hinten in ihrem Bücherschrank."

Er ballte die Hände zu Fäusten. „Sie hat seine Ehe und sein Leben zerstört."

„Oh, bitte. Dein Vater war ganz allein dafür verantwortlich."

„Es gibt Dinge, von denen du nichts weißt."

„Ich weiß genug. Meine Großmutter war so verliebt in deinen Vater, dass sie nach Fairbanks gereist ist, um sich in ihrem Hochzeitskleid fotografieren zu lassen. Sie wollte es für ihn tragen. Kannst du dir vorstellen, wie ihr zumute gewesen sein muss, als sie erfahren hat, dass er eine andere Frau geheiratet hatte? Kannst du dir vorstellen, wie schwer es ist, jemanden nicht mehr zu lieben?"

Wieder antwortete Charles nicht.

„Offenbar liegt es in der Familie", rief sie frustriert.

„Verdammt, wovon redest du eigentlich?"

Lanni krampfte die Hände zusammen, sodass ihre Fingernägel sich schmerzhaft in die Handflächen bohrten. „Von dir." Nun konnte sie nicht länger verbergen, was in ihr vorging. „Hast du nicht behauptet, du würdest mich lieben? Anscheinend bedeuten diese Worte einem O'Halloran nichts – deinem Vater damals genauso wenig wie dir."

Sie glaubte, so etwas wie Bedauern in seinen Augen zu erkennen, doch er antwortete nicht.

„Verstehe", fuhr sie leise fort.

„Du hättest mir sagen sollen, wer du bist", sagte er schließlich.

„Das habe ich getan."

„Von wegen."

Lanni legte die Hand aufs Herz. „Ich bin Lanni Caldwell. Was hätte ich dir sonst noch sagen sollen?"

Charles schloss die Augen, als könnte er sie nicht mehr sehen.

Daraufhin gab sie sich einen Ruck und versuchte es noch einmal. „Was passiert ist, ist passiert. Meine Großmutter war zwar keine Heilige, aber dein Vater war auch kein Heiliger – genauso wenig wie du und ich."

Er fuhr sich mit der Hand durch das dunkle Haar. „Es tut mir Leid, Lanni."

Lanni wusste nicht, worauf er hinauswollte. Als es ihr endlich klar wurde, erfasste sie Panik. „Was willst du damit sagen, Charles?"

Er atmete tief ein.

„Heißt das, du willst nichts mehr mit mir zu tun haben?"

Er nickte langsam.

„Dann sag es doch!" fuhr sie ihn an, wütend und frustriert zugleich. „Du solltest wenigstens den Mut haben, es mir ins Gesicht zu sagen."

Der gequälte Ausdruck in seinen Augen war beinah mehr, als sie ertragen konnte. Charles hob die Hand und streichelte ihr zärtlich die Wange. „Es wäre niemals gut gegangen, Lanni."

7. KAPITEL

Lanni hatte ihm erzählt, sie habe Publizistik studiert. Charles saß im Hard Luck Café über seinen Becher gebeugt, während er sich durch den Kopf gehen ließ, was zwischen Lanni und ihm passiert war. Mitch Harris, der für das Innenministerium arbeitete, und seine Tochter Chrissie saßen an einem anderen Tisch und frühstückten.

Charles dachte an den Tag, an dem er Lanni mit zum Claim seines Großvaters genommen hatte. Als sie am Lagerfeuer gesessen und sich unterhalten hatten, hatte er sich gefragt, warum Lanni als Sekretärin tätig war, wenn sie ein Universitätsdiplom in der Tasche hatte. Für ihn hatte es keine Rolle gespielt. Er war so froh darüber gewesen, dass sie in Hard Luck war, dass er den Grund dafür gar nicht hatte wissen wollen.

Seit dem Hochzeitsempfang hatten alle möglichen Leute ihm Vorwürfe gemacht. Sogar Ben wollte ihn offenbar ins Gebet nehmen.

„Noch ein Schluck?" Ben blieb an seinem Tisch stehen, die Kaffeekanne in der Hand.

„Nein, danke", erwiderte Charles, ohne aufzublicken. Sein Kaffee war mittlerweile nur noch lauwarm.

Ben blieb jedoch stehen. „Normalerweise mische ich mich nicht ungefragt in die Angelegenheiten anderer ein, aber ..."

„Dann tu es auch jetzt nicht", unterbrach Charles ihn ruhig. Er war schon seit Jahren mit Ben befreundet und wollte nicht, dass ihre Freundschaft auseinander ging – schon gar nicht wegen Lanni.

„Ich würde ja die Klappe halten, wenn da nicht etwas wäre." Ben stellte die Kanne auf den Tisch und fuhr nach einem Blick auf Mitch mit gesenkter Stimme fort: „Ich habe dir doch von Marilyn erzählt. Seit mindestens zehn Jahren habe ich nicht von ihr gesprochen, und es hat mich ziemlich aufgewühlt. So wie ich es sehe, schuldest du es mir."

„Ich schulde dir etwas für den Kaffee, sonst nichts."

„Diesmal nicht, Charlie."

Ben wusste genau, dass niemand ihn Charlie nannte.

„Lanni geht weg", erklärte Ben. „Ich habe mitbekommen, dass sie sich auf ihre Abreise vorbereitet."

„Ich weiß." Was, glaubte Ben eigentlich, hatte er in der letzten halben Stunde gemacht? Er, Charles, hatte sich den Kopf darüber zerbrochen, wie er es schaffen sollte, Lanni gehen zu lassen.

Ben presste die Lippen zusammen. „Du weißt es?"

Charles umklammerte den Henkel seines Bechers, bis seine Fingerknöchel weiß hervortraten. „Es lässt sich wohl nicht ändern, meinst du nicht?"

„Willst du sie etwa gehen lassen?"

Charles nickte.

Ben neigte den Kopf zur Seite, als würde er seinen Ohren nicht trauen – oder vielmehr, als würde ihm nicht gefallen, was er gehört hatte. „Soll das heißen, du willst Lanni Caldwell wirklich gehen lassen, nachdem ich dir erzählt habe, was mir passiert ist? Wenn du so dumm bist, wirst du es bis an dein Lebensende bedauern."

„Schon möglich."

„Okay, du schuldest mir nichts, aber wie ist es mit dir? Oder Lanni. Sie hat es nicht verdient, so behandelt zu werden. Mir scheint, als würdest du bloß nach einem Vorwand suchen, sie loszuwerden."

„Halt du dich da raus, Ben", warnte Charles ihn. „Was zwischen Lanni und mir passiert, geht dich nichts an."

„Ich verstehe dich nicht." Ben schüttelte den Kopf. „Ich verstehe dich wirklich nicht." Dann nahm er die Kaffeekanne und kehrte in die Küche zurück. „Du hast studiert und bist gebildet, aber ich habe noch nie einen so dummen, sturen ..."

„Mistkerl wie mich gesehen", ergänzte Charles.

„Einen letzten Rat möchte ich dir geben", rief Ben aus der Küche. „Ich habe fünfundzwanzig Jahre mit meinen Fehlern gelebt. Als ich ihre Briefe nicht gelesen habe, war mir nicht klar, dass ich

Marilyn nie wiedersehen würde. Für mich hat es nie eine andere Frau gegeben. Denk einmal darüber nach, Charles. Würdest du Lanni gehen lassen, wenn du wüsstest, dass du sie nie wiedersehen würdest?“

„Ja, ich würde es tun.“ Charles stand auf und knallte ein paar Münzen auf den Tisch. Dann verließ er das Café.

Am frühen Nachmittag sollte Duke Porter mit dem Firmentransporter von Midnight Sons eintreffen. Nachdem Lanni die Kartons vom Wohnzimmer auf die Veranda gebracht hatte, setzte sie sich auf die oberste Stufe und wartete auf ihn. Sie hatte Muskelkater, aber der körperliche Schmerz tat ihr gut.

In der Ferne war bereits eine Staubwolke zu sehen. Da Lanni annahm, es wäre Duke mit dem Wagen, stand sie auf und fuhr sich über die Stirn. Doch Sekunden später stellte sie fest, dass es Charles war, der vorbeifuhr. Er sah stur geradeaus und würdigte sie keines Blickes, als wäre sie Luft für ihn.

Lanni setzte sich wieder und barg das Gesicht in den Händen. Dann atmete sie einige Male tief durch, um nicht die Fassung zu verlieren.

Unwillkürlich fragte sie sich, wie oft es ihrer Großmutter so ergangen sein mochte, dass ihr Herz bei einem heranfahrenden Wagen schneller geschlagen hatte. Ob David sie besucht hatte? All die Jahre hatte sie auf ihn gewartet, sich Hoffnungen gemacht und gelitten. Nun lag sie im Sterben, und Lanni wusste, warum. Die Ärzte behaupteten, es wäre ihr Herz, und in gewisser Weise hatten sie sogar Recht. Während der letzten zehn Jahre war Catherine einen langsamen Tod gestorben, weil sie im Leben keinen Sinn mehr gesehen hatte. Mit Davids Tod war auch ihre Hoffnung begraben worden, irgendwann wieder mit ihm zusammen zu sein.

Charles konnte sie, Lanni, nicht lieben, doch zwischen ihnen stand keine andere Frau. Er wollte nichts mehr mit ihr zu tun haben, weil er seiner Familie gegenüber loyal war.

Im Gegensatz zu ihrer Großmutter war Lanni bereit, Hard Luck zu verlassen. Da sie allerdings nicht bereit war, sich für ihre Herkunft zu entschuldigen, würde sie hocherhobenen Hauptes weggehen.

Wenige Minuten später kam Duke und lud die Kartons in den Wagen. Nachdem sie die Papiere unterzeichnet und ihm die Adresse gegeben hatte, an die die Rechnung geschickt werden sollte, kehrte Lanni ins Haus zurück.

Am nächsten Morgen würde sie abreisen.

Als sie sich am Abend auf die Hollywoodschaukel auf der Veranda setzte, schien die Sonne, und es wehte eine sanfte Brise. Während sie den Duft der Tundra-Blumen einatmete, die diese mit sich brachte, schloss Lanni die Augen und dachte an das letzte Mal, als sie auf einer Schaukel gesessen hatte ...

Obwohl sie die angenehme Stille genoss, die nur vom Zirpen der Grillen und vom Zwitschern der Vögel durchbrochen wurde, wusste sie, dass sie dadurch keinen Trost finden konnte.

Lanni konnte beim besten Willen nicht verstehen, dass ihre Großmutter weiterhin in Hard Luck gelebt und auf einen Mann gewartet hatte, der sie niemals geliebt hätte – jahrein, jahraus, bis sie alt und verbittert geworden war.

Lanni schloss gequält die Augen. Für sie waren die letzten Stunden, die sie in Hard Luck verbrachte, schon schlimm genug, aber Catherine hatte den Ort nie freiwillig verlassen wollen.

Plötzlich hörte Lanni Schritte. Als sie die Augen öffnete, stellte sie fest, dass Charles vor dem weißen Palisadenzaun stand, der das Grundstück ihrer Großmutter begrenzte. Sofort begann ihr Herz schneller zu schlagen.

Stand er tatsächlich da, oder war es nur ein Trugbild? War es ihrer Großmutter auch so ergangen? Hatte sie sich so verzweifelt nach David gesehnt, dass sie ihn in ihrer Fantasie heraufbeschworen hatte, so wie sie, Lanni, jetzt Charles vor sich stehen sah?

„Ich hätte nicht kommen sollen."

Sie hatte es sich also nicht eingebildet. Es war tatsächlich Charles, und es war offensichtlich, dass er gar nicht hatte kommen wollen. Als sie ihn gequält ansah, wandte er sich ab.

Lanni sprang auf und eilte die Stufen hinunter. „Geh bitte nicht."

Charles zögerte einen Moment.

„Komm, setzen wir uns." Sie zeigte auf die Hollywoodschaukel.

Als er näher kam, sah sie, welche inneren Kämpfe er mit sich ausfocht. Offenbar wusste er selbst nicht, warum er gekommen war, und betrachtete es als eine Schwäche. Wenn das der Fall war, war sie ebenfalls schwach.

Lanni ging wieder auf die Veranda und setzte sich so auf die Hollywoodschaukel, dass neben ihr noch Platz war.

Nun öffnete Charles die Gartenpforte und folgte ihr, blieb jedoch oben auf der Treppe stehen. Obwohl seine Miene ausdruckslos war, erkannte Lanni, dass er seine Gefühle unterdrückte.

„Ich bin meinem Vater ähnlicher, als ich dachte", erklärte er rau. „Er konnte es auch nicht lassen."

Sie wusste nicht, was er meinte, aber es spielte in diesem Moment ohnehin keine Rolle. Dies war ihr letzter Abend in Hard Luck, und Charles war bei ihr.

Wie gebannt betrachtete sie ihn. Der Ausdruck in seinen Augen und seine starre Haltung bewiesen ihr, dass er genauso verletzt war wie sie.

„Vor Jahren ist meine Mutter nach England zurückgekehrt", fuhr er fort. „Sie hat Christian mitgenommen, und mein Vater war am Boden zerstört. Zuerst hat er Trost im Alkohol gesucht, aber es war bald vorbei, weil er einfach nicht der Typ war, der sich sinnlos betrinkt."

Er machte eine Pause und fuhr sich über den Nacken. „Später hat er Trost bei Catherine gesucht."

Wenn das stimmte, dann verstand Lanni nicht, warum Charles ihre Großmutter derart hasste. Sie wusste nicht, ob sie entsetzt oder erfreut darüber sein sollte, dass Catherine doch etwas Zeit mit dem Mann verbracht hatte, den sie so geliebt hatte.

„Dad dachte, Sawyer und ich hätten keine Ahnung, wo er nachts war, aber wir wussten es. Wir haben nie darüber geredet. Er war Catherine richtig verfallen."

„Das ist lange her."

„Genau wie er sich nicht von Catherine fern halten konnte, kann ich mich nicht von dir fern halten", gestand Charles. „Ich kann dir einfach nicht widerstehen, Lanni."

Lanni stand auf und ging auf ihn zu. Dann berührte sie sein Gesicht. „Ich liebe dich, Charles."

Er zog sie an sich, um verlangend seine Lippen auf ihre zu pressen und sie zu küssen, als könnte er nie genug von ihr bekommen. Sie spürte instinktiv, dass das, was sie ihm jetzt gab, für immer andauern würde.

Als er leise aufstöhnend die Finger in ihr Haar schob, legte sie ihm die Arme um den Nacken und presste sich an ihn. Schließlich löste er sich für einen Moment von ihr, um sie anschließend so leidenschaftlich zu küssen, dass ihr schwindelig wurde.

Dann umfasste er ihre Handgelenke und zog ihre Arme herunter. „Wir müssen damit aufhören", stieß er hervor.

Lanni schmiegte sich an ihn. Als sie merkte, wie schnell sein Herz klopfte und wie angespannt er war, wusste sie, was sie wissen musste. Nach einer Weile spürte sie, wie Charles ihr übers Haar strich.

Auch ihr Herz begann schneller zu schlagen, als sie sich aus seiner Umarmung löste und ihn ins Haus führte, wo er die Tür hinter ihnen schloss.

„Halt mich einfach nur fest", flüsterte sie, während sie sich wieder an ihn schmiegte. „Mehr verlange ich gar nicht von dir."

Im Wohnzimmer setzten sie sich auf das Sofa, auf dem auch Catherine mit David gesessen haben musste. Charles schien im selben Augenblick daran zu denken wie sie, Lanni.

„Hier hat mein Vater mit Catherine gesessen", stellte er fest.

„Ich weiß. Wir können woanders hingehen."

„Nein, lass nur." Wieder zog er sie an sich und verteilte zarte Küsse auf ihrem Gesicht, bevor er die Lippen auf ihre presste. Diesmal war sein Kuss so sanft, dass ihr Herz vor Leidenschaft förmlich raste und sie neue Hoffnung schöpfte.

Irgendwann löste Charles sich von ihr, um ihre Bluse aufzuknöpfen. Lanni hakte ihren BH auf, und beim Anblick ihrer nackten Brüste atmete er scharf ein. Schließlich neigte er den Kopf, um ihre Brustspitzen mit der Zunge zu reizen.

Als Charles aufblickte, zitterte er, und Lanni liebte ihn umso mehr, weil er sich derart beherrschte. Dann umfasste er ihre Brüste, um sie aufreizend langsam zu streicheln.

„Wir müssen aufhören", flüsterte er.

Lanni nickte und versuchte, ihre Bluse zuzuknöpfen, schaffte es aber nicht. Nachdem auch seine Bemühungen fehlgeschlagen waren, gab sie es auf und raffte ihre Bluse einfach zusammen.

Charles lehnte sich zurück und zog Lanni an sich.

„Was hast du vorhin gemeint, als du gesagt hast, David hätte es nicht geschafft, sich von Catherine fern zu halten?" fragte sie, sobald sie die Sprache wiedergefunden hatte.

„Sie hatten eine Affäre. Vielleicht hatte es keine Bedeutung ..."

„Du hast es aber nicht vergessen. Und deine Mutter auch nicht", erinnerte sie ihn, während sie ihm in die Augen schaute.

„Irgendwann haben wir erfahren, dass Ellen nach Hard Luck zurückkehren würde. Sie wollte sich nicht von meinem Vater scheiden lassen, sondern nach Hause zurückkommen."

Lanni schloss die Augen und dachte daran, wie sehr Charles und Sawyer sich damals nach ihrer Mutter gesehnt haben mussten. Gleichzeitig war ihr klar, dass ihre Großmutter vermutlich am Boden zerstört war, nachdem sie von Ellens Rückkehr erfahren hatte.

„Mein Vater wollte es Catherine unbedingt sagen. Sie war gerade bei uns, und ich habe am Küchentisch Hausaufgaben gemacht." Charles schwieg einen Moment, bevor er fortfuhr: „Catherine ist richtig hysterisch geworden. Sie hat geschrien und auf meinen Vater eingeschlagen. Er hat nicht einmal versucht, sich zu verteidigen, und als ich dazwischengehen wollte, hat er mich davon abgehalten. Als ich den Krach gehört hatte, war ich ins Wohnzimmer gekommen. Zum Glück war Sawyer nicht da. Catherine hat David immer wieder gesagt, er könne ihr das kein zweites Mal antun."

Lanni traten die Tränen in die Augen.

„Schließlich hat sie angefangen zu weinen und zu Dad gesagt, es würde ihm noch Leid tun. Dann hat sie das Haus verlassen." Unwillkürlich verstärkte er seinen Griff. „Nachdem sie gegangen war, ist Dad zusammengebrochen. Es war das einzige Mal in meinem Leben, dass ich ihn habe weinen sehen. Zuerst dachte ich, sie hätte ihn verletzt, aber später ist mir klar geworden, dass ich mich geirrt hatte."

Plötzlich verstummte er, als könnte er es nicht ertragen, weiterzusprechen.

„Bitte erzähl mir alles, Charles", drängte sie. „Ich muss es wissen."

„Er hat geweint, weil er Catherine liebte. Er hatte sie immer geliebt."

„Aber warum ..." Sie war völlig verwirrt. Warum hatte David Ellen wieder bei sich aufgenommen, wenn Catherine ihm wirklich etwas bedeutet hatte?

Charles hatte ihre Gedanken offenbar erraten. „Ich halte mich an dem Glauben fest, dass er meine Mutter auch geliebt hat", flüsterte er. „Meine Brüder bezweifeln das nicht, aber ich bin mir nicht sicher. Zu dem Zeitpunkt waren meine Eltern fast fünfundzwanzig Jahre verheiratet. Ellen hatte niemanden, nur uns drei. Ihre Familie war im Krieg ums Leben gekommen, und als Ellen nach England zurückkehrte, war sie dort ganz allein. Während all der Jahre, die sie in Alaska verbracht hatte, hatte sie sich ausgemalt, wie ihr Leben verlaufen wäre, wenn sie in England geblieben wäre. Doch dann musste sie feststellen, dass sie dort genauso unglücklich war."

„Wie lange war sie weg?"

„Achtzehn Monate."

Lanni verspürte Mitgefühl für Ellen. Sie hatte in zwei völlig verschiedenen Welten gelebt und war in keiner davon richtig zu Hause gewesen.

„Mutter hat Sawyer und mich vermisst und wollte ihrer Ehe noch eine Chance geben. Man muss ihr zugute halten, dass sie sich wirklich Mühe gegeben hat. Nach ihrer Rückkehr hat sie sich eine Zeit lang in der Gemeinde engagiert."

„Wie lange?"

„Bis Catherine ihre Drohung wahr gemacht hat."

Lanni verspannte sich unwillkürlich.

„Catherine hat meine Mutter vor der gesamten Gemeinde lächerlich gemacht. Zuerst hat sie Ellen von ihrer Affäre mit meinem Vater erzählt und dabei keine Einzelheit ausgelassen. Außerdem hat sie dafür gesorgt, dass alle davon erfuhren. Und sie hat alle Versuche meiner Eltern, ihre Ehe zu retten, im Keim erstickt und hatte ihre helle Freude daran."

„Du hasst meine Großmutter, nicht wahr?"

„Ja", erwiderte Charles, ohne zu zögern. „Meine Mutter hat viele Fehler gemacht, aber das hatte sie nicht verdient. Sie hat sich in einen Mann verliebt, der eine andere liebte. Ich werde nie verstehen, warum die beiden geheiratet haben. Vielleicht lassen sich die Menschen im Krieg zu Dingen hinreißen, die sie sonst niemals tun würden."

„Hat dein Vater nichts dagegen unternommen, als Catherine Ellen provoziert hat?"

Er ging auf ihre Frage nicht ein. „Catherine hat es nicht gereicht, Ellen zu quälen, sondern sie hat auch alles darangesetzt, meinen Vater zu verletzen. Es hat sicher keine Frau gegeben, die verbitterter war als Catherine Fletcher. Mein Vater hat meine Mutter betrogen, und zu allem Überfluss hat Catherine sie auch noch gedemütigt. Ich möchte meine Mutter nicht wieder verletzen. Deshalb will ich nicht mit einer Frau zusammen sein, die mich ständig an Catherine erinnern würde."

Lanni befreite sich aus seiner Umarmung und stand auf, wobei sie mit einer Hand noch immer ihre Bluse zusammenraffte. „Und was ist mit meiner Großmutter? Sie hat das alles genauso wenig verdient, oder? Dein Vater hat sie zweimal benutzt und dann einfach fallen lassen. Kannst du ihr aus ihrem Verhalten einen Vorwurf machen? Ich glaube nicht, dass er sie geliebt hat. Er hat sie nur benutzt!"

Wie sie erwartet hatte, antwortete er nicht darauf. Mit zitternder Hand strich sie sich eine Strähne aus dem Gesicht.

„Du hast gesagt, meine Großmutter hätte die Ehe und das Leben deines Vaters zerstört. Ich frage mich ..." Sie atmete einmal tief durch, bevor sie weitersprach. „Ich frage mich, ob dir klar ist, was er ihr angetan hat. Kurz nachdem er mit seiner Braut aus dem Krieg zurückgekehrt war, hat sie geheiratet, aber ihre Ehe wurde bereits zwei Jahre später geschieden. Sie hat sich von ihrem einzigen Kind getrennt, um in Davids Nähe bleiben zu können. Für meine Mutter und mich ist Catherine wie eine Fremde, und das ist einzig und allein die Schuld deines Vaters."

Charles beugte sich vor, stützte die Ellbogen auf die Knie und ließ den Kopf hängen. „Jetzt weißt du, warum es mit uns beiden nie gut gehen würde", flüsterte er.

Lanni versteifte sich unwillkürlich. „Es tut mir Leid, Charles. Unsere Familien haben einander so viel Leid zugefügt."

„Mir tut es auch Leid."

„Aber es ändert nichts daran."

Er schüttelte den Kopf. „Es ist besser, wenn du Hard Luck verlässt."

„Ich will nicht denselben Fehler machen wie meine Großmutter damals", erklärte sie, und obwohl sie sich bemühte, ruhig zu sprechen, bebte ihre Stimme. „Ich werde nicht den Rest meines Lebens damit verbringen, mich nach einem Mann zu verzehren."

„Das möchte ich auch nicht."

„Ich werde nach Anchorage zurückgehen und versuchen, dich zu vergessen." Mit dem Handrücken wischte Lanni sich die Tränen ab, die ihr über die Wangen liefen.

Charles nickte kurz.

„Ich werde nie wieder nach Hard Luck kommen." Wütend über sich selbst, weil sie weinte, wich sie einen Schritt zurück.

Nun stand er auch auf und fuhr sich mit der Hand durchs Haar. „Ich dachte, du solltest es wissen."

Sie ließ den Kopf sinken. „Es hat mir geholfen. Ich kann deine Familie genauso hassen."

Charles wandte sich ab und verließ das Zimmer.

Damit verschwand er für immer aus ihrem Leben.

Sawyer saß im Bett, und Abbey lehnte sich an ihn, den Kopf an seiner behaarten Brust. Durch die geöffneten Verandatüren waren das leise Rauschen der Brandung zu hören und das Rascheln der Palmwedel, die sich in der tropischen Brise bewegten.

„Irgendwann müssen wir unser Zimmer verlassen", meinte Abbey und seufzte.

Sawyer strich ihr übers Haar. „Warum?"

Sie lehnte sich zurück, um ihm in die Augen zu schauen. „Da draußen ist das Paradies, falls du es noch nicht bemerkt haben solltest."

„Das Paradies ist hier bei dir."

Nicht zum ersten Mal staunte sie darüber, wie romantisch ihr Mann veranlagt war. Sie war darüber genauso angenehm überrascht wie über seine Sinnlichkeit. Die Ehe mit ihm würde fantastisch werden.

In der Hochzeitsnacht, die sie in Fairbanks verbracht hatten, hatten sie sich immer wieder geliebt, bis sie irgendwann dicht aneinander gekuschelt eingeschlafen waren. Am nächsten Morgen waren sie dann nach Hawaii geflogen.

Als sie dort angekommen waren, hatte Abbey sich nach einem Bett gesehnt – Sawyer auch, aber aus einem anderen Grund. Er war wirklich unersättlich, wie sie bald festgestellt hatte. Sie hatten bereits gefrühstückt, waren jedoch immer noch nicht aufgestanden.

„Ich würde gern ein bisschen die Gegend erkunden", sagte Abbey. „Hast du etwas dagegen?"

Sawyer seufzte schwer, während er ihr mit einer Hand den Rücken streichelte. „Ich stehe nur auf, wenn du mir etwas versprichst."

„Was denn?"

„Du musst mich füttern."

Sie warf einen Blick auf den Wecker. „Zum Mittagessen ist es wohl noch etwas zu früh."

Ein verführerisches Lächeln umspielte seine Lippen. „Ich bin weniger am Hauptgang interessiert als am Nachtisch."

„Jetzt?"

„Wir sollten keine Zeit verschwenden." Sobald er die Lippen auf ihre presste, stöhnte sie auf und schmiegte sich an ihn.

„Sawyer", protestierte sie halbherzig, nachdem er sich von ihr gelöst hatte. „Es ist schon halb elf, und ..."

„Du hast Recht." Sawyer drückte sie auf die Matratze und beugte sich über sie. „Es lohnt sich gar nicht mehr, die Insel zu erkunden. Wir verschieben es auf morgen."

Abbey kicherte. „Das habe ich nicht gemeint."

Aufreizend ließ er die Zunge über ihre Lippen gleiten.

„Vielleicht hast du Recht", brachte sie hervor.

„Ich wusste, dass du es einsiehst."

Irgendwann verließen sie das Zimmer doch. Abbey überredete Sawyer sogar dazu, in dem hoteleigenen Geschenkeshop zwei Hemden und Hüte im Partnerlook zu kaufen.

„Ich sehe aus, als hätte ich eine Ananas auf dem Kopf", beschwerte er sich, als er sich im Spiegel betrachtete.

Anschließend fuhren sie mit dem Leihwagen an die Nordküste von Oahu, wo sie einen menschenleeren Strand entdeckten. Abbey bat Sawyer, ihr den Rücken mit Sonnencreme einzureiben.

„Brauchst du vorn keine Hilfe?" erkundigte er sich eifrig.

„Nein." Sie verteilte die Creme auf den Armen und hielt inne, als sie bemerkte, dass er sie dabei beobachtete.

„Hör auf damit", bat sie ihn.

„Womit?"

„Mich so anzusehen."

Er schaute sie mit Unschuldsmiene an. „Wie sehe ich dich denn an?"

Abbey verdrehte die Augen. „Als wolltest du dich jeden Moment auf mich stürzen."

Als Sawyer seine Sonnenbrille abnahm, funkelten seine Augen. „Genau das habe ich vor."

Unwillkürlich musste sie lächeln. Sie war zwar schon einmal verheiratet gewesen, doch sie hatte sich noch nie so geliebt und umsorgt gefühlt – und auch nicht so sexy. „Es würde dir recht geschehen, wenn ich in den Flitterwochen schwanger werde", meinte sie geistesabwesend, während sie den Deckel auf die Flasche drehte.

Er betrachtete sie reglos. „Besteht denn die Möglichkeit?"

Abbey fürchtete sich vor seiner Reaktion, denn bisher hatten sie noch nicht über das Thema Familienplanung gesprochen. „Na ja, ich hatte bisher noch keine Gelegenheit, mir die Pille verschreiben zu lassen, und wir haben keine ... Vorsichtsmaßnahmen getroffen."

Sawyer stieß einen Freudenschrei aus und warf seinen Hut in die Luft. „Verdammt, wenn ich das gewusst hätte, hätte ich das Hotelzimmer niemals verlassen!"

„Heißt das, du hast nichts dagegen?"

„Warum sollte ich etwas dagegen haben? Wenn du schwanger werden würdest, wäre es das Zweitbeste, was mir je passiert ist!"

„Und was ist das Beste?"

Es schien ihn zu überraschen, dass sie es nicht wusste. „Dass ich dich kennen gelernt habe, mein Schatz, was sonst?"

Abbey sprang auf, um das Strandlaken und alle anderen Dinge, die sie gerade ausgepackt hatte, wieder in ihre Tasche zu stopfen.

„Komm mit", sagte sie dann zu Sawyer.

Er schaute sie verständnislos an. „Wohin?"

Sie zwinkerte ihm zu. „Zurück ins Hotel natürlich."

Am nächsten Morgen schaute Lanni auf ihrem Weg zum Flugplatz im Hard Luck Café vorbei.

„Guten Morgen, Ben." Sie nahm ihren Rucksack ab und stellte ihn auf den Boden.

„Guten Morgen." Ben betrachtete ihr Gepäck. „Sieht aus, als würdest du dich davonmachen."

Lanni lächelte traurig. „Ich wollte auf eine letzte Tasse Kaffee vorbeikommen und mich von dir verabschieden." Sie streckte Ben, mit dem sie sich mittlerweile auch duzte, die Hand entgegen.

„Wir werden dich vermissen", meinte er, während er ihr die Hand schüttelte.

„Ich dich auch."

„Mich? Ich schätze, dass ich nicht gerade derjenige bin, nach dem du dich sehnen wirst."

Lanni senkte den Blick, da sie nicht auf seine Bemerkung eingehen wollte. „Es ist jedenfalls sehr interessant hier gewesen."

„Bestimmt."

Als er ihr Kaffee einschenkte, öffnete sie ihre Handtasche.

Ben winkte ab. „Der geht auf meine Rechnung."

„Danke." Sie trank einen kräftigen Schluck, denn sie hatte in der letzten Nacht kaum geschlafen. Vielleicht würde der Kaffee ihr dabei helfen, den Tag zu überstehen.

„Das mit Charles und dir ist verdammt schade."

Lanni zuckte betont gleichgültig die Schultern. „Leute kommen, Leute gehen."

„Du passt viel besser nach Hard Luck als so manche von denen, die Christian eingestellt hat. Eine der Frauen hat es nicht einmal versucht, und eine andere – sie war Lehrerin – hat sich sogar geweigert, aus dem Flugzeug zu steigen."

„Du machst wohl Witze!"

„Nein.“ Ben stützte die Hände auf den Tresen. „Frag doch die anderen.“

„Ich glaube dir ja.“

„Schade, dass du zurückmusst. Wer fliegt dich eigentlich nach Fairbanks?“

„Ralph“, erwiderte sie und warf einen Blick auf ihre Armbanduhr. „Ich gehe jetzt lieber zum Büro, sonst fliegen sie noch ohne mich los.“

„Wir werden dich vermissen, Lanni“, sagte Ben wieder, als sie ihr Gepäck hochhob.

Lanni musste blinzeln, um die Tränen zurückzuhalten, als sie ihm zuwinkte und zur Tür hinauseilte.

Vor dem Wohnwagen stand Charles' Transporter, der mit Campingutensilien beladen war. Sie zögerte einen Moment, doch dann bemerkte sie Ralph, der auf der Türschwelle stand und ein Klemmbrett in der Hand hatte.

„Ich bin gleich fertig“, sagte er lächelnd. „Steigen Sie schon ein.“

Im nächsten Moment kam Charles aus dem Büro. Als er sie sah, blieb er abrupt stehen.

Lanni warf einen sehnsüchtigen Blick auf das Flugzeug. Sie hatten sich bereits voneinander verabschiedet. Es gab nichts mehr zu sagen.

„Auf Wiedersehen, Charles.“ Lanni streckte ihm die Hand entgegen.

Charles zögerte kurz, bevor er ihre Hand ergriff. „Auf Wiedersehen, Lanni.“

Nachdem sie ihn ein letztes Mal angelächelt hatte, ging sie hocherhobenen Hauptes zum Flugzeug und stieg ein.

Sie setzte sich hin, schnallte sich an und blickte mit Tränen in den Augen aus dem Seitenfenster. Charles stand reglos neben seinem Transporter und schaute zu ihr herüber.

Kurz darauf lud Ralph ihr Gepäck ein und stieg ebenfalls ein. Bevor er den Motor startete, ging er mit ihr die Sicherheitsvorkehrungen durch. Lanni hörte jedoch nur mit halbem Ohr zu, während sie weiterhin aus dem Fenster sah.

Dann setzte sich das Flugzeug in Bewegung und rollte auf die Startbahn zu.

Lanni drehte sich um und beobachtete, wie Charles einige Schritte ging und schließlich stehen blieb. Wenige Minuten später war er bereits außer Sichtweite.

8. KAPITEL

„Hallo, Grammy, ich bin's, Lanni." Catherine Fletcher schaute ihre Enkelin an, als würde sie sie nicht wiedererkennen.

Catherine war Anfang Siebzig, sah aber älter aus, denn sie hatte tiefe Falten und einen verbitterten Zug um den Mund. „Ich weiß, wer du bist", sagte sie. „Wo ist Kate?"

„Mom kommt gleich."

„Deine Mutter hat mich die ganze Woche nicht besucht. Wenn meine Tochter mich schon abschiebt, damit ich sterbe, soll sie wenigstens herkommen."

Lanni wusste, dass ihre Mutter Catherine fast jeden Tag im Pflegeheim besucht hatte. Obwohl die täglichen Besuche eine Belastung für sie waren, tat Kate alles, um ihrer Mutter den Aufenthalt dort so angenehm wie möglich zu machen.

„Steh nicht rum!" schimpfte Catherine. „Bring mir meinen Bademantel. Ich will aus diesem verdammten Bett raus."

Ihre schroffe Art konnte nicht darüber hinwegtäuschen, dass Catherine sehr zerbrechlich war. Lanni war bei ihrem Anblick richtig erschrocken, weil sie noch dünner schien als je zuvor.

„Mutter, du weißt doch, dass du ohne die Hilfe einer Schwester nicht aufstehen kannst." Kate, die auf der Türschwelle erschienen war, klang besorgt und frustriert zugleich. „Und es besteht kein Grund, Lanni so anzuschreien."

Lanni war erleichtert. Ihre Mutter war genau im richtigen Moment gekommen.

Verlegen wandte Catherine den Blick ab.

„Wir wollen dir heute Nachmittag die Haare waschen", fuhr Kate eine Spur sanfter fort. „Es ist wieder mal fällig."

Catherine verzog missbilligend den Mund. Sie trug einen Knoten, aus dem sich zahlreiche Strähnen gelöst hatten.

„Ich wünschte, du könntest dich dazu durchringen, dein Haar abschneiden zu lassen", fügte Kate hinzu.

„Nein“, entgegnete Catherine scharf. „An mein Haar lasse ich niemanden ran.“

„Wie du willst, Mutter.“

Lanni konnte über die Engelsgeduld ihrer Mutter nur staunen.

Eine Stunde später verließ sie mit Kate das Pflegeheim. „Wie schaffst du das bloß?“ fragte sie verblüfft.

„Sie ist meine Mutter“, erklärte Kate schlicht. „Sie war zwar nicht gerade die beste Mutter der Welt, aber ich hätte es auch schlechter treffen können. Es ist nicht einfach für sie, sich an das Leben im Heim zu gewöhnen. Wir dürfen nicht vergessen, dass sie bisher immer für sich selbst gesorgt hat.“

„Aber sie ist so ...“

„Undankbar?“ ergänzte Kate.

„Ja.“

„Mutter kann nicht aus ihrer Haut. Ich glaube, sie hat kein besonders glückliches Leben geführt. Ihr Gesundheitszustand verschlechtert sich zusehends, und ich möchte keine Reue empfinden, wenn wir sie beerdigen müssen.“

Lanni verstand, was ihre Mutter damit meinte, denn auch sie fragte sich ständig, was hätte gewesen sein können. Es verging keine Minute, in der sie nicht an Charles dachte. Seitdem sie nach Anchorage zurückgekehrt war, fühlte sie sich unsagbar elend.

Kate hakte sich bei Lanni unter. „Hast du Lust, irgendwo zu Mittag zu essen?“

Lanni nickte und lächelte schwach.

„Gut.“

Kate nahm Lanni mit in ihr Lieblingsfischrestaurant, was sie normalerweise nur bei besonderen Anlässen wie zum Beispiel Lannis Geburtstag tat.

Im Restaurant führte man sie zu einer gemütlichen Nische am Fenster, von dem man den Turnagain Arm überblicken konnte, eine fjordähnliche Bucht, die mit dem Cook Inlet verbunden war. Soweit Lanni noch aus dem Geschichtsunterricht wusste, hatte James Cook den Turnagain Arm 1778 entdeckt, und zwar während seiner dritten und letzten Reise auf der Suche nach der Nordwestpassage. Der ungewöhnliche Name rührte daher, dass Cook und seine Mannschaft wieder hatten umkehren müssen.

„Willst du etwas mit mir feiern?“ fragte Lanni, während sie die Leinenserviette auf ihrem Schoß ausbreitete.

„Dass du wieder zu Hause bist.“

„Ich bin schon seit fast einem Monat wieder da.“ Genauer gesagt waren es siebenundzwanzig Tage, von denen ihr jede Minute wie ein Jahr vorgekommen war. Es überraschte Lanni, dass sie Charles kaum kannte und ihn trotzdem so sehr liebte. Jeder Tag ohne ihn war eine Qual. Sie hatte keinen Appetit mehr und schlief schlecht.

„Irgendetwas ist doch passiert, als du in Hard Luck warst“, bemerkte ihre Mutter leise, während sie sie über die Speisekarte hinweg betrachtete. „Du hast zwar nichts gesagt, aber deinem Vater und mir ist nicht entgangen, wie unglücklich du bist.“

„Es ist nichts, Mom. Mir geht es gut.“

„Du hast abgenommen und ... Ach Schatz, du kannst mir wirklich alles erzählen. Ich bin deine Mutter, und wenn ich dir nicht helfen kann, dann vielleicht jemand anders. Bitte sag mir, was dich bedrückt.“

Obwohl Lanni immer ein gutes Verhältnis zu ihrer Mutter gehabt hatte, hatte sie sich ihr noch nie so nahe gefühlt wie in diesem Moment. Sie hatte beobachtet, wie Kate mit ihrer verbitterten Mutter fertig wurde, und hatte sie immer bewundert, weil sie Catherine eine so gute Tochter war. Nun bewies Kate wieder einmal, dass sie eine genauso gute Mutter war.

„Es ist mir fast peinlich, es zu sagen“, begann Lanni, während sie nervös ihre Serviette zusammenknüllte. „Ich habe mich verliebt, und zwar in ... Charles O’Halloran.“

Sekundenlang schloss Kate die Augen. „David O’Hallorans Sohn?“

„Ja“, flüsterte Lanni. „Du hast mir etwas über David und Grammy erzählt, und den Rest habe ich von Charles erfahren.“

„Vielleicht kannst du es mir eines Tages berichten, denn es gibt viele Dinge, von denen ich nichts weiß. Aber jetzt möchte ich erfahren, was zwischen dir und Charles vorgefallen ist. Was hat dich so verletzt?"

„Er wusste nicht, dass ich mit Catherine verwandt bin, denn ich habe es ihm bewusst verschwiegen. Als er zufällig die Wahrheit erfahren hat, wollte er nichts mehr mit mir zu tun haben."

Kate runzelte die Stirn. „Dann ist er ein Narr."

Lanni lächelte unwillkürlich, was ihr richtig gut tat. „Falls ich ihn jemals wiedersehen sollte – was ich allerdings bezweifle –, werde ich es ihm ausrichten."

Auch Kate entspannte sich ein wenig. „Möchtest du darüber sprechen?"

Lanni erzählte ihrer Mutter von Charles – davon, dass sie sich sofort zueinander hingezogen gefühlt hatten, und von der Seelenverwandtschaft, die sie miteinander verband. Schließlich beschrieb sie ihr, was während der Trauzeremonie geschehen war und später, als Charles die Wahrheit erfahren hatte.

Irgendwann bemerkte Lanni, dass sie weinte. Kate drückte ihr die Hand. „Es tut mir so Leid, Schatz. Ich wünschte, ich hätte dir all das ersparen können."

„Weißt du, Mom, das Komische ist, dass ich es überhaupt nicht bereue, Charles zu lieben. Eines Tages bin ich vielleicht so weit, dass ich zurückblicken und mir darüber klar werden kann, wie nachhaltig unsere Begegnung mein Leben verändert hat. Doch jetzt tut es noch zu sehr weh. Es fällt mir schwer, es zu akzeptieren, aber ich glaube, dass wir einfach nicht zusammen sein dürfen – genauso wie sein Vater und Grammy niemals heiraten sollten."

Kate wischte sich eine Träne von der Wange. „Du überraschst mich", erwiderte sie leise. „Seit wann bist du eigentlich so lebensklug?"

Lanni lachte, während sie sich die Augen mit der Serviette abtupfte. „Ich fühle mich überhaupt nicht lebensklug, sondern leer."

„Das geht vorüber", versicherte Kate. Plötzlich wurde sie nachdenklich. „Übrigens fällt mir ein, dass Matt vor kurzem von Charles O'Halloran gesprochen hat."

„Matt möchte den O'Hallorans das Hotel abkaufen, das sie in Hard Luck besitzen", erklärte Lanni, die in letzter Zeit öfter mit ihrem Bruder über seine Pläne gesprochen hatte.

„Dein Bruder hat mal wieder eine seiner Schnapsideen, wie?" Kate seufzte theatralisch.

Lanni verdrehte die Augen. „Vielleicht ist es diesmal anders. Ich kann mir gut vorstellen, dass er damit Erfolg hat."

„Weißt du noch, wie er auf die Haushaltsschule gegangen ist?"

„Wie könnte ich das vergessen!" Matt hatte damals gehofft, mit den verrücktesten Rezepten das große Geld zu machen, und seine Familie als Versuchskaninchen benutzt. Doch es war nicht der große Erfolg gewesen, den er sich erhofft hatte.

„Eine Zeit lang hat er es sogar mit Fischfang versucht", erinnerte ihre Mutter sie.

„War das, bevor oder nachdem er beschlossen hatte, Buchhalter zu werden? Weißt du, Mom, vielleicht schafft er es diesmal. Es ist ihm wirklich ernst mit dem Hotel."

„Ich wünschte nur, er hätte eher etwas unternommen, bevor ..."

Obwohl Kate den Satz nicht beendete, wusste Lanni, was sie dachte. Wenn Matt die Idee mit dem Hotel eher gehabt hätte, hätte er möglicherweise seine Ehe retten können.

„Morgen Abend gehe ich mit ihm essen", berichtete Lanni. „Dann werde ich ihn fragen, wie der aktuelle Stand ist." Dabei wollte sie versuchen, so viel wie möglich über Charles zu erfahren, ohne dass es auffiel.

Nein, sagte sie sich dann energisch. Es war vorbei. Sie würde Charles immer lieben, aber sie musste die Vergangenheit vergessen.

Charles stand vor dem Apartmenthaus, in dem Matt Caldwell wohnte, und fragte sich, ob dieses Treffen tatsächlich nötig war. Matt hatte ihn angerufen und erklärt, sie müssten noch einige Unterlagen durchgehen. Da Charles ohnehin in Anchorage war, hatte er schlecht absagen können.

Dass er Matt sympathisch fand, überraschte ihn nicht im Mindesten. Unter anderen Umständen wäre er froh gewesen, Lannis älteren Bruder als Freund zu haben. Für ihn war es mehr als ein Zeichen seines guten Willens, das Hotel an einen Verwandten von Catherine zu verkaufen. Er wollte Lanni damit zu verstehen geben, dass er sie immer lieben würde.

Sawyer und Christian hatten sich erstaunlich schnell damit einverstanden erklärt, denn auch sie wollten das Hotel, das ihr Vater gebaut hatte, nicht einfach abreißen lassen. Zusammen hatten sie einen fairen Preis kalkuliert und die Konditionen ausgearbeitet, die einmalig günstig waren.

Nachdem Charles einen Blick auf den Zettel geworfen hatte, auf dem die Nummer von Matts Apartment stand, betrat er das Gebäude. Wenige Minuten später klingelte er an Matts Tür.

Statt Matt öffnete jedoch Lanni, und Charles blickte sie fassungslos an.

Lanni wirkte genauso schockiert, und ihm fiel auf, dass sie den Türknauf krampfhaft umklammerte. „Charles", brachte sie schließlich hervor.

„Lanni." Er hatte ganz vergessen, wie klangvoll ihre Stimme war. Verlegen senkte er den Blick und sah starr auf den Zettel, den er noch immer in der Hand hatte.

Nun trat sie zur Seite. „Komm doch rein."

Es fiel ihm schwer, den Blick von ihr zu wenden. Sie war schmaler geworden und ein bisschen blass, aber sie war die schönste Frau, die er je gesehen hatte.

„Ist Matt da?" fragte er.

„Matt?" Überrascht schaute sie ihn an.

„Er hat mir diese Adresse gegeben, weil er wegen des geplanten Kaufs noch einige Papiere mit mir durchgehen wollte."

„Ach so." Lanni schloss sekundenlang die Augen.

„Was ist los?"

„Anscheinend hat man uns beide reingelegt." Sie ging ihm voran ins Wohnzimmer, wo sie sich auf die Couch sinken ließ. „Das ist meine Wohnung. Matt wollte mich abholen, weil wir vorhatten, zusammen essen zu gehen."

„Vielleicht wollte er uns beide sehen."

„Vielleicht", meinte sie unsicher. „Wartest du hier? Ich rufe ihn kurz an." Sie stand auf und verließ das Zimmer. Als sie zurückkam, war sie noch blasser.

„Tut mir Leid, Charles. Matt hat eine Nachricht auf seinem Anrufbeantworter hinterlassen. Er hat das Ganze eingefädelt, damit wir beide uns hier begegnen", erklärte sie mit bebender Stimme. „Dich hat er hierher gelockt und dafür gesorgt, dass ich zu Hause bin."

„Verstehe." Dass es ihm überhaupt nicht Leid tat, verschwieg Charles lieber. Seit Lanni Hard Luck verlassen hatte, hatte er sich unbeschreiblich nach ihr gesehnt und weder richtig schlafen, essen noch einen klaren Gedanken fassen können. Noch nie hatte eine Frau eine derartige Wirkung auf ihn ausgeübt.

„Wie geht es dir?" erkundigte er sich schroff.

„Gut", erwiderte sie leise. „Und dir?"

Lanni hatte sich wieder auf die Couch gesetzt, und er nahm auf einem Stuhl ihr gegenüber Platz. „Auch gut. Sawyer und Abbey sind aus den Flitterwochen zurück, und Pearl Inman ist im Begriff, zu ihrer Tochter zu ziehen."

Sie betrachtete angelegentlich ihre Hände. „Soweit ich weiß, seid Matt und du euch einig geworden."

Charles zuckte die Schultern. „Er hilft uns allen damit, wenn er das Hotel kauft." Schließlich konnte er schlecht zugeben, dass er das Hotel eigentlich ihretwegen verkaufte.

„Was macht Ben?" fragte sie.

„Er ist mürrisch wie eh und je."

Als sie lächelte, verspürte er einen schmerzhaften Stich.

„Und wie kommt die neue Sekretärin klar? Hat sie sich gut eingelebt?"

„Mariah Douglas?“ Er lächelte unwillkürlich. „Ich glaube, sie hat nicht viel Büroerfahrung. Christian musste ihr sogar zeigen, wie man Papier in den Kopierer einlegt.“

„Aber sie ist dageblieben?“

Charles nickte. „Sie scheint fest entschlossen zu sein, es durchzuziehen. Außerdem hat sie darauf bestanden, in einem der alten Blockhäuser zu wohnen, weil sie die acht Hektar Land haben will, die Christian ihr versprochen hat.“

Einen Augenblick schwiegen sie beide.

„Gefällt es dir hier?“ erkundigte Lanni sich schließlich.

Charles hoffte, dass sie die Unterhaltung fortsetzte, denn er wollte nicht gehen. „Ich finde, Anchorage gehört gar nicht richtig zu Alaska.“

Sie lächelte und betrachtete wieder ihre Hände, die sie im Schoß gefaltet hatte.

Noch nie hatte er sich in Gegenwart einer Frau so wohl gefühlt, und er fragte sich, ob es seinem Vater mit Catherine genauso ergangen war. Hatte David in ihr eine Seelenverwandte gefunden, während er mit Ellen verheiratet gewesen war?

Nachdem Lanni abgereist war, war Charles klar geworden, was für eine enge Bindung zwischen ihnen bestand. Bevor er sie kennen gelernt hatte, war er ein Einzelgänger gewesen, doch plötzlich hatte er sich schrecklich einsam gefühlt. Es war, als wäre ein Teil von ihm mit ihr gegangen.

Er hatte sich die Situation unzählige Male durch den Kopf gehen lassen. Doch er hatte den gequälten Ausdruck in den Augen seiner Mutter bemerkt, als diese erfahren hatte, dass Lanni mit Catherine verwandt war. Auf keinen Fall wollte er Ellen noch einmal diese Schmerzen zufügen, denn wohl zum ersten Mal in ihrem Leben war sie glücklich.

Charles sagte sich, dass er besser gehen sollte, konnte sich aber nicht dazu überwinden.

„Ich habe gerade Kaffee gemacht“, sagte Lanni. „Möchtest du eine Tasse?“ Sie warf ihm einen flehenden Blick zu.

Je länger er blieb, desto schwerer würde es ihm fallen, zu gehen. „Na gut“, erwiderte er, bevor er seine Meinung ändern konnte.

Dann folgte er ihr in die Küche. Als sie den Schrank öffnete, um Becher herauszunehmen, umfasste Charles ihr Handgelenk.

„Ich möchte eigentlich keinen Kaffee.“ Er sah ihr in die Augen.

Lanni errötete. „Ich ... ich halte das für keine gute Idee. Ich ...“

Er brachte sie zum Schweigen, indem er den Kopf neigte und seine Lippen auf ihre presste. Als sie seinen Kuss genauso leidenschaftlich erwiderte, fragte er sich, wie er es so lange ohne sie hatte aushalten können. Irgendwann löste er sich von ihr, um ihr sanft mit den Lippen über die Wange zu streichen.

Als er sie dann wieder küsste, brachte er seine ganze Verzweiflung zum Ausdruck. Er konnte einfach nicht genug von Lanni bekommen. Es war gefährlich – für sie beide. Schließlich zog er sich zurück und versuchte, die Fassung wiederzugewinnen.

Lanni barg das Gesicht an seiner Schulter. „Charles ...“

„Ich weiß.“ Er war genauso aufgewühlt wie sie. „Ich sehne mich so danach, mit dir zu schlafen, und das macht mir Angst.“ Er suchte nach einer Lösung, doch jedes Mal, wenn er die Augen schloss, musste er an die schockierte Reaktion seiner Mutter denken.

„Ich möchte mit dir schlafen“, flüsterte er.

Lanni verspannte sich sofort und schüttelte den Kopf.

Dass sie ihn zurückwies, verletzte ihn, denn er hätte sein Leben darauf verwettet, dass sie sich genauso nach ihm sehnte wie er sich nach ihr.

Charles nahm ihre Hand und legte sie auf die Stelle, an der sein Herz klopfte. „Du willst mich, stimmt's?“

„Ja, aber ...“ Zumindest war Lanni so ehrlich, es zuzugeben.

„Ich habe es ohne dich kaum ausgehalten“, gestand er, bevor er sie erneut zu küssen begann. Als er sich von ihr löste, erschauerte sie.

Dann küsste er sie ein letztes Mal auf die Lippen. Allein wenn er sie berührte, klopfte sein Herz schneller, und er glaubte, in Flammen zu stehen. Gleichzeitig empfand er die zärtlichsten Gefühle für sie, die ihm ganz fremd waren.

„Wir können so nicht weitermachen“, flüsterte Lanni.

Charles antwortete nicht.

„Meinst du, dass es etwas ändern würde?“ fuhr sie mit bebender Stimme fort. „Wäre ich dann nicht mehr Catherine Fletchers Enkelin und du nicht mehr Davids und Ellens Sohn?“

Er wusste nicht, was er darauf erwidern sollte. Das Einzige, was er wusste, war, wie sehr er sie brauchte – seelisch und körperlich. Nachdem er einmal tief durchgeatmet hatte, fuhr er sich durchs Haar. „Lanni, bitte ...“

Sie wich einen Schritt zurück und strich sich eine Haarsträhne aus dem Gesicht. Diese Geste hatte er immer so geliebt.

Daraufhin schloss er für einen Moment die Augen und senkte den Kopf.

„Bitte sag mir eins, Charles: Wärst du auch zu mir gekommen, wenn Matt dich nicht hergelockt hätte?“

„Nein.“

Unmerklich zuckte sie zusammen. „Ich hatte auch nicht vor, dich wiederzusehen.“

„Aber wir haben uns wiedergesehen. Und es ist offensichtlich, dass wir immer noch dasselbe füreinander empfinden.“

„Ich werde dich immer lieben, Charles. Allerdings möchte ich so nicht leben – all diese Heimlichkeiten ...“

„Wenn wir uns lieben, dann ...“

„Ich kann nicht“, unterbrach sie ihn. „Ich habe schreckliche Angst davor, dass die Dinge von damals sich wiederholen. Meine Großmutter hat deinen Vater geliebt, aber sie war nie Teil seines Lebens, sondern nur seine Geliebte. Das könnte ich nie ertragen.“

„Ich würde es auch nie von dir verlangen. Schließlich bin *ich* nicht mit einer anderen Frau verheiratet.“

„Aber du wirst immer zwischen deiner Familie und mir hin- und hergerissen sein“, erinnerte sie ihn. „Deine Mutter würde mich nie akzeptieren.“

Auch darauf antwortete er nicht.

„Ich möchte mich für Matts Verhalten entschuldigen. Es wird nicht wieder vorkommen", versicherte sie leise. Dann ging sie zum Wohnzimmer und zeigte auf die Wohnungstür. „Es ist wohl besser, wenn du jetzt gehst."

Charles ging zur Tür und blieb davor stehen, wobei er Lanni den Rücken zuwandte. „Ich kann nicht." Er war nicht sicher, was er damit erreichte, wenn er blieb. Eines wusste er jedoch: Was in der Vergangenheit geschehen war, konnte er nicht wieder gutmachen.

Schließlich kehrte er in die Küche zurück, denn jetzt brauchte er erst einmal einen Kaffee.

Als er die Becher aus dem Schrank nahm, kam Lanni ebenfalls in die Küche.

„Möchtest du auch einen Kaffee?" fragte er.

„Gern."

Nachdem er ihnen eingeschenkt hatte, ging er damit zu dem kleinen Tisch und nahm Lanni gegenüber Platz. Die Erkenntnis, dass er für die dunklen Ringe unter ihren Augen verantwortlich war, brach ihm fast das Herz.

„Ich ... ich möchte mich bei dir bedanken", sagte sie.

„Bedanken?" Er hatte ihr doch bisher nur Schmerzen zugefügt, genau wie sein Vater damals ihrer Großmutter.

„Du hast meinem Bruder sehr geholfen."

Jetzt konnte er ihr genauso gut die Wahrheit sagen. „Ich habe das Hotel aus verschiedenen Beweggründen verkauft, von denen nicht alle uneigennützig waren."

„Das verstehe ich nicht."

„Ich glaube, ich verstehe es auch nicht ganz." Charles trank einen Schluck Kaffee, der mittlerweile etwas bitter geworden war. Irgendwie erschien ihm das passend. „Vielleicht dachte ich, ich würde etwas über dich erfahren, wenn dein Bruder das Hotel leitet. Das heißt allerdings nicht, dass ich meine Nase in deine Angelegenheiten stecken wollte."

„Ach so."

„Ich dachte, dein Bruder würde es mir sagen, wenn du heiratest ..." Beim Gedanken daran, Lanni könnte einen anderen heiraten, krampfte sich sein Herz zusammen. „Was heute Abend passiert ist, tut mir Leid. Ich wollte dich nicht verletzen." Schnell nahm er wieder einen Schluck, damit Lanni nicht merkte, wie schwer es ihm gefallen war, die Worte auszusprechen.

Nun traten ihr die Tränen in die Augen. „Manche Dinge sollen einfach nicht sein."

Charles stand auf, um seinen Becher in die Spüle zu stellen. Bevor er hinausging, drehte er sich noch einmal um, sagte aber nichts.

Lanni und er hatten einander bereits Lebewohl gesagt.

„So", meinte Matt, als er Lanni am nächsten Morgen anrief. „Du hast gestern Abend nicht zufällig unerwarteten Besuch bekommen, oder?"

„Doch." Er hatte ja keine Ahnung, wie sehr er sie damit verletzt hatte.

„Nun spann mich nicht auf die Folter. Erzähl schon, was passiert ist."

„Warum hast du das getan, Matt?" erkundigte Lanni sich so ruhig wie möglich. Sie wusste, dass Matt sie niemals bewusst verletzt hätte, dass er es nur gut meinte, doch er hätte ihr genauso gut einen Dolch mitten ins Herz stoßen können, als er Charles in ihre Wohnung gelockt hatte.

„Warum hätte ich wohl ein Treffen zwischen Charles und dir arrangieren sollen? Weil mir, sofort nachdem ich O'Halloran kennen gelernt hatte, klar war, dass er in dich verliebt ist."

Lanni antwortete darauf nichts.

„Und mir war ebenfalls klar, dass du in ihn verliebt bist."

Auch diesmal widersprach sie ihm nicht.

„Ich habe zwar keine Ahnung, warum ihr euch getrennt habt, aber ich dachte, es wäre höchste Zeit, etwas zu unternehmen."

„Von dir hätte ich am ehesten erwartet, dass du dich nicht in die

Privatangelegenheiten anderer einmischst“, platzte sie heraus, den Tränen nahe. „Du liebst Karen, und ...“

„Was hat Karen damit zu tun?“

„... sie liebt dich.“

„O ja. Sie konnte gar nicht schnell genug die Scheidung einreichen. So verhält sich wohl kaum eine Frau, die ihren Mann liebt.“

„Ich möchte für niemanden Partei ergreifen, Matt. Das habe ich bisher auch nicht getan. Ich weiß nur, dass du sie liebst, und ich bin ziemlich sicher, dass sie deine Gefühle erwidert. Was würdest du denn davon halten, wenn ich ohne dein Wissen eine Begegnung zwischen euch arrangieren würde?“

„Das versuch erst gar nicht“, warnte Matt sie schroff.

„Das habe ich mir gedacht.“

Plötzlich lachte er leise. „Wahrscheinlich hätten wir uns gegenseitig umgebracht. Jetzt weiß ich es erst zu schätzen, dass Karen weggezogen ist.“

„Warum das?“

„Weil nicht die Gefahr besteht, dass ich sie mit einem anderen Kerl zusammen sehe.“

Einen Moment lang schwiegen sie beide.

„Falls ich etwas falsch gemacht habe, tut es mir Leid“, sagte Matt schließlich unvermittelt. „Scheint so, als hätte ich alles nur noch schlimmer gemacht.“

„Das spielt keine Rolle mehr.“

„Ich bin kein guter Kuppler, stimmt's?“

„Das weiß ich nicht. Allerdings wärst du der Letzte, den ich um Hilfe bitten würde, wenn ich mich das nächste Mal mit einem Mann treffen will.“

„Warum?“

„Weil ich noch so einen Abend wie den gestrigen nicht ertragen könnte.“

„Ich habe dich durchschaut, nicht?“ erkundigte er sich unsicher. „Du bist in ihn verliebt.“

„Ja", erwiderte Lanni mit bebender Stimme. „Aber ist es vorbei – wie bei dir und Karen. Und wenn deine kleine Schwester dir etwas bedeutet, dann ziehst du nie wieder so eine Nummer ab."

„Versprochen."

Lanni glaubte ihm.

Als sie gegen Mittag zum Briefkasten ging, fand sie darin einen Brief, der in Kanada abgestempelt war. Sie kannte allerdings niemanden, der in Vancouver lebte.

Sobald sie wieder in ihrer Wohnung war, öffnete sie den Umschlag und nahm den Briefbogen heraus. Auf dem geprägten Kopf stand der Name Ellen Greenleaf.

Da sie plötzlich ganz weiche Knie hatte, setzte sie sich an den Küchentisch, bevor sie zu lesen begann:

Liebe Lanni,
sicher sind Sie überrascht, Post von mir zu erhalten. Sawyer war so nett, mir Ihre Adresse zu besorgen. Nachdem ich wochenlang überlegt habe, wie ich mich am besten mit Ihnen in Verbindung setzen soll, habe ich beschlossen, Ihnen zu schreiben.
Zuerst einmal möchte ich mich für mein Verhalten auf Abbeys und Sawyers Hochzeit entschuldigen. Es war ein Schock für mich, zu erfahren, dass Sie mit Catherine Fletcher verwandt sind. Bitte verzeihen Sie mir, wenn ich irgend etwas gesagt oder getan habe, das Sie verletzt hat.
Ich weiß nicht, inwieweit Sie über meine Beziehung zu Catherine informiert sind – oder, was wichtiger ist, über die meines verstorbenen Mannes zu ihr. Mit Davids Tod war all das für mich beendet, und ich wünsche weder Catherine noch Ihnen etwas Schlechtes.
Bevor Charles erfahren hat, dass Sie mit Catherine verwandt sind, hat er mir erzählt, was er für Sie empfindet. Soweit ich weiß, sind Sie nach Anchorage zurückgekehrt. Ich habe versucht, mit Charles über Sie zu reden, aber er möchte nicht über Sie sprechen. Da ich meinen Sohn kenne, habe ich versucht, ihn davon zu

überzeugen, dass man Sie nicht für die Sünden Ihrer Großmutter verantwortlich machen kann – leider ohne Erfolg.
Die Vorstellung, dass Sie meinetwegen leiden müssen, bricht mir das Herz. Da ich nächste Woche in Anchorage bin, würde ich gern mit Ihnen zusammen zu Mittag essen. Ich werde im Alaska Inn wohnen. Wenn Sie mich am Dienstagmorgen anrufen, können wir uns verabreden.
Es ist Zeit, die Vergangenheit zu begraben.
Ihre Ellen Greenleaf

9. KAPITEL

Sawyer saß gerade über einem Kochbuch, als Abbey ins Haus kam. Amüsiert musterte sie ihn, denn mit der spitzenbesetzten Schürze sah er ziemlich komisch aus.

„Hallo, Schatz, ich bin wieder da", rief sie, während sie sich die Schuhe abstreifte.

„Zum Glück!" Er stand auf, band die Schürze ab und warf sie auf einen Stuhl. „Ich werde aus diesem Rezept einfach nicht schlau."

„Was willst du denn kochen?"

„Hähnchen Cordon bleu."

„Cordon bleu? Als du gesagt hast, du würdest dich ums Abendessen kümmern, dachte ich, du würdest dir ein einfaches Rezept aussuchen."

„Es sah gar nicht so schwer aus." Sawyer betrachtete die Abbildung neben dem Rezept. „Wir haben alle Zutaten da, mir fehlt nur die nötige Geduld."

Abbey legte ihm die Arme um den Nacken und lächelte ihn an. „Bestimmt soll ich dir jetzt helfen, nicht?"

Er gab ihr einen Kuss. „Ich bitte darum."

„Das wird dich aber etwas kosten", neckte sie ihn.

„Ich zahle jeden Preis."

Sie nahm das Kochbuch in die Hand, während er ihr die Schürze umband.

„Und?" erkundigte er sich, nachdem sie sich das Rezept angesehen hatte.

„Ich werde tun, was ich kann, aber ich verspreche dir gar nichts."

Sawyer schenkte sich eine Tasse Kaffee ein und setzte sich wieder, um ihr dabei zuzuschauen, wie sie die Zutaten aus dem Kühlschrank nahm. „Charles ist übrigens wieder da", sagte er nach einer Weile.

„Oh“, meinte sie geistesabwesend. „Hat er jetzt bessere Laune?“

„Nein, eher schlechtere. Ich habe ihn noch nie so bedrückt gesehen.“

Abbey schaute betroffen auf. „Hast du versucht, mit ihm zu sprechen?“

„Zweimal sogar, und beide Male hat er versucht, mir den Kopf abzureißen. Er ist überhaupt nicht in der Stimmung.“

„Es ist wegen Lanni, stimmt's?“

Er runzelte die Stirn. „Ich glaube, ja.“

„Vielleicht sollte ich einmal versuchen, mit ihm zu reden?“

„Das würde ich an deiner Stelle nicht tun“, riet er. „Charles wird das Problem auf seine Art lösen. Er muss sich erst einmal damit abfinden, dass er Lanni liebt. Er hätte nie gedacht, dass er sich einmal verlieben könnte.“

„Das hättest du von dir auch nicht gedacht“, erinnerte sie ihn.

„Stimmt.“ Sawyer lächelte jungenhaft. „Mir ist es auch nicht leicht gefallen, mich an die Vorstellung zu gewöhnen.“ Etwas ernster fuhr er fort: „Für Charles ist es wesentlich schwerer, weil er sich ausgerechnet in Catherine Fletchers Enkelin verliebt hat. Deswegen sucht er nach allen möglichen Ausreden, warum es zwischen ihnen nicht funktionieren kann.“

„Wie meinst du das?“

„Lanni ist zehn Jahre jünger als er. Deshalb hat Charles zum Beispiel behauptet, sie sei zu jung, um zu wissen, was sie will. Außerdem hat er etwas von einer Zeitung gemurmelt.“ Er schüttelte den Kopf. „Ich habe keine Ahnung, was er damit gemeint hat.“

„Man darf Lanni nicht für das Verhalten ihrer Großmutter verantwortlich machen.“

„Ich glaube nicht, dass Charles das tut. Wahrscheinlich hat er eher ein schlechtes Gewissen unserer Mutter gegenüber. Weißt du, Catherine hat alles darangesetzt, unsere Familie zu zerstören.“

Abbey setzte sich ihm gegenüber an den Küchentisch. „Schade, dass es mit den beiden nicht geklappt hat. Sie bedeuten einander sehr viel."

„Ineinander verliebt zu sein löst eben nicht alle Probleme", erklärte Sawyer.

„Nein, aber es ist ein Schritt in die Richtung."

Er nahm ihre Hand in seine und führte sie an die Lippen. „Das hoffe ich jedenfalls."

Im nächsten Moment stürmte Scott in die Küche, gefolgt von Eagle Catcher. Scotts Wangen waren gerötet, und Abbey dachte liebevoll daran, wie temperamentvoll ihr Sohn war.

„Was gibt's zum Abendessen?" fragte er. „Ich bin halb verhungert."

Dann schaute er Sawyer an, der am Morgen verkündet hatte, dass er etwas Besonderes kochen wolle. Nervös zuckte Sawyer die Schultern.

„Hähnchen mit Reis und Käse", sagte Abbey.

Daraufhin strahlte Scott übers ganze Gesicht. „Klingt gut."

„Es ist ein altes Familienrezept, das von einer Generation an die andere weitergereicht wurde", versicherte Sawyer.

„Dann mag ich es bestimmt."

„Das glaube ich auch." Sawyer zwinkerte Abbey heimlich zu.

Lanni betrat den eleganten Speisesaal im Alaska Inn, wo sie mit Charles' Mutter verabredet war, und blickte sich suchend um. Die mit rotem Samt verkleideten Wände, die Sitzkissen aus demselben Stoff und der rote Plüschteppich weckten Erinnerungen an die wilden zwanziger Jahre.

Bereits nach wenigen Sekunden hatte Lanni Ellen Greenleaf entdeckt. Sie saß am Fenster und schien tief in Gedanken versunken zu sein, da sie Lanni offensichtlich nicht bemerkte, als diese auf sie zuging.

„Mrs. Greenleaf", sagte Lanni leise, um sie nicht zu erschrecken.

„Lanni." Ellen lächelte sie herzlich an. „Bitte setzen Sie sich."

Nachdem Lanni ihr gegenüber Platz genommen hatte, stellte sie ihre Handtasche auf den Boden und legte sich ihre Serviette auf den Schoß.

„Es ist nett von Ihnen, dass Sie gekommen sind", begann Ellen.

„Es ist mir ein Vergnügen", erwiderte Lanni. „Sie können sich gar nicht vorstellen, wie sehr ich mich über Ihren Brief gefreut habe. Und machen Sie sich bitte keine Gedanken über das, was auf Sawyers Hochzeit vorgefallen ist."

Als der Kellner kam, gaben sie ihre Bestellung auf. Lanni hatte überhaupt keinen Appetit, weil sie viel zu nervös war, um ans Essen zu denken.

„Wie geht es Ihnen?" erkundigte sich Ellen.

Lanni wusste nicht, ob ihre Frage eine tiefere Bedeutung hatte. „Oh, gut, danke. Und Ihnen?"

Ellen nickte. „Ich möchte mich eigentlich nicht mit Smalltalk aufhalten, aber ich weiß nicht, wie ich anfangen soll. Das alles ist so lange her, und ich weiß nicht, ob es gut ist, die Vergangenheit wieder aufzurollen."

Lanni trank einen Schluck Wasser und bemerkte dabei, wie blass und mitgenommen Ellen aussah. „Bitte zwingen Sie sich zu nichts."

Ellen schien ihre Bemerkung überhört zu haben. „Ich erinnere mich noch sehr gut an Ihre Mutter", fuhr sie fort. „Kate war ein reizendes kleines Mädchen mit strahlenden Augen und langen, dicken Zöpfen. Ich habe sie oft gesehen, wenn sie ihre Mutter im Sommer besucht hat. Ich habe mir so sehr ein eigenes Kind gewünscht, und Catherine hat keine Gelegenheit ausgelassen, mich damit zu ärgern."

Lanni senkte den Blick. „Das tut mir Leid."

„Nein, ich muss mich bei Ihnen entschuldigen", meinte Ellen und seufzte. „Schließlich habe ich Sie nicht zum Essen eingeladen, um mit Ihnen über die Fehler Ihrer Großmutter zu sprechen. Vielmehr wollte ich Ihnen von meinen erzählen."

Nun fühlte Lanni sich noch unwohler, denn es war offensichtlich, dass Ellen unsicher war. Obwohl sie das Treffen vorgeschlagen hatte, schien sie zu bezweifeln, dass es eine gute Idee gewesen war.

„Soweit ich weiß, hegen beide Familien einen Groll gegeneinander", meinte Lanni.

Ellen nickte unmerklich. „Das kann man wohl sagen."

„Meiner Großmutter geht es gesundheitlich sehr schlecht."

„Das tut mir Leid, ob Sie es glauben oder nicht."

„Ich glaube Ihnen."

Jetzt trank auch Ellen einen Schluck. Dabei machte sie sich offenbar auf etwas gefasst, denn nachdem sie ihr Glas wieder auf den Tisch gestellt hatte, straffte sie sich und spielte nervös mit ihren Händen.

„Es ist ein bisschen ... ironisch, dass ich es ausgerechnet Ihnen erzähle. Meine Söhne wissen nämlich nichts davon, weil ich es fast fünfzig Jahre für mich behalten habe."

Lanni war darüber auch erstaunt. Obwohl sie für sie eine Fremde und obendrein die Enkelin ihrer ältesten Feindin war, vertraute Ellen sich ihr an.

„Mrs. Greenleaf ..."

„Bitte nennen Sie mich Ellen."

„Ellen, ich glaube ..."

Doch Ellen fuhr unbeirrt fort: „Der Fairness halber habe ich beschlossen, Charles auch darüber zu informieren und es ihm zu überlassen, ob er es Sawyer und Christian erzählen will."

Lanni wusste nicht, was sie darauf antworten sollte. „Ich glaube nicht, dass ich Charles wiedersehen werde", erklärte sie schließlich.

„Das hoffe ich doch." Ellen seufzte wieder, während sie aus dem Fenster schaute. „Mein Sohn wird sein eigenes Leben leben und selbst Entscheidungen treffen. Was er mit dieser Information macht, hängt ganz von ihm ab. Dasselbe gilt auch für Sie."

„Vielleicht sollten Sie es mir lieber nicht erzählen, Ellen."

Ellen schüttelte den Kopf. „O doch. Ich werde es Ihnen später erklären."

Im nächsten Moment brachte der Kellner ihnen das Essen, aber sie hatten beide wenig Appetit. Nachdem Lanni ein paar Shrimps gegessen hatte, stocherte sie lustlos in ihrem Salat herum.

Ellen hingegen schob ihren Salat beiseite und trank einen Schluck Wasser, bevor sie weitersprach. „Es fing alles kurz vor Ende des Zweiten Weltkriegs an. Meine Eltern kamen bei einem Bombenangriff in London ums Leben. Mein Bruder, der älter war als ich, war Bombenschütze, und sein Flugzeug wurde im Juni 1943 über Deutschland abgeschossen. Die einzige Angehörige, die ich noch hatte, war meine ältere Cousine Elizabeth."

Lanni verspürte sofort Mitgefühl für sie, denn für sie wäre es furchtbar gewesen, ihre Familie zu verlieren. „Sie müssen sich sehr allein gefühlt haben."

„Das habe ich auch. Ich war einsam und hatte schreckliche Angst. Dann habe ich einen jungen amerikanischen Soldaten kennen gelernt."

Lanni war klar, dass David auch einsam gewesen sein musste, denn er war weit weg von zu Hause gewesen und hatte mit den Schrecken des Krieges und dem Tod seines Bruders fertig werden müssen.

„Wir haben uns ineinander verliebt. Ich habe nie wieder jemanden so geliebt wie ihn. Wir haben uns aneinander geklammert, und wäre er nicht gewesen, hätte ich sicher den Verstand verloren." Ellen schwieg einen Moment, und ihr traten die Tränen in die Augen. Es dauerte eine Weile, bis sie sich wieder gefangen hatte.

„Wenn Sie wollen, können Sie später weitererzählen", schlug Lanni vor.

„Nein, ich weiß nicht, ob ich später noch den Mut dazu hätte."

Lanni nahm ihre Hand in ihre und drückte sie.

„Ich bin in einem gottesfürchtigen Elternhaus aufgewachsen", fuhr Ellen leise fort. „Ich möchte das, was geschehen ist, nicht beschönigen, aber Sie müssen verstehen, wie verzweifelt die Menschen damals waren. Ich war sehr verliebt und wusste nicht, was die Zukunft bringen würde. Meine Familie war tot, und er war so weit weg von zu Hause. Also ist es passiert: Wir haben miteinander geschlafen."

Lanni musste daran denken, wie kurz Charles und sie davor gewesen waren. „Ich würde nie über Sie urteilen, Ellen", sagte sie daher.

Ellen lächelte traurig. „Wir haben nur für diese Momente gelebt, denn dadurch hat unser Leben wieder einen Sinn bekommen."

Als sie zögerte, schwieg Lanni, um sie nicht durch irgendwelche Fragen zu unterbrechen. Schließlich fiel es Ellen nicht leicht, die schmerzlichen Erinnerungen auszugraben.

„Dann passierte das Unvermeidliche", fuhr Ellen fort. „Wir haben nicht aufgepasst, und kurz darauf habe ich festgestellt, dass ich schwanger war."

„Schwanger?" wiederholte Lanni verblüfft.

Ellen nickte. „Ich hatte solche Angst davor, es ihm zu erzählen. Es war mir peinlich, dass ich so naiv gewesen war. Deshalb bin ich ihm aus dem Weg gegangen, aber er hat mich gefunden und mich zur Rede gestellt. Ich war ganz sicher, dass er mich sitzen lassen würde, aber als er von dem Baby erfahren hat, war er überglücklich." In ihren Augen lag plötzlich ein warmer Ausdruck. „Er hat mich in die Arme genommen und geküsst, bis mir schwindelig wurde. Da er so glücklich war, war ich es auch." Nun lächelte sie. „Wir wollten so schnell wie möglich heiraten, doch dann ... dann wurde er zu einem Einsatz geschickt." Wieder schwieg sie, und es war offensichtlich, dass sie nach Fassung rang.

„Wissen Sie, er ... er ist nicht mehr zurückgekehrt. Zwei Wochen später habe ich erfahren, dass er gefallen war."

Lanni runzelte die Stirn. „David?"

„Nein. Der Vater meines Kindes war Charles O'Halloran, Davids Bruder."

Lanni war sprachlos. Sie wollte Ellen alle möglichen Fragen stellen, brachte jedoch kein Wort heraus.

„Wenn David und das Baby nicht gewesen wären, hätte ich es nicht überlebt. Es hat mir das Herz gebrochen, meine Eltern und meinen Bruder zu verlieren, aber als ich Charles verloren habe, wollte ich nicht mehr weiterleben."

„Haben Sie je erfahren, wie Charles ums Leben gekommen ist?"

Ellen schüttelte langsam den Kopf. „Nein, das werde ich auch nie. Das Einzige, was ich weiß, ist, dass er mich geliebt hat und das Kind wollte."

„Dann hat David Sie also ausfindig gemacht?"

„Ja. Charles und er hatten sich sehr nahe gestanden. Ich glaube, Charles hat damals geahnt, dass er nicht zurückkehren würde. David hat mir erzählt, er sei zu ihm gekommen und habe ihn darum gebeten, sich um mich und das Kind zu kümmern, falls ihm etwas zustoßen sollte. Und David hat ihm sein Ehrenwort gegeben und es ihm versprochen."

Lanni schloss sekundenlang die Augen.

„Zuerst wollte er mich nur mit nach Alaska nehmen, damit ich bei seiner Familie leben sollte."

„Aber das ging nicht."

„Nein, er konnte mich nur mitnehmen, wenn er mich heiratete. Ich hätte mich nie darauf einlassen sollen, denn ich habe es immer wieder bereut. Zu meiner Verteidigung muss ich allerdings sagen, dass ich damals vor Schmerz keinen klaren Gedanken fassen konnte. Die Schwangerschaft verlief sehr kompliziert, und ich hatte schreckliche Angst davor, irgendwann wieder allein zu sein."

„Irgendwann haben Sie ihn dann lieben gelernt."

„O ja, irgendwann. Als ich ihn kennen gelernt habe, wusste ich nichts von Catherine. David hat sie nie erwähnt, und falls Charles je von ihr gesprochen haben sollte, so hatte ich es vergessen."

„Und was war mit dem Baby?"

„Zwei Monate nach der Hochzeit – ich war im sechsten Monat schwanger – wurde meine Tochter geboren. Sie hat nur zwei Tage gelebt ... Wir haben sie in London beerdigt. Ich habe sie Emily genannt – nach der Schwester, die Charles verloren hatte. Bestimmt wäre er damit einverstanden gewesen."

„Das glaube ich auch." Lanni traten Tränen in die Augen. Ellen hatte ihre Familie, den Vater ihres Kindes und schließlich auch noch ihr Kind verloren.

„David war so nett zu mir. Er war bei mir, als Emily begraben wurde. Ich wollte ihn von seinem ehelichen Treuegelöbnis entbinden, aber er war dagegen. Als er kurz darauf nach Hause zurückgekehrt ist, hat er mich mitgenommen."

„Und dann haben Sie von Catherines Existenz erfahren, nicht wahr?"

„Ja", erwiderte Ellen leise. „Zuerst war ich wütend, weil David mir nichts von ihr erzählt hatte. Doch er hat immer wieder betont, er habe sich nun einmal dazu entschieden, mich zu heiraten. Wissen Sie, zu dem Zeitpunkt hatten wir bereits ein intimes Verhältnis, obwohl wir nicht ineinander verliebt waren. Ich schäme mich, es zuzugeben, aber zuerst habe ich mir immer vorgestellt, es wäre Charles, wenn David mit mir geschlafen hat. Er hat es bestimmt gewusst."

„Sie haben fast fünfzehn Jahre damit gewartet, eine Familie zu gründen."

Ellen schüttelte den Kopf. „Wir haben es uns nicht ausgesucht. Dass ich nicht schwanger wurde, hatte anscheinend keine biologische Ursache. David und ich haben uns gründlich untersuchen lassen, aber die Ärzte hatten keine Erklärung dafür." Sie seufzte tief, bevor sie fortfuhr: „Jetzt ist mir klar, dass ich so lange brauchte, um die Folgen des Krieges zu verarbeiten. Erst mit Mitte Dreißig habe ich Charles bekommen."

Er war nach Davids Bruder benannt worden, ihrem Geliebten, der nie zurückgekehrt war.

„Die beiden sind sich sehr ähnlich", sagte Ellen wehmütig. „Sawyer dagegen schlägt mehr nach seinem Vater."

„Christian schlägt dann wohl mehr nach seiner Familie mütterlicherseits", bemerkte Lanni, „jedenfalls äußerlich." Christian, der jüngste der O'Hallorans, hatte nämlich viel helleres Haar als seine Brüder.

Ellen nickte. „Ich habe mir verzweifelt eine Tochter gewünscht, aber es sollte nicht sein."

„Sie und David haben sich eine Zeit lang getrennt, stimmt's?"

„Ja. Zu dem Zeitpunkt waren wir fast dreißig Jahre verheiratet. Charles war damals fünfzehn, Sawyer dreizehn." Ellen zögerte einen Moment, als wüsste sie nicht, ob sie weitererzählen sollte. „Ich bin in all den Jahren nur einmal nach England zurückgekehrt. In Alaska habe ich mich nie wohl gefühlt. Jetzt ist mir klar, dass es teilweise an mir lag. Es hatte aber auch andere Gründe."

Lanni hatte das Gefühl, als hätte das etwas mit Catherine zu tun.

„Ich hatte immer Heimweh nach England, und meine Cousine Elizabeth hatte mir geschrieben und mich dazu gedrängt, sie zu besuchen. David und ich hatten uns gestritten, was wir zu der Zeit ziemlich oft taten. Er wollte nicht, dass ich abreise. In all den Jahren, die wir verheiratet waren, hatte er nicht einmal gesagt, er hätte es bereut, mich geheiratet zu haben. Als er es an dem Tag im Zorn getan hat, ist mir klar geworden, wie verletzt er war.

Ich bin nicht gerade stolz auf das, was dann passiert ist. In meiner Wut habe ich behauptet, ihn nie geliebt zu haben, was natürlich gelogen war. Es ist unmöglich, mit einem Mann zusammenzuleben und Kinder von ihm zu bekommen, ohne etwas für ihn zu empfinden. Ich hatte David lieben gelernt, fürchtete mich aber davor, es ihm zu sagen. Am nächsten Morgen habe ich meine Koffer gepackt und bin mit Christian nach England geflogen."

„Ist David Ihnen nicht nachgereist?"

„Nein, das hätte sein Stolz niemals zugelassen."

„Wie traurig für Sie beide!"

„Es war eine sehr schwere Zeit", gestand Ellen. „Als ich wieder in England war, musste ich feststellen, dass ich nicht mehr dorthin gehörte. Auch Christian ging es nicht gut. Im ersten Jahr habe ich mich noch zusammengerissen, doch danach wurde es immer schwerer."

„Hatten Sie in der Zeit Kontakt zu David?"

„O ja, schon wegen Charles und Sawyer. Ich habe sie schrecklich vermisst und sie mich auch. Ich hatte gedacht, dass die beiden mich nicht so brauchen würden, weil sie schon im Teenageralter waren, aber ich hatte mich geirrt."

„Was hat Sie dazu bewogen, wieder nach Hause zurückzukehren?" fragte Lanni.

Ellen lächelte sanft. „Ich habe David gesagt, dass ich gelogen hätte und ihn schon seit Jahren liebte. Außerdem habe ich ihn gebeten, mir mein kindisches Verhalten zu verzeihen. Auch er hat sich bei mir entschuldigt, und ich habe ihm gesagt, dass ich zu ihm zurückkommen wollte."

„Waren Sie danach glücklich miteinander?"

„Ja – zuerst jedenfalls. Wir haben praktisch noch einmal von vorn angefangen. Ich habe versucht, David zu zeigen, wie viel er mir bedeutete. Er war ein liebenswürdiger, großherziger Mann, der viele Opfer gebracht hat, um sein Wort zu halten, das er seinem Bruder gegeben hatte. Zum ersten Mal in unserer Ehe hat er mich wirklich begehrt – jedenfalls habe ich es geglaubt."

„Und dann hat meine Großmutter Ihre Ehe zerstört, nicht wahr?" folgerte Lanni.

„Nein", erklärte Ellen, „das haben David und ich selbst getan. Natürlich hat sie dazu beigetragen, aber ich kann sie nicht für Davids und meine Sturheit verantwortlich machen. Als ich von ihrer Affäre erfahren habe, war ich zutiefst verletzt. Für David war es eine einmalige Gelegenheit, die Scheidung einzureichen. Stattdessen hat er mich gebeten, wieder nach Hause zu kommen. Und ich bin zu ihm zurückgekehrt, weil ich dachte, dass er mich begehrt ..."

„Warum hat er Sie denn gebeten zurückzukommen?"

„Das habe ich nie verstanden. Ich hoffe, dass es ihm ernst damit war, unsere Ehe zu retten, um der Jungen willen, aber auch unseretwegen. Alaska war zu meiner Heimat geworden, und das fast gegen meinen Willen. Als ich von der Affäre mit Catherine erfahren habe, bin ich aus unserem gemeinsamen Schlafzimmer ausgezogen und habe ihn um die Scheidung gebeten. David wollte davon nichts wissen. Statt sich von mir zu trennen, hat er das Hotel gebaut.

Ich habe es immer gehasst, während David geradezu besessen davon war. Bald waren wir wie zwei Fremde, denn wir haben kaum noch miteinander gesprochen. Ich habe damit gerechnet, dass er mich wegen Catherine verlassen würde, und habe nie verstanden, dass er es nicht getan hat. Soweit ich weiß, hat er nie wieder mit ihr geschlafen, nachdem ich aus England zurückgekehrt war. Sicher bin ich mir allerdings nicht."

„Sie hat auf ihn gewartet", sagte Lanni leise. „Sie hat darauf gewartet, dass Sie sich scheiden lassen, damit sie David heiraten konnte."

„Das war mir damals klar."

„Meine Großmutter ist eine verbitterte, unglückliche Frau."

Ellen schüttelte langsam den Kopf. „Ich fürchte, das ist sie von dem Tag an gewesen, als David mit mir aus dem Flugzeug gestiegen ist und mich als seine Frau vorgestellt hat."

Ellen warf Catherine nicht vor, ihre Ehe zerstört zu haben, und Catherine musste die volle Verantwortung dafür übernehmen, was sie aus ihrem Leben gemacht hatte.

„Ich verstehe immer noch nicht ganz, warum Sie mir all das erzählt haben", sagte Lanni, die wie Ellen ihren Salat kaum angerührt hatte.

„Mein Sohn liebt Sie."

„Ich liebe ihn auch."

„Dann kehren Sie zu ihm zurück, Lanni. Kämpfen Sie um ihn. Und lassen Sie nicht zu, dass die Fehler, die Ihre Großmutter und ich gemacht haben, sich auf Ihr Leben auswirken. Heiraten Sie Charles, und machen Sie ihn glücklich. Ich würde mich freuen, wenn Sie mich zur Großmutter machen würden."

Lanni blickte Ellen in die Augen. „Ich werde tun, was ich kann, aber Charles ist sehr stur."

„Dann müssen Sie eben noch sturer sein", riet Ellen. „Meinen

Charles hat mir das Schicksal genommen. Sehen Sie zu, dass Sie Ihren nicht auch verlieren."

„Das werde ich", erklärte Lanni entschlossen.

Ellen lachte leise. „Jetzt tut er mir fast schon Leid."

Wenn ich mit ihm fertig bin, kann er das Mitgefühl seiner Mutter brauchen, dachte Lanni kampflustig.

„Du hast bestimmt davon gehört", sagte Ben zu Charles, als dieser das Hard Luck Café betrat.

„Wovon?"

„Pete und Dotty haben ihre Verlobung bekannt gegeben."

Charles erwiderte darauf nichts, sondern setzte sich auf einen Barhocker. Ihm war in letzter Zeit so elend zumute, dass es ihm schwer fiel, sich über irgendetwas zu freuen. Wenn Pete Livengood die Krankenschwester heiratete, die Christian eingestellt hatte, na großartig!

„Die Hochzeit ist in zwei Monaten", sagte Ben, während er ihm Kaffee einschenkte.

Charles hatte nicht die geringste Lust, über Hochzeiten zu sprechen.

Ben blieb hinter dem Tresen stehen. „Ich habe gehört, dass ihr das Hotel verkauft habt."

„Stimmt."

„Wann ist es über die Bühne gegangen?"

„Letzte Woche."

„Und wer hat es gekauft? Kenne ich ihn oder sie?" erkundigte Ben sich ungeduldig.

„Wohl kaum."

„Hör mal, Charles, wenn es dir so schwer fällt, mit einem Freund zu reden, dann sag etwas, und ich halte die Klappe, in Ordnung?"

Charles warf ihm einen finsteren Blick zu. „Ich wollte in Ruhe einen Kaffee trinken und nicht mit dir plaudern."

„Na gut." Ben stellte die Kanne so heftig auf den Tresen, dass er etwas Kaffee verschüttete. Dann ging er in die Küche, wo er lautstark mit dem Geschirr zu klappern begann.

Charles tat es mittlerweile Leid, dass er ihn so angefahren hatte. Ben war ein guter Freund von ihm und hatte es nicht verdient, so von ihm behandelt zu werden.

„Matt Caldwell hat das Hotel gekauft“, erklärte Charles, als Ben wieder erschien.

Doch Ben beachtete ihn gar nicht.

„Matt ist Lannis Bruder.“

Während Ben ihn weiterhin ignorierte, wurde die Tür geöffnet, und Mitch Harris betrat das Café. Er setzte sich ebenfalls an den Tresen und nickte Charles zu. Er lebte noch nicht so lange in Hard Luck, und Charles mochte ihn, denn er war nett und zurückhaltend.

„Na gut“, fuhr Charles Ben an, nachdem er Mitch' Bestellung entgegengenommen hatte. „Falls du eine Entschuldigung willst, dann hast du eine.“

Ben drehte sich um und grinste. „Du weißt, was dein Problem ist, nicht?“

Und ob Charles das wusste! Sein Problem war ungefähr einen Meter siebzig groß, hatte langes blondes Haar und Augen, die direkt auf den Grund seiner Seele schauen konnten.

Ben gab ihm gar keine Gelegenheit zu antworten. „Falls es dir noch niemand gesagt haben sollte: Du hast einen riesigen Komplex.“

„Danke für das Kompliment“, entgegnete Charles sarkastisch.

„Wenn du dein Leben unbedingt verkorksen willst, ist das deine Sache. Ich habe nur laut ausgesprochen, was ich denke. Die anderen sind fast alle meiner Meinung, aber sie sind zu feige, es dir zu sagen. Du bist anscheinend ...“

„Ich habe Lanni gesehen, als ich in Anchorage war“, fiel Charles ihm ins Wort. Dann schwieg er, weil er verunsichert war.

„Tatsächlich?“ erkundigte Ben sich neugierig.

Charles blickte in seinen Kaffee. „Ihr Bruder hat dafür gesorgt, dass wir zusammentrafen. Uns ist beiden klar, dass eine Beziehung zwischen uns nicht möglich ist.“ Nicht einmal im Nachhinein verstand er, warum er noch so lange in Lannis Wohnung geblieben war. Jeder vernünftige Mann hätte sofort die Flucht ergriffen. Das Einzige, was er zustande gebracht hatte, war, ihr zu zeigen, wie sehr er sie liebte.

In diesem Moment wurde Charles klar, dass er bei keiner anderen Frau Erfüllung finden würde. Was er brauchte, konnte nur Lanni ihm geben.

Wieder wurde die Tür geöffnet, und Christian betrat das Café. „Hast du irgendwas Stärkeres als Kaffee?“ erkundigte er sich an Ben gewandt.

„Du weißt doch, dass ich Bier nur freitags und samstags am Abend ausschenke.“

„Ich dachte, du würdest heute Nachmittag vielleicht mal eine Ausnahme machen.“

„Was ist los?“ fragte Charles.

Christian betrachtete ihn geistesabwesend. „Weilst du wieder unter den Lebenden, oder bist du immer noch ein schlecht gelaunter Zombie?“

„Ich habe immer noch schlechte Laune, aber du könntest trotzdem meine Frage beantworten.“

„Mariah Douglas.“

„Wer?“

„Das ist die neue Sekretärin“, informierte Ben ihn.

„Die Frau ist völlig unfähig“, erklärte Christian schroff.

„Dann schmeiß sie raus“, schlug Charles vor.

„Das habe ich ja versucht – genau gesagt, dreimal –, aber jedes Mal ist sie in Tränen ausgebrochen und hat mir versichert, wie Leid es ihr tue. Und ehe ich mich’s versah, hat sie mich dazu überredet, ihr noch eine Chance zu geben.“

„Hat Sawyer auch solche Probleme mit ihr?“ Charles vermutete, dass Sawyer keine Bedenken haben würde, einen inkompetenten Mitarbeiter zu entlassen.

„Das ist ja das Verrückte. Wenn Sawyer sie darum bittet, etwas für sie zu tippen, ist sie im Handumdrehen fertig und macht keinen einzigen Fehler."

„Und bei dir nicht?"

„Bei mir verschüttet sie ihren Kaffee, kippt den Aktenschrank um, sodass er mir auf die Füße fällt, und unterbricht einen Anruf mit einem wichtigen Kunden."

„Dann muss es wohl an dir liegen."

Christian stützte den Kopf in die Hände. „Ich bin wirklich am Ende meiner Weisheit."

„Wohnt sie noch im Blockhaus?" erkundigte sich Ben.

„O ja. Ich verstehe immer noch nicht, wie ich glauben konnte, eine Frau aus der Großstadt könnte dort leben. Aber Mariah will nicht auf mich hören und weigert sich, woanders hinzuziehen."

Charles verspürte eine gewisse Schadenfreude, weil sein jüngster Bruder Probleme mit einer Frau hatte.

Offenbar war Christian das nicht entgangen, denn er sah auf und betrachtete Charles aus zusammengekniffenen Augen. „An deiner Stelle würde ich nicht so selbstgefällig dreinschauen."

„Warum?"

„Weißt du, dass Matt Caldwell hier ist?"

„Schon?" warf Ben ein. „Der Mann hat keine Zeit verschwendet, nicht?"

Weder Christian noch Charles gingen auf seine Bemerkung ein. „Soweit ich weiß, wollte er Baumaterial herbringen. In Anchorage hat er mir gesagt, dass er so viel wie möglich am Hotel machen will, bevor das Wetter sich ändert."

„Er hat allerdings nicht nur Baumaterial mitgebracht", sagte Christian.

Charles runzelte die Stirn. „Was soll das heißen?"

„Nichts." Christian stand wieder auf, legte etwas Geld auf den

Tresen und winkte fröhlich. „Danke für den Kaffee, Ben. Ich komme Freitagabend wieder, wenn du mir etwas vorsetzen kannst, was mehr meinem Geschmack entspricht."

Charles wusste, dass Matt mit dem Flug am Vormittag gekommen war, und zwar mit einer Chartergesellschaft aus Anchorage. Er hatte genug Baumaterial mitgebracht, um sich den ganzen Winter beschäftigen zu können.

So viel Zeit würde er auch mindestens brauchen, denn durch das Feuer war auch die Bausubstanz teilweise zerstört worden. Er musste also ein zügiges Tempo vorlegen, wenn er noch im selben Jahr im Hotel einziehen wollte. Der Winter brach in Hard Luck so früh ein, dass die Flüsse oft schon im September zufroren.

Schließlich stand Charles auf und verließ das Café. Dabei dachte er über Christians seltsame Bemerkung nach. Er beabsichtigte zwar nicht, sich mit Matt Caldwell anzufreunden, aber er konnte ja wenigstens beim Hotel vorbeischauen, um ihn zu begrüßen und ihn zu fragen, ob er etwas brauche.

So wie er seine frisch gebackene Schwägerin kannte, hatte Abbey Matt zum Abendessen eingeladen, um ihn zusammen mit Sawyer in Hard Luck willkommen zu heißen. Er musste lächeln, als er daran dachte, wie sehr sein Bruder sich verändert hatte, seit er Abbey kannte.

Als Charles am Hotel ankam, hörte er lautes Hämmern und anschließend Stimmen. Er hatte gar nicht gewusst, dass Matt jemanden mitgebracht hatte, doch es war keine schlechte Idee gewesen, denn er konnte einen Helfer gebrauchen.

Für Charles war es ein seltsames Gefühl, an die Tür des Hauses zu klopfen, das einmal seiner Familie gehört hatte. Kurz darauf öffnete Matt und begrüßte ihn herzlich. „Charles! Kommen Sie doch rein. Sie haben es offenbar schon gehört."

„Was soll ich gehört haben?"

„Es ist Charles", rief Matt über die Schulter. „Und er ist bestimmt nicht gekommen, um mich zu besuchen." Seine dunkelbraunen Augen funkelten schelmisch.

„Was geht hier eigentlich vor?“ erkundigte sich Charles.

„Hallo, Charles.“ Lanni kam aus einem der hinteren Räume. Sie trug Jeans und hatte einen Hammer in der Hand. „Ich habe mich schon gefragt, wann du erfährst, dass ich nach Hard Luck gezogen bin.“

10. KAPITEL

„Was soll das heißen, du bist nach Hard Luck gezogen?“ Charles blickte Lanni finster an, doch das schien sie nicht zu entmutigen.

Sie lächelte frech. „Was glaubst du denn, was es heißen soll?“

Dass du mir das Leben zur Hölle machen wirst, dachte Charles. „Und was ist mit deinem Job bei der Zeitung?“

Lanni zuckte die Schultern, als wäre das unwichtig. Er wusste es jedoch besser, denn Matt hatte ihm begeistert erzählt, wie viel Talent sie hatte. Sie konnte sich etwas darauf einbilden, als Redaktionsassistentin bei der Tageszeitung von Anchorage genommen zu werden. Wenn er sich richtig erinnerte, sollte sie am ersten September dort anfangen. Für sie war es die Chance ihres Lebens, und er wollte nicht, dass sie sie seinetwegen vertat oder weil sie annahm, zwischen ihnen könnte es doch noch klappen.

„Verdammt, Lanni, du sollst doch in zwei Wochen bei der Zeitung anfangen!“

Nun wirkte sie ein wenig verunsichert. „Nein, ich glaube nicht.“

„Und warum nicht?“

„Lanni“, rief in diesem Moment Matt, der sich kurz vorher taktvoll zurückgezogen hatte und nun um die Ecke schaute. „Mach dir nichts draus.“ Er schien ziemlich zufrieden mit sich zu sein.

Charles funkelte sie wütend an. „Beantworte endlich meine Frage.“

„Wenn du es unbedingt wissen willst – ich habe den Job abgelehnt.“

„Das kannst du doch nicht machen!“

Wieder schaute Matt um die Ecke. „Ich habe versucht, sie zur Vernunft zu bringen, aber sie wollte nicht auf mich hören.“

„Verschwinde, Matt“, sagte Lanni. „Das geht dich nichts an.“

„Tut mir Leid.“ Er kam in die Eingangshalle und stellte sich breitbeinig hin, die Daumen in seinen Werkzeuggürtel gehakt, an dem ein Hammer baumelte. „Ich finde auch, dass sie den Job nicht hätte ablehnen sollen. Vielleicht können Sie sie ja zur Vernunft bringen.“

„Was ich beruflich mache, ist einzig und allein meine Sache“, stellte sie ruhig fest.

„Behalte den Job!“ fuhr Charles sie an. Für ihn war es ganz einfach: Er wollte nicht, dass sie in Hard Luck wohnte. Es fiel ihm schon schwer, ihr zu widerstehen, wenn sie meilenweit von ihm entfernt war. Wenn sie buchstäblich nebenan lebte, würde er in ernsthafte Schwierigkeiten geraten.

„Er hat Recht, Schwesterherz.“

„Matt“, entgegnete sie wütend. „Misch dich da nicht ein.“

„Ist ja gut.“ Matt hob abwehrend die Hände. „Ich gehe ja schon.“ Verlegen ging er an ihnen vorbei. Bevor er das Haus verließ, blieb er jedoch kurz vor Lanni stehen, um ihr etwas ins Ohr zu flüstern, das Charles nicht verstand. Dann knallte er die Tür hinter sich zu.

„Vielleicht sollten wir uns setzen und in Ruhe miteinander sprechen“, schlug Lanni vor.

Charles verspannte sich unwillkürlich. Er hatte keine Lust, sich mit ihr zu streiten, und allein ihre Nähe machte ihn schwach. „Es gibt nichts zu besprechen“, erklärte er daher.

„Das stimmt nicht“, widersprach sie ihm ruhig.

„Du verschwendest bloß deine Zeit.“

„Das sehe ich nicht so.“

„Ich fahre heute Nachmittag weg“, entgegnete er scharf. Das entsprach sogar der Wahrheit, denn aus irgendeinem unerfindlichen Grund wollte seine Mutter ihn sehen. Er hatte sich schließlich bereit erklärt, sich in Fairbanks mit ihr zu treffen, doch nun war er richtig froh darüber, eine Ausrede zu haben.

„Ich warte hier, bis zu zurückkommst“, bot Lanni an.

Er ballte die Hände zu Fäusten. „Nein, Lanni.“

Der zärtliche Blick, den sie ihm zuwarf, bewies Charles, dass sie auf keinen Fall nach Anchorage zurückkehren würde. Selbst wenn er wochenlang unterwegs sein sollte, was ja oft der Fall war, würde es für sie keine Rolle spielen. Sie würde trotzdem auf ihn warten.

Entnervt fuhr er sich durchs Haar. „Warum tust du das?“

„Weil ich dich liebe. Wir gehören zusammen. Es ist mir erst jetzt klar geworden. Deine Mutter hat mir dabei geholfen, zu verstehen ...“

„Meine Mutter?“ fragte er überrascht. „Was hat sie damit zu tun?“

„Heißt das etwa, sie hat noch gar nicht mit dir gesprochen?“

Charles antwortete nicht. Die Vorstellung, dass seine Mutter sich in sein Leben einmischte, gefiel ihm überhaupt nicht.

„Ich habe noch nie an das Schicksal geglaubt“, fuhr Lanni fort. „Aber jetzt bin ich mir nicht mehr so sicher. Es ist, als wären wir beide füreinander bestimmt – unter anderem deswegen, um etwas wieder gutzumachen, das vor fünfzig Jahren geschehen ist. Es ist kein Zufall, dass wir uns ineinander verliebt haben.“ Sie schaute ihn eindringlich an. „Du bist mein Schicksal, Charles O'Halloran. Ich gehöre zu dir, ob du mich liebst oder nicht.“

Ihm war klar, dass er sie mit logischen Argumenten nicht überzeugen konnte. Das Einzige, was jetzt noch half, war Grausamkeit. „Ich schlage dir vor, Hard Luck umgehend zu verlassen. Wenn du es nicht tust, wirst du dich wie deine Großmutter dein Leben lang nach einem Mann sehnen, den du nicht haben kannst.“

Lanni wurde blass und wich einen Schritt zurück, als hätte er sie geschlagen. Er konnte kaum der Versuchung widerstehen, sie in die Arme zu nehmen und um Verzeihung zu bitten.

„Du hast etwas vergessen“, erwiderte sie mit bebender Stimme. „David hat Catherine geliebt. Du hast es mir selbst erzählt. Es wird also nichts nützen, wenn du mich und meine Familie beleidigst. Dass du mich nicht liebst, glaube ich dir nicht, Charles. Ich weiß nicht, wie du es schaffen willst, diese Fassade aufrechtzuerhalten, wenn wir in derselben Stadt leben.“

„Na gut. Wir können miteinander schlafen, wenn es das ist, was du willst." Um sie endlich zur Vernunft zu bringen, versuchte er es noch einmal. „Das war das Einzige, was mein Vater deiner Großmutter zu geben bereit war. Und es ist alles, was ich dir geben kann."

Lanni erwiderte gequält seinen Blick und wirkte nun alles andere als selbstsicher. Wieder musste Charles sich beherrschen, um sie nicht in die Arme zu nehmen und zu trösten. Er hatte keine Ahnung, was sie dazu bewogen hatte, nach Hard Luck zurückzukehren. Für ihn war die Sache erledigt.

Lanni sagte nichts mehr.

„Verdammt, was hast du eigentlich vor?" fragte er gereizt.

„Ich werde Matt beim Renovieren helfen."

„Und dann?"

Ein zufriedenes Lächeln umspielte ihre Lippen. „Ich bin deinetwegen zurückgekommen, und ich werde auf dich warten."

„Du bist heute Abend so nachdenklich", sagte Abbey zu ihrem Mann.

Sawyer saß auf seinem Lieblingssessel und hatte die Füße auf die dazugehörige Fußbank gelegt. Die Zeitung lag ungelesen auf seinem Schoß, und er blickte aus dem Fenster. „Irgendetwas stimmt nicht", murmelte er.

Abbey setzte sich auf die Sessellehne und barg den Kopf an seiner Schulter. „Womit stimmt etwas nicht?"

„Mit meinem Bruder."

Sie gab ihm einen Kuss auf die Stirn. „Ich weiß, dass du dir wieder Sorgen um Charles machst, aber er muss damit allein klar kommen."

„Wahrscheinlich", erwiderte er geistesabwesend. „Ich habe gehört, dass Bethany Ross, eine der beiden neuen Lehrerinnen, nächste Woche in Hard Luck eintreffen soll."

Abbey war erleichtert, denn es wurde höchste Zeit, dass die Kinder wieder in die Schule gingen. Erst an diesem Morgen hatte sie beobachtet, wie Susan mit Chrissie Harris Schule gespielt hatte.

Während der Sommermonate waren die beiden Mädchen fast unzertrennlich geworden, und Abbey freute sich darüber, dass ihre Kinder sich so schnell in Alaska eingelebt hatten. An den Unterricht dort mussten sie sich erst gewöhnen, doch sie würden nicht die Einzigen sein. Die beiden Lehrerinnen, von denen eine die Schüler von der ersten bis zur sechsten Klasse, die andere die von der siebten bis zum High School-Abschluss unterrichtete, fingen ebenfalls mit dem neuen Schuljahr an.

Abbey hatte erstaunt festgestellt, wie wenig Kinder die Schule in Hard Luck besuchten. Wenn man bedachte, wie klein die Gemeinde war, hatten Scott und Susan sehr schnell neue Freunde gefunden. Scott hatte sich gleich am Tag ihrer Ankunft mit Ronny Gold angefreundet, und auch Susan und Chrissie hatten sich bald gefunden. Tagsüber kümmerte sich Louise Gold, Ronnys Mutter, um Chrissie.

„Charles ist heute Nachmittag nach Fairbanks geflogen, hat aber nicht gesagt, warum", sagte Sawyer und riss Abbey damit aus ihren Gedanken.

„Er muss dich doch nicht um Erlaubnis fragen, oder?"

„Nein. Es ist nur ..."

„Was?"

„Als er zurückkam, war er ganz anders als sonst."

„Vielleicht hängt es damit zusammen, dass Lanni nach Hard Luck gezogen ist."

„Schon möglich, aber das wusste er ja bereits, bevor er losgeflogen ist. Jedenfalls hat er mir erzählt, dass er sie für eine Närrin hält."

Abbey musste sich bemühen, ernst zu bleiben. „Eine Närrin also. Bestimmt ist sie in einen O'Halloran verliebt."

Er lachte leise, umfasste ihre Taille und zog sie auf seinen Schoß. „Soll das eine Beleidigung sein?"

Als sie ihm in die Augen sah, wurde sie wieder ernst. „Ich habe nur Spaß gemacht. Du weißt doch, wie sehr ich dich liebe."

„Ja, ich weiß. Ich mache mir bloß Sorgen um Charles."

„Das brauchst du nicht", beruhigte sie ihn. „Ich habe die Erfahrung gemacht, dass sich irgendwann alles von selbst findet."

„Meine Frau, die unverbesserliche Optimistin", neckte er sie, bevor er ihr einen Kuss auf die Nasenspitze gab.

„Findest du nicht, dass Charles und Lanni zusammengehören?" Abbey hatte es fast von Anfang an gespürt. Es war Schicksal, Vorhersehung – wie immer man es nennen wollte.

„Keine Ahnung." Sawyer schüttelte den Kopf. „Zuerst war ich auch der Meinung."

„Und jetzt?"

„Jetzt weiß ich gar nicht mehr, was ich denken soll. Charles geht es offenbar schlecht, was er natürlich nie zugeben würde. Anfangs habe ich mir die Schuld gegeben. Ich hätte ihm sagen sollen, dass Lanni mit Catherine verwandt ist, und ich verstehe immer noch nicht, warum ich es nicht getan habe. Wahrscheinlich habe ich Spaß daran gehabt, mit anzusehen, wie durcheinander er wegen einer Frau war."

„Durcheinander?"

„So wie du mich durcheinander gebracht hast." Er küsste sie zart auf den Mund. „Später ist mir dann klar geworden, wie mies ich mich ihm gegenüber verhalten habe, und es hat mir sehr Leid getan."

„Ich glaube, es hätte keine Rolle gespielt", antwortete Abbey nachdenklich. „Ich meine, dass Lanni mit Catherine verwandt ist. Er ist ihr mit Haut und Haaren verfallen."

„Der arme Kerl ist verdammt."

„Verdammt?" wiederholte sie mit hochgezogenen Brauen. „Hättest du es nicht etwas schmeichelhafter ausdrücken können? Nein, die beiden sind füreinander bestimmt. Vielleicht soll durch sie das Unrecht, das damals geschehen ist, wieder gutgemacht werden."

Sawyer lächelte jungenhaft. „Mit anderen Worten: Mein Bruder ist verdammt."

Als sie ihn zu kitzeln begann, fand er noch eine viel wirkungsvollere Methode, sich an ihr zu rächen. Dann dauerte es eine ganze Weile, bis sie wieder an Charles oder Lanni dachten.

Lanni saß auf der obersten Stufe der Veranda, während ihr Bruder drinnen arbeitete. Matt prüfte gerade seine Finanzen, um zu kalkulieren, wie lange es dauern würde, bis er das Hotel eröffnen konnte. Sie vermutete, dass das Geld irgendwann knapp werden würde, doch bisher hatte er es immer irgendwie geschafft.

Es war Ende August und ziemlich kühl. Lanni kuschelte sich in ihren Pullover, während sie im Geiste noch einmal ihre Auseinandersetzung mit Charles durchlebte. Es war viel schlimmer gelaufen, als sie erwartet hatte. Als sie nach Hard Luck zurückgekehrt war, war sie davon überzeugt gewesen, das Richtige zu tun.

Jetzt war sie sich allerdings nicht mehr so sicher.

Als Matt erfahren hatte, dass sie nicht nach Anchorage zurückgehen wollte, war er wütend geworden und hatte ihr vorgeworfen, sie würde eine einmalige Chance vertun.

Dass man ihr diesen Job vermutlich kein zweites Mal anbieten würde, war ihr klar. Genauso klar war ihr aber, dass sie es bis an ihr Lebensende bereuen würde, wenn sie diese letzte Gelegenheit, ihre Liebe zu retten, nicht ergriff.

Doch Charles wollte nicht, dass sie in Hard Luck blieb. Und nun sah es so aus, als wollte auch Matt sie los sein.

Lanni schlang die Arme um die Beine und legte die Stirn auf die Knie.

Immer wieder musste sie daran denken, wie energisch Ellen gewirkt hatte, als sie ihr geraten hatte, um Charles zu kämpfen. Was sie ihr allerdings verschwiegen hatte, war, wie heftig er sich dagegen wehren würde.

Lanni hatte zwar versucht, es sich nicht anmerken zu lassen, doch mit seinen brutalen Worten hatte er genau ins Schwarze getroffen. Wenn sie in Hard Luck blieb, ging sie tatsächlich das Risiko ein, genauso zu enden wie ihre Großmutter, indem sie einen Mann liebte, den sie niemals haben konnte.

Sie seufzte tief und blickte dann auf. Plötzlich fiel ein Schatten auf den Boden, und ihr Herz begann vor Aufregung schneller zu klopfen.

Es war Charles.

Er sagte kein Wort. Lanni richtete sich auf und fragte sich einen Moment lang, ob sie ihn in ihrer Fantasie heraufbeschworen hatte. Nach ihrer Begegnung konnte sie kaum glauben, dass er tatsächlich gekommen war.

Langsam stand sie auf und streckte die Hand nach dem Geländer aus, weil sie sich irgendwo abstützen musste. Währenddessen kam Charles ganz langsam auf sie zu, als würde er gegen seinen Willen zu ihr hingezogen. Als er dicht vor ihr stand, bemerkte sie den unsicheren, gequälten Ausdruck in seinen Augen. Es tat ihr weh, ihn so zu sehen.

Schließlich nahm sie all ihren Mut zusammen, hob die Hand und legte sie ihm an die Wange.

Daraufhin legte er seine Hand auf ihre und schloss die Augen. Als er sie wieder öffnete und ihr in die Augen schaute, war er nicht mehr so angespannt.

„Es hat keinen Zweck mehr, dagegen anzukämpfen“, flüsterte er, bevor er sie unvermittelt an sich zog.

Lanni ließ es bereitwillig geschehen und barg das Gesicht an seinem Hals. „Das wurde aber auch höchste Zeit!“ brachte sie hervor, während sie ihm die Arme um den Nacken legte.

Nun küsste er sie mit einer Leidenschaft, die ihr bewies, wie sehr er mit sich gerungen hatte. Außerdem wurde ihr klar, wie nahe sie daran gewesen war, diesen Kampf zu verlieren.

Irgendwann löste er sich widerstrebend von ihr. „Ich habe mich heute Nachmittag mit meiner Mutter getroffen“, erklärte er rau.

„Dann weißt du also von deinem Onkel ... und dem Baby?“

Charles nickte. „Mutter hat mir erzählt, dass ihr euch Dienstag getroffen habt. Ich habe sie noch nie so glücklich gesehen.“

Zusammen setzten sie sich auf die Verandastufen, Charles auf die oberste, Lanni auf die darunter. Dann beugte er sich vor, um ihre Hände in seine zu nehmen.

„Sie hat mir gesagt, wie sehr ich meinem Onkel Charles ähnele." Er runzelte die Stirn, als könnte er noch immer nicht begreifen, was seine Mutter ihm erzählt hatte.

„Sie musste viel Mut aufbringen, um nach all den Jahren über ihn zu sprechen." Lanni hoffte, dass ihm klar war, wie viel Überwindung es seine Mutter gekostet hatte.

„Mein Vater hat Catherine immer geliebt."

„Aber er hat seinen Bruder noch mehr geliebt", flüsterte sie. „Und deine Mutter hat er auch geliebt."

Charles umfasste ihr Gesicht mit beiden Händen. „Du hast zu mir gesagt, du wärst mein Schicksal. Plötzlich ergibt es einen Sinn für mich. Es ist, als würde durch uns alles wieder gutgemacht werden."

„Genau das habe ich dir ja zu erklären versucht."

„Ich möchte, dass wir heiraten, Lanni."

„Heiraten?"

„Hast du deine Meinung etwa geändert?"

„Nein, natürlich nicht." Sie lachte unter Tränen. „Bist du völlig verrückt geworden?"

„Ich hoffe, du möchtest nicht ewig verlobt sein."

„Nein. Je kürzer, desto besser", erwiderte sie überglücklich.

„Ich bin zu alt für dich."

„Hörst du jetzt endlich auf, nach Ausreden zu suchen?"

Charles lächelte schief, was ihn einfach unwiderstehlich machte. Spontan setzte Lanni sich neben ihn, um ihn zu küssen. Als er sich irgendwann von ihr löste, atmete er schwer. Verführerisch ließ er die Lippen über ihren Hals gleiten und verteilte zarte Küsse darauf.

„O Lanni, ich kann dir nicht widerstehen."

„Ich dir auch nicht", flüsterte sie.

Nun zog er sie an sich und schwieg einen Moment, als würde er nachdenken. „Es klingt vielleicht komisch, aber ich glaube, dass mein Vater durch mich einen Weg gefunden hat, bei Catherine zu sein."

Lanni dachte ganz ähnlich. „Es ist fast, als hätte er uns zusammengeführt."

„Stimmt. Allerdings hat ihm wohl jemand dabei geholfen."

„Sein Bruder?"

„Ja, er ist bei ihm." Er gab ihr einen Kuss auf die Stirn. „Ich weiß nicht, was wir in Bezug auf deinen Job machen sollen", fuhr er sachlich fort, als wollte er sich endlich auf die Realität und ihr gemeinsames Leben konzentrieren.

„Darüber können wir uns später den Kopf zerbrechen", meinte Lanni, der eine Karriere als Journalistin plötzlich nicht mehr so wichtig war.

„Ich dachte, es würde dir viel bedeuten."

Genüsslich kuschelte sie sich an ihn. „Das tut es auch, aber ich möchte in Hard Luck bleiben. Vielleicht kann ich hier eine Zeitung herausbringen."

„Dafür bräuchtest du eine entsprechende praktische Ausbildung und Berufserfahrung. Beides würdest du bekommen, wenn du in Anchorage arbeiten würdest."

„Aber ich wäre erst in neun Monaten fertig, und wir müssten die Hochzeit verschieben. Das wollen wir doch beide nicht."

„Nein, wir werden heiraten", versicherte er. „Ich werde dich immer lieben, Lanni Caldwell. Das ist mir an dem Tag klar geworden, als Sawyer und Abbey geheiratet haben. Jetzt weiß ich es."

„Ich würde gern eine Zeitung für Hard Luck herausbringen. Allerdings könnte unser Leben ziemlich hektisch werden, besonders wenn wir eine Familie gründen."

„Eine Familie?"

„Kinder, Charles. Du willst doch Kinder, oder?" Lanni schaute ihn besorgt an.

Er suchte nach den richtigen Worten und nickte schließlich. „Ja, Lanni, sehr gern sogar. Mit dir."

„O Charles.“ Liebevoll umfasste sie sein Gesicht. „Wir werden sehr glücklich miteinander sein.“

Charles küsste sie zärtlich. „Ich glaube, du hast Recht, Lanni.“

– *ENDE* –

Debbie Macomber

Mitch

Roman

Aus dem Amerikanischen von
Dorothea Ghasemi

MIRA®

1. KAPITEL

Die neue Lehrerin würde es nicht lange in Hard Luck aushalten.

Für Mitch Harris stand bereits nach wenigen Sekunden fest, dass Bethany Ross nicht nach Alaska gehörte. Sie war wie ein Paradiesvogel, denn alles an ihr war auffällig: ihr lebhafter Gesichtsausdruck, das blonde, von der Sonne gebleichte Haar, das ihr in dichten Wellen auf die Schultern fiel, die klassischen Züge und die dunkelbraunen Augen.

Sie trug einen türkisfarbenen Overall mit einem breiten gelben Gürtel, der ihre schmale Taille betonte, und dazu farbige Sandaletten. Mit damenhaft gekreuzten Beinen saß sie in Abbey und Sawyer O'Hallorans Wohnzimmer auf der Sofalehne.

Dieses Treffen fand ihr zu Ehren statt. Abbey und Sawyer hatten die Mitglieder der Schulbehörde eingeladen, damit alle die neue Lehrerin kennen lernen konnten.

Überrascht stellte Mitch fest, dass Bethany aufstand und auf ihn zukam, bevor er sich ihr vorstellen konnte. „Ich glaube, wir kennen uns noch nicht", sagte sie, wobei sie herzlich lächelte. „Ich bin Bethany Ross."

„Mitch Harris." Mehr brauchte er ihr wohl kaum zu sagen, denn bevor der erste Schnee fiel, würde sie wieder abreisen. „Willkommen in Hard Luck", fügte er hinzu.

„Danke."

„Wann sind Sie gekommen?" erkundigte er sich höflich, während er sein Weinglas in der Hand drehte.

„Heute Nachmittag."

Damit hatte Mitch nicht gerechnet. „Sicher sind Sie müde nach dem Flug."

„Eigentlich nicht", erwiderte sie schnell. „Wenn ich bedenke, dass ich heute Morgen aus San Francisco abgeflogen bin, müsste ich es eigentlich sein. Aber ich bin schon seit Tagen total aufgedreht."

Mitch vermutete, dass sie von Hard Luck enttäuscht war, denn es gab wohl kaum einen größeren Kontrast zu dem lockeren Lebensstil in Kalifornien. Hard Luck, das fünfzig Meilen oberhalb des nördlichen Polarkreises lag, war ein faszinierender Ort, und seine Einwohner hatten einen starken Gemeinschaftssinn. Das Leben war für sie nicht leicht, und sie arbeiteten hart. Abgesehen von Midnight Sons, der Charterfluggesellschaft der drei Brüder O'Halloran, gab es nur noch wenige Betriebe, wie zum Beispiel Ben Hamiltons Café. Mitch, einer der wenigen Beamten im Ort, arbeitete für das Innenministerium. Er war der Sicherheitsbeamte der Stadt, also eine Art Polizist, und betreute zusätzlich die Besucher des Nationalparks. Ab und zu kamen Trapper oder Mitarbeiter der Mineralölfirmen nach Hard Luck. Für die Menschen, die am Rande der Zivilisation lebten, war der Ort eine florierende Metropole.

In letzter Zeit hatten die Medien ständig über Hard Luck berichtet, doch damit hatte Bethany Ross zum Glück nichts zu tun. Allerdings vermutete Mitch, dass sie genauso schnell die Flucht ergreifen würde wie so manch andere Frau, die die Brüder O'Halloran nach Alaska geholt hatten.

Da es nicht viele Frauen gab, die ein so entbehrungsreiches Leben fernab jeglicher Zivilisation auf sich zu nehmen bereit waren, hatten die O'Hallorans eine Aktion ins Leben gerufen, um Hard Luck für eine größere weibliche Zielgruppe attraktiv zu machen. Abbey war sozusagen einer ihrer Erfolge, doch es hatte auch einige Reinfälle gegeben, wie zum Beispiel diese Allison, die es nicht einmal vierundzwanzig Stunden ausgehalten hatte. Und erst in der vergangenen Woche waren zwei Frauen eingetroffen, die gleich den nächsten Flug zurück genommen hatten. Bethany Ross jedoch hatte sich bereits im Frühjahr um die freie Stelle beworben, bevor der ganze Unfug begonnen hatte.

Ihr hinreißendes Lächeln schien zu besagen, dass sie ihn durchschaute. „Ich möchte meinen Vertrag erfüllen, Mr. Harris. Als ich den Job hier angenommen habe, wusste ich, worauf ich mich einlasse."

Mitch wurde sichtlich verlegen. „Sie haben also meine Gedanken gelesen."

„Ich mache Ihnen keinen Vorwurf daraus, dass Sie an mir zweifeln. Ich passe nicht ganz hierher, stimmt's?"

Nun musste er ebenfalls lächeln. „Bestimmt hatten Sie sich Hard Luck anders vorgestellt."

„Ich werde mich schon eingewöhnen."

Sie schien davon so überzeugt zu sein, dass er sich bereits zu fragen begann, ob er sie falsch eingeschätzt hatte.

„Ehrlich gesagt, weiß ich gar nicht, was ich erwartet hatte. Ich hatte schon Bedenken hierher zu ziehen, weil in letzter Zeit so oft über Hard Luck berichtet wurde."

Amüsiert erwiderte er ihren Blick. Natürlich hatte er einige der Artikel gelesen, die in den Boulevardblättern erschienen waren.

„Mein Vater war dagegen, dass ich nach Alaska gehe", fuhr Bethany fort. „Um ein Haar hätte er mich begleitet, denn er ist offenbar der Meinung, dass in Hard Luck nur liebeshungrige Buschpiloten leben."

„Da liegt er gar nicht mal so falsch", meinte Mitch trocken. Wenn sie erst vor einigen Stunden gekommen war, hatte sie die Piloten, die für Midnight Sons arbeiteten, vermutlich noch nicht kennen gelernt. Soweit er informiert war, hatte Sawyer sie hergebracht.

Nachdem sie ständig ihre besten Piloten verloren hatten, weil diese weibliche Gesellschaft vermissten, hatten die O'Hallorans beschlossen, Abhilfe zu schaffen.

„Ist Midnight Sons die Charterfluggesellschaft, die den O'Hallorans gehört?" fragte Bethany nervös.

„Stimmt." Mitch konnte es ihr nicht verdenken, dass sie keinen Durchblick hatte, denn man hatte sie gleich nach ihrer Ankunft hierher gebracht und etwa zwanzig Leuten vorgestellt. Daher erklärte er ihr, dass Charles, der älteste der O'Hallorans, lediglich stiller Teilhaber war.

Als Charles jedoch von Sawyers und Christians Plan erfahren hatte, war er alles andere als still gewesen. Doch als er Lanni Caldwell begegnet war, hatte er seine Meinung schnell geändert. Am Anfang der Woche hatten die beiden bekannt gegeben, dass sie bald heiraten würden.

„Stimmt es, dass Abbey die Erste war, die nach Hard Luck gekommen ist?“ erkundigte sich Bethany neugierig.

„Ja. Sie und Sawyer haben vor kurzem geheiratet.“

„Man hat aber den Eindruck, dass sie schon lange verheiratet sind. Was ist mit Scott und Susan?“

„Sie sind Abbeys Kinder aus erster Ehe. Ich glaube, Sawyer hat schon alles in die Wege geleitet, um sie zu adoptieren.“ Mitch beneidete seinen Freund fast, denn seine Ehe war alles andere als glücklich gewesen.

„Und Chrissie ist Ihre Tochter?“ Bethany schaute zu den Kindern, die am Tisch saßen und Monopoly spielten.

Liebevoll betrachtete er seine siebenjährige Tochter. „Ja. Sie kann es kaum abwarten, dass die Schule wieder anfängt.“

„Ich habe sie vorhin schon kennen gelernt. Sie ist ein reizendes kleines Mädchen.“

„Danke.“ Mitch versuchte, sein Bestes für Chrissie zu geben, aber manchmal fragte er sich, ob das auch genug war. „Haben Sie Pete Livengood schon kennen gelernt?“ Er deutete auf einen Mann mittleren Alters mit markanten Zügen, der auf der anderen Seite des Raumes stand.

„Ja. Ihm gehört der Lebensmittelladen, nicht?“

„Stimmt. Dotty, die Frau neben ihm, hat sich auch auf die Anzeige hin beworben.“

Bethany versuchte, Dotty einzuordnen. „Ist sie die Krankenschwester?“

Er nickte. „Pete und Dotty wollen bald heiraten. Ich glaube, in der ersten Oktoberwoche.“

„Schon?“ Bevor er antworten konnte, richtete sie ihre Aufmerksamkeit auf jemand anders. „Was ist mit Mariah Douglas? Ist sie auch neu hier?“

„Ja. Sie ist die neue Sekretärin bei Midnight Sons.“

„Ist sie verlobt?"

„Noch nicht, aber das wäre auch ein bisschen zu früh. Sie ist erst letzten Monat gekommen."

„Heißt das, sie wohnt schon einen Monat hier und ist immer noch nicht verheiratet?" neckte sie ihn. „Das ist ja rekordverdächtig. Anscheinend kommen die jungen Männer in Hard Luck nicht ihren Pflichten nach."

Mitch lächelte jungenhaft. „Daran liegt es anscheinend nicht. Mariah betont allerdings, dass sie nicht hergekommen ist, um nach einen Ehemann Ausschau zu halten. Sie wollte das Blockhaus und die acht Hektar Land, die die O'Hallorans versprochen hatten."

„Sie haben ihren Teil der Abmachung erfüllt, stimmt's? Ich habe gelesen, dass die Blockhäuser gar nicht auf den Grundstücken liegen. Für mich klingt das ein bisschen nach arglistiger Täuschung." Sekundenlang funkelten ihre Augen kampflustig, als wollte sie es mit allen drei O'Hallorans aufnehmen.

„Das geht mich nichts an. Es ist eine Sache zwischen Mariah und den O'Hallorans."

Bethany errötete und trank einen Schluck Wein. „Es geht mich natürlich auch nichts an. Ich finde Mariah nur so sympathisch, und es würde mich ärgern, wenn jemand sie ausnutzt."

Nun gesellten sich Sawyer und Abbey zu ihnen. „Sie haben Mitch also schon kennen gelernt", meinte Sawyer an Bethany gewandt.

„Er hilft mir dabei, alle Namen zu behalten", erklärte sie lächelnd.

„Dann hat er Ihnen bestimmt auch erzählt, dass er nicht nur fürs Innenministerium arbeitet, sondern auch unser Sicherheitsbeamter ist."

„So nennt man in Hard Luck den Gesetzeshüter", fügte Mitch hinzu.

Bethany schaute ihm in die Augen. „Mein Vater ist bei der Polizei von San Francisco."

„Mitch war in Chicago bei der Polizei, bevor er nach Hard Luck gezogen ist", informierte Sawyer sie.

„Stimmt", bestätigte Mitch geistesabwesend.

„Ihnen schwirrt jetzt bestimmt der Kopf", meinte Abbey. „So ist es mir bei meiner Ankunft hier auch ergangen. Oh." Sie winkte einer Frau zu, die gerade ins Wohnzimmer kam. „Da ist Margaret Simpson, die Lehrerin für die High School-Stufe."

Nachdem Margaret, eine sympathisch aussehende Brünette Mitte Dreißig, Bethany herzlich begrüßt hatte, erzählte sie ihr, dass sie in derselben Straße wohnte und ihr Mann für eine Mineralölgesellschaft arbeitete, wo er abwechselnd drei Wochen Dienst und drei Wochen frei hatte.

Während Bethany sich mit Margaret unterhielt, betrachtete Mitch sie eingehend. Er hätte sie gern näher kennen gelernt, sagte sich jedoch, dass es keinen Sinn hatte.

Trotzdem faszinierte sie ihn, und er fühlte sich zu ihr hingezogen. Vielleicht lag es daran, dass er bereits seit sechs Jahren allein lebte. Lori war gestorben, als Chrissie ein Baby war. Da er es nicht ertragen hätte, noch länger bei der Chicagoer Polizei zu arbeiten, hatte er ihre Sachen zusammengepackt und war immer weiter nach Norden gegangen. Ihm war klar gewesen, dass er vor etwas davonlief, aber er war so von Schuldgefühlen und Zweifeln geplagt, dass er keine andere Möglichkeit gesehen hatte. Als er in Hard Luck eingetroffen war, hatte er kein Geld mehr gehabt und war das unstete Leben leid gewesen.

Chrissie und er waren glücklich dort. Sie hatten sich ein neues Leben aufgebaut und hatten neue Freunde gefunden. Für Mitch war die Welt wieder in Ordnung.

Er hatte ja nicht ahnen können, dass er in Alaska einem Paradiesvogel wie Bethany Ross begegnen würde.

Obwohl sie keine Schönheit im herkömmlichen Sinne war, war sie sehr beeindruckend. Mitch suchte nach den passenden Worten. Sie war weiblich, herzlich, großzügig, extravagant, und man konnte sicher viel Spaß mit ihr haben. Die Kinder würden sie lieben. Obwohl er erst eine knappe Viertelstunde mit ihr geplaudert hatte, hätte er gern mehr Zeit mit ihr verbracht.

Schnell verdrängte er diesen Wunsch wieder. Von seiner verstorbenen Frau hatte er bereits seine Lektion gelernt. Sollte die neue Lehrerin doch einem anderen Privatstunden geben!

In diesem Moment versuchte Bethany, ein Gähnen zu unterdrücken, und hielt sich die Hand vor den Mund.

„Sie sind bestimmt müde", stellte Abbey fest. „Ich habe schon ein ganz schlechtes Gewissen, weil wir Sie so lange aufgehalten haben."

„Nein, es ist sehr nett von Ihnen, mir einen so herzlichen Empfang zu bereiten." Wieder musste Bethany gähnen, was ihr offenbar peinlich war. „Aber ich gehe jetzt besser."

„Mitch, bist du so nett und bringst sie nach Hause?" fragte Sawyer.

„Natürlich." Mitch stellte sofort sein Glas ab, obwohl er sich am liebsten davor gedrückt hätte, Bethany zu begleiten. Er wollte gerade vorschlagen, dass jemand anders sie nach Hause brachte, als ihm klar wurde, dass sie das womöglich als Beleidigung aufgefasst hätte.

Als sie ihn ansah, hatte er einmal mehr den Eindruck, sie würde seine Gedanken lesen. Schnell wandte er den Blick ab, um nach Chrissie Ausschau zu halten. Susan und sie hatten gerade die Köpfe zusammengesteckt und tuschelten. Er hatte zwar keine Ahnung, worüber sie redeten, aber zweifellos heckten sie wieder etwas aus.

Schließlich wandte er sich Bethany zu. „Entschuldigen Sie mich bitte einen Moment?"

„Sicher."

Während er Chrissie holte, verabschiedete Bethany sich von den Mitgliedern der Schulbehörde.

Wenige Minuten später trafen sie sich vor der Haustür. Mitch wusste bereits, wo Bethany wohnte, denn die Unterkunft für die Lehrer wurde vom Staat gestellt. Es handelte sich um ein schönes kleines Haus, das sich auf der anderen Seite der Turnhalle befand.

Er hielt die Beifahrertür seines Transporters auf, damit Chrissie als Erste einsteigen konnte. Ihm war nicht entgangen, wie still sie plötzlich war, als hätte sie großen Respekt vor ihrer zukünftigen Lehrerin.

„Danke, dass Sie mich mitnehmen", sagte Bethany, während er den Motor anließ.

„Kein Problem." Das war es zwar doch – und nicht wegen des Umwegs –, aber dann nahm er sich vor, ihre Gesellschaft zu genießen. Immerhin war es ziemlich unwahrscheinlich, dass er sie noch einmal mitnehmen würde. Sobald die anderen allein lebenden Männer in Hard Luck sie kennen lernten, hatte er sowieso keine Chance mehr, was ihm nur recht sein konnte.

„Würde es Ihnen etwas ausmachen, mich ein bisschen herumzufahren?" erkundigte sie sich. „Bisher hatte ich nämlich noch keine Gelegenheit, mir den Ort anzuschauen."

„Es gibt auch nicht viel zu sehen", erklärte er, da er Angst davor hatte, ihre Gesellschaft möglicherweise zu sehr zu genießen.

„Wir können ihr die Bücherei zeigen", schlug Chrissie eifrig vor.

„Gibt es eine Bücherei in Hard Luck?"

„Ja. Sie ist ziemlich klein, aber wir gehen oft hin", erzählte das Mädchen. „Abbey ist die Bibliothekarin."

Sawyers Frau hatte die Bibliothek in wochenlanger Arbeit aufgebaut und dann eröffnet. Ellen Greenleaf, die Mutter der O'Hallorans, hatte die Bücher gestiftet, die bis zu Abbeys Ankunft in Kartons gelagert hatten. Mittlerweile hatte Abbey sogar damit angefangen, neue Bücher zu erwerben – vom Bestseller bis zum Kochbuch. Die erste Lieferung war vor einer Woche eingetroffen – zur allgemeinen Freude der Einwohner, die sich als richtige Leseratten entpuppt hatten. Auch Mitch nutzte das Angebot und bestärkte Chrissie darin, sich ebenfalls Bücher auszuleihen.

„Wir müssen Ms. Ross auch den Laden zeigen", erklärte Chrissie. „Und die Kirche und die Schule."

„Was ist das für ein Haus?“ Bethany deutete auf das größte Gebäude des Ortes.

„Das Hotel“, erwiderte Mitch.

„Matt Caldwell renoviert es gerade“, berichtete Chrissie. „Er ist der Bruder von Lanni.“

„Ich habe Ihnen von Lanni erzählt“, meinte Mitch. „Sie ist mit Charles O’Halloran verlobt.“

„War Charles vorhin auch da?“

„Nur kurz.“

„War er der Mann in dem Sweatshirt mit dem Midnight Sons-Aufdruck?“

„Genau.“

Chrissie beugte sich zu Bethany hinüber. „Im Hotel hat es gebrannt, und deswegen wohnt jetzt keiner darin. Matt hat es gekauft und renoviert es, damit die Leute darin wohnen und ihm viel Geld bezahlen.“

„Es hat darin gebrannt?“

„Das ist lange her“, antwortete Mitch. „Da hauptsächlich der hintere Teil des Gebäudes zerstört wurde, kann man von hier nicht so viel sehen.“ Er schüttelte den Kopf. „Eigentlich hätte man es schon lange renovieren oder einfach abreißen sollen, aber die O’Hallorans konnten sich wohl nicht dazu durchringen. Nun haben sie es an Matt Caldwell verkauft, und das war sicher das Beste so.“

„Matt will mit den Touristen Hundeschlittenrennen machen!“ rief Chrissie aufgeregt. „Die Hunde und Trainer will er nach Hard Luck holen.“

„Das wird bestimmt lustig.“

„Eagle Catcher ist ein Husky.“

Mitch begegnete Bethanys fragendem Blick. „Das ist Sawyers Hund“, erklärte er.

„Jetzt gehört er Scott.“

„Stimmt.“ Er lächelte seiner Tochter zu. „Das hatte ich ganz vergessen.“

„Scott und Susan sind Abbeys Kinder, nicht?“ fragte Bethany.

„Stimmt.“

Anerkennend stellte er fest, dass sie schon viele Namen behalten hatte. Vielleicht gehörte es zum Lehrerberuf, sich viele Gesichter und Namen merken zu können.

„Gibt es in Hard Luck auch ein Restaurant?“ meinte sie. „Ich bin nämlich keine gute Köchin.“

Als Mitch sich zu ihr umwandte, begegneten sich ihre Blicke. Dann schaute er wieder nach vorn. „Das Hard Luck Café.“

Bethany lächelte. Offenbar amüsierte sie sich über den Namen.

„Ben serviert den besten Kaffee der Stadt, aber er hat ja auch keine große Konkurrenz.“

„Ben?“

„Ben Hamilton. Er ist ein hässlicher Knopf, aber er hat ein goldenes Herz und kann mehr als bloß kochen. Er ist zum Beispiel ein guter Psychologe. Sie werden ihn mögen.“

„Da bin ich sicher.“

Mitch fuhr zum Ende der Straße. Von dort aus konnte man in der Ferne ein Licht sehen. „Dahinten sind die Blockhäuser“, erklärte er. „Das ganz links gehört Mariah.“ Christian, der jüngste der Brüder O'Halloran, hatte unzählige Male versucht, sie dazu zu bewegen, in die Stadt zu ziehen. Doch sie hatte sich hartnäckig geweigert.

Nachdem Mitch gewendet hatte, fuhr er zurück in Richtung Schule. Als er vor ihrem kleinen Haus hielt, drehte Bethany sich zu ihm um und lächelte ihn an.

„Vielen Dank für die Rundfahrt und fürs Nachhausebringen.“

„Es war mir ein Vergnügen.“

Dann wandte sie sich an Chrissie. „Da ich neu in der Stadt bin, würde ich mich freuen, wenn du mir ein bisschen helfen könntest.“

Chrissie strahlte und nickte so eifrig, dass ihre Zöpfe sich hin und her bewegten. „Darf Susan Ihnen auch helfen?“

„Na klar.“

Stolz lächelte die Kleine ihren Vater an.

„Also, gute Nacht." Bethany öffnete die Beifahrertür und stieg aus.

„Gute Nacht", erwiderten die beiden im Chor. Erst als Bethany im Haus war und das Licht einschaltete, fuhr Mitch weiter.

Soso, die neue Lehrerin ist da, dachte er.

Erst als Bethany im Bett lag, wurde ihr bewusst, wie müde sie war. Trotzdem konnte sie nicht einschlafen und schaute zur Decke, während sie über ihre Begegnung mit Mitch Harris nachdachte.

Sie hatte sofort gemerkt, dass er sehr ernst und zurückhaltend war. Da er sich ihr sicher nicht vorgestellt hätte, hatte sie die Initiative ergriffen. Er war nämlich wie ein unbeteiligter Zuschauer in einer Ecke gestanden und hatte die anderen beobachtet.

Irgendetwas an ihm faszinierte sie. Da ihr Vater Polizist war, hatte sie vermutlich instinktiv gespürt, was Mitch beruflich machte. Zumindest war sie nicht überrascht gewesen, als Sawyer es ihr gesagt hatte. In gewisser Weise erinnerte Mitch sie sogar an ihren Vater, denn er hatte offenbar denselben analytischen Verstand. Ihre Mutter machte es verrückt, dass ihr Vater immer lange hin und her überlegte, bevor er eine Entscheidung traf. Ich wette, Mitch ist genauso, dachte Bethany. Sie selbst war eher spontan.

Sie hätte Mitch gern näher kennen gelernt, hatte aber den Eindruck, dass er nicht an ihr interessiert war. Oder war er es doch? Bevor sie sich ihm vorgestellt hatte, hatte sie Bewunderung in seinen Augen aufblitzen sehen. Nun fragte sie sich, ob sie es sich bloß eingebildet hatte.

Allerdings hielt sie das nicht davon ab, sich auszumalen, wie seine Augen vor Leidenschaft dunkler wurden, bevor er sie küsste.

Schließlich rief sie sich zur Ordnung, schloss die Augen und versuchte, sich zu entspannen – vergeblich. Immer wieder tauchte Mitch Harris' Gesicht vor ihrem geistigen Auge auf.

Ich bin nicht nach Hard Luck gekommen, um mich zu verlieben, sagte sie sich energisch.

Dann rollte sie sich auf die Seite, wobei sie das Kopfkissen in die Arme nahm. Auch das nützte nichts. Selbst wenn sie es nicht wahrhaben wollte, Chrissies Vater faszinierte sie ...

„Miss Ross?"

Bethany, die hinten im Klassenzimmer stand, blickte auf. Chrissie und Susan standen auf der Türschwelle und strahlten vor Eifer.

„Hallo, ihr zwei."

„Wir sind hier, weil wir Ihnen helfen wollen", erklärte Chrissie. „Dad hat gesagt, wir sollen aufpassen, dass wir Ihnen nicht auf die Nerven gehen."

„Das werdet ihr bestimmt nicht", versicherte Bethany.

Nachdem die beiden hereingekommen waren, gab sie ihnen ihre erste Aufgabe, die darin bestand, Bücher zu sortieren. Es war das erste Mal, dass sie mehr als eine Klasse hatte, und die Tatsache, dass sie von nun an sechs verschiedene Klassen unterrichten würde, machte ihr ein bisschen Angst.

„Alle freuen sich auf die Schule", verkündete Chrissie. „Vor allem mein Dad."

Bethany lachte leise. Mitch ging es offenbar genauso wie vielen Eltern.

Etwa zwanzig Minuten später fragte Chrissie plötzlich: „Sie sind nicht verheiratet oder so, stimmt's, Miss Ross?"

Bethany musste sich ein Lächeln verkneifen. „Nein."

„Warum nicht?"

Typisch für eine Siebenjährige, solche Fragen zu stellen! „Ich habe noch nicht den Richtigen gefunden", erklärte Bethany schlicht.

„Waren Sie schon mal verliebt?" erkundigte sich Susan.

Bethany hatte wohl gemerkt, dass die beiden ihre Arbeit unterbrochen hatten und ihr nun ihre ganze Aufmerksamkeit schenkten. „Ja", erwiderte sie nach kurzem Zögern.

„Wie alt sind Sie eigentlich?"

„Chrissie." Susan stieß ihre Freundin mit dem Ellbogen an.

„Das gehört sich nicht", flüsterte sie so laut, dass Bethany es verstehen konnte.

Sie tat so, als hätte sie es nicht gehört. „Ich bin fünfundzwanzig."

Nachdem die beiden vielsagende Blicke gewechselt hatten, begannen sie, an ihren Fingern etwas abzuzählen.

„Sieben", sagte Chrissie schließlich andächtig.

„Sieben?" wiederholte Bethany neugierig.

„Wenn ein Mann sieben Jahre älter ist als Sie, ist er dann zu alt?" fragte Susan mit großen Augen.

Bethany setzte sich auf einen Tisch und verschränkte die Arme. „Das hängt davon ab."

Chrissie kam ein paar Schritte näher. „Wovon?"

„Vom Alter. Wenn ich vierzehn wäre und mit einem Einundzwanzigjährigen ausgehen wollte, hätten meine Eltern das nie erlaubt. Wenn ich aber einundzwanzig und er achtundzwanzig wäre, wäre es in Ordnung."

Beide Mädchen wirkten sichtlich zufrieden.

„Ihr habt doch nicht etwa vor, euch mit vierzehnjährigen Jungen zu verabreden, oder?" Gespielt missbilligend, kniff Bethany die Augen zusammen.

Chrissie fing an zu kichern, während Susan die Augen verdrehte. „Also wirklich, Miss Ross! Ich weiß gar nicht, was an Jungen so toll sein soll. Ich habe nämlich einen Bruder", fügte sie erklärend hinzu.

„Können Sie uns von dem Mann erzählen, in den Sie verliebt waren?" bat Chrissie so ernst, dass Bethany ihr den Wunsch nicht abschlagen konnte.

„Es war ein Typ, den ich vom College kannte", erzählte sie. „Wir waren ungefähr ein Jahr zusammen."

„Wie hieß er?"

„Randy."

„Randy", wiederholte Chrissie verächtlich.

„Hat er Ihnen was getan?"

Obwohl ihr die Fragen unangenehm waren, musste Bethany lachen. „Nein, er hat mir nichts getan." Sie war nicht einmal sicher, ob sie ihn überhaupt geliebt hatte, was ihrer Meinung nach schon ziemlich aufschlussreich war. Randy und sie waren Freunde gewesen, doch irgendwann war mehr daraus geworden – zumindest für Randy.

Er hatte davon geredet, zu heiraten und eine Familie zu gründen, was sie zuerst auch für eine gute Idee gehalten hatte. Dann war ihr jedoch klar geworden, dass sie noch nicht bereit war, sich langfristig zu binden. Sie hatten sich gestritten und schließlich ihre inoffizielle Verlobung gelöst. Noch Monate danach hatte Bethany unter der Trennung von Randy gelitten. Nun vermutete sie allerdings, dass sie mehr das Ende ihrer Freundschaft bedauert hatte.

„Sehen Sie ihn manchmal noch?" wollte Chrissie wissen.

Bethany nickte.

„Wirklich?" fragte Susan, als handelte es sich um eine menschliche Tragödie.

„Ja, manchmal."

„Ist er verheiratet?"

„Nein." Bethany wurde ein wenig traurig, als sie an ihren alten Freund dachte. Sogar jetzt, fünf Jahre nach ihrer Trennung, vermisste sie Randy.

Chrissie und Susan wirkten plötzlich ziemlich bedrückt.

„Können wir jetzt gehen?" fragte Chrissie unvermittelt.

„Ja, natürlich. Und vielen Dank für eure Hilfe."

Ehe Bethany sich's versah, waren die beiden wieder verschwunden, und sie wandte sich wieder ihrer Aufgabe zu. Aus farbigem Papier schnitt sie große Buchstaben aus.

Da die Sonne in den Klassenraum schien und es ziemlich warm war, zog Bethany ihre Bluse aus der Hose, öffnete die untersten Knöpfe und verknotete die Zipfel in der Taille. Dann strich sie sich das Haar aus dem Gesicht und band es im Nacken zu einem Pferdeschwanz zusammen.

Eine halbe Stunde später hatte sie fast alle Buchstaben, die das

Wort September bildeten, bogenförmig an das Schwarze Brett hinten im Klassenraum geheftet. Sie stand auf einem Stuhl und hatte gerade das E befestigt, als sie spürte, dass sie nicht allein war. Langsam drehte sie sich um und sah Mitch Harris auf der Türschwelle stehen.

„Hallo", begrüßte sie ihn fröhlich, denn sie freute sich, ihn zu sehen. Er trug die khakifarbene Uniform der Mitarbeiter des Innenministeriums, und seine Miene war ausdruckslos. Bethany hatte allerdings das Gefühl, dass ihm nicht besonders wohl in seiner Haut war.

„Ich suche Chrissie."

Nachdem Bethany das R angebracht hatte, stieg sie vom Stuhl. „Tut mir Leid, aber wie Sie selbst sehen, ist sie nicht hier."

Mitch runzelte die Stirn. „Louise Gold hat mir gesagt, sie sei hier."

Bethany erinnerte sich daran, dass Louise Gold die Frau war, die tagsüber auf Chrissie aufpasste. Außerdem war sie Mitglied der Schulbehörde. Bethany hatte sie am Vortag kennen gelernt und kurz mit ihr gesprochen.

„Chrissie war vorhin mit Susan hier."

„Hoffentlich haben sie sich gut benommen."

Als sie sich an die neugierigen Fragen der beiden erinnerte, lächelte Bethany unwillkürlich. „O ja", erwiderte sie, während sie den Stuhl wieder an seinen Platz stellte. „Ich hatte Chrissie ja gebeten, mir zu helfen."

Mitch hielt sich so weit wie möglich von Bethany entfernt, was sie ziemlich verunsicherte, denn ein solches Verhalten war sie bei Männern nicht gewohnt.

„Vielleicht ist sie bei Susan", meinte er.

„Mir hat sie nicht gesagt, wo sie hingeht."

Er zögerte einen Moment. „Ich möchte nicht, dass Chrissie Ihnen auf die Nerven geht", sagte er schließlich.

„Das tut sie nicht. Susan und sie sind wirklich reizend, also machen Sie sich keine Sorgen."

„Sie haben Ihnen nicht zufällig einige persönliche Fragen gestellt, oder?“

„Oh ... doch, das haben sie.“

Mitch schloss sekundenlang die Augen und seufzte. „Ich werde mal bei den O’Hallorans vorbeischauen. Vielen Dank für Ihre Mühe.“

Eine Weile schaute er ihr in die Augen, und als er sich dann abwandte, war Bethany ziemlich nervös. Eines war sicher: Wenn es nach Mitch Harris gegangen wäre, hätte sie San Francisco niemals verlassen.

Pech für ihn! Sie war nämlich aus gutem Grund nach Hard Luck gekommen und würde erst wieder abreisen, wenn sie ihre Aufgabe erfüllt hatte – egal, was passierte.

2. KAPITEL

„Daddy?“

Mitch blickte von der Zeitung auf und lächelte seine Tochter an. Chrissie kam gerade aus der Badewanne, ihr sommersprossiges Gesicht war sauber und ihre Wangen gerötet. Sie trug ihren Lieblingspyjama, der mit einem Motiv aus dem Film „Die Schöne und das Biest“ bedruckt war.

Egal, wie unglücklich seine Ehe gewesen war, für eines würde er Lori immer dankbar sein: Sie hatte ihm Chrissie geschenkt.

„Du musst bald ins Bett“, erklärte er.

„Ich weiß.“ Wie immer vor dem Schlafengehen kletterte sie auf seinen Schoß und legte den Kopf an seine Brust. Anders als sonst wirkte sie an diesem Abend ziemlich nachdenklich. „Daddy, magst du Miss Ross?“ fragte sie plötzlich.

Genau vor dieser Frage hatte Mitch sich die ganze Zeit gefürchtet. Chrissie hatte ständig von Bethany gesprochen, und es war offensichtlich, dass sie hoffte, zwischen ihm und der neuen Lehrerin würde sich etwas anbahnen. „Miss Ross ist sehr nett“, erwiderte er vorsichtig.

„Ja, aber magst du sie?“

„Ich glaube schon.“

„Meinst du, dass du sie heiratest?“

„Ich habe nicht die Absicht zu heiraten“, erklärte er nachdrücklich.

Sie schaute ihn aus großen blauen Augen an. „Ich dachte, du magst sie.“

„Hör mal zu, Schatz. Pearl mag ich auch, doch das heißt noch lange nicht, dass ich sie heiraten werde.“

„Pearl ist ja auch alt. Miss Ross ist erst fünfundzwanzig. Ich hab’ sie selbst gefragt.“

Mitch nahm an, dass er nicht darum herumkam, über das Thema Heiraten zu reden, denn im Sommer hatten einige Paare zusammengefunden – Sawyer und Abbey, Charles und Lanni und schließlich Pete und Dotty. Für Chrissie musste es so aussehen, als wäre die ganze Stadt im Heiratsfieber.

„Ich mag Miss Ross sehr", meinte Chrissie und seufzte.

„Du kennst sie doch kaum. Vielleicht änderst du deine Meinung, wenn sie dich erst unterrichtet." Mitch war klar, dass er sich an einen Strohhalm klammerte, aber das Ganze beunruhigte ihn zunehmend. Er konnte Chrissie wohl kaum verbieten, von Bethany zu sprechen.

Er hatte keine Ahnung, warum sie ausgerechnet Bethany anhimmelte und nicht zum Beispiel Mariah Douglas.

Vielleicht hatte sie gespürt, dass er sich zu Bethany hingezogen fühlte. Und wenn sie es gemerkt hatte, würden die anderen ihn auch bald durchschauen!

„Ich ändere meine Meinung bestimmt nicht", verkündete Chrissie. „Ich finde, du sollst sie heiraten."

„Chrissie, ich habe dir doch gesagt, dass ich Miss Ross nicht heiraten werde."

„Warum nicht?"

„Zuerst einmal kenne ich sie kaum. Schließlich ist sie erst vor zwei Tagen nach Hard Luck gekommen."

„Sawyer hat sich doch auch sofort in Abbey verliebt."

„Stimmt", erwiderte Mitch.

„Wenn du dich nicht beeilst, heiratet vielleicht ein anderer Miss Ross."

Mitch war klar, dass seine Tochter immer das letzte Wort haben würde. „Miss Ross ist hergekommen, um zu unterrichten, und nicht, um sich einen Ehemann zu suchen."

„Abbey auch nicht. Ich möchte, dass du Miss Ross heiratest."

„Nein, das werde ich nicht. Das Thema ist für mich erledigt." Er war zwar selten so streng zu seiner Tochter, aber sie musste verstehen, dass er nicht mehr darüber reden wollte. Auf keinen Fall wollte er wieder heiraten.

Nachdem sie einige Minuten geschwiegen hatte, sagte sie: „Erzähl mir von Mommy."

Mitch fühlte sich wie ein Ertrinkender, der nichts hatte, woran er sich festhalten konnte. „Was möchtest du denn wissen?"

„War sie hübsch."

„Sehr sogar." Normalerweise tat es ihm weh, über Lori zu sprechen, doch nun war er froh, das Thema wechseln zu können.

„So hübsch wie Miss Ross?"

„Ja."

„Sie ist bei einem Unfall ums Leben gekommen, nicht?"

Er konnte sich nicht erklären, warum Chrissie immer dieselben Fragen über ihre Mutter stellte. Möglicherweise ahnte Chrissie, dass er ihr nicht die ganze Wahrheit erzählte. „Ja, sie ist bei einem Unfall ums Leben gekommen."

„Und warst du richtig traurig?"

„Ich habe sie sehr geliebt."

„Hat sie mich auch lieb gehabt?"

„Ja, mein Schatz."

Nun hing Chrissie wieder ihren Gedanken nach, während er sich in seine Lektüre vertiefte. „Krieg' ich irgendwann einen Bruder oder eine Schwester?" erkundigte sie sich.

„Wahrscheinlich nicht. Ich habe nämlich nicht vor, wieder zu heiraten."

„Warum nicht?" Nun schmollte Chrissie, was ihn normalerweise schwach werden ließ.

Demonstrativ schaute Mitch auf seine Armbanduhr. „Es ist Zeit für dich, ins Bett zu gehen", sagte er entschlossen.

„Schon?" jammerte sie.

„Höchste Zeit sogar." Er hob sie herunter und ging mit ihr in ihr Zimmer. Dort nahm er die Plüschtiere vom Bett, während Chrissie sich auf den Boden kniete und ihr Abendgebet sprach.

Offenbar äußerte sie dabei eine dringende Bitte, und er musste nicht Gedanken lesen können, um zu erraten, was es war. Wenn Chrissies Gebete erhört wurden, war er vermutlich mit der verführerischen Miss Ross verlobt, bevor die Woche vorbei war.

Christian O'Halloran, der jüngste der drei Brüder, betrat das Hard Luck Café und ließ sich dort auf einen Stuhl sinken. Dann stützte er die Ellbogen auf den Tisch und barg das Gesicht in den Händen.

Ben nahm die Kaffeekanne und schenkte ihm einen Becher ein. „Du siehst aus, als könntest du etwas Stärkeres gebrauchen", meinte er.

„Ich fasse es einfach nicht!" Christian fuhr sich mit einer Hand über das Gesicht.

„Was?" Ben vermutete, dass es etwas mit der neuen Sekretärin zu tun hatte. Er konnte nicht verstehen, was Christian gegen sie hatte. Er mochte sie nämlich gern. Mariah Douglas hatte wirklich Mut. Sie wohnte in einem dieser heruntergekommenen Blockhäuser – ohne Strom und mit Außentoilette.

„Du wirst mir nicht glauben, was gerade passiert ist. Eine feministische Anwältin hat mich zur Schnecke gemacht."

Das war in der Tat interessant. Ben setzte sich Christian gegenüber an den Tisch. „Eine Anwältin? Hier in Hard Luck?"

Christian, der ganz rot im Gesicht war, nickte. „Sie hat mich des Betrugs und der Vortäuschung falscher Tatsachen bezichtigt. *Mich*", fügte er ungläubig hinzu.

„Wer hat sie engagiert?"

„Mariah, schätze ich."

„Das glaube ich nicht." Ben konnte es sich beim besten Willen nicht vorstellen, denn seiner Meinung nach war Mariah alles andere als rachsüchtig.

„Ich schon!" fuhr Christian ihn an. „Ich schwöre dir, dass sie vom ersten Tag an nach einer Möglichkeit gesucht hat, mich umzubringen. Zuerst hat sie versucht, mich zum Krüppel zu machen."

„Sie hat dir den Aktenschrank doch nicht absichtlich auf die Füße gekippt."

„Woher willst du das wissen? Sie ist mir von Anfang an ein Dorn im Auge gewesen. Und nun das."

„Du bist vom Thema abgekommen", erinnerte Ben ihn. „Wir hatten doch über diese Anwältin gesprochen."

Christian fuhr sich mit beiden Händen durchs Haar. „Ihr Name ist Tracy Santiago. Sie kommt von irgend so einer Firma in Seattle. Ein Hai ist nichts gegen sie. Sie will Blut sehen, und zwar meins."

„Und du glaubst, dass Mariah sie hat kommen lassen?"

„Ich weiß überhaupt nicht mehr, was ich glauben soll. Jedenfalls ist sie hier, und sobald sie die Einzelheiten der Klage mit Mariah besprochen hat, will sie sie mit Sally McDonald und Angie Hughes durchgehen." Damit meinte er die beiden Neuankömmlinge. Sally arbeitete beim Elektrizitätswerk, und Angie war als Bürokraft und Schwesternhelferin für das Gesundheitszentrum engagiert worden. Beide wohnten in dem Haus, das Catherine Fletcher, Matt und Lanni Caldwells Großmutter, gehörte.

„Und willst du nichts dagegen unternehmen?"

Christian schaute Ben in die Augen. „Ich kann sie schließlich nicht davon abhalten, oder? Genauso gut könnte man versuchen, eine Dampfwalze aufzuhalten."

„Wo ist sie denn jetzt? In deinem Büro?" Ben schaute aus dem Fenster, denn man konnte den Wohnwagen, in dem sich das Büro von Midnight Sons befand, vom Café aus sehen. Es war jedoch nichts Ungewöhnliches zu entdecken.

„Ja, und ich musste da weg, bevor ich etwas gesagt hätte, was mir hinterher Leid getan hätte", gestand Christian. „Ich hatte ein schlechtes Gewissen wegen Duke, aber er schien sich ganz gut zu behaupten."

„Duke?"

„Ja. Er hat sie hergeflogen und dachte, ich hätte sie engagiert. Santiago hat ihm unmissverständlich klar gemacht, wer und was sie ist. Noch im Flugzeug sind sie sich an die Gurgel gegangen."

Dass die beiden sich während des Flugs hatten unterhalten können, war sehr aufschlussreich, denn normalerweise übertönte das Motorengeräusch alles.

„Wenn ich sie wäre, würde ich es mir überlegen, bevor ich mich mit Duke anlege", fügte Christian nachdenklich hinzu.

Ben musste sich ein Lächeln verkneifen. Kein Wunder, dass die Fetzen flogen, denn Duke war der größte Chauvi, den er kannte.

Im nächsten Moment wurde die Tür geöffnet. Christian schaute auf, stöhnte und barg das Gesicht in den Händen.

Als Ben sich umdrehte und feststellte, dass Mariah hereingekommen war, stand er auf, nahm die Kaffeekanne und ging zum Tresen.

„Mr. O'Halloran", sagte Mariah, während sie ängstlich auf Christian zuging.

„Wie oft habe ich Ihnen gesagt, dass Sie Christian zu mir sagen sollen? Es gibt nämlich drei Mr. O'Hallorans in der Stadt, falls Sie es noch nicht gemerkt haben, und zwei davon sind zufällig oft zur selben Zeit im Büro."

„Christian", begann sie wieder mit bebender Stimme. „Ich wollte Ihnen sagen, dass ich mit Miss Santiagos Anwesenheit nichts zu tun habe."

„Das können Sie Ihrer Großmutter erzählen."

„Ich habe sie nicht engagiert."

„Und wer dann, verdammt?"

Ben beobachtete, wie Mariah sekundenlang die Augen schloss und mühsam schluckte. Schließlich erwiderte sie leise: „Ich glaube, es war mein Vater. Anscheinend hat er ihr gesagt, dass ich hier bin."

„Und warum, wenn ich fragen darf?"

Nun wurde Mariah blass. „Haben Sie etwas dagegen, wenn ich mich zu Ihnen setze?"

Der Blick, den Christian ihr zuwarf, bewies deutlich, dass er etwas dagegen hatte. Schließlich zeigte er auf den Stuhl ihm gegenüber.

„Möchten Sie Kaffee?" fragte Ben.

„Nein", antwortete Christian für sie. „Sie möchte gar nichts."

„Haben Sie Orangensaft?" erkundigte sie sich.

Während Ben ihr den Orangensaft brachte, entstand eine peinliche Stille.

„Wollten Sie mir nicht etwas sagen?“ fragte Christian ungeduldig.

„Ja. Ich bin sicher, dass meine Familie Miss Santiago hierher geschickt hat. Ich habe ihnen nämlich nicht erzählt, dass ich den Job angenommen habe. Sie wussten nicht ...“

„Heißt das, Sie haben sich vor Ihren Eltern versteckt?“

„Nicht direkt.“ Mariah strich sich eine Strähne aus dem Gesicht, und Ben bemerkte, dass ihre Hand zitterte. „Ich wollte ihnen etwas beweisen, und dies war für mich die einzige Möglichkeit.“

„Was wollten Sie ihnen beweisen? Wie leicht es ist, einen Mann und seine Firma in den Ruin zu treiben?“

„Nein. Ich wollte meinem Vater zeigen, dass ich durchaus in der Lage bin, auf mich selbst aufzupassen, dass ich meinen Lebensunterhalt selbst verdienen kann und alt genug bin, um selbst Entscheidungen zu treffen.“

„Sie hatten ihm also nicht erzählt, dass Sie sich um den Job beworben haben?“

„Nein.“ Sie riskierte einen flüchtigen Blick in Christians Richtung. „Zuerst jedenfalls nicht. Da ich mich schon länger nicht bei meiner Familie gemeldet hatte, habe ich ihnen letzte Woche einen Brief geschrieben und ihnen alles berichtet – von dem Job und dass das Blockhaus und die acht Hektar Land nach einem Jahr mir gehören.“

„Und?“

„Na ja, da ziemlich viel in den Medien über Ihre Aktion berichtet wurde, hatte mein Vater schon davon gehört. Er ...“ Mariah machte eine Pause und biss sich auf die Lippe. „Er denkt anscheinend, dass dies nicht der richtige Ort für mich ist und er mich nur dazu bringen kann, nach Hause zurückzukehren, indem er beweist, dass an Ihrem Angebot etwas faul ist. Deswegen hat er sich mit Miss Santiago in Verbindung gesetzt. Es könnte sein, dass er Sie verklagt.“ Wieder schloss Mariah einen Moment die Augen, als würde sie damit rechnen, dass Christian gleich in die Luft ging.

Stattdessen blickte er jedoch ins Leere. „Wir sind geliefert“, meinte er ausdruckslos. „Sawyer und ich werden alles verlieren, was wir uns aufgebaut haben."

„Ich habe versucht, Miss Santiago die Situation zu erklären."

„Na toll. Mittlerweile denkt sie bestimmt, ich hätte Sie gekidnappt und würde Sie als Geisel festhalten."

„Das ist nicht wahr."

„Überlegen Sie doch mal, Mariah. Tracy Santiago würde alles dafür geben, um mich zu Fall zu bringen – und das alles nur, weil Sie Ihrem Vater etwas beweisen wollen!"

„Ich werde mich um alles kümmern", versprach Mariah. „Machen Sie sich keine Sorgen. Ich habe nicht vor, Sie zu verklagen, also wird es auch keine Klage geben."

„Sie wollen sich um alles kümmern?" Christian lachte schallend. „Da bin ich ja beruhigt!"

Zum dritten Mal innerhalb kurzer Zeit warf Lanni Caldwell einen Blick auf ihre Armbanduhr. Charles hatte sich verspätet. Er hatte versprochen, sie vor dem Gebäude der *Anchorage News* abzuholen, wo sie als Redaktionsassistentin arbeitete. Seit zehn Tagen hatte sie ihn nicht gesehen, und noch nie hatte sie jemand so vermisst.

Charles und sie hatten sich darauf geeinigt, erst in der ersten Aprilwoche zu heiraten. Mittlerweile hatte sie allerdings ihre Meinung geändert. Wenn die nächsten acht Monate ohne ihn genauso schrecklich sein würden wie die letzten zehn Tage, würde sie sie nicht überstehen. Ihr einziger Trost war, dass Charles oft beruflich in Valdez zu tun hatte, von wo er mit dem Flugzeug einen Abstecher nach Anchorage machen konnte.

Lanni begann bereits, sich Sorgen zu machen, als sie ihn auf sich zukommen sah. Da sie es nicht erwarten konnte, schlängelte sie sich an den Passanten vorbei und lief auf ihn zu. „Charles! Oh, Charles!"

Er umfasste ihre Taille und hob sie hoch. Lanni war so glücklich, wieder in seinen Armen zu sein, dass sie ihn küsste. Charles O'Halloran war so attraktiv und stark – und er gehörte ihr!

Sobald er seine Lippen auf ihre presste, verschwanden ihre Zweifel, und sie nahm ihre Umgebung kaum noch wahr.

Schließlich ließ er sie langsam herunter und atmete tief durch. „Bei dir verliere ich immer sofort die Beherrschung, Lanni", flüsterte er. Dann nahm er sie bei der Hand und ging mit ihr los.

„Wohin gehen wir?" fragte sie.

„Ach, irgendwohin?"

Sie lehnte den Kopf an seine Schulter. „Nein, aber ich hätte Lust, etwas zu essen. Ich sterbe nämlich vor Hunger."

„Ich auch, aber ich habe noch mehr Appetit auf dich."

Lanni lächelte. „Was ist eigentlich aus dem Besuch dieser Anwältin in Hard Luck geworden? Ich kenne Mariah zwar kaum, aber ich kann mir nicht vorstellen, dass sie Midnight Sons verklagen will."

Charles legte ihr den Arm um die Taille und zog sie an sich. „Das erzähle ich dir später."

„Christian geschieht es jedenfalls recht. Er hat überhaupt keine Geduld mit ihr."

„Auf wessen Seite stehst du eigentlich?"

„Auf deiner natürlich. Ich finde das alles nur ziemlich amüsant."

„Ach ja?" Er führte ihre Hand an die Lippen und küsste sie. „Christian meint, dass wir uns in einer ausweglosen Situation befinden."

„Wirklich?" Nun wurde ihr klar, dass das Ganze möglicherweise doch ernster war, als sie gedacht hatte. „Bekommt ihr rechtliche Probleme?"

Sie standen jetzt vor Lannis Lieblingsrestaurant, einem Chinesen, und Charles hielt ihr die Tür auf. „Keine Ahnung. Ich halte mich sowieso da raus, denn schließlich war es Sawyers und Christians Idee, Frauen nach Hard Luck zu holen. Bestimmt finden die beiden eine Lösung."

Nachdem der Kellner sie zu einem Tisch geführt hatte, nahm er ihre Bestellung entgegen.

„Mach dir keine Sorgen.“ Über den Tisch hinweg nahm Charles Lannis Hand. „Ich glaube, es ist alles halb so schlimm. Da Mariahs Eltern alles in die Wege geleitet haben, ist es wohl das Beste, wenn Mariah sich darum kümmert. Ihrem Vater kommt es einzig und allein darauf an, dass es seiner Tochter gut geht.“

„Mariah kann doch gut auf sich selbst aufpassen. Sie ist clever, verantwortungsbewusst und ...“

„Christian denkt da vielleicht anders, aber ich bin ganz deiner Meinung.“

Lanni lächelte. „Du bist bestimmt ein guter Ehemann, Charles O'Halloran.“

Einen Moment lang schauten sie sich nur an. Für Lanni gab es keinen besseren Mann als Charles, und sie war sehr stolz auf ihn. Dass er sich ausgerechnet in sie verliebt hatte ... Allerdings war sie davon überzeugt, dass das Schicksal sie zusammengeführt hatte.

„Ich habe mit deiner Mutter geredet“, sagte Lanni, da sie sich plötzlich an das lange Gespräch erinnerte, das sie vorher mit Ellen Greenleaf geführt hatte. Ellen hatte vor einigen Jahren wieder geheiratet und lebte nun in British Columbia in Kanada.

„Und?“

„Sie ist überglücklich, dass du mir einen Heiratsantrag gemacht hast.“

„Ich soll dir einen Heiratsantrag gemacht haben? Es war wohl eher umgekehrt.“

„Das spielt doch keine Rolle“, neckte Lanni ihn. „Das Wichtigste ist, dass wir uns lieben.“

„Ich liebe dich“, erwiderte er ernst.

Sie würde niemals an seiner Liebe zweifeln. Langsam führte er ihre Hand an die Lippen, um sie zu küssen. Diese Geste war sinnlich und zärtlich zugleich.

„Weiß deine Großmutter eigentlich von uns?“ erkundigte er sich.

Lanni schüttelte den Kopf. „Ihr Gesundheitszustand hat sich in den letzten Wochen weiter verschlechtert. Mom sagte, Grammy nimmt ihre Umgebung oft kaum noch wahr. Die Ärzte rechnen damit, dass sie bald stirbt."

Charles runzelte die Stirn. „Das tut mir Leid, Lanni."

„Ich weiß."

„Jahrelang habe ich Catherine Fletcher für das, was sie meiner Familie angetan hat, gehasst, aber jetzt kann ich es nicht mehr. Wenn sie nicht wäre, hätte ich dich niemals kennen gelernt. Weißt du noch, was du neulich zu mir gesagt hast? Ich glaube auch, dass wir füreinander bestimmt sind."

Bethany hatte drei Tage gewartet, bevor sie das Hard Luck Café betrat. Sie hatte diese Zeit gebraucht, um sich innerlich für diese Begegnung zu stärken. Am Abend nach ihrer Ankunft hatte Mitch bestätigt, was sie bereits gewusst hatte: Ben Hamilton war der Inhaber des Cafés.

Ihr Herz klopfte zum Zerspringen, als sie die Tür öffnete und hineinging.

„Hallo."

Ben stand hinter den Tresen, wie immer mit einer weißen Schürze bekleidet, und lächelte sie an. „Sie müssen Bethany Ross sein."

„Stimmt", erwiderte sie leise. „Sind Sie Ben Hamilton?"

„Der unvergleichliche." Nachdem er eine Verbeugung angedeutet hatte, lehnte er sich an den Tresen und betrachtete sie.

Mit angehaltenem Atem schaute Bethany sich demonstrativ in dem leeren Raum um. Es war erst halb zwölf, also noch zu früh fürs Mittagessen. An den Wänden befanden sich mehrere Nischen mit Bänken, in der Mitte Tische mit bunt zusammengewürfelten Stühlen.

„Setzen Sie sich doch."

„Danke." Bethany nahm am Tresen Platz und tat so, als würde sie die Speisekarte studieren.

„Das Tagesgericht ist Roastbeefsandwich", informierte Ben sie.

Sie schaute auf und nickte. „Haben Sie auch Suppe?"

„Erbsensuppe."

Ben war ganz anders, als sie ihn sich vorgestellt hatte. Er hatte Falten, schütteres Haar und einen dicken Bauch. Die Zeit hatte es nicht besonders gut mit ihm gemeint.

„Soll ich Ihnen etwas empfehlen?" fragte er.

„Ja bitte."

„Nehmen Sie das Tagesgericht."

Lanni legte die Speisekarte wieder auf den Tresen. „Also gut, das nehme ich."

„Wie läuft es in der Schule?" erkundigte er sich, während er in die Küche ging.

„Gut." Es überraschte sie, dass sie sich ganz normal mit ihm unterhalten konnte. „Die Kinder sind nett, und Margaret hat mir sehr geholfen."

Unwillkürlich fragte sie sich, was Ben sah, wenn er sie anschaute. Ob er bemerkte, wie ähnlich sie ihrer Mutter war, besonders um die Augenpartie herum? Oder hatte er die Erinnerung an ihre Mutter aus seinem Gedächtnis ausgelöscht?

„Wir sind alle froh, dass Sie hier sind."

„Und ich freue mich, hier zu sein", erwiderte sie höflich. Auch seine freundliche Art und sein offenkundiges Interesse überraschten sie. Hatte ihre Mutter sich damals deswegen in ihn verliebt?

Im nächsten Moment wurde die Tür geöffnet. „Tag, Mitch", rief Ben aus der Küche. „Hast du die neue Lehrerin schon kennen gelernt?"

„Ja, wir kennen uns bereits." Mitch setzte sich auf den Barhocker auf der entgegengesetzten Seite des Tresens, und Bethany hatte den Eindruck, als wäre es ihm peinlich, ihr zu begegnen.

„Ich glaube nicht, dass sie eine ansteckende Krankheit hat", meinte Ben schmunzelnd. „Und sie sieht auch nicht so aus, als würde sie beißen."

Als Mitch ihr einen zerknirschten Blick zuwarf, wandte sie sich unbehaglich ab.

Kurz darauf brachte Ben ihr das Sandwich. „Ich ... ich wollte es eigentlich mitnehmen", sagte sie stockend. „Natürlich nur, wenn es geht."

„Kein Problem." Nachdem sie das Sandwich genommen hatte, nahm er den Teller vom Tresen. „Was möchtest du essen?" wandte er sich an Mitch.

„Wie wär's mit einem Cheeseburger?"

„Kommt sofort." Ben kehrte in die Küche zurück, sodass Bethany und Mitch wieder allein waren.

Schweigend sahen sie sich an. Unter anderen Umständen wäre Bethany nicht um Worte verlegen gewesen, doch jetzt war sie viel zu durcheinander. Sie war gerade ihrem Vater begegnet und hatte etwas zu essen bestellt.

Nein, er ist nicht mein Vater, verbesserte sie sich. Ihr Vater war Peter Ross – der Mann, der sie liebte und wie seine eigene Tochter großgezogen hatte, der Mann, der abends an ihrem Bett gesessen und ihr eine Gutenachtgeschichte vorgelesen hatte, der Mann, der auf dem Abschlussball des zweiten Studienjahrs auf der High School mit ihr getanzt hatte – wie alle anderen Väter mit ihren Töchtern.

Ben Hamilton dagegen war der Mann, der sie gezeugt hatte, mehr nicht.

3. KAPITEL

Am ersten Schultag musste seine Tochter schon vor dem Morgengrauen aufgestanden sein, denn als Mitch nach unten kam, war Chrissie schon angezogen. Sie trug ihre neue Jeans und ein Sweatshirt und saß im Wohnzimmer, ihr Lunchpaket in der Hand.

„Morgen, Daddy."

„Morgen, Schatz. Bist du nicht ein bisschen früh auf?" Gähnend ging er in die Küche, und sie folgte ihm.

„Heute ist doch der erste Schultag."

„Ich weiß."

„Miss Ross hat gesagt, dass ich ihr wieder helfen kann."

Er hatte es mittlerweile aufgegeben, seiner Tochter zu sagen, dass er nicht an einer Heirat interessiert war. Chrissie wollte ihm einfach nicht glauben, und er hatte keine Lust, mit ihr darüber zu diskutieren. Irgendwann würde sie einsehen, dass es keine Beziehung zwischen Bethany und ihm geben würde.

Mitch hatte gehört, dass viele der Junggesellen in Hard Luck sich für Bethany interessierten. Ihm konnte das nur recht sein. Er wollte seine Tochter zwar nicht enttäuschen, aber das Leben war nun mal nicht immer leicht. Je eher sie einsah, dass sie beide allein bleiben würden, desto besser.

„Ich hab' mein Lunchpaket schon gemacht." Stolz hielt sie die Dose mit dem Barbie-Aufdruck hoch.

„Toll."

Stolz zeigte sie ihm, was sie eingepackt hatte: ein Sandwich mit Schinken und Käse, das sie sorgfältig in eine Serviette gewickelt hatte, einen Apfel, Saft und einen Vollkornkeks. Mitch freute sich darüber, dass sie eine so gesunde Mahlzeit zusammengestellt hatte, und sagte es ihr auch.

Schließlich warf er einen Blick auf seine Armbanduhr. „Willst du frühstücken?"

Obwohl sie erklärte, sie wäre zu aufgeregt, um etwas zu essen, bestand er darauf, dass sie es wenigstens versuchte. „Wie wär's mit einer Schale Müsli?“ fragte er, während er einige Dosen aus dem Schrank nahm. Er selbst frühstückte normalerweise erst gegen zehn, und meistens aß er nur ein Stück Kuchen, wenn er bei Ben Kaffee trank.

„Ich kann's ja mal versuchen“, meinte Chrissie alles andere als begeistert, bevor sie sich Müsli und Milch in eine Schale füllte. Mitch war stolz darauf, dass seine Tochter mit sieben Jahren schon so selbstständig war und gut allein zurechtkam.

Nachdem er sich angezogen hatte, war sie fertig und saß auf der Couch. Wie immer wartete sie darauf, dass er sie zur Schule brachte.

„Soll ich dich wirklich zur Schule begleiten? Du bist jetzt immerhin schon in der zweiten Klasse.“ Er hatte zwar nichts dagegen, sie zu begleiten, doch er hatte den Verdacht, dass sie darauf bestanden hätte, allein zu gehen, wenn ihre Lehrerin nicht die reizende Miss Ross gewesen wäre.

„Ich möchte, dass du mich hinbringst“, verkündete Chrissie mit einem gewinnenden Lächeln.

Mitch nahm sich vor, sie lediglich bis zum Eingang zu bringen. Da sie ihm aber unbedingt ihren Tisch zeigen wollte, musste er sie ins Gebäude begleiten.

Im Klassenraum nahm sie seine Hand und führte ihn zur ersten Reihe. „Hier sitz' ich. Ich konnte mir den Platz aussuchen.“

Bevor er die Flucht ergreifen konnte, betrat Bethany den Raum.

„Guten Morgen, Mitch.“

„Morgen.“ An diesem Tag wurde sie ihrem Image als Paradiesvogel wieder gerecht, denn sie trug einen pinkfarbenen Rock und eine ärmellose Bluse mit einem auffallenden Blumenmuster. Das lange Haar hatte sie zu einem dicken Zopf geflochten.

Unwillkürlich dachte er daran, wie schön ihr Haar war. Er stellte sich vor, wie er den Zopf löste und sie an sich zog, um sie zu küssen. Ihre Lippen würden sich samtweich anfühlen und süß schmecken ...

„Holst du mich nachher wieder ab?“ fragte Chrissie und riss ihn damit aus seinen Gedanken.

Mitch war ihr dafür dankbar, denn das Herz klopfte ihm bis zum Hals, und sein Puls raste.

Bethany und Chrissie sahen ihn erwartungsvoll an. „Abholen?“ wiederholte er erstaunt. Normalerweise ging Chrissie nämlich nach der Schule zu Louise Gold.

„Ausnahmsweise.“

„Na gut“, stimmte er widerstrebend zu. „Ausnahmsweise.“

Nun strahlte sie übers ganze Gesicht.

Mitch wollte sich von Bethany verabschieden, doch sie sprach gerade mit anderen Eltern. Ihm war das allerdings recht. Je schneller er von ihr wegkam, desto eher konnte er seine Gefühle wieder unter Kontrolle bekommen.

Verdammt, was war bloß los mit ihm? Nachdem er seiner Tochter so oft gesagt hatte, dass er nicht an einer Beziehung interessiert sei, machte die Erkenntnis, welche Wirkung Bethany auf ihn ausübte, ihm Angst. Es gab nur eine Erklärung dafür:

Er hatte zu lange keine Frau mehr gehabt.

Sawyer überlegte, was er seinem Bruder sagen sollte. Es kam nicht oft vor, dass er sich genötigt sah, Christian ins Gebet zu nehmen, aber nun reichte es. Christian hatte Mariah so aus der Fassung gebracht, dass sie alles falsch machte.

„Sie hat es wieder getan“, sagte er leise, als er an Sawyers Schreibtisch vorbei zu seinem ging.

Sawyer schaute zu ihm auf. „Wer?“ fragte er mit Unschuldsmiene.

Wutentbrannt deutete Christian mit einer Kopfbewegung in Mariahs Richtung. „Anscheinend kann sie die Liste mit unseren Außenständen nicht im Computer finden.“

„Sie muss irgendwo sein“, erklärte Mariah, und Sawyer hatte den Eindruck, als würde sie wahllos irgendwelche Tasten drücken, um die fehlenden Daten zu finden.

„Haben Sie keine Sicherheitskopie gemacht?“ erkundigte er sich.

„Doch.“

„Wer weiß?“ Christian hob verzweifelt die Hände. „Vielleicht ist die auch verschwunden. Wir könnten ernsthafte Schwierigkeiten bekommen.“

„Sie wird sie schon finden“, meinte Sawyer zuversichtlich, woraufhin sie ihm dankbar zulächelte.

Christian, der sich gerade gesetzt hatte, sprang auf. „Lassen Sie mich mal nachsehen, bevor noch alles abstürzt.“

„Ich habe die Daten verloren, also werde ich sie auch finden“, beharrte sie.

„Lass sie“, sagte Sawyer, der sie schon seit einiger Zeit bewunderte – nicht zuletzt deswegen, weil sie sich gegen Christian behauptete.

„Willst du damit alles aufs Spiel setzen?“

„Wir setzen nichts aufs Spiel. Schließlich gibt es eine Sicherheitsdiskette.“

Christian setzte sich wieder, ohne jedoch Mariah aus den Augen zu lassen, während Sawyer ihn beobachtete. Und Mariah bemühte sich nach Kräften, sie beide zu ignorieren.

„Ich könnte eine Pause gebrauchen“, erklärte Sawyer schließlich. „Was hältst du davon, bei Ben einen Kaffee zu trinken?“

„Na gut“, willigte Christian widerstrebend ein.

Als Sawyer an ihrem Schreibtisch vorbeiging, formte Mariah ein „Danke“ mit den Lippen. Er nickte ihr zu, bevor er Christian aus dem Büro dirigierte.

„Ich wünschte, du wärst nicht so streng mit ihr“, sagte er, sobald sie allein waren. Es ärgerte ihn, dass Christian sie behandelte, als wäre sie beschränkt.

„Streng?“ wiederholte Christian entrüstet. „Die Frau treibt mich noch in den Wahnsinn. Wenn ich allein entscheiden könnte, würde ich sie auf der Stelle entlassen.“

„Sie ist eine verdammt gute Sekretärin“, widersprach Sawyer.

„Mir ist ehrlich gesagt schleierhaft, wie wir bis jetzt ohne Sekretärin zurechtgekommen sind. Unser Büro war noch nie so gut organisiert."

Christian wollte etwas einwenden, doch ihm fiel nichts ein.

„Na gut, da war dieser Zwischenfall mit der Anwältin." Sawyer war klar, dass Christian nicht zuletzt wegen seiner Begegnung mit Tracy Santiago wütend auf Mariah war.

„Glaub mir, sie wird zurückkommen."

„Wer?"

Christian schaute ihn an, als wäre er begriffsstutzig. „Die Anwältin natürlich, und sei es nur aus purer Gehässigkeit. Die Frau ist nicht nur boshaft, sondern sie hatte auch noch etwas gegen uns – besonders auf Duke hatte sie es abgesehen. Sie will sich an uns rächen."

Sawyer war Tracy Santiago zwar nicht begegnet, doch ihm schien Christians Vermutung ziemlich weit hergeholt. „Ich glaube, seitdem Mariah mit ihr gesprochen hat, ist alles erledigt", erklärte er daher.

„Vorerst vielleicht. Meiner Meinung nach holt sie jetzt zum großen Schlag aus."

„Das ist doch lächerlich! Warum sollte sie das tun, wenn niemand ihr Honorar zahlt? Sie wird hier nie wieder auftauchen."

„Das bezweifle ich", meinte Christian.

Statt ins Café zu gehen, schlenderten sie zum Hangar, dessen Tor offen stand. Dort wartete John Henderson, einer der Piloten, gerade die sechssitzige Lockheed, die größte Maschine ihrer kleinen Flotte.

„Morgen", begrüßte John sie fröhlich, nachdem er sich die Hände mit einem Lappen abgewischt hatte.

Sawyer stellte fest, dass John sein Haar und seinen Bart hatte schneiden lassen. Wenn er etwas Mühe auf sein Äußeres verwendete, sah er ganz passabel aus. Bis vor kurzem hatte es dafür natürlich keinen Grund gegeben.

Sawyer kam in den Sinn, dass Duke Porter noch einiges von

John hätte lernen können. Wenn er sich dieser Tracy Santiago gegenüber etwas mehr gentlemanlike gegeben hätte, wäre er womöglich besser mit ihr zurechtgekommen. Sawyer hatte noch nie erlebt, dass zwei Menschen sich auf Anhieb so unsympathisch gewesen waren wie die beiden.

„Du siehst so gepflegt aus“, sagte er zu John.

John wurde sichtlich verlegen. „Ich wollte die neue Lehrerin fragen, ob sie Freitagabend mit mir essen geht.“ Er warf Christian einen fragenden Blick zu, als würde er damit rechnen, dass dieser etwas dagegen hatte.

„Heute ist Donnerstag“, erinnerte Sawyer ihn. „Wann willst du sie eigentlich fragen?“

„Das hängt davon ab.“ Wieder wandte John sich an Christian.

„Warum starrst du mich so an?“ fuhr Christian ihn an.

„Ich wollte nur sichergehen, dass du nicht dieselbe Idee hast.“

„Bestimmt nicht.“

John lächelte erleichtert. „Prima.“

Christian murmelte einige unverständliche Worte vor sich hin, während er den Hangar auf der anderen Seite verließ. Sawyer folgte ihm ins Hard Luck Café.

Als sie sich dort an den Tresen setzten, steckte Ben den Kopf zur Küchentür hinaus. „Heute Morgen ist Selbstbedienung, Jungs.“

„Kein Problem.“ Sawyer stand auf, ging um den Tresen herum und nahm die Kaffeekanne, um zwei Becher einzuschenken. Unterdessen griff Christian zu den Doughnuts, die unter einer Kuchenhaube lagen.

„Um noch mal auf Mariah zurückzukommen ...“ meinte Sawyer, sobald er sich wieder gesetzt hatte.

„Muss das sein?“

„Allerdings. Sie ist eine gute Sekretärin.“

„Von wegen, sie ist nur ein Ärgernis. Sie kann nicht tippen, legt die Korrespondenz falsch ab und verlegt ständig etwas. Die Liste mit den Außenständen ist das beste Beispiel dafür.“

„Ich hatte noch nie Probleme mit ihr“, hielt Sawyer dagegen.

„Sie macht zu viele Fehler."

„Da bin ich anderer Meinung. Wenn du mich fragst, bist *du* das eigentliche Problem. Du machst sie nervös. Außerdem hat es sie viel Mühe gekostet, ihre Familie zu überzeugen, keine Klage zu erheben. Das rechne ich ihr hoch an."

Christian dachte da offenbar anders. „Schade, dass sie sie nicht dazu überredet haben, nach Seattle zurückzukehren."

Sawyer zuckte die Schultern. „Tatsache ist, dass Mariah ein Jahr hier leben wird. Für sie ist es eine Frage des Stolzes."

Christian wandte den Blick ab.

„So schlimm ist sie nun wirklich nicht", meinte Sawyer. „Außerdem hast du etwas vergessen."

„Und das wäre?"

Sawyer stibitzte sich einen Doughnut von ihm. „Irgendwas muss dir doch an ihr gefallen haben. Schließlich hast du sie eingestellt."

„Mit anderen Worten: Ich bin selbst schuld."

„Du hast es erfasst." Sawyer stand auf und verließ das Café. Sollte Christian doch die Rechnung bezahlen.

Bethany hatte Mitch Harris seit zwei Wochen nicht mehr gesehen. Der Mann machte sich wirklich rar. Er machte wohl Überstunden, und sie fragte sich, ob er es auch deswegen tat, um ihr aus dem Weg zu gehen.

Bethany hätte es akzeptiert, wenn er sich nicht zu ihr hingezogen gefühlt hätte. Doch jedes Mal, wenn sie ihm begegnet war, hatte es zwischen ihnen geknistert. Ihr war klar, dass er es genauso gespürt hatte, selbst wenn er es nicht wahrhaben wollte. Immer wenn Mitch in ihrer Nähe war, bekam sie weiche Knie.

„Soll ich die Tafel abwischen, Miss Ross?" fragte Chrissie und riss sie damit aus ihren Gedanken.

Während Bethany sie betrachtete, ging ihr durch den Kopf, dass es ihr nicht schwer fallen würde, Chrissie zu lieben. Allerdings musste sie aufpassen, dass sie sie den anderen nicht vorzog. Die

Kleine war nun schon seit zwei Wochen ihre Schülerin und versuchte immer, ihr eine Freude zu machen.

Das Einzige, was Bethany störte, war, dass Chrissie ständig von ihrem Vater sprach, den sie offenbar über alles liebte.

„Soll ich?" wiederholte sie, den Schwamm in der Hand.

„Natürlich, Chrissie. Ich freue mich, wenn du die Tafel abwischst."

Chrissie errötete vor Freude. „Meinem Dad helfe ich auch gern."

„Ich wette, dass du ihm eine große Hilfe bist."

„Mein Dad hat mir versprochen, dass er mich heute von der Schule abholt." Chrissie schaute sie erwartungsvoll an.

„Wenn dein Dad dich abholt, brauchst du die Tafel heute nicht abzuwischen", erklärte Bethany. Sie wollte Mitch weder warten lassen noch ihn dazu zwingen, das Klassenzimmer zu betreten.

„Dad wartet auf mich", versicherte Chrissie.

Trotzdem war Bethany verunsichert, gerade weil Mitch sie so offensichtlich mied.

Chrissie war gerade dabei, die Tafel abzuwischen, als er hereinkam. Es passte ihm anscheinend nicht, seine Tochter suchen zu müssen.

Wie immer, wenn sie einander begegneten, trafen sich ihre Blicke. Bethany stand langsam vom Pult auf.

„Hallo, Mitch."

„Bethany."

„Hallo, Dad. Ich helfe Miss Ross", meinte Chrissie fröhlich. „Ich muss nur noch den Schwamm ausspülen. Bin gleich wieder da."

Mitch wollte protestieren, doch bevor er etwas sagen konnte, hatte Chrissie schon das Klassenzimmer verlassen. Nun war er mit Bethany allein.

Schweigend sahen sie sich an, und Bethany fragte sich, was wohl in ihm vorgehen mochte. Nicht, dass sie sich über ihre Gefühle im Klaren war. Ihr schien es, als wären sie beide gebunden.

John Henderson, einer der Piloten von Midnight Sons, hatte sie zum Essen eingeladen, und sie hatte die Einladung angenommen. Zum einen war John nett, zum anderen hatte sie keine Lust, herumzusitzen und darauf zu warten, dass Mitch mit ihr ausging.

Da die Stille allmählich unerträglich wurde und Mitch sie mit undurchdringlicher Miene ansah, seufzte Bethany resigniert.

„Ich habe gehört, dass Sie heute Abend mit John Henderson essen gehen“, bemerkte Mitch plötzlich.

„Stimmt.“ Warum hätte sie es abstreiten sollen?

„Gute Idee.“

„Dass ich mit John ausgehe?“

„Ja.“

Noch immer sahen sie sich in die Augen. „Warum?“ fragte Bethany schließlich.

„John ist in Ordnung.“

Am liebsten hätte sie ihn gefragt, warum er nicht auf die Idee gekommen war, sie einzuladen. Sie fühlten sich so stark zueinander hingezogen, dass es sicher besser war, wenn sie offen darüber sprachen, selbst wenn sie ihre Gefühle nicht auslebten. Dennoch schwieg Bethany.

Im nächsten Moment erschien Chrissie wieder, und Bethany wandte sich ihr zu.

„Ich hab' den Schwamm ausgespült“, verkündete Chrissie, während sie Bethany erwartungsvoll anschaute.

„Danke, mein Schatz.“

„Hab' ich gern gemacht. Kann ich nächsten Freitag wieder die Tafel abwischen?“

„Ja, das wäre sehr nett.“

„Viel Spaß heute Abend“, sagte Mitch, bevor er mit Chrissie das Klassenzimmer verließ.

„Danke, es wird bestimmt nett“, rief Bethany ihm hinterher, war jedoch nicht sicher, ob er es gehört hatte.

Nach der Begegnung mit ihm war sie ziemlich melancholisch. Um sich abzulenken, begleitete sie Margaret Simpson nach Hause, die sie zu einem Kaffee einlud. Allerdings konnte sie sich kaum auf das Gespräch mit ihr konzentrieren. Als Bethany später zu Hause war, schaltete sie ihren CD-Player ein und legte sich im Wohnzimmer auf den Boden, um ein wenig Musik zu hören. Dass sie sich ausgerechnet für Billy Joel entschieden hatte, war sehr aufschlussreich.

Statt sich auf das Abendessen zu freuen, bedauerte sie insgeheim, dass es nicht Mitch war, der sie eingeladen hatte. Schließlich zwang sie sich jedoch, sich mit den Tatsachen abzufinden: Mitch war nicht an ihr interessiert. Sie versuchte sich einzureden, dass es keine Rolle spielte, da es ja noch genügend andere Männer gab – vergeblich.

Da John von einem Flug nach Fairbanks zurückkommen würde und befürchtet hatte, er könnte sich verspäten, hatte er vorgeschlagen, sich im Hard Luck Café zu treffen. Nachdem Bethany geduscht hatte, zog sie einen knielangen braunen Rock an, einen langen beigen Pullover und Stiefeletten. Um das Outfit etwas aufzupeppen, steckte sie sich das Haar locker hoch. Sie wusste, dass sie gut ausschaute. Schade, dass Mitch sie nicht sehen konnte und nicht wusste, was ihm entging!

Als sie das Hard Luck Café betrat, stellte sie überrascht fest, dass nur zwei Gäste dort waren. Die beiden Männer, die an einem Tisch saßen, tranken Bier und waren in ein Gespräch vertieft.

„Sie sehen heute aber hübsch aus!“ rief Ben, als sie sich in eine Nische am Fenster setzte. Anscheinend wusste er, dass sie mit John verabredet war, denn er brachte zwei Gläser Wasser und zwei Speisekarten an ihren Tisch.

„Danke.“

„Wie ich hörte, hat John ein Auge auf Sie geworfen.“

Bethany erwiderte darauf nichts. Obwohl sie bereits einige Male im Hard Luck Café gewesen war, fühlte sie sich in Bens Gegenwart immer etwas unbehaglich. Als sie nach Hard Luck gekommen war, war sie völlig unvoreingenommen gewesen. Sie hatte lediglich den Mann kennen lernen wollen, der sie gezeugt hatte.

Erst vor einem Jahr hatte sie davon erfahren. Obwohl es zuerst ein Schock für sie gewesen war, hatten sich ihre Gefühle für ihre Mutter oder Peter nicht geändert. Sie wollte einfach herausfinden, was für ein Mann Ben Hamilton war. Und sie hatte weder die Absicht, ihn in Verlegenheit zu bringen, noch sich in sein Leben einzumischen.

Bethany fiel beim besten Willen keine Möglichkeit ein, ihm zu gestehen, dass sie seine Tochter war. Einen verrückten Moment lang spielte sie mit dem Gedanken, sich ihm in die Arme zu werfen und Daddy zu ihm zu sagen. Doch das war er nie gewesen.

Noch immer stand Ben an ihrem Tisch. „Ehrlich gesagt, hat es mich überrascht, dass Sie mit John verabredet sind."

„Tatsächlich", meinte sie, bevor sie einen Schluck Wasser trank.

„Ich dachte, Sie wären vernarrt in Mitch."

Sie stellte das Glas so lautstark auf den Tisch, dass die anderen beiden Gäste sich zu ihr umdrehten.

Ben fuhr sich über die Wange. „Soweit ich weiß, hat Mitch auch ein Auge auf Sie geworfen."

Bethany senkte den Blick und schluckte nervös. „Das stimmt nicht."

Er lachte leise. „Mir ist nicht entgangen, wie ihr beide euch anschaut. Schließlich bin ich nicht blind. Ich bin zwar ein alter Junggeselle, aber ..."

„Haben Sie nie geheiratet?" fiel sie ihm ins Wort.

„Nein."

„Warum nicht?" Bewusst lenkte sie das Thema auf ihn, auch um mehr über ihn zu erfahren.

„Man könnte sagen, ich habe nie die Richtige gefunden."

Sie ärgerte sich über seine Antwort, denn ihre Mutter war eine fantastische Frau. Am liebsten hätte Bethany sie in Schutz genommen und ihm erzählt, wie viel Leid er ihrer Mutter zugefügt hatte.

Stattdessen fragte sie: „Wie lange leben Sie schon in Alaska?"

Ben dachte einen Moment nach, bevor er antwortete. „Es müssen mittlerweile zwanzig Jahre sein. Als ich hierher gekommen bin, waren die drei O'Hallorans noch feucht hinter den Ohren."

„Und warum ausgerechnet nach Hard Luck?"

„Warum nicht? Hier ist es doch nicht schlechter als anderswo. Außerdem", fügte er schalkhaft hinzu, „hat es schon etwas für sich, das einzige Restaurant im Umkreis von vierhundert Meilen zu besitzen."

Nun musste auch Bethany lachen.

Gleich darauf wurde die Tür geöffnet, und John Henderson eilte herein. Er war ein wenig außer Atem und wirkte ziemlich nervös. Als er Bethany sah, leuchteten seine Augen, und es verschlug ihm offenbar die Sprache.

„Hallo", grüßte sie.

Da John nicht reagierte, klopfte Ben ihm auf die Schulter. „Willst du dich nicht bei mir bedanken? Ich habe ihr Gesellschaft geleistet."

John drehte sich unvermittelt zu ihm um, als hätte er ihn erst jetzt bemerkt. „Danke, Ben."

„Keine Ursache." Bevor Ben in die Küche zurückging, lächelte er Bethany verstohlen zu, und sie erwiderte sein Lächeln. Zum ersten Mal hatte sie das Gefühl, als hätte sie sich wirklich mit diesem Mann unterhalten, um dessentwillen sie dreitausend Meilen gereist war.

Das gemeinsame Abendessen mit John erwies sich für Bethany als die reinste Tortur. Als John schließlich bezahlte, tat er ihr richtig Leid. Während des Essens hatte er sein Hemd mit Soße bekleckert, den Zuckerstreuer umgekippt und seinen Kaffee verschüttet, und zwar auf ihren Rock. Er war das reinste Nervenbündel.

„Ich bringe Sie nach Hause", erklärte er.

Sobald sie draußen waren, bedankte Bethany sich bei ihm für die Einladung. Obwohl es erst Mitte September war, war es bereits ziemlich kühl und sah nach Schnee aus. Sie war froh, dass sie ihren Mantel angezogen hatte.

„Vielen Dank für den netten Abend, John."

Der Pilot schob die Hände in die Jackentaschen. „Das mit dem Kaffee tut mir Leid."

„Sie haben es doch nicht absichtlich getan."

„Und was ist mit Ihrem Rock?"

„Machen Sie sich darüber keine Sorgen, die Flecken gehen bestimmt raus."

„Haben Sie sich nicht verbrannt?"

Das hatte sie ihm schon ein paarmal versichert. „Nein, es ist alles in Ordnung, John."

„Normalerweise bin ich nicht so ungeschickt."

„Das glaube ich Ihnen."

„Es ist nur ... Es kommt nicht so oft vor, dass eine so schöne Frau wie Sie mit mir essen geht."

Bethany war ganz gerührt. „Das haben Sie sehr nett gesagt."

„So was hören Frauen gern, stimmt's?" erkundigte sich John. „Ich meine, dass sie hübsch sind und so."

Unwillkürlich fragte sie sich, worauf er hinauswollte. „Das kann man wohl sagen."

Sie musste sich ein Lächeln verkneifen. Bei einem anderen Mann hätte sie sich im günstigsten Fall geärgert, aber nicht bei John. Außerdem war es ein wundervoller Abend. Der Himmel war sternenklar, und das Polarlicht schien direkt über dem Horizont zu flackern. Immer wieder schaute sie zum Himmel.

„Ist es immer so schön hier?"

„Ja", erwiderte John, ohne zu zögern. „Allerdings behauptet man, dass schön ist, was einem gefällt."

„Stimmt", erwiderte sie ein wenig verwirrt.

„Es dauert nicht mehr lange, dann frieren die Flüsse zu", erklärte er ernst.

„Jetzt schon?"

„Ja. Es kann jeden Tag schneien."

Bethany konnte das kaum glauben. „Wirklich?"

„Wir sind hier in der Arktis."

„Mir kommt es so vor, als wäre ich gerade hier angekommen. In Kalifornien ist noch Sommer."

„In Kalifornien vielleicht, aber hier nicht." Plötzlich wirkte er bedrückt. „Sie wollen doch nicht abreisen, oder?"

„Nein. Ich habe mich verpflichtet, ein Jahr hier zu unterrichten. Keine Angst, ich werde nicht wegen etwas Schnee und Eis vertragsbrüchig."

Als sie an der Schule vorbeikamen, betrachtete Bethany das Gebäude mit einem gewissen Stolz. Sie liebte ihren Beruf und mochte ihre neuen Schüler.

Kurz darauf standen sie vor ihrer Haustür. Da Bethany John nicht hereinbitten wollte, überlegte sie, wie sie die peinliche Situation entschärfen konnte.

„Vielen Dank", meinte sie schließlich noch einmal.

„Der Abend wäre wesentlich netter gewesen, wenn ich nicht ... Na ja, Sie wissen schon."

„Machen Sie sich wegen des Kaffees keine Gedanken."

„Vergessen Sie den Zuckerstreuer nicht." John lächelte jungenhaft, als würde er das Ganze jetzt amüsant finden.

„Ansonsten war es aber ein schöner Abend", versicherte sie.

Er betrachtete angestrengt seine Schuhe. „Sie würden wohl nicht noch einmal mit mir essen gehen, oder?"

Bethany wusste nicht, was sie darauf antworten sollte. Sie mochte John, mehr aber auch nicht, und wollte ihm keine falschen Hoffnungen machen. Diesen Fehler hatte sie bereits einmal begangen.

„Wenn Sie nicht wollen, brauchen Sie kein schlechtes Gewissen zu haben. Ich kann verstehen, wenn eine so schöne Frau wie Sie nicht mit jemandem wie mir gesehen werden möchte." Nun räusperte er sich und sah sie verlegen an.

„Was halten Sie davon, wenn wir nächsten Freitag wieder zusammen zu Abend essen?" fragte Bethany.

„Ist das Ihr Ernst."

Sie lächelte. „Diesmal lade ich Sie ein."

Sichtlich enttäuscht, verschränkte er die Arme vor der Brust. „Sie wollen *mich* zum Essen einladen?“

„Ja. Unter Freunden ist das so üblich.“ In diesem Moment hörte sie, wie ein Wagen die Straße entlangfuhr.

„Freunde, sagten Sie?“ Der Wagen kam immer näher.

Bethany lächelte und beugte sich vor, um John einen Kuss auf die Wange zu geben. Als sie sich wieder zurückbeugte, stellte sie fest, dass der Wagen angehalten hatte.

Im Mondlicht konnte sie deutlich die Silhouette von Mitch Harris erkennen. Mitch hatte gerade beobachtet, wie sie John Henderson geküsst hatte.

4. KAPITEL

In der ersten Oktoberwoche kam der erste Schnee. Den ganzen Tag lang fielen dicke Flocken und überzogen alles mit einer weißen Schicht. Mitch stellte fest, dass er sich noch immer nicht an den frühen Winteranfang gewöhnt hatte. So schön und friedlich es auch aussah, war es doch nur ein Vorgeschmack auf die bittere Kälte, die noch folgen würde.

Er warf einen Blick auf seine Armbanduhr. Gleich würde er zur Schule gehen, um Chrissie abzuholen. Das tat er inzwischen jeden Freitagnachmittag – nicht, dass sie ihn darum gebeten hätte. Nein, er vermutete, dass es eher seinem masochistischen Bedürfnis entsprang, Bethany zu sehen.

Am Freitagabend arbeitete Mitch normalerweise, und dann passte Diane Hestead auf Chrissie auf. Es war der einzige Abend in der Woche, an dem Ben Alkohol ausschenkte. Bevor die Frauen in Hard Luck eingetroffen waren, hatten einige der Piloten und ab und zu auch ein Fallensteller das Café besucht. Doch nachdem in den Medien so viel über Hard Luck berichtet worden war, wurde es immer voller, denn es kamen unter anderem auch Männer, die an der Pipeline arbeiteten.

An den letzten drei Freitagabenden hatten John Henderson und Bethany im Café gegessen, waren aber schon vor acht gegangen, also bevor Ben die Bar öffnete.

Mitch war zu Ohren gekommen, dass die beiden unzertrennlich geworden waren, obwohl sie behaupteten, sie wären „bloß Freunde".

Doch er wusste Bescheid. Als Bethany das erste Mal mit John ausgegangen war, hatte er beobachtet, wie sie ihn geküsst hatte. Freunde! Sogar jetzt krampfte sich sein Magen noch zusammen, wenn er daran dachte.

Zum unzähligsten Mal sagte sich Mitch, dass er ja derjenige gewesen war, der Bethany ermutigt hatte, mit John auszugehen. Da sie also lediglich seinen Rat befolgt hatte, durfte er sich nicht anmerken lassen, wie wütend er war.

Genauso versuchte er, sich einzureden, dass es ein Zufall gewesen war, als er die beiden beim Küssen beobachtet hatte. Allerdings stimmte es nicht.

Als Sicherheitsbeamter fuhr er freitagabends routinemäßig die Straßen ab. Als er an jenem ersten Abend gesehen hatte, wie die beiden das Café verließen, war er ihnen heimlich gefolgt. Auch an den anderen Abenden hatte er ihnen nachspioniert, wobei er darauf geachtet hatte, dass sie ihn nicht bemerkten. Obwohl er nicht gerade stolz auf sich war, hatte er der Versuchung nicht widerstehen können.

An den letzten beiden Abenden hatte Bethany John hereingebeten. John war zwar nie länger als fünf Minuten geblieben, aber Mitch konnte sich lebhaft vorstellen, was sie getan hatten.

Immer wieder redete er sich ein, dass er eigentlich froh sein sollte, denn John Henderson war ein anständiger Kerl. Doch nachts lag Mitch wach und blickte starr an die Wände in seinem Schlafzimmer, die immer näher zu kommen schienen.

Ihm war durchaus klar, dass es seine Ängste und Zweifel waren, die es ihm nicht erlaubten, mit Bethany eine Beziehung einzugehen. Das hatte er Lori zu verdanken. Mit ihrem Tod hatte sie dafür gesorgt, dass er sie niemals vergessen konnte.

Nachdem Mitch erneut einen Blick auf seine Armbanduhr geworfen hatte, beschloss er, zur Schule zu gehen. Gerade als er das Büro verließ, klingelte das Telefon. Er ignorierte es jedoch und nahm sich vor, später den Anrufbeantworter abzuhören.

In der Ferne hörte er das fröhliche Lachen der Kinder, die im Schnee herumtollten. Chrissie spielte am liebsten draußen, was in den nächsten Monaten allerdings kaum möglich sein würde. Bis Weihnachten wurden die Tage immer kürzer, bis es schließlich überhaupt nicht mehr hell wurde.

Mitch bog gerade in die Straße ein, in der die Schule lag, als er Bethany begegnete. Sie ging sehr schnell, und sobald sie ihn sah, blieb sie unvermittelt stehen.

„Mitch." Sie strich sich eine Haarsträhne aus dem Gesicht, und erst jetzt bemerkte er, wie blaß sie war. „Chrissie ist verletzt."

Ohne zu überlegen, lief er auf Bethany zu und umfasste ihre Ellbogen. „Was ist passiert?“

„Sie ist auf dem Eis gestürzt und hat sich geschnitten. Die Schulsekretärin hat versucht, Sie anzurufen, aber Sie waren nicht im Büro.“

„Wo ist Chrissie jetzt?“

„In der Klinik“, erwiderte Bethany mit bebender Stimme. „Ich dachte mir, dass Sie auf dem Weg zur Schule sind. O Mitch, ich habe solche Angst!“

Es musste Chrissie schlimm erwischt haben, sonst wäre Bethany nicht so aufgelöst gewesen. Von Panik erfasst, lief er zur Klinik. Plötzlich merkte er, dass Bethany ihm folgte. Aus Angst, sie könnte ausrutschen und hinfallen, kehrte er um und nahm sie bei der Hand.

Zusammen liefen sie weiter. Obwohl es nicht einmal fünf Minuten gedauert haben konnte, kam es Mitch wie eine Ewigkeit vor. Er konnte den Gedanken nicht ertragen, dass Chrissie etwas zugestoßen war. Allein seiner Tochter wegen hatte er nach Loris Tod im Leben noch einen Sinn gesehen.

Als er die Tür zum Gesundheitszentrum aufriss, sah er, dass überall auf dem Boden Blut war – Chrissies Blut. Ihm war, als würde eine eiskalte Hand sein Herz umklammern.

Dotty Harlow, Pearl Inmans Nachfolgerin, und Angie Hughes, die Sekretärin und Schwesternhelferin, waren nirgends zu sehen.

„Dotty!“ rief er.

„Daddy.“ Chrissies Stöhnen ging ihm durch und durch.

Dann kam Dotty aus einer Kabine am Ende des Raumes. Ruhig erklärte sie ihm, dass sie Chrissies Schnittwunden gerade genäht hatte.

Als Mitch die Kabine betrat, trat Angie, die bei Chrissie war, einen Schritt zur Seite. Chrissie schniefte und legte ihm die Arme um den Nacken. „Ich ... bin hingefallen ... und hab’ mich ... am Knie verletzt“, brachte sie unter Schluchzern hervor.

„Ist ja gut, Schatz.“ Sanft strich er ihr über die Wange.

„Wo ist Miss Ross?"

„Ich bin hier", flüsterte Bethany hinter ihm.

Chrissie streckte die Arme aus, und Bethany zog sie an sich. Der Anblick der beiden bestärkte Mitch in seinem Entschluss, sich nicht mit Bethany einzulassen.

„Du warst sehr tapfer", sagte Dotty zu Chrissie, während sie die Sachen wegräumte.

„Ich hab' versucht, nicht zu weinen", erwiderte Chrissie mit Tränen in den Augen, „aber es hat so wehgetan."

„Sie müssen auf Folgendes achten", erklärte Dotty an Mitch gewandt, bevor sie ihm die nötigen Anweisungen erteilte. Da er offenbar etwas durcheinander brachte, schrieb sie es für ihn auf und ging die einzelnen Punkte anschließend noch einmal mit ihm durch.

„Kann ich sie mit nach Hause nehmen?" erkundigte er sich.

„Sicher. Wenn Sie noch Fragen haben, rufen Sie einfach an."

„Ja, vielen Dank."

„Kann ich jetzt nach Hause?" fragte Chrissie.

„Wir sind schon unterwegs, Schatz."

„Miss Ross soll mitkommen. Bitte, Daddy."

In diesem Moment konnte er seiner Tochter nichts abschlagen.

Sobald sie in seinem Haus waren und im Wohnzimmer saßen, kletterte Chrissie auf Bethanys Schoß. Bereits nach wenigen Minuten fielen ihr die Augen zu.

„Wie ist es überhaupt passiert?" fragte Mitch, der Bethany gegenübersaß. Sogar im Nachhinein versetzte ihn die Vorstellung, seiner Tochter könnte etwas zustoßen, in Angst. Nicht einmal als er Lori tot gefunden hatte, hatte er eine solche Panik verspürt wie in dem Moment, als Bethany ihm erzählt hatte, Chrissie wäre verletzt.

„Ich weiß es auch nicht genau", erwiderte Bethany. „Chrissie hat wie immer am Freitag angeboten, die Tafel abzuwischen. Wahrscheinlich ist sie nach draußen gegangen, um dort den Schwamm auszuspülen, und ist ausgerutscht. Wahrscheinlich hat sie sich das

Knie am Müllcontainer aufgeschnitten. Eins der anderen Kinder ist zu mir gelaufen und hat mich geholt."

„Zum Glück waren Sie in der Nähe."

Bethany schloss einen Moment die Augen und nickte. Dann öffnete sie sie wieder, um Chrissie zärtlich zu betrachten. „Es war ein Schock für mich, sie so zu sehen", gestand sie. „Ihre Tochter ist etwas Besonderes, Mitch."

„Ich weiß." Während er die beiden betrachtete, verspürte er ganz ungewohnte Gefühle. Er liebte seine Tochter über alles. Bethany dagegen konnte er nicht lieben, obwohl er es wollte. Er hatte ihr nichts zu bieten, denn Lori hatte er im Stich gelassen – genauso wie Lori ihn und Chrissie im Stich gelassen hatte. Nach Chrissies Geburt war sie in tiefe Depressionen verfallen, und da er ihr nicht helfen konnte, hatte er irgendwann aufgegeben. Daher fühlte er sich für ihren Tod verantwortlich.

„Chrissie schläft tief und fest", flüsterte Bethany, während sie ihr das Haar aus dem Gesicht strich.

Mitch stand auf und nahm ihr Chrissie ab, um sie ins Bett zu bringen. Bethany ging voraus und schlug die Decke zurück. Als Chrissie im Bett lag, gingen sie auf Zehenspitzen aus dem Zimmer und ließen die Tür einen Spaltbreit offen.

Mitch wollte nicht, dass Bethany ging. Allerdings hatte sie eine Verabredung mit einem anderen Mann.

„Ich glaube, Sie müssen sich fertig machen, oder?" fragte er, die Hände in den Hosentaschen. „Sie sind doch mit John verabredet."

„Nein." Sie schüttelte den Kopf und sah Mitch dabei in die Augen.

„Chrissie und ich haben ein Video ausgeliehen, das wir uns morgen anschauen wollten." Er versuchte, sich nicht anmerken zu lassen, wie sehr er sich nach Bethanys Gesellschaft sehnte. „Das machen wir immer am Wochenende. Diesmal ist es ein drei Jahre alter Liebesfilm. Ich habe ihn nicht ausgesucht", fühlte er sich verpflichtet zu sagen. „Pete Livengoods Angebot ist zwar nicht auf dem neusten Stand, aber der Film gefällt Ihnen bestimmt. Hätten Sie Lust, ihn sich mit mir anzusehen?"

Bethany lächelte zaghaft und nickte. „Wie wär's mit Popcorn?"

„Schon unterwegs."

Mitch war gerade dabei, das Popcorn zu machen, als ihm einfiel, dass sie gar nicht über das Abendessen gesprochen hatten. Allerdings konnte er sich auch später darum kümmern, wenn sie Hunger bekamen. In wenigen Stunden musste er nämlich Streife fahren, und er wollte keine Zeit verlieren.

Sobald das Popcorn fertig war, füllte er es in zwei Schalen und tat etwas Butter darüber. Bethany kümmerte sich um die Getränke und folgte ihm schließlich ins Wohnzimmer. Nachdem er die Schalen auf den Couchtisch gestellt hatte, schaltete er den Videorekorder ein.

Entgegen seiner sonstigen Gewohnheit setzte er sich diesmal nicht auf den Sessel, sondern nahm neben Bethany auf dem Sofa Platz. An diesem Abend wollte er ihre Gesellschaft ausnahmsweise einmal genießen, denn er brauchte sie.

Als der Film begann, rückte Mitch noch ein Stück näher an sie heran. Er war so gelöst wie schon lange nicht mehr und lachte oft, was sonst auch nicht seine Art war. Als sein Popcorn alle war, bot Bethany ihm etwas von ihrem an. Irgendwann legte er ihr den Arm um die Schultern, und sie lehnte sich an ihn. Er fühlte sich wie im siebten Himmel.

Die Zeit schien stillzustehen, was Mitch nur recht war. An einer komischen Stelle drehte Bethany sich lachend zu ihm um. Als er ihr in die Augen sah, fragte er sich unwillkürlich, ob sie in einem leidenschaftlichen Moment wohl dunkler wurden.

Mitch schluckte mühsam und wandte sich unvermittelt ab, denn ihm war klar, wie gefährlich derartige Gedanken waren. Er versuchte, seine Aufmerksamkeit wieder auf den Film zu richten, was allerdings genauso verhängnisvoll war. Die Schlusssequenz war nämlich eine Liebesszene.

Angespannt beobachtete er, wie der Hauptdarsteller seine Partnerin küsste – erst sanft und spielerisch, dann immer leidenschaftlicher. Ein schmerzliches Verlangen überkam Mitch, als ihm bewusst wurde, dass er dies mit Bethany nie erleben würde. Gleichzeitig merkte er, wie sehr er sich danach sehnte, sie zu küssen.

Als er sich wieder zu ihr umdrehte und ihre Blicke sich begegneten, las er in ihren Augen dasselbe Verlangen. Schweigend sahen sie sich an.

Mitch war klar, dass er sich entscheiden musste: Entweder schlug er seine Bedenken in den Wind und küsste Bethany, oder er machte einen Rückzieher, solange er ihr noch widerstehen konnte. Ohne zu überlegen, sprang er auf und schob die Hände in die Hosentaschen.

„Netter Film, nicht?“ meinte er.

„Ja, er war wundervoll“, erwiderte sie, und in ihrer Stimme schwang Enttäuschung mit.

„Mom, es tut mir so Leid.“ Lanni Caldwell betrat das Zimmer des Krankenhauses in Anchorage, in dem ihre Großmutter eine Stunde zuvor gestorben war. „Ich bin sofort losgefahren, nachdem ich es erfahren hatte.“

Kate, die am Bett ihrer Mutter saß, lächelte sie unter Tränen an. „Danke, dass du so schnell gekommen bist.“ Neben ihr stand Lannis Vater. Er hatte ihr eine Hand auf die Schulter gelegt.

Lanni betrachtete Catherine Fletcher, die noch in ihrem Bett lag. Sie hatte ihre Großmutter liebevoll Grammy genannt, und obwohl sie sie kaum gekannt hatte, würde sie sie immer lieben. Bei ihrem Anblick krampfte sich ihr Herz schmerzhaft zusammen. In den letzten Monaten hatte sich Catherines Gesundheitszustand kontinuierlich verschlechtert. Dennoch hatte Catherine darauf bestanden, nach Hard Luck zurückzukehren, tot oder lebendig.

Nun würde sie tatsächlich zurückkehren, nicht weil es ihr Heimatort war, sondern weil sie mit David O’Halloran vereint sein wollte, dem Mann, den sie ihr Leben lang geliebt hatte. Vor mehr als fünfzig Jahren hatte er sie sitzen gelassen, als er mit einer englischen Braut aus dem Krieg nach Alaska zurückgekommen war. All die Jahre hatte sie ihn geliebt und gleichzeitig gehasst.

„Meine Mutter ist von uns gegangen", flüsterte Kate. „Sie hat nicht einmal auf mich gewartet. Wie alles in ihrem Leben hat sie es allein getan."

Nachdem sie den Sommer in Hard Luck verbracht hatte, konnte Lanni umso besser verstehen, wie ihrer Mutter zumute war. Als Kate klein war, hatte Catherine Fletcher das Sorgerecht ihrem damaligen Mann übertragen. Sie hatte gehofft, David würde sich irgendwann scheiden lassen und frei für sie sein, und als das nicht eingetreten war, hatte sie nachgeholfen. David hatte sich jedoch nie von Ellen getrennt, sodass Catherine nach seinem Tod vollends verbittert war.

Kate Caldwell hatte immer das Gefühl gehabt, von ihrer Mutter nicht geliebt zu werden, und sie hatte gewusst, dass Catherine ihren Vater nur geheiratet hatte, um sich über die Sache mit David hinwegzutrösten. Kate war kein Wunschkind gewesen, und die Ehe war bereits nach zwei Jahren geschieden worden.

„Matt ist auch unterwegs", sagte Lanni, die bereits mit ihrem Bruder telefoniert hatte. Sawyer würde ihn nach Fairbanks fliegen, und von dort wollte Matt am Abend den ersten Flug nach Anchorage nehmen. Sie hatte ihm versprochen, ihn vom Flughafen abzuholen.

Nachdem sie sich von ihrer Großmutter verabschiedet hatte, ging sie in den leeren Warteraum, um dort auf ihre Eltern zu warten. Als sie Schritte hörte, blickte sie auf und sah Charles O'Halloran.

„O Charles", flüsterte sie und sprang auf. Sekunden später lag sie in seinen Armen.

Dann begann sie zu schluchzen. Charles hielt sie eng umschlungen, und seine Liebe tröstete sie ein wenig.

„Woher wusstest du es?" Lanni hatte zwar daran gedacht, ihn anzurufen, denn er hatte gerade in der Nähe von Valdez zu tun, es dann jedoch nicht gemacht.

„Von Sawyer."

Sie hätte sich denken können, dass sein Bruder es ihm sofort erzählen würde.

Zärtlich strich Charles ihr das Haar aus dem Gesicht. „Warum hast du mich nicht angerufen?"

„Ich ... ich dachte, ich sollte es lieber lassen."

„Weshalb?" fragte er überrascht.

„Weil ... weil ich weiß, wie du über Grammy denkst. Ich kann es dir nicht verdenken. Sie hat dir und deiner Familie sehr wehgetan."

Schließlich setzten sie sich hin, und Charles nahm Lannis Hand. „Ich hasse sie nicht mehr. Schließlich habe ich es indirekt ihr zu verdanken, dass es dich gibt."

Lanni wischte sich die Tränen von den Wangen und lächelte flüchtig. Sie liebte ihn über alles.

„Nachdem meine Mutter mir erzählt hatte, warum sie Dad geheiratet hat", fuhr er fort, „kann ich besser verstehen, wie Catherine damals zumute gewesen sein muss. Mein Vater hat Ellen seinem Bruder zuliebe geheiratet. Irgendwann hat er sie lieben gelernt, aber tief in seinem Herzen hat es für ihn immer nur Catherine gegeben."

„Es wäre schön, wenn die beiden jetzt zusammen wären – für immer."

„Das wünsche ich mir auch." Charles küsste Lanni sanft aufs Haar, und sie legte den Kopf an seine Schulter.

„Findet die Trauerfeier in Hard Luck statt?" erkundigte er sich.

„Ja. Und Grammy hat verfügt, dass ihre Asche im Frühling in der Tundra verstreut werden soll."

Er nickte. „Weißt du, wann die Feier stattfindet?"

„Nein." Lanni hob den Kopf und schaute ihm in die Augen. „Ich bin so froh, dass du da bist."

„Das bin ich auch. Ich liebe dich, Lanni, und ich möchte, dass du mir niemals etwas verschweigst."

„Versprochen."

Charles stand auf und streckte ihr die Hand entgegen. „Und nun lass uns deinen Bruder vom Flughafen abholen."

Mitch war zu Ohren gekommen, dass Bethany eine Verabredung mit Bill Landgrin hatte. Bills Crew arbeitete gerade an der Förderpumpe südlich vom Atigunpass. Normalerweise hatten die Männer, die die Pipeline warteten, abwechselnd sieben Tage Dienst und sieben Tage frei. Während seiner freien Woche fuhr Bill ab und zu in eine der Kleinstädte im Landesinneren, um sich dort bei einem Bier oder beim Kartenspiel zu amüsieren. Gelegentlich war er auch auf der Suche nach einer Frau.

Wann Bill Landgrin Bethany kennen gelernt hatte, wusste Mitch nicht, doch er konnte die Vorstellung, dass die beiden miteinander ausgingen, nicht ertragen.

Dass Bill sich zu Bethany hingezogen fühlte, konnte Mitch ihm nicht verdenken. Für ihn war es allerdings schlimm genug gewesen, mit anzusehen, wie Bethany mit John Henderson ausging. Im Gegensatz zu John konnte Bill ihr jedoch gefährlich werden, denn er war lange nicht so harmlos, wie es den Anschein hatte.

Schließlich beschloss Mitch, ihr zu sagen, welchen Ruf Bill genoss. Irgend jemand musste es ja tun.

Zwei Tage vor ihrer geplanten Verabredung wollte Mitch sie nach Unterrichtsschluss in der Schule aufsuchen und so tun, als würde er sich Sorgen um Chrissies Leistungen machen, die hervorragend waren.

Mitch wartete eine Weile, um sicherzugehen, dass er Chrissie nicht über den Weg laufen würde, sonst kam sie noch auf falsche Gedanken.

Seit dem Abend nach Chrissies Unfall war er Bethany bewusst aus dem Weg gegangen, denn während ihrer gemeinsamen Stunden auf dem Sofa war sein Durchhaltevermögen bereits auf eine harte Probe gestellt worden.

Als er das Klassenzimmer betrat, blickte Bethany, die am Schreibtisch saß, ihn erstaunt an. „Hallo, Mitch. Schön, Sie zu sehen."

Er lächelte flüchtig. „Ich hoffe, ich störe Sie nicht."

„Natürlich nicht."

„Ich komme wegen Chrissie", beeilte er sich zu sagen, damit sie nicht auf falsche Gedanken kam. „Ich ... mache mir ein wenig Sorgen wegen ihrer Zensuren."

„Aber die könnten gar nicht besser sein."

Ihm war klar, dass er nichts dagegenhalten konnte, denn nicht einmal seit Schulbeginn hatte er Chrissie dazu anhalten müssen, ihre Hausaufgaben zu machen. Wenn sie Miss Ross damit eine Freude hätte machen können, hätte sie jeden Abend stundenlang zusätzliche Aufgaben verrichtet.

„Ich mache mir seit ihrem Unfall Sorgen", erwiderte er daher.

„Ihre Zensuren sind gut." Bethany blätterte in ihrem Zensurenbuch, um die letzten Eintragungen zu überprüfen. „Ich habe sie im Auge behalten und auf mögliche Symptome geachtet, von denen Dotty gesprochen hatte, aber bisher ist mir nichts aufgefallen. War zu Hause irgend etwas? Ich meine, ist ihr zum Beispiel schwindelig geworden?"

„Nein, nein", versicherte er.

„Dann ist es ja gut."

Da er sich zunehmend unwohler fühlte, wandte Mitch sich zum Gehen. „Ach, übrigens", meinte er so beiläufig wie möglich. „Ich möchte nicht neugierig sein, aber stimmt es, dass Sie am Freitagabend mit Bill Landgrin essen gehen?"

„Ja", bestätigte sie verblüfft. „Woher wissen Sie das?"

Mitch zuckte die Schultern. „Hier spricht sich alles schnell herum. Ich wusste gar nicht, dass Bill und Sie sich kennen."

„Wir sind uns erst einmal begegnet. Er ist mit Duke geflogen und war zur selben Zeit im Café wie ich", erklärte sie.

„Ach so." Mitch wandte sich ab, drehte sich dann jedoch noch einmal zu ihr um. „Und was ist mit John? Gehen Sie oft mit Männern aus, die Sie gerade erst kennen gelernt haben?"

„Was soll mit John sein?"

„Warum treffen Sie sich nicht mehr mit ihm?"

Bethany zögerte einen Moment. „Ihr Tonfall gefällt mir nicht, Mitch", entgegnete sie schließlich. „Ich kann ausgehen, mit wem ich will."

„Natürlich. Bitte verstehen Sie mich nicht falsch. Es ist nur ... Na ja, Sie sollten wissen, dass Bill einen ... gewissen Ruf hat."

Sie versteifte sich unwillkürlich. „Ich kann gut allein auf mich aufpassen."

„Bethany, ich wollte Sie nicht beleidigen. Es ist nur so, dass ich der einzige Vertreter des Gesetzes in Hard Luck bin, und ich dachte, es wäre meine Pflicht, Sie zu warnen."

„Verstehe." Wütend schlug sie das Buch zu. „Und ich bin die Tochter eines Polizisten. Wie ich bereits sagte, kann ich allein auf mich aufpassen." Daraufhin schaute sie demonstrativ auf ihre Armbanduhr. „Würden Sie mich jetzt bitte entschuldigen?"

„Ja, sicher", erwiderte Mitch zerknirscht. Und diesmal ging er wirklich.

Bethany wusste nicht, warum sie so wütend auf Mitch war. Vielleicht lag es daran, dass er Recht hatte. Warum ging sie auch mit einem Mann essen, den sie kaum kannte? Nicht, dass ihr etwas passieren würde. Schließlich würde die halbe Stadt im Hard Luck Café versammelt sein.

Natürlich hatte sie ihre Gründe gehabt, Bills Einladung anzunehmen. John Henderson traf sich jetzt nämlich nicht mehr mit ihr, sondern mit Sally McDonald.

Mittlerweile war Bethany zu dem Schluss gekommen, dass Mitch sich nicht für sie interessierte. Am Abend nach Chrissies Unfall hatte sie geglaubt, dass sie sich näher gekommen waren. Bethany erinnerte sich noch genau daran, wie Mitch ihr während der Liebesszene im Film in die Augen geschaut hatte. In diesem Moment hatte er vermutlich genau dasselbe gedacht wie sie. Doch kurz bevor es dazu gekommen war, hatte er einen Rückzieher gemacht. Dass er seitdem nicht mehr mit ihr gesprochen hatte, hatte sie verwirrt und traurig gemacht.

Nicht zuletzt aus dem Grund hatte sie Bill Landgrins Einladung zum Essen angenommen. Außerdem hatte sie schon immer mehr über die Alaska-Pipeline erfahren wollen, die über achthundert Meilen lang war und über drei Gebirgsketten und zahlreiche Brücken verlief. Bethany fand nichts dabei, mit einem Mann auszugehen, der ihre Fragen über die Pipeline beantworten konnte.

Außerdem war es ein Wink an Mitch. Sie freute sich zwar darüber, dass Mitch eifersüchtig war, doch warum hatte er seine Tochter als Vorwand nehmen müssen, um mit ihr über Bill zu sprechen? Genau das machte Bethany so wütend.

Am Freitagabend bemühte sich Mitch nach Kräften, sich von Bethany fern zu halten. Da Chrissie bei ihrer Freundin Susan übernachtete, fiel ihm jedoch schon nach kurzer Zeit die Decke auf den Kopf, sodass er um sieben seinen Mantel nahm und das Haus verließ.

Als er das Hard Luck Café betrat, versuchte er, ganz unbefangen zu wirken. Nachdem er sich schnell in der Runde umgeschaut hatte, stellte er enttäuscht fest, dass Bethany nicht da war.

„Du suchst die neue Lehrerin, stimmt's?" erkundigte sich Ben, der gerade ein Glas abtrocknete.

„Wie kommst du denn darauf?" entgegnete Mitch mürrisch. „Ich wollte nur ein Stück Kuchen essen."

„Ich dachte, du wolltest nicht mehr so viel Süßes essen."

„Ich habe meine Meinung geändert." Wenn er gewusst hätte, dass Ben ihm so auf die Nerven gehen würde, wäre er zu Hause geblieben.

Ben brachte ihm ein Stück Apfelkuchen. „Falls es dich interessiert – sie ist vor zwanzig Minuten gegangen."

„Wer?" fragte Mitch unschuldig.

„Sie war übrigens nicht allein. Bill wollte sie unbedingt nach Hause bringen."

Wütend knallte Mitch seine Gabel auf den Teller. „Mit wem Bethany Ross ausgeht, ist einzig und allein ihre Sache."

„Schon möglich." Ben stützte sich auf den Tresen. „Allerdings traue ich dem Kerl nicht – und du auch nicht, sonst wärst du nicht hier. Vielleicht sollte einer von uns zu ihr fahren und nachsehen, ob alles in Ordnung ist."

Mitch war sicher, dass Ben ihm etwas verschwieg.

„Da du hier das Gesetz vertrittst, solltest du das übernehmen", fügte Ben hinzu.

Ben hatte Recht. Wenn Bethany etwas zustieß, würde er, Mitch, es sich niemals verzeihen. Und falls er unterwegs Bill traf, würde er ihm zu verstehen geben, dass er sich in Zukunft von ihr fern halten sollte.

„Also, fährst du zu ihr?"

„Ja."

„Dann geht der Kuchen auf meine Rechnung", sagte Ben grinsend.

Als Mitch vor Bethanys Haus vorfuhr, stellte er erleichtert fest, dass drinnen noch Licht brannte. Wenige Minuten später klopfte er laut an die Tür, bereit, sie einzutreten, falls es erforderlich war. Doch Bethany öffnete kurz darauf.

„Mitch?"

„Kann ich reinkommen?"

„Ja, natürlich." Sie trat einen Schritt beiseite, um ihn vorbeizulassen.

Drinnen schaute er sich um. Bill war nirgends zu sehen.

Bethany hatte sich offenbar gerade gekämmt, denn sie hatte eine Bürste in der Hand. Da sie ihn nicht fragte, warum er gekommen war, nahm er an, dass sie es wusste.

„Hat Landgrin irgendwas versucht?" erkundigte Mitch sich.

Sie kniff die Augen zusammen, als wüsste sie nicht, worauf er hinauswollte.

„Ob Landgrin irgendwas versucht hat?" wiederholte er schroff.

Bethany blinzelte verwirrt. „Nein. Er war der reinste Gentleman."

Mitch fuhr sich durchs Haar, während er in ihrem kleinen

Wohnzimmer hin und her ging. Ihm war durchaus klar, dass er sich zum Narren machte.

„Werden Sie ihn wiedersehen?"

„Das ist doch wohl meine Sache."

Mitch schloss sekundenlang die Augen und nickte. „Tut mir Leid, ich hätte nicht herkommen sollen." Bloß weg hier, dachte er und ging zur Tür.

„Mitch?"

Die Hand auf der Türklinke, blieb er stehen, drehte sich jedoch nicht um.

„Ich werde Bill Landgrin nicht wiedersehen."

Nun atmete Mitch erleichtert auf.

„Mitch?"

Bethany stand jetzt so dicht hinter ihm, dass er ihren Atem im Nacken spürte. Mitch sehnte sich danach, sich umzudrehen und sie in die Arme zu nehmen. Krampfhaft umklammerte er die Türklinke.

„Ich werde Bill nicht wiedersehen, weil ich lieber dich sehen möchte", flüsterte sie.

5. KAPITEL

Eine Woche nach Catherine Fletchers Tod fand in Hard Luck die Trauerfeier statt. Bethany fühlte sich verpflichtet, daran teilzunehmen, obwohl sie Catherine nicht gekannt hatte. Da die Kirche fast voll war, setzte Bethany sich auf einen der wenigen freien Plätze in der letzten Reihe. Es sah aus, als wollten alle Einwohner sich von der Frau verabschieden, die das Leben in ihrer Gemeinde so nachhaltig beeinflusst hatte.

Die Nachricht von Catherines Tod hatte alle getroffen, und seitdem gab es kein anderes Gesprächsthema. Soweit Bethany wusste, hatten Catherines Eltern sich nach den O'Hallorans in Hard Luck niedergelassen, und Catherine Fletcher war zusammen mit David O'Halloran aufgewachsen. Es gab niemand, dem sie gleichgültig gewesen war: Entweder liebte man sie, oder man hasste sie, aber alle respektierten ihre starke Persönlichkeit.

Es war offensichtlich, dass alle Anwesenden Catherines Tod als Verlust für Hard Luck empfanden, denn die Stimmung war traurig.

Bethany hatte viele der Gäste noch nie gesehen. Catherines Verwandte waren mit dem Flugzeug gekommen, und bei einem älteren Ehepaar handelte es sich vermutlich um ihre Tochter und ihren Schwiegersohn. Matt Caldwell, Catherines Enkel, wohnte in Hard Luck. Bethany hatte ihn an einem Samstagnachmittag im Café kennen gelernt, und sie erinnerte sich daran, dass er das alte Hotel von den O'Hallorans gekauft hatte und gerade dabei war, es zu renovieren.

Matt hatte ihr erzählt, dass er das Hotel zu Beginn der Saison im Juni eröffnen wolle. Allerdings war ihr nicht ganz klar, was er mit „Saison" gemeint hatte.

Seine jüngere Schwester Lanni saß in der ersten Reihe und neben ihr Charles O'Halloran. Bethany hatte gehört, dass die beiden verlobt waren und im April heiraten wollten. Selbst aus der Entfernung konnte Bethany sehen, wie sehr die beiden sich liebten.

Aus dem, was Abbey ihr über David, den Vater der Brüder

O'Halloran, und Catherine Fletcher erzählt hatte, schloss Bethany, dass Catherine und die O'Hallorans jahrelang verfeindet gewesen waren. Möglicherweise, ging es ihr durch den Kopf, würden die beiden Familien durch Charles und Lanni wieder zusammenfinden. Sie beglückwünschte das Paar insgeheim zu seinem Mut, sich über die Vergangenheit hinwegzusetzen.

Reverend Wilson, der für die Gemeinde zuständige Pfarrer, war anlässlich der Trauerfeier nach Hard Luck geflogen. Als er vortrat, die Bibel in der Hand, und ein kurzes Gebet sprach, neigte Bethany den Kopf. Kaum war das Gebet vorbei, nahm Mitch neben ihr Platz.

Dass er sie ignorierte, als wäre sie eine Fremde, tat ihr weh. Sicher hätte er sich nicht neben sie gesetzt, wenn woanders noch ein Platz frei gewesen wäre.

Während der Trauerfeier wurde Mitch immer unruhiger und rutschte nervös hin und her. Als sie einen Blick in seine Richtung riskierte, stellte Bethany fest, dass er die Augen geschlossen und die Hände zu Fäusten geballt hatte.

Plötzlich verstand sie.

Er hatte seine Frau verloren.

Reverend Wilson schlug seine Bibel auf, um den 23. Psalm vorzulesen: „,Und ob ich schon wanderte im finstern Tal, fürchte ich kein Unglück, denn du bist bei mir.'"

Auch Mitch hatte dieses finstere Tal durchwandert, und Bethany nahm an, dass er dabei keinen Trost gefunden hatte. Während der Pastor weitersprach, wurde ihr klar, dass Mitch nicht um Catherine Fletcher trauerte, sondern um seine verstorbene Frau – die Frau, die er geliebt und geheiratet hatte, die ihm ein Kind geschenkt hatte und die er nicht vergessen konnte.

Wie konnte ich nur so blind sein? ging es Bethany durch den Kopf. Mitch wollte keine Beziehung mit ihr. Wie sollte er auch, wenn er immer noch seiner Frau nachtrauerte. Er war in der Vergangenheit gefangen und hing einer Erinnerung nach, einer verlorenen Liebe.

Bethany schloss die Augen, während sie sich fragte, warum sie das nicht eher gemerkt hatte. Mitch fühlte sich zwar zu ihr hingezogen, aber er konnte sie nicht lieben, weil er nicht frei war. Vielleicht wollte er das auch gar nicht sein. Vielleicht hasste er sich sogar dafür, dass er an eine andere Frau dachte. Jedenfalls war sein Verhalten sehr aufschlussreich.

Nun beugte er sich vor, stützte die Ellbogen auf die Knie und barg das Gesicht in den Händen. Er wirkte so traurig, dass sie es nicht länger mit ansehen konnte. Nachdem sie einmal tief durchgeatmet hatte, legte sie ihm die Hand auf den Arm.

Sofort fuhr er zusammen und drehte sich zu ihr um. Anscheinend hatte er vergessen, dass sie neben ihm saß, denn er schaute sie verblüfft an. Bethany lächelte ihm zu, um ihm zu verstehen zu geben, dass sie mit ihm fühlte.

Mitch blinzelte und wirkte auf einmal so verletzlich, dass sich ihr Herz schmerzhaft zusammenkrampfte. Am liebsten hätte sie ihm geholfen, aber sie wusste nicht, wie.

Als hätte er ihre Gedanken gelesen, nahm er ihre Hand in seine. Es war alles andere als eine leidenschaftliche Geste, sondern er suchte bei ihr Trost.

Dann, als könnte er es nicht länger ertragen, stand er unvermittelt auf und eilte aus der Kirche.

Als Mitch sein Büro betrat, atmete er schwer, und das Herz klopfte ihm bis zum Hals. In letzter Minute hatte er sich entschieden, an der Trauerfeier teilzunehmen. Er hatte Catherine Fletcher zwar kaum gekannt, hatte ihr jedoch die letzte Ehre erweisen wollen, weil sie und ihre Familie das Leben in Hard Luck so maßgeblich beeinflusst hatten.

Sobald er die Kirche betreten hatte, waren die Erinnerungen an Lori auf ihn eingestürmt, bis er schließlich gedacht hatte, er müsste ersticken.

Er erinnerte sich noch genau an den Tag, an dem er sie kennen gelernt hatte, und daran, wie sehr ihr Lachen ihn fasziniert hatte.

Sie waren beide Studenten im zweiten Jahr und noch jung und unerfahren. Dann heirateten sie – in Weiß, wie Lori es sich gewünscht hatte, und sie war die schönste Braut, die Mitch je gesehen hatte. Sie waren sehr verliebt und überglücklich. Zumindest war er es – am Anfang.

Als sie erfuhren, dass Lori schwanger war, freute er sich darauf, Vater zu werden. Doch nach Chrissies Geburt war ihr Leben bald völlig aus den Fugen geraten. Mitch bedeckte das Gesicht mit den Händen. Er wollte nicht mehr daran denken.

Nervös ging er in seinem Büro hin und her. Nun war ihm klar, dass es ein Fehler gewesen war, an der Trauerfeier teilzunehmen. Jahrelang hatte er sich nicht mit seinem Schmerz auseinander gesetzt, und jetzt hatte er das Gefühl, als würde er innerlich zusammenbrechen.

Noch nie hatte er sich so verzweifelt gefühlt.

„Mitch."

Unvermittelt drehte er sich um. Bethany war hereingekommen und sah ihn mitfühlend an.

„Ist alles in Ordnung?"

Er nickte, aber gleichzeitig wurde ihm bewusst, dass er ihr nichts vormachen konnte. „Nein", brachte er schließlich hervor.

Langsam kam sie auf ihn zu. „Was ist los?"

Er schloss die Augen und schüttelte den Kopf. Seine Kehle war wie zugeschnürt.

Als Bethany ihm sanft die Hand auf den Arm legte, zuckte er zusammen, als hätte er sich verbrannt. Er verspürte jedoch keinen Schmerz, sondern Erleichterung.

„Lass mich dich in den Arm nehmen ... bitte", sagte er. „Ich ... ich brauche dich." Ohne auf ihre Antwort zu warten, zog er sie an sich und barg das Gesicht an ihrer Schulter. Sie war so warm ... Er atmete ein paarmal tief durch, um sich zu beruhigen.

„Alles ist gut", flüsterte sie an seinem Ohr.

In ihren Armen fühlte er sich geborgen. Als er Bethany zum ersten Mal begegnet war, hatte er sich vorgenommen, sich nicht mit ihr einzulassen, und bisher hatte er sich auch daran gehalten. Allerdings hatte er nicht damit gerechnet, dass er sie einmal so sehr brauchen würde.

Im selben Moment, als Mitch klar wurde, wie sehr er sich nach ihr gesehnt hatte, wusste er, dass er sie küssen würde. Er stöhnte auf, bevor er seinem Verlangen nachgab.

Als ihre Lippen sich trafen, durchzuckte es ihn heiß. Er hatte so lange auf diesen Augenblick gewartet. Die eine Hand in ihr Haar geschoben, küsste er Bethany immer wieder, als könnte er nicht genug von ihr bekommen.

Am liebsten hätte er ihr gesagt, dass es ihm Leid tat, aber er konnte sich nicht von ihr lösen.

Bethany hatte ihm die Arme um den Nacken gelegt, und er strich ihr immer wieder über den Rücken, um ihre Nähe auszukosten. Sie erwiderte den Kuss mit derselben Leidenschaft.

Schließlich löste er sich widerstrebend von ihr, denn er befürchtete, es könnte sich mehr aus dem Kuss entwickeln, wozu sie beide noch nicht bereit waren.

Bethany atmete tief durch, während sie eine Hand auf die Stelle presste, an der ihr Herz pochte. Zärtlich ließ Mitch den Zeigefinger über ihre geschwollenen Lippen gleiten und sah dann hoch, um sie zu betrachten.

Sie blinzelte verwirrt.

„Das hätte nicht passieren dürfen“, flüsterte er.

Darauf erwiderte sie nichts.

„Ich verspreche dir, dass ich es nicht wieder tue“, fügte er hinzu.

Nun begannen ihre Augen zu funkeln – vor Wut? Offenbar wollte sie etwas sagen, doch dann überlegte sie es sich anders. Ehe er sich's versah, hatte sie sich umgedreht und das Büro verlassen.

Für Matt war der Tag sehr anstrengend gewesen, denn er hatte an der Trauerfeier für seine Großmutter und dem anschließenden Beisammensein teilgenommen.

Zu seiner Überraschung stellte er fest, dass auch er um Catherine trauerte, obwohl er sie kaum kannte. In all den Jahren hatte sie ihre Familie nur selten besucht.

Zum Geburtstag und zu Weihnachten hatte sie ihm immer eine Karte mit einem Scheck geschickt, und nachdem er Abitur gemacht hatte, hatte sie ein Treuhandkonto für ihn einrichten lassen. Mit diesem Geld hatte er das Hotel gekauft.

Seine Großmutter hatte nie erfahren, was er mit dem Geld gemacht hatte. Als er im Sommer darüber hatte verfügen dürfen, hatte sich ihr Zustand so verschlechtert, dass sie ihn gar nicht mehr erkannt hatte. Matt hoffte, sie hätte es akzeptiert.

Nach der Trauerfeier hatten fast alle Einwohner Hard Lucks ihm ihr Beileid ausgesprochen und sich erkundigt, wie weit er mit den Renovierungsarbeiten sei.

Obwohl alle sehr nett zu ihm waren, zog er sich zurück, weil er zu sehr mit seiner Arbeit beschäftigt war. Er mochte gar nicht darüber nachdenken, was noch alles getan werden musste, bevor er das Hotel eröffnen konnte. Manchmal fühlte er sich schlichtweg überfordert.

Das größte Problem war auch gar nicht die Renovierung, sondern die Frage, wie er zahlende Gäste anlocken sollte. Er musste ihnen die weite Reise schmackhaft machen, indem er Aktivitäten wie Angeln, Hundeschlittenrennen und Abenteuertouren anbot.

Doch irgendwie würde er es schaffen. Er musste es ihr beweisen ... Kaum war ihm dieser Gedanke gekommen, stutzte Matt.

Karen.

Ihretwegen hatte er fünfzehn Stunden am Tag gearbeitet. Sobald er an sie dachte, war wieder dieser Schmerz da, den er seit dem Tag verspürte, an dem sie die Scheidung eingereicht hatte.

Welche Frau reichte einfach die Scheidung ein, ohne vorher mit ihrem Mann darüber zu sprechen? Na gut, sie hatte ein paarmal angedeutet, sie sei unglücklich.

Verdammt, er, Matt, war auch unglücklich!

In gewisser Weise konnte er sie sogar verstehen. In ungefähr vier Jahren hatte er viermal den Beruf gewechselt, denn er war ein Mann, der stets vorausplante und jede sich bietende Möglichkeit ergriff. Karen dagegen hatte ihm vorgeworfen, egoistisch und verantwortungslos zu sein. Doch das stimmte nicht. Er hatte sich immer dann nach etwas Neuem umgesehen, wenn sein alter Job keine Herausforderung mehr für ihn dargestellt hatte.

Er hätte nie damit gerechnet, dass sie ihn verlassen würde. Sie hatte zwar einige Male damit gedroht, aber er hatte ihr nicht geglaubt.

Wenn sie ihn wirklich geliebt hätte, hätte sie durchgehalten.

Matt schüttelte den Kopf. Es hatte keinen Sinn. Er hatte sich schon oft genug Gedanken darüber gemacht, wie es so weit hatte kommen können, und es würde auch jetzt nichts nützen.

Dass Karen Alaska verlassen hatte, war der größte Schock für ihn gewesen. Natürlich hatte Matt damit gerechnet, dass sie beruflich erfolgreich war. Sie war Chefsekretärin in einer Maschinenbaufirma und hatte gut verdient. Als man ihr eine Beförderung angeboten hatte, die mit einem Umzug nach Kalifornien verbunden war, hatte sie die Gelegenheit sofort beim Schopf gepackt.

Matt konnte es noch immer nicht fassen. Kalifornien! Er hoffte nur, dass sie glücklich war.

Nein, das tat er nicht. Er wollte, dass es ihr genauso schlecht ging wie ihm. Er vermisste sie. Und er liebte sie.

Es war jetzt ein Jahr her, und eigentlich hätte er darüber hinweg sein müssen. Er musste unter Leute gehen und sich neue Freunde suchen. Matt nahm sich vor, sich mit einer Frau zu verabreden, sobald er etwas Freizeit hatte – vielleicht mit der neuen Lehrerin.

Nein, er wollte sich nichts vormachen – nicht an diesem Tag, wo er mit seiner Familie um seine Großmutter getrauert hatte. Seine Eltern waren mittlerweile seit fast dreißig Jahren verheiratet. Sie kannten sich schon seit der Schulzeit. So wie sein Vater seine Mutter getröstet hatte, hatte Charles Lanni in dieser schweren Stunde beigestanden.

Doch er, Matt, hatte niemand. Sich einzugestehen, dass er sich nach Karen sehnte, tat weh. Was jedoch noch mehr weh tat, war die Erkenntnis, dass er sie immer noch liebte.

Matt fragte sich, ob es immer so sein würde und ob er je lernen würde, Karen loszulassen. Im Grunde rechnete er jeden Tag damit zu hören, dass sie wieder geheiratet hatte.

Die Männer in Kalifornien mussten blind sein, wenn sie sie nicht bemerken würden. Über kurz oder lang würde sie eine Beziehung mit einem leitenden Angestellten eingehen, der ihr die Sicherheit gab, nach der sie sich sehnte. Niemand konnte ihr widerstehen, das war Matt klar.

Seine Exfrau war schön, begabt, nett und temperamentvoll. Und was für ein Temperament sie hatte.

Er lächelte unwillkürlich. Niemand hätte es für möglich gehalten, dass die kühle, ruhige Karen Caldwell es liebte, mit Dingen nach anderen zu werfen – vorzugsweise nach ihm und mit den unmöglichsten Gegenständen: Hemden, Zeitungen, Sofakissen, sogar Kartoffelchips.

Wenn sie so wütend war, gab es nur eine Methode, sie zur Vernunft zu bringen: Er schlief mit ihr. Diese Momente waren so leidenschaftlich, dass Karen nachher gar nicht mehr wusste, worüber sie sich eigentlich geärgert hatte.

Matt erinnerte sich noch genau an ihren letzten Wutausbruch. Er verschränkte die Arme hinter dem Kopf und lehnte sich lächelnd zurück.

Er hatte gerade seinen Job aufgegeben. Natürlich war ihm klar, dass er erst mit ihr darüber hätte sprechen sollen, aber es war ein ganz spontaner Entschluss gewesen.

Karen war außer sich vor Wut, und er versuchte ihr zu erklären, dass er sich nach einem besseren Job umsehen wollte. Im Grunde hätte ihm längst klar sein müssen, dass eine Tätigkeit als Buchhalter nicht das Richtige für ihn war.

Karen ließ ihn jedoch nicht ausreden. Sie war so aufgebracht, dass sie mit allem nach ihm warf, was ihr in die Finger kam. Seinen

Schuhen konnte er noch ausweichen, aber der Salzstreuer traf ihn an der Brust.

Als Karen dann einen Moment innehielt, ging er auf sie zu. Daraufhin floh sie vor ihm, kletterte über das Sofa und sprang auf einen Stuhl, während sie ihn anschrie und mit der Pfeffermühle herumfuchtelte.

Es kostete ihn keine große Mühe, sie festzuhalten. Nachdem er sie noch eine Weile hatte zappeln lassen, tat er das Einzige, womit er sie zum Schweigen bringen konnte: Er küsste sie.

Kurz darauf war die Pfeffermühle auf dem Boden gelandet, und sie hatten sich gegenseitig ausgezogen.

Matt erinnerte sich daran, dass Karen später sehr schweigsam gewesen war. Während er dagelegen hatte, noch ganz erschöpft von dem besten Sex, den er bis dahin gehabt hatte, hatte sie schon an Scheidung gedacht. Nicht einmal eine Woche später war sie ausgezogen und hatte die Scheidung eingereicht.

Sein Lächeln verschwand, und er wurde wieder traurig. Nein, er wünschte Karen nichts Schlechtes. Wenn jemand die Schuld am Scheitern ihrer Ehe hatte, dann war er es.

Er vermisste Karen schmerzlicher denn je. Was aus dem Hotel wurde, erschien ihm plötzlich nebensächlich, denn er würde sie bis an sein Lebensende lieben.

Wie seine Großmutter würde auch er nur einen Menschen lieben.

„Du siehst so nachdenklich aus", sagte Sawyer, während er sich auf die Bettkante setzte, um sich die Socken auszuziehen.

Abbey, die im Bett saß und einen Kriminalroman las, blickte von ihrem Buch auf und lächelte ihren Mann an. „Kein Wunder. Ich lese gerade."

„Du tust nur so. Du hast schon wieder diesen Blick."

„Welchen Blick?" fragte sie mit Unschuldsmiene.

„Den, der mir sagt, dass du schon wieder etwas ausheckst."

Abbey schnitt ein Gesicht. Obwohl sie noch nicht lange verheiratet waren, kannte Sawyer sie schon ziemlich gut. „Und was hecke ich deiner Meinung nach aus?"

„Keine Ahnung, aber ich werde es sicher bald erfahren."

„Zu deiner Information: Ich habe nur über Thanksgiving nachgedacht."

Sawyer blickte sie zweifelnd an. „Das ist doch erst in ein paar Wochen. Warum zerbrichst du dir jetzt schon den Kopf darüber?"

„Na ja, zum einen dachte ich, wir sollten Mitch und Chrissie einladen." Abbey warf ihm einen fragenden Blick zu.

„Gute Idee."

„Und Bethany Ross."

Nun lächelte er. „Habe ich es nicht gesagt? Du heckst etwas aus."

„Wie kommst du denn darauf?"

„Du willst also Mitch *und* Bethany zum Thanksgiving-Essen einladen?"

„Stimmt." Betont unschuldig schaute Abbey ihren Mann an. „Was ist schon dabei?"

Sawyer schlüpfte zu ihr ins Bett. „Willst du die beiden miteinander verkuppeln? Du führst doch etwas im Schilde, Abbey O'Halloran."

„Bestimmt nicht", erwiderte sie entrüstet.

„John Henderson willst du anscheinend nicht einladen."

„Nein."

„Ist Bethany in den letzten Wochen nicht mit ihm ausgegangen?"

„Die beiden sind bloß gute Freunde."

„Ach so." Sawyer beugte sich zu Abbey hinüber und zog an dem Band, das ihr Pyjamaoberteil zusammenhielt.

„Außerdem hat Mariah mir erzählt, dass John jetzt ein Auge auf jemand anders geworfen hat."

Langsam öffnete Sawyer den obersten Knopf ihres Oberteils. „Tatsächlich?"

Unter seiner Berührung begann Abbeys Haut zu prickeln.

„Mitch lebt schon seit ein paar Jahren hier“, sagte er mit einem sinnlichen Unterton, während er den zweiten Knopf öffnete.

„Stimmt.“

„Meinst du nicht, dass er längst etwas unternommen hätte, wenn er daran interessiert wäre, wieder zu heiraten?“

Abbey klappte das Buch zu und legte es auf den Nachttisch. „Nicht unbedingt.“

„Meinst du, dass Mitch sich für Bethany interessiert?“ Als Sawyer die Hand in Abbeys Ausschnitt schob, schloss sie erregt die Augen.

„Ja.“

„Zufällig bin ich ganz deiner Meinung“, flüsterte er, bevor er sie an sich zog, um sie verlangend zu küssen. Für eine Weile hatten sie andere Dinge im Kopf und dachten nicht mehr an Mitch Harris und Bethany Ross.

Am Samstag kurz nach zehn betrat Bethany das Hard Luck Café und setzte sich an den Tresen. Außer ihr war kein anderer Gast da, und auch Ben war nirgends zu sehen. Doch sie hatte es nicht eilig. Da ihr zu Hause die Decke auf den Kopf gefallen war, hatte sie beschlossen, einen Spaziergang zu machen, um sich über das klar zu werden, was zwischen Mitch und ihr vorgefallen war. Von wegen, dachte sie ärgerlich. Als ob das je möglich wäre!

Es gab niemand, den sie über Mitch' früheres Leben befragen konnte, und er war offenbar nicht bereit, darüber zu sprechen. Bisher hatte er kein Wort darüber verloren.

Bethany hatte es mittlerweile aufgegeben, sich über sein seltsames Verhalten während der Trauerfeier den Kopf zu zerbrechen. Aus irgendeinem Grund hatte Mitch sich an sie gewandt und sie so leidenschaftlich geküsst, dass sie überglücklich gewesen war.

Danach hatte er sich bei ihr entschuldigt, und ihr war klar geworden, dass er einfach nur jemand gebraucht hatte. Sie war zufällig zur Stelle gewesen, und genauso gut hätte es eine andere sein können. Als ihm bewusst geworden war, was er getan hatte, hatte er es bereut.

„Hallo, Bethany. Wie geht es Ihnen an diesem sonnigen Morgen?“ Wie immer begrüßte Ben sie mit einem herzlichen Lächeln, als er hinter den Tresen trat. „Wir haben Sie beim Leichenschmaus vermisst. Die Frauen hatten ein tolles Essen gekocht.“

Bethany kam zu dem Schluss, dass sie Ben an diesem Morgen nicht zufällig aufsuchte. Allerdings war sie viel zu sehr mit Mitch beschäftigt, um diese Tatsache näher zu ergründen.

„Mir geht es gut.“

„Wirklich?“ Ben schenkte ihr eine Tasse Kaffee ein. „Und warum haben Sie dann diese steilen Falten zwischen den Augen?“

„Was für Falten?“

Ben zeigte auf seine Stirn. „Wenn ich mir über irgendetwas den Kopf zerbreche, bekomme ich Falten zwischen den Augen – drei, um genau zu sein. Anscheinend haben Sie das gleiche Los. Ich kann niemand zum Narren halten.“ Er lächelte ihr aufmunternd zu.

Sie widerstand der Versuchung, ihm zu sagen, dass sie sich diese Falten ehrlich verdient hatte. Während sie ihn betrachtete, fragte sie sich, inwieweit sie sich ihm anvertrauen konnte, was Mitch betraf. Vermutlich nicht viel. Dass sie überhaupt mit dem Gedanken spielte, bewies, wie verzweifelt sie war.

„Was wissen Sie über Mitch?“ erkundigte sie sich.

„Mitch? Mitch Harris?“ Plötzlich verspürte Ben den Drang, den Tresen zu polieren, der ohnehin makellos sauber war. „Na ja, er ist ein prima Kerl, und er liebt seine Tochter.“

„Wie lange wohnt er schon in Hard Luck?“ Bethany wusste es bereits, aber sie wollte es Ben etwas leichter machen.

„Es müssten inzwischen fünf Jahre sein – vielleicht auch etwas mehr.“

„Ich habe gehört, dass er vorher bei der Polizei in Chicago war.“

„Soweit ich weiß, ja.“

„Wissen Sie, woran seine Frau gestorben ist?“ bohrte sie weiter, da Ben nicht besonders gesprächig war.

„Nein.“ Er verzog den Mund, als würde er überlegen, was er ihr erzählen konnte und was nicht. „Ich glaube, Mitch hat noch nie mit jemandem über sie gesprochen.“

Im nächsten Moment wurde ihre Unterhaltung beendet, da die Tür geöffnet wurde.

„Wenn Sie etwas über seine Frau erfahren wollen“, flüsterte Ben, „fragen Sie ihn doch selbst. Er ist nämlich gerade hereingekommen.“

Einen Augenblick lang fühlte Bethany sich wie ein Kind, das beim Naschen erwischt worden war.

Überrascht stellte sie fest, dass Mitch sich auf den Stuhl neben ihr setzte und sie betrachtete – eine Ewigkeit, wie es ihr schien. „Hallo, Bethany“, sagte er schließlich leise.

„Mitch.“ Bewusst mied sie seinen Blick.

„Ich bin froh, dass ich dich treffe.“

Das war ja etwas ganz Neues!

Als Ben zu ihm kam, bestellte Mitch Kaffee.

„Ich möchte mit dir reden, Bethany.“ Den Becher in der einen Hand, zeigte er mit der anderen auf eine der Nischen.

Bethany folgte ihm zu der Nische, die am weitesten vom Tresen entfernt war, und nahm ihm gegenüber Platz. Mitch schwieg eine ganze Weile, und als er sie schließlich ansah, lag ein trauriger Ausdruck in seinen Augen.

„Ich kann dir gar nicht sagen, wie Leid es mir tut“, begann er. „Ich habe nächtelang wach gelegen und mir den Kopf darüber zerbrochen, was du jetzt wohl von mir denkst.“

Sie erwiderte darauf nichts, denn seine Worte verletzten sie, und sie war völlig durcheinander.

Er machte eine hilflose Geste. „Es tut mir Leid. Ich weiß nicht, was ich sonst noch sagen soll. Bitte rede mit mir.“

„Was tut dir Leid?“ fragte sie leise. „Dass du mich geküsst hast?“

„Ja."

Nicht einmal jetzt schien ihm klar zu sein, dass sie seinen Kuss mit derselben Leidenschaft erwidert hatte. „Du hast mich gebraucht. War das der Grund?"

„Ja", erwiderte er schuldbewusst.

Bethany suchte nach den richtigen Worten. „Es hätte genauso gut eine andere Frau sein können", meinte sie schließlich. „Das willst du mir doch sagen, oder? Du hast gar nicht *mich* geküsst. Du hast nicht *mich* gebraucht. Ich war einfach nur da."

6. KAPITEL

„Du willst es tun, nicht?" Duke Porter blickte John ungläubig an. „Du willst es tatsächlich tun, habe ich Recht?"

„Ja", entgegnete John gereizt. Dann zog er den ölverschmierten Lappen aus seiner Hosentasche, um sich die Hände damit abzuwischen.

Duke folgte ihm auf die andere Seite des Hangars, während John das Werkzeug wegbrachte, das er benutzt hatte. „Willst du das wirklich?"

„Ja, das ist es", erwiderte John, ohne zu zögern.

„Aber du kennst die Frau doch kaum."

„Ich kenne sie gut genug." Nichts konnte John diesen Tag verderben. Er hatte den Verlobungsring bereits in der Tasche und konnte es nicht abwarten, Sally einen Heiratsantrag zu machen. Doch seine Ungeduld war nichts im Vergleich zu seinen Gefühlen für Sally.

Diesmal war *er* an der Reihe. Damals hatte er sich förmlich überschlagen, um Abbey Sutherland den Hof zu machen. Er hatte ja nicht ahnen können, dass Sawyer O'Halloran sie bereits im Sturm erobert hatte.

Dann war da noch Lanni Caldwell. John hatte sie als zukünftige Ehefrau gar nicht ernsthaft in Erwägung gezogen, weil er geglaubt hatte, sie würde Hard Luck bald wieder verlassen. Duke wäre schon eher an ihr interessiert gewesen, doch wieder einmal war ihnen einer der O'Hallorans zuvorgekommen.

Mariah Douglas war auch nicht schlecht, aber es war offensichtlich, dass sie bloß Augen für Christian hatte. Außerdem musste man damit rechnen, dass ihr Vater einem diese Anwältin auf den Hals hetzte.

Auch bei Bethany hatte John es versucht. Zuerst hatte er sich zu ihr hingezogen gefühlt. Dass sie seine Gefühle nicht erwidert hatte, hatte er natürlich gemerkt. Allerdings hatte er geglaubt, aus ihrer Freundschaft könnte sich irgendwann mehr entwickeln.

Dann war Sally McDonald nach Hard Luck gekommen.

Sie hatte so schöne blaue Augen und ein sanftes Lächeln. Bei John war es Liebe auf den ersten Blick gewesen, und seit er Sally kannte, nahm er es Sawyer auch nicht mehr übel, dass er ihm Abbey vor der Nase weggeschnappt hatte. Genauso wenig spielte es eine Rolle für ihn, dass Lanni Charles heiratete oder dass Bethany Ross seine Gefühle nicht erwiderte. Sally war die Richtige für ihn.

„Wenn du meine Meinung hören willst ...", begann Duke.

John funkelte ihn wütend an. „Ich habe dich nicht danach gefragt, oder?"

„Nein, aber ich werde sie dir trotzdem sagen."

John seufzte entnervt. „Na gut. Wenn es für dich so wichtig ist, dann sag mir, was du denkst."

„Ich verstehe ja, dass du Sally heiraten willst ..."

„Aber du hast auch ein Auge auf sie geworfen." Nun war John klar, warum Duke seine Nase in Dinge steckte, die ihn nichts angingen.

„Ganz und gar nicht." Duke hob abwehrend die Hände. „Zurzeit habe ich mit Frauen nichts im Sinn. Die meisten sind wie diese Anwältin. Sie ergreifen jede Gelegenheit, um uns Männern das Leben schwer zu machen."

John grinste, als er daran dachte, wie die beiden aneinander geraten waren. Er hatte sich zwar nicht für Tracy Santiago interessiert, aber es hatte ihm gefallen, wie sie Duke in die Schranken gewiesen hatte. „Sie hat nur ihren Job erledigt, das war alles."

„Wenn es dir nichts ausmacht, würde ich lieber nicht über diese Hexe sprechen. Ich bin froh, dass wir sie erst einmal los sind. Sie war die reinste Nervensäge."

John musste sich das Lachen verkneifen. Er hatte noch nie erlebt, dass Duke sich so über eine Frau ärgerte. Für seinen Geschmack ereiferte sich sein Freund ein wenig zu sehr. Diesmal hatte

Duke anscheinend die Richtige gefunden. Schade nur, dass Tracy in Washington D.C. lebte und Duke in Alaska.

„Um auf Sally zurückzukommen ...“, meinte Duke.

John sah ein, dass er wenigstens so tun musste, als würde er sich Dukes Rat anhören. „Schieß los“, forderte er ihn daher auf.

„Versteh mich bitte nicht falsch.“ Duke steckte die Hände in die Hosentaschen, als würde es ihm schwer fallen, über das Thema zu sprechen. „Ich mag Sally. Wer tut das nicht? Sie ist wirklich ein Schatz.“

„Stimmt genau.“

„Was mir allerdings Sorgen macht ... Sie ist sehr jung.“

„Nicht viel jünger als Bethany oder Lanni.“

„Ja, aber sie ist viel behüteter aufgewachsen als die beiden.“

John musste Duke Recht geben. Sally war in einer Kleinstadt in British Columbia aufgewachsen, und soweit er wusste, war der Zusammenhalt in ihrer Familie sehr stark. Sie hatte eine Privatschule besucht und anschließend ein College, das einen kirchlichen Träger hatte. Nachdem sie ihr Studium aus finanziellen Gründen abgebrochen hatte, hatte sie bei einer Buchführungsgesellschaft in Vancouver gearbeitet. Dort hatte sie Christians Anzeige in der Zeitung gelesen und sich um die Stelle im Elektrizitätswerk beworben.

„Du weißt, warum sie nach Hard Luck gekommen ist, stimmt's?“

„Ja.“ John war allerdings überrascht, dass Duke es ebenfalls wusste. In Vancouver hatte Sally sich in einen Mann verliebt, der ihr das Herz gebrochen hatte. Er war verheiratet, und sie hatte es erst erfahren, als seine Frau plötzlich bei ihr zu Hause aufgetaucht war.

Als Sally die Anzeige von Midnight Sons gelesen hatte, hatte sie die Gelegenheit ergriffen, noch einmal von vorn anzufangen. Diesmal hatte sie ihr neues Leben in einer Kleinstadt beginnen wollen, wie sie es von früher gewohnt war.

„Bist du sicher, dass sie über die Sache mit diesem Kerl hinweg ist?“ fragte Duke.

„Ja, ganz sicher." Das war John jedoch nicht. Daher war er froh, dass Duke sich mit seiner Antwort zufrieden gab.

„Und was ist mit ihrer Familie?"

„Was soll mit ihr sein?" John fragte sich, worauf sein Freund hinauswollte.

„Nach dem, was du erzählt hast, haben ihre Verwandten ziemlich altmodische Ansichten. Wenn du Sally wirklich heiraten willst, musst du zuerst mit ihrem Vater sprechen. Fahr zu ihm, und sag ihm, wie sehr du sie liebst und ..."

„Verdammt, wie stellst du dir das vor? Ihr Vater lebt in irgendeiner Kleinstadt an der Küste. Ich kann hier nicht so einfach weg – schon gar nicht jetzt."

Inzwischen war der Winter in Hard Luck eingebrochen, und seit einer Woche war es bereits fast minus zwanzig Grad kalt. Wenn die Temperatur auf minus fünfunddreißig Grad sank, musste Midnight Sons aus Sicherheitsgründen alle Flüge einstellen.

Allein im vergangenen Monat lag der Schnee einen Meter hoch. In einer knappen Woche war Thanksgiving, und das Wetter schien sich nicht wesentlich zu ändern. Mit anderen Worten, sie waren eingeschneit. Vorerst war es also unmöglich, Sallys Familie zu besuchen.

„Erstens", meinte Duke, während er einen Finger hochhielt, „ist sie ziemlich jung, denn sie ist gerade erst einundzwanzig geworden. Also ist sie jünger als die anderen Frauen, die in letzter Zeit nach Hard Luck gezogen sind. Zweitens", fuhr er fort und hielt noch einen Finger hoch, „ist sie hierher gezogen, um über ihren Liebeskummer hinwegzukommen."

„Drittens", fügte John hinzu, „würden ihre Eltern es nicht gern sehen, wenn Sally einen Mann heiratet, den sie nicht kennen."

„Wenn du einen schlechten Start mit ihren Eltern hast, kann es Jahre dauern, das wieder gutzumachen", erklärte Duke. „Wenn du sie wirklich liebst ..."

„Ich liebe sie", entgegnete John hitzig und fuhr dann leise fort: „So habe ich noch nie für eine Frau empfunden."

Duke nickte verständnisvoll. „Dann mach es richtig. Es gibt schließlich keinen Grund, Hals über Kopf zu heiraten, oder?"

Obwohl ihm auf Anhieb mehrere Gründe dafür einfielen, Sally noch am selben Tag zu heiraten, schwieg John.

„Wenn sie die Richtige für dich ist, wird sich alles von selbst ergeben, und du brauchst dir keine Sorgen zu machen."

John zuckte die Schultern. Es gefiel ihm zwar nicht, aber Duke hatte Recht. Er würde den Verlobungsring so lange behalten, bis er Gelegenheit hatte, mit Sallys Vater zu sprechen. Außerdem wollte er Gewissheit haben, dass Sally ihn um seiner selbst willen liebte und nicht, weil er ihr über ihren Liebeskummer hinweghalf.

„Daddy, ich fühl' mich nicht gut." Chrissie kam langsam in die Küche, ihren Teddy im Arm. Er war ihr Lieblingskuscheltier aus der Vorschulzeit, und jetzt holte sie ihn nur noch selten hervor.

Nachdem Mitch den Schmortopf in den Backofen gestellt hatte, legte er ihr besorgt die Hand auf die Stirn. Sie fühlte sich ziemlich warm an. Chrissies Gesicht war gerötet und der Ausdruck ihrer Augen ungewöhnlich ernst.

„Was ist los, mein Schatz?"

Chrissie zuckte die Schultern. „Ich fühl' mich nur nicht gut, Daddy."

„Hast du Bauchschmerzen?" fragte er, denn zurzeit grassierte in Hard Luck die Grippe.

Chrissie nickte.

„Tut dein Hals weh?"

„Ja."

„Dann messe ich am besten mal Fieber."

Erschrocken schaute sie ihn an. „Nein. Ich will das Ding nicht in meinem Mund!"

„Es tut doch nicht weh, Chrissie."

„Ist mir egal. Ich will nicht, dass du bei mir Fieber misst. Ich will nur ins Bett."

Mitch hatte ganz vergessen, wie unvernünftig seine Tochter sein konnte, wenn sie krank war. „Meinst du, du kannst nachher etwas essen?"

„Nein", erwiderte sie leise. „Ich will ins Bett. Keine Angst, ich sterbe schon nicht."

Er seufzte, denn er wusste nicht, ob sie lediglich übertrieb oder ihre Worte Ausdruck ihrer Angst vor dem Tod waren. Sie hatte von Catherines Beerdigung gewusst und möglicherweise über ihre Mutter nachgedacht ...

„Bringst du mich ins Bett?"

„Na klar." Mitch folgte ihr in ihr Zimmer und machte das Bett, während sie sich auf den Boden kniete, um ihr Abendgebet zu sprechen. Diesmal schien es doppelt so lange zu dauern wie sonst, aber er tat so, als merkte er es nicht.

Sobald er sie zugedeckt hatte, setzte er sich aufs Bett und strich ihr das Haar zurück.

„Bleib hier, ja?" fragte Chrissie schläfrig.

Er nahm das Buch von Jack London, aus dem Mitch ihr jeden Abend vorlas, doch sie legte ihm die Hand auf den Arm. „Ich möchte, dass du mir die Geschichte von der Prinzessin vorliest. Das ist meine Lieblingsgeschichte."

Er hatte ihr die Geschichte schon so oft vorgelesen, dass sie sie mittlerweile auswendig kannte. Obwohl sie inzwischen selbst lesen konnte, gab es bestimmte Geschichten, die er ihr immer vorlesen musste.

Mitch nahm das andere Buch und schlug es auf. Kaum war er mit der ersten Seite fertig, meldete Chrissie sich zu Wort.

„Daddy."

„Ja, mein Schatz?"

„Gehen wir an Thanksgiving zu Susan?"

Er klappte das Buch wieder zu. „Sawyer hat uns heute Nachmittag zum Essen eingeladen." Sicher hatte Susan auch mit Chrissie darüber gesprochen. Sawyer hatte nebenbei bemerkt, dass Bethany ebenfalls da sein würde, und auf seine Reaktion gewartet. Er,

Mitch, hatte daher höflich gelächelt und erklärt, er würde sich darauf freuen, sie wiederzusehen. Das stimmte tatsächlich.

„Hast du Sawyer gesagt, dass wir kommen?"

Mitch nickte.

Plötzlich leuchteten Chrissies Augen. „Hoffentlich bin ich dann nicht mehr krank."

„Bestimmt nicht."

Er hatte keine Ahnung, was mit seiner Tochter los war, aber er hatte den Verdacht, dass es nicht so ernst war, wie sie ihn glauben machte. Nachdem er noch ein paar Minuten an ihrem Bett gesessen hatte, ging er in die Küche, um nach dem Essen zu sehen.

„Daddy!"

Noch nie hatte er einen so markerschütternden Schrei gehört. Mitch eilte zu ihrem Zimmer und steckte den Kopf zur Tür hinein. „Was ist los?"

„Ich möchte, dass Miss Ross kommt."

Sofort begann sein Herz schneller zu klopfen. „Warum?"

„Ich möchte nur mit ihr reden." Da er nicht antwortete, fügte Chrissie hinzu: „Bitte, Daddy. Wenn Miss Ross bei mir ist, geht es mir gleich besser."

Seine Tochter lieferte ihm gerade den perfekten Vorwand, Bethany anzurufen. In den letzten Wochen hatten sie sich kaum gesehen, und Mitch hatte den Eindruck, dass Bethany ihm aus dem Weg ging. Da ihm das, was nach der Trauerfeier in seinem Büro passiert war, peinlich war, hatte er beschlossen, sie ihn Ruhe zu lassen. Er hatte bereits genug Schaden angerichtet.

Das änderte jedoch nichts an seinen Gefühlen für sie. Schon lange hatte er sich nicht so verletzlich gefühlt, und das beunruhigte ihn.

Seit sie sich im Café getroffen hatten, begrüßten sie sich höflich und wechselten einige belanglose Worte, als würden sie sich kaum kennen.

Trotzdem konnte Mitch nicht vergessen, wie es war, als Bethany in seinen Armen gelegen und er ihre Lippen auf seinen gespürt hatte. Immer wenn er daran dachte, hätte er sich ohrfeigen können für das, was er ihr angetan hatte.

„Daddy." Chrissie schaute ihn bittend an. „Kannst du Miss Ross anrufen?"

Er nickte hilflos. Daraufhin ging er in die Küche und nahm den Hörer ab. Chrissie ahnte ja nicht, was sie von ihm verlangte. Andererseits war er froh, dass er einen Grund hatte, Bethany anzurufen.

Nach dem zweiten Klingeln nahm sie ab.

„Hallo."

Als er ihre Stimme hörte, erfasste ihn Panik, und er überlegte angestrengt, was er sagen sollte. Einerseits wollte er nicht übertreiben, andererseits durfte er auch nicht den Eindruck erwecken, dass Chrissies Bitte nur ein Vorwand war.

„Ich bin's, Mitch", sagte er schließlich.

Bethany antwortete nicht.

„Tut mir Leid, wenn ich dich störe."

„Du störst mich nicht", erwiderte sie freundlich, aber sachlich.

„Chrissie hat anscheinend die Grippe." Aus einer plötzlichen Eingebung heraus fügte er hinzu: „Hat sie heute in der Schule angedeutet, dass es ihr nicht gut geht?"

„Nein, sie hat mir nichts gesagt." Nun klang Bethany ziemlich besorgt.

„Vermutlich ist es nur ein Virus, bei dem es ihr nach vierundzwanzig Stunden wieder besser geht."

„Kann ich irgend etwas tun?" erkundigte sie sich.

Mitch kam zu dem Ergebnis, dass er unter einem Glücksstern geboren sein musste, weil sie freiwillig ihre Hilfe anbot.

„Na ja, Chrissie fühlt sich nicht gut, und sie hat nach dir gefragt. Ich möchte dir keine Umstände machen ..."

„Ich bin in zehn Minuten da."

„Nein." Er wollte nicht, dass sie in der Kälte so weit ging. „Ich hole dich mit dem Schneemobil ab."

Bethany zögerte einen Moment, bevor sie antwortete: „Gut. Ich halte nach dir Ausschau."

Nachdem er aufgelegt hatte, kehrte Mitch in Chrissies Zimmer zurück. „Ich habe gerade mit Miss Ross telefoniert."

„Und?" Chrissie wäre vor Aufregung fast aus dem Bett gefallen.

„Sie kommt gleich zu dir, aber ich möchte nicht, dass sie in der eisigen Kälte herumläuft. Deswegen hole ich sie mit dem Schneemobil ab. Meinst du, dass du fünf Minuten allein bleiben kannst?"

„Ich bin doch kein kleines Kind mehr!" entgegnete Chrissie empört.

„Das freut mich zu hören." Im Grunde hatte er nichts dagegen gehabt, Bethany anzurufen. Anderenfalls hätte er Chrissie nämlich darauf hinweisen können, dass ein so großes Mädchen wie sie nicht nach ihrer Lehrerin verlangte.

Nachdem er seine dicke Jacke angezogen und sich den Schal umgewickelt hatte, ging er nach draußen. In den Wintermonaten war das Schneemobil das meistbenutzte Transportmittel in Hard Luck, und er hielt seines immer in Schuss. Als er wenige Minuten später vor ihrem Haus vorfuhr, öffnete Bethany sofort die Tür und kam heraus.

Sie stieg hinten ins Schneemobil und nahm in sicherer Entfernung von ihm Platz. Dennoch wurde ihm ganz heiß, und er genoss dieses Gefühl.

Bethany schwieg während der Fahrt. Zu Hause angekommen, parkte Mitch das Schneemobil in der Garage und schaltete die Heizung ein, um den Motor zu schützen.

Sobald sie im Haus waren, zogen sie die dicken Jacken aus. Bethany trug darunter ein weites Sweatshirt, auf dem „San Francisco Police Department" stand, dazu Leggings und dicke rote Wollsocken.

Mitch betrachtete sie, unfähig, ein Wort hervorzubringen. Seit dem Kuss in seinem Büro war es das erste Mal, dass sie allein waren, und er wusste nicht, wie er sich in dieser intimen Situation verhalten sollte.

Er sehnte sich danach, sie in die Arme zu nehmen und wieder zu küssen. Doch diesmal würde er viel zärtlicher sein ...

„Wo ist Chrissie?“ fragte Bethany unvermittelt.

„Chrissie ... In ihrem Zimmer.“

Zum Glück klingelte in diesem Moment die Uhr am Herd, und dankbar für die Ablenkung, ging Mitch in die Küche, um den Schmortopf mit dem Truthahn herauszunehmen.

Als er danach in Chrissies Zimmer ging, sah er, dass Bethany auf dem Bett saß und ihr die Geschichte über die Prinzessin vorlas. Chrissie hatte sich an sie gekuschelt und den Kopf an ihre Schulter gelehnt. Als sie aufblickte und ihren Vater bemerkte, strahlten ihre Augen vor Glück.

„Hallo, Dad“, meinte sie und fuhr an Bethany gewandt fort: „Dad liest mir diese Geschichte immer vor, aber Sie machen es viel besser, weil Sie sie auch mögen. Ich glaub’, Dad mag keine Liebesgeschichten.“

„Das Essen ist fertig“, verkündete er. „Möchtest du wirklich nichts essen, mein Schatz?“

Sie runzelte die Stirn. „Vielleicht ein bisschen, aber nur, wenn Miss Ross mit uns isst.“

Bevor Bethany irgendwelche Einwände erheben konnte, antwortete er: „Es ist genug da, und wir freuen uns, wenn du uns Gesellschaft leistest.“ Unwillkürlich fragte er sich, ob Chrissie darüber stolpern würde, dass er ihre Lehrerin jetzt duzte. Andererseits duzten sich fast alle Einwohner in Hard Luck.

Er beobachtete, wie Bethany den Blick zu Chrissie und schließlich wieder zu ihm schweifen ließ. Lässig an den Türrahmen gelehnt und die Hände in den Hosentaschen, versuchte er, den Eindruck zu vermitteln, dass es ihm egal war, ob sie zum Essen blieb oder nicht. Es war ihm allerdings nicht gleichgültig. Er wollte, dass sie blieb.

„Es ist nett, dass du fragst. Ich ... habe noch nicht gegessen.“

„Toll!“ Chrissie stand auf und klatschte begeistert in die Hände. Doch plötzlich schien ihr einzufallen, dass sie ja eigentlich krank war, denn sie ließ sofort die Schultern hängen und sank zurück aufs Bett.

Mitch verkniff sich ein Lächeln und kehrte in die Küche zurück, um den Tisch zu decken. Als Bethany und Chrissie sich setzten, standen der Schmortopf sowie Brot, Butter und Bohnensalat aus der Dose bereits auf dem Tisch.

Für Mitch war das gemeinsame Essen aufregend, lustig und ein wenig traurig zugleich, denn es kam ihm so vor, als würden Bethany und er versuchen, eine neue gemeinsame Basis zu finden. Es war jedoch offensichtlich, dass sie beide Angst davor hatten und Bethany genauso angespannt war wie er.

Nach dem Essen bat Chrissie sie, ihr die Geschichte zu Ende vorzulesen. Da Mitch den weiteren Verlauf bereits zur Genüge kannte, beschloss er, in der Küche einen Kaffee zu trinken.

Er hatte gerade mit dem Abwasch angefangen, als Bethany hereinkam.

„Chrissie meinte, sie brauche jetzt ihren Schönheitsschlaf", erklärte Bethany und blieb neben der Tür stehen.

Mitch konnte es ihr nicht verdenken, dass sie auf Distanz ging, denn bisher hatte er sie immer zurückgewiesen, wenn sie sich näher gekommen waren. Trotzdem war Bethany für ihn da gewesen, als er sie gebraucht hatte. Sie hatte ihm zwar vorgeworfen, dass er sich auch von jeder anderen Frau hätte trösten lassen, doch sie war die einzige, die sein Verlangen befriedigen konnte.

„Du möchtest jetzt sicher nach Hause", meinte er, von einer plötzlichen Traurigkeit befallen. Dann schüttete er den restlichen Kaffee in die Spüle. Als er den Ausdruck in ihren Augen sah, hatte er den Eindruck, dass sie auch gern eine Tasse getrunken hätte, wenn er ihr eine angeboten hätte. „Bleib noch ein bisschen hier", fügte er aus einem Impuls heraus hinzu.

Bethany überlegte eine Weile. Schließlich lächelte sie und nickte.

„Kaffee?"

„Gern."

Sein Herz raste förmlich, als er ihr einen Becher einschenkte und einen neuen für sich nahm. Dann ging er ihr voran ins Wohnzimmer und setzte sich ihr gegenüber in einen Sessel. Zuerst verlief ihre Unterhaltung etwas stockend, aber allmählich wich die Anspannung von ihnen, und sie unterhielten sich über alle möglichen Themen: über Literatur und Kino, Politik, Kinder, die Arbeit eines Polizisten und das Leben in Alaska. Dabei stellte Mitch fest, dass sie viele Gemeinsamkeiten hatten und oft derselben Ansicht waren.

Es schien ihm, als wären alle anfänglichen Schwierigkeiten beigelegt und als könnten sie noch einmal von vorn anfangen.

Mitch hatte sich schon lange nicht mehr so wohl gefühlt. Bethany wollte mehr über sein früheres Leben erfahren, doch ihre Fragen waren nicht aufdringlich, und sie merkte genau, wie viel er von sich preiszugeben bereit war.

Irgendwann holte er eines seiner Fotoalben hervor und setzte sich zu ihr aufs Sofa, sodass das Album teilweise auf ihrem und teilweise auf seinem Schoß lag. Dann begann er darin zu blättern, wobei er ihr jedes Bild erklärte.

Unwillkürlich fragte er sich, was Bethany über die Lücke in seinem früheren Leben denken mochte. Es war, als hätte ihr Leben erst in Hard Luck begonnen, denn es gab nicht ein Foto von Chrissie oder ihm, das vorher entstanden war, und von Lori ebenso wenig.

Als er eine neue Seite umblätterte, streifte er versehentlich Bethanys Hand. Die flüchtige Berührung ließ sie beide zusammenzucken.

Als er Bethany schließlich in die Augen sah, las er darin keinen Vorwurf, sondern Zustimmung. Mitch atmete einmal tief durch. Er hatte keine Kraft mehr, dagegen anzukämpfen. Energisch klappte er das Album zu und legte es auf den Tisch.

„Mitch?“

„Lass uns später reden.“ Er legte ihr den Arm um den Nacken und zog sie an sich. Er sehnte sich so nach ihr.

Dann küsste er sie langsam und aufreizend, bis sie den Kopf nach hinten bog.

„Mitch ..."

Er brachte sie zum Verstummen, indem er ihr den Zeigefinger auf die Lippen legte. „Wir wissen beide, dass Chrissie uns ausgetrickst hat."

Bethany schaute ihn fragend an.

„Sie ist kerngesund."

Nun blickte Bethany verwirrt drein.

„Lassen wir ihr ihren Willen."

Ihre braunen Augen wurden noch dunkler. „Also gut", erwiderte sie leise, bevor sie ihm die Arme um den Nacken legte.

„Vielen Dank, dass Sie gekommen sind", sagte Bethany zu Ben. Es hatte sie ziemlich viel Mühe gekostet, ihn dazu zu bringen, vor ihren Schülern zu sprechen.

Ben hatte sich zuerst geweigert und erklärt, er fühlte sich in Gegenwart von Kindern nicht wohl, da er selbst keine Kinder hätte. Doch schließlich hatte ihre Beharrlichkeit gesiegt.

„Das haben Sie toll gemacht", lobte sie.

Ben wurde etwas verlegen. „Tatsächlich?" Er ging durch das Klassenzimmer und klopfte dabei auf die einzelnen Tische, als würde er sich ins Gedächtnis rufen, wer wo saß.

„Den Kindern hat es Spaß gemacht, etwas über Ihren Job zu erfahren", meinte sie. „Und über Ihre Zeit bei der Navy."

„Sie hatten ja eine Menge Fragen."

Dass sie ihre Schüler darauf vorbereitet hatte, verschwieg sie ihm wohlweislich. Allerdings hatte sie sie nicht besonders ermutigen müssen, denn die Kinder kannten Ben und waren fasziniert von ihm.

Bethany schämte sich ein wenig, weil sie Bens Besuch dazu benutzt hatte, um mehr über seine Vergangenheit zu erfahren. Doch er war nicht das einzige Gemeindemitglied, das sie in den Unterricht eingeladen hatte. Dotty war in der vergangenen Woche da gewesen, und Sawyer O'Halloran hatte sich bereit erklärt, in der Woche nach Thanksgiving zu kommen. Bethany ertappte sich dabei, wie sie Ben betrachtete und dabei nach Ähnlichkeiten zwischen ihnen suchte.

„In letzter Zeit habe ich Sie kaum gesehen." Ben verschränkte die Arme vor der Brust und setzte sich auf einen der Tische in der ersten Reihe. „Sonst sind Sie jeden Tag vorbeigekommen, und wir konnten immer ein bisschen plaudern."

„Ich war ziemlich beschäftigt." In den letzten Tagen war sie oft mit Mitch und Chrissie zusammen gewesen.

„Unsere Gespräche fehlen mir", gestand Ben leise.

„Mir auch." Sie stellte fest, dass es ihr zunehmend schwerer fiel, mit ihm über persönliche Dinge zu sprechen. Einerseits fürchtete sie sich davor, sich zu verplappern, und andererseits verspürte sie immer stärker das Bedürfnis, ihm die Wahrheit zu sagen. Damit hatte sie nicht gerechnet, als sie den Entschluss gefasst hatte, ihn aufzuspüren.

Ben schaute sie an, als wüsste er nicht, ob er weitersprechen sollte. „Ich dachte, ich hätte Sie vor einigen Tagen mit Mitch Harris gesehen", meinte er schließlich, und es klang mehr wie eine Frage.

Bethany nickte. „Er hat mich zur Bibliothek gefahren." Mitch hatte darauf bestanden, sie hinzubringen, obwohl es inzwischen nicht mehr so kalt war wie am Anfang der Woche. Ihr war klar gewesen, dass es für ihn nur ein Vorwand war.

„Sehen Sie sich jetzt öfter?"

Sie zögerte.

„Ich wollte nicht neugierig sein", erklärte Ben. „Und ich bin nicht beleidigt, wenn Sie sagen, dass es mich nichts angeht. Aber es kommen ab und zu Gäste zu mir, die sich für Sie interessieren."

„Zum Beispiel?"

„Zum Beispiel Bill Landgrin."

„Oh." Es war ihr schrecklich peinlich, dass sie mit Bill Landgrin ausgegangen war. Seitdem hatte er sie nämlich ein paarmal angerufen, was ihr sehr unangenehm gewesen war – nicht seinetwegen, sondern weil sie ihn nicht wiedersehen wollte.

Bethany stand vom Pult auf, ging zur Tafel und nahm den Schwamm in die Hand. „Ich weiß gar nicht, was ich über Mitch und mich erzählen soll."

Ben musterte sie mitfühlend. „Sie scheinen ziemlich durcheinander zu sein."

„Das bin ich auch." Sie konnte gut verstehen, dass viele seiner Gäste ihm ihr Herz ausschütteten, denn er konnte gut zuhören, mischte sich nie in Dinge ein, die ihn nichts angingen, und machte einem Mut.

Bei jedem anderen hätte sie um den heißen Brei herumgeredet, doch ihm fühlte sie sich verbunden. Es lag nicht nur daran, dass er ihr Vater war. Ben war auch ihr Freund geworden, und das überraschte sie. Sie hatte nicht damit gerechnet, dass sie ihn so sympathisch finden würde.

„Ich fürchte, ich bin dabei, mich in Mitch zu verlieben", gestand sie leise.

„Wieso fürchten Sie es?"

Bethany senkte den Blick. „Ich glaube, er erwidert meine Gefühle nicht."

Nun beugte Ben sich vor. „Wie kommen Sie darauf?"

„Mitch hat Angst vor seinen Gefühlen. Immer wenn ich den Eindruck habe, dass wir uns näher kommen, macht er einen Rückzieher. Er ist so verschlossen, zum Beispiel spricht er nie über Chrissies Mutter. Ich habe ihn nie nach ihr gefragt, und von selbst redet er nicht über sie."

Ben fuhr sich über die Wange. „Wir haben doch alle unsere Geheimnisse, oder nicht?"

Sie nickte und schluckte unbehaglich. Auch sie hatte ein Geheimnis.

„Was immer Mitch damals erlebt hat, es hat ihn sehr verletzt. Er hat seine Frau verloren, die Mutter seines Kindes. Als die beiden hierher gezogen sind, habe ich sofort gemerkt, dass er ein Trauma erlitten hatte. Nun lebt er schon seit fünf Jahren hier, und ich habe ihn zum ersten Mal lächeln sehen. Sie sind ein Segen für Chrissie und ihn."

„Es wäre nicht schwer, die beiden zu lieben."

„Aber Sie haben Angst davor."

Bethany nickte wieder.

„Scheint so, als würde sich zwischen euch beiden etwas anbahnen. Es ist noch gar nicht so lange her, da habt ihr euch noch sehnsüchtige Blicke zugeworfen, und nun seid ihr öfter zusammen." Ben machte eine Pause, bevor er fortfuhr: „Wie ich hörte, hat Mitch Bill Landgrin ein paar Takte erzählt."

„Tatsächlich?"

Ben grinste. „Was er genau gesagt hat, möchte ich in Gegenwart einer Lady lieber nicht wiederholen. Aber sicher hätte er es nicht getan, wenn es ihm nicht ernst mit Ihnen wäre. Geben Sie ihm etwas Zeit, Bethany. Rom wurde auch nicht an einem Tage erbaut."

Sie atmete erleichtert auf. „Danke, dass Sie mir zugehört haben – und für Ihren Rat."

„Es war mir ein Vergnügen."

Spontan ging sie auf ihn zu und gab ihm einen Kuss auf die Wange, woraufhin Ben prompt rot wurde.

Nun fühlte sie sich schon wesentlich besser, und das nicht nur, weil Ben ihr einen Rat gegeben hatte. Ihr Vater hätte genau dasselbe zu ihr gesagt.

Die Ironie dieses Gedankens war Bethany durchaus bewusst.

7. KAPITEL

„Hallo." Bethany war beinahe verlegen, als sie Mitch am Samstagabend die Tür öffnete. Da Chrissie sonst meistens dabei war, hatte die Situation sofort etwas Intimes, wenn sie mal allein waren.

„Hallo." Mitch band seinen Schal ab und zog seine Jacke aus. Auch er schien sich nicht ganz wohl in seiner Haut zu fühlen.

Als ihre Blicke sich begegneten, schauten sie beide schnell weg. Keiner von ihnen wusste offenbar, was er sagen sollte, was absurd war. Schließlich saßen sie oft zusammen und unterhielten sich über alles Mögliche.

Seit dem Thanksgiving-Festessen bei Sawyer und Abbey hatten sie beide das Bedürfnis, sich besser kennen zu lernen und gingen wesentlich lockerer miteinander um. Nach dem Essen hatten sie Karten gespielt, und Bethany hatte ganz selbstverständlich mit Mitch ein Team gebildet. Mitch hatte sich bei Sawyer und Abbey genauso wohl gefühlt wie sie, denn auch er hatte sich angeregt mit ihnen unterhalten und viel gelacht. Seitdem spielte es für sie keine so große Rolle mehr, was er ihr verschwieg.

Das Kartenspielen hatte ihnen allen so viel Spaß gemacht, dass sie sich nun regelmäßig einmal in der Woche trafen. Da Bethany in den letzten Wochen sehr viel Zeit mit Mitch verbracht hatte, hatte sie das Gefühl, dass sie einander mittlerweile sehr viel vertrauter waren. Allerdings waren – von Chrissie einmal abgesehen – immer andere Leute dabei: Sawyer und Abbey, Christian und Charles O'Halloran, Ben oder Margaret Simpson. Daher hatte Bethany Mitch zum Abendessen eingeladen.

„Das Essen ist gleich fertig." Verlegen fuhr sich Bethany über die Jeans. „Hoffentlich magst du Irish-Stew."

„Sehr gern sogar, aber ich mag alles, was ich nicht selbst kochen muss." Mitch lächelte sie an, doch sobald er ihrem Blick begegnete, wandte er sich ab.

Bethany musste ihre Enttäuschung unterdrücken.

„Du hast also schon einen Weihnachtsbaum", meinte er, während er auf die kleine künstliche Tanne zuging, die in einer Ecke des Wohnzimmers stand.

Sie hätte sich gern einen echten Baum besorgt, doch die waren unerschwinglich. Deshalb hatte sie wie alle anderen Einwohner in Hard Luck auch einen künstlichen Weihnachtsbaum im Katalog bestellt.

„Ich dachte, du könntest mir beim Schmücken helfen." Das war nur fair, denn am Vorabend hatte sie Mitch und Chrissie dabei geholfen, deren Baum zu schmücken. Chrissie hatte die ganze Zeit aufgeregt von Susans Pyjamaparty geredet, die an diesem Abend stattfand. Unwillkürlich fragte sich Bethany, ob es Abbeys Idee gewesen war, damit Mitch und sie einmal allein sein konnten.

„Chrissie hat erzählt, ihr hättet heute Kekse gebacken", bemerkte Mitch.

„Susan war auch dabei." Bethany hatte sich bereit erklärt, am Nachmittag auf die beiden aufzupassen, da Mitch Dienst hatte und Abbey in Ruhe ihre Weihnachtsgeschenke einpacken wollte.

Mitch folgte ihr in die Küche, wo es nach Salbei und anderen Kräutern duftete. Als die Uhr am Herd klingelte, öffnete Bethany den Backofen und nahm ein knuspriges Baguette heraus.

„Kann ich dir irgendwie helfen?" fragte er, während er sich umschaute.

„Nein danke. Ich habe alles unter Kontrolle." Das traf allerdings nur auf das Essen zu, denn plötzlich schien es ihr, als wäre Mitch ihr genauso fremd wie am Anfang.

„Ich decke jetzt den Tisch", sagte sie.

Offenbar dachte er, dass er ihr bloß im Weg sein würde, denn diesmal bot er ihr nicht seine Hilfe an. Die Hände auf eine Stuhllehne gestützt, blieb er vor dem Küchentisch stehen und wartete, bis Bethany sich hinsetzte.

Für sie verlief das Essen ziemlich enttäuschend, und obwohl er es ausgiebig lobte, schmeckte es ihr überhaupt nicht.

„Ich glaube, Abbey hat alle Hände voll zu tun", meinte Bethany schließlich, um Konversation zu machen.

„Wie viele Kinder sind heute da?" erkundigte er sich. „Soweit ich weiß, sind es sechs."

„Sieben, wenn du Scott mitzählst."

„Ich schätze, Scott würde sich eher teeren und federn lassen, als einem Haufen Mädchen dabei zu helfen, Kekse zu verzieren und Popcorn auf eine Schnur zu ziehen."

„Wahrscheinlich hast du Recht." Bethany reichte Scott das Brot.

Nachdem er eine Scheibe genommen und sich bedankt hatte, entstand wieder ein peinliches Schweigen.

Als Bethany es nicht mehr aushalten konnte, warf sie ihre Serviette weg und wandte sich an Mitch. Ihr Mund war wie ausgetrocknet, sodass sie kaum sprechen konnte.

„Was ist eigentlich los mit uns?" fragte sie.

„Was soll los sein?"

Sie trank einen Schluck Wasser. „Wir sind so verdammt höflich zueinander."

„Stimmt."

„Wir sind nicht einmal mehr in der Lage, uns zu unterhalten."

„Das ist mir auch aufgefallen", bestätigte Mitch, doch eine Lösung hatte er anscheinend auch nicht parat.

Bethany schaute ihm in die Augen in der Hoffnung, dass er irgend etwas unternehmen würde. Stattdessen legte er jedoch seine Serviette auf den Tisch und stand auf. „Ich glaube, ich habe keinen großen Hunger." Dann brachte er seinen halb vollen Teller zur Spüle.

„Oh."

„Möchtest du, dass ich gehe?" erkundigte er sich.

Nein! dachte sie verzweifelt, sprach es aber nicht aus.

„Willst du denn gehen?"

Mitch schwieg.

Nun stand sie ebenfalls auf und presste sich die Hand an die

Stirn. „Bitte hör auf damit. Ich will wissen, was los ist. Habe ich etwas falsch gemacht?"

„Du liebe Güte, nein!" erwiderte er verblüfft. „Es liegt nicht an dir. Es ist meine Schuld", fuhr er so leise fort, dass sie ihn kaum verstehen konnte. „Du hast nichts falsch gemacht, aber ..." Er verstummte unvermittelt.

„Was dann? Bitte sag es mir."

„Es ist wohl besser, wenn ich jetzt verschwinde." Er wandte sich ab und ging durch das Wohnzimmer in den Flur, um seine Jacke aus dem Garderobenschrank zu nehmen.

Obwohl es im Wohnzimmer gemütlich warm war, fröstelte Bethany plötzlich. Unwillkürlich verschränkte sie die Arme vor der Brust – nicht nur, weil ihr kalt war, sondern auch, um sich vor Mitchs Worten zu schützen. „Es fängt also alles wieder von vorn an, nicht?" brachte sie hervor. Vom ersten Tag an war Mitch vor ihr davongelaufen. Jedes Mal, wenn sie geglaubt hatte, ein Stückchen vorangekommen zu sein, passierte etwas, das ihr zeigte, was für ein weiter Weg noch vor ihnen lag.

Die Hand an der Türklinke, drehte Mitch sich noch einmal zu Bethany um. Als er sprach, war seine Stimme rau vor Zorn. „Wenn ich mit dir allein bin, will ich dich küssen."

Ungläubig erwiderte Bethany seinen Blick. „Wir haben uns doch schon geküsst." Zuerst waren es leidenschaftliche Küsse gewesen, die sie niemals vergessen würde, in letzter Zeit eher freundschaftliche zur Begrüßung und zum Abschied. „Was ist heute anders?"

„Wir sind allein."

„Ich weiß." Bethany hatte keine Ahnung, worauf er hinauswollte.

Nun schüttelte er gequält den Kopf. „Verstehst du es denn nicht, Bethany?"

Nein, sie verstand überhaupt nichts.

„Wenn Chrissie oder jemand anders dabei ist, ist die Versuchung für mich nicht so groß. Doch wenn wir allein sind, kann ich an nichts anderes mehr denken. Merkst du denn nicht, wie sehr ich mich danach sehne, mit dir zu schlafen?"

„Ist das denn so schrecklich?" erwiderte sie leise.

„Ja. Ich darf es nicht so weit kommen lassen", erklärte er.

„Nur damit du es weißt: Es gehören immer zwei dazu. Wenn du eher etwas gesagt hättest, hätten wir darüber reden und vielleicht eine Lösung finden können. Mir ist natürlich auch der Gedanke gekommen, mit dir zu schlafen", fügte sie hinzu. „Aber ich hätte es auch nicht so weit kommen lassen. Zumindest noch nicht. Es ist noch zu früh."

Mitch kam langsam auf sie zu. Dann schob er unendlich sanft die Finger in ihr Haar und küsste sie auf den Hals. „Ich kann dir nicht widerstehen."

Bethany seufzte und legte ihm die Arme um den Nacken.

„Meine Gefühle machen mir Angst, Bethany."

„Wir können aber nicht vor unseren Gefühlen davonlaufen oder sie einfach ignorieren."

Bebend strich er ihr über den Rücken und presste sie an sich. Gleichzeitig küsste er sie auf den Mund – so verlangend, dass sie irgendwann Luft holen musste und den Kopf an seiner Schulter barg.

„Den Sellerie kann ich jetzt wohl wegnehmen", flüsterte sie.

„Den Sellerie?"

„Als die Lieferung kam, die ich bestellt hatte, war der Mistelzweig nicht dabei. Ich habe heute mit meiner Mutter gesprochen und ihr erzählt, wie enttäuscht ich war. Sie hat vorgeschlagen, statt des Mistelzweigs einfach Stangensellerie zu nehmen, und so habe ich ein Stück über der Tür aufgehängt. Du hast es anscheinend gar nicht bemerkt."

Mitch lachte rau. „Weißt du eigentlich, was ich besonders an dir mag?"

„Du meinst, außer meinen Küssen?"

„Du bringst mich zum Lachen."

Im nächsten Moment wurde sie ernst. „Bitte schließ mich nicht von deinem Leben aus." Sie ließ den Blick zu Mitch' Lippen gleiten. „Ich ertrage es nicht, wenn du mir etwas verschweigst. Du kannst mir alles erzählen."

„Da wäre ich an deiner Stelle nicht so sicher." Mitch löste sich von ihr und betrachtete sie eingehend, als würde er an ihren Worten zweifeln.

„Mitch", sagte sie sanft, während sie seine Lippen berührte. „Was ist los?"

„Nichts." Unvermittelt wandte er sich ab. „Es ist wirklich nichts."

Bethany glaubte ihm nicht, aber ihr war klar, dass es keinen Zweck hatte, weiter in ihn zu dringen. Er würde es ihr erzählen, wenn er so weit war.

„Hast du vorhin nicht vorgeschlagen, ich soll dir beim Schmücken des Tannenbaums helfen?" meinte er gespielt fröhlich.

„Stimmt."

Er nahm sie bei der Hand. „Gut. Wir können gleich damit anfangen."

„Wohin gehst du?"

„Kannst du es dir nicht denken?" erkundigte er sich mit einem jungenhaften Lächeln. „Ich bringe dich zum Sellerie ... ich meine, Mistelzweig."

Sekunden später lag sie in seinen Armen, und sobald er seine Lippen auf ihre presste, verdrängte sie ihre Zweifel und gab sich ganz den Gefühlen hin, die er in ihr weckte.

Christian hatte eigentlich damit gerechnet, dass Mariah noch vor Dezember weggehen würde. Er war zwar keine Spielernatur, aber er hätte ein Jahreseinkommen darauf verwettet, dass seine Sekretärin Hard Luck noch vor dem ersten Schneefall verlassen würde. Da sie in einem der kleinen Blockhäuser wohnte, hätte er es ihr nicht einmal verdenken können.

Doch es war nicht das erste Mal, dass er Mariah falsch eingeschätzt hatte. Christian war davon überzeugt, dass sie aus reiner

Gehässigkeit in Hard Luck blieb. Okay, sie wollte sich selbst etwas beweisen, aber sein Stolz litt darunter.

Als er das Büro betrat, saß sie bereits an ihrem Schreibtisch und arbeitete am Computer. Sie tippte sehr schnell, doch sobald sie hörte, wie die Tür geschlossen wurde, erstarrte sie förmlich.

„Morgen", grüßte er ausdruckslos.

„Guten Morgen", erwiderte sie schüchtern und wandte den Blick ab, als würde sie damit rechnen, dass Christian sie gleich maßregelte. „Der Kaffee ist fertig."

„Ja, das habe ich gesehen." Das Ganze war ihm ziemlich unangenehm, aber irgendjemand musste mal vernünftig mit ihr reden, und Sawyer hatte sich geweigert. Nachdem Christian sich eine Tasse Kaffee eingeschenkt hatte, ging er zu seinem Schreibtisch. „Mariah?"

Ängstlich schaute sie ihn an. „Habe ich schon wieder etwas falsch gemacht?"

„Nein, nein", versicherte er schnell. „Wie kommen Sie darauf?" Er schenkte ihr ein – so hoffte er jedenfalls – aufmunterndes Lächeln.

Mariah betrachtete ihn misstrauisch. „Normalerweise reden Sie nur mit mir, wenn ich etwas falsch gemacht habe."

„Diesmal nicht." Christian setzte sich an seinen Schreibtisch, der nicht weit von ihrem entfernt stand. „Es geht darum, dass Sie in dem Blockhaus wohnen."

„Das haben wir bereits zur Genüge diskutiert", entgegnete sie gestelzt.

„Ich möchte nicht, dass Sie dort bleiben."

„Dann hätten Sie die Blockhäuser niemals als Unterkunft zur Verfügung stellen sollen."

„Mir wäre es lieber, wenn Sie zu den anderen beiden Frauen in Catherine Fletchers Haus ziehen", fuhr er ungerührt fort. Dass Catherines Tochter ihnen das Haus zur Verfügung gestellt hatte, war wirklich ein Glücksfall. Sally und Angie, die darin wohnten, verstanden sich ausgezeichnet.

Die Piloten, die für Midnight Sons arbeiteten, waren in einem Gemeinschaftsraum untergebracht, der sehr spartanisch eingerichtet war. Obwohl sich darin nur ein Ofen, einige einfache Betten und Spinde befanden, beklagten die Männer sich nie. Catherine Fletchers Haus dagegen war genau das Richtige für die Frauen. Sobald es möglich war, wollten Sawyer und Christian zwei Wohnmobile für sie aufstellen.

Da der Winter bereits eingebrochen war, gefiel Christian die Vorstellung überhaupt nicht, dass Mariah – oder jemand anders – in einem der Blockhäuser lebte.

„Ich fühle mich dort wohl", beharrte sie.

Sawyer war auch der Meinung, dass sie dort gut untergebracht war, aber Christian wusste es besser. Nachts lag er oft wach und stellte sich vor, dass Mariah ganz allein in dem winzigen Blockhaus war – ohne Elektrizität, ohne sanitäre Anlagen und weit ab vom Schuss. Es war ganz anders als das, was sie gewohnt war.

„Ich wollte Sie fragen", begann er vorsichtig, „ob Sie zu Sally und Angie ziehen würden. Sie müssten nur bis zum Frühling in dem Haus wohnen."

„Warum?"

Es gab nichts Frustrierenderes, als mit ihr zu streiten. Unwillkürlich dachte er daran, wie viel Zeit er schon damit vergeudet hatte, sich Sorgen um sie zu machen. Für ihn ergab das keinen Sinn, denn er mochte Mariah nicht einmal. Diese Frau brachte ihn auf die Palme!

„Der Grund dafür ist nicht die primitive Ausstattung des Blockhauses", erklärte er, was natürlich nicht stimmte. Allerdings musste er sie irgendwie dazu bewegen umzuziehen. Plötzlich kam ihm eine Idee. „Ich glaube, eine der beiden – Sally oder Angie – spielt mit dem Gedanken, Hard Luck zu verlassen. Wir wollen sie nicht verlieren."

„Wer?"

Christian zuckte die Schultern. „Es ist bloß ein Gerücht, aber ich brauche jemand, der sie ermutigt, den Winter hier zu verbringen. Es muss jemand sein, den sie mögen und dem sie vertrauen."

Mariah schaute ihn an, als wüsste sie nicht, ob sie ihm glauben sollte oder nicht.

„Sie brauchen jemand, mit dem sie gern zusammen sind. Sie mögen Sie, und Sie könnten ihnen bestimmt helfen."

Mariah zögerte einen Moment, bevor sie antwortete: „Aber es ist sicher nicht nötig, dass ich bei ihnen einziehe."

„Ich glaube doch. Wie oft kommen Sie dazu, mit Ihren Freundinnen zu reden? Vermutlich nicht mehr als einmal die Woche." Das hatte er nur so aufs Geratewohl gesagt.

Mariah schien über seine Worte nachzudenken, denn sie biss sich auf die Lippe. „Stimmt."

„Einigen von ihnen fällt es nicht leicht, sich an das Leben hier anzupassen. Werden Sie ihnen dabei helfen, Mariah?" Verdammt, was hatte er nicht schon alles versucht, um sie dazu zu bringen, aus diesem gottverlassenen Blockhaus auszuziehen! „Also, ziehen Sie zu Sally und Angie?"

„Ich habe dann immer noch das Anrecht auf das Blockhaus und das Land, wenn das Jahr um ist, nicht?"

„Sie können das Blockhaus und das Grundstück schon jetzt haben." Dieses Angebot hatte er ihr auch nicht zum ersten Mal gemacht. Christian nahm an, dass sie Hard Luck umso schneller verlassen würde, je eher sie ihr Ziel erreichte.

„Es wäre nicht in Ordnung, wenn Sie mir die Eigentumsurkunde jetzt geben würden", wandte sie ein. „In dem Vertrag, den ich unterzeichnet habe, steht, dass ich erst nach Ablauf eines Jahres ein Anrecht auf das Blockhaus und das Grundstück habe. Es würde mir nicht im Traum anfallen, eher Anspruch darauf zu erheben."

„Dann gebe ich Ihnen schriftlich, dass Sie Ihr Anrecht darauf nicht verwirken, wenn Sie eine Zeit lang in Catherines Haus wohnen. Sie können das Schriftstück selbst aufsetzen."

Er beobachtete sie eine Weile und wartete auf ihre Reaktion.

„Also, tun Sie es oder nicht?" hakte er nach, als er das Schweigen nicht länger ertragen konnte.

„Ich werde es tun, aber unter einer Bedingung", sagte Mariah. „Ich möchte erst mit Sally und Angie sprechen und mich vergewissern, dass sie nichts dagegen haben, wenn ich zu ihnen ziehe."

„Du meine Güte!" meinte er entnervt. „Unsere Firma zahlt schließlich die Miete."

„Das ist mir klar", entgegnete Mariah kühl.

„Selbst wenn ich die gesamte Fremdenlegion dort unterbringen wollte, könnten die beiden nichts dagegen einwenden."

„Das könnten Sie gar nicht", belehrte sie ihn mit einem wissenden Lächeln. „Erstens würde Sawyer es nicht zulassen, und zweitens ..."

„Das war nur eine Redewendung." Diesmal musste er an sich halten, um sich nicht die Haare zu raufen. Kein Mensch konnte ihn so in Rage bringen wie Mariah Douglas. Was ihn betraf, so konnte das Jahr, das sie für ihn arbeitete, gar nicht schnell genug vorüber sein. Er würde erst wieder ruhig schlafen, wenn sie Hard Luck verlassen hatte.

Im Hard Luck Café hing ein Kranz über der Tür, die Fenster waren mit Lichterketten dekoriert, und an einer Wand hingen Weihnachtskarten, die ein Dreieck bildeten. Bethany vermutete, dass es einen Weihnachtsbaum darstellen sollte.

An einer anderen Wand waren die Dankschreiben befestigt, die die Kinder Ben nach seinem Besuch in der Schule geschickt hatten. Ben hatte sie offenbar etliche Male gelesen, denn sie waren ziemlich zerknittert.

„Hier sieht es schon sehr festlich aus", meinte Bethany, als sie zum Tresen ging.

„Weihnachten ist für mich mit die schönste Zeit im Jahr", erklärte Ben. „Wie wär's mit einem Stück Kuchen zum Kaffee? Der geht auf meine Rechnung?"

„Ich habe leider keine Zeit, um etwas zu trinken oder zu essen“, erwiderte sie bedauernd. Sie war gerade auf dem Weg zur Chorprobe und hatte nur ein paar Minuten Zeit. „Ich bin nur vorbeigekommen, um Sie für den ersten Weihnachtstag zum Essen einzuladen.“

Er wirkte völlig verblüfft. „Ich dachte ... Mich? Und was ist mit Mitch und Chrissie? Verbringen sie den Tag nicht mit Ihnen?“

„Ich habe die beiden auch eingeladen. Bestimmt sind meine Kochkünste nichts im Vergleich zu Ihren, aber den Truthahn und die Beilagen bekomme ich wohl noch hin. Außerdem tut es Ihnen zur Abwechslung sicher mal gut, woanders zu essen.“

Ben runzelte die Stirn, als würde ihm die Entscheidung schwer fallen. „Ich esse Truthahn immer mit Salbeisoße.“

„Wird gemacht. Meine Mutter bereitet ihn auch immer so zu. Es ist das einzige Rezept, das ich kenne.“ Da er immer noch zögerte, fügte sie hinzu: „Wenn Sie etwas zum Essen beisteuern wollen, bringen Sie etwas von dem Kuchen mit.“

Er wandte sich ab und nahm den Lappen in die Hand, um den ohnehin blitzsauberen Tresen abzuwischen. „Ich ... ich weiß gar nicht, was ich sagen soll.“

„Sagen Sie einfach ja. Wir essen um drei.“

„Mein Café ist über Weihnachten immer geöffnet.“

„Dann schließen Sie es dieses Jahr ausnahmsweise einmal.“ Fast hätte Bethany ihm vorgeschlagen, das Fest mit seiner Familie zu verbringen, doch gerade noch rechtzeitig fiel ihr ein, dass er ja gar keine Familie hatte. Sie musste sich eingestehen, dass sie sich ihm sehr verbunden fühlte, als würde er zu ihrer Familie gehören. Vielleicht war es gefährlich für ihren Seelenfrieden, aber wenn sie mit ihm zusammen Weihnachten feierte, würde sie ihre Eltern nicht ganz so vermissen.

„Normalerweise verbringt man das Weihnachtsfest mit seiner Familie“, sagte Ben, als hätte er ihre Gedanken gelesen. „Ich habe keine Verwandten mehr“, fuhr er leise fort, „zumindest keine, bei denen ich Weihnachten einfach so hereinschneien könnte.“

„Ich werde Ihre Familie sein, Ben.“ Wenn ihr Herz doch bloß

nicht so schnell klopfen würde! Er konnte ja nicht ahnen, welche Bedeutung ihre Worte hatten! „Und Sie meine – zumindest an dem Tag."

„Störe ich denn nicht? Ich meine ..."

Bethany tätschelte ihm sanft die Hand. „Wenn Sie stören würden, hätte ich Sie nicht eingeladen."

„Was ist mit Mitch und Ihnen? In letzter Zeit scheint ihr beide ziemlich viel Zeit miteinander zu verbringen – was mich natürlich freut", beeilte Ben sich hinzuzufügen. „Ich kann mich nicht entsinnen, Mitch je so glücklich gesehen zu haben. Und die Leute sagen, dass Chrissie sich völlig verändert hat. Sie war früher sehr schüchtern."

Nun musste Bethany lachen, denn er war überhaupt nicht mehr zu bremsen. „Ben, ich habe Sie zum Essen eingeladen. Kommen Sie nun oder nicht? Ich muss wissen, wer alles kommt."

Ben schluckte ein paarmal. „Mich hat Weihnachten noch nie jemand eingeladen", brachte er hervor.

„Jetzt habe ich Sie eingeladen."

Als er ihrem Blick begegnete, schimmerten seine Augen verdächtig. „Wann, sagten Sie, soll ich da sein?"

„Wir essen um drei, aber Sie können auch eher kommen."

„Also gut, ich komme. Und ich bringe Kuchen mit."

„Schön. Dann bis zum fünfundzwanzigsten." Bethany wandte sich ab, doch er hielt sie noch einmal zurück.

„Wenn Sie Hilfe bei der Zubereitung der Salbeisoße brauchen, lassen Sie es mich wissen."

„Bestimmt. Danke für das Angebot."

Erst als sie wieder draußen in der klirrenden Kälte war, merkte sie, dass sie Tränen in den Augen hatte. Schnell wischte sie sie weg, bevor sie in Richtung Kirche eilte.

Eigentlich war Weihnachten ein fröhliches Fest. Das wäre es auch, wenn Karen mit mir feiern würde, dachte Matt Caldwell, als er sich während des Gottesdienstes an Heiligabend in der Kirche von

Anchorage umschaute. Je mehr er versuchte, nicht an seine Exfrau zu denken, desto schwerer fiel es ihm, sich auf den Text im Gesangbuch zu konzentrieren, das er in der Hand hatte.

Vielleicht lag es daran, dass er das letzte Mal in der Kirche gewesen war, nachdem seine Großmutter gestorben war. Obwohl seitdem einige Wochen vergangen waren, war er noch immer traurig.

Er hatte es sich auch nicht zur Gewohnheit gemacht, in die Kirche zu gehen, denn eigentlich hatte er kein besonders gutes Verhältnis zu Gott. Im Grunde fühlte er sich ganz wohl dabei, nicht an ihn zu glauben, denn in den letzten Jahren hatte es in seinem Leben keine Beweise für seine Existenz gegeben.

Dass er, Matt, wieder einmal der Einzige in seiner Familie war, der keinen Partner hatte, tröstete ihn auch nicht. Links von ihm standen seine Eltern und auf der rechten Seite Lanni und Charles. Die beiden waren so ineinander verliebt, dass es Matt wehtat, mit ihnen zusammen zu sein.

Lanni liebte zwar ihre Arbeit bei der *Anchorage News*, doch sie hasste es, immer so lange von Charles getrennt zu sein. Sie konnte es gar nicht abwarten, bis es endlich Frühling wurde.

Nun begannen alle zu singen, doch Matt war nicht in der Stimmung. In den letzten drei Monaten hatte er verdammt hart gearbeitet. Natürlich wollte er das Hotel möglichst schnell bewohnbar machen, aber er wusste nicht, ob er sich so ins Zeug gelegt hatte, um Karen zu beeindrucken oder um sie zu vergessen.

Unwillkürlich fragte er sich, wie seine Exfrau wohl das Weihnachtsfest verbringen mochte. Weiße Weihnachten würde sie in Kalifornien ganz sicher nicht haben. Ob sie wie er allein war? Ob sie sich innerlich genauso leer fühlte? Ob sie an ihn dachte?

In Anbetracht der Tatsache, dass Karen Alaska Hals über Kopf verlassen hatte, bezweifelte Matt das. Es wurmte ihn noch immer, dass sie ihm von ihren Plänen nichts erzählt hatte. Stattdessen hatte sie sich mit Lanni in Verbindung gesetzt, da sie gewusst hatte, dass Lanni es ihm sagen würde.

Sobald das Lied verklungen war, begann das Krippenspiel. Trotz seiner momentanen Stimmung musste Matt beim Anblick der Kinder lächeln, die sicher monatelang dafür geübt hatten.

In diesem Jahr wurde das Christkind nicht wie üblich von einer Puppe, sondern von einem richtigen Baby gespielt. Als dieses plötzlich zu schreien anfing, kicherten alle anwesenden Kinder.

Ein Baby ...

Der Gedanke daran ging Matt nicht mehr aus dem Kopf, und er schaute sich wieder in der Kirche um. Erst jetzt nahm er bewusst war, dass viele Familien mit kleinen Kindern unter den Besuchern waren.

Karen hatte sich Kinder gewünscht, und sie hatten oft hitzige Debatten über das Thema geführt. Er war immer dagegen gewesen, Nachwuchs zu bekommen, weil er dazu noch nicht bereit gewesen war. Seine Zukunft war einfach zu ungewiss gewesen. Rückblickend sagte er sich nun, dass er Recht gehabt hatte. Es war eine Zumutung für ein Kind, wenn die Eltern sich scheiden ließen.

Nun war die Wahrscheinlichkeit, dass er einmal eine Familie gründen würde, äußerst gering. Überrascht stellte Matt fest, dass diese Erkenntnis wehtat. Toll, das war genau das, was er jetzt brauchte!

Er war erleichtert, als der Gottesdienst zu Ende war. Wenigstens hatte er sich neben dem Gesang und dem Krippenspiel nicht auch noch eine langatmige Predigt anhören müssen!

Sobald sie zu Hause waren, versammelte sich seine Familie um den Weihnachtsbaum. Bei ihnen war es Tradition, die Geschenke an Heiligabend auszupacken. Matt hatte es einige Überwindung gekostet, noch auf die Suche nach Geschenken zu gehen, aber er hatte es geschafft.

„Wie wär's mit etwas heißem Apfelwein?" fragte Lanni.

„Gern." Er lächelte gezwungen, denn er wollte die anderen nicht mit seinen Problemen belasten.

Nachdem Lanni ihm ein Glas geholt hatte, setzte sie sich neben ihn. Ihre Mutter werkelte unterdessen in der Küche, und ihr Vater unterhielt sich mit Charles.

„Hoffentlich haben wir ein paar Minuten für uns, bevor wir die Geschenke auspacken", flüsterte Lanni. Dann reichte sie ihm einen Umschlag, den sie vorher aus dem Stapel gezogen hatte.

Als Matt seinen Namen auf dem Umschlag las, wusste er sofort, dass es Karens Handschrift war. Sein Herz setzte einen Schlag aus, und er blickte Lanni an, da er nicht wusste, was er davon halten sollte.

„Woher hast du den?"

„Karen hat Mom und Dad und mir Geschenke geschickt, und der Umschlag war auch in dem Paket."

„Ach so." Krampfhaft hielt er den Umschlag fest.

„Da ist noch etwas." Lanni mied seinen Blick.

„Ja?" Am liebsten hätte er sofort das Wohnzimmer verlassen, um den Brief zu lesen.

„Es betrifft unsere Hochzeit ..."

„Worum geht es genau?"

„Würde es dir etwas ausmachen, wenn Karen meine Brautjungfer wäre?"

Matt schaute seine Schwester verständnislos an. „Du willst, dass sie zu eurer Hochzeitsfeier kommt?"

„Ja, aber natürlich nur, wenn du nichts dagegen hast. Ich möchte nicht, dass du dich nicht wohl fühlst. Schließlich bist du mein Bruder, und sie war deine Frau ... Allerdings ist sie immer noch meine Freundin."

„Warum sollte ich etwas dagegen haben?" meinte er leise. „Es ist ja deine Hochzeit." Dann stand er auf und verließ das Zimmer.

Sobald er in seinem alten Zimmer war, warf Matt sich aufs Bett und riss den Umschlag auf, der eine Weihnachtskarte und einen Briefbogen enthielt. Mit klopfendem Herzen faltete er den Bogen auseinander und las:

Frohe Weihnachten, Matt.

Es war ein bisschen komisch für mich, deinen Eltern und Lanni

Geschenke zu schicken, aber dir nicht. Andererseits finde ich es auch unpassend, meinem Exmann etwas zu Weihnachten zu schenken.
Hoffentlich erreicht dich dieser Brief.
Mit freundlichen Grüßen
Karen

Mit freundlichen Grüßen! Sie hatte tatsächlich „Mit freundlichen Grüßen" geschrieben! Er konnte es nicht fassen. Als er einen Blick auf die Karte warf, stellte er fest, dass Karen lediglich ihren Namen darauf geschrieben hatte.

Na ja, immerhin hatte sie ihm geschrieben, während er sich überhaupt nicht bei ihr gemeldet hatte. Und wieder einmal hatte er etwas falsch gemacht, was er bedauern würde!

8. KAPITEL

Am Weihnachtsmorgen wachte Mitch ziemlich früh auf.

Da er Chrissie nicht wecken wollte, ging er leise ins Wohnzimmer, wo die kleinen Lichter am Weihnachtsbaum wie Sterne funkelten. Die Dekoration bestand aus Papierschlangen, selbst gemachten Ornamenten und Popcorn, das auf Schnüren aufgezogen war.

Mitch ordnete noch einmal die Geschenke, die er am Vorabend unter den Baum gelegt hatte, nachdem Chrissie ins Bett gegangen war. Er vermutete, dass sie längst nicht mehr an den Weihnachtsmann glaubte, aber es machte ihnen beiden Spaß, so zu tun, als ob es ihn gab.

Das größte Päckchen war nicht von ihm, sondern von Bethany – irgendein Barbie-Zeug, ein Stadthaus oder etwas ähnlich Unsinniges. Für Chrissie war es natürlich kein nutzloses Zeug, denn sie liebte ihre Barbie-Puppe über alles und würde über das Geschenk entzückt sein. Mitch wusste, dass sie den ganzen Vormittag mit ihren Geschenken spielen würde, und nachmittags wollten sie zum Essen zu Bethany fahren.

Bethany ...

Er brauchte diese ungestörten Momente am frühen Morgen, um sich über seine Gefühle klar zu werden.

Es war tatsächlich passiert.

Obwohl er sich dagegen gewehrt und sich fest vorgenommen hatte, es nicht so weit kommen zu lassen, hatte er sich in Bethany Ross verliebt.

Einerseits wollte er sie nicht lieben, andererseits musste er sich eingestehen, dass diese außergewöhnliche Frau Teil seines Lebens geworden war.

Nervös ging Mitch im Wohnzimmer hin und her. Wenn er zugab, dass Bethany ihm viel bedeutete, musste er eine Entscheidung treffen. Er wusste, dass er ihr nichts zu bieten hatte. Er verdiente zwar genug, um eine Familie ernähren zu können, war jedoch alles andere als wohlhabend. Bethany war das sicher nicht wichtig, aber trotzdem ...

Außerdem hatte die Vergangenheit tiefe Narben auf seiner Seele hinterlassen, und er war nicht allein. Allein der Gedanke daran, wieder jemand zu lieben und jemandem zu vertrauen, versetzte ihn in Panik. Das Schlimmste allerdings war die Angst davor, Bethany gegenüber genauso zu versagen, wie er damals Lori gegenüber versagt hatte.

Schließlich rief Mitch sich ins Gedächtnis, dass er ja die Wahl hatte. Er konnte weiterhin seine Gefühle ignorieren, wie er es in den letzten Monaten getan hatte. Bestimmt hätte er es noch lange durchhalten können, wenn Chrissie nicht gewesen wäre.

In dem Moment, als sie ihre neue Lehrerin kennen gelernt hatte, hatte sie es sich in den Kopf gesetzt, sie zu ihrer Mutter und zu seiner Frau zu machen. Es hatte ihn sehr berührt, die beiden zusammen zu sehen. So unbegreiflich es war, schien Bethany für Chrissie genauso die Sehnsucht nach einer Mutter zu befriedigen, wie sie seinen lange unterdrückten Wunsch nach einer Partnerin erfüllte – einer Ehefrau ...

Im Laufe der Wochen war Bethany für Chrissie immer mehr zum Vorbild geworden, und Chrissie hatte alles getan, um mit ihr zusammen sein zu können. Dazu gehörte auch, dass sie eine Grippe vorgetäuscht hatte.

Was Mitch verblüffte, war die Tatsache, dass Bethany seine Gefühle zu erwidern schien. Ihre Liebe war für ihn wie ein Lichtblick, besonders in dieser dunklen Jahreszeit.

Es fiel ihm sehr schwer, sich und Bethany seine Gefühle einzugestehen. Doch die Liebe war immer kompliziert, wie er annahm. Wenn er Bethany sagte, was er für sie empfand, musste er ihr auch von seiner Vergangenheit erzählen.

Sich zu lieben bedeutete auch, einander zu vertrauen. Wenn er sich ihr aber anvertraute, ging er das Risiko ein, von ihr zurückgewiesen zu werden. Und falls sie es tat, würde er es ihr nicht einmal verübeln. Mitch hatte keine Ahnung, wie er sich an ihrer Stelle verhalten würde, denn es war eine enorme Belastung für sie.

Wenn er sich ihr anvertraute, konnte er es nicht aus einem Impuls heraus tun. Er musste den richtigen Zeitpunkt abpassen. Das Weihnachtsfest wollte er ihr auf keinen Fall verderben.

„Daddy?" Chrissie stand auf der Türschwelle zum Wohnzimmer und gähnte. Sie trug ihren neuen Pyjama, das einzige Geschenk, das sie bereits an Heiligabend hatte auspacken dürfen.

„Frohe Weihnachten, mein Schatz", sagte Mitch und breitete die Arme aus. „Sieht aus, als hätte es der Weihnachtsmann doch bis Hard Luck geschafft."

Als Chrissie ihn umarmte, schloss er für einen Moment die Augen. Seine Tochter war das kostbarste Geschenk, das man ihm je gemacht hatte. Und nun war auch noch Bethany in sein Leben getreten ...

„Ich kann gar nicht glauben, dass ich tatsächlich alles aufgegessen habe." Ben tätschelte seinen dicken Bauch und seufzte schwer. Dann rückte er ein Stück vom Küchentisch weg. „Wenn sonst noch jemand erfährt, was für eine gute Köchin Sie sind, bin ich bald arbeitslos."

Bethany lächelte geschmeichelt. „Da brauchen Sie sich keine Sorgen zu machen. Ihr Kuchen war fantastisch. Sie müssen mir unbedingt das Rezept geben."

„Klar. Ich habe es mir ausgedacht, weil ich immer gern etwas Neues ausprobiere. Und Sie? Waren Sie schon immer eine so gute Köchin?"

Auch das war eine Eigenschaft, die sie von ihm, ihrem leiblichen Vater, geerbt hatte. Doch das konnte Bethany ihm schlecht sagen.

„Eigentlich schon", erwiderte sie daher. „Als die anderen noch mit Puppen gespielt haben, habe ich schon ein Kinderbackset gehabt und alle möglichen Sachen kreiert."

„Anscheinend hat es sich gelohnt", bemerkte Mitch.

Bethany errötete ein wenig. Sie hatte wirklich ihr Bestes getan und das Menü schon Wochen vorher geplant. Einige der Zutaten hatte sie im Versand bestellt, und ihre Mutter hatte ihr die Gewürze geschickt. Viele der Speisen hatte sie nach alten Familienrezepten zubereitet, z.B. das Püree aus Süßkartoffeln mit getrockneten Aprikosen und Butter, den Rosinenreis und die Salbeisoße. Der Aufwand hatte sich wirklich gelohnt.

„Du vermisst deine Familie, stimmt's?" fragte Mitch, als er ihr beim Abräumen half.

„Das geht Weihnachten wohl allen Leuten so, meinst du nicht?" Dies war das erste Jahr, das Bethany so weit weg von ihren Eltern und ihren beiden jüngeren Brüdern verbrachte, und es war schwerer, als sie gedacht hatte. An diesem Vormittag war sie besonders traurig gewesen, und sie wusste, dass sie ihrer Familie genauso fehlen würde. In der letzten Woche hatte sie jeden Tag mindestens einmal mit ihnen telefoniert, denn es war ihr egal, wie hoch ihre Telefonrechnung war.

„Allein heute Vormittag habe ich dreimal mit Mom telefoniert", erzählte sie. „Es ist schon komisch. Ich habe ihr jahrelang dabei geholfen, das Essen für Thanksgiving und Weihnachten vorzubereiten, aber als ich es allein machen musste, hatte ich so viele Fragen."

„Kann ich Ihnen helfen?" Ben stand ebenfalls auf und brachte seinen Teller zur Spüle. „Mir macht es nichts aus, schon gar nicht nach so einem Essen. Ich finde, dass derjenige, der gekocht hat, nicht auch noch den Abwasch machen sollte."

„Normalerweise schon, aber nicht heute. Heute sind Sie mein Gast."

„Aber ..."

„Mit einer Frau sollte man lieber nicht streiten", meinte Mitch.

Lachend scheuchte sie Ben aus der Küche.

„Wir wollten doch Monopoly weiterspielen", erinnerte ihn Chrissie. „Du wolltest einen Teil von deinem Geld zurückgewinnen."

„Geht ihr nur spielen“, sagte Bethany lachend. „Mitch kann mir in der Küche helfen.“

„Sind Sie sicher?“ fragte Ben.

„Ganz sicher.“ Sie lächelte Mitch zu.

Mitch murmelte etwas, das sie nicht verstand. Als sie die Schüssel mit dem restlichen Kartoffelpüree vom Tisch nahm, warf sie ihm einen neugierigen Blick zu. „Was hast du gesagt?“

Er schaute ihr in die Augen. „Ich habe gesagt, dass man sich in deinem Lächeln verlieren kann.“

Bethany zögerte einen Moment. „Wie romantisch!“ meinte sie schließlich.

Seine Miene wirkte leicht angespannt, als hätte sie ihn in Verlegenheit gebracht. „Wahrscheinlich liegt es an der Jahreszeit“, entgegnete er schroff. Dann wandte er sich ab, um Wasser in die Spüle einzulassen.

Bethany lächelte vor sich hin. Es kam nicht oft vor, dass Mitch Harris verlegen wurde. Sie spielte mit dem polierten Fünfdollarstück, aus dem er einen Anhänger gemacht hatte. Es stammte aus ihrem Geburtsjahr, und er hatte es mit einer goldenen Fassung versehen und auf eine Kette aufgezogen, die schlicht, aber sehr schön war. Als sie die Kette zum ersten Mal umgebunden hatte, hatte Bethany gewusst, dass sie sie ihr Leben lang tragen würde.

Sie fand, dass ihr Geschenk daneben verblasste. Da Mitch ein großer Fan von Tom Clancy war, hatte ihr ein Freund, der eine Buchhandlung in San Francisco leitete, ein signiertes Exemplar von Clancys neustem Roman besorgt.

Nachdem Mitch das Buch ausgepackt und die Widmung gelesen hatte, hatte er sie angeschaut, als hätte sie ihm etwas ganz Kostbares geschenkt.

Auch Chrissie hatte sich riesig über das Stadthaus für ihre Barbie-Puppe gefreut, doch am meisten hatte Ben sie überrascht. Er hatte nämlich für sie alle Kuchen mitgebracht und Bethany obendrein eine rechteckige Schachtel überreicht, die er offenbar gar nicht schnell genug hatte loswerden können. Beim Verpacken hatte er, wie sie amüsiert festgestellt hatte, weder an Papier noch an Klebeband gespart.

In der Schachtel hatte sich eine Schnitzerei befunden, die aus einem polierten Walrossstoßzahn gefertigt war. Sie stellte einen Schwarm Wildgänse dar, der über ein mit Weiden bewachsenes Sumpfgebiet flog. Im Hintergrund hoben sich Berge gegen den blauen Himmel ab.

Ben hatte zwar so getan, als würde es sich nur um eine Kleinigkeit handeln, aber Bethany wusste, wie teuer diese kunsthandwerklichen Gegenstände inzwischen waren. Ihre Versuche, sich bei ihm zu bedanken, hatten ihn bloß verlegen gemacht.

„Ich dachte eigentlich, du würdest Weihnachten nach Hause fliegen." Mitch krempelte sich die Hemdsärmel hoch und begann, das Geschirr zu spülen.

„Ich habe auch mit dem Gedanken gespielt", gestand sie, denn sie wollte ihm nicht verheimlichen, wie schwer ihr die Entscheidung gefallen war, das Fest in Hard Luck zu verbringen. „Allerdings hätte es sich für die kurze Zeit nicht gelohnt. In den Frühjahrsferien werde ich wahrscheinlich auch hier bleiben. Am Ende des Schuljahrs läuft mein Vertrag sowieso aus."

„Willst du dann im Juni nach Kalifornien fliegen?"

„Soll das eine indirekte Frage sein, ob ich vorhabe, noch ein Jahr hier zu unterrichten?"

„Ja", erwiderte er, wobei er ihr den Rücken zuwandte.

Sein betont gleichgültiger Tonfall verriet ihr, dass ihre Antwort Mitch wichtig war.

„Keine Ahnung. Es hängt davon ab, ob mein Vertrag verlängert wird."

„Und wenn er verlängert wird?"

„Ich weiß es noch nicht." Bethany mochte das Land genauso, wie sie ihre Schüler mochte. Noch wichtiger war jedoch, dass sie Mitch und Chrissie liebte. Ben hatte sie ebenso ins Herz geschlossen. Allerdings gab es eine ganze Anzahl anderer Faktoren, die sie berücksichtigen musste. So überlegte sie zum Beispiel, ob sie Ben erzählen sollte, dass er ihr leiblicher Vater war. Wie würde er wohl darauf reagieren? Sie verspürte nämlich immer mehr das Bedürfnis, ihn mit der Wahrheit zu konfrontieren.

„Na ja, ich hoffe jedenfalls, dass du zurückkommst", war alles, was Mitch darauf erwiderte – wieder betont ausdruckslos.

Warum konnte dieser Mann nicht einfach sagen, was er auf dem Herzen hatte?

Die Hände in die Hüften gestützt, funkelte Bethany ihn an. Genau in diesem Moment drehte Mitch sich um, um die schmutzigen Teller in die Spüle zu stellen. „Was ist?" fragte er.

„Ich schütte dir mein Herz aus, und alles, was du sagen kannst, ist: ‚Ich hoffe jedenfalls, dass du zurückkommst'", ahmte sie ihn nach. „Fällt dir sonst nichts ein?"

Da er sie verständnislos anschaute, fuhr sie fort: „Die Antwort lautet: Ja, ich spiele mit dem Gedanken, noch ein Jahr hier zu unterrichten, und der Grund dafür ist bestimmt nicht das tropische Klima in Hard Luck."

Jetzt strahlte er übers ganze Gesicht. „Es gibt einige Vergünstigungen."

„So viele nun auch wieder nicht."

„Du wirst doch gut bezahlt."

„Bitte, Mitch!" Bethany verdrehte die Augen und atmete tief durch. „Ich frage mich, worin der Anreiz besteht."

Plötzlich wurde er ernst. „Ich hatte gehofft, du würdest sagen, dass ich es bin."

„Na ja, du küsst ganz gut."

Ein amüsiertes Lächeln umspielte seine Lippen, und Mitch breitete die Arme aus: „Vielleicht hilft es dir bei deiner Entscheidung, wenn ich dir zeige, wie gut ich küsse."

Wenige Sekunden später lag sie in seinen Armen. Dass er ganz nasse Hände hatte, störte sie in diesem Moment nicht. Das Einzige, was ihr wichtig war, war, diesen Tag mit den Menschen zu verbringen, die sie liebte und die sie liebten.

John Henderson wollte das Richtige tun, was Sally betraf. Er liebte sie mehr, als er es für möglich gehalten hätte. Der Beweis dafür war die Tatsache, dass er bereit war, mit seinem Heiratsantrag zu warten, bis er mit ihrem Vater gesprochen hatte.

Mittlerweile hatte er den Verlobungsring schon seit Wochen in der Hosentasche, und das machte ihn nervös.

Ab und zu nahm er ihn aus der Tasche, um damit zu spielen. So schwer es ihm auch fiel, geduldig zu sein, glaubte er, dass seine Geduld bewies, wie sehr er Sally liebte. Trotzdem verfluchte er sich jeden Tag dafür, auf Duke gehört zu haben.

John sagte sich, dass Duke auch nicht mehr Ahnung von der Liebe hatte als er selbst. Doch das stimmte nicht. Er hatte ihm einen sehr vernünftigen Rat gegeben. John wünschte sich sehnlichst, dass zwischen Sally und ihm alles gut ging, zumal sie gerade eine große Enttäuschung hinter sich hatte.

Es wäre ziemlich egoistisch gewesen, sie zu einer Verlobung und einer Hochzeit zu drängen, ohne zu wissen, ob sie seine Gefühle überhaupt erwiderte. Er musste ganz sicher sein, dass sie ihn nicht heiratete, um sich über ihre letzte, gescheiterte Beziehung hinwegzutrösten.

Auch in einem anderen Punkt hatte Duke Recht gehabt: Da Sallys Familie altmodische Ansichten hatte, war es für ihn, John, wichtig, sie kennen zu lernen. Dennoch fiel ihm das Warten von Woche zu Woche schwerer.

Jetzt war er bereit, die entscheidenden Fragen zu stellen. Normalerweise hätte er eine so unangenehme Situation so lange wie möglich hinausgezögert, denn welcher Mann ließ sich schon gern von Fremden begutachten – besonders wenn er den Vater um die Hand seiner Tochter bitten wollte?

John hätte es Sallys Vater nicht verübelt, wenn er ihn rausgeschmissen hätte. Allerdings hoffte er, dass es nicht dazu kommen würde.

Er hatte sich extra für diesen Anlass einen neuen Anzug gekauft. Seiner Meinung nach lohnte sich diese Investition, da er den

Anzug wahrscheinlich auch für die Hochzeit brauchte – falls Sally seinen Heiratsantrag annahm.

Das Einzige, dessen er sich nicht sicher war, waren Sallys Gefühle für ihn. Sally und er hatten sich regelmäßig getroffen, aber einiges an ihrem Verhalten hatte Zweifel in ihm geweckt. Zum Beispiel leuchteten ihre Augen nicht mehr auf wie sonst, wenn sie ihn gesehen hatte. Wenn er es nicht besser gewusst hätte, hätte er geglaubt, dass sie ihm in letzter Zeit aus dem Weg ging.

Vor kurzem war Mariah Douglas bei Angie und ihr eingezogen, und Sally schien fast froh darüber zu sein, dass sie einen Vorwand hatte, ihn nicht mehr so oft zu sich einzuladen. Andererseits hatte er wegen der Feiertage auch viel zu tun gehabt.

Es gab jedoch verschiedene andere Anzeichen, die ihn verwirrten. Seitdem er das erste Mal die Nacht mit Sally verbracht hatte, verhielt sie sich ihm gegenüber anders. Nicht, dass er es geplant hatte, mit ihr zu schlafen. Es war einfach passiert.

Seitdem hatte John es unzählige Male bereut, damit nicht bis zur Hochzeitsnacht gewartet zu haben. Er wusste schon seit langem, was er für sie empfand, und hatte gleich am nächsten Tag den Verlobungsring gekauft. Dann hatte Duke ihn aber überredet, mit dem Antrag zu warten, bis er ihre Familie kennen gelernt hatte.

Vielleicht war es keine so gute Idee, sie ausgerechnet am ersten Weihnachtstag unangemeldet zu besuchen, doch John hatte sonst kaum Zeit, weil seine Arbeitgeber im Winter zu wenig Personal hatten. Da während der Feiertage nicht so viel los war, hatte er beschlossen, nach British Columbia zu fliegen, wo Sallys Familie lebte. Es war eine Kleinstadt mit einem indianischen Namen, den er nicht aussprechen konnte.

Er straffte sich und warf noch einmal einen Blick auf die Adresse, die auf dem Umschlag der Weihnachtskarte stand. Einen Rosenstrauß in der Hand, ging er auf das weiße Haus mit den dunkelgrünen Fensterläden zu, über dessen Tür ein Tannenzweig hing.

John war erleichtert, als Sally öffnete. Aus großen Augen schaute sie ihn an, überrascht und – wie er hoffte – glücklich.

„John! Was tust du denn hier?"

Er drückte ihr den Strauß in die Hand, als könnte er es nicht erwarten, ihn loszuwerden. „Ich bin gekommen, um mit deinem Vater zu reden", erklärte er.

„Mit meinem Vater?" wiederholte sie sichtlich verblüfft. „Warum?"

„Das ist etwas, das nur ihn und mich etwas angeht." John fiel es schwer, sie nicht anzustarren. Sie war so schön, und er freute sich schon darauf, wieder mit ihr zu schlafen. Beim nächsten Mal würde sie jedoch seinen Ring tragen und mit ihm verheiratet sein.

Sally machte die Tür hinter sich zu und trat auf die Veranda, um ihn zu umarmen. „Was soll das alles?"

„Ich muss mit deinem Vater sprechen."

„Warum? Weil ich beschlossen habe, nicht nach Hard Luck zurückzukehren? Wer hat es dir gesagt? Doch nicht Mariah. Das würde sie bestimmt nicht tun."

John hatte das Gefühl, als hätte ihm jemand einen Schlag in die Magengrube versetzt. „Du hattest also nicht vor, nach Weihnachten wiederzukommen?"

„Nein." Verlegen senkte sie den Blick.

„Aber ich dachte ... Ich habe gehofft ..." John verstummte, weil er sich nicht noch mehr zum Narren machen wollte. Er war bereit, sich zu demütigen, indem er ihren Vater um ihre Hand bat, und sie war einfach aus seinem Leben verschwunden, ohne ihm Lebewohl zu sagen.

„Heißt das, du hast es nicht gewusst?"

John schüttelte den Kopf. „Und du wolltest es mir nicht sagen?"

„Nein. Ich ... ich habe keinen Sinn darin gesehen. Du hast schließlich bekommen, was du wolltest, oder nicht?"

„Was soll das heißen?" fuhr er sie an. Ihr Vater bekam vermutlich keinen guten Eindruck von ihm, wenn er vor der Tür stand und schrie, aber John konnte nicht anders. Er war wütend, und das mit Recht!

„Du weißt genau, was ich meine“, flüsterte Sally aufgebracht.

„Sprichst du von der Nacht, in der wir miteinander geschlafen haben?“

Beschämt schloss sie einen Moment die Augen. „Musst du so schreien, dass unsere Nachbarn es mitbekommen?“

„Ja.“

Wütend funkelte sie ihn an. „Mehr gibt es wohl nicht zu sagen.“

„O doch“, konterte er. „Na gut, wir haben miteinander geschlafen. Was bedeutet das schon? Schließlich sind wir beide nicht perfekt. Es ist einfach passiert, aber wir haben es nicht wieder getan, stimmt's?“

„Bitte schrei nicht so, John.“ Unsicher schaute Sally sich um.

„Ich verstehe nicht, warum du so einen Aufstand deswegen machst“, platzte er heraus. „Schließlich war ich nicht der Erste, mit dem du geschlafen hast.“ Das hätte er nie gesagt, wenn er nicht so verletzt gewesen wäre.

Sofort traten ihr die Tränen in die Augen, und John hätte alles dafür gegeben, um seine Worte zurückzunehmen.

Im nächsten Moment wurde die Haustür geöffnet, und ein kräftiger Mann, der wie ein Holzfäller aussah, trat auf die Veranda. „Was ist hier los?“

Sally deutete auf John. „Daddy, das ist John Henderson. Er ... er ist ein Freund von mir aus Hard Luck.“

John straffte sich und streckte ihrem Vater die Hand entgegen. „Freut mich, Sie kennen zu lernen, Mr. McDonald.“

„Nennen Sie mich Jack. Ich verstehe nicht, warum meine Tochter Sie nicht hereingebeten hat, junger Mann.“ Jack McDonald bedachte Sally mit einem vorwurfsvollen Blick. „Sie haben eine weite Reise gemacht, um meine Tochter zu besuchen.“

„Scheint so, als wäre ich nicht so willkommen“, murmelte John.

„Unsinn. Es ist Weihnachten. Da Sie den weiten Weg auf sich

genommen haben, wollen wir Sie wenigstens hereinbitten und Ihnen etwas Heißes zu trinken anbieten."

John brauchte kein heißes Getränk, um sich aufzuwärmen. Ihm war jetzt wirklich nicht danach zumute, die McDonalds zu besuchen, doch Jack McDonald dirigierte ihn schon ins Haus.

Also schluckte John seinen Stolz hinunter und folgte ihm eine Treppe hoch ins Wohnzimmer, wo die Familie versammelt war. Nachdem Jack ihn allen vorgestellt hatte, reichte Sallys Mutter ihm ein heißes Getränk, das wie Apfelwein schmeckte.

„Sally hat Sie in ihren Briefen gar nicht erwähnt", sagte Mrs. McDonald im Plauderton, während einer von Sallys Brüdern John einen Stuhl brachte.

Sein Herz krampfte sich schmerzhaft zusammen, doch John besann sich auf seine guten Manieren und bedankte sich bei Sallys Bruder. Während er sich nach Sally gesehnt hatte, hatte sie in ihren Briefen nicht ein Wort über ihn verloren. Obwohl er das Gegenteil behauptet hatte, hatte es ihm sehr viel bedeutet, mit ihr zu schlafen. Er liebte sie, aber offenbar empfand sie überhaupt nichts für ihn.

„Ich habe euch von ihm erzählt", sagte Sally leise.

Unwillkürlich fragte sich John, ob das stimmte oder ob sie nur versuchte, sich aus der Affäre zu ziehen.

„John ist der Buschpilot, von dem ich euch geschrieben habe." Sie setzte sich so weit wie möglich von ihm entfernt auf einen Stuhl und legte die Hände zwischen die Knie, als wüsste sie nicht, wohin damit.

„Ach ja, jetzt erinnere ich mich. Aber seinen Namen hast du, glaube ich, nicht erwähnt." Ihr Vater nickte bedächtig, und ihre Mutter strahlte plötzlich übers ganze Gesicht.

John trank den Apfelwein, so schnell es ging. Dass die heiße Flüssigkeit ihm in der Kehle brannte, war ihm egal. Sobald er den Becher geleert hatte, stand er auf und drückte ihn Sallys Mutter in die Hand.

„Vielen Dank für Ihre Gastfreundschaft, aber ich muss jetzt los."

Jack bückte sich und hob etwas vom Teppich auf. „Ich glaube, Sie haben etwas verloren, mein Sohn."

Peinlich berührt stellte John fest, dass Sallys Vater den Verlobungsring in der Hand hatte.

„Es hat mich gefreut, Sie alle kennen zu lernen", sagte er und warf dabei einen sehnsüchtigen Blick zur Tür. Am liebsten wäre er jetzt allein gewesen.

Was Frauen betraf, so hatte er seine Lektion gelernt. Am besten war es, wenn er allein blieb. Er mochte gar nicht daran denken, dass er auch zu den Männern gehörte, die von Sawyer und Christian O'Hallorans Plan, Frauen nach Hard Luck zu holen, ganz begeistert gewesen waren.

Eines war jedenfalls sicher: Er hatte es nicht nötig, so zurückgewiesen und verletzt zu werden.

„John?" Sally sah ihn mit ihren großen blauen Augen an, doch diesmal würde er nicht darauf hereinfallen.

Ohne sie zu beachten, eilte John die Treppe hinunter zur Haustür. Er hatte schon die Hand am Türknauf, als er merkte, dass Sally ihm gefolgt war und hinter ihm stand. „Wenn du jetzt gehst, ohne mir zu erklären, was es mit diesem Ring auf sich hat", sagte sie, „dann rede ich nie wieder mit dir, das schwöre ich."

„Das spielt doch sowieso keine Rolle mehr." John drehte sich um und schaute ihr herausfordernd in die Augen. „Außerdem wolltest du nicht mehr mit mir reden."

Da sie nicht antwortete, drehte er schließlich demonstrativ den Türknauf.

„Geh nicht", brachte Sally daraufhin hervor. „Ich dachte ... du hast bekommen, was du wolltest ... und deshalb ..."

„Ich weiß, was du gedacht hast", fuhr er sie an.

„Vielleicht können wir darüber sprechen."

Das hörte sich an, als würde sie gleich in Tränen ausbrechen. Verdammt, sie wusste genau, dass er es nicht ertragen konnte, sie weinen zu sehen! Er nahm ein Taschentuch aus der Hosentasche und reichte es ihr.

„Können wir miteinander reden, John?“ fragte sie, während sie die Stufen zum unteren Teil des Hauses hinunterging.

Als John nach oben schaute, sah er, dass die ganze Familie oben an der Treppe stand und zu ihm herunterblickte.

„Sie sollten lieber gehen“, riet ihm Sallys jüngerer Bruder. „Wenn sie in so einer Stimmung ist, macht man am besten, was sie will.“

„Lieben Sie sie, mein Sohn?“ fragte Jack McDonald.

John blickte Sally an. Dabei ging ihm durch den Kopf, dass es voreilig gewesen wäre, die Frage mit Ja zu beantworten. Doch er konnte schlecht Nein sagen, zumal er den Ring bei sich hatte. „Ja, Sir“, erwiderte er daher. „Ich wollte Sally einen Heiratsantrag machen, aber vorher wollte ich mich Ihnen vorstellen und Sie um ihre Hand bitten.“

„Wer zuerst mit dem Vater spricht, ist ein anständiger Kerl“, erklärte Sallys Mutter unter Tränen.

„Ich gebe Ihnen meinen Segen, mein Sohn.“

John entspannte sich sofort und lächelte. „Danke, Sir.“ Dann beschloss er, sich etwas Spielraum zu verschaffen, für den Fall, dass die Dinge nicht so laufen sollten, wie er es sich erhoffte. „In Anbetracht dessen, was passiert ist, bin ich nicht sicher, ob Sally den Antrag annimmt. Sie hatte nicht vor, nach Hard Luck zurückzukehren. Ich weiß zwar nicht, warum, aber sie hat mir kein Wort davon gesagt.“

„Ich glaube, meine Tochter wird Ihre Zweifel gleich zerstreuen, junger Mann. Sie wird Ihnen viele Gründe dafür nennen, dass Sie Ihre Meinung nicht ändern.“

„Daddy!“ warnte Sally ihn.

John winkte seinen zukünftigen Schwiegereltern zu, bevor er ihr nach unten folgte. „Genau darauf hatte ich gehofft. Ach, und frohe Weihnachten allerseits!“

9. KAPITEL

Eigentlich sollte ich mich darüber freuen, dass Randy Kincade heiratet, dachte Bethany. In der zweiten Januarwoche hatte sie nämlich eine Einladung zu der Hochzeit erhalten, die im März stattfinden sollte. Der Frühling war jedoch noch weit entfernt, denn es war bitterkalt, und der Wind heulte ums Haus.

Normalerweise war sie nicht melancholisch, aber die Dunkelheit und die anhaltende Kälte schlugen ihr so aufs Gemüt, dass Bethany es drinnen kaum noch aushielt. Ihr Haar musste dringend geschnitten werden, und sie sehnte sich danach, mal wieder ins Kino zu gehen. Auch für eine knusprige, dick mit Käse belegte Pizza hätte sie alles getan.

Der Gedanke an Pizza weckte verschiedene andere Bedürfnisse in ihr. Wie gern wäre sie mal wieder durch ein Einkaufszentrum gebummelt, um ein paar Sachen anzuprobieren und die Auslagen in den Geschäften zu betrachten.

Was alles noch schlimmer machte, war die Tatsache, dass ihre Beziehung zu Mitch stagnierte. Je mehr Zeit verging, desto offensichtlicher war es für Bethany, dass er ihre Gefühle nicht in demselben Maße erwiderte.

Sie fragte sich sogar, ob Gott sie spüren lassen wollte, wie Randy damals zumute gewesen war, als sie seine Liebe nicht erwidert hatte.

Jetzt wusste sie jedenfalls, wie man sich dabei fühlte, und es tat furchtbar weh.

Nicht, dass Mitch etwas gesagt hatte – zumindest nicht direkt. Es waren vielmehr sein reserviertes Verhalten und die Art, wie er sie küsste, als wollte er nicht zu viel von seinen Gefühlen preisgeben.

Bethany war wütend, frustiert und vor allem verletzt. In vielerlei Hinsicht gingen Mitch und sie mittlerweile viel ehrlicher miteinander um, doch gerade in den entscheidenden Punkten hielt er sich noch sehr zurück. Allmählich fragte sie sich, ob er sich immer über seine Vergangenheit ausschweigen würde.

Was Ben betraf, verspürte sie zunehmend das Bedürfnis, ihm zu sagen, dass sie seine Tochter war. Vielleicht lag es daran, dass sie ihre Familie so vermisste. Möglicherweise hatte sie sich auch damit abgefunden, dass Ben jetzt eine Rolle in ihrem Leben spielte. Es konnte auch daran liegen, dass sie wegen Mitch so frustriert war.

Natürlich hatte sie die zärtlichen Küsse genossen, die Mitch und sie ausgetauscht hatten. Allerdings hatten diese in ihr das Bedürfnis nach mehr geweckt, und zwar nicht nach einer sexuellen, sondern nach einer tieferen seelischen Beziehung.

Bethany kam es so vor, als würden Mitch und sie immer weniger Zeit allein miteinander verbringen. Mitch legte offenbar besonderen Wert darauf, dass Chrissie dabei war, um nicht mit ihr, Bethany, allein sein zu müssen. Möglicherweise traf er sich nur Chrissie zuliebe mit ihr.

Als Bethany die beiden an diesem Samstagabend wie immer besuchte, um sich mit ihnen ein Video anzusehen, konnte sie ihre melancholische Stimmung nicht überspielen, so sehr sie es auch versuchte. Sie hatte eine anstrengende Woche hinter sich, und zu allem Überfluss hatte sie erfahren, dass Randy sich verlobt hatte, während ihr Liebesleben auf Sparflamme kochte.

Mitch war nicht entgangen, dass sie das Popcorn nicht angerührt hatte. „Stimmt etwas nicht?“ fragte er, während er auf der Couch ein Stück von ihr wegrückte.

„Nein“, flüsterte sie, bemüht, die Emotionen zu unterdrücken, die in ihr aufstiegen. Die Tränen brannten ihr in den Augen, und sie befürchtete, dass sie ihm keine vernünftige Erklärung geben konnte, wenn sie jetzt anfing zu weinen.

Mitch und Chrissie wechselten einen Blick und betrachteten sie dann. Schließlich schaltete Mitch den Fernseher aus. „Du siehst aus, als würdest du gleich weinen. Der Film ist zwar ein Schmachtfetzen, aber ich hätte nicht gedacht, dass du schon bei der Vorschau in Tränen ausbrichst.“

Bethany lächelte flüchtig. „Tut mir Leid." Dann versagte ihr die Stimme.

„Was ist los, Bethany?"

Bethany stand auf, ohne zu wissen, warum. Sie wusste weder, was sie sagen, noch was sie tun sollte.

„Meine ... Haare müssen geschnitten werden", brachte sie schließlich hervor.

Er wandte sich an Chrissie, als könnte die ihm erklären, was Bethanys Worte bedeuteten. Nachdem sie Bethany eine Weile ernst betrachtet hatte, zuckte sie die Schultern.

„Und eine Pizza – keine tiefgekühlte, sondern von einem Lieferservice. Der Fahrer soll so lange warten, bis er ein Trinkgeld bekommt, und ein wenig eingeschnappt sein, weil es so wenig ist." Bethany lachte gezwungen.

„Pizza? Eingeschnappt?" wiederholte Mitch verständnislos.

„Tut mir Leid." Sie machte eine hilflose Geste und betrachtete anschließend ihre Hände. „Sieh dir nur meine Fingernägel an. Vorher waren sie lang und kräftig, und jetzt sind sie kurz und brüchig."

„Bethany ..."

„Ich bin noch nicht fertig", unterbrach sie ihn, während sie sich die Tränen von den Wangen wischte. Nun sprudelten die Worte nur so aus ihr hervor. „Ich habe das Gefühl, als würden die Wände langsam auf mich zukommen. Es macht mich ganz krank, wenn es nur ein paar Stunden am Tag hell ist. Ich brauche einfach mehr Licht." Obwohl ihr klar war, dass ihre Worte keinen Sinn ergaben, fuhr sie fort: „Ich möchte einen neuen BH kaufen, aber nicht per Katalog."

„Dir fällt anscheinend die Decke auf den Kopf", erklärte er ruhig.

„Das ist mir klar, aber ..."

„Uns allen geht es ähnlich – sogar den alteingesessenen Einwohnern von Hard Luck. Das ist im Winter ganz normal. Was du brauchst, ist ein Wochenendtrip nach Fairbanks. Nach zwei Tagen wirst du dich wie neugeboren fühlen."

Männer hatten offenbar für jedes Problem eine simple Lösung parat. Bethany wusste nicht, warum, aber sie ärgerte sich über seine Antwort.

„Ein Wochenendtrip ändert wohl kaum etwas an der Tatsache, dass Randy heiratet, oder?“ Unwillkürlich ballte sie die Hände zu Fäusten.

Mitch schwieg einen Moment. „Wer ist Randy?“ fragte er dann.

„Bethany war früher mit ihm verlobt“, warf Chrissie ein, die sich mittlerweile mit Bethany duzte.

„Liebst du ihn?“ erkundigte Mitch sich sanft.

Dass er überhaupt nicht eifersüchtig war, machte Bethany noch wütender. „Nein“, rief sie, „ich liebe *dich*, du Narr! Aber du merkst es ja nicht einmal!“ Da sie davon überzeugt war, dass sie sich nun vollends zum Narren gemacht hatte, ging sie in den Flur und nahm ihren Mantel und ihre Mütze von der Garderobe.

„Bethany ...“

„Du hast keine Ahnung, was ich empfinde, stimmt's? Lass mich einfach in Ruhe.“

Als Mitch genau das tat, fühlte sie sich richtig gedemütigt.

Er bot ihr zwar an, sie nach Hause zu bringen, doch sie lehnte sein Angebot ab. Als sie zu Hause ankam, schluchzte sie hemmungslos. Das Schlimmste war, dass sie genau wusste, wie albern sie sich benommen hatte.

Sie konnte sich überhaupt nicht mehr beruhigen, und das nur, weil sie keine Pizza bestellen konnte. Mitch glaubte anscheinend, dass sie nur ein Wochenende in Fairbanks verbringen musste, damit es ihr wieder besser ging. Natürlich hatte sie gemerkt, dass er nicht vorgeschlagen hatte, sie zu begleiten.

„Fairbanks ... Ich fasse es nicht!“ sagte sie leise zu sich selbst.

Da sie völlig überreizt war, hätte Bethany es in diesem Moment nicht ertragen, untätig herumzusitzen. Sie fühlte sich einsam und war todunglücklich. Also beschloss sie, sich irgendwie abzulenken. Und sie konnte etwas Mitgefühl gebrauchen ...

Aus einem Impuls heraus rief sie schließlich Mariah Douglas

an, die jetzt in Catherine Fletchers Haus lebte. Bethany hoffte, sie dazu bewegen zu können, sie zu sich einzuladen. Tatsächlich freute Mariah sich, von ihr zu hören, und erklärte, sie hätte noch eine Flasche Wein im Kühlschrank.

Kurz darauf saßen die beiden bei einem Glas Rotwein in Mariahs Wohnzimmer und beklagten ihr trauriges Schicksal, und wenig später gesellten sich Sally McDonald und Angie Hughes, Mariahs Mitbewohnerinnen, zu ihnen und steuerten eine zweite Flasche Wein und Kartoffelchips bei.

Bethany stellte fest, dass es ihr gut tat, mit anderen Frauen über ihre Probleme zu reden und von ihnen auch ernst genommen zu werden. Schon bald sprachen sie daher nicht mehr von ihrem Wunsch nach einer richtigen Pizza, sondern von einem sehr viel schwerwiegenderen Problem: den Männern in ihrem Leben.

„Er möchte, dass ich Hard Luck verlasse“, meinte Mariah, während sie traurig in ihr Weinglas schaute. „Und er lässt keine Gelegenheit aus, es mir unter die Nase zu reiben. Für ihn kann das Jahr nicht schnell genug um sein. Ich versuche ja, meine Arbeit gut zu machen, aber er bringt mich völlig durcheinander.“

Bethany wusste, dass Mariah von Christian O'Halloran sprach, und fragte sich, warum Mariah trotzdem in Hard Luck blieb, obwohl ihr Arbeitgeber seinen Standpunkt klar gemacht hatte. Gleich darauf rief Bethany sich allerdings ins Gedächtnis, dass sie aus genau demselben Grund in Hard Luck blieb.

Nachdenklich schwenkte sie ihr Weinglas. Sie hatte es noch nicht einmal ausgetrunken und war schon beschwipst.

„Lasst uns zusammen nach Fairbanks fliegen!“ schlug Bethany aufgeregt vor. Sie hatte sich zwar über Mitch' Vorschlag geärgert, doch mittlerweile fand sie die Idee gar nicht so schlecht. Warum sollte sie nicht einmal aus ihrer gewohnten Umgebung herauskommen?

„Wann? Jetzt sofort?“ fragte Mariah ungläubig.

„Warum nicht?“ meinte Sally, die sich bisher am wenigsten beklagt hatte – zumindest was Männer betraf. Sie hatte sich nämlich Weihnachten mit John Henderson verlobt.

„Ich kann nicht fliegen. Ihr vielleicht?“ erkundigte sich Mariah.

Nachdem sie sich vielsagende Blicke zugeworfen hatte, fingen sie an zu kichern.

„Ich auch nicht“, gestand Bethany. „Aber von so einer Kleinigkeit lassen wir uns doch nicht abschrecken, oder? Schließlich gibt es in dieser Stadt genug Piloten.“

„Du hast Recht“, erwiderte Mariah begeistert. „Duke wird uns fliegen. Er muss morgen die Post nach Fairbanks bringen, und wir begleiten ihn einfach. Also, wer von euch kommt mit?“

Da weder Sally noch Angie etwas sagten, fuhr Mariah fort: „Dann fliegen Beth und ich allein, ich meine, Beth und ich ...“

Erst jetzt merkte Bethany, dass Mariah genauso beschwipst war wie sie. „Und wie kommen wir zurück?“ fragte sie.

„Keine Ahnung“, sagte Mariah. „Aber wo ein Weg ist, ist auch ein Wille.“

Bethany schloss die Augen. Ihr war so, als würde das Sprichwort anders lauten, aber ihr genügte es. Immerhin war sie fast betrunken und hatte Liebeskummer.

„Er liebt mich nicht“, erklärte sie betrübt.

„Wer? Mitch?“

Nun war es an der Zeit, die Wahrheit einzugestehen, so schmerzlich es auch war.

„Du bist ihm aber nicht egal“, behauptete Sally.

Bethany spielte mit der Münze an ihrer Kette, Mitchs Weihnachtsgeschenk. Nun, da sie es berührte, hatte sie das Gefühl, etwas verloren zu haben.

„Nein, ich bin ihm nicht gleichgültig, aber das reicht mir nicht“, brachte sie hervor.

Mariah blickte sie mitfühlend an. „Habt ihr Lust, ins Hard Luck Café zu gehen? Da können wir uns amüsieren und ein bisschen tanzen.“

Mitch hatte keine Ahnung, wie oft er versucht hatte, Bethany anzurufen. Schließlich brachte er Chrissie zu Diane Hestead, die nebenan wohnte, und ging zu Bethanys Haus. Dort klopfte er so lange an die Tür, bis ihm die Hand wehtat – trotz der dicken Fausthandschuhe.

Offenbar war Bethany nicht da. Stirnrunzelnd fragte er sich, wo sie sein mochte. Dann fiel ihm ein, dass sie nur im Hard Luck Café sein konnte. Am Freitag und Samstag amüsierten sich die Einwohner von Hard Luck dort.

Normalerweise spielten Duke und John Cribbage, während die anderen Piloten miteinander plauderten. Ab und zu machten auch die Pipelinearbeiter auf dem Weg nach Fairbanks hier Zwischenstation, um sich zu amüsieren, und dabei kam es gelegentlich zu Auseinandersetzungen. Mitch hatte schon in diverse Prügeleien eingreifen müssen, und ihm gefiel die Vorstellung nicht, dass Bethany in eine Auseinandersetzung verwickelt werden könnte.

Als er das Café betrat, war der Lärm beinahe unerträglich. Mitch konnte sich nicht erinnern, wann es das letzte Mal so gut besucht gewesen war. Dann sah er, dass Bethany mit Duke Porter tanzte und Mariah mit Keith Campbell, einem Pipelinearbeiter, der mit Bill Landgrin befreundet war. Mitch traute ihm genauso wenig über den Weg wie Bill.

Christian O'Halloran saß in der Ecke und ließ Mariah nicht aus den Augen. Keith wusste offenbar genau, dass sie sich von Christian nicht davon abhalten lassen würde, mit ihm zu tanzen, und nutzte das aus.

Mitch ging auf die Tanzfläche zu, um mit Bethany zu reden, falls das überhaupt möglich war. Er hatte wesentlich mehr Verständnis für ihre Probleme, als sie ahnte. Ihre Vorwürfe hatten ihn schwer getroffen, denn Lori hatte ihm tagein, tagaus dasselbe vorgeworfen.

Bevor ihm jedoch klar geworden war, dass Bethany mit ihm gesprochen hatte und nicht seine verstorbene Frau, hatte sie sein Haus verlassen. Er musste ihr erklären, dass er durchaus nachvollziehen konnte, wie ihr zumute war, denn er hatte dasselbe durchgemacht.

Im Januar, wenn die Sonne nur zwei Stunden am Tag schien, hatte man das Gefühl, dass die Wände langsam auf einen zukamen.

Er wollte sich mit Bethany zusammensetzen und ihr sagen, was er schon seit Wochen auf dem Herzen hatte: Er liebte sie, und zwar so sehr, dass es ihm Angst machte. Dass er ihr nicht von Lori erzählt hatte, lag daran, dass er sich vor ihrer Reaktion fürchtete.

Als Bill Landgrin ihn bemerkte, blickte er ihn finster an. Anscheinend hätte er sich am liebsten mit ihm geprügelt. Mitch war zwar nicht scharf darauf, hätte jedoch auch keinen Rückzieher gemacht.

Jetzt ließ Bill den Blick zu Bethany und anschließend wieder zu Mitch schweifen. Dann stellte er sein Glas auf den Tresen und ging auf die andere Seite des Raumes, wo Bethany sich inzwischen an einen Tisch gesetzt hatte. Mitch ging ebenfalls auf sie zu, wobei er sich an den anderen Tischen vorbeischlängelte.

„Beth, Schatz“, hörte er Bill sagen. „Wie wär’s mit einem Tanz?“

Obwohl Mitch bemerkte, dass sie ablehnen wollte, machte er den Fehler, an ihrer Stelle zu antworten. „Bethany ist mit mir hier“, erklärte er kalt.

„Bin ich das?“ fragte sie.

„Ist sie es?“ Bill fuhr sich über die Stirn, als könnte er kaum glauben, dass Bethany sich mit einem Mann wie Mitch abgeben würde. „Ich glaube, die Lady ist intelligent genug, um selbst zu entscheiden.“

Dafür brauchte sie eine Ewigkeit, wie es Mitch schien. „Ein Tanz kann nicht schaden“, erwiderte sie schließlich.

Mitch presste die Lippen zusammen. Er konnte es Bethany nicht verübeln, dass sie ihn zurückwies, denn er hatte es sich selbst zuzuschreiben. Trotzdem passte es ihm nicht, wenn sie mit einem anderen Mann tanzte, aus welchem Grund auch immer. Hatte sie nicht behauptet, sie würde ihn lieben?

Sobald sie aufgestanden war, setzte er sich auf ihren Stuhl. Als er sah, wie Bill sie an sich zog, verspürte er das Bedürfnis nach einem starken Drink.

Der Song schien gar kein Ende zu nehmen. Als Mitch es nicht mehr ertragen konnte, stillzusitzen, stand Mitch auf und ging nervös am Rand der Tanzfläche auf und ab, ohne Bethany und Bill auch nur eine Sekunde aus den Augen zu lassen.

Nicht ohne eine gewisse Schadenfreude stellte er fest, dass Bethany sich nicht besonders wohl zu fühlen schien. Als sie seinem Blick begegnete, bewies ihm ihr zerknirschter Gesichtsausdruck, dass es ihr Leid tat, Bill keinen Korb gegeben zu haben.

Mitch musste sich beherrschen, um nicht dazwischenzugehen.

Obwohl sie in den Armen eines anderen Mannes lag, hätte er beinahe gelacht. Sie hatte ihm gestanden, dass sie ihn liebte, und ihn gleich darauf einen Narren genannt. Allmählich glaubte er, dass sie Recht hatte. Er war tatsächlich ein Narr. Die Liebe hatte ihn dazu gemacht.

Schließlich war das Stück zu Ende, und als Bill Landgrin Bethany zu ihrem Tisch begleitete und sich dann zurückzog, wich die Spannung von Mitch.

Mitch ging sofort auf sie zu. Mittlerweile bedauerte er, nicht am Tisch auf sie gewartet zu haben. Andererseits wollte er ihr auch nicht das Gefühl vermitteln, dass er ihr nicht traute.

Leider kam Keith Campbell ihm zuvor. „Ein Tanz, schöne Lady?“ fragte er mit einer Verbeugung.

Und wieder musste Mitch Däumchen drehen, während Bethany sich in den Armen eines anderen Mannes auf der Tanzfläche drehte. Nachdem er sich eine Soda bestellt hatte, schaute er ständig auf seine Armbanduhr.

Er hatte zu Diane Hestead gesagt, dass er in ungefähr einer Stunde zurück sein würde. Die Stunde war mittlerweile allerdings vorbei, und es sah nicht so aus, als würde er demnächst nach Hause gehen können. Daher ging er zum Münzfernsprecher, der sich in einer Nische befand, um Diane mitzuteilen, dass es noch etwas länger dauern konnte.

„Bethany scheint die Herzen einiger Männer erobert zu haben, stimmt's?" bemerkte Ben, sobald Mitch aufgelegt hatte.

„Ich habe keine Ahnung, warum sie das tut", meinte Mitch mürrisch. „Meins gehört ihr nämlich schon seit Wochen."

„Weiß sie das?" erkundigte sich Ben.

„Nein."

„Was erwartest du dann von ihr?"

Ben hatte natürlich Recht. Mitch kehrte zu ihrem Tisch zurück, um auf Bethany zu warten. „Jetzt bin ich an der Reihe", erklärte er, sobald er mit ihr allein war.

Doch sie setzte sich auf ihren Stuhl, ohne ihn zu beachten, und trank ihr Sodawasser aus.

„Lass uns tanzen." Er streckte ihr die Hand entgegen.

Nun schaute sie ihm in die Augen. „Ist das eine Bitte oder ein Befehl?"

Er schluckte. Das wurde ja immer schlimmer! „Soll ich auch so eine Show abziehen wie Keith?"

„Nein."

Jetzt oder nie, sagte Mitch sich und atmete einmal tief durch. „Bethany, ich liebe dich ... schon seit Wochen. Ich hätte es dir eher sagen sollen."

Bethany blickte ihn verwirrt an und wandte schließlich den Blick ab, als würde sie ihm nicht glauben. „Und warum jetzt, Mitch?"

„Warum was?" fragte er, da er sie wegen der lauten Musik kaum verstehen konnte.

„Warum sagst du es mir ausgerechnet jetzt? Bist du plötzlich von deinen Gefühlen überwältigt?" erkundigte sie sich mit einem sarkastischen Unterton. „Oder kannst du es nicht ertragen, mich mit einem anderen Mann zusammen zu sehen?"

Mitch runzelte die Stirn, denn er wusste nicht, was er darauf antworten sollte. In gewisser Weise hatte sie Recht. Vielleicht hätte er alles auf sich beruhen lassen, wenn sie nicht mit Bill Landgrin getanzt hätte.

„Dass du so lange überlegen musst, ist wirklich sehr aufschlussreich", bemerkte sie leise. Dann stand sie so unvermittelt auf, dass ihr Stuhl fast umgefallen wäre, und eilte auf Duke zu. „Wollten wir nicht noch einmal tanzen?"

Frustriert erhob Mitch sich ebenfalls. Er wollte das Café verlassen, als Bill Landgrin sich ihm in den Weg stellte. „Scheint so, als hättest du verloren, alter Freund. Die Lady weiß genau, was sie will, und du bist es nicht."

„Ich hab's vermasselt", sagte Bethany traurig, während sie Ben dabei half, die letzten Tische abzuräumen. Mariah war schon Stunden vorher gegangen, nachdem sie sich mit Christian gestritten hatte, und seitdem hatte Bethany sie nicht mehr gesehen.

„Wovon reden Sie?"

„Von Mitch und mir."

„Was ist eigentlich mit euch beiden los?" fragte Ben, der gerade ein Tablett mit schmutzigen Gläsern auf den Tresen stellte.

„Ich weiß es nicht. Ich dachte ... Ich hatte gehofft ..." Sie wusste nicht, wie sie es erklären sollte. Schließlich setzte sie sich Ben gegenüber auf einen Barhocker und ließ die Schultern hängen. Noch immer fühlte sie sich ein wenig beschwipst, und ihr war furchtbar elend zumute – ganz abgesehen davon, dass ihr zu Hause die Decke auf den Kopf fiel.

„Hier." Ben langte über den Tresen und förderte eine Flasche Brandy zutage. „Den habe ich für besondere Anlässe aufgehoben."

„Was ist an diesem Abend denn so Besonderes?"

„Viele Dinge", erwiderte er, ohne weiter darauf einzugehen. Dann nahm er zwei Gläser und schenkte ihnen großzügig ein. „Das hilft Ihnen garantiert."

„Vielleicht haben Sie Recht."

„Prost", meinte er, bevor er mit ihr anstieß.

„Auf einen besonderen ... Freund." Zaghaft nahm sie einen

Schluck. Der Brandy brannte ihr so in der Kehle, dass ihr die Tränen in die Augen traten. Etwas so Hochprozentiges war sie gar nicht gewohnt, denn wenn sie Alkohol trank, hielt sie sich normalerweise an Wein oder Bier.

„Ist alles in Ordnung mit Ihnen?" Ben klopfte ihr auf den Rücken.

Bethany nickte atemlos. Nachdem sie zwei weitere Schlucke getrunken hatte, verspürte sie eine wohlige Wärme im ganzen Körper und fühlte sich angenehm träge.

„Waren Sie schon mal verliebt?" erkundigte sie sich und war selbst überrascht, dass sie Ben eine so persönliche Frage stellte. Vielleicht hatte der Brandy ihre Zunge gelöst. Wahrscheinlicher war jedoch, dass sie das Bedürfnis hatte, Bens Version von der Affäre mit ihrer Mutter zu hören. Immerhin war er ihr leiblicher Vater ...

„Verliebt? Ich?"

„Was ist daran so komisch?" entgegnete Bethany betont fröhlich. „Sie müssen doch zumindest einmal im Leben verliebt gewesen sein. Es hat bestimmt eine Frau gegeben, die Sie niemals vergessen werden."

Ben zögerte einen Moment und lachte schließlich leise. „Sie wissen sicher, dass ich in der Navy war."

Bethany nickte. „Erzählen Sie mir nicht, dass Sie zu den Männern gehörten, die in jedem Hafen eine Braut hatten."

Er lächelte beinahe jungenhaft und neigte den Kopf zur Seite. „Genauso war es aber."

Seine Worte beunruhigten sie, weil sie ihre Mutter herabsetzten und die Gefühle, die sie Ben entgegengebracht hatte. „Aber es muss doch eine Frau gegeben haben, an die Sie sich besonders gut erinnern", hakte Bethany nach.

Ben kratzte sich den Kopf, als müsste er intensiv darüber nachdenken. „Nein", sagte er schließlich, „ich war ein richtiger Playboy."

Sie trank noch einen Schluck Brandy. „Und was ist mit Marilyn?" erkundigte Bethany sich herausfordernd. „An sie erinnern Sie sich doch, oder?"

„Marilyn?" wiederholte er verblüfft. „Nein, ich kann mich an keine Frau mit diesem Namen erinnern." Das klang, als hätte er den Namen noch nie gehört.

Genauso gut hätte Ben ihr eine Ohrfeige verabreichen können. Bevor sie ihm begegnet war, hatte Bethany immer geglaubt, dass die Affäre zwischen ihrer Mutter und ihm sehr romantisch gewesen und durch tragische Umstände beendet worden war.

Außerdem hatte Bethany in den letzten Wochen immer mehr den Eindruck gehabt, in Ben einen echten Freund gefunden zu haben. Daher war sie drauf und dran gewesen, ihm ihr Geheimnis zu verraten. Obwohl sie es am liebsten auf den Wein und den Brandy geschoben hätte, war ihr klar, dass sie es ihm vermutlich auch erzählt hätte, wenn sie nicht beschwipst gewesen wäre.

Bethany strich sich das Haar aus dem Gesicht und schaute an Ben vorbei. Es gab jetzt kein Zurück mehr.

„Vor drei Jahren haben die Ärzte bei meiner Mutter einen Knoten in der Brust entdeckt", sagte sie.

„Krebs?"

Bethany nickte.

Ben warf einen Blick auf seine Armbanduhr. „Es ist schon ziemlich spät, nicht?"

„Es ist keine lange Geschichte." Um sich Mut zu machen, trank sie den restlichen Brandy in einem Zug. Er brannte ihr wie Feuer in der Kehle.

„Sie haben von Ihrer Mutter gesprochen", meinte Ben, der es offenbar plötzlich eilig hatte.

Doch Bethany musste erst nach den richtigen Worten suchen, denn die Wochen, als ihre Mutter während der Chemotherapie so krank gewesen war, waren für Bethany die schlimmsten in ihrem Leben gewesen.

„Eine Zeit lang wussten wir nicht, ob meine Mutter die Krankheit überleben würde. Ich war davon überzeugt, dass die Chemotherapie sie umbringen würde, falls der Krebs es nicht tat. Damals war ich noch auf dem College. Meine Veranstaltungen waren gegen zwei zu Ende, und danach habe ich meine Mutter im Krankenhaus besucht."

Ben schaute angestrengt in sein Glas.

„Eines Tages – sie hatte gerade wieder eine Behandlung hinter sich – ging es Mom so schlecht, dass sie dachte, sie würde sterben. Ich habe versucht, sie davon zu überzeugen, dass sie gegen die Krankheit ankämpfen muss."

„Ist sie gestorben?" Erst jetzt schenkte Ben Bethany seine volle Aufmerksamkeit. Ahnte er vielleicht, von wem sie sprach?

„Nein. Sie ist eine Kämpfernatur. Aber an dem Tag hat Mom mich gebeten, noch etwas länger zu bleiben, weil sie mir etwas erzählen wollte." Bethany machte eine Pause, um sich wieder zu fangen. Obwohl es bereits einige Jahre zurücklag, erinnerte sie sich genau daran, was für ein Schock es damals für sie gewesen war.

„Und?"

„Sie hat mir von einem jungen Matrosen erzählt, den sie einmal geliebt hatte. Im Sommer bevor er nach Vietnam eingezogen wurde, hatten sie eine Affäre miteinander. Doch es war nicht nur der Krieg, der sie getrennt hat, sondern auch ihre politischen Ansichten. Er ist in den Krieg gezogen, weil er es als seine Pflicht ansah, und sie ist in den USA geblieben und hat sich der Friedensbewegung angeschlossen. Als sie ihm davon geschrieben hat, hat er nicht darauf geantwortet. Ihr war klar, dass er es nicht guthieß."

„Wer immer dieser Mann war, so wollte er vielleicht nicht wissen, wie sie seinen Einsatz in Südostasien untergrub, oder?" erkundigte Ben sich gestelzt.

„Bestimmt war es so", bestätigte Bethany mit bebender Stimme. „Doch da er ihren nächsten Brief auch nicht geöffnet hat, ist ihm etwas sehr Wichtiges entgangen: Meine Mutter erwartete ein Kind von ihm."

Ben starrte sie an und ließ sein Glas fallen, das klirrend auf dem Boden zersprang.

„Dieses Kind war ich."

Es dauerte eine Weile, bis Ben die Sprache wiederfand. „Wer hat sich um sie gekümmert?" brachte er hervor.

„Ihre Familie. Als sie im vierten Monat schwanger war, hat sie auf dem College Peter Ross kennen gelernt und ihm alles erzählt. Die beiden haben sich ineinander verliebt und kurz vor meiner Geburt geheiratet. Peter hat mich wie seine eigene Tochter großgezogen. Ich hätte nie gedacht ... Für mich war es der größte Schock meines Lebens, als ich erfahren habe, dass er gar nicht mein leiblicher Vater war."

„Ihre Mutter heißt also Marilyn?"

„Ja, und sie hat gesagt, dass du mein leiblicher Vater bist."

„Ich." Ben lachte kläglich. „Tut mir Leid, Kleines, aber da sind Sie an den Falschen geraten." Ungläubig schüttelte er den Kopf. „Hat Ihre Mutter sie losgeschickt, damit Sie mich suchen?"

„Nein. Meine Eltern wissen nicht, warum ich nach Hard Luck gegangen bin. Ich habe mich an das Rote Kreuz gewandt, und das hat dich ausfindig gemacht. Ich wollte dich kennen lernen und alles über dich erfahren."

„Leider haben Sie den weiten Weg umsonst gemacht", entgegnete Ben schroff.

„Das ist wirklich komisch, denn wir sind uns sehr ähnlich. Zum Beispiel bekommen wir beide drei Falten zwischen den Augen, wenn wir uns über irgendetwas den Kopf zerbrechen. Du hast mich selbst darauf hingewiesen, falls du es vergessen haben solltest. Außerdem kochen wir beide gern und ..."

„Das reicht!" fuhr er sie an. „Wie ich Ihnen bereits sagte, Sie haben den Falschen erwischt."

„Aber ..."

„Zum letzten Mal: Ich kenne keine Marilyn. Wenn ich mit einer Frau namens Marilyn geschlafen hätte, müsste ich mich doch daran erinnern, oder nicht?"

Seine Worte verletzten Bethany zutiefst. „Ich will nichts von dir, Ben."

„Dann rechnen Sie auch nicht damit, dass ich Sie in meinem Testament berücksichtige, verstanden?"

Bethany wollte nur noch fliehen und stand so hastig auf, dass sie fast vom Barhocker gefallen wäre. „Ich ... ich hätte es dir niemals erzählen dürfen."

„Ich verstehe auch nicht, warum Sie es getan haben. Und ich wäre Ihnen sehr dankbar, wenn Sie diese Lüge nicht in der ganzen Stadt verbreiten würden. Schließlich steht mein guter Ruf auf dem Spiel, und ich möchte nicht, dass Sie ihn durch Ihre Lügen gefährden."

Nun wurde ihr übel.

„Es ist eine verdammte Lüge!" rief er wütend.

„Es tut mir Leid. Ich hätte nichts sagen sollen."

Ben schwieg eine Weile. „Ich kenne keine Marilyn", erklärte er dann wieder.

„Ich habe einen Fehler gemacht", flüsterte Bethany, bevor sie sich umdrehte und aus dem Café eilte.

10. KAPITEL

Seit Mitch in Hard Luck lebte, war es äußerst selten vorgekommen, dass Bens Café morgens geschlossen war.

Auch Christian, den er vor dem Café traf, war sauer darüber. „Meinst du, dass Ben verschlafen hat?“ erkundigte er sich.

„Ben Hamilton?“ meinte Mitch. „Er behauptet doch, dass er nie länger als bis sechs schläft, egal, wann er ins Bett gegangen ist.“

„Vielleicht hat er beschlossen, heute mal nicht zu arbeiten. Es ist schließlich sein gutes Recht, oder?“

Daran hatte Mitch auch schon gedacht. „Aber meinst du nicht, dass er dann ein Schild in die Tür gehängt hätte?“

„Wahrscheinlich.“ Christian warf einen Blick auf seine Armbanduhr. „Ich muss jetzt zu Sawyer.“

„Geh nur.“ Christian war offenbar auch der Meinung, dass etwas nicht stimmte. „Ich werde mal nachsehen und sage dir später Bescheid“, versprach Mitch.

Bens Wohnung befand sich über dem Café. Mitch war noch nie bei ihm gewesen und kannte niemand, der ihn dort besucht hatte. Bens eigentliches Zuhause war das Café, das auch am Wochenende und in den Schulferien geöffnet war. Manchmal schloss er es für einige Tage, wenn er zum Angeln fuhr, aber das war auch alles.

Das Hard Luck Café war der Treffpunkt der Stadt, und Ben war Psychologie, Richter und Vertrauensmann in einem. Vor allem jedoch war er ein guter Freund, und Mitch kannte niemand, der ihn nicht mochte.

Zunehmend beunruhigt, ging Mitch um das Haus herum zur Hintertür, die direkt in die Küche führte. Nachdem er ein paarmal leise geklopft hatte, betrat er das Café, in dem es ganz still war. Als er das Licht anknipste, sah er als Erstes Scherben auf dem Fußboden.

„Ben!“ rief er laut, während er weiter in den Raum ging.

Niemand antwortete.

Die Tür zu der Treppe, die zu Bens Wohnung hinaufführte, stand offen, und Mitch ging mit klopfendem Herzen nach oben. Auf halber Höhe blieb er kurz stehen, weil er Angst vor dem hatte, was ihn möglicherweise erwartete. Falls Ben tot war, so war es nicht das erste Mal, dass er eine Leiche fand. Das letzte Mal war für Mitch gewesen, als er Lori gefunden hatte.

Kalter Schweiß trat ihm auf die Stirn, und sein Atem wurde flacher. „Ben", rief Mitch wieder, diesmal leiser, und hielt wieder einen Moment inne, bevor er weiterging.

Die Wohnung war nichts Besonderes. Im Wohnzimmer standen eine Couch und ein Fernseher, und außer dem Bad gab es noch ein kleines Schlafzimmer. Alle Türen waren angelehnt.

„Ben?" versuchte Mitch es erneut.

Aus dem Schlafzimmer kam ein leises Stöhnen.

Über alle Maßen erleichtert, eilte er in den Raum, wo Ben auf dem gemachten Bett lag. Er brauchte eine Weile, um sich aufzusetzen, und blinzelte gequält.

„Ist alles in Ordnung?" erkundigte sich Mitch.

Ben fuhr sich übers Gesicht und schien über die Frage nachzudenken. „Nein", erwiderte er schließlich.

„Soll ich Dotty rufen oder dich in die Klinik bringen?"

„Bloß nicht. Bei einem Kater kann sie auch nichts machen."

„Du hast einen Kater?" Soweit Mitch wusste, trank Ben nur sehr selten.

Ben hielt sich den Kopf. „Musst du so schreien?" Selbst seine eigene Stimme schien ihm in den Ohren zu dröhnen.

„Tut mir Leid", meinte Mitch leise.

„Kannst du dich irgendwie nützlich machen? Ich brauche einen starken Kaffee. In zehn Minuten bin ich unten."

Der Kaffee lief bereits durch die Maschine, und Mitch hatte die Scherben zusammengefegt, als Ben im Café erschien. Er sah immer noch ziemlich mitgenommen aus und warf Mitch einen kurzen Blick zu, bevor er sich auf einen Barhocker setzte.

Sobald der Kaffee durchgelaufen war, brachte Mitch ihm einen Becher und setzte sich neben Ben.

„Danke", murmelte Ben.

„Ich hätte nie gedacht, dass du dich betrinkst", erklärte Mitch im Plauderton. Natürlich interessierte es ihn, was Ben dazu bewogen hatte.

„Das habe ich seit mindestens zehn Jahren nicht mehr getan. Verdammt, ich wusste einfach nicht, was ich tun sollte! Es war niemand in der Nähe, an dem ich meine Aggressionen auslassen konnte – zum Glück, denn es ist alles meine Schuld. Verdammt, ich habe alles kaputtgemacht!"

„Kann ich dir irgendwie helfen?" Mitch hatte Ben schon oft um Rat gefragt, auch wegen Bethany, und meistens unter dem Vorwand, nur einen Kaffee trinken zu wollen. Jetzt allerdings waren die Rollen vertauscht, und wenn er ihm helfen konnte, umso besser.

„Mir helfen? Nein." Ben schüttelte den Kopf, was er sofort zu bereuen schien, denn er schloss die Augen und öffnete sie erst nach einer Weile wieder.

„Soll ich dir Frühstück machen?" fragte Mitch. „Ich bin kein schlechter Koch."

Ben beugte sich vor und murmelte etwas, das er nicht verstehen konnte.

„Hast du was gesagt?"

„Hast ... hast du Bethany heute schon gesehen?"

„Nein." Eigentlich war Mitch gekommen, um Ben zu erzählen, was am letzten Abend passiert war, und ihn um Rat zu fragen.

„Hast du versucht, sie anzurufen?"

„Nein."

Ben deutete mit einem Nicken auf das Telefon. „Dann tu es jetzt, ja?"

Mitch warf einen Blick auf seine Armbanduhr. „Findest du nicht, dass es noch ein bisschen zu früh ist?"

„Vielleicht, aber versuch es wenigstens."

„Soll ich sie etwas fragen?"

Ben stützte die Ellbogen auf den Tresen und barg das Gesicht in den Händen. Dann rieb er sich die Augen, und als er Mitch wieder ansah, schimmerten sie verdächtig. „Ich wusste es nicht", brachte er hervor. „Ich habe es nie erfahren."

„Was wusstest du nicht?" erkundigte Mitch sich sanft.

„Dass Marilyn schwanger war."

Mitch hatte keine Ahnung, wovon sein Freund redete. „Und wer ist Marilyn?"

Nun ließ Ben die Hände sinken. „Bethanys Mutter." Er machte eine Pause, bevor er fortfuhr: „Bethany ist meine Tochter. Sie ist meinetwegen nach Hard Luck gekommen. Als sie es mir erzählt hat ... habe ich gesagt, dass ich keine Marilyn kenne."

„Soll das heißen ..."

„Ja!" rief Ben und schlug mit der Faust auf den Tresen. „Ich bin Bethanys Vater."

Mitch fluchte leise.

„Es war der Schock. Ich ... ich wäre nie auf die Idee gekommen ... Vielleicht hätte ich ... Ach, ich weiß es nicht."

Mitch schwirrte der Kopf. Er konnte gut nachvollziehen, wie Ben zumute war.

„Ich habe so getan, als hätte ich ihre Mutter nie gekannt, und ihr Dinge an den Kopf geworfen, die ich nicht so gemeint habe." Ungeduldig fuhr Ben sich über die Augen. „Dann ist Bethany weggelaufen, und jetzt habe ich Angst, dass sie nicht wieder hierher kommt."

„Wenn du willst, rede ich mit ihr." Obwohl Mitch es gern getan hätte, wusste er nicht, ob er Ben damit tatsächlich helfen würde. Schließlich hatte er momentan auch keine guten Karten bei Bethany.

„Würdest du das tun?" fragte Ben hoffnungsvoll.

„Sicher." Mitch hatte sowieso vorgehabt, mit ihr zu sprechen. „Am besten tue ich es gleich." Vielleicht hatte sie nach dem gestrigen Abend keine Lust, ihn zu sehen, aber er wollte das Risiko eingehen. Sie brauchte ihn jetzt. Als es ihm schlecht gegangen war, war sie für ihn da gewesen und hatte ihn getröstet. Sicher war es ein Schock für sie gewesen, dass Ben sie so zurückgewiesen hatte. Plötzlich war Mitch klar, wie wichtig es war, dass er sie tröstete.

„Sag ihr ..." Ben zögerte, da er nach den richtigen Worten suchte. „Sag ihr ..." Nun leuchteten seine Augen auf, und er atmete einmal tief durch. „Sag ihr, dass ich stolz darauf bin, sie zur Tochter zu haben."

Mitch war der Meinung, dass es wesentlich besser gewesen wäre, wenn Ben es ihr selbst gesagt hätte.

Nachdem Mitch das Café verlassen hatte, war Ben wieder allein mit dem Schmerz und den Schuldgefühlen, die ihn die ganze Nacht gequält hatten. Nicht einmal der Brandy hatte ihm dabei geholfen, den Schock besser zu verkraften.

Er hatte eine Tochter.

Sogar jetzt fiel es ihm schwer, sich an den Gedanken zu gewöhnen. Was ihm jedoch am meisten zu schaffen machte, war die Vorstellung, dass Marilyn allein mit ihren Problemen hatte fertig werden müssen. Natürlich tat es ihm weh, dass sie so schnell nach seiner Abreise einen anderen geheiratet hatte. Allerdings konnte er ihr keinen Vorwurf daraus machen. Was hätte sie sonst auch tun sollen? Sie hatte ein Kind von ihm erwartet und nicht die Möglichkeit gehabt, es ihm zu sagen.

Selbst wenn er es gewusst hätte, hätte er ihr sicher nicht in dem Maße helfen können, wie es nötig gewesen wäre. Vielleicht hätte er sie heiraten können, aber er war im Krieg gewesen und hatte keine Zeit gehabt, sich um seine persönlichen Probleme zu kümmern. Die Navy hätte ihn nicht aus dem Dienst entlassen, nur weil er eine Studentin geschwängert hatte.

Was Ben mittlerweile am meisten bedauerte, war, dass er Marilyns Briefe ungeöffnet zurückgeschickt hatte. Es machte ihn fast krank, wenn er daran dachte, wie einsam sie damals gewesen sein musste. Während sie geglaubt hatte, sie wäre ihm egal, hatte er sie über alles geliebt. Er hatte Jahre gebraucht, um darüber hinwegzukommen.

Schließlich gelangte er zu der Einsicht, dass sie das Richtige getan hatte, als sie den anderen Mann geheiratet hatte. Ben wäre weder ihr noch einer anderen Frau ein guter Ehemann gewesen, denn er war zu dickköpfig und zu festgefahren in seiner Lebensweise. Er redete sich ein, dass es besser war, sich damit zu trösten, als sich zu fragen, was alles hätte sein können.

Tatsache war, dass er ein Kind hatte. Allerdings war Bethany kein Kind mehr, sondern eine erwachsene Frau. Jeder Mann wäre stolz darauf gewesen, sie zur Tochter zu haben.

Ben hätte alles darum gegeben, die Worte zurückzunehmen, die er ihr an den Kopf geworfen hatte. Es war der Schock gewesen und die Angst davor, dass sie etwas von ihm verlangen würde, das er ihr nicht geben konnte. Er konnte die Vergangenheit nicht ungeschehen machen und Marilyn und Bethany für das entschädigen, was er ihnen angetan hatte.

Ben schenkte sich noch einen Becher Kaffee ein, in der Hoffnung, einen klaren Kopf zu bekommen. Der bohrende Kopfschmerz bestärkte ihn in dem Vorsatz, nicht so schnell wieder Trost im Alkohol zu suchen.

Als es an der Eingangstür klopfte, fiel Ben ein, dass noch abgeschlossen war. Widerstrebend ging er hin, um zu öffnen. Erstaunt stellte er fest, dass Mitch vor ihm stand.

„Sie ist weg", erklärte Mitch geistesabwesend.

„Bethany ist weg? Was soll das heißen?"

„Ich habe gerade Christian getroffen. Duke hat sie heute Morgen mitgenommen."

Ben verspürte einen stechenden Schmerz in der Brust. Unmittelbar nachdem er Bethany gefunden hatte, hatte er sie wieder verloren.

Obwohl die Pizza ihr gut getan hatte, ging es Bethany kaum besser. Leider hatte Mariah sich doch entschieden, in Hard Luck zu bleiben. Bethany saß auf dem großen Hotelbett und schaute sich einen Videofilm an, den sie bereits in Kalifornien im Kino gesehen hatte. Die Leihgebühr war genauso hoch wie damals der Preis für die Kinokarte.

Vorher war sie beim Friseur gewesen und hatte bei der Gelegenheit auch gleich Maniküre machen lassen. Danach hatte sie ein Einkaufscenter entdeckt, in dem sie sich stundenlang aufgehalten hatte. Schon nach kurzer Zeit jedoch hatte das, was in Hard Luck geschehen war, sie eingeholt.

Sie hatte alles verdorben. Da Ben so merkwürdig auf ihre Enthüllung reagiert hatte, fiel es ihr schwer, nach Hard Luck zurückzukehren. Andererseits konnte sie nicht einfach wegbleiben, solange zwischen Mitch und ihr nichts geklärt war. Unter anderen Umständen hätte sie ihre Eltern anrufen können, aber die wussten nicht, warum sie die Stelle in Hard Luck angenommen hatte.

Und was war mit Chrissie? Und mit Susan, Scott und Ronnie? Sie konnte ihre Schüler nicht im Stich lassen oder vertragsbrüchig werden, denn sie hatte eine moralische und gesetzliche Verpflichtung der Schule gegenüber. Man hatte ihr diese Kinder anvertraut, und sie konnte nicht einfach gehen.

Bethany fragte sich, wie sie es schaffen sollte, nach Hard Luck zurückzukehren. Sie war kurz davor, in Tränen auszubrechen. Noch immer wusste sie nicht, was sie am letzten Abend dazu bewogen hatte, Ben mit der Wahrheit zu konfrontieren. Der Zeitpunkt hätte kaum ungeeigneter sein können. Sie hatte ihn überrumpelt, statt ihn behutsam darauf vorzubereiten, dass er eine Tochter hatte.

Kein Wunder, dass er ... Ein lautes Klopfen an der Tür riss sie aus ihren Gedanken.

„Bethany."

„Mitch?"

„Bitte mach auf."

Bethany hatte keine Ahnung, woher Mitch wissen konnte, in

welchem Hotel sie abgestiegen war. Schnell stand sie auf und lief zur Tür, um zu öffnen.

Mitch sah aus, als hätte er damit gerechnet, die Tür eintreten zu müssen. Er blinzelte ein paarmal, bevor er sagte: „Geh nicht."

„Was meinst du damit?"

Er betrachtete ihren kleinen Koffer. „Du hast deine Sachen gepackt."

Das stimmte, aber es war nur für das Wochenende in Fairbanks gewesen. Unwillkürlich fragte sie sich, wohin sie seiner Meinung nach wohl gehen sollte. Dann fiel ihr ein, dass er offenbar annahm, dass sie nicht zurückkehren würde. Er dachte also, sie würde Hard Luck für immer verlassen.

„Nenn mir einen Grund, warum ich bleiben sollte", erwiderte sie.

Mitch trat an ihr vorbei ins Zimmer. Dabei fuhr er sich durchs Haar und atmete tief durch. Schließlich ging er nervös hin und her.

„Ich liebe dich, und das sage ich nicht, weil ein anderer Mann dich zum Tanzen aufgefordert hat. Ich kann ohne dich nicht weiterleben." Nun blieb er stehen und schaute ihr in die Augen. „Ich brauche dich, Bethany. Das ist mir erst klar geworden, als ich gemerkt habe, dass du weg warst."

„Du liebst mich?"

„Ich habe es dir bis jetzt nicht gezeigt, stimmt's? Dafür gibt es verschiedene Gründe ... Ich kann es dir nicht verdenken, dass du keine Ausreden hören willst, und ich sage dies alles nicht Chrissies wegen. Ich brauche dich um meiner selbst willen. Ich liebe dich um meiner selbst willen."

Plötzlich erschien es ihr nicht mehr fair, ihn in dem Glauben zu lassen, sie wollte weggehen. „Ich gehe nirgendwohin", gestand sie daher. „Ich wollte nach Hard Luck zurückkommen und die Dinge zwischen uns ins Reine bringen."

Mitch schloss erleichtert die Augen.

„Es gibt noch jemand, mit dem ich einiges zu klären habe", fügte sie hinzu.

„Ben." Mitch schaute sie wieder an. „Er möchte mit dir reden."

Bethany brauchte einen Moment, um sich zu fangen. „Hat er es dir erzählt?" fragte sie schließlich.

Er nickte. „Du bist seine Tochter."

„Hat er das zugegeben?" Jetzt traten ihr Tränen in die Augen.

Wieder nickte er.

„Geht es ihm gut? Du kannst dir gar nicht vorstellen, wie Leid es mir tut. Es war unfair, ihn so mit der Wahrheit zu konfrontieren. Was denkt er bloß von mir?" Sie machte eine Pause, weil sie um Fassung rang. „Bitte sag ihm, dass ich nichts von ihm erwarte. Ich weiß, dass er gelogen hat, aber ich kann es verstehen. Vielleicht hätte ich unter den Umständen genauso gehandelt."

„Er möchte unbedingt selbst mit dir reden."

„Das braucht er nicht. Ich verstehe ihn auch so. Bitte richte ihm aus, dass ich nichts von ihm will", wiederholte sie.

„Du kannst es ihm selbst sagen. Er ist hier."

„Hier?"

„Ja, er wartet unten in der Bar. Wir haben eine Münze geworfen, um zu sehen, wer zuerst mit dir sprechen darf, und ich habe gewonnen." Mitch zeigte aufs Bett. „Setz dich. Ich muss dir noch etwas sagen."

Gehorsam setzte sie sich auf die Bettkante und sah erwartungsvoll zu ihm auf.

„Es gibt etwas sehr Wichtiges, das du über mich wissen solltest", fuhr er fort. „Es tut mir Leid, dass ich es dir nicht eher erzählt habe. Wenn ich fertig bin, kannst du entscheiden, was du tun willst. Wenn du mich lieber nicht wiedersehen möchtest ... Du kannst es dir nachher überlegen."

„Worum geht es, Mitch?"

„Ich liebe dich, Bethany, und ich verliebe mich nicht so leicht. Es hat erst eine Frau gegeben, für die ich so viel empfunden habe."

„Deine Frau", meinte sie.

„Ich ... ich weiß nicht, wo ich anfangen soll." Er warf Bethany einen gequälten Blick zu.

„Dann erzähl mir von Anfang an“, forderte sie ihn geduldig auf. Schließlich hatte sie lange darauf gewartet, dass er ihr von seiner Vergangenheit erzählte.

Mitch begann, wieder hin und her zu gehen. „Ich habe Lori auf dem College kennen gelernt. Wir haben uns ineinander verliebt und bald darauf geheiratet. Ich bin in Chicago zur Polizei gegangen, und unser Leben sah genauso aus wie das vieler anderer junger Paare – zumindest dachte ich es.“

Als er eine Pause machte, hatte Bethany den Eindruck, dass der Glanz aus seinen Augen verschwand.

„Sprich weiter“, bat sie leise.

Nun blieb Mitch vor ihr stehen. „Als Chrissie geboren wurde, war ich überglücklich. Lori hat versucht, ihr eine gute Mutter zu sein, aber sie war es gewohnt, berufstätig und ständig unter Leuten zu sein. Deswegen fiel es ihr schwer, mit dem Baby zu Hause zu bleiben. Zur selben Zeit wurde ich ins Rauschgiftdezernat versetzt und hatte von da an unregelmäßige Arbeitszeiten. Ich konnte nicht einmal von einer Woche zur nächsten planen.“

Er fixierte einen Punkt an der Wand, als würde es ihm schwer fallen, Bethany in die Augen zu schauen. „Lori bekam Depressionen. Sie hat daraufhin einen Arzt aufgesucht, der ihr gesagt hat, dass es vielen Müttern nach der Geburt so erginge. Außerdem hat er ihr ein leichtes Beruhigungsmittel verschrieben, das sie nehmen sollte, wenn sie nicht einschlafen konnte.“

„Hat es geholfen?“

„Eine Zeit lang ja, aber irgendwann konnte Lori überhaupt nicht mehr schlafen. Dazu kam, dass Chrissie Mittelohrentzündung hatte und Lori ihretwegen wach bleiben musste.“

Mitch runzelte die Stirn, als er fortfuhr: „Ich weiß nicht, wann sie damit begonnen hat, die doppelte Dosis zu nehmen, und woher sie das ganze Zeug bekommen hat. Wahrscheinlich ist sie zu mehreren Ärzten gegangen.“

Als Bethany ihm die Hand entgegenstreckte, umfasste er sie mit beiden Händen. Dann setzte er sich neben ihr aufs Bett und drehte sich zu ihr um. „Das Tragische daran ist, dass Lori mir immer wieder gesagt hat, wie unglücklich sie sei. Sie hat es nicht ertragen, ständig zu Hause zu sitzen und mit dem Baby allein zu sein. Sie wollte, dass ich öfter zu Hause war, und hat sich an mich geklammert, bis ich das Gefühl hatte zu ersticken. Dabei ging es ihr so schlecht."

„Wusstest du, dass sie tablettenabhängig war?"

„Ich habe es wohl geahnt, aber ich wollte mich nicht damit auseinander setzen. Ich konnte es nicht, weil ich Tag und Nacht an einem wichtigen Fall gearbeitet habe. Ich war der Meinung, wenn sie nachts Beruhigungsmittel brauchte, dann sollte sie sie nehmen. Ich wollte mich später mit dem Problem auseinander setzen." Er schloss die Augen und schüttelte den Kopf. „Wenn ich es gleich getan hätte, hätte ich ihr das Leben retten können. Stattdessen habe ich das Problem ignoriert und gehofft, sie würde es selbst schaffen."

„Was ist passiert?" fragte Bethany, da sie den Eindruck hatte, dass es noch schlimmer gekommen war.

„Ich muss wirklich blind gewesen sein."

„So etwas passiert doch jeden Tag."

„Ja, aber ich habe ständig mit Drogenabhängigen zu tun gehabt", wandte er ein. „Ich hätte es merken müssen."

Es war klar, dass Mitch sich sein Verhalten niemals verzeihen würde.

„Sie hat sich das Leben genommen", flüsterte er. „Ihre Familie dachte, es wäre ein Unfall, aber ich wusste es besser. Sie hat mich gebraucht, doch ich war zu sehr damit beschäftigt, einen Dealer zu jagen, um ihr zu helfen. Bestimmt hatte sie das Gefühl, das es nichts mehr gab, wofür es sich zu leben lohnte. Ich habe meine Frau im Stich gelassen. Genauso gut hätte ich ihr die Überdosis selbst verabreichen können."

„Oh, Mitch, du warst doch selbst im Stress. Du kannst dir nicht die Schuld dafür geben, dass Lori so labil war."

„Doch, das kann ich. Ich hätte merken müssen, was mit ihr los war. Dass ich sie derart vernachlässigt habe, hat sie mit dem Leben bezahlt. Ich kann es verstehen, wenn du mich nicht heiraten willst …"

„Soll das heißen, du bittest mich, deine Frau zu werden?"

„Ja." Mitch schaute ihr in die Augen. „Ich weiß, wie sehr Chrissie an dir hängt, aber wie ich dir bereits sagte, frage ich dich nicht ihretwegen."

Bethanys Kehle war wie zugeschnürt. Sie nickte, während sie versuchte, die aufsteigenden Tränen zu unterdrücken.

„Heißt das ‚ja'?" fragte er schroff, als würde er sich vor ihrer Antwort fürchten.

Wieder nickte sie, diesmal wesentlich energischer.

Er schloss sekundenlang die Augen. „Mein Leben ist nicht besonders aufregend, Bethany. Ich möchte Hard Luck nicht verlassen."

„Ich auch nicht. Mein Zuhause ist da, wo du bist."

„Bist du sicher? Ich könnte dich jetzt nämlich nicht mehr gehen lassen." Nun zog er sie an sich und küsste sie so verlangend, dass sie bald ganz außer Atem war. Erst nach einer Weile löste er sich von ihr.

„Wir sollten lieber aufhören, bevor ich die Kontrolle über mich verliere", erklärte er. „Außerdem wartet Ben unten."

Bethany hatte Ben beinahe vergessen.

„Er ist unten und gibt vor dem Barkeeper mit seiner Tochter an", meinte Mitch lächelnd. „Hast du Lust, mit mir nach unten zu gehen?"

„Gleich", flüsterte sie und lehnte den Kopf an seine Schulter. Mitch und sie hatten beide ihre Gründe gehabt, nach Hard Luck zu gehen. Er war vor seinen Problemen geflohen, und sie hatte ihren Vater gesucht. Zusammen hatten sie etwas gefunden, das viel kostbarer war als das Gold, das Generationen von Glücksjägern nach Alaska gelockt hatte.

Sie hatten einander gefunden. Und die Liebe.

EPILOG

Eine halbe Stunde später ging Bethany in die schwach erleuchtete Bar, wo Ben bei einer Flasche Bier allein an einem Tisch saß. Er hatte den Kopf nach vorn gebeugt und ließ die Schultern hängen. Unwillkürlich dachte sie, dass er aussah, als würden dreißig verlorene Jahre auf ihm lasten.

Als Bethany an seinen Tisch ging, blickte er zu ihr auf. „Hast du etwas dagegen, wenn ich mich zu dir setze?" fragte sie ein wenig verlegen. Mittlerweile war ihr klar, dass es ein Fehler gewesen war, ihn so mit der Wahrheit zu konfrontieren. Sie wünschte sich, noch einmal von vorn anfangen zu können.

Ben nickte und beobachtete, wie sie ihm gegenüber den Stuhl unter dem Tisch hervorzog und sich darauf setzte.

„Möchtest du etwas trinken?" erkundigte er sich.

„Nein danke." Am letzten Abend hatten der Wein und der Brandy ihre Zunge gelöst. Zumindest den Fehler wollte sie nicht noch einmal machen. „Es tut mir so Leid ..." begann sie.

„Nein, mir tut es Leid", unterbrach er sie. „Ich bin nicht besonders stolz auf mein gestriges Verhalten. Ich kann es mir nur so erklären, dass ich unter Schock stand."

„Ich hätte es nicht ungeschickter anstellen können."

Nun schimmerten seine Augen verdächtig. „Es fällt mir schwer, zu glauben, dass ich eine so schöne Tochter habe, Bethany. Ich bin ganz gerührt, wenn ich dich nur anschaue."

Ihre Lippen bebten, als sie ihn anlächelte. Jetzt war sie auch den Tränen nahe.

„Deine Mutter ... Die Ähnlichkeit zwischen euch ist wirklich frappierend. Zuerst habe ich es gar nicht gemerkt." Ben trank einen Schluck Bier, vermutlich um seinen Gefühlsausbruch zu überspielen. „Wie geht es Marilyn?"

„Besser als je zuvor. Es sieht so aus, als hätte sie den Krebs besiegt."

„Hatte sie ... ein schönes Leben? Ist sie glücklich?"

Bethany nickte. „Sehr glücklich sogar. Mom und Dad führen eine gute Ehe. Natürlich hatte sie auch ihre Höhen und Tiefen, aber die beiden lieben sich sehr und hängen aneinander." Bethany machte eine Pause und atmete tief durch. „Sie wissen noch gar nicht, dass ich ... dich gefunden habe."

Wieder neigte er den Kopf. „Willst du es ihnen erzählen?"

„Ja, und du kannst sicher sein, dass ich dabei taktvoller vorgehen werde als bei dir. Ich habe die Stelle in Hard Luck angenommen, weil ich wusste, dass du dort lebst, aber eigentlich wollte ich es dir nie sagen."

„Warum nicht?"

„Ich wollte dich nur kennen lernen, aber das war mir irgendwann nicht mehr genug. Wir sind uns sehr ähnlich, Ben. Doch bevor ich das festgestellt habe, hatte ich Angst davor, enttäuscht zu werden."

Ben trank einen weiteren Schluck. „Bestimmt bist du von mir enttäuscht ..."

„Nein", beeilte sie sich zu sagen. „Ich bin stolz darauf, deine Tochter zu sein. Du bist ein sehr netter, liebenswerter Mensch. Das Hard Luck Café ist das Herz der Gemeinde – deinetwegen."

„Ich kann nicht dein Vater sein", murmelte er zerknirscht. „Das wird immer der Mann deiner Mutter sein."

„Stimmt. Allerdings könntest du mein Freund sein, wenn du möchtest."

Sofort hellte sich Bens Miene auf. „Und zwar ein ganz besonderer Freund."

Bethany streckte ihm die Hand entgegen, und er drückte sie liebevoll. „Wo ist Mitch?"

„Er wartet in der Lobby auf uns." Sie lächelte glücklich. „Heute haben wir uns endlich ausgesprochen."

Nachdem Ben etwas Geld auf den Tisch gelegt hatte, verließen sie die Bar. „Willst du diesen Kerl heiraten und ihn aus seiner Misere befreien?"

„Ja. Ich bin nach Hard Luck gekommen, um dich kennen zu

lernen, und habe *zwei* Männer gefunden, die ich bis an mein Lebensende lieben werde."

In der Lobby kam Mitch ihnen entgegen, und Ben hakte sich bei Bethany und ihm unter. „Ich schätze, heute Abend gibt es etwas zu feiern, Leute. Das Essen geht auf meine Rechnung."

– ENDE –

Nora Roberts

Einklang der Herzen

Nora Roberts fulminanter Debütroman erstmals als Hörbuch! Exklusiv mit einem wunderbaren Titelsong, gesungen von Nino de Angelo und Lisa Shaw.

Hörbuch
9,95 € (D)
ISBN 3-89941-206-0

MIRA®

Nora Roberts

Die Stanislaskis (Band 1)
Melodie der Liebe

Die Liebe zu dem charmanten Komponisten Spence Kimball lässt die junge Natasha Stanislaski endlich ihre schmerzliche Vergangenheit vergessen.

Band-Nr. 25116
6,95 € (D)
ISBN 3-89941-152-8

Nora Roberts

Die MacGregors 5
Hochzeitsfieber bei den MacGregors

Boston im Hochzeitsfieber: Gleich drei Enkeltöchter von Daniel MacGregor finden den Mann fürs Leben! Drei Romane von Nora Roberts – dreimal ein romantisches Lesevergnügen über die einzigartigen MacGregors!

Band-Nr. 25119
7,95 € (D)
ISBN 3-89941-155-2

Band-Nr. 25117
6,95 € (D)
ISBN 3-89941-153-6

Sandra Brown

Gefangen in der Wildnis

Ein Flugzeugabsturz in Kanada: Für die Immobilienmaklerin Rusty Carlson und den Rancher Cooper Landry beginnt ein harter Überlebenskampf. Nur Mut, Hoffnung und die wachsende Liebe zueinander können sie retten ...

MIRA®